Nikolaj Gogol
Erzählungen

Nikolaj Gogol

# Erzählungen

Übersetzt und herausgegeben
von Eberhard Reissner

Philipp Reclam jun. Stuttgart

RECLAM TASCHENBUCH Nr. 20248
Alle Rechte vorbehalten
© 1988, 2012 Philipp Reclam jun. GmbH & Co. KG, Stuttgart
Reihengestaltung: büroecco!, Augsburg
Umschlaggestaltung: Eva Knoll, Stuttgart
unter Verwendung eines Gemäldes von Alexej Sawrassow
(*Die Saatkrähen sind da*, 1871)
Gesamtherstellung: Reclam, Ditzingen
Printed in Germany 2012
RECLAM ist eine eingetragene Marke
der Philipp Reclam jun. GmbH & Co. KG, Stuttgart
ISBN 978-3-15-020248-7

www.reclam.de

# Jahrmarkt in Sorotschinzy

## I

Kann's im Dorf wohl Freude geben?
Schöner ist's da doch im Städtchen.
Jeder Bursche führt sein Mädchen,
Trubel herrscht da, frohes Leben.
Auf denn, laßt uns dorthin streben.

*Aus einer alten Legende*

Wie berauschend, wie über die Maßen schön ist doch so ein
Sommertag in Kleinrußland! Wie ermattend heiß sind die
Stunden, wenn in der Mittagsstille die Hitze flimmert und ein
schier unermeßlicher Luftozean sich als blaue Kuppel wollü-
stig über die Erde herabsenkt, scheinbar in Schlaf versunken,
doch dabei seine Schöne umfassend und voll Zärtlichkeit in
ätherischer Umarmung haltend! Keine Wolke ist zu sehen. In
den Feldern kein Laut. Alles ist wie erstorben, nur hoch
oben, in der Unendlichkeit des Himmels, trillert eine Lerche
ihr silbernes Lied und schickt es über luftige Stufen hinab zur
verliebten Erde. Über der Steppe hallt hin und wieder ein
Möwenschrei, vernimmt man den hellen Ruf einer Wachtel.
Hoch aufragende Eichen stehen träge und gedankenverloren
da wie Bummler, die kein Ziel haben, und die Sonne läßt mit
ihren blendenden Strahlen Milliarden von Blättern malerisch
aufflammen, taucht dafür andere in nachtdunklen Schatten,
über den nur bei heftigen Windstößen ganz kurz ein Gold-
schimmer huscht. Über den bunten Küchengärten, die im
Schatten stattlicher Sonnenblumen daliegen, stieben die Sma-
ragde, Topase und Rubine der himmlisch-zarten Schmetter-
linge. Graue Heuschober und goldene Korngarben haben auf
dem Felde Aufstellung genommen und scheinen nun über die
endlose Ebene dahinzuwandern. Unter der Last der Süßkir-
schen, Pflaumen, Äpfel und Birnen lassen die Obstbäume
ihre breiten Zweige herabhängen; der Himmel und sein reiner

Spiegel, der Fluß, in seinem grünen, sich stolz aufwerfenden Rahmen ... Ach, wie voller Wollust und reicher Fülle ist doch der Sommer in Kleinrußland!

In solcher Pracht leuchtete einer jener heißen Augusttage des Jahres eintausendachthundert ... achthundert ... Ja, etwa dreißig Jahre mag es wohl her sein, als der Landweg an die zehn Werst vor der Ortschaft Sorotschinzy von Menschen wimmelte, die aus den Meilern von nah und fern zum Jahrmarkt eilten. Schon seit dem frühen Morgen bereits zog eine endlose Reihe von Ochsenkarren dahin, beladen mit Salz und Fisch. Ganze Berge von Töpfen schoben sich voran, in Heu eingewickelt und sicher unzufrieden in ihrem dunklen Gefängnis; nur hier und da schaute eine leuchtend bemalte Schüssel oder ein voluminöser Topf prahlerisch aus dem kunstvoll geschichteten Aufbau der Fuhre hervor und zog die gerührten Blicke von Verehrern des Luxus auf sich. Nicht wenige der Vorbeiziehenden blickten voll Neid auf den hochgewachsenen Töpfer, den Besitzer all dieser Kostbarkeiten, der langsamen Schrittes hinter seinen Waren herging, wobei er sorgsam darauf achtete, daß seine Koketten in das ihnen verhaßte Heukleid gehüllt blieben.

Allein und etwas abseits von den anderen kam, von ermatteten Ochsen gezogen, ein Fuhrwerk daher, das mit Säcken, Hanf, Leinen und verschiedenem Hausgerät hochbeladen war und hinter dem gemächlich sein Besitzer dahinschritt, im reinen Leinenhemd und befleckten Pluderhosen aus dem gleichen Stoff. Träge wischte er mit der Hand die Schweißtropfen ab, die reichlich auf seinem braunen Gesicht perlten und sogar noch von den Spitzen seines langen Schnurrbarts herabtropften, den einer von jenen gnadenlosen Friseurtypen gepudert hatte, die ungerufen erscheinen, bei der Schönen wie bei dem Scheusal, und schon seit Jahrtausenden das ganze Menschengeschlecht gewaltsam mit ihrem Puder traktieren. Neben ihm trottete, ans Fuhrwerk angebunden, eine Stute, deren friedfertige Miene verriet, daß sie nicht mehr zu den Jüngsten gehörte. Viele Passanten, besonders die jungen Bur-

schen, griffen an die Mütze, sobald sie unseren Bauern über-
holten. Jedoch veranlaßte sie dazu weder sein weißer
Schnurrbart noch sein würdevoller Gang; man brauchte nur
die Augen etwas zu heben, um den Anlaß für diese höfliche
Geste zu bemerken: Auf dem Fuhrwerk saß sein hübsches
Töchterchen – mit einem rundlichen Gesicht, mit schwarzen
Brauen, die sich in sanftem Bogen über den hellbraunen
Augen spannten, mit sorglos lächelnden rosigen Lippen und
einigen roten und blauen Bändern, die auf dem Kopf festge-
steckt waren und zusammen mit dem langen Zopf und einem
Strauß bunter Feldblumen als prächtige Krone auf ihrem
bezaubernden Köpfchen prangten. Alles um sie her schien sie
zu interessieren; alles war für sie wunderbar und neu ... und
die hübschen Äuglein wanderten ständig von einem Gegenstand zum anderen. Wie hätte sie auch keinen Spaß daran
haben sollen! Zum erstenmal auf dem Jahrmarkt! Ein Mädchen von achtzehn Jahren und zum erstenmal auf dem Jahrmarkt ... Doch niemand von den Vorübergehenden und
Vorüberfahrenden konnte ahnen, was es sie gekostet hatte,
den Vater dazu zu bringen, sie mitzunehmen. Der hätte das
von Herzen gern auch früher schon getan, wäre da nicht die
böse Stiefmutter gewesen, die es gelernt hatte, ihn mit der
gleichen meisterhaften Geschicklichkeit am Zügel zu halten
wie er seine alte Stute, die sich nun – zum Lohn für ihre treuen
Dienste – zum Verkauf schleppen mußte. Dieses Eheweib,
das niemals Ruhe gab ... Doch halt, wir haben ja ganz vergessen zu erwähnen, daß sie gleichfalls hoch oben auf dem
Wagen thronte, angetan mit einer schmucken grünen Woll-
jacke, auf die – wie bei einem Hermelinmantel – Schwänzchen aufgenäht waren, nur daß diese hier rot waren; dazu ein
prächtiger Rock aus gewebtem Tuch mit Schachbrettmuster
und eine Haube aus buntem Kattun, die ihrem vollen, roten
Gesicht eine Würde eigener Art verlieh – einem Gesicht freilich, das zuweilen einen so unangenehmen, rohen Ausdruck
annahm, daß jedermann sich erschrocken beeilte, seinen
Blick auf das heitere Antlitz des Töchterchens zu lenken.

Vor den Augen unserer Reisenden tauchte bereits der Psjol
auf; von ferne wehte es schon kühl heran, was man nach der
drückenden Backofenhitze um so angenehmer empfand.
Durch das dunkel- und hellgrüne Laubwerk der unregelmäßig über die Wiesen verteilten Birken, Schwarz- und Silber-
pappeln blitzten feurige Funken in einer Umhüllung von
Kühle auf, und der prächtige Fluß enthüllte flimmernd seine
silbrige Brust, auf welche die grüne Lockenpracht der Bäume
herabflutete. So kapriziös, wie eine Schöne sich dem Blicke
darbietet in jenen köstlichen Stunden, da man ihren getreuen
Spiegel schier darob beneiden möchte, daß er den blendenden
Glanz der stolzen Stirn, die Lilienschultern und den Marmor-
hals fest umfangen halten darf, beschattet von der hellbraunen Haarflut, die von ihrem Kopf herabrieselt, während sie
lässig ein Schmuckstück von sich wirft, um es durch ein anderes zu ersetzen; in ihrer Launenhaftigkeit dabei unerschöpflich – so kapriziös ändert dieser Fluß beinahe jedes Jahr seine
Umgebung, sucht sich einen neuen Lauf, umgibt sich mit
einer neuen, vielgestaltigen Landschaft. Reihenweise heben
Wassermühlen mit ihren schweren Rädern breite Wellen
empor, um sie darauf mit Macht fortzuschleudern, dabei in
einen Tropfenregen zu verwandeln, die Umgebung damit zu
bestäuben und mit Lärm zu erfüllen.
Das Fuhrwerk mit den uns bekannten Reisenden rollte
eben zu dieser Zeit gerade auf die Brücke, und der Fluß breitete sich in seiner ganzen Schönheit und Großartigkeit wie
eine einzige endlose Glasplatte vor ihren Augen aus. Der
Himmel, die grünen und blauen Wälder, die Menschen, die
Wagen mit dem Tongeschirr, die Mühlen – all das wurde
plötzlich umgekippt und stand oder ging mit den Beinen nach
oben, ohne in die schöne blaue Bodenlosigkeit abzustürzen.
Unsere Schöne begann zu träumen, als sie dieser Herrlichkeit
ansichtig wurde, und vergaß sogar, ihre Sonnenblumenkerne
zu knacken, womit sie sich während der ganzen Reise eifrig
beschäftigt hatte – als plötzlich die Worte »Mann, was für ein
schönes Mädchen!« an ihr Ohr drangen. Sie schaute um sich

und erblickte eine Gruppe junger Burschen, die auf der Brücke standen. Einer von ihnen, noch stutzerhafter gekleidet als die anderen, mit weißem Bauernhemd und grauer Lammfellmütze, musterte – die Arme in die Seiten gestemmt – mit kühnem Blick die Vorüberkommenden. Der Schönen entgingen weder sein sonnengebräuntes, sympathisches Gesicht noch die feurigen Blicke, mit denen er sie zu durchbohren schien, und sie schlug die Augen nieder bei dem Gedanken, daß vielleicht er es gewesen war, der diese Worte ausgerufen hatte.

»Ein Prachtmädel!« fuhr der Bursche im weißen Kittel fort, ohne die Augen von ihr zu lassen. »Haus und Hof würde ich drangeben, nur um sie küssen zu dürfen. Aber vorn sitzt der Teufel!«

Von allen Seiten erscholl Gelächter. Der prächtig herausgeputzten Lebensgefährtin des langsam dahinschreitenden Mannes gefiel freilich eine solche Begrüßung nicht sonderlich: ihre roten Backen wurden noch röter, und ein Hagelschauer erlesener Worte ergoß sich über das Haupt des respektlosen Burschen:

»Verrecke, du Tagedieb, du Herumtreiber! Mit dem Topf eins übergebraten gehört deinem Vater! Ausrutschen soll er auf dem Eis und sich die Beine brechen, der verfluchte Antichrist! Den Bart absengen soll ihm der Teufel in der Hölle!«

»Nun hört euch bloß an, wie die flucht!« sagte der Bursche und riß die Augen auf, als hätte ihn diese geballte Ladung unerwarteter Willkommensgrüße aus der Fassung gebracht. »Und die Zunge tut ihr nicht mal weh, wenn sie so was losläßt, die hundertjährige Hexe.«

»Hundertjährig!« giftete die reife Schönheit. »Du gottloser Dreckskerl! Wasch dich erstmal, bevor du mit den Leuten redest! Nichtsnutz! Galgenstrick! Brauch deine Mutter gar nicht gesehen zu haben, weiß auch so, was für ein Miststück sie ist! Und dein Vater ist auch nicht besser! Und deine Tante ist auch ein Stück Mist! Hundertjährig! Der Kerl ist ja noch nicht trocken hinter den Ohren . . .!«

Indes begann das Fuhrwerk von der Brücke herabzurollen, und so waren die letzten Worte schon nicht mehr deutlich zu vernehmen; aber der Bursche wollte es damit wohl nicht bewenden lassen: ohne viel zu überlegen, hob er einen Dreckballen auf und schleuderte ihn hinter seiner Gegnerin her. Der Wurf war erfolgreicher, als man hätte erwarten können: die neue Kattunhaube war von oben bis unten verdreckt, und das Gelächter der frechen Lausekerle setzte von neuem und um einige Grade lauter ein. Die putzsüchtige Dicke kochte vor Zorn; aber das Fuhrwerk war unterdes vom Ort des Geschehens schon ein gutes Stück entfernt, und so richteten sich ihre Rachegefühle gegen die unschuldige Stieftochter und ihren behäbigen Lebensgefährten, der – an solche Vorfälle längst gewöhnt – sein beharrliches Schweigen beibehielt und die wütenden Ausbrüche der zornigen Gattin ungerührt hinnahm. Ungeachtet dessen fuhr ihre unermüdliche Zunge fort zu schnattern und zu schwadronieren, bis man in der Vorstadt beim Kosaken Zybulja angekommen war, einem alten Bekannten und Gevatter. Die Wiederbegegnung mit ihm und seiner Frau, die man lange nicht gesehen hatte, vertrieb für einige Zeit aus den Köpfen die Erinnerung an diese unangenehmen Vorgänge und veranlaßte unsere Reisenden, über den Jahrmarkt zu plaudern und dann ein wenig nach der langen Reise auszuruhen.

## II

Oh, mein Gott! Was gibt es nicht alles auf
diesem Jahrmarkt! Räder und Glas, Teer
und Tabak, Riemenzeug und Zwiebeln,
Handelsleute jeder Art ... Selbst wenn man
dreißig Rubel in der Tasche hätte, so könnte
man doch nicht den ganzen Jahrmarkt aufkaufen.

*Aus einer kleinrussischen Komödie*

Sicherlich habt ihr schon einmal das Rauschen eines in der
Ferne niederstürzenden Wasserfalls gehört. Die ganze
Gegend ist aus ihrer Ruhe aufgeschreckt, von Getöse erfüllt,
und ein Chaos seltsam-unbestimmter Laute fährt wie ein
Wirbelsturm auf euch los. Nicht wahr: Die gleichen Gefühle
bemächtigen sich eurer augenblicks im Trubel eines ländlichen Jahrmarkts, wenn eine Masse von Menschen zu einem
riesigen Ungeheuer zusammenwächst, das mit seinem gewaltigen Körper sich über den Platz wälzt und durch die engen
Straßen schiebt, dabei schreit, schnattert und lärmt. Getöse
und Geschimpfe, Gemuhe und Geblöke, lautes Geschrei –
das alles verschmilzt zu einem disharmonischen Gemurmel.
Ochsen, Säcke, Heu, Zigeuner, irdene Töpfe, Weiber, Leb-
kuchen, Mützen – dieses ganze Durcheinander wirbelt und
wimmelt grell und bunt vor euren Augen herum. Die unterschiedlichsten Stimmen überfluten einander derart, daß kein
einziges Wort auszumachen ist, aus dieser Sintflut aufzutauchen vermag; kein einziger Ruf ist klar herauszuhören.
Nur eines ist von allen Seiten des Jahrmarkts deutlich zu vernehmen: der Handschlag, wenn ein Handel abgeschlossen
wurde. Ein Fuhrwerk geht entzwei, Eisen klirrt, donnernd
werden Bretter auf den Boden geworfen, der Kopf schwin-
delt einem und weiß nicht, wohin er sich wenden soll.
    Unser angereister Bauer mit seiner schwarzbrauigen Toch-
ter ist schon längst in das Gewühl der Masse eingetaucht. Er
ist an eine Fuhre herangetreten, hat eine zweite mit der

Hand geprüft, sich mit den Preisen vertraut gemacht; dabei kreisten seine Gedanken aber ständig um jene zehn Sack Weizen und um seine alte Stute, die er verkaufen wollte. Dem Gesicht seiner Tochter sah man an, daß es ihr kein besonderes Vergnügen bereitete, sich zwischen Fuhren mit Mehl und Weizen herumzutreiben. Sie wäre viel lieber dorthin gegangen, wo unter den Leinenmarkisen der Marktbuden rote Bänder, Ohrringe, Kreuze aus Zinn oder Kupfer und Schaumünzen hübsch angeordnet aufgehängt waren. Freilich entdeckte sie auch hier so mancherlei, was des Anschauens wert war: Es machte ihr einen Heidenspaß, zuzusehen, wie ein Zigeuner und ein Bauer einander in die Hand schlugen, wobei sie vor Schmerz aufschrien; wie ein betrunkener Jude ein altes Weib mit dem Knie fortstieß; wie miteinander in Streit geratene Aufkäufer einander mit Schimpfworten und Flüchen überschütteten; wie ein Russe, mit einer Hand seinen Ziegenbart streichend, mit der anderen … Da spürte sie plötzlich, wie jemand sie an dem bestickten Ärmel ihrer Bluse zupfte. Sie wandte sich um – vor ihr stand der Bursche mit dem hellen Bauernkittel und den leuchtenden Augen. Sie erbebte, und ihr Herz begann so heftig zu schlagen, wie sie es noch nie erlebt hatte – weder bei größter Freude noch bei tiefstem Kummer: Ihr war seltsam zumute, aber zugleich war es auch schön; sie konnte sich gar nicht recht erklären, was da eigentlich mit ihr vorging.

»Nur keine Angst, mein Herzchen, nur keine Angst«, sagte er halblaut zu ihr, wobei er sie bei der Hand nahm. »Ich werde dir kein böses Wort sagen!«

Das mag ja sein, daß du nichts Böses sagst, dachte die Schöne bei sich, aber mir ist irgendwie seltsam zumute … Sicher ist das der Teufel! Weiß ja, daß sich so was nicht gehört … Aber mir fehlt einfach die Kraft, die Hand wegzuziehen.

Der Bauer wandte sich zu seiner Tochter um und wollte ihr gerade etwas sagen, doch da fiel an seiner Seite das Wort »Weizen«. Dieses magische Wort veranlaßte ihn, sich augenblicks zwei laut miteinander redenden Händlern zuzugesellen, und nachdem erst einmal seine Aufmerksamkeit hier ganz gefesselt war, konnte ihn nichts mehr ablenken. Was die Händler sich über den Weizen zu sagen hatten, klang folgendermaßen.

III

Seht mal diesen Burschen hier!
Solche gibt's nicht oft auf Erden.
Schnaps säuft der, als wär es Bier!

KOTLJAREWSKIJ, *Äneis*

»Du meinst also, Landsmann, daß unser Weizen schlecht weggeht«, sagte ein Mann, der wie ein Kleinbürger aus irgendeinem Provinznest aussah. Er trug eine teerbefleckte, schmierige Pluderhose aus buntgestreifter Hanfleinwand. Sein Gefährte war angetan mit einem blauen, stellenweise geflickten Bauernkittel und trug auf der Stirn eine gewaltige Beule.

»Da gibt es nicht viel zu meinen; ich will mir eine Schlinge um den Hals legen und an dem Baum dort baumeln wie eine Wurst vor Weihnachten in der Hütte, wenn wir auch nur ein einziges Maß verkaufen.«

»Red doch keinen Stuß! Außer dem, was wir angefahren haben, ist doch überhaupt nichts da«, entgegnete der Mann in der gestreiften Leinwandhose.

Sagt, was ihr wollt, dachte der Vater unserer Schönen bei sich, wobei er sich kein Wort des Gesprächs der beiden Händler entgehen ließ. Ich halte meine zehn Sack erstmal zurück.

»Na wenn schon! Sobald das Teufelspack seine Finger im Spiel hat, gibt's nicht mehr zu holen als von einem hungrigen Moskowiter«, verkündete der Mann mit der Beule bedeutungsvoll.

»Ja was denn für Teufelspack?« entgegnete der Mann in der gestreiften Leinwandhose.

»Hast du nicht gehört, was die Leute so munkeln?«, fuhr
der mit der Beule fort, wobei er den anderen mit seinen finsteren Augen anschielte.

»Na was schon!«

»Nun was schon, was schon! Der Assessor, möge ihm der
herrschaftliche Sliwowitz in der Kehle stecken bleiben, hat
für den Jahrmarkt einen Platz ausgewählt, auf dem ein Fluch
liegt und auf dem du daher zum Verrecken nicht ein einziges
Korn losschlägst. Siehst du dort den alten, verfallenen Speicher am Fuße des Berges?« (Hier schob sich der neugierige
Vater unserer Schönen noch näher an die beiden heran und
wurde ganz Ohr.) »Genau in diesem Speicher treibt der Teufel manchmal sein Unwesen; und auf dem Fleck hier ist noch
nicht ein einziger Jahrmarkt vorübergegangen, bei dem es
kein Unglück gegeben hätte. Gestern ist der Amtsschreiber
spät abends dort vorübergegangen, und was soll ich dir sagen:
aus dem Bodenfenster schob sich plötzlich eine Schweineschnauze und grunzte so entsetzlich, daß es ihn eiskalt überlief; wart's nur ab, leicht möglich, daß sich der *rote Kittel*
wieder zeigt!«

»Was für ein *roter Kittel* denn?« Hier begannen sich dem
aufmerksamen Zuhörer die Haare zu sträuben; angsterfüllt
wandte er sich um – und sah, daß seine Tochter und der
Bursche friedlich dastanden, einander umarmt hielten und
sich dem Liebesgeflüster hingaben, alle Kittel der Welt dabei
völlig vergessend. Dies ließ seine Angst schwinden und seine
frühere Sorglosigkeit zurückkehren.

»Hehe, hehe, Landsmann! Ich sehe, du bist ein Meister im
Umarmen! *Ich* habe erst am vierten Tag nach der Hochzeit
gelernt, meine selige Chweska zu umarmen, und das auch nur
dank dem Gevatter: Er war der Hochzeitsmarschall und hat
es mir beigebracht.«

In diesem Augenblick bemerkte der Bursche, daß der Vater
seiner Liebsten nicht weit weg stand, und sogleich begann er
sich im stillen einen Plan zurechtzulegen, wie er ihn für sich
einnehmen könnte.

»Du kennst mich wahrscheinlich nicht, mein Guter, aber ich habe dich gleich erkannt.«

»Das kann schon sein.«

»Ich kann dir deinen Namen und deinen Spitznamen nennen und weiß auch sonst allerhand über dich: Du heißt Solopij Tscherewik.«

»Stimmt! Solopij Tscherewik.«

»Und nun schau mal genau hin: Erkennst du mich nicht?«

»Nein, ich erkenne dich nicht. Nimm's nicht krumm; ich hab mein Leben lang so viel verschiedene Fratzen zu sehen bekommen, daß höchstens der Teufel sich an alle erinnern könnte!«

»Wie schade, daß du dich nicht an Golopupenkos Sohn erinnerst!«

»Du bist der Sohn von Ochrimow?«

»Wer sonst? Denkst du etwa, der Glatzteufel?«

Da griffen die Freunde an ihre Mützen und machten sich daran, einander abzuschmatzen; Golopupenkos Sohn allerdings verlor keine Zeit und begann, seinem neuen Bekannten sogleich auf den Pelz zu rücken.

»Hör mal zu, Solopij, wie du siehst, haben deine Tochter und ich einander so liebgewonnen, daß wir in alle Ewigkeit zusammenbleiben möchten.«

»Wirklich, Paraska?«, sagte Tscherewik, indem er sich lachend zu seiner Tochter umdrehte, »na ja, könnte ja sein, daß wirklich . . . daß, wie man so sagt, ihr zusammen . . . also, daß ihr auf derselben Weide grasen wollt! Stimmt's? Seid ihr einig? Na dann, mein frischgebackener Schwiegersohn, dann mal her mit dem Handgeld!«

Und alsbald befanden sich die drei in einer bekannten Jahrmarktsrestauration – im Zelt einer Jüdin, wo eine ganze Flotille von Flaschen, Bouteillen und Pullen aller Arten und Größen vor Anker lag.

»Du bist mir ein Draufgänger! Das gefällt mir!« sagte Tscherewik, der schon einen kleinen sitzen hatte, als er sah, wie sich sein präsumptiver Schwiegersohn einen Krug mit

einem halben Quart Fassungsvermögen einfüllte, ihn ohne
eine Miene zu verziehen bis zum Boden leerte und danach
zerschmetterte.

»Was sagst du, Paraska? Was habe ich dir da für einen
Bräutigam besorgt! Schau dir das an, schau dir an, wie der
Kerl den Branntwein runterspült! . . .«

Lachend und leicht schaukelnd wandelte er mit ihr zu seinem Fuhrwerk zurück, während unser Bursche sich zu den
Marktreihen mit den schönen Waren begab, wo sogar Kaufleute aus Gadjatsch und Mirgorod ihre Stände hatten – zwei
berühmten Städten des Gouvernements Poltawa –, um sich
dort eine exquisite hölzerne Pfeife in eleganter Kupferfassung
auszusuchen, dazu ein Tuch, geblümt auf rotem Grund,
sowie eine Mütze – als Hochzeitsgeschenke für den Schwie-
gervater und die anderen, die auf dergleichen einen Anspruch
haben.

IV

Wird's dem Mann auch noch so sauer –
Wenn's Frauchen will
Hält er fein still.

KOTLJAREWSKIJ

»Nun, was sagst du, Weibchen: ich habe für unsere Tochter
einen Bräutigam gefunden!«

»Du Blödian! Mußt du gerade jetzt nach Freiern Ausschau
halten? Dumm geboren – und nichts dazugelernt! Hat man je
gesehen und gehört, daß ein vernünftiger Mann sich auf die
Suche nach einem Bräutigam macht, anstatt darüber nachzudenken, wie er seinen Weizen los wird! Was wird das schon
für einer sein! Wahrscheinlich der Abgerissenste von allen
Haderlumpen hier!«

»Aber nicht doch! Du solltest dir den Burschen erst mal
anschauen! Allein sein Kittel kostet mehr als deine grüne
Jacke und deine roten Stiefel. Und wie er sich erst den Brannt-

wein zu Gemüte führt! ... Der Teufel soll mich holen zusammen mit dir, wenn ich je in meinem Leben gesehen habe, daß ein Bursche in einem Zug einen halben Quart hinunterspült, ohne auch nur die Miene zu verziehen.«

»Na, da haben wir's ja: Säufer oder Landstreicher. Das paßt zu dir! Ich wette, das ist der Lump, der sich auf der Brücke mit uns anlegen wollte. Schade nur, daß der mir bisher noch nicht untergekommen ist: ich würd's ihm schon zeigen!«

»Na wenn schon, Chiwrja, und wenn er's nun ist; muß er denn gleich ein Lump sein?«

»Was denn! Da fragt er auch noch, dieser hirnlose Dummkopf! Hör mir einer den an! Wieso er ein Lump ist? Wo hast du denn deine dämlichen Augen gehabt, als wir an der Mühle vorbeikamen? Ich glaube gar, dem könnte jemand direkt vor seiner tabakfleckigen Nase sein liebes Weib beleidigen – es würde ihm nicht *soviel* ausmachen.«

»Trotzdem: Ich kann an ihm nichts Schlimmes finden! Ein Prachtbursche! Auch wenn er dir mal eben die Fratze mit einer Handvoll Mist gesalbt hat.«

»Na höre mal! Soll ich also nicht mal mehr meine Meinung sagen dürfen! Was sagt man dazu? Das wär mir ja ganz was Neues! Hast dir wohl schon einen genehmigt, noch ehe du etwas verkauft hast ...«

Hier wurde unserem Tscherewik klar, daß er zu weit gegangen war, und so bedeckte er schleunigst seinen Kopf mit den Händen, da er mit Sicherheit darauf rechnen konnte, daß seine erzürnte Lebensgefährtin nicht zögern würde, ihm mit ihren ehelichen Krallen in die Haare zu fahren.

Alles zum Teufel! Aus mit der Hochzeit! – dachte er, während er seiner resolut angreifenden Gattin auszuweichen suchte. Für nichts und wieder nichts wird man nun dem guten Manne absagen müssen. Herr mein Gott, warum hast du uns arme Sünder nur so gestraft! Die Welt ist doch schon so voller Dreck, müßtest du auch noch die Weiber schaffen!

V

Neig dich nicht, Bäumchen,
Bist ja noch jung,
Gräm dich nicht, Freundchen,
Hast ja noch Schwung.

*Kleinrussisches Lied*

Der Bursche im weißen Kittel saß bei seinem Fuhrwerk und blickte zerstreut auf das ringsum dumpf lärmende Volk. Die müde Sonne verabschiedete sich von der Welt, nachdem sie den ganzen Morgen und Mittag über gleichmütig vom Himmel geloht hatte. Der verlöschende Tag legte verführerisch leuchtendes Rot auf. Blendend hell glänzten die Spitzen der weißen Zelte und Marktbuden, auf denen ein zarter, flammend-rosiger Schatten lag. Das zu Haufen aufgeschichtete Fensterglas glühte; die grünen Flaschen und Schnapsgläser auf den Tischen der Schankwirte verwandelten sich in feuerrote, die zu Bergen aufgeschichteten Kürbisse, Zucker- und Wassermelonen sahen aus, als wären sie aus Gold und dunklem Kupfer. Die Gespräche verebbten allmählich, und die müde gewordenen Zungen der Aufkäufer, der Bauern und Zigeuner bewegten sich immer träger und langsamer. Hie und da leuchtete ein kleines Feuer auf, und der wohlriechende Dunst von gekochten Mehlklößchen zog durch die still gewordenen Gassen.

»Warum bist du so traurig, Grizko, was ist passiert?« rief ein hochgewachsener, sonnengebräunter Zigeuner und schlug unserem Burschen kräftig auf die Schulter. »Laß halt die Ochsen für zwanzig ab!«

»Du hast immer nur deine Ochsen im Kopf! Ihr denkt immer nur an euren Vorteil. Und daran, wie ihr einen anständigen Menschen aufs Kreuz legen und betrügen könnt.«

»Pfui Teufel, wie kannst du nur! Dich hat's ja ganz schön erwischt. Ärgerst du dich etwa, daß du dir selbst eine Braut angehängt hast?«

»Nein, das ist nicht meine Art: ich halte mein Wort; was ich anfange, das halte ich auch durch. Aber dieser alte Knaster da, der Tscherewik, der hat auch nicht für einen Sechser Gewissen: erst hat er ja gesagt, und dann wieder nein ... aber was soll's, er ist nun mal ein Holzkopf, da kann man nichts machen. Dahinter steckt bloß diese alte Hexe, die wir heut auf der Brücke so fein hochgenommen haben, ich und die Jungs! Wenn ich der Zar wäre oder sonst so ein großes Tier – als erstes würde ich all diese Dummköpfe aufhängen, die sich von den Weibern einen Sattel auflegen lassen ...«

»Läßt du mir denn die Ochsen für zwanzig, wenn wir den Tscherewik dazu bringen, uns die Paraska zu geben?«

Entgeistert schaute Grizko ihn an. Das dunkelbraune Gesicht des Zigeuners zeugte von einem Charakter, in dem sich Bösartigkeit und Gehässigkeit, Niedertracht und Hochmut miteinander verbanden: blickte man in diese Züge, so konnte man nicht umhin zuzugeben, daß man es mit einer außergewöhnlichen Seele zu tun hatte, in der großartige Talente brodelten, auf die freilich nur eine einzige Form von Belohnung auf Erden harrte – der Galgen. Der zwischen Nase und spitzem Kinn weit zurücktretende Mund, den ständig ein boshaftes Lächeln umspielte, seine kleinen, aber lebhaft-feurigen Augen und die auf diesem Gesicht pausenlos aufblitzenden Einfälle für immer neue gewagte Aktionen und schuftige Vorhaben – das alles schien geradezu nach einem so eigentümlichen, just so seltsamen Kostüm zu verlangen, wie er es gerade trug. Der dunkelbraune Kaftan, der so aussah, als zerfiele er zu Staub, sobald man ihn berührte; die über die Schultern fallenden strähnigen Haare; die Schuhe an den sonnenverbrannten nackten Füßen – all das kam einem wie angewachsen, wie ein Teil seines Wesens vor.

»Nicht für zwanzig – für fünfzehn gebe ich sie her – wenn du nicht lügst!« antwortete der Bursche, seine Augen fragend auf den Zigeuner gerichtet.

»Für fünfzehn? Abgemacht! Aber vergiß es ja nicht: fünfzehn! Und hier hast du einen Blauen als Anzahlung!«

»Und wenn du mich doch anlügst?«
»Wenn ich dich anlüge, gehört die Anzahlung dir!«
»Einverstanden! Die Hand drauf!«
»Schlag ein!«

VI

So ein Unglück: da kommt Roman und
wird mich verprügeln; und Sie, Herr Thomas, haben auch nichts Gutes zu erwarten.

*Aus einer kleinrussischen Komödie*

»Hierher, Afanassij Iwanowitsch! Hier ist der Zaun niedri-
ger, hoch das Bein, nur keine Angst: mein Dummkopf hat
sich für die ganze Nacht mit dem Gevatter unter die Fuhrwerke verkrochen, damit sich die Russen nicht was unter den
Nagel reißen, so ganz zufällig.«

Mit diesen zärtlichen Worten ermunterte die gestrenge
Lebensgefährtin Tscherewiks den Popensohn, der sich
furchtsam am Zaun herumdrückte. Er stieg hinauf, blieb
einige Zeit unschlüssig oben stehen – wobei er aussah wie ein
lang aufgeschossenes Gespenst –, hielt nach einer Stelle Ausschau, wohin er am besten springen konnte, und plumpste
schließlich geräuschvoll ins Unkraut.

»Herrje! Haben sie sich wehgetan oder, Gott behüte, gar
den Hals gebrochen?« stammelte die besorgte Chiwrja.

»Pst! Alles in Ordnung, nichts passiert, reizendste Chawronja Nikiforowna!« flüsterte mit Leidensmiene der Popensohn, während er sich auf seine Füße erhob, »abgesehen von
Verletzungen seitens der Nesseln, dieses schlangenähnlichen
Gartengewächses, wie sich der verstorbene Vater Protopope
auszudrücken beliebte.«

»Na dann wollen wir erstmal ins Haus gehen; wir sind
allein. Man hat Sie ja ewig nicht gesehen! Ich dachte schon,
Sie hätten vielleicht Skrofeln oder Leibweh, Afanassij Iwano-

witsch. Wie geht's denn so? Ich habe gehört, der Herr Vater hat ganz schön was eingenommen.«

»Nicht der Rede wert, Chawronja Nikiforowna; Väterchen hat während der ganzen Fastenzeit nur etwa fünfzehn Sack Sommerkorn bekommen, vier Sack Hirse, an die hundert Butterkuchen und an Hühnern, wenn man alles zusammenzählt, noch nicht einmal fünfzig; und was die Eier betrifft, so waren sie zum großen Teil nicht mehr frisch. Aber die wirklich süßen Gaben, wenn ich so sagen darf, sind doch nur von Ihnen zu erwarten, Chawronja Nikiforowna«, fuhr der Popensohn fort, wobei er ihr schöne Augen machte und etwas näher heranrückte.

»Hier haben Sie meine Opfergaben, Afanassij Iwanowitsch«, sagte sie, während sie mehrere Schüsseln auf den Tisch stellte und geziert ihre Jacke zuknöpfte, die scheinbar ganz zufällig aufgegangen war –: »Quarkpiroggen, Mehlklößchen aus Weizenmehl, Löffelküchlein und Krapfen!«

»Ich gehe jede Wette ein, daß dies von den geschicktesten Händen gemacht ist, die Evas Geschlecht hervorgebracht hat!« sagte der Popensohn und machte sich über die Krapfen her, während er mit der freien Hand die Quarkküchlein heranschob. »Indes, Chawronja Nikiforowna, mein Herz verlangt nach einer süßeren Speise von Ihnen als alle Löffelküchlein und Weizenklößchen.«

»Da weiß ich aber gar nicht, was für eine Speise das sein könnte, Afanassij Iwanowitsch, nach der sie Verlangen haben!« antwortete die üppige Schöne, die vorgab, nicht zu begreifen.

»Aber Ihre Liebe natürlich, unvergleichliche Chawronja Nikiforowna«, versetzte flüsternd der Popensohn, während er in der einen Hand einen Quarkkuchen hielt und die andere um ihren drallen Leib gelegt hatte.

»Weiß der Himmel, was Sie sich da so ausdenken, Afanassij Iwanowitsch«, sagte Chiwrja, wobei sie züchtig die Augen niederschlug. »Am Ende wollen Sie mich gar noch küssen!«

»Diesbezüglich werde ich Ihnen etwas von mir erzählen«,

fuhr der Popensohn fort, »während meiner, wenn ich so sagen darf, Präsenz im geistlichen Seminar; ich erinnere mich daran, als ob es heute wäre . . .«

In diesem Augenblick hörte man Hundegebell und jemanden ans Tor pochen. Chiwrja lief eiligst hinaus und kehrte leichenblaß zurück.

»Jetzt hat's uns beide erwischt, Afanassij Iwanowitsch! Ein Haufen Leute ist draußen und klopft; mir schien sogar, ich hörte die Stimme des Gevatters . . .«

Eine Quarkpirogge blieb dem Popensohn im Halse stecken . . . seine Augen traten aus den Höhlen, als ob ein Gast aus dem Jenseits erschienen wäre, ihm einen Besuch abzustatten.

»Schnell, verstecken Sie sich hier!« rief die erschreckte Chiwrja und zeigte auf einen Bretterboden, der unmittelbar unter der Decke auf zwei Querbalken ruhte und auf dem allerhand Gerümpel aufgehäuft war.

Die Gefahr verlieh unserem Helden Mut. Notdürftig seine Verwirrung meisternd, sprang er auf die Ofenbank und kroch von dort aus vorsichtig auf die Bretter; Chiwrja dagegen lief völlig kopflos zum Tor, denn das Pochen wiederholte sich mit wachsender Stärke und Ungeduld.

VII

Es geschehen noch Wunder, mein Herr!
*Aus einer kleinrussischen Komödie*

Auf dem Jahrmarkt passierten seltsame Dinge: Überall machte das Gerücht die Runde, daß irgendwo zwischen den Waren der *rote Kittel* gesichtet worden sei. Der Alten, die Kuchenbrezeln verkaufte, war der Teufel in Gestalt eines Schweines erschienen, das seinen Rüssel ständig in die Fuhrwerke geschoben hatte, als ob es etwas suchte. Diese Kunde verbreitete sich rasch in allen Winkeln des bereits still gewordenen Zeltlagers; und jedermann hätte es für frevlerisch gehalten, nicht daran zu glauben, obwohl die Brezelverkäuferin, deren transportabler Laden neben dem Schankzelt stand, den ganzen Tag über ohne ersichtlichen Grund Verbeugungen vollführt und mit den Füßen Linien gezogen hatte, die ihrer leckeren Ware ähnelten. Hinzu kam noch die stark aufgebauschte Kunde von einer Wundererscheinung, die der Kreisschreiber in einem verfallenen Speicher gesichtet hatte – so daß alle zur Nacht enger zusammenrückten; die Ruhe war gründlich gestört, und die Angst ließ die Menschen kein Auge schließen; jene aber, die nicht gerade zum tapferen Häuflein gehörten und sich in den Hütten ein Nachtlager gesucht hatten, sahen zu, daß sie nach Hause kamen. Zu den letzteren gehörte auch Tscherewik mit dem Gevatter und seiner Tochter, die zusammen mit den Gästen, die bei ihnen um Quartier gebeten hatten, jenes laute Pochen verursachten, das unserer Chiwrja so in die Glieder gefahren war. Der Gevatter war schon ein wenig benebelt. Das konnte man daran erkennen, daß er mit seinem Fuhrwerk zweimal um den Hof fuhr, ehe er seine Hütte fand. Die Gäste waren auch schon angeheitert und betraten die gute Stube, ohne viele Umstände zu machen, noch vor dem Hausherrn selbst. Die Gattin unseres Tscherewik saß wie auf Nadeln, als die Gäste sich daran machten, in allen Ecken herumzustöbern.

»Was ist, Gevatterin«, schrie der Hausherr im Hereinkommen, »schüttelt dich immer noch das Fieber?«

»Ja, ich fühle mich nicht wohl«, antwortete Chiwrja und warf einen besorgten Blick zu den Brettern unter der Decke.

»Los, Frau, bring mal das Fäßchen aus dem Fuhrwerk!« sagte der Gevatter zu seiner besseren Hälfte, die mit ihm gekommen war, »wir wollen es mit den guten Leuten hier ausschöpfen; die verfluchten Weiber haben uns derart erschreckt, daß man sich schämen muß, davon zu erzählen. Denn bei Gott, Brüder, wir sind wegen nichts und wieder nichts hierher gefahren!« fuhr er fort und nahm einen Schluck aus einem Tonkrug. »Ich wette meine neue Mütze, daß die Weiber nur drauf aus waren, sich über uns lustig zu machen.

Und wenn es wirklich der Satan gewesen sein sollte: Was ist schon der Satan? Spuckt ihm auf den Kopf! Und wenn es ihm in diesem Augenblick einfallen sollte, hier zum Beispiel vor mir aufzutauchen: ich will ein Hundesohn sein, wenn ich ihm nicht vor seinen Augen eine Nase drehe!«

»Und warum bist du vorhin plötzlich so käsebleich geworden?« schrie einer der Gäste, der alle um Haupteslänge überragte und dessen Angewohnheit es war, ständig den Helden zu spielen.

»Ich? ... Gott bewahre! Du hast wohl geträumt?«

Die Gäste brachen in Gelächter aus. Ein zufriedenes Lächeln erschien auf dem Gesicht des redegewandten Großsprechers.

»Wie soll er auch jetzt blaß werden!« fiel ein anderer ein, »seine Backen leuchten ja wie roter Mohn; jetzt müßte er nicht Zybulja heißen – statt einer Zwiebel sieht er mehr einer roten Rübe ähnlich oder, noch besser gesagt, dem *roten Kittel*, der die Leute so in Angst und Schrecken versetzt hat.«

Das Fäßchen wurde auf dem Tisch hin- und hergerollt und machte die Gäste noch fröhlicher. Jetzt wandte sich unser Tscherewik, dem der *rote Kittel* schon seit längerem zu schaffen machte und dessen wißbegierigem Charakter er keinen Augenblick Ruhe ließ, an den Gevatter:

»Nun sag doch mal, Gevatter, sei so gut, was es denn für eine Bewandtnis mit dem verdammten *Kittel* hat. Ich bitte dich schon die ganze Zeit und bekomme keine Antwort.«

»Je nun, Gevatter! Eigentlich sollte man so was ja nicht am späten Abend erzählen; höchstens, um dir einen Gefallen zu tun und den guten Leuten hier (dabei wandte er sich seinen Gästen zu), die offenbar genauso wie du darauf brennen, etwas über diese wunderliche Sache zu erfahren. Nun gut also, hört zu!«

Er kratzte sich an der Schulter, wischte sich mit dem Rockschoß die Lippen, legte beide Hände auf den Tisch und begann:

»Da haben sie einmal, weshalb eigentlich, weiß ich nicht
mehr, bei Gott einen Teufel aus der Hölle hinausgejagt.«

»Ja wieso denn, Gevatter?« unterbrach ihn Tscherewik,
»wie war denn so etwas möglich, einen Teufel aus der Hölle
zu vertreiben?«

»Was weiß ich, Gevatter? Sie haben ihn eben hinausgejagt,
wie der Bauer seinen Hund aus der Hütte jagt. Vielleicht war
er auf die verrückte Idee gekommen, irgend etwas Gutes zu
tun, na und da haben sie ihm eben die Tür gezeigt. Dem
armen Teufel wurde nun so hundeelend zumute, er hat sich so
sehr nach der Hölle zurückgesehnt, daß er sich glatt hätte
aufhängen können. Was tun? Vor lauter Kummer begann er
zu saufen. Er nistete sich in dem halbverfallenen Speicher ein,
da am Fuße des Hügels, du hast ihn gesehen, an dem heutzutage kein guter Mensch vorbeigeht, ohne sich mit dem heiligen Kreuzzeichen zu schützen. Und nun wurde der Teufel
ein Säufer von solchem Kaliber, wie man ihn nicht einmal
unter den jungen Burschen findet. Von früh bis spät sitzt er
dir in der Schenke, ohne sich wegzurühren! . . .«
Hier unterbrach der strenge Tscherewik zum zweitenmal
unseren Erzähler:

»Was du aber auch so daherredest, Gevatter! Den Teufel in
eine Schenke hineinzulassen, das gibt's doch gar nicht. Zum
Glück hat er ja Krallen an den Pfoten und Hörner auf dem
Kopf.«

»Ja, der Trick war aber, daß er eine Mütze aufhatte und
Handschuhe trug. Wer hätte ihn da wohl erkennen können?
Also er soff und soff – und schließlich war er so weit gekommen, daß er alles vertrunken hatte, was er besaß. Der Schankwirt schrieb zwar lange an, aber eines Tages war Schluß. Da
mußte der Teufel seinen roten Kittel fast für ein Drittel seines
Wertes an den Juden verpfänden, der damals auf dem Jahrmarkt von Sorotschinzy die Kneipe betrieb; er verpfändet ihn
also und sagt: ›Paß auf, Jud, ich komme zu dir und hole mir
den Kittel genau in einem Jahr: Heb ihn also gut auf!‹ Und
weg war er, als wäre er im Wasser versunken. Der Jude sah

sich den Kittel genau an: Ein Stoff, wie man ihn nicht einmal in Mirgorod bekommt! Und die rote Farbe brannte wie Feuer, daß man sich nicht daran sattsehen konnte! Da verlor der Jude die Lust, die Frist abzuwarten. Er kratzte sich an den Schläfenlocken und nahm einem Herren auf der Durchreise an die fünf Goldstücke für den Kittel ab. Und am Ende hatte der Jude die Frist völlig vergessen. Aber eines Abends kam da ein Mann zu ihm und sagte: ›So, Jude, nun gib mir mal meinen Kittel zurück!‹ Anfangs erkannte ihn der Jude nicht, als ihm dann aber klargeworden war, wen er da vor sich hatte, tat er so, als hätte er ihn noch nie gesehen. ›Was denn für einen Kittel? Ich habe keinen Kittel! Ich kenne deinen Kittel überhaupt nicht!‹ Und siehe da: der andere war sofort verschwunden; aber gegen Abend, als der Jude sein Hüttchen zugeschlossen und das Geld im Kasten gezählt hatte, als er sich sein Laken übergeworfen hatte und auf Judenart begann, zu Gott zu beten – da hört er plötzlich ein Geräusch ... und was muß er sehen! Zu allen Fenstern schieben sich Schweinerüssel herein ...«

In diesem Augenblick hörte man wirklich ein unbestimmtes Geräusch, das dem Schweinegrunzen recht ähnlich war; alle erblaßten ... Auf dem Gesicht des Erzählers traten Schweißtropfen hervor.

»Was ist das?« rief Tscherewik erschrocken.

»Nichts! ...« antwortete der Gevatter, wobei er am ganzen Körper zitterte.

»Was ist los?« ließ sich einer der Gäste vernehmen.

»Was hast du gesagt ...?«

»Nein!«

»Wer hat denn hier gegrunzt?«

»Weiß der Himmel, warum wir uns aufregen! Es ist doch niemand da!«

Alle begannen, sich ängstlich umzuschauen und in den Ecken nachzusehen. Chiwrja war mehr tot als lebendig vor Angst.

»Ach ihr, Weiber seid ihr, Weiber!« sagte sie laut. »Wollt Kosaken spielen, wollt Mannsbilder sein! Die Spindel sollte man euch in die Hand drücken, an die Flachshechel sollte man euch setzen! Vielleicht hat einer von euch, Gott verzeih mir, einen ... Eine Bank hat wohl bei einem geknarrt, und alle schrecken auf, als wären sie nicht ganz bei Trost.«

Diese Worte beschämten unsere tapferen Helden und ließen sie wieder Mut fassen; der Gevatter nahm einen Schluck aus dem Krug und fuhr fort:

»Der Jude erstarrte; aber die Schweine stiegen auf ihren Beinen, die lang waren wie Stelzen, zum Fenster hinein und hatten den Juden im Nu wieder mit ihren geflochtenen dreischwänzigen Peitschen munter gemacht, wobei sie ihn Sprünge vollführen ließen, so hoch bis zu diesem Balken hier. Da warf sich der Jude vor ihnen nieder und gestand alles ein ... Allerdings ließ sich der Kittel nicht so schnell wieder herbeischaffen. Den Pan hatte unterwegs ein Zigeuner bestohlen, der den Kittel an eine Hökerin verkaufte; die brachte ihn wieder auf den Jahrmarkt in Sorotschinzy, doch wollte seit dieser Zeit niemand mehr irgend etwas bei ihr kaufen. Eine Zeitlang wunderte sich die Hökerin, am Ende kapierte sie: wahrscheinlich war an allem der rote Kittel schuld. Nicht umsonst hatte sie das Gefühl, gewürgt zu werden, sobald sie ihn anzog. Ohne viel nachzudenken und Mutmaßungen anzustellen, warf sie ihn ins Feuer – aber Teufelskleidung brennt nicht. ›O je, das ist ein Teufelsgeschenk!‹ Der Hökerin gelang es, den Kittel in das Fuhrwerk eines Bauern zu praktizieren, der Butter zum Markt fuhr. Der Dummkopf freute sich erst; aber niemand wollte Butter mehr von ihm haben. ›O je, den Kittel haben mir böse Hände zugesteckt!‹ Er packte ein Beil und zerhieb ihn in Stücke; aber siehe da: ein Stück kroch zum anderen, und schon war der Kittel wieder heil. Der Bauer bekreuzigte sich, griff von neuem zum Beil und zerhackte ihn ein zweites Mal; die Stücke verstreute er im ganzen Ort und fuhr ab. Nur, daß seit der Zeit nun jedes Jahr, just zur Zeit des Jahrmarktes, der

Teufel in Schweinegestalt den ganzen Platz abläuft, grunzt und die Stücke seines Kittels zusammensucht. Wie es heißt, fehlt ihm jetzt nur noch der linke Ärmel. Seit der Zeit bekreuzigen sich die Leute jedesmal, wenn sie in die Nähe dieses Ortes kommen, und schon etwa zehn Jahre hat dort kein Jahrmarkt mehr stattgefunden. Der Satan mag den Assessor jetzt veranlaßt haben, den Jahr-«

Die zweite Hälfte des Wortes blieb dem Erzähler im Halse stecken. Krachend brach das Fenster auf; Glas klirrte und splitterte, und eine schreckliche Schweineschnauze schob sich herein, mit den Augen rollend, als wollte sie fragen: »Was tut ihr hier, ihr guten Leute?«


### VIII

> Duckt sich furchtsam wie ein Has',
> Tabak fließt ihm aus der Nas',
> Zittert angstgeplagt wie Kain ...
>
> KOTLJAREWSKIJ, *Äneis*

Entsetzen lähmte alle, die sich in der Hütte befanden. Der Gevatter, mit weit aufgerissenem Mund, war zur Bildsäule erstarrt; seine Augen traten aus den Höhlen wie Kugeln aus dem Lauf; seine gespreizten Finger hingen bewegungslos in der Luft. Der hünenhafte Kämpe schoß in heillosem Entsetzen bis unter die Decke und stieß mit dem Kopf an den Querbalken; die Bretter kamen ins Rutschen – und herab fiel mit lautem Gepolter der Popensohn. »Ei! Ei! Ei!« schrie einer der Männer verzweifelt auf, fiel vor Schreck rücklings auf eine Bank und fuchtelte wild mit Armen und Beinen. »Hilfe!« heulte ein anderer und versteckte sich in seinem Schafspelz. Der Gevatter, durch diesen zweiten Schrecken aus seiner Erstarrung gelöst, kroch, am ganzen Körper bebend, unter den Rock seiner Gattin. Der hünenhafte Kämpe krabbelte in den Ofen, ungeachtet der engen Öffnung, und schob hinter sich das Blech vor. Tscherewik aber, wie mit kochendem Wasser übergossen, stülpte einen Topf anstelle der Mütze auf den Kopf, stürzte zur Tur und lief wie von Sinnen auf die Straße, ohne zu sehen, wohin er seine Füße setzte; nur die Erschöpfung brachte ihn dazu, allmählich die Schnelligkeit des Laufes ein wenig zu mindern. Sein Herz hämmerte wie ein Mühlgang, der Schweiß floß in Strömen. Völlig erschöpft, wollte er sich schon zu Boden fallen lassen, da war ihm plötzlich, als hörte er jemanden hinter sich herjagen . . .

Ihm stockte der Atem . . . »Der Teufel! Der Teufel!« schrie er völlig von Sinnen, verdreifachte noch einmal seine Kräfte, stürzte aber kurz danach zu Boden, einer Ohnmacht nahe.

»Der Teufel! Der Teufel!« schrie es hinter ihm, und er nahm nur noch wahr, daß sich etwas krachend auf ihn warf. Nun verlor er endgültig das Bewußtsein. Stumm und unbeweglich lag er auf dem Wege – wie der grausige Bewohner eines engen Sarges.

## IX

> Von vorne mag es ja noch gehen,
> Aber hinten, o wei, o wei,
> Da sieht's ganz nach dem Teufel aus!
>
> *Aus einem Volksmärchen*

»Hast du gehört, Wlas«, sagte jemand aus der Menge, die auf der Straße kampierte, und erhob sich. »Hier ganz in der Nähe hat jemand den Teufel angerufen!«

»Was geht denn mich das an?« brummte der neben ihm liegende Zigeuner und streckte sich, »von mir aus kann er dessen ganze Sippschaft anrufen!«

»Aber er hat so gebrüllt, als ob man ihn abmurkst!«

»Ach, was der Mensch so alles im Halbschlaf schreit!«

»Ganz wie du willst, aber man muß doch mal nachsehen; schlag mal Feuer!«

Der andere Zigeuner erhob sich brummend auf seine Füße, ließ zweimal Funken aufflammen, die ihn wie Blitze beleuchteten, blies in den Zunder und ging los, um den Weg abzuleuchten, in der Hand eine Fettlampe, die übliche kleinrussische Leuchte, die aus einer Scherbe besteht, in die Hammelfett gegossen ist.

»Halt! Hier liegt was; leuchte mal her!«

Nun kamen noch einige Männer herbei.

»Was liegt denn da, Wlas?«

»Anscheinend zwei Menschen: der eine oben, der andere unten; wer von den beiden der Teufel ist, kann ich noch nicht erkennen!«

»Und wer liegt oben?«

»Ein Weib!«

»Alles klar, das ist natürlich der Teufel!«

Das allgemeine Gelächter weckte fast die ganze Straße auf.

»Ein Weib ist auf einen Mann gekrochen. Na wahrscheinlich kann sie reiten!« sagte einer aus der umstehenden Menge.

»Schaut nur, Brüder«, sagte ein anderer und hob eine Scherbe des Topfes hoch, von dem nur noch die heilgebliebene Hälfte auf Tscherewiks Kopf thronte, »was für eine Mütze sich dieser brave Bursche da aufgesetzt hat!«

Der anschwellende Lärm und das Gelächter ließen unsere Toten zu sich kommen: Solopij und seine Gattin, die, noch ganz im Banne des Schreckens, den sie erlebt hatten, lange angsterfüllt und starren Auges in die dunkelbraunen Gesichter der Zigeuner blickten: Im Scheine des unruhig flackernden Lichtes erschienen sie ihnen wie eine wilde Schar von Gnomen, die da, umwallt von schwerem Rauch aus der Unterwelt, im nächtlichen Dunkel vor ihnen standen.

## X

Laß mich in Frieden, verschwinde,
du Teufelsspuk!
*Aus einer kleinrussischen Komödie*

Frische Morgenluft wehte über dem erwachenden Sorotschinzy. Rauchwolken strebten aus allen Schornsteinen der aufgehenden Sonne entgegen. Der Jahrmarkt belebte sich lärmend. Schafe blökten, Pferde wieherten; von neuem hallte das Geschrei der Gänse und der Händlerinnen über das ganze Zeltlager hin – und all die schrecklichen Gerüchte vom *roten Kittel*, die während der geheimnisvollen Dämmerstunden das Volk so verzagt gemacht hatten, waren mit dem heraufkommenden Morgen verschwunden.

Noch nicht ganz wach lag Tscherewik gähnend und sich reckend unter dem Dach einer strohgedeckten Scheune des Gevatters, zwischen Ochsen, Säcken mit Mehl und Weizen, und spürte offenbar gar kein Verlangen, sich von seinen Träumen loszureißen, als er plötzlich eine Stimme vernahm, die ihm ebenso vertraut war wie die Zufluchtsstätte seiner Trägheit: der gesegnete Ofen in seiner Hütte oder die Schenke, die einer entfernten Verwandten gehörte und keine zehn Schritte von seiner Schwelle entfernt lag.

»Steh auf, steh auf!« schrie ihm seine zärtliche Gattin mit schriller Stimme in die Ohren, wobei sie ihn mit aller Kraft am Arm zog.

Statt zu antworten, blies Tscherewik seine Backen auf und begann mit den Händen herumzufuchteln, als ob er einen Trommelwirbel nachahmen wollte.

»Du bist wohl verrückt geworden!« schrie sie und wich den Bewegungen seiner Hand aus, die ihrem Gesicht gefährlich nahe kam.

Tscherewik erhob sich, rieb sich ein wenig die Augen und sah sich um.

»Der Teufel soll mich holen, mein Täubchen, wenn ich nicht deine Fratze für die Trommel angesehen habe, auf der ich Reveille schlagen mußte wie bei den Russen; gezwungen haben mich dazu die Schweineschnauzen, von denen der Gevatter meint . . .«

»Schluß jetzt! Hör auf, Unsinn daherzureden! Zieh ab und bring die Stute zum Verkauf, aber ein bißchen plötzlich! Die Leute lachen uns ja aus: sind zum Jahrmarkt gekommen und haben noch nicht einmal eine Handvoll Hanf verkauft . . .«

»Aber wieso denn, Weibchen«, fiel Solopij ihr ins Wort, »über uns lachen die Leute jetzt erst recht.«

»Hau ab, mach dich fort! Über dich lachen sie sowieso!«

»Aber ich habe mich doch noch nicht gewaschen«, maulte Tscherewik, gähnte und kratzte sich am Rücken. Verschlafen, wie er war, wollte er Zeit gewinnen.

»Jetzt ist nicht die Zeit, den Reinlichen zu spielen! Was sind denn das für neue Moden? Hier, nimm das Handtuch und wisch dir deine Visage ab . . .«

Mit diesen Worten griff sie nach einem zusammengeknüllten Fetzen – und schleuderte ihn entsetzt von sich: es war der *rote Ärmelaufschlag eines Kittels!*

»Los, tue, was du zu tun hast«, wiederholte sie, all ihren Mut zusammennehmend, als sie sah, daß ihrem Mann vor Angst die Beine zu versagen drohten und seine Zähne nur so klapperten.

»Das wird einen schönen Verkauf geben!« knurrte er, band die Stute los und führte sie auf den Platz. »Es hatte schon seinen Grund, daß mir so hundeelend zumute war, als ich mich für den verfluchten Jahrmarkt fertigmachte. Ein Gefühl, als ob sie einem eine verreckte Kuh auf die Schultern gepackt haben. Zweimal wollten die Ochsen umdrehen und zurück. Jetzt erinnere ich mich auch: sind ja fast noch am Montag aufgebrochen. Schlimm das alles! . . . Und der Teufel läßt auch nicht locker: könnte doch seinen Kittel gut mit einem Ärmel anziehen; aber nein: er kann die guten Leute einfach nicht in Frieden lassen. Wenn ich der Teufel wäre, beispielsweise – Gott bewahre! –, würde ich mich vielleicht wegen ein paar verdammter Fetzen nachts herumtreiben?«

Hier unterbrach eine volle und durchdringende Stimme die Gedanken unseres Philosophen. Vor ihm stand ein langaufgeschossener Zigeuner.

»Was verkaufst du, guter Mann?«

Der Verkäufer schwieg, blickte ihn von Kopf bis Fuß an und versetzte mit ruhiger Miene, ohne stehenzubleiben und den Zaum aus der Hand zu lassen:

»Siehst du ja selber, was ich verkaufe!«

»Etwa die Riemen da?« fragte der Zigeuner mit einem Blick auf den Zaum in der Hand Tscherewiks.

»Allerdings, wenn nämlich eine Stute so aussieht wie ein Riemen.«

»Hör mal, Landsmann, du hast sie wohl mit Stroh gefüttert, hol's der Teufel?«

»Mit Stroh?«

Tscherewik wollte die Zügel anziehen und seine Stute vorführen, um so den schamlosen Verleumder Lügen zu strafen, aber seine Hand schlug ihm mit ungewöhnlicher Leichtigkeit gegen das Kinn. Er sah sich um: in der Hand hielt er das durchgeschnittene Zaumzeug, und angebunden daran – oh, Graus! ihm stiegen die Haare zu Berge – einen Fetzen vom *roten Ärmel des Kittels!* . . . Er spuckte aus, bekreuzigte sich, rannte, mit den Armen fuchtelnd, vor dem unerwarteten Geschenk davon und verschwand, schnellfüßiger als ein junger Bursche, in der Menge.

## XI

Mit dem eigen Stock
Klopft man mir den Rock.
*Sprichwort*

»Fangt ihn! Fangt ihn!« schrie eine Gruppe von Burschen am sich verengenden Ende der Gasse, und Tscherewik fühlte sich plötzlich von kräftigen Fäusten gepackt.

»Bindet ihn! Das ist der Kerl, der einem anständigen Menschen die Stute gestohlen hat!«

»Mein Gott! Mein Gott! warum bindet ihr mich denn?«

»Und der fragt auch noch! Und warum hast du einem Marktbesucher, dem Tscherewik, die Stute geklaut?«

»Ja seid ihr denn von allen guten Geistern verlassen, Jungs! Wo gibt's denn so was, daß man bei sich selber etwas klaut?«

»Alter Trick, den kennen wir! Warum bist du denn losgelaufen, so schnell du konntest, als ob dir der Teufel auf den Fersen wäre?«

»Da läuft jeder los, wenn er plötzlich Satansklamotten –«

»Komm uns nicht so, mein Lieber! Das kannst du anderen erzählen; der Assessor wird dir schon zeigen, was es heißt, die Leute mit irgendwelchem Teufelszeug zu schrecken.«

»Fangt ihn! Fangt ihn!« tönte es am anderen Ende der Straße. »Das ist er, der Kerl will türmen!«

Vor unserem Tscherewik tauchte nun sein Gevatter auf, geführt von einigen Burschen. Die Arme nach hinten gedreht, befand er sich in einer sehr mißlichen Lage.

»Sachen gibt's, kann ich euch sagen«, meinte einer der Burschen. »Hört euch bloß an, was dieser Gauner hier erzählt. Man braucht ihm ja nur ins Gesicht zu sehen, um zu merken, daß das ein Dieb ist. Wir haben ihn gefragt, warum er wie von Sinnen davonrennt, und was hat er behauptet? Angeblich ist er mit der Hand in die Tasche gefahren, um etwas Tabak zum Schnupfen zu greifen, aber statt der Tabakdose will er ein Stück von dem teuflischen *Kittel* herausgezogen haben; Flammen sollen herausgeschlagen sein. Und da hat er denn die Beine in die Hand genommen!«

»He-he-he! Die beiden Vögel kommen aus dem gleichen Nest! Bindet sie beide zusammen!«

## XII

»Liebe Leute, laßt mich leben«,
Weint der Brave, krümmt sich ängstlich:
»Hab euch keinen Grund gegeben,
Warum quält ihr nur mich Armen?
Habt ihr wirklich kein Erbarmen?«

ARTEMOWSKIJ-GULAK,
*Der Herr und der Hund*

»Sag mal, Gevatter, hast du vielleicht doch etwas mitgehen heißen?« fragte Tscherewik, der gefesselt zusammen mit dem Gevatter unter dem Strohdach einer Marktbude lag.

»Jetzt behauptest du das auch noch, Gevatter! Arme und Beine sollen mir verdorren, wenn ich jemals irgend etwas gestohlen habe, außer vielleicht Sahnepiroggen bei der Mutter, als ich zehn war.«

»Womit haben wir nur so ein Unglück verdient, Gevatter? Bei dir ist es ja nicht so schlimm; dir wirft man ja nur vor, daß du einen anderen beklaut hast; aber mich Pechvogel verleumdet man gar, bei mir selbst eine Stute gestohlen zu haben. Womit habe ich das nur verdient? Es muß uns wohl vorbestimmt gewesen sein, Gevatter, kein Glück zu haben im Leben!«

»Es ist schon ein Jammer mit uns armen Waisenkindern!«

Und die beiden Gevatter begannen, bitterlich zu schluchzen.

In diesem Moment trat Grizko zu ihnen. »Was ist denn los mit dir, Solopij? Wer hat dich denn gebunden?«

»Ah! Golopupenko! Golopupenko!« rief Solopij hocherfreut. »Das ist der Bursche, von dem ich dir erzählt habe, Gevatter. Ein Teufelskerl! Auf der Stelle soll mich der Blitz treffen, wenn der nicht vor meinen Augen einen Krug leergepichelt hat, der kaum kleiner war als dein Kopf, und das, ohne auch nur eine Miene zu verziehen.«

»Und warum hast du einen so prächtigen Burschen nicht entsprechend gewürdigt, Gevatter?«

»Es sieht ganz so aus«, fuhr Tscherewik an Grizko gewandt fort, »als ob Gott mich dafür bestraft, daß ich dir Unrecht getan habe. Verzeih schon bitte, mein Guter! Ich würde ja gern alles für dich tun, bei Gott ... aber was soll ich machen? Meine Alte hat nun mal den Teufel im Leibe!«

»Ich bin nicht nachtragend, Solopij. Wenn du willst, mache ich dich frei!« Dabei winkte er einige Burschen heran, und die gleichen, die ihn bisher bewacht hatten, machten sich nun daran, ihn loszubinden. »Nun tu du aber auch was für mich, richte die Hochzeit! Und wir werden feiern, daß uns noch nach einem Jahr die Füße vom Hopaktanzen weh tun.«

»Ist mir ja recht! Ist mir ja nur recht!« sagte Solopij und klatschte in die Hände. »Mir ist jetzt so fidel zumute, als hätten die Russen meine Alte entführt. Wozu noch lange überlegen, ob sich's schickt oder nicht – heute ist Hochzeit und damit basta!«

»Also paß auf, Solopij, in einer Stunde komme ich zu dir. Jetzt aber marsch nach Hause: da warten Leute auf dich, die deine Stute und deinen Weizen kaufen wollen!«

»Was denn! Die Stute hat sich wiedergefunden?«

»Na klar doch!«

Tscherewik erstarrte geradezu vor Freude, während er Grizko nachblickte, der davonging.

»Na, Grizko, haben wir das nicht fein gedeichselt?« fragte der hochgewachsene Zigeuner den vorübereilenden Burschen. »Die Ochsen gehören doch wohl jetzt mir?«

»Aber ja! Die gehören jetzt dir!«

## XIII

Fürcht dich nicht, Mädelchen,
Laß dich nicht schrecken;
Mit den roten Stiefelchen
Zeig es dem Gecken,
Bis er unterm Absatz kracht
Und er keinen Mucks mehr macht.

*Hochzeitslied*

Das hübsche Kinn in die Beuge des Ellenbogens gelegt, saß Paraska allein in der Hütte und dachte nach. Mancherlei süße Träume umschwebten den blonden Kopf. Bald erschien ein leichtes Lächeln auf ihren roten Lippen, und ein frohes Gefühl zog ihre dunklen Brauen leicht nach oben; bald wieder verdunkelte eine Wolke der Melancholie ihre hellen, braunen Augen.

»Und wenn es nun nicht wahr wird, was er mir versprochen hat?« flüsterte sie, mit einem Anflug von Zweifel auf dem Gesicht. »Und wenn man mich ihm nun nicht gibt? Wenn – nein, nein, das kann nicht sein! Die Stiefmutter tut doch alles, was ihr in den Kopf kommt; kann ich da nicht auch tun, was ich möchte? Ich kann auch halsstarrig sein. Was ist er doch für ein hübscher Bursche! Wie wunderbar seine schwarzen Augen funkeln! Wie lieb klingt es, wenn er sagt: Paraska, Täubchen! Und wie prächtig ihm der weiße Kittel steht! Ein leuchtender Gürtel würde gut dazu passen! ... Den könnte ich ihm eigentlich weben, wenn wir erst in der neuen Hütte wohnen. Macht Spaß, daran zu denken«, fuhr sie fort, zog aus dem Busen einen kleinen Spiegel, mit rotem Papier beklebt, den sie auf dem Jahrmarkt gekauft hatte, und musterte sich mit verstohlener Zufriedenheit, »wenn ich ihr später einmal irgendwo begegne, werde ich um nichts in der Welt mich vor ihr verbeugen, und wenn sie platzt. Nein, Stiefmutter, jetzt ist Schluß damit, mich verprügelst du nicht mehr! Eher wird der Sand den Stein hinauffrieseln und die Elche sich wie eine Weide zum Wasser neigen, als daß ich mich vor dir noch einmal verbeuge. Ach ja, ich hab ja ganz vergessen: ich wollte ja die Frauenhaube aufprobieren. Es ist zwar die der Stiefmutter, aber ich will doch mal sehen, wie sie mir steht.«

Sie stand auf und ging, den Kopf über den kleinen Spiegel geneigt, den sie in der Hand hielt, vorsichtig durch die Hütte, als fürchte sie zu fallen: erblickte sie doch statt des Fußbodens die Decke mit jenen Brettern, von denen einige Zeit zuvor der Popensohn herabgeplumpst war, und die Regale, auf denen das Tongeschirr stand.

»Wahrhaftig, ich benehme mich wie ein Kind«, rief sie lachend, »ich hab ja geradezu Angst, fest aufzutreten.«

Und gleich begann sie mit den Füßen zu stampfen, immer heftiger und forscher; schließlich ließ sie die linke Hand sinken, stemmte sie in die Seite und begann zu tanzen, mit den Schuheisen klappernd, noch immer den Spiegel vor sich in der Hand, und sang ihr Lieblingslied:

> »O du grüner Jungfernstrauß,
> Beug dich her zu mir.
> Liebster mit den schwarzen Brau'n,
> Bin so gern bei dir.
>
> O du grüner Jungfernstrauß,
> Beuge dich mir zu,
> Liebster mit den schwarzen Brau'n,
> Gib der Sehnsucht Ruh!«

In diesem Augenblick erschien Tscherewik an der Tür und blieb stehen, als er seine Tochter vor dem Spiegel tanzen sah. Einige Zeit lang schaute er lachend der ganz ungewohnten Laune des Mädchens zu, das, in Gedanken versunken, nichts um sich her zu bemerken schien. Als er dann die bekannten Töne des Liedes vernahm, begann es ihm in allen Fasern zu kribbeln; stolz die Arme in die Seiten gestemmt, trat er vor, ging in die Hocke und begann zu tanzen, alles andere vergessend. Das laute Gelächter des Gevatters ließ beide zusammenfahren.

»Na bravo! Vater und Tochter haben mit der Hochzeits-
feier schon angefangen! Macht rasch: der Bräutigam ist schon
eingetroffen!«

Die letzten Worte ließen Paraska erglühen, daß sie röter
wurde als das Band, das sie um den Kopf geschlungen hatte,
und der sorglose Vater erinnerte sich, warum er eigentlich
gekommen war.

»Komm, Töchterchen! Wir wollen uns beeilen! Vor lauter
Freude, daß ich die Stute verkauft habe, ist Chiwrja davongelaufen«, sagte er, sich ängstlich nach allen Seiten umsehend,
»ist losgelaufen, um sich Röcke und irgendwelche Stoffe zu
kaufen. Wir müssen fertig sein, ehe sie zurückkommt!«

Paraska war kaum über die Schwelle der Hütte getreten, als
sie sich auch schon von dem Burschen im weißen Kittel
emporgehoben fühlte, der sie inmitten einer Menge Menschen auf der Straße erwartet hatte.

»Herr, segne sie!« sagte Tscherewik und legte ihre Hände
zusammen.

»Gut gefügt wie 's Kränzelein möge eure Ehe sein!«

Plötzlich erhob sich ein Lärm in der Menge:

»Lieber will ich platzen, als das zuzulassen!« schrie Solo-
pijs Lebensgefährtin, die jedoch unter Gelächter von der
Menge zurückgehalten wurde.

»Bleib friedlich, Weibchen, bleib friedlich!« sagte Tscherewik ungerührt, als er sah, daß ein paar kräftige Zigeuner sie
bei den Armen hielten, »geschehen ist geschehen; ich hab's
nicht gern, wenn man ständig was ändern will!«

»Nein! Nein! Kommt nicht in Frage!« schrie Chiwrja, aber
niemand hörte auf sie; einige Burschen hatten das junge Paar
umringt und bildeten um sie einen undurchdringlichen tanzenden Wall.

Ein seltsames, unbegreifliches Gefühl mochte sich eines
Beobachters bemächtigen, wenn er sah, wie mit einem einzigen Bogenstrich des Musikanten im groben Tuchkittel mit
langem, gezwirbeltem Schnurrbart alle sich, gewollt oder
ungewollt, zu Einmütigkeit und Harmonie fanden. Men-

schen, auf deren mürrischen Gesichtern sich seit einer Ewigkeit kein Lächeln mehr hervorgewagt hatte, stampften mit den Füßen und zuckten mit den Schultern. Alles war in Bewegung. Alles tanzte. Ein noch seltsameres, noch unverständlicheres Gefühl aber mag sich wohl am Grunde der Seele hervorgewagt haben beim Anblick der alten Frauen, deren Greisengesichter bereits vom Gleichmut des Todes kündeten, die sich hier unter die jungen, lachenden, lebensfrohen Menschen mischten. Die Sorglosen! Auch ohne kindliche Freude, ohne auch nur einen Funken Anteilnahme veranlaßte sie allein der Rausch – so wie ein Mechaniker seine toten Automaten –, etwas Menschenähnliches zu tun. Und so wiegten sie leise ihre alkoholumnebelten Köpfe und tanzten hinter der lustigen Menge her, ohne dem jungen Paar auch nur einen Blick zu schenken.

Der Lärm, das Lachen, die Lieder verklangen mehr und mehr. Die Musik der Fidel erstarb, immer leiser werdend, und entließ zunehmend unbestimmte Töne in die Leere des Raumes. Aus der Ferne hörte man noch ein Stampfen, das irgendwie an das Rauschen des Meeres erinnerte, und bald wurde alles still und leblos.

Entfliegt uns nicht auf gleiche Weise auch die Freude, der schöne, aber unbeständige Gast, und wähnt dann nicht auch vielleicht ein einsamer Laut, er könne Fröhlichkeit zum Ausdruck bringen? Das eigene Echo bereits kündet ihm von Wehmut und Trostlosigkeit, und er lauscht ihm beklommen. Verlieren sich nicht ebenso die ausgelassenen Freunde einer stürmischen und ungebundenen Jugend einer nach dem anderen in der weiten Welt, um am Ende ihren altgewordenen Bruder allein zurückzulassen? Öde fühlt sich der Einsame! Schwer und traurig wird ihm ums Herz, und es gibt nichts, womit man ihm helfen könnte.

# Gutsbesitzer aus alter Zeit

Ich mag es sehr, dieses genügsame Dasein jener einsam wohnenden Besitzer abgelegener Dörfer, jener Leute, die man in Kleinrußland gewöhnlich als altväterlich bezeichnet. Wie gebrechliche malerische Häuschen wirken sie, die in ihrer hübschen Buntheit so ganz anders erscheinen als jene neuen, glatten Gebäude, deren Außenwände noch nicht der Regen verwaschen hat, deren Dächer noch kein grüner Schimmel überzog, deren Vortreppe noch nicht ihren Stuck eingebüßt und daher nur ihre roten Ziegel vorzuweisen hat. Gern tauche ich hin und wieder für ein kurzes Weilchen in die Sphäre dieses geradezu weltverlorenen Lebens ein, wo auch nicht ein einziger Wunsch aufkommt, der jenen Staketenzaun überflöge, von dem der kleine Hof umfriedet wird, den Flechtzaun um den Garten, der voller Apfel- und Pflaumenbäume steht, oder die Bauernhütten, die das Anwesen umringen, windschief, von Weiden, Holunderbüschen und Birnbäumen beschattet. Das Leben ihrer bescheidenen Bewohner fließt so still dahin, so still, daß man für einen Augenblick alles vergißt und meint, die Leidenschaften, Begierden und aufwühlenden Eingebungen des bösen Feindes, welche die Welt in Unruhe versetzen, existierten überhaupt nicht, seien nicht mehr als die irisierenden, funkelnden Ausgeburten unserer Träume.

Ich habe es noch deutlich vor meinen Augen – dieses niedrige Häuschen mit einer das ganze Gebäude umlaufenden Galerie aus kleinen, schwarzgewordenen Holzsäulchen, die es erlaubt, bei Gewitter und Hagel die Fensterläden vorzulegen, ohne vom Regen durchnäßt zu werden. Hinter dem Haus stehen ein duftender Faulbaum, große Reihen von niedrigen Obstbäumen, wie ertrunken im Purpurmantel der Kirschen, im saphirfarbenen Meer der Pflaumen, auf denen ein bleifarbener Schimmer liegt, ferner ein weitausladender Ahorn, in dessen Schatten ein Teppich ausgebreitet ist, der zum Ruhen einladt; vor dem Haus ein großer Hof mit niedri-

gem frischen Gras und einem ausgetretenen Pfad vom Speicher zur Küche und von dort zu den Zimmern der Herrschaften. Eine langhalsige Gans, begleitet von jungen, niedlichen,
flaumzarten Gänschen, trinkt gerade Wasser; am Staketenzaun hängen Bündel getrockneter Birnen und Äpfel sowie
Teppiche zum Lüften; eine Fuhre Melonen steht neben dem
Speicher; neben ihr liegt träge der Zugochse, den man ausge-
spannt hat – dies alles hat für mich etwas unbeschreiblich
Anziehendes, vielleicht deshalb, weil ich es nun nie mehr
sehen werde und weil uns all das lieb und teuer ist, von dem
wir haben Abschied nehmen müssen. Wie auch immer:
Jedenfalls geriet meine Seele jedesmal in einen wunderbar
wohligen und friedvollen Zustand, sobald meine Kalesche auf
die Vortreppe dieses Häuschens zurollte. Fröhlich brachten
die Pferde den Wagen an sein Ziel; der Kutscher stieg
gemächlich vom Bock und stopfte sich eine Pfeife, ganz so,
als wäre er gerade bei sich zu Hause angelangt; selbst das
Gebell, das die phlegmatischen Hofhunde und das ganze
übrige Hundevolk anstimmten, war meinen Ohren angenehm. Doch am meisten mochte ich die Besitzer dieser
bescheidenen Winkelchen selbst, die alten Herren und alten
Damen, die aus dem Haus traten, mich willkommen hießen
und sich sogleich um mein Wohl besorgt zeigten. Ihre
Gesichter tauchen auch jetzt noch manchmal im lärmenden
Gewühl all der modischen Fräcke vor meinem geistigen Auge
auf, und dann versinke ich unvermittelt in einen Wachtraum,
und das Vergangene dämmert wieder vor mir auf. In ihren
Gesichtern stand immer eine solche Güte geschrieben, eine
derartige Treuherzigkeit und Aufrichtigkeit, daß man einfach
nicht anders konnte, als – wenn auch nur für kurze Zeit – allen
kühnen Vorhaben zu entsagen und, ohne es recht wahrzunehmen, mit all seinen Gefühlen in das schlichte bukolische
Leben einzutauchen.

Bis zum heutigen Tage kann ich zwei liebe alte Leutchen
aus dem vorigen Jahrhundert nicht vergessen, die – leider! –
bereits nicht mehr unter den Lebenden weilen. Meine Seele ist

bis heute voller Traurigkeit, und mein Herz krampft sich
ganz eigenartig zusammen, wenn ich mir vorstelle, ich
könnte irgendwann einmal wieder ihr einstiges Heim auf-
suchen, das heute verödet daliegt, und müßte es mit eigenen
Augen sehen: ein Haufen zerfallener Hütten, der Teich ver-
krautet und an der Stelle, wo einmal ihr niedriges Häuschen
stand, eine zugewachsene Grube – sonst nichts. Wie traurig!
Der bloße Gedanke daran läßt mich schwermütig werden! –
Doch nun wollen wir uns der Geschichte zuwenden.

Afanassij Iwanowitsch Towstogub und seine Frau Pulcherija Iwanowna Towstogubicha, wie sie von den Bauern der
Umgebung genannt wurde, waren jene Altchen, von denen
ich erzählen möchte. Wäre ich ein Maler und wollte Philemon
und Baucis auf die Leinwand bannen, so würde ich keine
anderen Modelle wählen als sie. Afanassij Iwanowitsch war
sechzig, Pulcherija Iwanowna fünfundfünfzig. Afanassij
Iwanowitsch war groß gewachsen und trug stets ein Jäckchen
aus Schafsfell, das mit feinem Wollstoff bezogen war; im Sitzen hielt er sich leicht gebeugt; außerdem lag stets ein Anflug
von Lächeln auf seinem Gesicht, ob er nun selbst etwas
erzählte oder aber bloß zuhörte. Pulcherija Iwanowna war
ernsteren Wesens und lachte fast nie; aber in ihrem Gesicht
und ihren Augen stand soviel Güte geschrieben, soviel Bereitwilligkeit, einen aufs beste zu bewirten, daß man ein Lächeln
obendrein bestimmt als etwas süßlich und zuviel des Guten
empfunden hätte. Die feinen Runzeln waren auf den Gesichtern der beiden so gefällig angeordnet, daß ein Maler gewiß
nicht gezögert hätte, daraus für die Bereicherung seiner Zei-
chentechnik Nutzen zu ziehen. Ihr ganzes Leben ließ sich
daran ablesen, jenes heitere, geruhsame Leben, wie es die
alten heimatverbundenen, treuherzigen und dabei wohlhabenden Familien führten, die stets einen Gegensatz zu jenen
Kleinrussen niederer Herkunft dargestellt hatten, die – ehe-
malige Teersieder oder Krämer – wie Heuschrecken in die
Gouvernementsbehörden und Gerichte eingefallen sind,
ihren eigenen Landsleuten auch noch die letzte Kopeke aus

der Tasche ziehen, die Petersburg mit Prozeßhanseln über-
schwemmen, es zu guter Letzt zu einem schönen Stück Geld
bringen und triumphierend an ihren Familiennamen, der auf
o endet, ein russifizierendes *w* anfügen. Nein, die beiden
ähnelten solchen verachtenswerten, miesen Kreaturen
ebensowenig wie alle anderen alten, bodenständigen kleinrussischen Familien.

Die Liebe zwischen ihnen zu erleben, ohne gerührt zu wer-
den, war schlechterdings unmöglich. Nie sagten sie zueinan-
der *du*, sondern stets *Sie*; Sie, Afanassij Iwanowitsch; Sie,
Pulcherija Iwanowna. »Haben Sie den Stuhl durchgesessen,
Afanassij Iwanowitsch?« »Ja. Aber das ist doch nicht so
schlimm, ärgern Sie sich nicht, Pulcherija Iwanowna.« Kinder hatten sie nie gehabt, und daher richtete sich ihre ganze
Anhänglichkeit auf den Partner. Früher einmal, in seiner
Jugend, hatte Afanassij Iwanowitsch bei der Freiwilligen
Kavallerie gedient und es sogar bis zum Seconde-Major gebracht, aber das lag schon weit zurück, war schon Vergan-
genheit, und Afanassij Iwanowitsch erwähnte es fast nie. Er
hatte mit dreißig Jahren geheiratet, als er noch ein stattlicher
junger Mann war und ein besticktes Kamisol trug; er hatte
sogar einige Findigkeit an den Tag gelegt, als es darum ging,
Pulcherija Iwanowna heimzuführen, denn die Verwandten
wollten sie ihm nicht zur Frau geben. Aber auch daran dachte
er kaum noch, jedenfalls sprach er nie darüber.

Derartige außergewöhnliche Ereignisse der fernen Vergan-
genheit waren längst abgelöst worden von einem friedlichen
und zurückgezogenen Leben, waren jenem leicht schläfrigen
Zustand gedankenverlorener Ausgeglichenheit gewichen,
wie man ihn erlebt, wenn man draußen auf dem Lande auf
einem Balkon sitzt, der in den Garten blickt, während ein
prächtig-üppiger Regenguß herabrauscht, auf die Blätter der
Bäume prasselt, in murmelnden Bächen abfließt, die Glieder
dabei auf den Schlaf einstimmt, und dann plötzlich ein
Regenbogen verstohlen durch die Bäume schimmert und mit
seinen sieben blassen Farben einem halbzerstörten Gewölbe

gleich am Himmel aufleuchtet. Oder wenn einen die Kalesche
schaukelnd einwiegt, während sie gemächlich zwischen grünen Büschen dahinrollt, die Steppenwachtel schlägt, wohl-
duftende Gräser, Kornähren und Feldblumen sich zum
Wagenschlag hineinschieben und einem dabei wohltuend auf
die Hände und ins Gesicht schlagen.

Afanassij Iwanowitsch hörte stets mit freundlichem
Lächeln seinen Gästen zu, die zu Besuch gekommen waren,
gelegentlich sprach er auch selbst, meist aber stellte er Fragen.
Er gehörte nicht zu den alten Herren, die einen dadurch lang-
weilen, daß sie ewig vergangene Zeiten preisen und an den
heutigen herummäkeln. Im Gegenteil: Er zeigte teilnahms-
volle Wißbegier für das Leben seines Gastes, für dessen
Erfolge und Mißerfolge – wie dies gewöhnlich alle lieben
alten Herren tun, wobei freilich ihr Interesse ein wenig an die
Neugier eines Kindes erinnert, das das Petschaft an Ihrer Uhr
betrachtet, während es mit Ihnen redet. Dann strahlte,
könnte man sagen, sein Antlitz Güte aus.

Die Zimmer des Hauses, in dem die Altchen wohnten,
waren klein und niedrig – so wie man sie gewöhnlich bei
Menschen der guten alten Zeit findet. In jedem Zimmer stand
ein gewaltiger Ofen, der fast ein Drittel des Raumes einnahm.
Die Zimmerchen waren völlig überheizt, weil Afanassij Iwanowitsch und Pulcherija Iwanowna es sehr warm liebten. Die
Feuerlöcher befanden sich in der Diele, die stets fast bis unter
die Decke mit Stroh vollgepackt war, das üblicherweise in
Kleinrußland anstelle des Brennholzes Verwendung findet.
Das Knistern des brennenden Strohs und der Feuerschein
machen die Diele zu einem äußerst angenehmen Aufenthaltsort während der Winterabende, wenn die temperamentvollen
jungen Burschen, durchgefroren von der Verfolgungsjagd auf
eine hübsche Brünette, hereinstürmen und sich die Hände
wärmen, indem sie sie gegeneinanderschlagen. An den Wänden der Zimmer hingen einige größere und kleinere Bilder in
altertümlichen schmalen Rahmen. Ich bin überzeugt, daß
sogar die Hausbewohner längst vergessen hatten, was sie dar-

stellten, und wäre das eine oder andere entfernt worden – sie
hätten es wohl gar nicht einmal bemerkt. Zwei der Bilder
waren große Porträts in Öl. Eines davon stellte irgendeinen
Bischof dar, das andere Peter III. Aus einer schmalen Umrah-
mung blickte, ganz von Fliegendreck beschmutzt, die Herzogin von Lavallière auf den Beschauer herab. Zahlreiche kleine
Bilder umrahmten die Fenster, andere hingen über der Tür –
und längst daran gewöhnt, in ihnen nur Flecken an der Wand
zu sehen, wäre man nicht auf die Idee verfallen, sie sich anzuschauen. Fast alle Zimmer hatten einen aus Lehm gestampf-
ten Estrich, musterhaft glatt gestrichen und so sauber gehalten wie kaum ein Parkettfußboden in einem reichen Hause,
wo gewöhnlich ein unausgeschlafener Herr in Livree träge
den Besen führt.

Das Zimmer von Pulcherija Iwanowna war voller großer
und kleiner Truhen und Kästen. An den Wänden hingen
zahlreiche Bündelchen und Beutelchen mit Blumen- und
Gemüsesamen sowie Melonenkernen. Eine Unzahl von
Wollknäueln, von Stoffresten aus der Mode gekommener
Kleider, die ein halbes Jahrhundert zuvor genäht worden
waren, füllten kleine Truhen in den Ecken oder lagen auch
zwischen ihnen aufgehäuft. Pulcherija Iwanowna war eine
umsichtige Hausfrau und hob alles auf, obwohl sie so manches Mal selber gar nicht wußte, wofür es einmal zu gebrau-
chen sein könnte.

Das Allerbemerkenswerteste im Hause aber waren die sin-
genden Türen. Sobald der Morgen graute, begannen die
Türen im ganzen Haus ihre Stimme zu erheben. Ich vermag
nicht zu sagen, wieso sie eigentlich sangen: lag es daran, daß
die Angeln verrostet waren, war es die Schuld des Handwerkers, der sie gefertigt und dabei irgendein Geheimnis eingebaut hatte – auffällig war auf jeden Fall, daß jede Tür ihre
besondere Stimme besaß: die ins Schlafzimmer führende sang
im höchsten Diskant, die Eßzimmertür knurrte im Baß, während die Tür in den Flur einen gar seltsamen Ton von sich gab,
der einem Scheppern und Stöhnen ähnlich klang, und wer

genau hinhörte, mochte wohl ein recht deutliches »Mich
friert, ihr Lieben!« vernehmen. Mir ist bekannt, daß vielen
ein solcher Ton nicht gefällt; ich aber mag ihn sehr, und
jedesmal, wenn ich hier eine Tür knarren höre, beginnt es
sofort nach Dorf zu riechen, nach dem niedrigen Zimmerchen, das von einer Kerze erhellt wird, die in einem altmodi-
schen Leuchter steht, nach Abendbrot, das bereits auf dem
Tisch steht, nach dunkler Maiennacht, die aus dem Garten
durchs offene Fenster hereinschaut auf den gedeckten Tisch.
Dann meine ich die Nachtigall zu hören, die den Garten, das
Haus und den Fluß, der in der Ferne vorüberfließt, mit ihrem
Trillern überschüttet, und das etwas unheimliche Geraschel
in den Zweigen ... und dann steigen Erinnerungen in mir
auf ... Oh, mein Gott, was für eine lange Reihe von Erinnerungen!

Die Stühle im Zimmer waren aus Holz, von jener massiven
Solidität, wie sie in der guten alten Zeit so üblich war; sie
hatten hohe, gedrechselte Rückenteile und präsentierten sich
in Naturfarbe, weder lackiert noch gestrichen; nicht einmal
Bezüge hatten sie und ähnelten somit jenen Stühlen, auf
denen bis in unsere Tage die Bischöfe Platz zu nehmen pflegen. Dreieckige Tischchen in den Ecken, viereckige vor dem
Diwan und dem Spiegel mit schmalem Goldrahmen und
geschnitztem Blattwerk, das die Fliegen mit ihren schwarzen
Pünktchen garniert hatten, ein Teppich vor dem Diwan mit
Vögeln, die Blumen glichen, und Blumen, die wie Vögel aussahen – das war so ungefähr die ganze Ausstattung dieses
anspruchslosen Häuschens, wo meine beiden Altchen lebten.

Die Mägdestube quoll über von jungen und weniger jungen
Mädchen in gestreiften Hemdkitteln. Pulcherija Iwanowna
ließ sie hin und wieder irgendeine Kleinigkeit nähen oder
Beeren waschen – die meiste Zeit aber verbrachten sie in der
Küche oder schliefen. Pulcherija Iwanowna hielt es für unbedingt erforderlich, sie im Hause zu halten, und achtete streng
auf ihre Tugend. Doch zu ihrem größten Erstaunen vergingen kaum ein paar Monate, bis wieder bei einem der jungen

Dinger die Taille sich beträchtlich über das Normalmaß hinaus gerundet hatte. Dies war um so verwunderlicher, als es im Hause fast keinen Junggesellen gab, abgesehen von dem kleinen Zimmerjungen, der barfüßig in einem grauen Halbfrack herumlief, und wenn er nicht gerade aß, dann bestimmt schlief. Pulcherija Iwanowna zankte die Schuldige gewöhnlich aus und redete ihr streng ins Gewissen, dergleichen dürfe auf keinen Fall wieder vorkommen. An den Fensterscheiben summte eine Unmasse von Fliegen, übertönt vom voluminösen Baß einer Hummel, manchmal begleitet vom durchdringenden Sirren einiger Wespen; sobald man aber die Kerzen brachte, suchte die ganze Rotte ihre Nachtlager auf und verhüllte als schwarze Wolke die ganze Zimmerdecke.

Afanassij Iwanowitsch befaßte sich recht wenig mit der Wirtschaft, wenn er auch gelegentlich zu den Mähern und Schnittern hinausfuhr und ihnen recht angelegentlich bei der Arbeit zuschaute; die ganze Last der Verwaltung lag auf den Schultern Pulcherija Iwanownas. Ihre hauswirtschaftliche Arbeit bestand im pausenlosen Öffnen und Schließen der Vorratskammer, im Salzen, Trocknen, Einkochen einer ungeheuren Menge von Früchten und anderen Gewächsen. Ihr Haus glich völlig einem chemischen Laboratorium. Unter dem Apfelbaum brannte beständig ein Feuer, und nur höchst selten nahm man vom eisernen Dreifuß den Kessel oder das Kupferbecken mit dick eingekochter Marmelade, Gelee oder Obstpaste herunter, zubereitet mit Honig, Zucker oder ich weiß nicht mehr womit. Unter einem anderen Baum destillierte der Kutscher pausenlos in einem kupfernen Topf Schnaps auf Pfirsichblättern, auf Vogelbaumblüten, Tausendgüldenkraut, Kirschkernen – und er war am Ende dieses Prozesses völlig außerstande, seine Zunge richtig zu bewegen, brabbelte vielmehr derartigen Unsinn daher, daß Pulcherija Iwanowna kein Wort davon verstehen konnte und er sich in die Küche verzog, um sich schlafen zu legen. Von all dem Zeug wurden derartige Mengen eingekocht, eingesalzen und getrocknet, daß sie vermutlich am Ende den ganzen Hof

überschwemmt hätten – zumal Pulcherija Iwanowna stets
darauf bedacht war, über den zum Verbrauch berechneten
Bedarf hinaus noch einen Notvorrat anzulegen –, wenn nicht
gut die Hälfte dieses Segens von den Hofmägden weggeputzt
worden wäre, die sich regelmäßig, sobald sie eine Gelegenheit
fanden, in die Vorratskammer zu gelangen, dort derart über-
fraßen, daß sie einen ganzen Tag lang stöhnten und über ihre
Bäuche jammerten.

Sich mit dem Ackerbau und den anderen landwirtschaftlichen Bereichen außerhalb des Hofes zu befassen, bot sich
Pulcherija Iwanowna kaum eine Gelegenheit. Verwalter und
Dorfältester stahlen im trauten Verein wie die Raben. Sie
hatten es sich zur Gewohnheit gemacht, in den herrschaftlichen Wäldern so zu schalten und zu walten, als wären es ihre
eigenen. Sie ließen eine Menge Schlitten bauen und setzten sie
auf dem nächsten Jahrmarkt ab; darüber hinaus verkauften sie
die dicksten Eichen auf dem Stamm an die Kosaken in der
Nachbarschaft zum Mühlenbau. Nur ein einziges Mal hatte
Pulcherija Iwanowna den Wunsch geäußert, ihre Wälder zu
visitieren. Zu diesem Behufe war die Droschke mit gewaltigen Schutzledern angespannt worden, die – kaum daß der
Kutscher nach den Zügeln griff und die Pferde, die noch bei
der Miliz gedient hatten, anzogen – die Luft mit ganz seltsamen Lauten erfüllten, daß man unversehens Pfeifen, Schellen
und Trommeln zu hören meinte; jeder Nagel, jede eiserne
Krampe schepperte derartig, daß man noch bei der Mühle
hören konnte, wie die Pani vom Hofe fuhr, obgleich die Entfernung gut zwei Werst betrug. Pulcherija Iwanowna konnte
unmöglich die schreckliche Verwüstung im Wald und den
Verlust jener Eichen übersehen, die sie bereits in ihrer Kindheit als hundertjährige gekannt hatte.

»Sag mal, mein lieber Nitschipor«, sagte sie, an ihren Verwalter gewandt, der prompt zur Stelle war, »wie kommt es
eigentlich, daß sich hier die Eichen so gelichtet haben? Paß
auf, daß es deinem Kopf mit seinen Haaren nicht ebenso
ergeht!«

»Wieso sie sich so gelichtet haben?« lautete die Antwort des Verwalters, »sie sind zugrunde gegangen. Ganz einfach: vom Blitz gefällt, von Würmern gefressen – eingegangen halt, Herrin, verschwunden.«

Pulcherija Iwanowna gab sich mit dieser Antwort vollauf zufrieden, fuhr nach Hause und gab lediglich Anweisung, im Garten die Wachen bei den spanischen Kirschen und den großen Winterbirnen zu verdoppeln.

Verwalter und Dorfältester, diese würdigen Sachwalter, hielten es für völlig überflüssig, das gesamte Mehl in die herrschaftlichen Speicher zu fahren, waren vielmehr der Meinung, daß die Hälfte für die Herren vollauf genug sei; am Ende lieferten sie auch diese Hälfte noch in einem angeschimmelten und feuchten Zustand, in dem sie auf dem Markt nicht abzusetzen war. Doch soviel der Verwalter und der Dorfälteste auch immer stehlen mochten, wie hemmungslos auch alle auf dem Hofe fressen mochten, angefangen bei der Beschließerin und endend bei den Schweinen, die eine schier unübersehbare Menge von Pflaumen und Äpfeln vertilgten und oft noch mit ihren Schnauzen so gegen die Bäume stießen, daß ein ganzer Regen von Früchten niederging, wieviel auch immer die Spatzen und die Krähen anpickten, wieviel auch immer das Hofgesinde als Gastgeschenk zu seinen Gevattern in die anderen Dörfer schleppte und überdies noch an altem Leinen und Garn aus den Speichern stibitzte, was alles dann an der Quelle aller Quellen, d. h. in der Schenke, zu Geld gemacht wurde, soviel auch immer die Gäste, deren phlegmatische Kutscher und Lakaien mitgehen ließen – die gesegnete Erde brachte alles in solcher Fülle hervor, und Afanassij Iwanowitsch und Pulcherija Iwanowna brauchten selbst so wenig, daß all diese unverschämten Diebereien in ihrer Wirtschaft überhaupt nicht zu merken waren.

Wie es bei den Grundherren der guten alten Zeit bewährtem Brauch entsprach, aßen die beiden alten Leutchen für ihr Leben gern. Sobald der Morgen graute (beide erhoben sich stets früh am Tage) und die Türen ihr vielstimmiges Konzert

begannen, saßen sie schon an einem Tischchen und nahmen
ihren Kaffee zu sich. War ihr Bedürfnis danach gestillt, ging
Afanassij Iwanowitsch auf die Diele, schwenkte sein
Taschentuch und rief: »Ksch, ksch! Fort mit euch, ihr Gänse, von der Vortreppe!« Auf dem Hof begegnete ihm für
gewöhnlich der Verwalter, mit dem er ein Gespräch an-
knüpfte, ihn in aller Ausführlichkeit über den Stand der
Arbeiten befragte und dabei Meinungen äußerte und Befehle
erteilte, die jedermann durch die ungewöhnliche Sachkennt-
nis in landwirtschaftlichen Fragen in Erstaunen versetzt hätten. Ein Neuling wäre nie auf den Gedanken gekommen, man
könne einen derart umsichtigen Landwirt bestehlen. Der
Verwalter aber war ein schlauer Fuchs: er wußte, wie er zu
antworten hatte, und erst recht, wie man wirtschaften mußte.

Hierauf kehrte Afanassij Iwanowitsch ins Zimmer zurück,
trat zu Pulcherija Iwanowna und sagte:

»Was meinen Sie, Pulcherija Iwanowna, ist's nicht an der
Zeit, einen kleinen Imbiß zu nehmen?«

»Was zum Beispiel könnte man jetzt wohl essen, Afanassij
Iwanowitsch? Wie wär's mit ein paar kleinen Fladen, in
Schmalz gebacken, und Speck dazu, oder was halten Sie von
ein paar Piroggen mit Mohn – oder vielleicht eingesalzene
Reizker?«

»Reizker oder Piroggen wären nicht übel«, antwortete
Afanassij Iwanowitsch – und flugs erschienen auf dem Tisch
ein Tuch sowie Piroggen und Reizker.

Etwa eine Stunde vor dem Mittagessen nahm Afanassij
Iwanowitsch wieder einen kleinen Imbiß; er trank aus einem
altertümlichen Silberbecherchen Wodka und aß dazu Pilze,
verschiedene gedörrte Fischchen und dergleichen mehr. Zum
Mittagessen setzten sie sich um zwölf. Außer Schüsseln und
Saucieren standen auf dem Tisch zahlreiche kleine Töpfe mit
zugeklebten Deckeln, damit ja nicht etwa eines der leckeren
Erzeugnisse der altertümlichen schmackhaften Küche sein
Aroma verliere. Bei Tisch kreiste das Gespräch üblicherweise
um Dinge, die in enger Beziehung zum Mahle standen.

»Mir scheint, als sei dieser Grützbrei«, mochte Afanassij
Iwanowitsch da wohl sagen, »ein wenig angebrannt; haben
Sie nicht auch diesen Eindruck, Pulcherija Iwanowna?«

»Nein, Afanassij Iwanowitsch; Sie müssen nur ein wenig
mehr Butter hinzufügen, dann erscheint er Ihnen nicht angebrannt, oder nehmen Sie doch etwas von dieser Pilzsoße und
geben Sie sie dazu.«

»Mag sein«, sagte Afanassij Iwanowitsch, indem er seinen
Teller heranschob, »versuchen wir, wie es dann schmeckt.«

Nach Tisch zog sich Afanassij Iwanowitsch für ein Stündchen zur Ruhe zurück, worauf ihm Pulcherija Iwanowna eine
aufgeschnittene Melone servierte und bemerkte:

»Kosten Sie doch nur mal, Afanassij Iwanowitsch, was für
eine köstliche Melone!«

»Lassen Sie sich ja nicht dadurch täuschen, Pulcherija
Iwanowna, daß sie in der Mitte rot ist«, erwiderte Afanassij
Iwanowitsch, während er sich eine tüchtige Schnitte
nahm, »es kommt durchaus vor, daß sie rot ist und trotzdem
nicht gut.«

Aber die Melone war im Nu verschwunden. Hierauf ver-
speiste Afanassij Iwanowitsch noch einige Birnen und begab
sich zusammen mit Pulcherija Iwanowna in den Garten, um
einen Spaziergang zu machen. Zurückgekehrt, wandte sich
Pulcherija Iwanowna ihren Hausfrauenpflichten zu, während er sich unter das Vordach setzte, das zum Hof hinausging, und zusah, wie der Vorratsspeicher in einem fort sein
Inneres einmal dem Blick darbot und dann wieder entzog,
und wie die Mägde, aneinander schubsend, allerhand Zeug in
hölzernen Kistchen, Lattenkörben und Trögen und dergleichen Obstbehältern bald hinein, bald hinaus trugen. Nach
einiger Zeit schickte er nach Pulcherija Iwanowna oder begab
sich selbst zu ihr und fragte:

»Was könnte ich wohl jetzt mal essen, Pulcherija Iwanowna?«

»Was Sie essen könnten?«, erwiderte Pulcherija Iwanowna, »vielleicht könnte ich gehen und Ihnen ein paar

Quarkpiroggen mit Beeren bringen lassen, die ich eigens für Sie aufheben ließ?«

»Das wäre schon mal ganz gut«, antwortete Afanassij Iwanowitsch.

»Oder vielleicht möchten Sie auch etwas Säuerliches, ein Fruchtgelee vielleicht, zu sich nehmen?«

»Das wäre auch nicht schlecht«, antwortete Afanassij Iwanowitsch. Worauf sowohl das eine wie das andere unverzüglich serviert und – wie das so geht – auch verspeist wurde.

Vor dem Abendessen nahm Afanassij Iwanowitsch nochmals eine Kleinigkeit zu sich. Um halb zehn setzten sie sich zu Tisch. Nach dem Abendessen begaben sie sich sofort zur Ruhe, und allgemeine Stille zog in diesem so geschäftigen und zugleich so friedlichen Winkel ein. In dem Zimmer, in dem Afanassij Iwanowitsch und Pulcherija Iwanowna schliefen, war es derart heiß, daß kaum jemand sonst es auch nur einige wenige Stunden darin ausgehalten hätte. Afanassij Iwanowitsch aber schlief, damit er es noch wärmer habe, auf der Ofenbank, wenngleich nicht selten die starke Hitze ihn mehrere Male in der Nacht zwang, aufzustehen und im Zimmer umherzuwandern. Manchmal stöhnte Afanassij Iwanowitsch auf, während er so durchs Zimmer ging. Dann fragte ihn Pulcherija Iwanowna:

»Was stöhnen Sie denn, Afanassij Iwanowitsch?«

»Gott weiß, was das ist, Pulcherija Iwanowna, aber ich glaube, mir tut ein wenig der Bauch weh«, entgegnete Afanassij Iwanowitsch.

»Vielleicht wäre es gut, ein wenig zu essen, Afanassij Iwanowitsch?«

»Ich weiß nicht, ob das gut wäre, Pulcherija Iwanowna! Und übrigens: Was könnte man denn um diese Zeit essen?«

»Etwas saure Milch vielleicht oder verdünnten Saft mit getrockneten Birnen.«

»Na gut – aber nur ein wenig zum Probieren«, sagte Afanassij Iwanowitsch.

Eine verschlafene Magd wurde losgeschickt, um in den Schränken zu stöbern, und Afanassij Iwanowitsch aß ein Tellerchen voll; hierauf sagte er gewöhnlich:

»Jetzt scheint mir ein bißchen leichter zu sein.«

Manchmal, wenn draußen schönes Wetter war und in den Zimmern gut geheizt, geriet Afanassij Iwanowitsch in fröhliche Stimmung, in der er dann Pulcherija Iwanowna aufzuziehen und von etwas ganz Absurdem anzufangen liebte.

»Was wäre wohl, Pulcherija Iwanowna«, sagte er dann etwa, »wenn unser Haus plötzlich abbrennen würde. Wohin würden wir dann gehen?«

»Der Himmel bewahre uns!« sagte Pulcherija Iwanowna und bekreuzigte sich.

»Nun, nehmen wir aber mal an, unser Haus wäre abgebrannt, wohin würden wir dann wohl übersiedeln?«

»Aber was reden Sie denn da, Afanassij Iwanowitsch! Wieso sollte denn unser Haus abbrennen: Gott läßt so etwas nicht zu.«

»Aber wenn es nun doch abbrennen würde?«

»Nun, dann müßten wir eben in die Küche ziehen. Sie würden dann für einige Zeit das Zimmerchen nehmen, in dem jetzt die Beschließerin wohnt.«

»Und wenn nun auch die Küche mit abgebrannt wäre?«

»Na, das hätte uns gerade noch gefehlt! Der Herr möge uns bewahren vor einer solchen Heimsuchung! Das Haus und obendrein die Küche . . .! Nun, dann müßten wir eben in den Vorratsspeicher, solange bis ein neues Haus gebaut ist.«

»Und wenn nun auch der Vorratsspeicher abbrennen würde?«

»Weiß der Himmel, was Sie da daherreden! Ich will nichts mehr davon hören! Es ist Sünde, so etwas zu sagen, und Gott bestraft uns für solche Reden.«

Aber Afanassij Iwanowitsch, höchst zufrieden damit, daß es ihm geglückt war, Pulcherija Iwanowna in Rage zu bringen, saß lächelnd auf seinem Stuhl.

Am interessantesten aber waren für mich die alten Leut-

chen, wenn Gäste bei ihnen waren. Dann nahm alles in ihrem
Hause ein anderes Aussehen an. Man könnte sagen, daß diese
guten Menschen für ihre Gäste lebten. Das Beste vom Besten
wurde aufgetragen. Sie bemühten sich um die Wette, einen
mit allem zu bewirten, was ihr Anwesen nur immer hervorbrachte. Was ich am allerangenehmsten empfand, war aber,
daß an diesem gastgeberischen Eifer nicht die Spur von Süß-
lichkeit war. Die Treuherzigkeit und Gefälligkeit stand ihnen
auf so sanfte Weise ins Gesicht geschrieben und paßte so gut
zu ihnen, daß man es nicht über sich gebracht hätte, ihren
Nötigungen nicht nachzugeben. Sie kamen aus dem Herzen,
aus der reinen, klaren Schlichtheit ihrer guten Seelen, die kein
Falsch kannten. Ihre Beflissenheit war in nichts mit jener zu
vergleichen, mit der Sie der Beamte einer staatlichen Behörde
bewirtet, der es zu etwas gebracht hat, weil Sie sich für ihn
verwendet haben, der Sie Wohltäter nennt und vor Ihnen auf
dem Bauch liegt. Ein Gast wurde auf keinen Fall noch am
selben Tage wieder fortgelassen. Er mußte unbedingt übernachten.

»Wie kann man sich zu so später Stunde auf einen so weiten
Weg machen wollen!« war Pulcherija Iwanownas ständige
Rede (der Gast wohnte gewöhnlich drei oder vier Werst von
ihnen entfernt).

»In der Tat«, bemerkte Afanassij Iwanowitsch, »was kann
da nicht alles passieren: Räuber können einen überfallen oder
sonst ein böser Mensch.«

»Der Herr bewahre uns vor Räubern«, sagte Pulcherija
Iwanowna. »Warum dergleichen überhaupt zur Nacht erwähnen! Räuber hin, Räuber her, draußen ist es schon fin-
ster, und überhaupt – es ziemt sich nicht, jetzt aufzubrechen.
Und übrigens, Ihr Kutscher, ich kenne doch Ihren Kutscher,
das ist so ein mickriger und kleiner Kerl, jede Stute kann den
totschlagen; außerdem hat er sicher schon tüchtig ins Glas
geschaut und schläft irgendwo.«

Der Gast mußte also unbedingt bleiben; aber, man muß es
zugeben, so ein Abend in dem niedrigen, warmen Zimmer,

die freundschaftliche, herzerwärmende und dabei gleichzeitig einschläfernde Unterhaltung wie auch der Duft der stets nahrhaften, meisterlich zubereiteten Speisen, die auf den Tisch kamen, entlohnten einen voll und ganz. Als ob es gestern wäre, sehe ich Afanassij Iwanowitsch leicht gebeugt auf seinem Stuhl sitzen und mit seinem ständigen Lächeln aufmerksam, ja geradezu entzückt dem Gast zuhören. Nicht selten kam die Rede auch auf die Politik. Der Gast, der gleichfalls äußerst selten aus seinem Dorf herauskam, legte mit bedeutungsvoller Miene und in vertraulichem Ton seine Vermutungen dar und erzählte, daß der Franzose insgeheim mit dem Engländer übereingekommen sei, Bonaparte wieder auf Rußland loszulassen, oder er sprach einfach von einem bevorstehenden Krieg, und Afanassij Iwanowitsch erklärte dann:

»Ich denke auch manchmal daran, in den Krieg zu ziehen; warum soll ich eigentlich nicht in den Krieg ziehen können?« Wobei er so tat, als sei Pulcherija Iwanowna Luft für ihn.

»Soweit kommt's noch!« fuhr ihm seine Gattin dann dazwischen. »Glauben Sie ihm kein Wort«, sagte sie, zu dem Gast gewandt. »In den Krieg ziehen! Bei seinem Alter! Der erstbeste Soldat wird ihn totschießen! Bei Gott, totschießen wird er ihn! Einfach zielen und Schluß!«

»Na wenn schon«, sagte Afanassij Iwanowitsch, »werde ich ihn eben auch totschießen.«

»Hör sich einer an, was der daherredet«, fiel ihm Pulcherija Iwanowna ins Wort, »was soll er denn im Krieg! Seine Pistolen sind auch schon längst eingerostet und liegen in der Vorratskammer. Die müßten Sie mal sehen: einige sind in einem solchen Zustand, daß die Teile auseinanderfliegen werden, kaum daß es knallt. Die Hände werden sie ihm abreißen, das Gesicht verstümmeln und ihn auf ewig unglücklich machen!«

»Ach was«, sagte Afanassij Iwanowitsch, »kaufe ich mir eben neue Waffen. Kann ja auch einen Säbel nehmen oder eine Kosakenlanze.«

»Was du dir da ausdenkst! Das kommt ihm da plötzlich in den Kopf, und schon fängt er an zu schwatzen«, unterbrach ihn Pulcherija Iwanowna wieder verärgert. »Ich weiß selber, daß er nur Spaß macht, aber es ist trotzdem unangenehm, ihm zuhören zu müssen. Immer redet er so dummes Zeug daher, und manchmal wird einem vom bloßen Zuhören angst und bange.«

Aber Afanassij Iwanowitsch, zufrieden damit, daß er Pulcherija Iwanowna ein wenig in Schrecken versetzt hatte, lachte nur, leicht gebeugt auf seinem Stuhl sitzend.

Besonders reizend wirkte Pulcherija Iwanowna in meinen Augen immer dann, wenn sie einen Gast zu den Vorspeisen führte. »Dies hier«, sagte sie, während sie den Stöpsel von der Karaffe nahm, »ist ein Schnaps, der auf Schafgarbe und Salbei angesetzt wurde. Wenn es jemandem in den Schulterblättern oder im Kreuz weh tut, dann hilft er sehr. Diesen hier haben wir auf Tausendgüldenkraut angesetzt: bei Ohrensausen und Gesichtsflechte hilft er sehr. Und dieser hier ist destilliert auf Pfirsichkernen; nehmen Sie doch ein Gläschen. Hat er nicht einen wundervollen Duft? Wenn jemand beim Aufstehen aus dem Bett sich mit dem Kopf an der Ecke eines Schrankes oder am Tisch stößt und auf der Stirn eine Beule erscheint, dann braucht man nur ein Gläschen davon vor dem Mittagessen zu trinken, und alles ist wie weggeblasen – augenblicklich, als ob überhaupt nichts gewesen wäre.«

Hierauf machte sie einen auf ähnliche Weise mit dem Inhalt der übrigen Karaffen bekannt, der fast immer eine bestimmte heilende Wirkung verhieß. Nachdem sie den Gast mit ihrer reichhaltigen Apotheke vertraut gemacht hatte, führte sie ihn zu den zahlreichen bereitstehenden Tellern.

»Dies hier sind Pilzchen mit Pfefferkraut, die dort mit Nelken und Walnüssen! Das Einsalzen hat mir eine Türkin beigebracht, damals, als wir türkische Gefangene hatten. Es war eine gute Türkin, und man merkte überhaupt nicht, daß sie dem türkischen Glauben anhing. Sie hatte auch fast dasselbe an wie die Leute bei uns; nur Schweinefleisch hat sie nicht gegessen: sie meinte, das sei ihnen durch das Gesetz verboten. Dies hier sind Pilzchen mit Johannisbeerblättern und Muskatnuß! Und dies hier große Heidenelken: Ich hab sie jetzt zum erstenmal in Essig eingekocht; ich weiß nicht, wie sie geraten sind; das Geheimnis habe ich von Vater Iwan. Man muß zuerst einen kleinen Zuber mit Eichenblättern auslegen und dann Pfeffer und Salpeter drüberstreuen; dann gibt man Blüten vom Habichtskraut drauf, jedoch so, daß sie mit den Stielen nach oben zu liegen kommen. Und hier nun die Piroggen! Hier Piroggen mit Käse, die hier mit Mohnsamen und diese hier, Afanassij Iwanowitsch mag sie sehr, mit Kohl und Buchweizengrütze.«

»Ja«, fügte Afanassij Iwanowitsch hinzu, »ich mag sie sehr; sie sind weich und ein wenig säuerlich.«

Überhaupt war Pulcherija Iwanowna stets bester Laune, wenn sie Besuch hatte. Die gute Alte! Sie gehörte dann ganz ihren Gästen. Ich war gern bei ihnen, und obwohl ich mich jedesmal schrecklich überaß, wie alle, die bei ihnen zu Besuch waren, und obwohl mir das ganz und gar nicht guttat, freute ich mich doch jedesmal, wenn ich zu ihnen fahren konnte. Im übrigen denke ich mir, ob nicht schon die Luft in Kleinrußland eine besondere Eigenschaft besitzt, die der Verdauung zuträglich ist; denn sollte es jemandem hier bei uns einfallen, derartig zuzulangen, so würde er sich ohne Zweifel statt im Bett bald auf dem Tisch wiederfinden – aufgebahrt!

Die guten Alten! Doch nun nähert sich meine Erzählung einem überaus traurigen Ereignis, welches für immer das Leben in diesem friedlichen Winkel verändern sollte. Dieses Ereignis erscheint um so erschütternder, als es von einem höchst unbedeutenden Vorfall ausgelöst wurde. Doch einer seltsamen Ordnung der Dinge gemäß haben ja noch stets nichtige Ursachen große Ereignisse zur Folge gehabt und umgekehrt – großangelegte Unternehmungen endeten in völliger Bedeutungslosigkeit. Da sammelt ein Eroberer alle Kräfte seines Reiches, führt einige Jahre lang Krieg, seine Feldherren bedecken sich mit Ruhm, und schließlich kommt

nicht mehr dabei heraus als der Erwerb eines winzigen Stück-
chens Land, auf dem man nicht einmal irgendwo Kartoffeln
anpflanzen kann. Andererseits geraten mal zwei Wurstma-
cher benachbarter Städte wegen einer Lappalie aneinander,
und der Streit erfaßt am Ende jeweils die ganze Stadt, dann die
Dörfer und Flecken und schließlich den ganzen Staat. Doch
lassen wir diese Betrachtungen beiseite: sie passen nicht hierher. Außerdem mag ich solche Reflexionen überhaupt nicht,
sofern sie nur Reflexion bleiben.

Pulcherija Iwanowna besaß ein graues Kätzchen, das fast
immer zusammengerollt zu ihren Füßen lag. Sie streichelte es
manchmal und kraulte es mit dem Finger am Hals, welchen
das verwöhnte Tier dabei so hoch reckte, wie es nur konnte.
Nicht, daß Pulcherija Iwanowna es über die Maßen geliebt
hätte; sie war ihm einfach zugetan und gewöhnt, es immer um
sich zu haben. Afanassij Iwanowitsch seinerseits spöttelte
nicht selten über diese Anhänglichkeit:

»Ich weiß gar nicht, Pulcherija Iwanowna, was Sie an der
Katze eigentlich haben. Wozu taugt sie denn? Wenn Sie einen
Hund hätten, das wäre etwas ganz anderes: Einen Hund kann
man mit auf die Jagd nehmen, aber eine Katze?«

»Seien Sie still, Afanassij Iwanowitsch«, erwiderte Pulcherija Iwanowna, »Sie machen sich bloß einen Spaß daraus, so
daherzureden, weiter nichts. Ein Hund ist ein unreines Tier,
ein Hund macht überall Schmutz, ein Hund reißt alles entzwei, eine Katze dagegen ist ein friedliches Geschöpf und tut
niemandem etwas zuleide.«

Übrigens war es Afanassij Iwanowitsch völlig egal, ob da
eine Katze war oder ein Hund; er redete nur so, um Pulcherija
Iwanowna ein bißchen zu hänseln.

Hinter ihrem Garten lag ein großer Wald, der bisher von
dem geschäftstüchtigen Verwalter noch völlig verschont
geblieben war – vielleicht deshalb, weil der Klang der Axt-
schläge bis zu den Ohren Pulcherija Iwanownas gedrungen
wäre. Er war verwildert und verwahrlost; hochaufgeschos-
sene Haselnußsträucher verdeckten die alten Baumstämme,

die wie struppige Taubenfüße aussahen. In diesem Wald hausten wilde Kater. Man darf nur diese Waldkater auf keinen Fall mit jenen kühnen Burschen verwechseln, die auf den Hausdächern herumturnen. Da sie in der Stadt leben, sind sie trotz ihren rauhen Sitten weit zivilisierter als die Bewohner der Wälder. Die sind nämlich zumeist ein finsteres und wildes Volk; stets hungrig, abgemagert, streifen sie umher und miauen mit rauher, ungeschulter Stimme. Zuweilen graben sie sich durch einen unterirdischen Gang bis unter die Vorratsschuppen und mausen Speck; ja sie erscheinen sogar in der Küche: Kaum bemerken sie, daß der Koch sich mal eben ins Gebüsch zurückgezogen hat, schießen sie wie ein Blitz durchs offene Fenster. Überhaupt kennen sie keine edlen Gefühle; sie leben vom Raub und würgen kleine Spatzen in ihren Nestern. Solche Kater hatten sich schon seit längerer Zeit durch ein Loch unter dem Speicher mit dem zahmen Kätzchen Pulcherija Iwanownas beschnüffelt und es schließlich verführt, ebenso wie ein Trupp Soldaten ein dummes Bauernweib herumkriegt. Pulcherija Iwanowna bemerkte das Verschwinden des Kätzchens und ließ nach ihm suchen; man fand es aber nicht. Drei Tage vergingen; Pulcherija Iwanowna trauerte eine Zeitlang um das Kätzchen, am Ende aber dachte sie schon nicht mehr daran. Als sie eines Tages ihren Garten inspizierte und mit frischen Gurken im Arm zurückkehrte, die sie eigenhändig für Afanassij Iwanowitsch gepflückt hatte, drang plötzlich ein überaus klägliches Miauen an ihr Ohr. Einem inneren Anstoß folgend rief sie: »Miez, Miez!« Und auf einmal tauchte aus dem Steppengras ihr graues Kätzchen auf: mager, halb verhungert; es war deutlich zu sehen, daß es schon einige Tage nichts mehr zu fressen bekommen hatte. Pulcherija Iwanowna fuhr fort, die Katze zu locken, aber die war vor ihr stehengeblieben, miaute und wagte sich nicht näher heran; ganz offensichtlich war sie inzwischen stark verwildert. Pulcherija Iwanowna ging also weiter, immerfort die Katze rufend, welche ihr furchtsam bis zum Zaun folgte. Und als sie nun die altvertraute Lokalität erblickte, lief sie rasch ins Zimmer. Pulcherija Iwanowna ließ ihr sofort Milch und Fleisch geben, setzte sich vor ihr hin und hatte ihre Freude an dem Heißhunger, mit dem ihre arme Favoritin ein Stück nach dem anderen verschlang und die Milch aufschleckte. Man konnte fast zusehen, wie die graue Ausreißerin allmählich rundlich wurde; sie fraß nun auch nicht mehr so gierig. Pulcherija Iwanowna streckte die Hand nach ihr aus, um sie zu streicheln, aber die Undankbare hatte sich offenbar schon zu sehr an die räuberischen Kater gewöhnt oder sich auch die romantische These zu eigen gemacht, daß Liebe in Armut einem Dasein ohne Liebe im Palast vorzuziehen sei – die Kater waren in der Tat arm wie Kirchenmäuse, rechte Plebejer. Aber wie auch immer – sie sprang zum Fenster hinaus, und niemand vom Hofgesinde war imstande, sie einzufangen.

Die alte Dame versank in eine grüblerische Stimmung. Das ist der Tod, er ist gekommen, um mich zu holen, sagte sie sich, und nichts konnte sie mehr zerstreuen. Den ganzen Tag über war ihr schwer ums Herz. Vergeblich machte Afanassij Iwanowitsch seine Späßchen und wollte wissen, warum sie plötzlich so traurig geworden sei. Pulcherija Iwanowna sagte hierauf entweder überhaupt nichts oder nicht das, was Afanassij Iwanowitsch hätte zufriedenstellen können. Tags darauf war sie sichtlich abgemagert.

»Was ist Ihnen, Pulcherija Iwanowna? Sie sind doch nicht etwa krank?«

»Nein, ich bin nicht krank, Afanassij Iwanowitsch! Ich möchte Ihnen aber ein wichtiges Ereignis ankündigen: Ich weiß, daß ich in diesem Sommer sterben werde, der Tod ist gekommen, mich zu holen!«

Der Mund Afanassij Iwanowitschs verzog sich schmerzbewegt. Er wollte jedoch in seinem Inneren kein trauriges Gefühl aufkommen lassen und sagte daher lächelnd:

»Aber was reden Sie denn da, Pulcherija Iwanowna! Sie haben wohl statt Ihres üblichen Kräutertranks einen Pfirsichschnaps genommen.«

»Nein, Afanassij Iwanowitsch, ich habe keinen Pfirsichschnaps getrunken«, sagte Pulcherija Iwanowna.

Nun tat es Afanassij Iwanowitsch doch leid, daß er Pulcherija Iwanowna geneckt hatte. Er sah sie an, und eine Träne hing an seiner Wimper.

»Bitte, Afanassij Iwanowitsch, erfüllen Sie meinen letzten Willen«, sagte Pulcherija Iwanowna. »Sobald ich tot bin, begraben Sie mich bei der Kirchenmauer. Ziehen Sie mir das Alltagskleid an, das mit dem Blümchenmuster auf Braun. Das Atlaskleid, das mit den himbeerroten Streifen, ziehen Sie mir bitte nicht an: so was Feines braucht eine Tote nicht mehr. Was sollte sie damit? Sie aber können noch was damit anfangen: Lasssen Sie sich davon einen Galaschlafrock nähen, damit Sie vor Ihren Gästen in einem anständigen Aufzug erscheinen und sie gebührend empfangen können.«

»Aber was reden Sie denn da, Pulcherija Iwanowna!«, sagte Afanassij Iwanowitsch, »sicher müssen wir irgendwann einmal sterben, aber Sie machen mir ja jetzt schon Angst mit solchen Worten.«

»Nein, Afanassij Iwanowitsch, wann meine Stunde kommt, weiß ich bereits. Sie sollen aber meinetwegen nicht traurig sein: ich bin schon eine alte Frau und habe genug gelebt, und Sie sind auch schon alt, wir werden uns also bald in jener Welt wiedersehen.«

Aber Afanassij Iwanowitsch schluchzte wie ein Kind.

»Es ist eine Sünde zu weinen, Afanassij Iwanowitsch! Versündigen Sie sich nicht und erzürnen Sie Gott nicht durch ihren Kummer. Daß ich sterben werde, bedauere ich nicht. Nur eins bedauere ich« (ein schwerer Seufzer unterbrach für einen Augenblick ihre Rede:) »ich bedauere, daß ich nicht weiß, wem ich Sie anvertrauen soll, wer einmal auf Sie achtgeben wird, wenn ich nicht mehr bin. Sie sind wie ein kleines Kind: derjenige, der Sie umsorgen soll, muß Sie auch liebhaben.«

Bei diesen Worten zeigte ihr Gesicht einen Ausdruck von Herzeleid, so abgrundtief und bitter, daß ich sehr im Zweifel

bin, ob jemand in diesem Augenblick sie hätte anschauen
können, ohne bewegt zu sein.

»Sieh zu, Jawdocha«, sagte sie zur Beschließerin, die sie
eigens hatte rufen lassen, »daß du mir, wenn ich einmal tot
bin, auf den Herrn aufpaßt, daß du ihn mir hütest wie deinen
Augapfel, wie dein eigenes Kind. Sorge dafür, daß in der
Küche das gekocht wird, was er gerne ißt. Daß er immer reine
Wäsche bekommt und seine Kleidung immer sauber ist; und
richte ihn anständig her, wenn Gäste kommen, sonst begrüßt
er sie am Ende noch im alten Schlafrock; wann Feiertag und
wann Werktag ist, vergißt er auch jetzt schon gern einmal.
Laß ihn nicht aus den Augen! Ich werde für dich beten, Jawdocha, in der anderen Welt, und Gott wird es dir lohnen.
Vergiß es nicht, Jawdocha; du bist schon alt, hast nicht mehr
lange zu leben, lade keine Sünde auf deine Seele! Wenn du
nicht richtig für ihn sorgst, wirst du kein Glück auf Erden
finden. Ich selbst werde Gott bitten, daß er dir kein seliges
Ende schenkt. Du wirst unglücklich sein, und deine Kinder
werden unglücklich sein, und deine ganze Sippe wird ohne
Gottes Segen sein – bei allen Dingen.«

Die arme alte Dame! Sie dachte in diesem Augenblick nicht
an jenen erhabenen Moment, der ihr bevorstand, nicht an ihre
Seele, nicht an ihr zukünftiges Leben; sie dachte nur an ihren
armen Gefährten, mit dem sie ihr Leben verbracht hatte und
den sie nun verwaist und unversorgt zurückließ. Mit emsiger
Geschäftigkeit richtete sie alles so ein, daß nach ihrem Tode
Afanassij Iwanowitsch ihre Abwesenheit nicht zu spüren
bekomme. Die Gewißheit von ihrem nahe bevorstehenden
Ende war so stark und ihre Seele in einem solchen Grade
darauf eingestimmt, daß sie sich wirklich nach einigen Tagen
zu Bett legte und keine Nahrung mehr zu sich nehmen
konnte. Afanassij Iwanowitsch wurde nun ganz Fürsorge
und wich nicht mehr von ihrem Bett. »Wollen Sie vielleicht
eine Kleinigkeit zu sich nehmen, Pulcherija Iwanowna?«,
fragte er und sah ihr besorgt in die Augen. Aber Pulcherija
Iwanowna sagte kein Wort. Schließlich, nach langem Schwei-

gen, bewegte sie die Lippen, als ob sie etwas sagen wollte – und tat ihren letzten Atemzug.

Afanassij Iwanowitsch war völlig niedergeschmettert. Das war für ihn so furchtbar, daß er nicht einmal weinte. Mit trübem Blick sah er sie an, als könne er nicht begreifen, was eine Leiche ist.

Die Verstorbene wurde auf den Tisch gelegt, man zog ihr das Kleid an, das sie selbst bestimmt hatte, legte ihre Arme so zusammen, daß sie ein Kreuz bildeten, und gab ihr eine Wachskerze in die Hände – er sah dem allen ohne Gefühlsregung zu. Eine Menge Menschen aus allen Schichten füllten den Hof, zahlreiche Gäste kamen zur Beerdigung, lange Tische wurden draußen aufgestellt; Schüsseln mit Kutja und Piroggen, Flaschen mit verschiedenen Likören standen darauf, dicht bei dicht. Die Gäste unterhielten sich, weinten, betrachteten die Verstorbene, gaben ihr Urteil ab über ihre Eigenschaften, schauten auf den Witwer – der aber machte zu alldem ein merkwürdig-unbeteiligtes Gesicht. Dann trug man die Verstorbene vom Hof, die Leute drängten nach, und Afanassij Iwanowitsch schritt hinter dem Sarge her; die Geistlichen waren im vollen Ornat, die Sonne schien, die Säuglinge weinten auf den Armen ihrer Mütter, die Lerchen sangen, und die Kleinen in ihren Hemdchen tobten und tollten umher. Schließlich stellte man den Sarg über die Grube, bat Afanassij Iwanowitsch, näherzutreten und die Verstorbene ein letztes Mal zu küssen. Er trat heran, küßte sie, in seinen Augen zeigten sich Tränen; aber es waren nicht die Tränen innerer Bewegtheit. Der Sarg wurde herabgelassen, der Geistliche griff zur Schaufel und ließ als erster eine Handvoll Erde herabfallen, die tiefen Stimmen des Küsters und der beiden Kirchendiener intonierten im getragenen Gesang das »Ewige Gedenken« unter einem klaren, wolkenlosen Himmel; die Knechte griffen nach den Schaufeln, und rasch war die Grube zugeschüttet, der Boden glattgemacht. In diesem Augenblick drängte er nach vorn; man trat auseinander, gab ihm den Weg frei, war gespannt, was er wohl machen würde.

Er hob den Blick, schaute verwirrt in die Runde und sagte:
»Ihr habt sie also schon begraben! Warum?!« Er hielt inne –
brachte kein Wort mehr heraus.

Als er aber, nach Hause zurückgekehrt, sah, wie leer es nun
in seinem Zimmer war, daß man sogar den Stuhl Pulcherija
Iwanownas hinausgetragen hatte – da schluchzte er los,
schluchzte aus tiefster Seele und untröstlich, und aus seinen
trüben Augen ergoß sich ein wahrer Tränenstrom.

Fünf Jahre sind seitdem vergangen. Welchen Schmerz
trüge die Zeit nicht mit sich davon? Welche Leidenschaft
bestünde mit ihr den ungleichen Kampf? Ich kannte einen
jungen Mann im Vollbesitz seiner Jugendkraft, von wahrem
Adel und mit vorzüglichen Eigenschaften, ich kannte ihn
zärtlich verliebt, leidenschaftlich, rasend vor Liebe, ich
kannte ihn draufgängerisch und sittsam zugleich, und dann
wurde ganz in meiner Nähe, fast vor meinen Augen, der
Gegenstand seiner Leidenschaft – ein reizendes, engelschönes
Wesen – vom unersättlichen Tod dahingerafft. Nie habe ich
so schreckliche Ausbrüche seelischen Leidens erlebt, einen
derart qualvollen, brennenden Harm, eine solche verzeh-
rende Hoffnungslosigkeit, wie sie diesen unglücklichen Liebhaber befielen. Nie hätte ich es für möglich gehalten, daß sich
ein Mensch selbst eine solche Hölle bereiten könnte, in der es
keinen Schatten, keinen Schimmer von Hoffnung gab, nichts,
was ihr auch nur im entferntesten ähnlich sah … Man war
darauf bedacht, ihn nicht aus den Augen zu lassen; alle
Instrumente, mit denen er sich hätte den Tod geben können,
verbarg man vor ihm. Und zwei Wochen darauf hatte er sich
selbst besiegt: Er begann zu lachen, Scherze zu machen; man
gab ihm seine Freiheit zurück, und das erste, wozu er sie
nutzte, war, sich eine Pistole zu kaufen. Eines Tages versetzte
der Knall eines Schusses aus heiterem Himmel seine Angehörigen in Schrecken. Sie liefen in sein Zimmer und fanden ihn
ausgestreckt daliegen, mit einer schweren Kopfverletzung.
Ein Arzt, der zufällig am Platze war und von dessen Kunst
Wunderdinge erzählt wurden, stellte fest, daß noch Anzei-

chen von Leben in ihm waren: er befand die Wunde als nicht tödlich, und zum Erstaunen aller wurde der junge Mann wiederhergestellt. Man verschärfte die Aufsicht über ihn nun noch mehr. Selbst bei Tisch legte man ihm kein Messer vor und suchte alles von ihm fernzuhalten, womit er sich hätte etwas antun können; dennoch fand er bald eine neue Gelegenheit und warf sich unter die Räder einer vorüberrollenden Equipage. Ein Arm und ein Bein wurden ihm ausgerenkt; und wieder wurde er geheilt. Ein Jahr darauf sah ich ihn in einem überfüllten Saal: Er saß an einem Tisch, sagte frohgelaunt: »Petit ouvert« und bedeckte eine Karte; hinter ihm stand, auf den Rücken seines Stuhles gelehnt, seine junge Frau und sammelte seine Spielmarken ein.

Es war nach Ablauf der besagten fünf Jahre seit Pulcherija Iwanownas Tod, daß ich mich zufällig in dieser Gegend befand und die Gelegenheit wahrnahm, in Afanassij Iwanowitschs Weiler vorbeizuschauen. Ich wollte meinen alten Nachbarn besuchen, bei dem ich einst so manchen angenehmenTag verbracht und mich an den köstlichen Erzeugnissen der gutherzigen Hausfrau bis zum Übermaß gelabt hatte. Als ich mich dem Hof näherte, erschien mir das Haus doppelt so alt wie einst, die Bauernhütten standen nun vollends schief – ohne Zweifel nicht anders als ihre Besitzer; Staketen- und Flechtzäune waren nahezu gänzlich zerfallen, und ich konnte mit eigenen Augen sehen, wie sich die Köchin Stöcke herausriß, um ihren Ofen anzuheizen, während sie nur zwei Schritte mehr hätte machen müssen, um zu dem aufgetürmten Reisig zu gelangen. Ich war bedrückt, als mein Wagen an der Freitreppe vorfuhr; das wohlvertraute Hundevolk, aber schon blind oder mit gebrochenen Beinen lahmend, stimmte sein Gebell an, die krummen, mit Kletten behangenen Schwänze emporgereckt. Entgegen kam mir ein Greis. Er ist es! Ich hatte ihn gleich erkannt, obgleich er noch viel stärker gebückt ging als früher. Er erkannte und begrüßte mich mit dem mir wohlvertrauten Lächeln. Ich folgte ihm ins Haus; alles schien so zu sein wie früher; aber ich bemerkte eine allgemeine,

eigenartige Unordnung, man spürte förmlich, daß irgend
etwas fehlte; mit einem Wort: in mir waren jene merkwürdi-
gen Gefühle aufgestiegen, die sich unser bemächtigen, sobald
wir zum erstenmal die Behausung eines Witwers betreten,
den wir als unzertrennlich von seiner Gattin in Erinnerung
haben, die ihn auf seinem ganzen Lebensweg begleitet hat.
Solche Gefühle sind so ähnlich, als wenn wir plötzlich einen
Menschen ohne Bein vor uns sehen, den wir immer nur als
gesund kannten. In allem und jedem war das Fehlen der für-
sorglichen Pulcherija Iwanowna zu bemerken: Bei Tisch
hatte man ein Messer ohne Griff aufgelegt, und die Gerichte
waren nicht mehr mit der einstigen Könnerschaft zubereitet
worden. Nach dem Stand der Dinge im Gut zu fragen, unter-
ließ ich lieber, ja, ich fürchtete mich sogar, auch nur einen
Blick in die Wirtschaftsräume zu werfen.

Als wir uns zu Tisch setzten, band eine Magd Afanassij
Iwanowitsch eine Serviette um, und daran tat sie sehr gut,
denn ohne diese hätte er seinen ganzen Schlafrock mit Soße
bekleckert. Ich bemühte mich, sein Interesse für irgend etwas
zu wecken, und erzählte ihm verschiedene Neuigkeiten; er
hörte mit dem mir bekannten Lächeln zu, doch mitunter
erschien sein Blick völlig geistesabwesend – statt daß in seinem Kopfe Gedanken zu arbeiten begonnen hätten, ver-
schwanden sie daraus wohl vollends. Mehrmals kam es vor,
daß er seinen Löffel mit Brei zur Nase anstatt zum Munde
führte; mit seiner Gabel fuhr er auf eine Karaffe los, statt sie in
ein Stückchen Hühnerfleisch zu stechen, worauf ihn die
Magd dann bei der Hand faßte und diese zum Bissen führte.
Manchmal mußten wir etliche Minuten warten, bis der nächste Gang aufgetragen wurde. Dies bemerkte auch Afanassij
Iwanowitsch und fragte: »Warum dauert es denn nur so
lange, bis man das Essen bringt?« Ich aber konnte durch den
Türspalt sehen, daß der Junge, welcher uns servierte, pflicht-
vergessen mit hängendem Kopf auf der Bank saß und schlief.

»Da kommt ja das Essen«, sagte Afanassij Iwanowitsch, als
man die sogenannten ›Nonnen‹ auftrug, mit Quark gefüllte

Pfannkuchen mit Rahm. »Dieses Gericht . . .«, fuhr er fort –
und ich bemerkte, daß seine Stimme zu zittern begann und
seine blaugrauen Augen sich mit Tränen füllen wollten. Er
bemühte sich nach Kräften, sie zurückzuhalten. »Dieses Gericht hier hat die Ver. . . Ver. . . Verstor. . . Verstorben . . .« –
und plötzlich schossen ihm die Tränen in die Augen. Seine
Hand fiel auf den Teller, der Teller schlug um, polterte zu
Boden und ging entzwei; Soße hatte ihn von oben bis unten
begossen. Ohne eine Gefühlsregung zu zeigen, saß er da,
teilnahmslos hielt er den Löffel in der Hand, und seine Tränen flossen, strömten wie ein Bach, wie ein unversiegbarer
Springbrunnen auf seine Serviette.

Oh, mein Gott! dachte ich bei diesem Anblick – fünf Jahre
alles tilgender Zeit, ein bereits unempfindlicher Greis, ein
alter Mann, dem das Leben, wie es scheint, niemals auch nur
eine einzige heftige Seelenregung beschert und dessen ganzes
Dasein offenbar nur darin bestanden hatte, auf einem Stuhl
mit hoher Lehne zu sitzen, gedörrte Fischchen und Birnen zu
essen und harmlose Geschichtchen zum besten zu geben –
und nun dieser so dauerhafte, dieser brennende Schmerz!
Was hat eigentlich mehr Macht über uns: die Leidenschaft
oder die Gewöhnung? Oder sind gar all die heftigen Gefühls-
aufwallungen, all die Turbulenzen unserer Begierden und
brodelnden Leidenschaften lediglich Produkte unserer hell
blühenden Jugendzeit und kommen sie uns eben deshalb nur
so gewaltig, so zerstörerisch vor? Wie dem auch sei – in diesem Augenblick erschienen mir alle unsere Leidenschaften
geradezu kindisch im Vergleich zu dieser langwährenden,
beständigen, fast unbewußten Gewöhnung. Mehrere Male
machte er Anstrengungen, den Namen der Verstorbenen aus-
zusprechen, doch mitten im Wort verzerrte sich sein ruhiges,
biederes Gesicht zu einer Grimasse, und das Weinen dieses
Kindes schnitt mir tief ins Herz. Nein, das waren nicht jene
Tränen, mit denen gewöhnlich Greise so verschwenderisch
sind, wenn sie uns ihre jämmerliche Lage und ihr Unglück
schildern; es waren auch nicht die Tränen, die sie in ein Glas

Punsch tropfen lassen. Nein! Das waren Tränen, wie sie ungebeten kommen, ganz von selbst, angestaut in einem schon erkaltenden Herzen, das von bitterem Schmerz zerrissen wird.

Er hat danach nicht mehr lange gelebt. Vor einiger Zeit hörte ich von seinem Tode. Seltsam ist dabei jedoch, daß die Umstände seines Endes eine gewisse Ähnlichkeit mit dem Tode Pulcherija Iwanownas hatten. Eines Abends beschloß Afanassij Iwanowitsch, sich ein wenig im Garten zu ergehen. Als er in gewohnter Weltentrücktheit langsamen Schrittes einen Gartenpfad entlangging, ohne an irgend etwas zu denken, geschah etwas Seltsames. Plötzlich hörte er, wie hinter ihm jemand mit ziemlich deutlicher Stimme sagte: »Afanassij Iwanowitsch!« Er wandte sich um, doch da war niemand, er blickte in alle Richtungen, schaute in den Büschen nach – es war niemand zu sehen. Es war ein stiller Tag, und die Sonne schien. Er dachte einen Augenblick nach; sein Gesicht gewann etwas Leben, und schließlich stieß er hervor: »Das ist Pulcherija Iwanowna; sie ruft mich!«

Auch Ihnen ist es zweifellos schon einmal passiert, daß Sie eine Stimme gehört haben, die Sie beim Namen rief, was die einfachen Leute sich so erklären, daß eine Seele nach einem Menschen Sehnsucht bekommen hat und ihn nun ruft; hierauf folgt dann unweigerlich der Tod. Ich muß gestehen, daß so ein geheimnisvoller Ruf für mich stets etwas Schreckliches hatte. Ich erinnere mich, ihn in der Kindheit öfter gehört zu haben: hin und wieder kam es vor, daß jemand hinter meinem Rücken deutlich meinen Namen aussprach. Gewöhnlich geschah dies an einem klaren, sonnigen Tag; nicht ein Blatt an den Bäumen im Garten regte sich, es herrschte Totenstille, sogar die Grille hatte aufgehört zu zirpen; im Garten kein Mensch; aber selbst wenn ich mutterseelenallein im tiefen, undurchdringlichen Wald gewesen und hier die tollste und stürmischste Nacht mitsamt dem Hexensabbat aller Elemente über mich hereingebrochen wäre – sie hätte mir nicht derartig angst gemacht wie diese entsetzliche Stille an einem wolken

losen Tag – das muß ich gestehen. Ich stürzte dann gewöhnlich in völliger Panik und mit stockendem Atem aus dem
Garten und beruhigte mich erst, wenn mir irgend jemand
begegnete, dessen Anblick das Gefühl entsetzlicher Verlo-
renheit vertrieb.

Afanassij Iwanowitsch unterwarf sich rückhaltlos seiner
inneren Überzeugung, daß Pulcherija Iwanowna ihn rufe; er
unterwarf sich mit der Bereitschaft eines gehorsamen Kindes,
magerte ab, begann zu husten, schmolz dahin wie eine Kerze
und verlosch am Ende ebenso wie diese, sobald nichts mehr
vorhanden ist, das ihre schwachflackernde Flamme am Leben
erhalten könnte. »Legt mich neben Pulcherija Iwanowna« –
das war alles, was er unmittelbar vor seinem Ende noch sagte.

Man erfüllte seine Bitte und beerdigte ihn bei der Kirche
neben dem Grab von Pulcherija Iwanowna.

Diesmal kamen weniger Gäste zur Beerdigung, nur an einfachen Leuten und Bettlern fand sich die gleiche Menge ein.
Das herrschaftliche Häuschen war schon völlig ausgeräumt.
Der geschäftstüchtige Verwalter und der Dorfälteste hatten
gemeinsam alle noch übrigen alten Sachen und den Hausrat,
den die Beschließerin nicht hatte fortschleppen können, in
ihre Hütten gebracht. Einige Zeit darauf reiste, unbekannt
woher, ein entfernter Verwandter an, der Erbe des Gutes. Er
hatte einmal als Oberleutnant gedient, in welchem Regiment
weiß ich nicht mehr, und war ein fürchterlicher Neuerer. Er
bemerkte sofort die totale Unordnung und völlige Vernach-
lässigung aller wirtschaftlichen Belange; auf der Stelle faßte er
den Entschluß, die Mißstände auszurotten, die Ordnung in
allem wiederherzustellen und notwendige Verbesserungen
vorzunehmen.

Er kaufte sechs prächtige englische Sicheln, brachte an
jeder Hütte eine Nummer an und setzte sein Vorhaben so
grandios in die Tat um, daß das Gut nach sechs Monaten
unter Treuhandverwaltung gestellt wurde. Die weisen Treu-
händer (ein ehemaliger Gerichtsbeisitzer und ein Stabskapitän in verschossener Uniform) vertilgten binnen kürzester

Frist alle Hühner und sämtliche Eier. Die Hütten, die ohnehin schon beinahe auf der Erde lagen, fielen vollends in sich zusammen; die Bauern gaben sich dem Suff hin und galten größtenteils als flüchtig. Was den eigentlichen Besitzer angeht, so kam er übrigens recht gut mit seiner Treuhandverwaltung zurecht, trank mit den Herren Punsch, erschien nur höchst selten in seinem Dorf und brachte da auch nie lange Zeit zu. Bis zum heutigen Tage reist er auf allen Jahrmärkten in Kleinrußland umher, erkundigt sich dort eingehend nach den Preisen verschiedener Produkte, die en gros verkauft werden, als da sind: Mehl, Hanf, Honig und dergleichen, kauft aber immer nur Kleinigkeiten, als da sind: Feuersteine oder einen Nagel zum Reinigen der Pfeife und überhaupt solche Dinge, die auch im großen den Preis von einem Rubel nicht übersteigen.

# Der Wij

Sobald am Morgen in Kiew die helltönende Glocke des Geistlichen Seminars erklang, die an der Pforte des Bratskij-Klosters hing, eilten aus der ganzen Stadt Scharen von Schülern
und Bursianern herbei. Die Grammatiker, Rhetoren, Philosophen und Theologen begaben sich, die Hefte unter dem
Arm, in ihre Klassen. Die Grammatiker waren noch sehr
klein; im Gehen schubsten sie einander und zankten sich in
höchstem Diskant; fast alle steckten in schäbiger, speckiger
Kleidung, und ihre Taschen waren ständig mit allerhand
Krimskrams vollgestopft, als da sind: Murmeln, Pfeifchen
aus Federkielen, angebissene Piroggen, ja manchmal sogar
junge Sperlinge, von denen schon mal einer – wenn er sich in
einem Augenblick ungewöhnlicher Stille in der Klasse plötzlich zirpend bemerkbar machte – seinem Schutzherrn eine
schmerzhafte Vermahnung mit dem Lineal über beide Hände
oder gar durch eine Tracht Prügel mit der Weichselrute ein-
tragen mochte. Die Rhetoren kamen gesetzter daher: ihre
Kleidung war meistens heil und ganz, dafür trugen ihre
Gesichter fast immer irgendeine Verzierung nach Art der rhe-
torischen Tropen: sei es, daß ein Auge sich unter der Stirn
verbarg, daß anstelle der einen Lippe eine dicke Blase prangte
oder ein anderer Bildschmuck sie kennzeichnete. Diese Jüng-
linge redeten und fluchten im Tenor. Die Philosophen taten
dies eine Oktave tiefer; ihre Taschen waren leer – abgesehen
von beachtlichen Tabakrippen. Vorräte legten sie nicht an,
und alles Eßbare, das ihnen unterkam, verspeisten sie sofort
an Ort und Stelle; sie rochen nach Pfeife und Branntwein,
mitunter aus so beträchtlicher Distanz, daß ein Handwerker,
der ihnen begegnete, wohl stehenbleiben und wie ein Jagd-
hund noch lange Witterung nehmen mochte.

Der Markt begann sich zu dieser Zeit gewöhnlich erst zu
beleben. Die Marktfrauen, die Brezeln, Semmeln, Melonen-
kerne und Mohnkuchen feilboten, machten sich um die

Wette an alle heran, deren Kleidung aus feinem Tuch oder
Baumwollstoff gefertigt war, und zupften sie an den
Schößen.

»Hallo, junge Herrn, junge Herrn! Hierher! Hierher!«
riefen sie von allen Seiten. »Schöne Brezeln, Mohnkuchen,
Schnecken, Brotlaibe, ganz frisch! Beste Ware, bei Gott! Mit
Honig gemacht, selbstgebacken!«

Eine der Marktfrauen hob etwas Längliches, aus Teig
Geflochtenes in die Höhe und schrie:

»Honigwecken! Junge Herrn, kaufen Sie Honigwecken!«

»Kauft nichts bei der: schaut nur, wie häßlich die ist – die
Nase krumm, die Hände dreckig . . .«

Sich an Philosophen und Theologen heranzumachen,
scheuten sie sich, denn diese Herren hatten die ausgeprägte
Neigung, sich mit Kostproben zu begnügen, dafür aber
gleich eine ganze Handvoll zu nehmen.

Im Seminar angekommen, verteilten sich die Scharen auf
die einzelnen Klassen, die in niedrigen, jedoch ziemlich großen Räumen mit kleinen Fenstern, breiten Türen und ver-
schmutzten Bänken untergebracht waren. In den Klassen-
zimmern begann es sogleich vielstimmig zu summen: die
Auditoren hörten ihre Schüler ab; der helle Diskant des
Grammatikers entsprach genau dem Schwingungsklang der
in die kleine Fensterhöhle eingesetzten Scheibe, und so antwortete das Glas in fast dem gleichen Ton; aus einer Ecke
vernahm man die brummelnde Stimme eines Rhetors, dessen
Mund und wulstige Lippen zumindest einem Philosophen
gut angestanden hätten. Von weitem war von diesem Baß
nichts anderes zu hören als ein »Bu, bu, bu, bu . . .«. Während die Auditoren die Lektion abhörten, schielten sie mit
einem Auge unter die Bank, wo ihr alles durchbohrender
Blick in den Taschen der ihnen anvertrauten Scholaren eine
Semmel, eine Quarkpirogge oder Kürbiskerne ausmachte.

Kam dieser ganze gelehrte Haufe einmal etwas früher oder
wußte man im vorhinein, daß die Professoren später als
gewöhnlich zur Stelle sein würden, veranstaltete man mit

allgemeiner Zustimmung eine Schlacht, an der alle teilzunehmen hatten, sogar die Zensoren, deren Aufgabe darin
bestand, auf Ordnung und sittsames Betragen der ganzen
Schülerschaft zu achten. Gewöhnlich legten zwei Theologen
die Regel des Kampfes fest: ob jede Klasse für sich allein
stehen sollte oder ob zwei Parteien zu bilden waren: die Burse
und das Seminar. In jedem Falle traten zuerst die Grammatiker an, die sich dann, sobald die Rhetoriker in den Kampf
eingriffen, eilends zurückzogen, um das Getümmel von
erhöhter Position aus zu beobachten. Darauf trat die Philosophie mit ihren langen schwarzen Schnurrbärten in Aktion,
und zuletzt die Theologie, in schreckenerregenden Pluderhosen und mit gewaltig dicken Hälsen. Üblicherweise endete es
damit, daß die Theologie alle besiegte und die Philosophie,
sich das Kreuz reibend, ins Klassenzimmer gedrängt wurde
und sich auf den Bänken niederließ, um auszuruhen. Wenn
dann der Professor, der einst selbst an derartigen Auseinandersetzungen teilgenommen hatte, den Raum betrat, erkannte er an den erhitzten Gesichtern seiner Hörer sofort,
daß der Kampf wohl nicht so übel gewesen war, und während
er nun die Rhetorik mit Rutenschlägen auf die Finger trak-
tierte, behandelte in einem anderen Zimmer ein anderer Professor die Hände der Philosophie mit einer hölzernen Schaufel. Mit den Theologen verfuhr man dagegen auf ganz andere
Weise: ihnen maß man, wie ein Professor dieser Disziplin es
ausdrückte, je einen Scheffel grober Erbsen zu, d. h. eine
Tracht mit einer kurzen Lederpeitsche.

An Festen und Feiertagen zogen die Seminaristen und Bursianer mit dem traditionellen Puppentheater, dem Wertep,
von Haus zu Haus. Manchmal führten sie auch ein Schauspiel
auf. Wobei stets ein Theologe besonders hervorragte, der an
Länge dem Kiewer Glockenturm kaum nachstand und die
Herodias oder das Weib des ägyptischen Hofbeamten Poti-
phar darstellte. Zum Lohne erhielten sie ein Stück Leinwand,
einen Sack Hirse, eine halbe gebratene Gans oder etwas Ähnliches.

Dieses ganze gelehrte Volk, also das Seminar und die Burse, die eine Art Erbfeindschaft gegeneinander hegten, war überaus arm und zugleich ungewöhnlich gefräßig; etwa addieren zu wollen, auf wie viele Mehlklößchen es jeder dieser Burschen beim Abendessen brachte, wäre ein aussichtsloses Unterfangen gewesen; und deshalb konnten die freiwilligen Spenden wohlhabender Grundbesitzer niemals ausreichen. Daher schickte der Senat, der aus Philosophen und Theologen bestand, öfters Grammatiker und Rhetoren unter Führung eines Philosophen aus – und tat dabei zuweilen auch selbst mit –, um mit dem Sack auf den Schultern fremde Gemüsegärten zu plündern. Und dann gab es in der Burse Kürbisbrei zu essen. Die Senatoren überaßen sich dabei derart an Wasser- und Zuckermelonen, daß die Auditoren von ihnen am nächsten Tage zwei Lektionen an Stelle von einer zu hören bekamen: die eine kam von ihren Lippen, die andere brummelte im Senatorenmagen. Bursianer wie Seminaristen trugen eine Art langen Gehrock, der ›bis in die heutige Zeit‹ reichte – ein technischer Ausdruck, der besagte: bis über die Fersen.

Das festlichste Ereignis für das Geistliche Seminar waren die Ferien – die Zeit vom Juni an, wenn die Scholaren gewöhnlich nach Hause entlassen wurden. Dann war die ganze Landstraße bevölkert von Grammatikern, Rhetoren, Philosophen und Theologen. Und wer kein eigenes Zuhause hatte, begab sich zu einem seiner Kameraden. Die Philosophen und die Theologen begaben sich ›in Kondition‹, d. h. sie verdingten sich bei wohlhabenden Leuten, deren Kinder sie unterrichteten oder auf die Schule vorbereiteten, wofür sie alljährlich ein Paar neue Stiefel und manchmal auch Stoff für einen neuen Rock bekamen. Diese ganze Horde kam daher wie eine Schar von Reisigen; sie kochte sich ihren Brei und übernachtete auf dem Feld. Jeder schleppte einen Sack mit sich, in dem sich ein Hemd befand und ein Paar Fußlappen. Die Theologen waren besonders sorgfältig und akkurat: damit sie die Stiefel nicht zu sehr abnutzten, zogen sie sie aus,

banden sie zusammen und trugen sie an einem Stock über der
Schulter, besonders wenn der Weg morastig war. In diesem
Falle krempelten sie ihre Pluderhosen bis über die Knie hoch
und patschten unbekümmert mit den Füßen durch die Pfüt-
zen. Sobald sie abseits der Landstraße einen Weiler erblickten, bogen sie ab, marschierten auf dasjenige Bauernhaus los,
das etwas schmucker aussah als die andern, bauten sich vor
den Fenstern in einer Reihe auf und stimmten aus voller Kehle
einen Kantus an. Der Hausherr, ein alter kosakischer Bauer,
hörte ihnen lange zu, beide Arme aufs Fensterbrett gestützt,
schluchzte dann bitterlich auf und wandte sich zu seiner Frau
um mit den Worten: »Höre, Frau! Was die Scholaren da
singen, scheint mir Hand und Fuß zu haben; bring ihnen
doch ein Stück Speck heraus und was sich sonst noch bei uns
findet!« Und eine ganze Schüssel voll Quarkpiroggen pur-
zelte in den Sack. Ein tüchtiges Stück Speck, einige Laib Brot,
manchmal auch ein an den Füßen zusammengebundenes
Huhn fanden dort auch noch Platz. Wohlversorgt mit solchem Vorrat setzten die Grammatiker, Rhetoren, Philosophen und Theologen ihren Weg fort. Je weiter sie kamen, um
so mehr schmolz ihre Schar dahin. Fast alle hatten ihre heimi-
schen Ziele erreicht, und es blieben nur noch die übrig, deren
elterliche Nester weiter entfernt lagen.

Einmal geschah es, daß während einer solchen Wander-
schaft drei Bursianer von der Landstraße abbogen in der
Absicht, sich beim ersten besten Weiler mit Proviant zu ver-
sehen, denn ihr Sack war schon seit geraumer Zeit leer. Es
waren dies der Theologe Chaljawa, der Philosoph Choma
Brut und der Rhetor Tiberij Horobez.

Der Theologe war ein großgewachsener, stämmiger Bursche und hatte eine außerordentlich seltsame Angewohnheit:
er stahl unweigerlich alles, was ihm unter die Finger kam.
Darüber hinaus war er von äußerst düsterer Wesensart: wenn
er sich einen angetrunken hatte, pflegte er sich im Steppengras
zu verstecken, und es kostete das Seminar viel Mühe, ihn dort
wieder aufzuspüren.

Der Philosoph Choma Brut besaß ein heiteres Gemüt. Mit Vorliebe streckte er sich irgendwo aus und rauchte sein Pfeifchen. Wenn er trank, mußten Musikanten her, und er tanzte dann den Trepak. Die ›groben Erbsen‹ hatte er des öfteren zu kosten bekommen, aber mit vollendetem philosophischen Gleichmut ertragen, denn er sagte sich: was sein muß, muß sein.

Der Rhetor Tiberij Horobez hatte noch nicht das Recht, einen Schnurrbart zu tragen, Schnaps zu trinken und Pfeife zu rauchen. Seinen kahlgeschorenen Schädel zierte lediglich ein Haarschopf, und deshalb war sein Charakter zu dieser Zeit noch wenig ausgeprägt; nach den großen Beulen auf seiner Stirn zu urteilen, mit denen er häufig in der Klasse erschien, war freilich zu vermuten, daß aus ihm einmal ein tüchtiger Krieger werden würde. Der Theologe Chaljawa und der Philosoph Choma zogen ihn zum Zeichen ihrer Gönnerschaft gelegentlich an seinem Zopf und setzten ihn hin und wieder als ihren Beauftragten ein.

Es war schon Abend, als sie von der Landstraße abbogen. Die Sonne war gerade untergegangen, und die Tageshitze hing noch in der Luft. Theologe und Philosoph schritten schweigend dahin, ihr Pfeifchen rauchend; der Rhetor Tiberij Horobez schlug mit einem Stock den Disteln, die am Wegesrande wuchsen , die Köpfe ab. Der Weg führte durch Wiesen dahin, auf denen in kleinen Gruppen Eichen und Nußbäume standen. Leichte Erhöhungen und Hügel, grün und rund wie Kuppeln, bildeten an einigen Stellen eine natürliche Abgrenzung der ebenen Fläche. Zwei Felder mit reifem Getreide hatten vermuten lassen, daß bald ein Dorf auftauchen mußte. Doch über eine Stunde war schon vergangen, seit sie an den Kornäckern vorüber gekommen waren, und noch immer war keine menschliche Behausung zu sehen. Die Dämmerung hatte den Himmel schon zur Gänze überzogen, nur im Westen schimmerte noch hell ein Rest von Abendrot.

»Weiß der Teufel!« sagte der Philosoph Choma Brut. »Es

sah doch ganz so aus, als müßten wir gleich auf einen Weiler stoßen.«

Der Theologe schwieg, musterte die Umgebung, schob sich dann wieder sein Pfeifchen in den Mund, und sie setzten ihren Weg fort.

»Bei Gott!« sagte, von neuem stehenbleibend, der Philosoph. »Kein Aas zu sehen!«

»Vielleicht stoßen wir auf einen Weiler, wenn wir noch etwas weiter gehen«, sagte der Theologe, ohne die Pfeife aus dem Mund zu nehmen.

Doch mittlerweile war bereits die Nacht angebrochen, und eine recht finstere dazu. Kleine Wolken vertieften die Dunkelheit noch, und allem Anschein nach konnte man weder auf Sterne noch auf den Mond rechnen. Die Scholaren bemerkten, daß sie vom Wege abgekommen waren und schon seit einiger Zeit querfeldein gingen.

Der Philosoph probierte mit dem Fuß bald hier bald da und sagte schließlich mit gepreßter Stimme:

»Wo ist nur der Weg?«

Der Theologe schwieg, murmelte dann aber nach einigem Nachdenken: »Tja – eine finstere Nacht«.

Der Rhetor ging ein Stück zur Seite und versuchte nun kriechend den Weg zu finden, aber seine Hände gerieten lediglich in Fuchslöcher. Ringsumher war nur die Steppe, und wie es schien, war schon lange niemand mehr hier vorbeigekommen. Die Wanderer unternahmen noch einige Anstrengungen, weiter vorzustoßen, trafen aber überall nur auf die gleiche Wildnis. Der Philosoph versuchte, sich durch Rufen bemerkbar zu machen, doch seine Stimme wurde von der Weite erstickt und rief keinerlei Echo hervor; erst nach einiger Zeit wurde ein leichtes Stöhnen vernehmbar, das dem Geheul eines Wolfs ähnelte.

»Hat jemand vielleicht eine Idee, was wir jetzt tun sollen?« sagte der Philosoph.

»Was schon? Haltmachen und im Freien übernachten!« sagte der Theologe und langte nach dem Feuerzeug in seiner

Tasche, um seine Pfeife wieder anzuzünden. Der Philosoph
war aber mit diesem Vorschlag keineswegs einverstanden. Er
hatte die unverrückbare Gewohnheit, sich zur Nacht ein halbes Pud Brot und etwa vier Pfund Speck einzuverleiben, und
in seinem Magen herrschte jetzt das Gefühl einer unerträglichen Leere. Außerdem hegte der Philosoph, ungeachtet seines heiteren Gemüts, eine gewisse Furcht vor Wölfen.

»Nein, Chaljawa, das geht nicht«, sagte er. »Wie kann man
denn sich einfach so ausstrecken und niederlegen wie ein
Hund, ohne sich zuvor gestärkt zu haben? Wir wollen noch
einen Versuch machen; kann doch sein, wir finden doch noch
eine menschliche Behausung und kommen wenigstens noch
zu einem Gläschen Schnaps auf die Nacht.«

Bei dem Wörtchen »Schnaps« spuckte der Theologe aus
und murmelte: »Natürlich, im Freien übernachten bringt gar
nichts.«

Die Scholaren setzten also ihren Weg fort, und auf einmal
vernahmen sie zu ihrer großen Freude aus der Ferne Hundegebell. Nachdem sie ausgemacht hatten, aus welcher Richtung es kam, schritten sie munterer aus und erblickten nach
einiger Zeit ein Licht.

»Ein Weiler! Bei Gott, ein Weiler!« sagte der Philosoph.
Seine Vermutung hatte nicht getrogen: einige Zeit darauf
erblickten sie wirklich einen kleinen Weiler, der nur aus zwei
Hütten bestand, die auf einem gemeinsamen Hof standen.
Durch die Fenster leuchtete Licht. Ein Dutzend Pflaumenbäume ragte hinter dem Flechtzaun auf. Als die Scholaren
durch die Löcher des aus Brettern gefertigten Tores hin-
durchspähten, sahen sie in einen Hof, der mit lauter Fuhr-
werken vollgestellt war. Da und dort am Himmel schauten
jetzt auch einige Sterne heraus.

»Los, Jungs, nicht gezögert! Wir müssen zu einem Nachtlager kommen, koste es, was es wolle!«

Die drei gelehrten Herren hämmerten gemeinsam gegen
das Tor und schrien:

»Aufmachen!«

Die Tür der einen Hütte knarrte, und einen Augenblick drauf sahen unsere Scholaren eine alte Frau vor sich stehen, die einen rohen Schafspelz anhatte.

»Wer ist da?« schrie sie und hustete rasselnd.

»Laß uns übernachten, Großmütterchen. Wir sind vom Wege abgekommen. So im freien Feld ist's doch unangenehm, wie mit einem leeren Bauch.«

»Was seid ihr denn für Leute?«

»Ganz harmlose: der Theologe Chaljawa, der Philosoph Brut und der Rhetor Horobez.«

»Geht nicht«, brummte die Alte, »ich hab den ganzen Hof voller Leute, und jede Ecke der Hütte ist belegt. Wo soll ich denn mit euch hin? Und noch dazu solche Riesenkerle, solche Muskelprotze! Mir fällt ja die Hütte ein, wenn ich so was aufnehme. Diese Philosophen und Theologen kenn ich. Wenn man erstmal damit anfängt, solche Saufbrüder bei sich aufzunehmen, dann ist der Hof bald hinüber. Schaut, daß ihr weiterkommt! Macht euch fort! Für euch ist hier kein Platz.«

»Hab doch Erbarmen, Großmütterchen! Darf man denn einen Christenmenschen für nichts und wieder nichts umkommen lassen? Du kannst uns unterbringen, wo du willst, und wenn irgend etwas vorkommt, wenn wir irgend etwas anstellen – die Hände sollen uns verdorren, Gott soll uns strafen. Ehrenwort!«

Die Alte schien ein wenig zugänglicher zu werden.

»Also gut«, sagte sie und tat so, als ob sie nachdächte, »ich will euch mal reinlassen; aber jeden von euch bringe ich woanders unter: da hätte ich nämlich keine Ruhe, wenn ihr beieinander liegt.«

»Ganz wie du willst; wir haben nichts dagegen«, antworteten die Scholaren.

Das Tor knarrte, und sie betraten den Hof.

»Hör mal, Großmütterchen«, sagte der Philosoph, während er hinter der Alten herging, »wie wäre es denn, wenn du gewissermaßen ... bei Gott: in meinem Magen geht es zu, als ob jemand mit dem Wagen da herumfährt. Seit dem frühen

Morgen habe ich keinen Bissen mehr zwischen die Zähne bekommen.«

»Ach, was nicht gar!« sagte die Alte. »Nichts da! Nichts gibt's! Hab den Ofen gar nicht angeheizt heute.«

»Aber wir werden doch alles bezahlen«, fuhr der Philosoph fort, »morgen früh, bar auf die Hand. Denkste«, fuhr er leise fort, »nicht mal den Dreck unterm Fingernagel wirst du bekommen!«

»Also los, hinein in die gute Stube! Und seid mir schön zufrieden mit dem, was man euch gibt! Ein paar feine Herr-chen hat mir der Teufel da geschickt!«

Den Philosophen Choma machten solche Worte ganz mut-los. Doch plötzlich nahm seine Nase die Witterung von getrocknetem Fisch auf. Er warf einen Blick auf die Pluder-hosen des Theologen, der neben ihm ging, und sah, daß aus dessen Tasche ein gewaltiger Fischschwanz herausragte: der Theologe hatte es nämlich bereits fertigbekommen, von einer Fuhre eine ganze Karausche auf die Seite zu bringen. Und da er dies nicht etwa aus Habgier, sondern allein aus alter Gewohnheit getan und seine Karausche auch augenblicklich wieder vollkommen vergessen hatte und schon Umschau hielt, was er als Nächstes abstauben könnte, entschlossen, nicht einmal ein zerbrochenes Wagenrad zu verschmähen – deshalb ließ der Philosoph Choma seine Hand in die theolo-gische Tasche gleiten, als wäre es seine eigene, und zog die Karausche heraus.

Die Alte wies den Scholaren ihre Plätze zu: der Rhetor sollte sich in der Hütte niederlegen, den Theologen sperrte sie in eine leere Vorratskammer, und den Philosophen brachte sie in einem gleichfalls leeren Schafstall unter.

Alleingelassen, aß der Philosoph zunächst im Handumdre-hen die ganze Karausche auf; dann untersuchte er die geflochten-tenen Wände des Stalles, stieß dabei mit dem Fuß an den aus dem Nachbarstall herübergeschobenen Rüssel eines neugieri-gen Schweines, drehte sich auf die Seite und schlief bald wie ein Toter. Plötzlich öffnete sich die niedrige Tür, und herein trat gebückt die Alte.

»Nun, Großmütterchen, was ist?« fragte der Philosoph.

Doch die Alte kam geradewegs auf ihn zu und breitete die Arme aus.

›Oho!‹ dachte der Philosoph. ›Nicht doch, mein Täubchen, du bist mir zu alt!‹ Er schob sich ein wenig beiseite, doch die Alte machte keine Umstände und rückte ihm auf den Pelz.

»Hör mal zu, Großmütterchen!« sagte der Philosoph, »jetzt ist Fastenzeit; und ich gehör zu denen, die die Gebote nicht übertreten – nicht mal für tausend Dukaten.«

Aber die Alte breitete nur schweigend die Arme aus und begann nach ihm zu haschen.

Dem Philosoph wurde unheimlich zumute, besonders als er bemerkte, daß ihre funkelnden Augen einen ganz eigenartigen Glanz hatten.

»Großmütterchen! was ist mit dir? Geh fort, geh fort in Gottes Namen!« schrie er.

Doch die Alte sprach kein Wort und versuchte, ihn in die Arme zu schließen.

Er sprang auf die Füße, um sich in Sicherheit zu bringen, doch da stand die Alte schon in der Tür, sah ihn mit ihren funkelnden Augen durchbohrend an und näherte sich ihm aufs neue. Der Philosoph wollte sie mit den Händen zurückstoßen, mußte aber zu seiner Überraschung bemerken, daß er die Arme nicht heben konnte, daß seine Beine sich nicht von der Stelle rührten; auch stellte er mit Entsetzen fest, daß er seine eigene Stimme nicht mehr hörte: stumm formten seine Lippen die Worte. Das einzige, was er vernahm, war das wilde Pochen seines Herzens. Er sah, wie die Alte auf ihn zukam, ihm die Arme übereinanderlegte und den Kopf nach unten beugte; dann sprang sie mit der Behendigkeit einer Katze auf seinen Rücken und peitschte mit dem Reisigbesen seine Hüfte – woraufhin er, die Alte auf seinen Schultern, lostrabte wie ein Reitpferd. Das alles geschah so schnell, daß

der Philosoph kaum wußte, wie ihm geschah; mit beiden
Händen packte er seine Knie, um die Beine festzuhalten; die
aber bewegten sich zu seiner großen Überraschung ganz
gegen seinen Willen und vollführten Sprünge, die ein tscher-
kessisches Rennpferd in den Schatten gestellt hätten. Erst als
sie bereits den Weiler hinter sich gelassen hatten und sich vor
ihnen eine flache Senke breitete, an deren einer Seite ein kohl-
schwarzer Wald aufragte – erst da sagte er bei sich: Aha, sie ist
eine Hexe!

Am Himmel leuchtete, mit umgekehrter Sichel, der Mond.
Sein matter mitternächtlicher Schein hatte sich wie eine
durchsichtige Decke als leichter Lichtdunst über die Erde
gebreitet. Die Wälder und Wiesen, der Himmel und die Täler
– alles schien mit offenen Augen zu schlafen. Kaum ein
Hauch regte sich. Der nächtlichen Frische war ein wenig
warme Feuchtigkeit beigemischt. Die Schatten der Bäume
und Büsche fielen wie Kometen mit spitzem Keil auf die sanft
abfallende Ebene. So war die Nacht, die der Philosoph
Choma Brut mit seiner rätselhaften Reiterin auf dem Rücken
durcheilte. Er fühlte, wie ein quälendes, unangenehmes und
doch auch wieder süßes Gefühl sich in seinem Herzen ausbreitete. Er senkte den Kopf und bemerkte, daß das Gras,
eben noch dicht unter seinen Füßen, auf einmal ganz weit weg
in der Tiefe den Boden eines Meeres bedeckte, dessen helles
Wasser klar war wie ein Bergquell und durchsichtig bis auf
den Grund; jedenfalls erkannte er deutlich, daß er und die auf
seinem Rücken hockende Alte sich in dem Wasser spiegelten.
Dort unten schien gar nicht der Mond, sondern eine Sonne.
Er hörte, wie blaue Glockenblumen mit den Köpfen nickend
läuteten. Er sah eine Nixe aus dem Riedgras herausschwim-
men, sah ihren Rücken und ihren Fischschwanz schimmern,
ein Wesen, drall und straff, ganz Licht und Vitalität. Sie
drehte sich zu ihm um und hob ihm ihr Gesicht entgegen, mit
strahlenden Augen, die blitzten und funkelten; er hörte ihren
Gesang, der ihm tief in die Seele drang, sah nun ihr Antlitz
den Wasserspiegel durchstoßen, vernahm ihr perlendes La-

chen – und schon war sie wieder hinabgetaucht. Jetzt warf sie
sich auf den Rücken, und die weißen, elastischen Rundungen
ihrer wolkenzarten Brüste, die matt schimmerten wie ungla-
siertes Porzellan, umspielte das Licht jener Sonne. Kleine
Wasserbläschen sprudelten auf ihnen, als ob es Perlen wären.
Der Körper der Nixe bebte vor Lachen . . .

   Sieht er das nun alles wirklich, oder kommt es ihm nur so
vor? Ist er wach oder träumt er? Und was vernimmt er da? Ist
das der Wind oder ist es Musik: es tönt und klingt, es
schwingt, es dringt auf ihn ein, bohrt sich in die Seele mit
einem schrillen Triller . . .

   Was hat das alles nur zu bedeuten, fragte sich der Philosoph
Choma Brut und blickte hinunter, während er in vollem
Galopp dahinraste. Sein Schweiß floß in Strömen. Er verspürte ein satanisch-süßes Gefühl, er empfand eine bohrende,
schauerlich-lähmende Wonne. Manchmal kam es ihm so vor,
als ob sein Herz überhaupt nicht mehr in seinem Körper sei,
und dann faßte er sich angsterfüllt an die Brust. Abgekämpft
und verwirrt begann er sich alle Gebete ins Gedächtnis zu
rufen, die er nur kannte. Er ging sämtliche Beschwörungsformeln gegen böse Geister durch – und plötzlich fühlte er sich
ein wenig erfrischt; er spürte, wie sein Schritt allmählich träger wurde, wie die Hexe auf seinem Rücken ihren Griff lok-
kerte, dichtes Gras streifte ihn, und schon bemerkte er daran
nichts Ungewöhnliches mehr. Die helle Sichel des Mondes
leuchtete am Himmel.

   ›Na warte!‹ dachte der Philosoph Choma bei sich und
begann, die Beschwörungsformeln nun schon fast laut zu
murmeln. Und dann sprang er schließlich wie der Blitz unter
der Alten vor und schwang sich nun seinerseits ihr auf den
Rücken. Die Alte rannte mit ihren kurzen Trippelschritten so
schnell, daß dem Reiter schier die Luft wegblieb. Zu seinen
Füßen schoß die Erde dahin. Trotz des nur matten Mond-
lichts war alles gut zu erkennen. Die Täler waren flach, doch
infolge der Geschwindigkeit konnte er von allem nur einen

flüchtigen, ungenauen Blick erhaschen. Er ergriff ein am
Wege liegendes Holzscheit und begann damit aus Leibeskräften auf die Alte einzuschlagen. Ihr wildes Geheul, drohend,
wütend, ging schnell in flehendes Wimmern über; ihre
Stimme wurde leiser und leiser, bis sie sich anhörte wie kleine
Silberglöckchen. Sein Herz wurde weich, und unversehens
tauchte in seinem Kopf der Gedanke auf: ist das überhaupt
die Alte? »Ach, ich kann nicht mehr!« stöhnte sie und stürzte
erschöpft zu Boden.

Er erhob sich und blickte ihr in die Augen: Die Morgenröte
begann heraufzuziehen, und in der Ferne funkelten schon die
goldenen Kuppeln der Kirchen von Kiew. Vor ihm lag ein
schönes Mädchen, mit einem zerzausten üppigen Zopf und
Wimpern so lang wie Pfeile. Sie war einer Ohnmacht nahe.
Ihre weißen, bloßen Arme lagen zu beiden Seiten des Körpers
ausgestreckt. Sie stöhnte, die tränennassen Augen himmelwärts gedreht.

Choma begann zu zittern wie Espenlaub: Mitleid, eine
seltsame Rührung und Ängstlichkeit – für ihn ganz neue
Gefühle – ergriffen von ihm Besitz; er stürzte davon und lief,
was die Kräfte hergaben. Sein Herz schlug dabei heftig und
unruhig, und er konnte sich gar nicht erklären, was das für ein
eigenartiges, neues Gefühl war, das sich da seiner bemächtigt
hatte. Zum Weiler wollte er nicht mehr zurück; so eilte er
denn nach Kiew, auf dem ganzen Wege über sein unbegreifliches Erlebnis nachdenkend.

Es waren fast keine Bursianer mehr in der Stadt: alle waren
ausgeschwärmt, auf die Weiler, oder auf ›Kondition‹, oder
auch ohne alle Konditionen, denn man kann auf den kleinrussischen Weilern Mehlklößchen, Käse, Sahne und Quarkpiroggen von der Größe eines Hutes zu essen bekommen, ohne
einen Groschen dafür zu bezahlen. Das große, baufällige
Gebäude, in dem die Burse untergebracht war, stand völlig
leer, und sosehr der Philosoph auch in allen Ecken herumstö-
berte und sogar alle Löcher und Vertiefungen unter dem

Dach absuchte – nirgends fand er auch nur ein Krümelchen Speck oder wenigstens einen altbackenen Kuchen, Notbissen also, wie sie die Bursianer zu verstecken pflegten.

Jedoch fand der Philosoph bald einen Dreh, seinem Kummer abzuhelfen: fröhlich pfeifend ging er etwa dreimal über den Markt, an dessen Ende eine junge Witwe in gelber Haube saß und Bänder, Gewehrschrot und Wagenräder feilbot. Mit ihr tauschte er einige Blicke voll wechselseitiger Sympathie – und noch selbigen Tages wurde er mit Quarkpiroggen aus Weizenmehl gefüttert, mit Hühnchen und ... ach, man kann es gar nicht alles aufzählen, was vor ihm auf dem gedeckten Tisch in dem kleinen Lehmhäuschen inmitten eines Kirschgartens alles erschien. Am Abend desselben Tages noch ward der Philosoph auch in der Kneipe gesichtet: Er lag auf einer Bank, rauchte nach alter Gewohnheit sein Pfeifchen und warf vor aller Augen dem jüdischen Schankwirt einen halben Dukaten zu. Vor sich hatte er einen Krug stehen. Gleichmütig-zufriedenen Blickes beobachtete er, wer da alles kam und ging, und an sein ungewöhnliches Erlebnis dachte er überhaupt nicht mehr.

Inzwischen hatte sich überall das Gerücht verbreitet, die Tochter eines sehr reichen Sotniks, dessen Weiler fünfzig Werst von Kiew entfernt lag, sei eines Tages in bejammernswertem Zustand vom Spaziergang heimgekehrt, kaum noch imstande, sich bis zum elterlichen Haus zu schleppen; sie liege in den letzten Zügen und habe gerade noch den Wunsch äußern können, die Sterbe- und die Totengebete nach ihrem Hinscheiden möge drei Tage hintereinander ein Kiewer Seminarist lesen: Choma Brut. Hiervon erfuhr der Philosoph vom Rektor höchstpersönlich, der ihn in sein Zimmer rufen ließ und ihm kundtat, er habe unverzüglich aufzubrechen; der angesehene Sotnik habe eigens für ihn Pferd und Wagen geschickt.

Ein unbestimmtes Gefühl ließ den Philosophen erschaudern – er hätte selbst nicht erklären können, wieso. Aber eine dunkle Ahnung sagte ihm, daß ihn nichts Gutes erwarte.

Ohne nachzudenken erklärte er daher rundheraus, er weigere sich.

»Hör mal gut zu, Domine Choma!« sagte der Rektor (gelegentlich bediente er sich seinen Untergebenen gegenüber eines sehr höflichen Tones) – »kein Teufel schert sich darum, ob du fahren willst oder nicht. Ich sage dir nur eins: wenn du hier weitere Sperenzchen machst, lasse ich deinen Buckel und so fort derart kräftig mit ein paar jungen Birkenzweigen bedienen, daß du dir den Gang ins Dampfbad sparen kannst.«

Der Philosoph kratzte sich ein wenig hinterm Ohr und verließ das Zimmer, ohne noch ein Wort zu sagen, nahm sich aber vor, bei der erstbesten Gelegenheit sich lieber auf seine Beine zu verlassen und sein Heil in der Flucht zu suchen. Gedankenverloren stieg er die steile Treppe hinunter, die auf den mit Pappeln umsäumten Hof führte; für einen Augenblick machte er halt, als er ziemlich deutlich die Stimme seines Rektors vernahm, der seinem Beschließer und noch jemand anderem, wahrscheinlich einem Boten des Sotniks, Befehle erteilte.

»Sage deinem Herren, ich ließe ihm herzlich danken für die Graupen und die Eier«, sagte der Rektor, »und bestelle ihm: die Bücher, von denen er schreibt, würde ich ihm schicken, sobald sie fertig sind. Ich habe sie bereits dem Schreiber zum Kopieren gegeben. Und vergiß nicht hinzuzufügen, mein Bester, ich wüßte, daß es auf eurem Weiler guten Fisch gibt, besonders Stör, und der Herr möchte mir doch bei Gelegenheit mal welchen schicken: hier auf den Märkten ist er schlecht und teuer. Und du, Jawtuch, geh, schenk den Jungs einen Schnaps ein. Und den Philosophen müßt ihr anbinden, sonst reißt er euch aus.«

Schau einer an den Teufelssohn! dachte der Philosoph, hat den Braten gerochen, der langbeinige Speichellecker.

Er stieg nun die Treppe vollends hinunter und erblickte ein Fuhrwerk, das er zunächst für eine Getreidedarre auf Rädern gehalten hatte. In der Tat war sie so geräumig wie ein Ofen, in dem man Ziegel brennt. Es handelte sich um eine

der üblichen Krakauer Equipagen, in denen die Juden
schockweise mit ihren Waren in jeder Stadt auftauchen, wo
ihre Nase einen Jahrmarkt gewittert hat. Etwa sechs stäm-
mige, kraftstrotzende Kosaken erwarteten ihn; einige waren
schon gesetzteren Alters. Ihre Kittel aus feinem Tuch, mit
Troddeln verziert, ließen darauf schließen, daß die Männer
einem ziemlich angesehenen und wohlhabenden Grundherrn
gehörten. Kleinere Narben legten davon Zeugnis ab, daß sie
bereits einmal im Felde gestanden und sich ausgezeichnet
hatten.

Da kann man halt nichts machen; was sein muß, muß sein!
dachte der Philosoph; zu den Kosaken gewandt, sagte er laut:

»Seid gegrüßt, Brüder!«

»Grüß dich, Herr Philosoph!« antworteten einige der Kosaken.

»Ich soll mich also da reinsetzen und mit euch fahren? Ein
Prachtstück, diese Kutsche!« fuhr er fort, während er hinein-
kletterte. »Man brauchte nur noch Musikanten zu engagie-
ren, dann könnte man da drin auch tanzen.«

»Ja, die Equipage ist schon geräumig!« sagte einer der
Kosaken, während er auf dem Bock Platz nahm, neben dem
Kutscher, der den Kopf mit einem Lappen umwickelt hatte
anstelle der Mütze – er hatte bereits Zeit gefunden, sie in der
Kneipe zu versetzen. Die übrigen fünf krochen zu dem Phi-
losophen und machten es sich auf den Säcken bequem, die
den Boden des Wagens bedeckten. Sie enthielten all die
Dinge, die man in der Stadt gekauft hatte.

»Mich würde mal folgendes interessieren«, sagte der Philosoph, »wenn man zum Beispiel diese Kalesche mit irgendeiner Ware volladen würde, sagen wir mit Salz oder mit Eisen-
keilen – wieviel Pferde brauchte man dann wohl?«

»Jaaa«, sagte nach einigem Zögern der auf dem Kutschbock
sitzende Kosak – »dann brauchte man wohl schon eine ganze
Menge.«

Nach dieser erschöpfenden Antwort hielt der Kosak sich
für berechtigt, die ganze Fahrt über zu schweigen.

Der Philosoph hätte zu gern Genaueres gewußt: was für

ein Mensch war eigentlich dieser Sotnik, was für einen Charakter hatte er wohl; was hörte man so über seine Tochter, die unter so ungewöhnlichen Umständen heimgekehrt war und nun mit dem Tode rang, und deren Lebensbahn nun die seine kreuzen sollte; wie es bei ihnen so zugeht, und was sich gerade im Hause tut. Dergleichen wollte er bei den Kosaken erfragen. Die waren aber wohl gleichfalls Philosophen, denn sie hüllten sich in Schweigen und fuhren fort, auf den Säcken ausgestreckt, ihre Pfeifchen zu schmauchen. Nur einer von ihnen richtete an den Kutscher auf dem Bock einen kurzen Befehl: »Paß auf, Owerko, du alte Schlafmütze; wenn du an die Schenke an der Straße nach Tschuchrajlowo kommst, dann vergiß ja nicht anzuhalten und mich und die andern zu wecken, falls einer von uns einschlafen sollte.« Worauf er ziemlich geräuschvoll in Schlaf sank.

Übrigens war diese Ermahnung völlig überflüssig, denn das Riesengefährt war noch gar nicht richtig vor der Schenke an der Straße nach Tschuchrajlowo angelangt, da schrien auch schon alle wie aus einem Munde: »Anhalten!« Zudem waren Owerkos Pferde so erzogen, daß sie von ganz alleine vor jeder Schenke haltmachten. Ungeachtet der Hitze des Julitages verließen alle den Wagen und begaben sich in den niedrigen, schmuddligen Raum, wo der jüdische Kneipier mit allen Zeichen der Freude seinen alten Bekannten entgegenstürzte, um sie zu begrüßen. Der Jude schleppte unter dem Rockschoß verborgen ein paar Schweinewürste herbei und legte sie auf den Tisch, worauf er sich augenblicks wieder von dieser durch den Talmud verbotenen Speise abwandte. Alle nahmen um den Tisch herum Platz. Vor jedem Gast erschien ein Tonkrug. Auch der Philosoph mußte an dem gemeinsamen Schmaus teilnehmen. Und da die Kleinrussen, wenn sie sich einen antrinken, unweigerlich anfangen, einander zu küssen oder in Tränen auszubrechen, dauerte es nicht lange, bis es in der Hütte nur so schmatzte: »An meine Brust, Spirid!« – »Komm her, mein lieber Dorosch, laß dich umarmen!«

Einer der Kosaken, der etwas älter war als die übrigen und einen grauen Schnurrbart trug, stützte die eine Wange in die Hand und begann aus tiefster Seele zu heulen und zu jammern, daß er weder Vater noch Mutter habe und in der großen weiten Welt ganz allein dastehe. Ein anderer erwies sich als großer Räsoneur, indem er seinen Kameraden ohne Unterlaß tröstete: »So wein doch nicht, ich flehe dich an, weine doch nicht! Das ist nun mal so ... Gott weiß schon, wozu das gut ist.« Ein dritter, es war Dorosch, wurde auf einmal überaus neugierig, wandte sich an den Philosophen Choma und setzte ihm mit Fragen zu:

»Ich möchte gerne mal wissen, was man euch in der Burse da so beibringt: ist es das, was der Vorsänger immer in der Kirche liest oder ist es was anderes?«

»Frage nicht!« sagte träge der Räsoneur. »Soll er da doch machen, was er will, Gott weiß schon, was not tut; Gott weiß alles.«

»Nein, ich will das wissen«, sagte Dorosch. »Ich will wissen, was in ihren Büchern geschrieben steht. Kann ja sein, was ganz anderes als beim Vorsänger«.

»Mein Gott, mein Gott!« sagte der Moralprediger salbungsvoll. »Weshalb darüber reden? Der Wille Gottes hat es nun einmal so bestimmt. Was Gott einmal bestimmt hat, das kannst du nicht mehr ändern.«

»Ich will aber alles wissen, was da aufgeschrieben ist. Ich gehe in die Burse, bei Gott, das werde ich! Du glaubst wohl, ich kann das nicht lernen? Alles lerne ich, alles!«

»Mein Gott, oh, mein Gott! ...« sprach der Seelentröster und ließ seinen Kopf auf die Tischplatte sinken, inzwischen völlig außerstande, ihn länger gerade auf den Schultern zu halten.

Die übrigen Kosaken debattierten über die Herrschaften und über die Frage, warum am Himmel der Mond scheint.

Als der Philosoph bemerkte, wie es um ihre Köpfe bestellt war, beschloß er, die Gunst der Stunde zu nutzen und sich aus dem Staube zu machen. Zuerst wandte er sich an den

grauhaarigen Kosaken, der Vater und Mutter nachgeweint
hatte:

»Du hast so bitterlich geweint, Onkelchen«, sagte er, »aber
denk mal: ich bin auch eine Waise! Laßt mich laufen, Jungs,
laßt mich frei! Was habt ihr schon an mir?«

»Gut. Lassen wir ihn frei!« ließen sich einige der Kosaken
vernehmen. »Er ist ja eine Waise. Soll er doch gehen, wohin
er will.«

»Mein Gott, oh, mein Gott!« rief der Seelentröster, während er seinen Kopf wieder in die Senkrechte brachte, »laßt
ihn laufen! Soll er doch gehen, wohin er will!«

Und die Kosaken waren schon drauf und dran, ihn höchstpersönlich hinauszuführen aufs weite, freie Feld, als der Bursche, der sich so wißbegierig gezeigt hatte, sie zurückhielt,
indem er sagte:

»Rührt ihn nicht an: ich will mit ihm über die Burse reden.
Ich will selber mal in die Burse . . .«

Übrigens hätte sich diese Flucht kaum bewerkstelligen lassen, denn als der Philosph sich vom Tisch zu erheben gedachte, hatte er auf einmal das Gefühl, seine Beine seien aus
Holz; zugleich schienen sich die Türen der Schankstube so
sehr vermehrt zu haben, daß er schwerlich die rechte hätte
finden können.

Erst gegen Abend kam es unserer Kumpanei in den Sinn,
daß man ja eigentlich seine Reise fortsetzen müßte. Nachdem
sie alle wieder in den Wagen geklettert waren, streckten sie
sich aus, machten den Pferden Beine und stimmten ein Lied
an, dessen Worte und Sinn ein Fremder kaum verstanden
hätte. Nachdem sie so den größten Teil der Nacht – ständig
vom Wege abkommend, den sie doch im Schlaf kannten –
herumgekurvt waren, rollten sie schließlich von einer steilen
Höhe herab ins Tal, und der Philosoph erblickte zu beiden
Seiten des Weges Staketen- oder Flechtzäune, mit niedrigen
Bäumen dahinter, durch deren Blattwerk Dächer schimmerten. Es war eine große Siedlung, die dem Sotnik gehörte.
Mitternacht war längst vorüber, der Himmel war dunkel, nur

hier und da blinkten kleine Sternchen. In keiner Hütte
brannte noch Licht. Von Hundegebell begrüßt, fuhren sie auf
einen Hof. Zu beiden Seiten standen strohgedeckte Schuppen
und kleine Häuser; ein Gebäude, das gerade gegenüber der
Einfahrt stand, war größer als die anderen und diente offenbar dem Sotnik als Wohnhaus. Das Gefährt hielt vor einem
kleinen, schuppenähnlichen Gebäude an, und unsere Reisenden begaben sich zur Ruhe. Der Philosoph wollte sich zwar
das Herrenhaus noch ein wenig von außen anschauen; doch
wie sehr er auch seine Augen anstrengen mochte – nichts
wollte Façon und Umriß so recht klar zu erkennen geben:
anstatt des Hauses glaubte er einen Bären zu sehen; aus dem
Schornstein wurde der Rektor. Der Philosoph machte eine
wegwerfende Handbewegung und ging schlafen.

Als er erwachte, war das ganze Haus in heller Aufregung:
während der Nacht war das junge Fräulein gestorben. Diener
eilten geschäftig hin und her. Einige alte Frauen weinten.
Eine Schar Neugieriger schaute über den Zaun auf den Herrenhof, als ob's da etwas zu sehen gäbe.

Der Philosoph begann in aller Ruhe, jene Örtlichkeit in
Augenschein zu nehmen, deren Einzelheiten er des Nachts
nicht klar hatte ausmachen können. Das Herrenhaus war ein
niedriges kleines Gebäude, wie man sie früher in Kleinrußland zu errichten pflegte. Es war mit Stroh gedeckt. Eine
kleine, spitz zulaufende Giebelwand über dem Hauseingang,
mit einem kleinen Fenster, das aussah wie ein himmelwärts
gerichtetes Auge, war über und über mit blauen und gelben
Blumen sowie roten Halbmonden bemalt. Sie ruhte auf Säulchen aus Eichenholz, die auf sechskantig behauenen Sockeln
standen, bis zur halben Höhe rund waren und oben in kunstvoll gedrechselten Verzierungen endeten. Unter dieser Giebelwand befand sich eine kleine Veranda mit Bänkchen auf
beiden Seiten. Über die Seitenwände des Hauses ragten Vor-
dächer herab, die auf ebensolchen teilweise gedrechselten
Säulchen ruhten. Ein hoher Birnbaum mit einer pyramiden-
förmigen Krone und zitterndem Blattwerk grünte vor dem

Hause. Mehrere Speicher standen in zwei Reihen inmitten des Hofes und bildeten eine Art breiter Zufahrt, die auf das Haus gerichtet war. Am Eingangstor lagen, hinter den beiden Schuppenreihen, einander gegenüber zwei Vorratskeller mit spitzwinkliger Giebelwand, gleichfalls mit Stroh gedeckt. In jede Giebelwand war eine niedrige Tür eingelassen und mit verschiedenen bunten Bildern bemalt: das eine zeigte einen Kosaken, der auf einem Fasse saß und einen Krug über dem Kopf hielt mit der Aufschrift: »Ich trinke ihn leer«. Auf dem anderen waren eine Reiseflasche abgebildet sowie mehrere Vierkantflaschen, und daneben, der Schönheit halber, ein Pferd mit den Beinen nach oben, dazu eine Pfeife, Trommeln und die Aufschrift: »Der Wein ist des Kosaken Freude«. Vom Dachboden eines der Schuppen ragten durch ein gewaltiges Bodenfenster eine Trommel sowie mehrere Kupfertrompeten heraus. Am Tor standen zwei Kanonen. Das alles zeigte deutlich, daß der Herr des Hauses kein Freund von Traurigkeit war und der Hof nicht selten vom fröhlichen Geschrei tafelnder Gäste widerhallte. Vor dem Hoftor standen zwei Windmühlen. Hinter dem Haus erstreckten sich weitläufige Gärten, und von den im grünen Dickicht versteckten Hütten konnte man durch die Kronen der Bäume lediglich die dunklen Schornsteinkappen ausmachen.

Die ganze Siedlung lag auf dem breiten und ebenen, terrassenartigen Vorsprung einer Erhebung. Im Norden ragte eine ziemlich steile Wand auf, bis zu deren Fuß sich der Hof erstreckte. Ließ man den Blick nach oben gleiten, so wirkte sie noch schroffer, und gegen den hellen Himmel hob sich oben dunkel ein Gestrüpp von dürrem Steppengras ab. Der Anblick des kahlen, lehmigen Bodens dieser Schräge konnte einen schwermütig machen; er war durchfurcht von Regenrinnen und Wasserrissen. An zwei Stellen klammerten sich Hütten daran fest; über die eine von ihnen breitete ein großer Apfelbaum seine Äste, den man an den Wurzeln mit kleinen Pflöcken und Erdaufschüttungen abgestützt hatte. Vom Wind herabgeschüttelte Äpfel rollten bis auf den Herrenhof

Vom Gipfel wand sich den Hang hinunter ein Weg, der dann am Hofe vorbei in die Siedlung führte. Als der Philosoph bemerkte, wie gefährlich abschüssig er war, und an die Reise vom Vortag zurückdachte, kam er zu dem Schluß, daß der Herr entweder besonders kluge Pferde besitzen müsse oder aber die Kosaken äußerst zielstrebige Köpfe, wenn sie es selbst in ihrem berauschten Zustand fertigbrachten, nicht koppheister samt ihrem Riesengefährt und dem ganzen Gepäck hinabzusegeln. Der Philosoph stand an dem höchsten Punkt des Hofes, und als er sich umwandte und in die entgegengesetzte Richtung blickte, bot sich ihm ein völlig anderes Bild dar. Die Siedlung erstreckte sich in sanfter Neigung hinab ins Tal. Unüberschaubare Wiesen breiteten sich nach allen Seiten aus; das helle Grün wurde zum Horizont hin immer dunkler; ganze Reihen von Anwesen schimmerten bläulich in der Ferne, obwohl es bis dahin mehr als etwa zwanzig Werst waren. Rechts von diesen Wiesen zogen sich die Berge hin, und kaum noch wahrnehmbar blitzte es in der Ferne vom dunklen Band des Dnjepr.

»Ein herrliches Plätzchen, wirklich!« sagte der Philosoph. »Hier müßte man leben! Man würde fischen – im Dnjepr und in den Teichen, mit Fangnetz und Gewehr Zwergtrappen und Schnepfen jagen. Übrigens dürfte es auch reichlich Trappgänse auf diesen Wiesen geben. Obst könnte man trocknen und massenhaft in der Stadt verkaufen oder, was noch besser wäre, Schnaps draus brennen; so ein Obstler läßt sich ja schließlich mit keinem anderen Wässerchen vergleichen. Trotzdem: ich sollte mir Gedanken machen, wie ich von hier wegkomme.«

Da bemerkte er hinter dem Zaun einen schmalen Pfad, der völlig von wucherndem Steppengras überwachsen war. Ohne viel zu überlegen betrat er ihn, in der Absicht, zunächst einen kleinen Spaziergang zu machen und sich dann klammheimlich zwischen den Hütten durch auf die Felder davonzustehlen – als er plötzlich auf seiner Schulter den Griff einer ziemlich festen Hand spürte.

Hinter ihm stand jener Kosak, der am Tage zuvor so bitter geklagt hatte über den Tod seines Vaters und seiner Mutter und seine Verlassenheit in der Welt.

»Denke ja nicht, Herr Philosoph, daß du aus dem Weiler entwischen kannst!« sagte er. »Abhauen ist hier nicht üblich; die Wege sind auch zu schlecht für einen Fußgänger. Geh du mal lieber zum Herrn: der wartet schon seit geraumer Zeit auf dich in seinem Zimmer.«

»Na, dann gehn wir eben! Was soll's ... Mit Vergnügen ...«, sagte der Philosoph und folgte dem Kosaken.

Der Sotnik, ein Mann fortgeschrittenen Alters mit grauem Schnurrbart, saß mit dem Ausdruck tiefen Schmerzes in seinem Zimmer am Tisch, den Kopf in beide Hände gestützt. Er war etwa fünfzig; aber der Ausdruck tiefen Grams auf seinem bleichen, abgehärmten Gesicht machte nur zu deutlich, daß sein Herz gebrochen war, daß ein einziger Augenblick ihn seelisch zerschmettert hatte, daß seine einstige Fröhlichkeit und seine Freude an ausgelassenem Treiben völlig und für immer dahin waren. Als Choma in Begleitung des alten Kosaken eintrat, nahm der Sotnik die eine Hand vom Gesicht und nickte dann leicht mit dem Kopf als Erwiderung auf ihre tiefe Verbeugung.

Choma und der Kosak waren ehrerbietig bei der Tür stehengeblieben.

»Wie heißt du, wo stammst du her, was ist dein Stand, guter Mann?« fragte der Sotnik, nicht besonders freundlich, aber auch nicht gerade streng.

»Ich bin Bursianer, Philosophenklasse, und heiße Choma Brut.«

»Und wer war dein Vater?«

»Das weiß ich nicht, hochmögender Pan.«

»Und deine Mutter?«

»Ich kenne auch meine Mutter nicht. Der gesunde Menschenverstand sagt mir natürlich, daß ich eine Mutter hatte; wer sie aber war, woher sie stammte, und wann sie lebte – bei Gott: Ich weiß es nicht, mein Wohltäter.«

Der Sotnik erwiderte nichts und versank für einige Zeit in Nachdenklichkeit.

»Wie hast du meine Tochter kennengelernt?«

»Ich habe sie gar nicht kennengelernt, hochmögender Pan, bei Gott, ich kenne sie nicht. Ich habe noch nie etwas mit gnädigen Fräuleins zu tun gehabt, solange ich auf der Welt bin. Sie können mir – aber ich will nichts Unziemliches sagen.«

»Und warum hat sie dann dich, gerade dich und keinen anderen, bestimmt, ihr die Totengebete zu lesen?«

Der Philosoph zuckte die Schultern.

»Weiß der Himmel, was man davon halten soll. Aber es ist ja bekannt, daß die Herrschaften manchmal auf Ideen kommen, daß sich selbst der Allergelehrteste nicht mehr auskennt; freilich – wie es im Sprichwort heißt: ›Wie der Herr pfeift, so muß der Knecht tanzen!‹«

»Du lügst doch wohl nicht etwa, Herr Philosoph?«

»Der Blitz soll mich auf der Stelle erschlagen, wenn ich lüge.«

»Wenn sie nur eine kurze Minute länger gelebt hätte«, sagte traurig der Sotnik, »dann hätte ich wahrscheinlich alles erfahren. ›Laß nach meinem Tode niemanden die Gebete lesen, Papa, sondern schicke gleich ins Kiewer Seminar und laß den Bursianer Choma Brut kommen: der soll drei Nächte lang für meine sündige Seele beten. Er weiß schon . . .‹ Aber was du weißt, das konnte ich schon nicht mehr hören. Mitten im Satz ist mein Täubchen gestorben. Sicher bist du bekannt, guter Mann, für deinen heiligen Lebenswandel und deine gottwohlgefälligen Taten, und sie wird wohl von dir gehört haben.«

»Von wem? Doch nicht von mir?« sagte der Bursianer und trat vor Überraschung einen Schritt zurück. »Ich soll . . . Ich soll ein heiligmäßiges Leben führen?« stammelte er und sah dabei dem Sotnik gerade in die Augen. »Gott sei mit Euch, Herr! Was sagt Ihr da! Wo ich doch just am Gründonnerstag zur Bäckerin gegangen bin – zu meiner Schande muß ich's gestehen.«

»Nun ... meine Tochter hat sich bei ihrer Bitte bestimmt etwas gedacht. Du jedenfalls fängst noch heute an.«

»Darf ich Euer Gnaden zu bedenken geben ... es kann doch jeder, der sich in der Heiligen Schrift auskennt ... so wie es sich gehört ... vielleicht wäre es doch besser, den Diakon oder wenigstens den Vorsänger zu rufen. Das sind erfahrene Leute, die wissen, wie man sowas macht; denn ich ... meine Stimme ist nicht so gut ... und dann bin ich auch – ach weiß der Teufel! Wer bin ich schon.«

»Mach was du willst – ich werde jedenfalls alles ausführen, was mir mein Täubchen aufgetragen hat. Da ist mir nichts zu schade. Und wenn du von heute an drei Nächte lang bei ihr beten wirst, wie es sich gehört, so werde ich dich belohnen; falls nicht – selbst dem Teufel möchte ich nicht raten, mich zu reizen.«

Die letzten Worte hatte der Sotnik in so drohendem Tone gesprochen, daß der Philosoph keinen Zweifel hatte, woran er war.

»Folge mir!« sagte der Sotnik.

Sie traten hinaus in den Flur. Der Sotnik öffnete die Tür zu einer weiteren Stube, die der ersten gegenüberlag. Der Philosoph blieb einen Augenblick stehen, um sich zu schneuzen, und überschritt dann mit einem unabweisbaren Gefühl der Angst die Schwelle. Der Raum war ganz mit rotem chinesischen Baumwollstoff ausgelegt. In der Ecke lag auf einem hohen Tisch unter den Heiligenbildern die Verstorbene – auf einer blauen Samtdecke, die mit goldenen Fransen und Troddeln verziert war. Hohe, mit Maßholder umwundene Kerzen standen zu Füßen und Häupten des Leichnams; ihr trübes Leuchten zerfloß im hellen Tageslicht. Das Antlitz der Toten konnte er nicht sehen; es wurde durch den untröstlichen Vater verdeckt, der bei ihr Platz genommen hatte, den Rücken der Tür zugekehrt. Die Worte, die der Philosoph nun vernahm, machten ihn schaudern:

»Nicht darüber will ich klagen, meine über alles geliebte
Tochter, daß du mir zum Kummer und zum tiefen Gram die
Welt verlassen mußtest, in der Blüte deiner Jahre, ohne das
Alter erreicht zu haben, das dir einst bestimmt war. Aus
tiefster Seele aber bedaure ich, mein Täubchen, daß ich den
Schuldigen an deinem Ende – von nun an mein Todfeind –
nicht kenne. Und wäre ihm nicht mehr in den Sinn gekommen, als dich zu kränken und schlecht von dir zu reden ..!
Wüßte ich, wer es war, so sollte der – das schwöre ich bei
Gott – seine Kinder nicht mehr wiedersehen, falls er so alt ist
wie ich, niemals mehr seinen Vater und seine Mutter, falls er
noch in den besten Jahren steht; seinen Leib würde man den
Vögeln und Raubtieren der Steppe zum Fraß vorwerfen.
Schlimm ist es für mich, mein Butterblümchen, mein Wachtelkind, mein Eschenbäumchen, daß ich den Rest meiner
Tage freudlos hinbringen muß und nichts tun kann, als mit
dem Rockschoß die Tränen zu trocknen, die meine alten
Augen so reichlich vergießen, während mein Feind guter
Dinge ist und insgeheim den gebrechlichen Alten verlacht ...«

Er hielt inne – der Schmerz zerriß ihm das Herz und
machte sich Luft in einer wahren Flut von Tränen.

Den Philosoph hatte dieser untröstliche Jammer tief berührt. Er hüstelte und räusperte sich krächzend, um sich die
Kehle freizumachen.

Der Sotnik wandte sich um und wies ihm zu Häupten der
Verstorbenen seinen Platz an, vor einem kleinen Lesepult,
auf dem Bücher lagen.

Die drei Nächte werde ich schon irgendwie überstehen,
dachte der Philosoph, dafür wird mir der Pan beide Taschen
mit blanken Dukaten füllen.

Er trat näher heran, räusperte sich noch einmal und begann
zu lesen, ohne seiner Umgebung noch die geringste Aufmerksamkeit zu schenken und ohne den Mut zu finden, der
Toten ins Gesicht zu schauen. Es herrschte nun tiefe Stille. Er
bemerkte, daß der Sotnik den Raum verlassen hatte. Langsam

wandte er den Kopf, um einen Blick auf die Tote zu werfen und . . .

Ein Schauer überlief ihn von Kopf bis Fuß. Vor ihm lag das schönste Mädchen, das es wohl je auf Erden gegeben hat. Man hätte denken können, daß noch niemals Gesichtszüge von so herber und zugleich so harmonischer Schönheit geschaffen worden waren. Sie lag da, als ob sie lebte. Hinter der Stirn, makellos und zart wie Schnee, wie Silber, schien es zu arbeiten; die Brauen, schmal und ebenmäßig, wölbten sich stolz – ein nachtdunkler Bogen inmitten eines Sonnentages – über den geschlossenen Augen; die Wimpern lagen wie Pfeile auf den Wangen auf, welche im Feuer geheimer Wünsche glühten; der Mund: zwei Rubine, zum Lächeln bereit . . .

Aber in eben diesen Gesichtszügen nahm er zugleich auch etwas Bedrohliches wahr, das ihm durch und durch ging. Er spürte, wie dumpfer Schmerz sich in seine Seele bohrte, wie wenn jemand inmitten des fröhlichen Trubels einer ausgelassenen Runde unvermittelt ein Lied über das unterdrückte Volk anstimmt. Der Rubinenmund erschien wie die Krone eines bis ins Herz hinab geronnenen Blutstrahls. Und plötzlich war da etwas in diesem Gesicht, das ihm auf erschreckende Weise bekannt vorkam.

»Die Hexe!« schrie er gellend auf, wandte die Augen ab, und begann totenblaß seine Gebete zu lesen.

Es war tatsächlich jene Hexe, die er totgeschlagen hatte.

Als der Tag sich neigte, brachte man die Tote in die Kirche. Der Philosoph half den schwarzen Sarg hinübertragen und spürte dabei auf seiner Schulter eine eisige Kälte. Der Sotnik selbst ging vorne, eine Hand an der rechten Wand der engen Behausung der Verstorbenen. Die Holzkirche, mit drei kegelförmigen Kuppeltürmen, verwittert, mit grünem Moos bewachsen, stand in trostloser Einsamkeit fast am Rande des Dorfes. Daß hier schon lange kein Gottesdienst mehr abgehalten wurde, war deutlich zu erkennen. Fast vor jedem Heiligenbild brannten Kerzen. Man setzte den Sarg in der Mitte ab, gerade gegenüber dem Altar. Der alte Sotnik küßte die Verstorbene noch einmal, verbeugte sich bis zur Erde, verließ mit den Trägern zusammen die Kirche und ging davon, nachdem er noch den Befehl erteilt hatte, den Philosophen gut zu beköstigen und ihn nach dem Abendessen in die Kirche zu bringen. In der Küche dann legten alle Sargträger zunächst ihre Hände an den Ofen, was die Kleinrussen gewöhnlich tun, wenn sie einen Toten gesehen haben.

Der Hunger, den just zu dieser Zeit der Philosoph zu spüren begann, ließ ihn die Verstorbene für einige Zeit völlig vergessen. Nach und nach fand sich das ganze Hausgesinde ein. Die Küche im Hause des Sotniks war eine Art Club, in den jeder, der zum Hof gehörte, regelmäßig hereinschaute – einschließlich der Hunde, die schwanzwedelnd bis an die Tür kamen, um sich einen Knochen abzuholen oder sich eine Schüssel voll Speiseabfälle einzuverleiben. Wurde jemand mit einem Auftrage irgendwohin geschickt, so erschien er unweigerlich erst einmal in der Küche, um noch einen Moment auf der Bank zu verschnaufen und ein Pfeifchen zu rauchen. Alle Junggesellen, die im Hause lebten und gern mit ihren schönen Kosakenkitteln angaben, lagen hier fast den ganzen Tag auf der Bank, unter der Bank oder auch auf dem Ofen – mit einem Wort also überall da, wo sich ein geeigneter Platz zum Liegen finden ließ. Außerdem vergaß jeder ständig irgend etwas in der Küche: seine Mütze, seine Peitsche zum Schutz gegen fremde Hunde oder sonst irgend etwas. Die zahlreichste Versammlung aber kam zur Zeit des Abendbrotes zustande, wenn auch der Pferdehirt erschien, der seine Tiere in die Koppel getrieben, und der Viehhirt, der die Kühe zum Melken gebracht hatte; außerdem all diejenigen, die man den ganzen Tag über nicht zu Gesicht bekam. Beim Abendbrot beteiligte sich selbst der Maulfaulste am allgemeinen Gespräch. Hier war der Ort, über alles zu sprechen: über die neuen Pluderhosen, die sich jemand genäht hatte, über die Frage, was sich wohl im Inneren der Erde befand, oder über den Wolf, der plötzlich vor jemandem aufgetaucht war. Hier gab es nicht wenige Witzbolde, an denen ja überhaupt unter den Kleinrussen nicht gerade Mangel herrscht.

Der Philosoph setzte sich zu all den anderen – in einen dichten Kreis, an der frischen Luft vor der Küchentür. Es dauerte nicht lange, da trat eine Frau im roten Kopftuch heraus, die mit beiden Händen einen dampfenden Topf mit Mehlklößchen trug, den sie in der Mitte der auf ihr Abendbrot wartenden Runde abstellte. Man zog einen Holzlöffel aus der Tasche oder, wenn man einen solchen nicht besaß, ein Holzstäbchen. Sobald die Münder sich etwas langsamer bewegten und der Wolfshunger der ganzen Versammlung einigermaßen gestillt war, begann man sich zu unterhalten. Verständlicherweise wandte sich das Gespräch bald der Verstorbenen zu.

»Ist es wahr«, fragte ein junger Schafhirt, der am Lederriemen seiner Pfeife so viele Knöpfe und Kupferplättchen angebracht hatte, daß man an den Bauchladen einer Hökerin erinnert wurde, »ist es wahr, daß unser Fräulein – ich will ihr ja nichts Böses nachsagen – mit dem Teufel verkehrt hat?«

»Wer? das Fräulein?« sagte Dorosch, der unserem Philosophen bereits bekannt war. »Das war doch eine richtige Hexe! Das kann ich beschwören. Eine richtige Hexe!«

»Laß mal gut sein, Dorosch!« sagte ein anderer – es war jener Reisegefährte, der sich so bereitwillig als Tröster betätigt hatte –, »das geht uns nichts an. Schwamm drüber. Wir wollen uns darüber den Kopf nicht zerbrechen.«

Aber Dorosch dachte gar nicht daran, den Mund zu halten. Er war gerade eben erst mit dem Beschließer in den Keller hinabgestiegen, wo es etwas Dringliches zu erledigen gab, hatte sich dort zweimal über zwei oder auch drei Fässer gebeugt, war daher überaus fröhlich zurückgekehrt und nun nicht mehr zu bremsen.

»Was willst du? Ich soll den Mund halten?« sagte er. »Sie ist doch auf mir geritten! Bei Gott! Könnt's mir glauben!«

»Wie ist das, Onkelchen«, sagte der junge Schafhirt mit den

vielen Knöpfen, »gibt es Zeichen, an denen man eine Hexe erkennen kann?«

»Die gibt es nicht«, antwortete Dorosch. »Es ist unmöglich, sie zu erkennen; da kannst du den ganzen Psalter durchlesen, du wirst sie doch nicht erkennen.«

»Sag das nicht! Es ist möglich, Dorosch, es ist möglich«, sagte der alte Tröster. »Gott hat schließlich jedem Geschöpf irgend etwas Besonderes mitgegeben. Leute, die sich in den Wissenschaften auskennen, behaupten, daß die Hexe ein kleines Schwänzchen hat.«

»Wenn ein Weib alt ist, dann wird sie zur Hexe«, verkündete ungerührt ein grauhaariger Kosak.

»Aber ihr seid natürlich unwiderstehlich schön!« mischte sich die Frau ein, die gerade frische Mehlklößchen in den leergeputzten Topf schüttete, »ihr speckbäuchigen Eber!«

Der alte Kosak, er hieß Jawtuch, mit Spitznamen Kowtun – Weichselzopf –, verzog seine Lippen zu einem Lächeln der Genugtuung, als er bemerkte, daß seine Worte den wunden Punkt der Alten getroffen hatten; der Viehhirt aber stieß ein lautes Lachen aus, so dröhnend, als brüllten zwei Stiere, die einander gegenüberstehen, auf einmal los.

Das Thema der Unterhaltung interessierte den Philosophen sehr und weckte in ihm das unabweisbare Verlangen, nähere Einzelheiten über die verstorbene Tochter des Sotniks zu erfahren. Um seinen Nachbarn wieder auf diesen Gegenstand zurückzulenken, wandte er sich an ihn mit folgenden Worten:

»Ich würde zu gern wissen, warum das ganze Volk, das hier beim Abendbrot sitzt, das Fräulein für eine Hexe hält? Hat sie vielleicht jemandem etwas Böses zugefügt oder jemanden verhext?«

»Da war so allerhand . . .« antwortete einer aus der Runde, der ein so glattes Gesicht hatte, daß es einer Schaufel ähnlich sah.

»Wer dächte da nicht an den Hundewärter Mikita, oder an den . . .?«

»Was war denn mit dem Hundewärter Mikita?« fragte der Philosoph.

»Halt! Die Geschichte vom Hundewärter Mikita erzähle ich«, sagte Dorosch.

»Nein! Ich werde die Sache mit Mikita erzählen«, entgegnete der Pferdehirt, »er war nämlich mein Gevatter.«

»Ich möchte von Mikita erzählen«, meldete sich Spirid.

»Ja, ja, der Spirid soll erzählen!«, schrie die Menge.

Und Spirid begann:

»Du hast den Mikita nicht gekannt, Herr Philosoph Choma. Ich sage dir: das war ein seltener Mensch! Jeden einzelnen Hund hat er dir gekannt, als ob's der eigene Vater wäre. Der heutige Hundewärter, Mikola, der übernächste hier neben mir, kann ihm das Wasser nicht reichen. Er versteht zwar sein Fach auch, aber gegen Mikita – da ist er ein Nichts, ein Dreck.«

»Gut erzählst du, sehr gut!« sagte Dorosch und nickte beifällig mit dem Kopf.

Spirid fuhr fort:

»Einen Hasen hat er dir schneller ausgemacht, als du dir den Tabak von der Nase wischst. Und dann: ein Pfiff: ›Los, faß, Räuber! Los, faß, Blitz!‹ – und er gleich im vollen Galopp los, und keiner könnte dir sagen, wer wen überholt: er den Hund oder der Hund ihn. Einen Quart Branntwein kippt er dir, als ob's gar nichts wäre. Ein Prachtkerl von Hundewärter, das war er! Nur daß er eines Tages angefangen hat, nach dem Fräulein die Augen zu verdrehen. Ob er sich nun einfach so in sie vergafft hat, oder ob sie ihn behext hat – jedenfalls war es um ihn geschehen, er wurde zum Weiberknecht, ganz und gar; wie das mit ihm geschehen konnte, der Teufel weiß es. Pfui! Es geht einem gegen den Strich, davon zu erzählen.«

»Gut!«» sagte Dorosch.

»Das Fräulein brauchte ihn bloß anzuschauen – gleich fallen ihm die Zügel aus der Hand, den ›Räuber‹ nennt er plötzlich ›Browko‹, fällt über seine eigenen Beine und gerät völlig aus der Bahn. Einmal kommt das Fräulein in den Pferdestall, wo er gerade beim Striegeln ist. ›Komm, Mikita‹, sagt sie, ›ich will mal mein Füßchen auf dich setzen.‹ Und er, dieser Blödian, freut sich auch noch: er sagt zu ihr: ›Setz nicht nur dein Füßchen, sondern setz dich ganz auf mich.‹ Das Fräulein hebt ihr Füßchen, und kaum hat er ihr entblößtes, ihr strammes, weißes Beinchen erblickt, da hat, sagt er, ihr Zauber ihm völlig die Besinnung geraubt. Er beugt also den Rücken, der Dummkopf, hält mit beiden Händen ihre nackten Beinchen fest und galoppiert los, wie ein Pferd, hinaus in die Felder, aber wohin sie eigentlich geritten sind, das konnte er dann nicht mehr sagen; jedenfalls kehrte er mehr tot als lebendig zurück, und von Stund an begann er einzutrocknen wie ein Holzspan; und eines Tages fand man im Pferdestall statt seiner nur noch ein Häufchen Asche und einen leeren Eimer: er war völlig verbrannt; einfach so, ganz von selbst. Und dabei war er ein Hundewärter, wie man auf der ganzen Welt keinen zweiten findet.«

Als Spirid seinen Bericht beendet hatte, hörte man von allen Seiten Bemerkungen über die Qualitäten des früheren Hundewärters.

»Und von der Scheptschicha hast du wohl auch nichts gehört?« sagte Dorosch, zu Choma gewandt.

»Nein.«

»He he he! Viel Vernünftiges scheint man euch ja in der Burse nicht beizubringen. Also dann hör zu! Wir haben im Dorf einen Kosaken, der heißt Scheptun. Ein tüchtiger Kosak! Der maust zwar gerne mal und lügt auch, wo es gar nicht nötig ist, doch . . . er ist ein guter Kosak. Seine Hütte steht nicht weit von hier. Es war einmal gerade zu der Zeit, wo wir hier beim Abendbrot sitzen, da wollten Scheptun und seine Frau sich nach dem Nachtmahl zur Ruhe begeben, und weil schönes Wetter war, hat sich die Scheptschicha auf den Hof gelegt und der Scheptun in der Hütte auf die Bank; oder nein: die Scheptschicha in der Hütte auf die Bank, und der Scheptun auf dem Hof . . .«

»Nicht auf die Bank, sondern auf den Boden hat sich die Scheptschicha gelegt«, mischte sich die Alte ein, die auf der Schwelle stand und ihre Wange gegen die Hand gestützt hielt.

Dorosch warf ihr einen bedeutungsvollen Blick zu, dann schaute er zu Boden, dann wieder auf sie, schwieg einen Augenblick und verkündete:

»Wenn ich dich hier vor allen Leuten aus deinen Röcken pelle, dann wird das nicht schön sein.«

Diese Warnung tat ihre Wirkung. Die Alte hielt den Mund und unterbrach nun niemanden mehr.

Dorosch fuhr fort:

»Und in der Wiege, die mitten in der Hütte hing, lag ihr ein Jahr altes Kind – ich weiß nicht, ob männlichen oder weiblichen Geschlechts. Die Scheptschicha lag also da – und da hört sie plötzlich, daß der Hund an der Tür kratzt und derart heult, daß es schier zum Davonlaufen war. Ihr wurde angst und bange; das Weibervolk ist nämlich derart dumm, daß ihr bloß des Abends beim Heimkommen überraschend die Tür aufreißen und ihnen die Zunge herauszustrecken braucht – gleich fährt ihnen ein Mordsschreck in die Glieder. Dennoch denkt sie bei sich: Ich werde dem verdammten Hund mal eins über die Schnauze geben, vielleicht hört er dann auf zu heulen, schnappt sich die Ofengabel und geht zur Tür, um aufzumachen. Sie hat sie noch nicht richtig auf, da schießt ihr doch der Hund zwischen den Beinen durch und geradewegs auf die Wiege los. Und da erkennt die Scheptschicha auch schon, daß das gar nicht der Hund ist, sondern das Fräulein. Und wenn nun das Fräulein dabei noch so ausgesehen hätte, wie die Scheptschicha es kannte – dann wär's ja noch angegangen; die Sache war aber die, daß sie am ganzen Körper blitzblau war und die Augen glühten wie Kohlen. Sie packte das Kind, biß ihm die Kehle durch und begann ihm das Blut auszusaugen. Die Scheptschicha konnte nur noch schreien: ›Ach, herrjemine!‹ – und machte, daß sie aus der Hütte kam. Aber wie sie in den Flur rauskommt, muß sie feststellen, daß die Tür fest verschlossen ist. Sie also rauf auf den Dachboden, sitzt da und zittert, das dumme Weibsstück, und plötzlich merkt sie, daß das Fräulein ihr nachkommt, es stürzt sich auf sie und beginnt sie zu beißen, das dumme Weibstück. Am nächsten Morgen dann konnte Scheptun seine Alte da rausziehen, von oben bis unten zerbissen und voller blauer Flecke. Und tags drauf ist das dumme Weib gestorben. Da kann man mal sehen, wie's einen erwischen kann mit dem Teufelspack! Und wenn sie noch so sehr adlig ist – Hexe bleibt Hexe.«

Als er geendet hatte, blickte Dorosch zufrieden um sich und bohrte einen Finger in seine Pfeife, um sie zu einer neuen Füllung mit Tabak vorzubereiten. Das Hexenthema erwies sich als unerschöpflich. Jeder der Anwesenden beeilte sich nun, seinerseits etwas dazu beizusteuern. Dem einen war eine Hexe in Gestalt eines Heuschobers erschienen, der bis an die Tür der Hütte herangefahren war; einem anderen hatte sie die Mütze oder die Pfeife gestohlen; vielen Mädchen im Dorf hatte sie den Zopf abgeschnitten; und einigen der Anwesenden hatte sie sogar ein paar Eimer Blut ausgesaugt.

Schließlich aber fanden die Leute doch zur Wirklichkeit zurück. So sehr hatten sie sich verplaudert, daß – wie sie nun feststellten – auf dem Hof bereits völlige Dunkelheit herrschte; und so ging man denn auseinander und suchte seine Schlafstelle auf, die der eine in der Küche, der andere in einem der Schuppen oder auch mitten auf dem Hof hatte.

»Alsdann, Pan Choma! es ist Zeit, daß wir zu der Verstorbenen gehen«, sagte der grauhaarige Kosak zum Philosophen gewandt, und alle vier – d. h. auch noch Spirid und Dorosch – begaben sich in die Kirche, wobei sie unterwegs gelegentlich den zahlreichen Hunden eins mit der Knute überzogen, die wütend auf die Männer losfuhren und in deren Stöcke bissen.

Wenn sich der Philosoph auch mit einem ansehnlichen Krug Branntwein hatte stärken können, so spürte er doch, wie in seinem Inneren eine ständig wachsende Angst aufstieg, je näher sie der beleuchteten Kirche kamen. Die Erzählungen und die seltsamen Geschichten, die er gehört hatte, trugen ein Übriges dazu bei, seine Phantasie anzuregen. Die Dunkelheit

an den Flechtzäunen und unter den Bäumen begann zu
schwinden; es wurde lichter. Schließlich passierten sie eine
baufällige Kirchenmauer und traten auf einen kleinen Platz,
den auch nicht das winzigste Bäumchen begrenzte, der sich
vielmehr gegen das freie Feld und die in nächtliche Finsternis
gehüllten Wiesen hin öffnete. Die drei Kosaken stiegen mit
Choma die steile Treppe zum Vorbau hinauf und betraten die
Kirche. Hier verließen sie den Philosophen, nachdem sie ihm
für seine Aufgabe glückliche Verrichtung gewünscht hatten,
und verschlossen hinter sich die Tür, wie es der Pan befohlen
hatte.

Der Philosoph war nun allein. Er gähnte zuerst, reckte und
streckte sich dann, blies sich in die Hände und schaute sich
um. In der Mitte des Raumes stand der schwarze Sarg. Vor
den dunklen Heiligenbildern brannten Kerzen. Ihr Licht
erhellte lediglich den Ikonostas und ganz schwach den Mittel-
raum der Kirche. Die entlegenen Ecken der Vorhalle waren in
Dunkel getaucht. Dem hohen, altertümlichen Ikonostas war
anzusehen, daß er schon recht baufällig war; sein durchbro-
chenes, vergoldetes Schnitzwerk zeigte nur noch hie und da
einen leichten Schimmer. An der einen Stelle war die Vergoldung abgeblättert, an einer anderen ganz schwarz geworden;
die Heiligen, deren Gesichter stark nachgedunkelt waren,
blickten irgendwie düster drein. Der Philosoph schaute sich
noch einmal um.

Wenn man's recht bedenkt, sagte er sich, was gibt's hier
eigentlich zu fürchten? Reinkommen kann hier keiner, und
was die Tote angeht und die Wiedergänger aus dem Jenseits,
so weiß ich schon die richtigen Gebete: wenn ich die hersage –
nicht mal antippen werden sie mich. Kein Grund zur Aufregung also. Er machte eine wegwerfende Handbewegung.
Wollen wir uns also ans Lesen machen!

Als er sich dem Chor näherte, sah er dort einige Bündel
Kerzen liegen.

Das ist gut, dachte der Philosoph, ich muß in der ganzen
Kirche Licht haben; alles muß man sehen können wie am

hellichten Tage. Nur schade, daß man im Hause Gottes nicht
Pfeife rauchen darf!

Er machte sich nun daran, Wachskerzen an alle Gesimse,
Lesepulte und Heiligenbilder zu kleben, ohne den Vorrat zu
schonen, und bald war die ganze Kirche hell erleuchtet. Nur
nach oben zu schien die Finsternis dadurch nur noch stärker
zu werden, und von den alten Ikonen mit ihren geschnitzten
Rahmen, die nur noch da und dort golden schimmerten,
blickten die Heiligen noch düsterer drein. Er trat an den Sarg,
schaute der Verstorbenen furchtsam ins Gesicht und mußte,
von einem leichten Zittern befallen, unwillkürlich die Augen
zukneifen.

Was für eine furchterregende, strahlende Schönheit!

Er wandte sich um, um sich zu entfernen; aber von einer
eigenartigen Neugier getrieben und von jenem unbestimm-
baren, seltsamen Gefühl erfaßt, das den Menschen besonders
dann ankommt, wenn er Angst hat, konnte er einfach nicht
anders, als im Fortgehen noch einmal hinzuschauen – und
wurde dabei von dem gleichen Zittern befallen wie zuvor. In
der Tat: die herbe Schönheit der Verstorbenen hatte etwas
Schreckliches. Möglicherweise hätte sie ja diese panische
Furcht bei ihm nicht erweckt, wenn sie nur ein bißchen ent-
stellt gewesen wäre. Aber ihre Gesichtszüge sahen keineswegs stumpf, matt und leblos aus. Dieses Gesicht wirkte
durchaus lebendig, und der Philosoph hatte den Eindruck, als
schaue sie ihn mit geschlossenen Augen an. Ja, es wollte ihm
scheinen, als trete unter den Wimpern des rechten Auges eine
Träne hervor; doch auf die Wange hinabgerollt, erwies sie
sich als Blutstropfen – das sah er ganz deutlich.

Eilends entfernte er sich in den Chor, schlug das Buch auf
und begann, um sich Mut zu machen, so laut zu lesen, wie er
nur konnte. Seine Stimme brach sich an den Holzwänden der
Kirche, die seit langer Zeit taub und stumm waren. Einsam,
ohne Echo, dröhnte sein dunkler Baß in der Totenstille, und
selbst dem Lesenden erschien er ein wenig rauh.

Wovor soll ich mich fürchten? dachte er währenddessen,

schließlich wird sie nicht in ihrem Sarg aufstehen, denn sie fürchtet das Wort Gottes. Soll sie nur hübsch liegenbleiben! Ein schöner Kosak wäre ich, wenn ich mich fürchtete! Hab wohl ein bißchen zuviel getrunken – deshalb kommt mir das alles so unheimlich vor. Eine Prise sollte ich nehmen: Ah, das ist ein Tabak! Ein herrlicher Tabak! Ein vorzüglicher Tabak!

Dennoch warf er jedesmal, wenn er eine Seite umschlug, einen schrägen Blick zum Sarg hinüber, und ein unabweisbares Gefühl schien ihm zuzuflüstern: »Jetzt, jetzt steht sie auf! Jetzt erhebt sie sich, jetzt schaut sie aus dem Sarg heraus!«

Doch es blieb totenstill. Unbeweglich stand da der Sarg. Die Kerzen verströmten eine Flut von Licht. Schrecklich ist eine hellerleuchtete Kirche bei Nacht, mit einem Leichnam und sonst keiner Menschenseele darin!

In dem Wunsche, auch den letzten Rest seiner Angst zu ersticken, begann er nun, Kirchengesänge in verschiedenen Tonarten zu singen und dabei seine Stimme immer mehr anschwellen zu lassen. Dennoch schaute er alle Augenblicke zu dem Sarg hinüber, als stelle er sich ständig ganz unwillkürlich die Frage: »Was ist, wenn sie sich plötzlich erhebt, wenn sie aufsteht?«

Aber der Sarg rührte sich nicht. Hätte er doch nur irgendeinen Laut von einem lebenden Wesen vernommen, und sei es ein Heimchen im Winkel! Aber das einzige, was er vernahm, war das leise Knistern von einer weiter entfernt stehenden Kerze oder das kaum hörbare Klatschen von einem Wachstropfen, der auf den Boden fiel.

Und wenn sie nun doch aufsteht? . . .

Sie hob leicht den Kopf . . .

Fassungslos starrte er hin und rieb sich die Augen: Tatsächlich: sie liegt nicht mehr in ihrem Sarg, sondern sitzt aufrecht. Er schaute weg – um sogleich den Blick schreckerfüllt wieder dorthin zu richten. Nun hat sie sich erhoben . . . Geht nun durch die Kirche mit geschlossenen Augen und bewegt dabei die gestreckten Arme so hin und her, als wolle sie jemanden einfangen. Und kommt geradewegs auf ihn zu.

In seiner Angst zog er um sich einen Bannkreis. Mit größter Anspannung begann er Gebete zu sprechen und Beschwörungen herzusagen, die er von einem Mönch gelernt hatte, der sich sein ganzes Leben mit Hexen und bösen Geistern herumschlagen mußte.

Jetzt stand sie schon ganz dicht an dem Kreis, hatte jedoch offensichtlich nicht die Kraft, ihn zu übertreten, und wurde ganz blau wie ein Mensch, der bereits mehrere Tage tot ist. Choma hatte nicht den Mut, sie anzuschauen. Schrecklich sah sie aus. Ihre Zähne klapperten, ihre toten Augen öffneten sich. Da sie jedoch nichts sah, wandte sie sich voller Wut – was an ihren bebenden Gesichtszügen deutlich abzulesen war – mit weit geöffneten Armen in eine andere Richtung und tastete jede Säule ab, auf die sie stieß, jeden Winkel – in dem Bemühen, Choma zu fangen. Schließlich hielt sie inne, drohte mit dem Finger und stieg wieder in ihren Sarg.

Der Philosoph konnte noch immer nicht zu sich kommen und blickte angsterfüllt auf die enge Behausung der Hexe. Da plötzlich verließ der Sarg rumpelnd seinen Platz und begann kreuz und quer in der Kirche herumzufliegen, daß es nur so pfiff, kam näher, war schon ganz dicht über Chomas Kopf, wurde aber offenbar von dem Bannkreis auf dem Boden zum Anhalten gezwungen. Nun bot der Scholar noch stärker wirkende Beschwörungsformeln auf – und der Sarg stürzte krachend mitten in der Kirche zu Boden, wo er unbeweglich liegenblieb. Und wieder richtete die Leiche sich auf, ganz blau und grün ... doch da tönte aus der Ferne ein Hahnenschrei. Die Leiche sank zurück, und der Sargdeckel schlug laut polternd zu.

Das Herz des Philosophen pochte heftig, und sein Schweiß floß in Strömen; doch ermutigt durch den Hahnenschrei, hastete er nun in Windeseile die Texte durch, die er schon längst hätte lesen sollen. Beim ersten Morgengrauen erschienen als Ablösung der Vorsänger und der grauhaarige Jawtuch, der für dieses Mal das Amt des Kirchenvorstehers übernommen hatte.

Als Choma sein abgelegenes Nachtlager endlich erreicht hatte, konnte er lange nicht einschlafen, bis ihn dann schließlich doch die Müdigkeit überwältigte und er bis zum Mittagessen durchschlief. Als er erwachte, kam ihm sein nächtliches Erlebnis vor wie ein Traum. Zur Stärkung seiner Kräfte verabreichte man ihm einen Quart Branntwein. Beim Mittagessen löste sich seine Spannung rasch; er steuerte zur Unterhaltung ein paar Bemerkungen bei und aß fast ganz allein ein bereits ziemlich bejahrtes Ferkel auf; über seine Erlebnisse in der Kirche zu berichten, konnte er sich freilich nicht entschließen – aus einem Gefühl heraus, das er selbst nicht hätte beschreiben können; und so antwortete er auf neugierige Fragen lediglich: »Ja, es gab da allerhand wunderliche Vorgänge.« Der Philosph gehörte zu jenen Menschen, in denen eine ungewöhnliche Philanthropie erwacht, sobald man ihnen zu essen gibt. Die Pfeife zwischen die Zähne geschoben, lag er da, sah alle mit honigsüßem Blicke an und spuckte pausenlos in die Gegend.

Nach dem Mittagessen war Choma wieder in bester Stimmung. In aller Gemütsruhe machte er einen Rundgang durch die ganze Siedlung und schloß dabei Bekanntschaft mit nahezu jedermann; aus zwei Hütten jagte man ihn sogar hinaus; und eine hübsche jungverheiratete Frau verdrosch ihm mit der Schaufel tüchtig den Buckel, als er auf die Idee kam, Rock und Bluse bei ihr zu befingern und aus purer Neugier festzustellen, aus was für einem Stoff sie waren. Doch je mehr es auf den Abend zuging, um so bedrückter wurde unser Philosoph. Etwa eine Stunde vor dem Abendbrot kam das ganze Gesinde zusammen, um »Grütze« oder »Klötzchen« zu spielen – eine Art Kegelspiel, bei dem an Stelle der Kugeln lange Stöcke verwendet werden und der Sieger das Recht hat, auf dem Rücken des Verlierers einen kleinen Ritt zu unternehmen. Dieses Spiel war für die Zuschauer recht interessant: mehrfach kam es vor, daß der Pferdehirt, breit wie ein Pfannkuchen, sich auf den Rücken des Schweinehirts schwang, der klein und mager war und nur aus Falten zu bestehen schien.

Dann wieder kam die Reihe an den Rinderhirten, seinen Rük-
ken dem Dorosch hinzuhalten, der sich drauf schwang und
dabei mehrmals ausrief »Ein Prachtstier!« Die etwas Gesetzteren saßen bei der Küchenschwelle: Sie blickten höchst
gewichtig drein und rauchten ihre Pfeifen, wovon sie selbst
dann nicht abließen, wenn das junge Volk herzhaft über ein
gepfeffertes Witzwort des Rinderhirten oder Spirids lachte.
Vergebens versuchte Choma, sich zu zwingen, bei diesem
Spiele mitzumachen: ein trüber Gedanke saß fest in seinem
Kopf wie ein Nagel. Beim Abendessen bemühte er sich nach
Kräften, in gelöste Stimmung zu kommen, doch mit der
Dunkelheit, die allmählich den Himmel überzog, breitete
sich in ihm die Angst immer mehr aus.

»Alsdann, Herr Bursianer, es ist Zeit!« sagte zu ihm der
grauhaarige Kosak, den er nun schon gut kannte, und erhob
sich mit Dorosch von seinem Platz. »Machen wir uns ans
Werk!«

Sie geleiteten Choma auf die gleiche Weise wie am Abend
zuvor in die Kirche; hier verließen sie ihn wieder und verschlossen hinter sich die Tür. Kaum war er mit sich allein, da
begann die Furcht von neuem in seiner Brust feste Wurzeln
zu schlagen. Wieder sah er die dunklen Heiligenbilder in
ihren schimmernden Rahmen und den vertrauten schwarzen
Sarg, der in der unheilschwangeren Stille regungslos mitten in
der Kirche stand.

»Wenn ich's recht bedenke«, murmelte er, »besteht eigentlich gar kein Grund, sich über den ganzen Spuk groß aufzu-
regen. Beim erstenmal ist es freilich schon schrecklich. Das
stimmt! Aber nur beim erstenmal – so ein bißchen. Aber dann
schon nicht mehr! Bei Licht besehen, ist es überhaupt nicht
schlimm!«

Eilends ging er in den Chor, zog wieder den Bannkreis um
sich, murmelte einige Beschwörungsformeln und begann laut
zu lesen, fest entschlossen, die Augen nicht von dem Buch zu
heben und auf nichts, aber auch gar nichts zu achten. Etwa
eine Stunde las er so; dann wurde er ein wenig müde und

räusperte sich. Er zog sein Tabakhörnchen aus der Tasche und warf, ehe er eine Prise zur Nase führte, einen scheuen Blick auf den Sarg. Sein Herz erstarrte zu Eis.

Die Tote stand bereits ganz nah bei ihm, unmittelbar am Bannkreis, und hielt ihre toten, grüngewordenen Augen auf ihn gerichtet. Der Bursianer fuhr zusammen und spürte, wie die Kälte all seine Glieder durchströmte. Er senkte den Blick auf das Buch und begann seine Gebete und Beschwörungsformeln noch lauter zu lesen, wobei sein Ohr deutlich wahrnahm, wie der Leichnam wieder mit den Zähnen klapperte und mit den Armen herumfuchtelte, um sich ihn zu greifen. Doch mit einem Blick aus den Augenwinkeln konnte er erkennen, daß die Tote ihn nicht dort, wo er stand, zu packen trachtete, ihn also offenbar nicht sehen konnte. Jetzt begann die Leiche zu knurren und mit totem Mund schreckliche Laute zu formen, in einem heiseren, schluchzenden Ton, der an das Brodeln siedenden Pechs erinnerte. Was sie bedeuteten, hätte er nicht zu sagen vermocht, bestimmt aber nichts Gutes: bei all seiner Angst wurde Choma doch soviel klar, daß es Zauberformeln waren, was sie hervorstieß.

Ein Wehen der Luft erhob sich in der Kirche bei diesen Worten, ein Lärmen wurde vernehmbar, das vom Rauschen zahlloser Flügel verursacht schien. Er hörte, wie diese Flügel gegen das Glas der Kirchenfenster und die eisernen Rahmen schlugen, wie Vogelklauen an Eisen kratzten und in unzählbarer Menge gegen die Türe hämmerten, um sie aufzubrechen. Die ganze Zeit schlug ihm sein Herz bis zum Halse; die Augen zugekniffen, las er ohne Unterlaß Beschwörungsformeln und Gebete. Da plötzlich wurde aus der Ferne ein feiner heller Laut vernehmbar: es war der Hahnenschrei. Der völlig erschöpfte Philosoph hielt inne und atmete auf.

Die Ablösung fand ihn mehr tot als lebendig. Mit dem Rücken an die Wand gelehnt, mit hervorquellenden Augen, starrte er bewegungslos die Kosaken an, die ihn anstießen und schüttelten. Mit Mühe brachten sie ihn nach draußen und mußten ihn den ganzen Weg über stützen. Auf dem Herren-

hof angelangt, schüttelte er sich und ließ sich einen Quart
Branntwein geben. Nachdem er ihn hinuntergestürzt hatte,
strich er sich seine Haare auf dem Kopfe glatt und sagte:
»Lumpengesindel gibt's auf der Welt – nicht zu knapp!
Und schauerliche Dinge kommen vor – ich kann euch sagen . . .!« Der Philosoph machte eine wegwerfende Handbewegung.

Die Leute, die um ihn herumstanden, senkten die Köpfe,
als sie dies vernahmen. Sogar ein Dreikäsehoch, auf den
eigene Pflichten abzuwälzen jedermann vom Hofgesinde sich
für berechtigt hielt, etwa wenn es darum ging, den Pferdestall
zu reinigen oder Wasser zu schleppen – selbst dieses arme
Bürschchen sperrte Mund und Nase auf.

In diesem Augenblick kam ein noch recht munteres Weiblein in festanliegender Kittelschürze vorüber, die ihre runden
Formen, ihre kräftige Statur deutlich hervortreten ließ. Es
war die Gehilfin der alten Köchin, ein sehr putzsüchtiges,
kokettes Ding, das immer irgend etwas fand, das es an seiner
Haube noch anbringen konnte: ein Stück Band etwa, oder
eine Nelke, oder auch bloß ein Stückchen Papier, wenn nichts
anderes zur Hand war.

»Grüß dich, Choma!« sagte sie, als sie den Philosophen
erblickte. »Himmel! Was ist denn mit dir los?« schrie sie auf
und schlug dabei die Hände zusammen.

»Was soll denn sein, dummes Weibsstück?«

»Oh, mein Gott! Du bist ja völlig grau geworden!«

»He, he! Sie hat recht!« stieß Spirid hervor, nachdem er
den Philosophen etwas genauer in Augenschein genommen
hatte. »Du bist tatsächlich jetzt so grau wie unser alter Jawtuch.«

Als der Philosoph dies hörte, stürzte er Hals über Kopf in
die Küche, wo er ein an die Wand geklebtes, mit Fliegendreck
beschmutztes dreieckiges Stück Spiegel bemerkt hatte, vor
dem Vergißmeinnicht, Immergrün und sogar eine Girlande
aus Butterblumen angebracht waren, was darauf hindeutete,
daß man hier den Toilettentisch jener putzsüchtigen Kokette

vor sich hatte. Mit Entsetzen erkannte er, daß es stimmte: sein Haupthaar war tatsächlich zur Hälfte ergraut.

Choma Brut ließ den Kopf sinken und verfiel ins Grübeln.

»Ich geh jetzt zum Pan«, sagte er schließlich, »erzähle alles und erkläre ihm, daß ich nicht mehr lesen will. Soll er mich doch auf der Stelle nach Kiew zurückschicken.«

Mit diesem Vorsatz lenkte er seine Schritte zur Vortreppe des Herrenhauses.

Der Sotnik saß in seiner Stube nahezu regungslos; jener hoffnungslose Kummer, den Choma bei ihrer ersten Begegnung von seinem Gesicht hatte ablesen können, war auch jetzt noch nicht davon gewichen. Seine Wangen freilich waren seitdem noch mehr eingefallen. Man merkte, daß er nur sehr wenig gegessen oder vielleicht die Speisen überhaupt nicht angerührt hatte. Eine übermäßige Blässe trug noch zum Eindruck steinerner Unbeweglichkeit bei.

»Guten Tag, mein Ärmster«, sagte er, als er Choma erblickte, der mit der Mütze in der Hand an der Tür stehen geblieben war. »Nun, wie stehen die Dinge bei dir? Ist alles in Ordnung?«

»Alles in Ordnung? Schöne Ordnung! Ein Hexensabbat, sag ich Euch! Man möchte auf dem Absatz kehrtmachen und sehen, daß man fortkommt, soweit die Füße tragen.«

»Wieso denn das?«

»Ja, wißt Ihr, Herr, Euer Töchterchen . . . nach gesundem Menschenverstand ist sie, natürlich, adliger Herkunft; und niemand wird daran zweifeln; nur – nichts für ungut . . . aber Gott sollte sich ihrer Seele annehmen . . .«

»Was ist denn mit meiner Tochter?«

»Den Satan hat sie an sich rangelassen. Derart grausliche Sachen stellt sie an, daß man mit keiner Schriftlesung etwas ausrichtet.«

»Lies nur, lies! Nicht umsonst hat sie gerade dich kommen lassen. Sie war um ihre Seele besorgt, mein Täubchen, und wollte mit Gebeten alle Absichten des Bösen zuschanden machen.«

»Ihr habt das Sagen, Pan, aber bei Gott, es geht über meine Kräfte!«

»Lies nur, lies!« fuhr der Sotnik im gleichen mahnenden Ton fort. »Es ist ja nur noch eine Nacht. Du tust ein christliches Werk, und ich werde dich belohnen.«

»Was nützen mir alle Belohnungen . . . mach was du willst, Herr, ich werde nicht mehr lesen!« rief Choma entschlossen aus.

»Hör mal zu, Philosoph«, sagte der Sotnik, und seine Stimme bekam einen harten und drohenden Klang: »solche Sperenzchen liebe ich nicht. So was kannst du in eurer Burse machen. Bei mir nicht: wenn ich mir dich vornehme, dann setzt es andere Prügel als beim Rektor. Weißt du, was gute lederne Kantschuks sind?«

»Wie sollte ich das nicht wissen«, sagte der Philosoph und senkte die Stimme. »Jedermann weiß, was lederne Kantschuks bedeuten: eine tüchtige Tracht damit hält keiner aus!«

»Eben! Was du aber noch nicht weißt, ist, wie meine Burschen zuschlagen können«, sagte der Sotnik in unheilschwangerem Ton, indem er sich erhob. Sein Gesicht hatte einen gebieterischen und wilden Ausdruck angenommen, der seine ungezügelte Wesensart nur zu deutlich erkennen ließ; lediglich der Schmerz hatte sie zeitweilig besänftigt. »Bei mir setzt es zuerst die Peitsche, dann wirst du mit Branntwein wieder zu dir gebracht, und dann beginnt das ganze wieder von vorn. Also los, marsch an die Arbeit! Erfüllst du sie nicht, dann stehst du nicht wieder auf; wenn du sie aber erfüllst, gibt's tausend Dukaten!«

Oho! Mit dem legt man sich besser nicht an! dachte der Philosoph, während er hinausging. Mit dem ist nicht gut Kirschen essen. Aber wart nur, mein Lieber, du wirst noch erleben, wie ich dir durch die Lappen gehe, mit all deinen Hunden wirst du mich nicht einholen.

Und Choma beschloß, sich unverzüglich aus dem Staube zu machen. Er wollte nur noch die Stunde nach dem Mittagessen abwarten, da das ganze Gesinde sich gewöhnlich unter ein Wetterdach zurückzog, ins Heu legte und mit weitgeöffnetem Mund ein derartiges Schnarchen und Pfeifen von sich gab, daß man den Herrenhof für eine Fabrik hätte halten können. Schließlich war es soweit. Sogar Jawtuch schloß die Augen, während er sich in der Sonne ausstreckte. Klammheimlich begab sich der Philosoph angstschlotternd in den herrschaftlichen Garten, von wo aus er, wie ihm schien, leichter und unbemerkt in die Felder entwischen konnte. Dieser Garten war, wie das so üblich ist, schrecklich verwildert und schien daher jedes geheime Unternehmen außerordentlich zu begünstigen. Abgesehen von einem einzigen Pfad, den man für Zwecke des Haushalts ausgetreten hatte, war das ganze Gelände dicht bewachsen mit Kirschbäumen, Holunderbüschen und Kletten, die ihre hochragenden Stengel mit den klebrigen rosafarbenen Zapfen bis ganz nach oben zu den Baumkronen durchgeschoben hatten. Wie mit einem Netz überzog Hopfen diese bunte Ansammlung von Bäumen und Sträuchern und spannte sich über ihnen als eine Art Dach, das auf dem Flechtzaun auflag, von wo es zusammen mit wilden Feldglockenblumen in Gestalt zahlloser sich ringelnder Schlangen herabfloß. Jenseits des Zaunes, der die Grenze des Gartens bildete, erstreckte sich ein ganzer Wald von Steppengras, in den, wie es schien, nie jemand neugierig einen Blick warf, und jede Sense wäre in kleine Stücke zersplittert, hätte sie versucht, mit ihrer Schneide seine verholzten, dicken Stengel anzugehen.

Als der Philosoph sich anschickte, den Zaun zu überklettern, klapperten ihm die Zähne, und sein Herz schlug so heftig, daß es ihm selbst Angst machte. Die Schöße seines langen Überrocks schienen am Boden festzukleben, als habe sie jemand angenagelt. Als er über den Zaun kletterte, kam es ihm so vor, als gelle ihm plötzlich mit markerschütterndem Pfeifen eine Stimme in den Ohren, die da rief: »Wohin, wohin?« Der Philosoph tauchte im Steppengras unter und begann zu rennen, wobei er dauernd über alte Wurzeln stolperte oder auf Maulwurfshügel trat. Er stellte fest, daß er, sobald er das Steppengras hinter sich gebracht hätte, noch über freies Feld laufen mußte, hinter dem dichtes dorniges Buschwerk dunkelte, wo er außer Gefahr zu sein hoffte. Dahinter, so seine Überlegung, mußte er auf den Weg stoßen, der geradewegs nach Kiew führte. Im Nu hatte er das Feld durcheilt und befand sich im Dornendickicht. Er arbeitete sich hindurch, wobei er als Wegezoll Stücke seines Rockes an jedem spitzen Dorn zurückließ, und befand sich plötzlich in einer kleinen Bodensenke. Weiden neigten sich hier und da mit weitausladenden Zweigen fast bis zum Boden hinab. Ein kleiner Quell blitzte vor ihm, rein wie Silber. Das erste, was der Philosoph tat, war sich niederzulegen und sattzutrinken, verspürte er doch einen unerträglichen Durst.

»Gutes Wasser!« sagte er und wischte sich die Lippen. »Hier kann man rasten.«

»Nein, wir laufen besser noch etwas weiter: es könnte ja sein, daß man uns schon verfolgt!«

Diese Worte ertönten ganz nahe bei seinen Ohren. Er sah sich um: vor ihm stand Jawtuch.

Verdammter Jawtuch! dachte der Philosoph wütend.

Ich könnte dich packen und an den Beinen . . . deine widerliche Fresse und überhaupt den ganzen Kerl würde ich am liebsten mit einem Eichenknüppel bearbeiten.

»Den Umweg hier hast du völlig umsonst genommen«, fuhr Jawtuch fort, »du hättest besser getan, da lang zu gehen, wo ich gekommen bin: gerade am Pferdestall vorbei. Und schade ist's ja auch um den Rock. Ist doch gutes Tuch. Wieviel hast du für den Arschin bezahlt? Übrigens: genug spaziert, es ist Zeit, nach Hause zu gehen.«

Der Philosoph kratzte sich den Nacken und trottete hinter Jawtuch her.

Jetzt wird die verfluchte Hexe mir Pfeffer geben! dachte er. Ach was! Was soll schon sein? Wovor fürchte ich mich eigentlich? Bin ich etwa kein Kosak? Zwei Nächte habe ich gelesen, wird mir Gott auch in der dritten helfen. Die verfluchte Hexe muß ja eine Menge Sünden begangen haben, wenn der Teufel ihr derart beisteht.

Solche Gedanken beschäftigten ihn, als er den Herrenhof betrat. Da er sich nun mit solcherart Überlegungen Mut gemacht hatte, bat er Dorosch, der dank der Protektion des Beschließers gelegentlich Zugang zu den herrschaftlichen Kellern hatte, ihm eine Halbstofflasche Schnaps zu besorgen, und die beiden Freunde ließen sich unter einem Wetterdach nieder und pichelten kaum weniger als einen halben Eimer leer. Worauf der Philosoph sich plötzlich erhob und schrie: »Musikanten her! Jetzt, auf der Stelle!« und ohne auf sie zu warten, mitten im Hof auf einem sauber gefegten Platz einen Trepak zu tanzen begann. Er tanzte, bis die Zeit zum Vesperbrot gekommen war und die Leute, die – wie das so üblich ist – einen Kreis um ihn gebildet hatten, schließlich ausspuckten und davongingen, wobei sie sagten: »Wie kann ein Mensch nur so lange tanzen!« Schließlich legte sich der Philosoph an Ort und Stelle schlafen, und es bedurfte eines großen Zubers kalten Wassers, um ihn zum Abendbrot zu wekken. Während der Mahlzeit ließ er sich darüber aus, was es bedeute, ein Kosak zu sein, und daß ein Kosak nichts auf der Welt fürchten dürfe.

»Es ist Zeit«, sagte Jawtuch, »gehen wir.«

Die Zunge sollte man dir versengen, verfluchter Borg, dachte der Philosoph, erhob sich und sagte:

»Gehen wir!«

Unterwegs blickte sich der Philosoph dauernd nach allen Seiten um und versuchte, ganz lässig ein Gespräch mit seinen Begleitern anzuknüpfen. Doch Jawtuch schwieg; selbst Dorosch war wortkarg.

Es war eine höllische Nacht. In ganzen Rudeln heulten in der Ferne die Wölfe. Und selbst das Hundegebell hatte etwas Furchterregendes.

»Ich glaube, da heult irgend etwas anderes: das ist doch kein Wolf«, sagte Dorosch.

Jawtuch schwieg. Und der Philosoph wußte auch nicht,

was er sagen sollte. Sie näherten sich der Kirche und traten unter ihr altes hölzernes Vordach, das nur zu deutlich erkennen ließ, wie wenig sich der Gutsbesitzer um Gott und seine eigene Seele kümmerte. Wie die anderen Male entfernten sich Jawtuch und Dorosch, und der Philosoph blieb allein. Alles war so wie an den Abenden zuvor, alles bot denselben vertraut-bedrohlichen Anblick. Er verhielt einen Moment. Mitten im Raum stand nach wie vor unbeweglich der Sarg der schrecklichen Hexe.

»Ich werde mich nicht fürchten, bei Gott, ich werde mich nicht fürchten«, sagte er, zog wieder einen Bannkreis um sich und rief sich alle seine Beschwörungsformeln ins Gedächtnis. Die Stille war schrecklich; die Kerzen flackerten und tauchten die ganze Kirche in Licht. Der Philosoph blätterte um, er blätterte ein zweites Mal um – und bemerkte, daß er gar nicht das las, was in dem Buch stand. Angsterfüllt bekreuzigte er sich und begann zu singen. Das machte ihm ein wenig Mut: mit dem Lesen ging es nun besser voran, und eine Seite nach der anderen tauchte ins Licht und ward umgeschlagen. Auf einmal . . . mitten in die Stille hinein . . . sprang krachend der eiserne Deckel des Sarges auf, und die Leiche richtete sich auf. Sie war noch schrecklicher anzusehen als beim erstenmal. Schauerlich schlugen die Zähne aufeinander, ihre Lippen waren krampfhaft verzerrt, ihr Mund stieß wild heulend Bannflüche aus.

Ein Wirbelwind erhob sich in der Kirche, die Ikonen fielen zu Boden, und von oben prasselte das Glas der zerschlagenen Fensterscheiben herab. Die Tür wurde aus den Angeln gerissen und eine unabsehbare Masse von Ungeheuern kam in die Kirche Gottes geflogen. Der schauerliche Lärm ihrer Flügel und ihrer kratzenden Krallen erfüllte den ganzen Raum. Und all das flog, ja schoß wild umher – auf der Suche nach dem Philosophen.

Aus dessen Kopf schwand auch der letzte Rest seines Rausches, er bekreuzigte sich bloß noch und sagte an Gebeten her, was ihm nur einfiel. Und dabei hörte er, wie dieses Teufelspack um ihn herumschwirrte und ihn beinahe mit den Flügelspitzen oder den abscheulichen Schwanzen berührte. Seine Augen darauf zu richten hatte er nicht den Mut; er sah lediglich, daß da ein riesengroßes Ungeheuer mit zerzausten Haaren, das aussah wie ein Wald, die ganze Wand einnahm. Durch das Gestrüpp der Haare starrten ihn zwei fürchterliche Augen an, die Brauen ganz leicht gehoben. Darüber schwebte in der Luft etwas, das aussah wie eine gewaltige Blase, aus deren Inneren Tausende von Hauern und Skorpionstacheln herausragten; an ihnen hing in dicken Klumpen schwarze Erde. Alle Augen starrten in seine Richtung, suchten nach ihm, konnten ihn aber nicht erblicken, da er von dem heiligen Bannkreis umgeben war.

»Den Wij führt mir herbei! Holt den Wij!« ertönte die Stimme der Toten.

Mit einem Mal trat in der Kirche Stille ein; aus der Ferne vernahm man Wolfsgeheul, und bald darauf hörte man schwere Schritte in der Kirche widerhallen; Choma riskierte einen Blick aus dem Augenwinkel und sah, wie man einen untersetzten, stämmigen und krummbeinigen Mann herbeiführte. Er war von oben bis unten mit schwarzer Erde bedeckt. Wie knotige, starke Wurzeln traten seine erdverkrusteten Arme und Beine hervor. Schwerfällig stapfte er voran, andauernd stolpernd. Seine überlangen Lider hingen bis auf die Erde herab. Voller Entsetzen bemerkte Choma, daß er ein eisernes Gesicht hatte. Man stützte ihn beim Gehen unter den Armen und postierte ihn nun genau Choma gegenüber.

»Hebt mir die Lider: ich sehe nichts!« sagte der Wij mit Grabesstimme – und die ganze Teufelsbrut stürzte herbei, um ihm die Lider hochzuheben.

Schau nicht hin! flüsterte eine innere Stimme dem Philosophen zu. Aber er hielt es nicht aus und schaute doch hin.

»Da ist er!« schrie der Wij und zeigte mit einem eisernen Finger auf ihn. Und alle, so viele ihrer auch waren, warfen sich auf den Philosophen. Leblos stürzte er zu Boden, und im selben Augenblick entfloh ihm die Seele vor Schreck.

Da ertönte ein Hahnenschrei. Es war schon der zweite; den ersten hatten die Gnomen überhört. Die erschreckten Geister suchten irgendwie zu entkommen, durch ein Fenster oder durch die Tür, um nur schnell davonzufliegen – aber es war schon zu spät; so blieben sie in der Tür oder den Fenstern stecken.

Als der Priester eintraf, blieb er wie angewurzelt stehen angesichts einer solchen Schändung des göttlichen Heiligtums und wagte nicht, an einem solchen Ort die Totenmesse zu lesen. So blieb denn die Kirche mit all den in der Tür und den Fenstern steckengebliebenen Unholden stehen bis in alle Ewigkeit, wurde von Wald, von Wurzeln, Steppengras und wilden Dornenhecken überwuchert, und niemand fände heute noch den Weg dorthin.

Als die Gerüchte über diese Vorgänge nach Kiew gelangten und der Theologe Chaljawa schließlich vom traurigen Los des Philosophen Choma erfuhr, versank er für eine ganze Stunde ins Grübeln. Mit ihm waren in der Zwischenzeit große Veränderungen vor sich gegangen. Das Glück hatte ihm gelächelt: nach Beendigung seines Kurses hatte man ihn zum Glöckner des höchsten Kirchturmes gemacht, und er lief fast ständig mit einer zerschlagenen Nase herum, weil die Holztreppe, die zum Glockenturm hinaufführte, überaus schlampig gebaut war.

»Hast du schon gehört, was dem Choma widerfahren ist?« sagte, auf den Glöckner zutretend, Tiberij Horobez, der inzwischen Philosoph geworden war und neuerdings einen Schnurrbart trug.

»Gott hat es so bestimmt«, sagte der Glöckner Chaljawa.

»Gehen wir in die Schenke und trinken wir auf seine Seele!«

Der frischgebackene Philosoph, der mit dem Feuer des Enthusiasmus begonnen hatte, seine Rechte wahrzunehmen, so daß nicht nur seine Pluderhosen und sein Rock, sondern sogar die Mütze nach Schnaps und Tabakrippen rochen, erklärte sich sofort einverstanden.

»Choma war ein Prachtmensch!« sagte der Glöckner, als der hinkende Schankwirt den dritten Krug vor ihn hinstellte.

»Ein feiner Kerl! Und zugrunde gegangen ist er für nichts und wieder nichts.«

»Ich weiß, warum er zugrunde gegangen ist: weil er sich fürchtete. Hätte er sich nicht gefürchtet, so hätte die Hexe nichts gegen ihn vermocht. Man braucht sich nur zu bekreuzigen und ihr auf den Schwanz zu spucken; dann kann einem nichts passieren. Ich kenn mich da aus: All die Weiber, die da bei uns in Kiew auf dem Markt herumsitzen, sind nämlich Hexen.«

Der Glöckner nickte zum Zeichen seiner Zustimmung. Als er jedoch bemerkte, daß seine Zunge nicht ein einziges Wort mehr hervorbringen konnte, stand er vorsichtig vom Tische auf und ging, hin und her schwankend, hinaus, um sich an einer möglichst abgelegenen Stelle im Steppengras zu verkriechen. Wobei er nicht vergaß, nach alter Gewohnheit eine abgewetzte Stiefelsohle mitgehen zu heißen, die auf der Bank herumlag.

# Der Newskij-Prospekt

Es gibt nichts Schöneres als den Newskij-Prospekt – zumindest in Petersburg; für diese Stadt ist er einfach alles. Wie mannigfaltig sind doch die Reize dieser Straße – Zierde unserer Residenz! Auch nicht einer der blassen Herren und der Beamten, die am Newskij-Prospekt wohnen, würde ihn für alle Güter der Welt eintauschen – dessen bin ich mir sicher. Nicht nur, wer fünfundzwanzig Lenze zählt, einen prächtigen Schnurrbart und einen wunderbar geschnittenen Gehrock sein eigen nennt, schwärmt vom Newskij-Prospekt, sondern auch der, an dessen Kinn weiße Härchen sprießen und dessen Kopf glatt ist wie eine Silberschale. Und erst die Damen! Für die Damen, oh, für die ist der Newskij-Prospekt noch weit reizvoller! Doch für wen wäre er das nicht? Kaum hat man ihn betreten, taucht man auch schon in eine Duftwolke des schieren Amüsements ein. Selbst wenn man eigentlich etwas Wichtiges, Dringliches zu erledigen hat – auf dem Newskij-Prospekt vergißt man gewiß jedes Geschäft, sobald man sein Pflaster unter sich spürt. Hier ist der einzige Ort, wo die Menschen nicht erscheinen, weil sie müssen, wohin sie nicht die Notwendigkeit oder jenes merkantile Interesse treibt, das ganz Petersburg beherrscht. Man hat den Eindruck, daß ein Mensch, wenn man ihn auf dem Newskij-Prospekt trifft, weniger egoistisch ist, als wenn man ihm in der Morskaja, der Gorochowaja, der Litejnaja, der Meschtschanskaja oder einer der anderen Straßen begegnete, wo Habgier, Neid und Erwerbszwang alle Gesichter zeichnen, mögen sie nun Fußgängern gehören oder jenen Leuten, die in Kutschen oder Droschken an einem vorüberjagen. Am Newskij-Prospekt begegnet sich ganz Petersburg. Ein Bewohner des Petersburger oder des Wyborger Stadtteils, der einen Freund von den Peski oder der Moskowskaja Sastawa seit Jahren nicht gesehen hat – hier wird er ihn mit Sicherheit treffen, darauf kann er sich verlassen. Kein Adreßbuch, kein Auskunftsbüro liefert so verläßliche Informationen wie der Newskij-Prospekt. Allmächtiger Newskij-Prospekt! Er bietet die einzige Zerstreuung in dem so vergnügungsarmen Petersburg! Wie sauber sind seine Bürgersteige gekehrt, und o Gott, wie viele Füße haben hier ihre Spuren hinterlassen! Der klobige, dreckige Stiefel des abgedankten Soldaten, unter dessen schwerem Tritt sogar der Granit zu platzen scheint, das flaumleichte Miniaturschühchen der reizend-jungen Dame, die ihr Köpfchen den blitzblanken Schaufenstern zuwendet wie die Sonnenblume das ihre der Sonne, des hoffnungsfrohen Fähnrichs klirrender Säbel, der einen scharfen Kratzer einritzt – all das hinterläßt seine Spur auf dem Pflaster durch die Macht der Stärke oder die Macht der Schwäche.

Welche rasch wechselnde Phantasmagorie zieht da doch im Verlaufe eines einzigen Tages am Auge vorüber! Wie viele Szenenwechsel erfährt doch die Straße in nicht mehr als vierundzwanzig Stunden! Fangen wir mit dem frühen Morgen an, da ganz Petersburg nach heißen, gerade ausgebackenen Broten duftet und alte Frauen in abgerissenen Kleidern und Umhängen scharenweise im Anmarsch sind auf die Kirchen – und auf die mitleidigen Passanten. Um diese Zeit ist der Newskij-Prospekt noch leer: die wohlbeleibten Ladenbesitzer und ihre Kommis schlafen noch in ihren holländischen Nachthemden; sie seifen ihre edlen Wangen ein oder trinken Kaffee; die Bettler versammeln sich vor den Türen der Konditoreien, durch die ein verschlafener Ganymed herausschlurft, der am Abend des Vortages noch herumgeschwirrt ist wie eine Fliege, heiße Schokolade auf dem Tablett. Jetzt ist er ohne Krawatte, hält einen Besen in der Hand und wirft den Wartenden altbackenen Kuchen und Speisereste zu. Die Straße entlang trottet armes Volk und überquert sie hin und wieder: der gemeine Mann eilt zur Arbeit, in Stiefeln so dick voll Kalk, daß selbst der Katharinenkanal, der für sein reines Wasser bekannt ist, sie nicht sauber bekäme. Zu dieser Stunde ist es für Damen im allgemeinen nicht ratsam, sich sehen zu lassen, da das russische Volk sich so drastischer Ausdrücke zu bedienen pflegt, wie sie die Damen sicherlich nicht einmal im Theater zu hören bekommen. Hin und wieder schleppt sich – die Aktentasche unter dem Arm – ein verschlafener Beamter vorbei, dessen Weg ins Amt über den Newskij-Prospekt führt. Man kann mit Bestimmtheit sagen, daß zu dieser Zeit, also um zwölf Uhr, der Newskij-Prospekt für niemanden ein Ziel darstellt, sondern nur als Mittel zum Zweck dient: nach und nach füllt er sich mit Menschen, die ihrer Beschäftigung nachgehen, ihre Sorgen und ihren Ärger haben, die aber keinen Gedanken an ihn verschwenden. Der gemeine Mann spricht von einem silbernen Zehner oder sieben kupfernen Zweiern, die alten Männer und Frauen fuchteln mit den Armen oder reden mit sich selbst, zuweilen mit recht ausdrucksstarken Gebärden, aber niemand hört ihnen zu, niemand lacht sie aus – ausgenommen vielleicht die Laufburschen, die in ihren blaugestreiften langen Kitteljacken wie der Blitz den Newskij-Prospekt entlangflitzen, leere Schnapsflaschen oder ein paar fertige Stiefel in den Händen. Wie immer Sie sich auch kleiden mögen – zu dieser Stunde wird es niemand zur Kenntnis nehmen, selbst wenn Sie eine Mütze statt des Hutes auf dem Kopf haben oder das Krägelchen zu weit unter dem Halstuch hervorragt.

Um zwölf Uhr beginnt auf dem Newskij-Prospekt die Invasion der Hofmeister aller Nationen mit ihren Zöglingen im Batistkragen. Die Jones aus England und die Cocqs aus Frankreich haben die ihrer väterlichen Fürsorge anvertrauten Knaben untergefaßt und verkünden ihnen ernst und würdevoll im Dahinschreiten, daß man Ladenschilder zu dem Zwecke angebracht hat, damit man durch sie erfahre, was in den Läden selbst zu haben ist. Die Gouvernanten – ob blasse Miss oder rotwangige Slawin – schreiten majestätisch hinter ihren leichtfüßigen, zappligen Mädchen einher und ermahnen sie, die Schultern nicht so hängen zu lassen und sich gerade zu halten; kurz und gut, zu dieser Zeit ist der Newskij-Prospekt ein pädagogischer Newskij-Prospekt. Doch je

näher man an zwei Uhr herankommt, um so stärker nimmt
die Zahl der Hofmeister, Pädagogen und Kinder ab: sie werden schließlich von ihren zärtlichen Erzeugern verdrängt, die
untergehakt mit ihren farbenprächtig schillernden, schwach-
nervigen Ehegefährtinnen daherkommen. Nach und nach
gesellt sich zu ihnen alles, was seine ach so wichtigen häuslichen Verrichtungen hinter sich gebracht hat, als da sind: mit
dem Arzt über das Wetter zu reden sowie über einen Pickel,
der auf der Nase hervorgesprießt ist, sich über den Gesund-
heitszustand der Pferde und seiner Kinder unterrichten zu
lassen, die übrigens bemerkenswerte Begabungen an den Tag
legen, in der Zeitung das Theaterprogramm zu studieren,
sowie einen höchst gehaltvollen Artikel über an- respektive
abgereiste Fremde zu lesen und darauf eine Tasse Kaffee oder
Tee zu trinken; hinzu gesellen sich schließlich auch jene
Leute, denen ein beneidenswertes Schicksal den gesegneten
Rang eines ›Beamten für besondere Aufträge‹ geschenkt hat.
Und dann stoßen wohl auch jene Leute zu ihnen, die im
Kollegium für Auswärtige Angelegenheiten Dienst tun und
sich durch die Vornehmheit ihrer Tätigkeit wie auch ihrer
Gewohnheiten von den anderen abheben. Mein Gott, was
gibt es doch für schöne Tätigkeiten und angenehme Ämter!
Wie sie das Herz aufgehen lassen und die Seele laben! Aber
ach! Ich diene nicht und bin so des Vergnügens beraubt, den
feinfühligen Umgang der Vorgesetzten mit ihren Untergebenen an mir selbst zu erleben.

Was immer Sie nun auf dem Newskij-Prospekt auch erblicken mögen – alles ist so schicklich und honett: die Männer tragen lange Gehröcke, die Hände in den Taschen verborgen, die Damen rosarote, weiße und mattblaue Atlasüber-
würfe und Hüte. Sie werden hier einzigartige Backenbärte
treffen, die mit außergewöhnlicher, ja geradezu erstaunlicher
Kunstfertigkeit unter dem Halstuch hindurchgeführt sind,
Backenbärte wie Samt und Seide, schwarz wie ein Zobelfell
oder Kohle, die aber leider ausschließlich zum Kollegium für
Auswärtige Angelegenheiten gehören. Den Beamten der

anderen Departements hat die Vorsehung schwarze Backenbärte versagt; sie müssen zu ihrem größten Leidwesen mit
roten vorliebnehmen. Und Schnurrbärte treffen Sie hier, so
wunderbar, daß keine Feder, kein Pinsel ihnen gerecht werden könnte; Schnurrbärte, denen reichlich die Hälfte des
Lebens gewidmet wird, sind sie doch Objekt intensiver
Pflege bei Tag und Nacht, Schnurrbärte, über die sich die
berückendsten Parfüms und Düfte ergossen haben, die mit
den kostbarsten und seltensten Pomaden gesalbt worden
sind. Schnurrbärte, die für die Nacht in Velinpapier aller-
erster Sorte gewickelt werden, Schnurrbärte, die von der rüh-
rendsten Zuwendung seitens ihrer stolzen Besitzer künden
und die darob von den Passanten beneidet werden. Tausen-
derlei verschiedene Hüte, Kleider, Schals – bunt und leicht –,
denen ihre Besitzerinnen zuweilen volle zwei Tage ihre
Zuneigung bewahren, werden jedermann auf dem Newskij-
Prospekt betören. Es kommt einem so vor, als habe sich ein
ganzes Meer von Schmetterlingen auf einmal von ihren Blu-
menstengeln gelöst und woge nun als glänzende Wolke über
den schwarzen Käfern des männlichen Geschlechts dahin.
Taillen können Sie hier bewundern, wie Sie sie nicht einmal
im Traum je gesehen haben: schmale, dünne Taillen, nicht
dicker als ein Flaschenhals, Taillen, denen Sie respektvoll aus-
weichen, wenn Sie ihrer ansichtig werden, damit nicht gar Ihr
unhöflicher Ellenbogen sie durch eine ungeschickte Bewegung anstößt; Ihr Herz ist erfüllt von der scheuen Furcht,
schon durch einen unvorsichtigen Atemzug Ihrerseits könne
dieses köstliche Produkt der Natur und der Kunst zerbrechen. Und Ärmel können Sie sehen bei den Damen am Newskij-Prospekt! Einfach köstlich! Sie erinnern ein wenig an zwei
Luftballons, und würde der Herr seiner Dame nicht den Arm
leihen, so könnte es sehr wohl passieren, daß sie plötzlich in
die Luft steigt; denn eine solche Dame hochzuheben ist
genauso leicht und angenehm wie ein Glas Champagner an
die Lippen zu führen. Nirgends verbeugt man sich bei einer
Begegnung so vornehm und leger wie auf dem Newskij-Pro-

spekt. Und Sie werden dabei ein unvergleichliches Lächeln zu sehen bekommen, ein Lächeln von solchem Raffinement, daß man entweder vor Behagen schier dahinschmelzen möchte, oder ganz winzig klein wird und den Kopf hängen läßt, oder aber sich auch emporgehoben fühlt, hoch über die Spitze der Admiralität hinaus, und sein Haupt stolz erhebt. Hier werden Sie Leute treffen, die mit betonter Vornehmheit und einem ausgeprägten Gefühl für die Würde der eigenen Person über ein Konzert oder über das Wetter plaudern. Hier treffen Sie auf Tausende von unergründlichen Charakteren und Phänomenen. Oh, mein Schöpfer! Welch seltsamen Charakteren begegnet man doch auf dem Newskij-Prospekt! Da gibt es nicht wenige, die Ihnen im Vorübergehen unweigerlich auf die Stiefel schauen und sich dann nach Ihnen umdrehen, um Ihre Rockschöße in Augenschein zu nehmen. Bis heute begreife ich nicht, wieso. Anfangs dachte ich, es handle sich vielleicht um Schuster, aber das war keineswegs der Fall: meist sind sie in irgendeinem Departement tätig, und viele von ihnen leisten ausgezeichnete Arbeit, indem sie Berichte abfassen, die von einer Dienststelle in eine andere gehen; oder es handelt sich um Leute, deren Beschäftigung darin besteht, zu flanieren oder in den Konditoreien die Zeitung zu lesen – mit einem Wort: es sind meist hochanständige Leute. Zu dieser gesegneten Stunde von zwei bis drei Uhr mittags, da man den Newskij-Prospekt charakterisieren könnte als »Hauptstadt in Bewegung«, findet hier eine Mustermesse der vorzüglichsten Hervorbringungen des Menschengeschlechts statt. Der eine präsentiert einen stutzerhaft eleganten Rock mit allerbestem Biber, der zweite eine wunderschöne griechische Nase, der dritte trägt einen exquisiten Backenbart, die vierte zeigt zwei hübsche Äugelchen vor und ein entzückendes Hütchen, ein fünfter trägt einen Ring mit Talisman am geckenhaft manikürten kleinen Finger, die sechste hat ein Füßchen vorzuweisen mit bezaubernden Schühchen, der siebente verblüfft jeden mit seinem Halstuch und der achte mit einem Schnurrbart, der einen nur so staunen macht.

Doch dann schlägt es drei, die Messe geht allmählich zu
Ende, die Menge verläuft sich ... Um drei verwandelt sich die
Szene wiederum. Plötzlich hält auf dem Newskij-Prospekt
der Frühling seinen Einzug: die Straße füllt sich zur Gänze
mit Beamten in grünen Uniformen. Die hungrigen Titular-,
Hof- und sonstigen Räte zeigen sich bemüht, ihre Schritte
nach Kräften zu beschleunigen. Die jungen Kollegienregistratoren, Gouvernements- und Kollegiensekretäre wollen
noch rasch die Zeit nutzen und würdevoll über den Newskij-
Prospekt schlendern, wobei sie so tun, als hätten sie nicht ihre
sechs Stunden im Amt abgesessen. Die älteren Kollegiensekretäre, Titular- und Hofräte aber gehen rasch und mit
gesenktem Kopf dahin: ihnen liegt nicht daran, sich die Passanten anzuschauen; sie haben sich noch nicht von ihren
dienstlichen Problemen freimachen können; in ihren Köpfen
sieht es aus wie in einem unaufgeräumten Archiv mit Vorgän-
gen, deren Bearbeitung zwar begonnen, aber noch nicht
abgeschlossen ist. Wo andere Leute Ladenschilder sehen,
erblickt ihr Auge noch für geraume Zeit nur Aktendeckel
voller Papiere oder das rundliche Gesicht des Kanzleivorste-
hers.

Nach vier Uhr ist der Newskij-Prospekt leer, und Sie werden auf ihm kaum noch einen einzigen Beamten treffen. Eine
Näherin verläßt einen Laden und eilt über die Straße, eine
Schachtel in der Hand; ein an den Bettelstab gebrachter
Beamter, bedauernswertes Opfer eines menschenfreund-
lichen Abteilungsleiters, schlurft in seinem Friesmantel vorüber; ein kauziger Provinzler taucht auf, für den alle Stunden
gleich sind, oder eine langaufgeschossene Engländerin mit
einem Ridikül und einem Büchlein in der Hand; jetzt ein
Handlanger, ein biederer Russe in einer Jacke aus kräftigem
Baumwollstoff, deren Taille auf den Rücken geraten ist, mit
einem schmalen Bart, ein Mann, der sein Leben lang von der
Hand in den Mund lebt und an dem alles zappelt und zuckt –
der Rücken, die Hände, die Beine, der Kopf –, wie er da so in
seiner Bescheidenheit das Trottoir entlangmarschiert; auch

mal ein einfacher Handwerker – das ist alles, was Sie jetzt auf dem Newskij-Prospekt treffen können.

Sobald sich aber die Abenddämmerung auf Häuser und Straßen herniedersenkt, der Wachmann, eine Bastmatte übergeworfen, die Leiter emporklettert, um die Lampe anzuzünden, und sich in den unteren Schaufensterauslagen bestimmter Läden jene Stahlstiche präsentieren, die sich bei Tage nicht ans Licht wagen, da belebt sich der Newskij-Prospekt und gerät in Bewegung. Nun beginnt jene geheimnisvolle Zeit, da die Lampen alles in ein verlockend-wundervolles Licht tauchen. Sie begegnen nun vielen jungen Leuten, zumeist ledigen, in warmen Röcken und Mänteln. In dieser Stunde spürt man, daß die Menschen ein bestimmtes Ziel verfolgen, oder besser: so etwas ähnliches wie ein Ziel, etwas, zu dem sie sich mit Macht hingezogen fühlen; die Schritte der Passanten werden rascher, der Gang überhaupt hektischer. Lange Schatten huschen über Wände und Pflaster, mit den Köpfen sind sie schon fast an der Polizei-Brücke. Die jungen Kollegienregistratoren, die Gouvernements- und Kollegiensekretäre dehnen ihren Abendbummel recht lange aus; die alten Kollegienregistratoren, Titular- und Hofräte dagegen sitzen meist schon zu Hause – entweder, weil sie verheiratet sind, oder weil ihre deutschen Köchinnen sie so schmackhaft bekochen. Jetzt werden Sie auch wieder jene ehrenwerten alten Herren treffen, die schon um zwei Uhr so gesetzt und voll respektgebietender Würde den Newskij-Prospekt entlangspazierten. Jetzt freilich stellen Sie erstaunt fest, daß sie genau die gleiche Behendigkeit an den Tag legen wie die jungen Kollegienregistratoren, wenn es gilt, einer von ferne erspähten Dame rasch mal unter den Hutrand zu schauen, einer Dame, deren prangende Lippen und dick geschminkte Wangen so manchem Flaneur ganz nach dem Geschmack sind, besonders den Verkäufern, Handlangern und Kaufleuten, die stets, in deutsche Röcke gekleidet, gruppenweise und meist Arm in Arm daherkommen.

»Halt!« rief in diesem Moment der Oberleutnant Pirogow, wobei er den neben ihm gehenden jungen Mann in Frack und Umhang festhielt. »Hast du das gesehen?«

»Habe ich, bezaubernd, ganz Peruginos Bianca.«

»Moment mal, von wem redest du eigentlich?«

»Na von ihr, von der mit den dunklen Haaren. Was für Augen! Mein Gott, was für Augen! Diese Haltung, die Umrißlinie ihres Körpers, der Gesichtsschnitt – eins vollkommener als das andere!«

»Ich meine doch die Blondine, die gleich nach ihr vorbeikam und in diese Richtung ging. Warum folgst du denn der Brünetten nicht, wenn sie dir so gefallen hat?«

»Aber wie könnte ich!« rief der junge Mann im Frack errötend aus. »Als ob sie eine von denen wäre, die abends auf dem Newskij-Prospekt auf- und abgehen; das muß eine sehr vornehme Dame sein«, fuhr er seufzend fort, »der Umhang allein kostet seine achtzig Rubel!«

»Du Einfaltspinsel!« rief Pirogow und stieß ihn gewaltsam in die Richtung, wo man ihren hellen Umhang flattern sah. »Na los, du Trottel, sonst ist sie weg! Ich mach mich hinter der Blonden her.«

Die beiden Freunde gingen in verschiedene Richtungen auseinander.

Wir kennen euch alle, dachte mit selbstgewissem und selbstgefälligem Lächeln Pirogow, fest davon überzeugt, daß es keine Schöne gebe, die imstande wäre, ihm zu widerstehen.

Der junge Mann in Frack und Umhang ging mit schüchternem und unsicherem Schritt in jene Richtung, wo in der Ferne die bunte Mantille wehte und in helles Licht getaucht wurde, sobald sie sich dem Schein einer Laterne näherte, um dann schlagartig wieder ins Dunkel zu tauchen, sobald sie sich von dieser Lichtquelle entfernte. Sein Herz schlug heftig, und unwillkürlich beschleunigte er seinen Schritt. Er wagte nicht einmal daran zu denken, daß ihm das Recht gewährt werden könnte, von der enteilenden Schönen auch nur beachtet zu werden, geschweige denn, daß er jenen finsteren Gedanken in sich hätte aufkommen lassen, auf den Oberleutnant Pirogow angespielt hatte; aber er wollte ja nur das Haus sehen, jene Wohnstatt in Augenschein nehmen, die jenes entzückende Wesen beherbergte, das, wie es schien, geradewegs vom Himmel auf den Newskij-Prospekt herabgeschwebt war und zweifellos auch wieder an einen fernen unbekannten Ort entschwinden würde. Er eilte so stürmisch dahin, daß er ständig solide Herren mit grauen Backenbärten vom Trottoir herabstieß. Dieser junge Mann gehörte zu jener Menschenklasse, die so gar nicht in unsere Breiten passen will und sich zu den Bürgern Petersburgs etwa so verhält wie eine Traumvision zur realen Welt. Diese so ganz aus dem Rahmen fallende Bevölkerungsgruppe ist in einer Stadt, wo man entweder Beamter, Kaufmann oder deutscher Handwerker ist, alles andere als normal. Er war ein Künstler. Ein seltsames Phänomen, nicht wahr? Ein Petersburger Künstler! Ein Künstler im Lande des Schnees, ein Künstler im Lande der Finnen, wo alles naß ist und eben, glatt und blaß, grau und in Nebel getaucht. Diese Künstler ähneln in nichts den italienischen: stolz und feurig, wie Italien und sein Himmel; im Gegensatz dazu sind die unseren im allgemeinen ein gutmütiges, sanftes Völkchen, schüchtern und unbekümmert, das seine Kunst still verehrt, mit seinen zwei Freunden in einem kleinen Zimmer seinen Tee trinkt, sich sittsam über den geliebten Gegenstand unterhält und Luxus geringschätzt. Immer wieder holt sich so ein Maler irgendeine alte Bettlerin, die er dann geschlagene sechs Stunden stillsitzen läßt, nur um ihre elende, stumpfsinnige Miene auf die Leinwand zu bannen. Er zeichnet das Interieur seines Zimmers, vollgestopft mit Künstlerplunder aller Art: Gipshände und -füße, die von Alter und Staub kaffeebraun geworden sind, zerbrochene Staffeleien, eine mit der Oberseite nach unten hingeworfene Palette. Dazu ein Freund, der auf der Gitarre spielt, mit Farben bekleckerte Wände, ein offenstehendes Fenster, durch das man einen Blick auf die blasse Newa und die armen Fischer in ihren roten Hemden werfen kann. Bei diesen

Künstlern liegt nahezu auf allem und jedem ein Grauschleier
– das unabänderliche Signum des Nordens. Trotz alledem
geben sie sich ihrer Arbeit mit wahrer Begeisterung hin. Häufig steckt echtes Talent in ihnen, und es brauchte sie nur die
frische Luft Italiens zu umwehen, und dieses Talent würde
sich so frei und leuchtend nach allen Seiten hin entfalten wie
eine Pflanze, die man endlich einmal aus dem Zimmer an die
frische Luft trägt. Sie sind im allgemeinen sehr schüchtern:
ein Ordensstern und eine dicke Epaulette machen sie so verwirrt, daß sie unwillkürlich den Preis für ihre Arbeiten herab-
setzen. Manchmal geben sie sich gern stutzerhaft, doch wirkt
das bei ihnen irgendwie sehr übertrieben und wie ein aufge-
setzter Flicken. Manchmal präsentieren sie sich in einem her-
vorragenden Frack mit beschmiertem Umhang, tragen sie
eine teure Samtweste und dazu einen mit Farben bekleckerten
Überrock. Ganz so, wie Sie zuweilen in einer unvollendeten
Landschaft eine auf dem Kopf stehende Nymphe bemerken
können, die er – da gerade nichts anderes zur Hand war –
rasch auf die verschmierte Grundierung eines älteren Werkes
skizziert hat, an dem er einst voller Hingabe gemalt hatte. Nie
sieht er Ihnen gerade in die Augen; wenn er Sie anschaut,
dann mit einem trüben, verschwimmenden Blick; er durch-
bohrt Sie nicht mit dem Habichtsblick des geborenen Beobachters oder dem Falkenblick eines Kavallerieoffiziers. Das
kommt daher, daß in seinem Auge Ihre Gesichtszüge mit
denen eines gipsernen Herkules verfließen, der bei ihm im
Zimmer steht, oder daß ihm schon ein neues Bild vor-
schwebt, das er zu malen gedenkt. So kommt es denn auch,
daß er häufig etwas verworren und nicht zur Sache antwortet;
und das in seinem Kopfe herrschende Durcheinander von
Themen und Gegenständen macht ihn noch unsicherer.

Von dieser Art war der von uns beschriebene junge Mann,
der Maler Piskarjow, ein schüchterner, zaghafter Mensch,
dessen Seele aber Funken eines Gefühls barg, die bei entspre-
chendem Anlaß zur Flamme auflodern konnten. Innerlich
bebend eilte er jenem Wesen nach, das ihn so mächtig in

seinen Bann geschlagen hatte, und staunte dabei wohl selbst
über die eigene Kühnheit. Das unbekannte Wesen, an dem
sich seine Augen, Gedanken und Gefühle geradezu festge-
sogen hatten, wandte plötzlich den Kopf und schaute ihn an.
O mein Gott, welch himmlische Gesichtszüge! Das blendende Weiß der bezaubernden Stirn überschatteten Haare,
schön wie Achat. Ganz wunderbare Locken waren es, die
sich da unter dem Hut hervorschlängelten; einige von ihnen
berührten sanft die Wangen, die ein zartes, frisches Rot über-
hauchte, hervorgerufen von der abendlichen Kühle. Und
diese Lippen erst! Die zauberhaftesten Visionen in unendli-
cher Vielfalt ließen sie bei ihm aufkeimen. Alles, was von den
Erinnerungen an unsere Kindheit bleibt, was uns der Traum
schenkt oder die stumme Verzückung beim Schein des Lämp-
chens vor dem Heiligenbild – alles das schien sich in diesen
ebenmäßigen Lippen zu vereinigen, zu verschmelzen und
von ihnen auszustrahlen. Sie schaute Piskarjow an, und dieser
Blick ließ sein Herz erzittern. Ihr Blick war streng, ein
Gefühl der Mißbilligung malte sich auf ihren Zügen angesichts einer so dreisten Verfolgung; aber auf diesem schönen
Gesicht wirkte selbst der Zorn noch bezaubernd. Beschämt,
zaghaft blieb er stehen und schlug die Augen nieder; aber
hätte er dieses göttliche Wesen aus den Augen verlieren dürfen und nicht in Erfahrung bringen, an welch geweihter Stätte
es Einkehr halten würde? Solcherart Gedanken schossen
unserem jungen Träumer durch den Kopf, und er faßte den
Entschluß, die Verfolgung wiederaufzunehmen. Damit es
aber nicht zu sehr auffiel, hielt er sich nun in etwas größerem
Abstand, schaute unbeteiligt umher und betrachtete die
Ladenschilder; wobei aber auch nicht ein einziger Schritt der
Unbekannten seiner Aufmerksamkeit entging. Die Passanten
wurden allmählich seltener, die Straße stiller; die Schöne
wandte sich um, und ihm schien, als spiele ein leises Lächeln
um ihre Lippen. Er erschauerte und wollte seinen Augen
nicht trauen. Nein, es war wohl die Lampe, die mit ihrem
trügerischen Schein auf ihrem Gesicht den Anschein eines

Lächelns hervorgerufen hatte; nein, seine eigenen Träume
hielten ihn zum Narren. Dennoch stockte sein Atem in der
Brust, sein Inneres wurde bis zum Grunde aufgewühlt, seine
Gefühle standen in hellen Flammen, und vor seinen Augen
versank alles wie im Nebel. Das Trottoir glitt unter ihm
dahin, die Kutschen mit ihren galoppierenden Pferden schienen unbeweglich zu verharren, die Brücke dehnte sich und
riß mitten entzwei, ein Haus stand kopf, ein Wächterhäus-
chen neigte sich ihm entgegen, und es kam ihm so vor, als
flimmere durch seine Wimpern die Hellebarde des Postens
mitsamt den goldenen Buchstaben des Ladenschildes und den
darauf gemalten Scheren. Und das alles hatte ein einziger
Blick bewirkt, eine einzige Wendung des hübschen Köpf-
chens. Ohne etwas zu hören, zu sehen oder sonstwie wahrzunehmen, folgte er den zarten Spuren der berückenden Füßchen, bemüht, das Tempo seiner Schritte zu mäßigen, die im
Takt des Herzens dahinfliegen wollten. Zuweilen befielen ihn
Zweifel: hatte der Ausdruck ihres Gesichtes wirklich Zuneigung zu erkennen gegeben? Er blieb einen Augenblick stehen, doch das Hämmern seines Herzens, ein zwanghaftes
inneres Streben und der Aufruhr all seiner Gefühle trieben
ihn voran. Plötzlich ragte vor ihm ein viergeschossiges Haus
auf, das er bis dahin gar nicht wahrgenommen hatte. Sämtliche Fensterreihen hell erleuchtet, hielt es seine Augen auf ihn
gerichtet, und das Geländer am Eingang gebot ihm mit eiserner Kraft Halt. Er sah, wie die Unbekannte die Treppe hin-
aufschwebte, sich umwandte, den Finger auf die Lippen legte
und ihm ein Zeichen gab, ihr zu folgen. Seine Knie zitterten;
seine Gefühle, seine Gedanken standen in Flammen; ein Blitz
der Freude schlug mit unerträglicher Heftigkeit in seinem
Herzen ein. Nein, das war kein Traum! O mein Gott! Wieviel
Glück faßt ein einziger Augenblick! So wunderbar ist plötzlich das Leben innerhalb von zwei Minuten geworden.

Aber war das alles nicht doch etwa nur ein Traum? Sollte
wirklich dieses Wesen, für einen einzigen himmlischen Blick
von dem er bereit gewesen wäre, sein ganzes Leben hinzu-

geben, dessen Heimstatt sich zu nahen er bereits für unbeschreibliche Seligkeit erachtete – sollte ihm dieses Wesen jetzt wirklich Beachtung schenken und freundliche Aufmerksamkeit zuwenden? Kaum die Stufen berührend, trugen ihn seine Füße die Treppe hinauf. Kein irdischer Gedanke erfüllte seine Seele; nicht die Flamme der erdgebundenen Leidenschaft ließ ihn erglühen, nein, er war in diesem Augenblick rein und ohne Makel, wie ein keuscher Jüngling, den noch das ganz unbestimmte, rein geistige Verlangen nach Liebe beseelt. Was in einem lasterhaften Manne unverschämte Absichten geweckt hätte, das eben heiligte die seinen um so mehr! Das Vertrauen, das ihm dieses schwache, schöne Geschöpf entgegenbrachte, gerade dieses Vertrauen legte ihm das Gelübde ritterlicher Tugendstrenge auf, das Gelübde, all ihren Befehlen mit Knechtestreue zu willfahren. Er wünschte sich nur eines: diese Befehle sollten möglichst schwer, ja kaum erfüllbar sein, damit er mit dem vollen Einsatz aller seiner Kräfte losstürmen und alle Widrigkeiten besiegen könnte. Er zweifelte nicht daran, daß irgendein geheimnisvolles und zugleich bedeutsames Geschehnis seine Unbekannte veranlaßt hatte, sich ihm anzuvertrauen, daß man sicherlich die Erfüllung wertvoller Dienste von ihm erwarte; und er spürte in sich bereits Kraft und Entschlossenheit für jede nur mögliche Aufgabe.

Die Treppe schraubte sich nach oben – und mit ihr immer rascher seine Träume. »Passen Sie auf!« erklang ihre Stimme wie eine Harfe und ließ alle seine Fasern von neuem erbeben. In der Finsternis des obersten Stockwerks klopfte die Unbekannte an eine Tür; sie wurde geöffnet, und beide traten zusammen ein. Eine Frau von recht passabler Erscheinung kam ihnen mit einer Kerze in der Hand entgegen, sah Piskarjow jedoch so eigenartig unverschämt an, daß er unwillkürlich den Blick senkte. Sie betraten ein Zimmer. Drei weibliche Gestalten in verschiedenen Ecken boten sich seinem Blick dar. Eine von ihnen legte Karten; die zweite saß am Klavier und klimperte mit zwei Fingern etwas, das sich wie die armse-

lige Nachahmung einer alten Polonaise anhörte; die dritte saß
vor dem Spiegel, kämmte sich ihr langes Haar und dachte
nicht im geringsten daran, wegen des Erscheinens einer unbekannten Person ihre Toilette zu unterbrechen. Überall
herrschte jenes arge Durcheinander, wie man es nur im
unaufgeräumten Zimmer eines Junggesellen findet. Die recht
soliden Möbel waren mit Staub bedeckt; eine Spinne hatte
über das Stuckgesims ihr Netz gespannt; durch die halboffene
Tür zum Nebenzimmer sah man einen blitzblanken Stiefel
mit Sporen und den roten Kantenbesatz einer Uniform;
ungeniert ließen sich eine dröhnende männliche Stimme und
weibliches Lachen vernehmen.

Herr des Himmels, wohin war er da geraten! Er wollte es
zunächst gar nicht glauben und begann die Gegenstände, mit
denen das Zimmer angefüllt war, etwas aufmerksamer zu
mustern; aber die nackten Wände und die Fenster ohne Vor-
hänge verrieten ihm, daß hier auf keinen Fall eine sorgsame
Hausfrau waltete; und dann die verbrauchten Gesichter dieser armseligen Geschöpfe, von denen eines fast unmittelbar
vor seiner Nase saß und ihn ebenso gelassen musterte wie
einen Fleck auf fremdem Mantel! All das machte ihm klar,
daß er in eines jener abstoßenden Domizile geraten war, wo
jenes armselige Laster seine Bleibe gefunden hat, das sein
Entstehen der Talmibildung und der schrecklichen Überbe-
völkerung der Hauptstadt verdankt. Jenes Domizil, wo der
Mensch gotteslästerlich alles Reine und Heilige, das das
Leben schön macht, in den Staub tritt und verlacht, wo die
Frau, Zierde der Welt und Krone der Schöpfung, in ein seltsames, zweideutiges Wesen verwandelt erscheint; jenes Domizil, wo sie mit der Reinheit ihrer Seele auch alles Weibliche
ablegen mußte und sich in abstoßender Weise die Allüren und
Gemeinheiten des Mannes zu eigen machte und bereits aufgehört hat, jenes schwache, jenes schöne Geschöpf zu sein, das
sich von uns so sehr unterscheidet. Piskarjow maß sie mit
erstauntem Blick von Kopf bis Fuß, als wolle er sich ver-
gewissern, ob das wirklich jenes Wesen war, das ihn auf

dem Newskij-Prospekt so bezaubert und magisch angezogen hatte. Aber sie stand vor ihm noch genauso hübsch; ihre Haare waren ebenso schön wie zuvor; ihre Augen schienen gar noch himmlischer. Sie wirkte sehr jugendlich, nicht älter als siebzehn; man erkannte, daß sich das fürchterliche Laster ihrer erst seit kurzem bemächtigt hatte; ihre Wangen hatte es noch nicht zu berühren gewagt, sie waren frisch und mit zarter Röte leicht getönt – sie war schön.

Unbeweglich stand er vor ihr, drauf und dran, seine Vernunft wieder genauso fahrenzulassen wie schon zuvor. Das lange Schweigen ödete die Schöne an. Sie lächelte ihm vielsagend zu und sah ihm dabei gerade in die Augen. Aus diesem Lächeln sprach eine erbärmliche Schamlosigkeit, die ganz eigenartig wirkte und zu ihrem Gesicht geradeso paßte wie die fromme Miene zur Fratze eines bestechlichen Subjekts oder die Geschäftskladde zu einem Dichter. Ihn schauderte. Sie öffnete ihren hübschen Mund und begann irgend etwas zu erzählen; aber das war so dumm und so trivial . . . Ganz so, als ob den Menschen mit der Unschuld auch der Verstand verließe. Piskarjow wollte nichts mehr hören. Er benahm sich unbeschreiblich lächerlich und war dabei noch naiv, wie ein Kind. Anstatt diese Zuneigung zu nutzen, anstatt sich über seine Gelegenheit zu freuen, wie dies zweifellos jeder andere an seiner Stelle getan hätte, stürzte er Hals über Kopf davon, wie eine wildgewordene Ziege, und lief hinab auf die Straße.

Mit gesenktem Kopf und hängenden Armen saß er in seinem Zimmer, wie ein Bettler, der eine ungemein kostbare Perle gefunden und sie gleich darauf wieder ins Meer hat fallen lassen. »Eine solche Schönheit, so göttliche Züge – und wo finde ich sie? An welchem Ort! . . .« Das war alles, was er über seine Lippen brachte.

Es ist ja wirklich so: niemals werden wir so heftig von Mitleid ergriffen, als wenn wir eine schöne Frau zu Gesicht bekommen, die der verderbliche Atem der sittlichen Verkommenheit angeweht hat. Die Häßlichkeit mag er durchtränken – aber die Schönheit, die zarte Schönheit . . . sie geht

in unseren Gedanken doch stets zusammen mit Makellosig-
keit und Reinheit. Die Schöne, die den armen Piskarjow verhext hatte, war wirklich eine bezaubernde, seltsame Erscheinung. Und die Tatsache, daß sie diesem verachtungswürdigen Milieu angehörte, erschien noch seltsamer. Ihre Züge
waren so ebenmäßig geformt, der Ausdruck ihres schönen
Gesichtes wirkte so vornehm, daß man nie auf den Gedanken
gekommen wäre, die Verderbtheit wäre imstande gewesen,
ihre schrecklichen Krallen nach diesem Wesen auszustrek-
ken. Einem leidenschaftlichen Gatten hätte sie eine unschätz-
bar kostbare Perle, die ganze Welt, das Paradies, sein gesam-
tes Vermögen bedeuten können. Auch den schönen stillen
Stern eines schlichten Familienkreises hätte sie darstellen und
mit einer stummen Bewegung ihrer schönen Lippen gütige
Befehle erteilen können. Sie hätte, von Kerzenlicht um-
strahlt, die Königin eines Saals voller Menschen sein können,
die Herrin auf glänzendem Parkett, das Objekt stummer
Andacht einer Menge ihr zu Füßen liegender Verehrer. Aber
o weh! ein höllischer Geist, der danach lechzt, die Harmonie
des Lebens zu zerstören, hatte Gewalt über sie gewonnen und
sie hohnlachend in seinen Abgrund geschleudert.

Von tiefem Mitleid zerrissen, saß Piskarjow vor der her-
untergebrannten Kerze. Mitternacht war längst vorüber, die
Glocke vom Turm schlug halb eins – er aber saß unbeweglich
da, zwischen Schlaf und Wachen. Die Schläfrigkeit nutzte
seine Unbeweglichkeit und war schon drauf und dran, ihn
ganz sachte zu übermannen, das Zimmer begann bereits seinem Blick zu entschwinden, nur das Licht der Kerze schimmerte noch durch die Traumgesichte, die sich seiner bereits
bemächtigten – als plötzlich ein Pochen an der Tür ihn
zusammenfahren und zu sich kommen ließ. Die Tür ging auf,
und herein trat ein Lakai in prächtiger Livree. Dergleichen
hatte sich noch nie in sein einsames Zimmer verirrt, noch dazu in einer so ungewöhnlichen Stunde ... Begriffsstutzig
blickte er den Eingetretenen mit ungeduldiger Neugier an.

»Die Dame«, sagte der Lakai mit höflicher Verbeugung,

»bei der Sie sich vor einigen Stunden aufzuhalten geruhten, hat Befehl erteilt, Sie zu sich zu bitten, und Ihnen einen Wagen geschickt.«

Piskarjow stand in sprachlosem Erstaunen da: Ein Wagen, ein Lakai in Livree! . . . Nein, das mußte sich um einen Irrtum handeln . . .

»Hören Sie mal, mein Lieber«, sagte er schüchtern, »Sie haben sich vermutlich in der Adresse geirrt. Ihre Herrin hat Sie ohne Zweifel zu jemand anderem geschickt, aber nicht zu mir.«

»Nein, mein Herr, ich habe mich nicht geirrt. Sie waren es doch, der unsere Herrin zu Fuß begleitet hat, zu dem Haus in der Litejnajastraße, in ein Zimmer im dritten Stock?«

»Allerdings.«

»Nun, dann wollen Sie sich bitte beeilen, die Herrin möchte Sie unbedingt sehen und bittet Sie, sich unverzüglich zu ihr zu begeben.«

Piskarjow eilte die Treppe hinab. Draußen stand wirklich eine Kutsche. Er stieg ein, die Türen schlugen zu, die Steine des Pflasters erdröhnten unter den Rädern und den Hufen der Pferde – und die erleuchteten Fronten der Häuser mit den grellen Ladenschildern flogen an den Kutschenfenstern vorüber. Während des ganzen Weges dachte Piskarjow nach und wußte nicht, wie er dieses Abenteuer verstehen sollte. Ein eigenes Haus, eine Kutsche, ein Lakai in prächtiger Livree . . . – alles das wollte so gar nicht zu jenem Zimmer im dritten Stock, den staubigen Fenstern und dem verstimmten Klavier passen.

Die Kutsche hielt an einem hellerleuchteten Portal, und er wußte nicht, was er davon zu halten hatte: eine Reihe von Equipagen, das Geplauder der Kutscher, das blendende Licht der Fenster, Musik. Der Lakai mit der prächtigen Livree half ihm beim Aussteigen aus der Kutsche und führte ihn respektvoll in eine Halle mit Marmorsäulen und einem prächtigen Lüster, wo ein goldbetreßter Portier seines Amtes waltete und überall Umhänge und Pelze aufgetürmt lagen. Eine frei-

schwebende Treppe mit blitzendem Geländer, von Parfüm-
düften umweht, führte nach oben. Schon stieg er sie empor,
schon betrat er den ersten Saal – und verhielt sogleich ver-
ängstigt den Schritt angesichts so entsetzlich vieler Menschen. Das Gewoge der Gesichter so ganz verschiedener Personen verwirrte ihn völlig. Es kam ihm so vor, als habe ein
Dämon die ganze Welt in zahllose ungleiche Brocken zerkrü-
melt und darauf alle diese Stücke ohne Sinn und Zweck
durcheinandergemischt. Die schimmernden Damenschultern
und die schwarzen Fräcke, die Lüster und Lampen, der luftig
wehende Tüll, die leichten durchsichtigen Bänder und der
bauchige Kontrabaß, der über das Geländer der prächtigen
Empore herabschaute – alles das war für ihn nichts als eine
strahlende Augenweide. So viele ehrwürdige alte oder ältere
Herren sah er da beisammen, mit Ordenssternen auf dem
Frack, und Damen, die so leichtfüßig, stolz und graziös über
das Parkett schritten oder in Reihen beisammen saßen, er
hörte so viele englische und französische Wörter, und die
jungen Herren in ihren schwarzen Fräcken waren obendrein
noch von solcher Vornehmheit, sie sprachen oder schwiegen
mit solcher Würde, sie verstanden sich so gut darauf, nichts
Überflüssiges von sich zu geben, sie scherzten so souverän,
lächelten so respektvoll, trugen so vortreffliche Backenbärte,
verstanden es so geschickt, ihre wohlgepflegten Hände zur
Schau zu stellen, die Krawatte zurechtzurücken; und die
Damen waren so leichtfüßig, sie gingen so völlig auf in ihrer
Selbstzufriedenheit und dem Entzücken an der eigenen Person, sie wußten so bezaubernd die Augen niederzuschlagen,
daß ... doch allein schon die demütige Haltung Piskarjows,
der sich angsterfüllt an eine Säule drückte, machte offenbar,
daß er völlig durcheinander war. Die Menge umringte gerade
eine Gruppe von Tänzerinnen. Sie flogen dahin, eingehüllt
in jene durchscheinenden Schöpfungen aus Paris, in Kleider,
die aus purer Luft gewebt schienen; flüchtig nur berührten
sie mit ihren schimmernden Füßchen das Parkett und wirkten dabei noch ätherischer, als wenn sie es überhaupt nicht

berührt hätten. Eine von ihnen aber war noch schöner, noch prächtiger und glänzender gekleidet als die anderen. Ein unbeschreiblich superber Geschmack harmonisierte alle Teile ihrer Toilette, doch schien sie es darauf gar nicht angelegt zu haben, und so ergab sich der Chic wie ungewollt, ganz von selbst. Sie blickte wie abwesend auf die sie umringenden Zuschauermassen, hielt ihre langen Wimpern gleichmütig gesenkt, und das leuchtende Weiß ihres Gesichtes wirkte um so beeindruckender, als sie den Kopf leicht geneigt hielt und ein zarter Schatten wie hingehaucht auf ihrer bezaubernden Stirn lag.

Unter Aufbietung aller Kräfte versuchte Piskarjow, die Menge auseinanderzuschieben, um die Schöne besser sehen zu können; doch zu seinem größten Verdruß nahm ihm ein besonders großer Kopf mit dunklem gelockten Haar ständig die Sicht; zudem war er derart in der Menge eingekeilt, daß er sich weder vor- noch zurückwagte, aus Furcht, unwillkürlich irgendeinen Geheimrat anzustoßen. Schließlich aber arbeitete er sich doch nach vorne durch und musterte nun seine Kleidung, um den Sitz zu richten. Himmlischer Vater, was mußte er sehen! Sein Rock war über und über mit Farbe bekleckert: in der Eile des Aufbruches hatte er ganz vergessen, sich umzuziehen. Er errötete bis über beide Ohren, schlug die Augen nieder und hätte am liebsten Fersengeld gegeben. Das war aber völlig unmöglich: lauter Kammerjunker in prächtigen Uniformen hatten hinter ihm eine lückenlose Mauer gebildet. Er wünschte sich bereits möglichst weit weg von der Schönen mit der herrlichen Stirn und den langen Wimpern. Angsterfüllt hob er den Blick, um festzustellen, ob sie ihn nicht etwa anschaute: O mein Gott! Sie stand unmittelbar vor ihm . . . Doch was war das? Was sah er? »Sie ist es!« schrie er gellend. In der Tat: sie war es, dieselbe, die er auf dem Newskij getroffen und bis zu ihrer Behausung begleitet hatte.

Jetzt hob sie die Wimpern und schaute sich mit ihrem klaren Blick um. »Herr im Himmel, wie schön sie ist! . . .« – das war alles, was er mit stockendem Atem hervorbringen konnte. Sie ließ ihren Blick über alle Anwesenden gleiten, von denen jeder danach lechzte, ihre Aufmerksamkeit auf sich zu ziehen; aber matt und gedankenverloren wandte sie ihn stets sogleich wieder ab – bis er die Augen Piskarjows traf. Oh! Ich bin im Himmel! Ich bin im Paradies! O mein Schöpfer, verleih mir die Kraft, dies zu ertragen! Das ist zuviel für meinen irdischen Leib, es wird ihn sprengen und die Seele mit sich fortreißen! Sie gab ihm ein Zeichen, doch nicht mit der Hand, nicht durch ein Neigen des Kopfes, nein: in ihren unwiderstehlichen Augen gab sich dieses Zeichen, so leicht angedeutet, kaum bemerkbar, daß niemand es wahrnehmen konnte – außer ihm; er verstand. Der Tanz dauerte lange; die Melodie schien bereits zu ermüden, die Musik zu verlöschen und zu ersterben, lebte aber dann von neuem auf, schmetternd und dröhnend; schließlich war der Tanz zu Ende! Sie setzte sich, ihre Brust hob und senkte sich unter dem hauchdünnen Tüll; ihre Hand (Schöpfer des Himmels, was für eine wunderbare Hand!) war auf das Knie gesunken und zerdrückte das luftige Gewand, das unter dieser Berührung Musik zu atmen schien; und die dezente Fliederfarbe des Kleides ließ das helle Weiß dieser wunderschönen Hand noch deutlicher hervortreten. Diese Hand nur berühren zu dürfen – mehr begehrte er nicht! Andere Wünsche hatte er nicht – sie wären allzu dreist gewesen ... Er stand hinter ihrem Stuhl und wagte weder zu sprechen noch zu atmen.

»Haben Sie sich gelangweilt?« fragte sie. »Ich auch. Ich habe den Eindruck, daß Sie mich hassen ...« fügte sie hinzu und senkte ihre langen Wimpern.

»Sie hassen! Wie können Sie nur ...? Ich ...« wollte der völlig verwirrte Piskarjow erwidern, und er hätte sicher noch einen ganzen Haufen völlig zusammenhangloser Wörter von sich gegeben, wäre nicht in diesem Augenblick mit einigen geistreichen, charmanten Bemerkungen auf den Lippen ein Kammerherr mit schön gekräuseltem Haarschopf zu ihnen

getreten. Er präsentierte auf anmutige Weise eine Reihe recht
gut erhaltener Zähne und trieb mit jeder seiner Anzüglichkei-
ten Piskarjow einen Nagel ins Herz. Schließlich wandte sich
zum Glück jemand von den Umstehenden mit einer Frage an
den Kammerherrn.

»Das ist wirklich unerträglich!« sagte sie und schlug ihre
himmlischen Augen zu ihm auf. »Ich werde mich in eine
andere Ecke des Saales setzen; kommen Sie dorthin!«

Sie schlüpfte zwischen den Menschen durch und verschwand. Wie von Sinnen stieß er die Leute auseinander und
hatte sie im Nu erreicht.

Tatsächlich, da war sie! Sie saß da wie eine Königin, hübscher, schöner als alle, und suchte ihn mit den Augen.

»Da sind Sie ja«, sagte sie leise. »Ich werde aufrichtig zu
Ihnen sein: sicher sind Ihnen die Umstände unserer Begegnung seltsam erschienen. Halten Sie es wirklich für denkbar,
ich könnte zu jener verachtungswürdigen Kategorie menschlicher Geschöpfe gehören, in deren Gesellschaft Sie mich
getroffen haben? Mein Verhalten erscheint Ihnen sonderbar,
aber ich will Ihnen ein Geheimnis offenbaren: Werden Sie die
Kraft haben«, sagte sie, ihren Blick fest in den seinen sen-
kend, »es niemals zu verraten?«

»Oh, ganz gewiß! Ganz bestimmt, ganz bestimmt!...«

Aber in diesem Augenblick trat ein älterer Herr hinzu,
sprach ein paar Worte zu ihr in einer für Piskarjow unver-
ständlichen Sprache und reichte ihr seinen Arm. Sie sah Piskarjow mit einem flehenden Blick an und gab ihm zu verstehen, daß er bleiben und ihre Rückkehr erwarten möge; doch
von plötzlicher heftiger Ungeduld erfaßt, war er außerstande,
einem Befehl zu gehorchen, komme er auch aus ihrem Mund.
Er folgte ihr also, doch die Menge trennte sie. Schon konnte
er das fliederfarbene Kleid nicht mehr sehen! Zutiefst beunru-
higt eilte er von einem Zimmer zum anderen, wobei er sich
rücksichtslos durch die Menge drängte, aber in sämtlichen
Räumen saßen nur lauter Geldprotze beim Whist, in tiefstes
Schweigen versunken. In einer Zimmerecke stritten sich

einige Herren fortgeschrittenen Alters darüber, ob dem Militärdienst vor dem zivilen der Vorzug zu geben sei; in einer
anderen tauschten einige Herren in vorzüglich geschneider-
ten Fräcken flüchtige Bemerkungen über die vielbändigen
Werke eines emsigen Poeten aus. Piskarjow spürte, wie ihn
ein älterer Gast von würdiger Erscheinung am Knopf seines
Fracks festhielt und unbedingt seine Meinung über eine von
ihm verkündete Binsenwahrheit zu hören wünschte; doch
Piskarjow schob ihn unsanft weg, ohne überhaupt bemerkt
zu haben, daß sein Gegenüber einen ziemlich hohen Orden
am Halse trug. Er eilte in ein anderes Zimmer – aber auch hier
war sie nicht. In einem dritten gleichfalls nicht. Wo ist sie
nur? Laßt sie mich finden! Ich kann doch nicht leben, ohne sie
zu sehen! Ich möchte doch wissen, was sie sagen wollte –
doch all sein Suchen war vergeblich. Voll innerer Unruhe und
erschöpft drückte er sich in eine Ecke und musterte die
Menge; doch sein angestrengter Blick ließ ihn alles in Nebel
getaucht erscheinen, aus dem schließlich – die Wände seines
Zimmers aufzutauchen begannen. Er schlug die Augen auf:
vor ihm stand der Leuchter. Die Kerze war niedergebrannt,
in der Schale des Halters glomm noch ein schwaches Flämm-
chen; Talg war auf den Tisch geflossen.

Er hatte also geschlafen! Mein Gott, was für ein Traum!
Warum mußte er bloß wieder aufwachen? Hätte er nicht noch
eine Minute warten können: sicher wäre sie wieder aufgetaucht! Durchs Fenster schien zu seinem Ärger unangenehm-
fahles Morgenlicht. Das Zimmer war ganz grau in grau, trüb-
selig-unaufgeräumt ... Oh, wie widerwärtig ist doch die
Wirklichkeit! Was ist sie gegen den Traum! Er zog sich rasch
aus, hüllte sich in eine Decke und legte sich nieder, von dem
Wunsche erfüllt, die enteilten Traumgesichte für einen
Augenblick zurückzurufen. Der Schlaf kehrte auch wirklich
sogleich zu ihm zurück: aber er präsentierte ihm ganz und gar
nicht das, was er so gern gesehen hätte: Bald tauchte der
Oberleutnant Pirogow auf mit seiner Pfeife, bald der Akade-
mieportier, bald ein Wirklicher Staatsrat, bald der Kopf einer

Finnin, die ihm einmal für ein Porträt gesessen hatte – und dergleichen Zeug mehr.

Er blieb bis zum Mittag im Bett liegen und versuchte immer wieder, in Schlaf zu kommen; doch sie tauchte nicht auf. Wenn sie ihn doch nur für eine Minute ihre schönen Züge hätte sehen, ihn für einen Augenblick dem Klang ihres leichten Schrittes hätte lauschen lassen! Wenn sie ihm doch einen kurzen Blick auf ihre unbehandschuhte Rechte, weiß wie himmlisch-reiner Schnee, gewähren wollte!

Er verdrängte alles, vergaß alles und saß mit tieftrauriger, hoffnungsloser Miene da, ganz seinen Traumgesichten hingegeben. Er mochte nichts anrühren; leb- und teilnahmslos schaute er zum Fenster hinaus in den Hof, wo ein schmutzstarrender Wasserfahrer Wasser abfüllte, das an der Luft sogleich gefror, und die meckernde Ziegenstimme eines Hausierers plärrte: »Alte Kleider!« Das Alltägliche und Reale schmerzte und befremdete sein Ohr. So saß er da bis zum Abend, dann warf er sich, von starkem Verlangen erfüllt, aufs Bett. Lange kämpfte er mit der Schlaflosigkeit, am Ende überwand er sie. Und wieder irgendein Traum, irgendein fader, abstoßender Traum. Herr, erbarme dich: nur für eine Minute, für eine einzige Minute zeige sie mir! Und wieder wartete er auf den Abend, wieder sank er in Schlaf, wieder träumte er von irgendeinem Staatsdiener, der zugleich Beamter und ein Fagott war; nein, das war einfach unerträglich! Schließlich erschien sie doch! Ihr Köpfchen, ihre Locken . . . Sie schaute ihn an . . . Aber ach, so kurz nur! Und dann wieder Nebel, wieder irgendein dummes Traumbild.

Am Ende wurden seine nächtlichen Visionen zu seinem eigentlichen Sein, und von nun an nahm sein Leben eine eigenartige Wende. Man könnte sagen: Er schlief, wenn er wach war, und er wachte im Schlaf. Hätte ihn jemand gesehen, wie er da stumpf an einem leeren Tisch saß oder durch die Straßen ging, so hätte er ihn vermutlich für einen Mondsüchtigen gehalten oder für einen vom Alkohol zerstörten Menschen; sein Blick war ohne jeden Ausdruck, die angeborene Zerstreutheit hatte sich derart verstärkt, daß sie jedes Gefühl, jede Regung von seinem Gesicht verbannt hatte. Erst bei Anbruch der Nacht kam wieder Leben in ihn.

Dieser Zustand untergrub seine Kräfte; die schlimmste Qual für ihn war jedoch, daß der Schlaf ihn schließlich überhaupt zu meiden begann. In dem Wunsche, diesen seinen einzigen Reichtum zu retten, war er zu allem bereit. Er hörte, daß es ein Mittel gab, den Schlaf zurückzugewinnen – man brauchte nur Opium einzunehmen. Wo aber bekam man dieses Opium? Er erinnerte sich eines Persers, der in seinem Laden Schals verkaufte und ihn fast bei jeder Begegnung bat, ihm ein schönes Mädchen zu zeichnen. Er beschloß zu ihm zu gehen in der Annahme, daß bei ihm sicherlich dieses Opium zu haben sei. Der Perser empfing ihn, mit untergeschlagenen Beinen auf einem Diwan sitzend.

»Wozu brauchst du das Opium?« fragte er ihn.

Piskarjow erzählte ihm von seiner Schlaflosigkeit.

»Also gut, ich werde dir Opium geben, aber zeichne mir dafür ein schönes Mädchen. Ein wirklich schönes aber! Schwarze Brauen und Augen so groß wie Oliven! Ich selber muß neben ihr liegen und die Pfeife rauchen! Hast du verstanden? Eine hübsche, eine wirkliche Schönheit!«

Piskarjow versprach alles. Der Perser ging für einen Augenblick hinaus und kehrte mit einem Döschen zurück, das eine dunkle Flüssigkeit enthielt. Vorsichtig goß er einen Teil davon in ein anderes Gefäß gleicher Art und gab es Piskarjow mit der Weisung, nicht mehr als sieben Tropfen davon in Wasser einzunehmen. Gierig griff der Maler nach dem kostbaren Gefäß, das er auch nicht für einen Haufen Gold wieder hergegeben hätte, und eilte nach Hause, so schnell er konnte.

Daheim angekommen, gab er einige Tropfen in ein Glas Wasser, stürzte die Flüssigkeit hinunter und warf sich auf sein Bett.

Mein Gott, welche Freude! Da ist sie! Da ist sie ja wieder! Aber ganz anders als früher. Wie hübsch sie dasitzt am Fen-

ster des hellen Landhäuschens! In die gleiche Schlichtheit ist
sie gehüllt wie sonst nur der Gedanke des Dichters. Und ihre
Frisur ... O du mein Schöpfer, wie anspruchslos, und wie
gut sie ihr steht! Ein Tüchlein schlingt sich zart um ihren
schlanken Hals; alles an ihr ist bescheiden, alles zeugt von
einem ganz eigenartigen, nicht zu beschreibenden, exquisiten
Geschmack. Wie reizend und graziös ist ihr Gang! Wie
Musik ist der Klang ihrer Schritte und das Rascheln des einfachen Kleides! Wie schön ist ihr Arm, den ein Band aus Haaren umspannt! Und die Augen voller Tränen, sagt sie zu ihm:
»Verachten Sie mich nicht: ich bin keinesfalls die Frau, für die
Sie mich halten. Schauen Sie mich an, schauen Sie mich
gründlich an und sagen Sie dann: halten Sie mich wirklich für
fähig, das zu tun, an was Sie denken?« »O nein, o nein! Wer
das zu denken wagt, den soll doch, den soll doch ...«
      Aber er erwachte, aufgeregt, ja geradezu aufgewühlt, mit
Tränen in den Augen. Ach, wenn du doch überhaupt nicht
existiertest, nicht lebtest in dieser Welt, sondern nur das
Phantasiegebilde eines Künstlers wärest! Ich würde mich keinen Schritt von der Leinwand entfernen, dich nur ewig
anschauen und dich küssen. Leben und Odem erhielte ich nur
durch dich, meinen wunderschönen Traum, und ich wäre
dann glücklich. Keine Wünsche hätte ich mehr. Ich würde
dich anrufen, wie einen Schutzengel, vor dem Einschlafen
und beim Erwachen, und dein Erscheinen würde ich erwarten, wenn ich einmal etwas Göttliches und Heiliges zu malen
hätte. So aber ... Was für ein fürchterliches Leben! Was für
einen Nutzen hat es, daß sie lebt? Ist etwa die Existenz eines
dem Wahnsinn Verfallenen eine Freude für seine Verwandten
und Freunde, die ihn einst geliebt haben? O mein Gott, was
ist das nur für ein Leben! Ein ewiger Zwiespalt zwischen
Traum und Wirklichkeit! Gedanken solcher Art beschäftigten ihn fast pausenlos. Ihn interessierte nichts, und er aß fast
nichts mehr. Aber mit Ungeduld, mit der Leidenschaft des
Liebenden erwartete er den Abend und das ersehnte Traum-
gebilde. Die ständige Konzentration seiner Gedanken auf

einen einzigen Punkt gewann schließlich eine solche Macht
über sein ganzes Dasein und seine Vorstellungswelt, daß die
ersehnte Gestalt ihm fast täglich erschien, stets in einer Situation, die sich von der Wirklichkeit völlig unterschied, waren
seine Gedanken doch rein wie die eines Kindes. Diese Traum-
visionen bewirkten, daß ihr Gegenstand selbst irgendwie
immer reiner wurde und sich völlig wandelte.

Unter dem Einfluß des Opiums entflammte sein Denken
immer mehr, und wenn es je einen Verliebten im letzten Sta-
dium der Tollheit gegeben hat, leidenschaftlich, beängsti-
gend, rebellisch, selbstzerstörerisch – dann war er dieser Unglückliche.

Von all seinen Traumgesichten war eines für ihn am aller-
beglückendsten: er sah sich in seiner Werkstatt sitzen, frohgemut und glücklich, die Palette in der Hand. Und sie war bei
ihm, und schon seine Frau! Sie saß neben ihm, ihren bezaubernden Ellenbogen auf die Rückenlehne seines Stuhles
gestützt, und sah ihm bei der Arbeit zu. In ihren Augen, die
träumerisch und müde dreinblickten, stand die Bürde der
Glückseligkeit geschrieben; über dem ganzen Zimmer lag der
Hauch des Paradieses; es war so hell hier, so ordentlich aufgeräumt. O Schöpfer! Sie lehnte ihr reizendes Köpfchen an
seine Brust ... Einen schöneren Traum hatte er nie gesehen.
Als er sich danach erhob, war er frischer und weniger zerstreut als zuvor. In seinem Kopf keimten seltsame Gedanken.
Vielleicht, dachte er, wurde sie durch einen furchtbaren
Zufall, ganz wider ihren Willen, dem Laster in die Arme
getrieben; vielleicht drängt es ihre Seele zur Reue; vielleicht
verspürt sie selber den Wunsch, aus ihrer schrecklichen Lage
auszubrechen. Darf man es gleichmütig zulassen, daß sie
zugrunde geht, wenn man ihr nur die Hand reichen muß, um
sie am Versinken zu hindern? Aber seine Gedanken gingen
noch weiter. Niemand kennt mich, sagte er sich, und wen
geht es auch schon etwas an; ich kümmere mich ja auch nicht
um anderer Leute Angelegenheiten. Wenn sie aufrichtig
bereut und ihr Leben ändert, werde ich sie zu meiner Frau

machen. Ich muß sie einfach heiraten, und ich werde damit sicher besser fahren als so mancher, der seine Haushalterin heiratet oder – was gar nicht so selten vorkommt – ein Geschöpf, das keine Achtung verdient. Meine Tat wird selbstlos sein und sogar Größe haben. Ich gebe der Welt ihre schönste Zierde zurück.

Nachdem er diesen leichtsinnigen Plan entworfen hatte, fühlte er, wie sein Gesicht plötzlich Farbe bekam; er trat vor den Spiegel und bekam einen Schreck angesichts seiner eingefallenen Wangen und der Blässe seines Gesichts. Sorgfältig machte er Toilette; er wusch und kämmte sich, zog den neuen Frack mit der modischen Weste an, warf den ärmellosen Mantel um und trat auf die Straße. Tief atmete er die frische Luft ein und fühlte sein Herz sich beleben, wie ein Genesender, der sich nach langem Krankenlager zum ersten Ausgang entschlossen hat. Sein Herz klopfte, als er sich jener Straße näherte, die sein Fuß seit jener schicksalhaften Begegnung nicht mehr betreten hatte.

Lange suchte er nach dem Gebäude; sein Erinnerungsvermögen schien ihn im Stich zu lassen. Zweimal ging er die Straße auf und ab und wußte nicht, vor welchem Haus er haltmachen sollte. Schließlich meinte er das richtige gefunden zu haben. Rasch eilte er die Treppen hinauf und klopfte an die Tür: Sie öffnete sich – und wer trat ihm entgegen? Sein Ideal, sein geheimnisvolles Bild, das Original seiner Traumgesichte, jene Frau, durch die er lebte, so schrecklich, so leidvoll, so süß. Hier stand sie vor ihm, in eigener Person. Ein Zittern befiel ihn; vor Schwäche war er kaum imstande, sich auf den Beinen zu halten, so heftig hatte ihn die Freude gepackt. Sie stand vor ihm genauso schön wie immer, obwohl ihre Augen verschlafen aussahen, obwohl Blässe ihr Gesicht überzog, das er frischer in Erinnerung hatte; aber schön war sie trotz allem.

»Sieh da!« rief sie, als sie Piskarjow erblickte, und rieb sich die Augen (es war bereits zwei Uhr). »Warum sind sie neulich denn davongelaufen?«

Erschöpft setzte er sich auf einen Stuhl und sah sie an.

»Ich bin gerade erst wach geworden; um sieben Uhr früh haben sie mich nach Hause gebracht. Ich war total betrunken«, fügte sie mit einem Lächeln hinzu.

Oh, wärst du doch lieber stumm und der Zunge beraubt, als so daherzureden! Schlagartig hatte sie ihm, wie in einem Panorama, ihr ganzes Leben vor Augen geführt. Dennoch – er faßte sich ein Herz und beschloß herauszufinden, ob seine Ermahnungen nicht Eindruck auf sie machen würden. Er ermannte sich also und begann mit bebender und zugleich leidenschaftlicher Stimme ihr das Schreckliche ihrer Lage vor Augen zu führen. Sie hörte ihm aufmerksam und mit jenem Ausdruck von Erstaunen zu, den wir zeigen, wenn uns etwas Unerwartetes und Seltsames begegnet. Leise lächelnd blickte sie zu ihrer Freundin hinüber, die in der Zimmerecke saß und damit beschäftigt war, einen Kamm zu reinigen, nun aber abließ davon und aufmerksam diesem neuen Sittenprediger zuhörte.

»Ich bin zwar arm«, beendete Piskarjow schließlich seine ausführlichen belehrenden Ermahnungen, »aber wir werden arbeiten; wir werden uns um die Wette anstrengen, unser Leben immer schöner und schöner zu machen. Es gibt nichts Angenehmeres, als alles nur sich selbst zu verdanken. Ich werde vor meinen Bildern sitzen und du wirst neben mir stehen und mich bei meiner Arbeit inspirieren; du wirst stikken oder eine andere Handarbeit machen – und wir werden alles haben, was wir brauchen.«

»Das fehlte mir noch!« unterbrach sie seine Rede mit einem Ausdruck der Verachtung im Gesicht. »Ich bin keine Waschfrau und keine Näherin; wie käme ich dazu, zu arbeiten!«

O Gott! Mit diesen Worten hatte sie die ganze Niedrigkeit, die ganze Verachtungswürdigkeit ihrer Lebensweise klar offenbart, eines Daseins, das allein aus Leere und Müßiggang bestand, jenen getreuen Gefährten des Lasters.

»Heiraten Sie doch mich!« schaltete sich dummdreist die Freundin ein, die bis dahin schweigend in ihrer Ecke gesessen hatte. »Als Ehefrau werde ich dann so dasitzen!«

Mit diesen Worten verzog sie ihr erbärmlich-mitleiderre-
gendes Gesicht zu einer blöden Grimasse, welche die Schöne
laut auflachen ließ.

Nein, das war zuviel! Das konnte er einfach nicht ertragen.
Er stürzte aus dem Zimmer, fühllos, gedankenlos. Sein Verstand war umnebelt: wie mit einem Brett vor dem Kopf, ohne
Ziel, ohne etwas zu sehen, zu hören, zu fühlen, streifte er den
ganzen Tag umher. Niemand hätte sagen können, ob er
irgendwo übernachtete oder nicht; erst am zweiten Tag fand
er, seinem dumpfen Instinkt folgend, in seine Wohnung
zurück, leichenblaß, schrecklich anzusehen, mit zerzausten
Haaren und allen Anzeichen des Wahnsinns im Gesicht. Er
schloß sich in seinem Zimmer ein und ließ niemanden zu sich,
verlangte auch nach nichts. Vier Tage vergingen, ohne daß
seine Tür sich auch nur einmal geöffnet hätte; schließlich war
eine ganze Woche vorüber und sein Zimmer noch immer
verschlossen. Da liefen die Leute vor seiner Tür zusammen
und riefen seinen Namen, aber es erfolgte keine Antwort;
schließlich brach man die Tür auf und fand seinen entseelten
Körper mit durchgeschnittener Kehle. Das blutbefleckte
Rasiermesser lag auf dem Boden. Die verkrampft ausgebrei-
teten Arme und das grausig entstellte Gesicht ließen darauf
schließen, daß seine Hand unsicher gewesen war und er noch
lange hatte leiden müssen, ehe seine sündige Seele den Körper
verließ.

So starb, als Opfer einer wahnsinnigen Leidenschaft, der
arme Piskarjow, ein stiller, schüchterner, bescheidener,
kindlich-naiver junger Mann, in dessen Innerem sich ein Funken Talentes barg, das – wer weiß – eines Tages vielleicht
weithin leuchtend aufgeflammt wäre. Niemand beweinte ihn;
niemanden sah man an seinem entseelten Körper stehen,
außer der gewohnten Gestalt des Reviervorstehers und dem
gleichmütig dreinblickenden Amtsarzt. Man verzichtete auf
religiöse Zeremonien und fuhr seinen Sarg in aller Stille nach
Ochta; nur ein Wachmann, ein abgedankter Soldat, ging hinter dem Gefährt her und weinte, und auch das nur, weil er

einen über den Durst getrunken hatte. Nicht einmal Leutnant Pirogow erschien, um einen Blick auf den Leichnam des armen, unglücklichen Mannes zu werfen, dem er bei Lebzeiten seine hohe Protektion gewährt hatte. Im übrigen bewegten ihn auch ganz andere Dinge: ihm machte nämlich ein außergewöhnlicher Vorfall zu schaffen. Aber dazu kommen wir noch.

Ich mag keine Leichen und Verstorbenen, und mir wird immer unbehaglich zumute, wenn ein langer Trauerzug meinen Weg kreuzt und ein Kriegsinvalide, der wie ein Kapuziner gekleidet ist, seinen Tabak mit der linken Hand schnupft, weil er in der rechten die Fackel hält. Ich werde mißmutig beim Anblick eines reichen Katafalks und eines mit Samt ausgeschlagenen Sarges; doch mein Verdruß mischt sich mit bitterer Traurigkeit, wenn ich sehe, wie ein Lastfuhrmann den rohen, schmucklosen Sarg eines armen Schluckers zur letzten Ruhe fährt und lediglich eine Bettlerin, die ihm an der Straßenkreuzung begegnete, hinter dem Wagen hertrottet, weil sie gerade nichts anderes zu tun hat.

Wenn ich mich recht erinnere, so haben wir den Oberleutnant Pirogow in dem Moment verlassen, als er sich von dem armen Piskarjow trennte und hinter einer Blondine hermachte. Diese Blondine war ein leichtfüßiges, recht interessantes Geschöpf. Sie blieb vor jedem Laden stehen und betrachtete sich die in den Fenstern ausgestellten Gürtel, Brusttücher, Ringe, Handschuhe und dergleichen Sächelchen, wobei sie sich ständig umdrehte, hierhin und dorthin blickte und zurückschaute. Dich haben wir, mein Täubchen! murmelte Pirogow selbstsicher und setzte seine Verfolgung fort, wobei er sein Gesicht im Mantelkragen verbarg, um nicht von einem seiner Bekannten gesehen zu werden. Doch es wird nicht schaden, die Leser darüber zu unterrichten, wer dieser Oberleutnant Pirogow eigentlich war.

Doch bevor wir mitteilen, wer Oberleutnant Pirogow war, wird es nicht schaden, etwas über die Gesellschaft zu erzählen, zu der er gehörte. Es gibt in Petersburg Offiziere, die eine

Art Mittelschicht der Gesellschaft bilden. Auf einer Abend-
einladung oder einem Dinner bei einem Staatsrat oder einem
Wirklichen Staatsrat, der sich diesen Rang durch vierzigjäh-
rige Mühen erdient hat, werden sie immer einen von denen
treffen. Mehrere Töchter, blaß und völlig farblos wie Petersburg, einige davon schon überreif, ein Teetisch, ein Klavier,
häusliche Tänzchen – das alles gehört unabdingbar zu einer
blanken Epaulette, die im Lampenschein aufblitzt, zwischen
einer tugendhaften Blondine und dem schwarzen Frack ihres
Brüderleins oder eines guten Bekannten des Hauses. Diese
fischblütigen jungen Damen sind außerordentlich schwer in
Schwung und zum Lachen zu bringen; hierzu bedarf es großer Kunstfertigkeit, nein – man sollte besser sagen: Kunstlo-
sigkeit. Man muß nämlich so daherreden, daß es nicht zu klug
und nicht zu komisch klingt und in allem ein wenig von jenem
gewissen Etwas steckt, das die Frauen so lieben. Und in dieser
Hinsicht muß man den erwähnten Herren Gerechtigkeit
widerfahren lassen. Sie verfügen über die besondere Gabe,
jene farblosen Schönen zum Lachen und Zuhören zu bewegen. Vor Lachen fast erstickte Ausrufe wie: »Ach, hören Sie
doch auf, Sie Schlimmer! Schämen Sie sich nicht, uns so zum
Lachen zu bringen?« sind nicht selten ihre schönste Belohnung. In der höchsten Gesellschaftsklasse finden sie sich
äußerst selten, oder besser gesagt: nie. Sie sind aus diesen
Kreisen völlig verdrängt durch etwas, was man hier als Aristokraten bezeichnet. Übrigens gelten sie als hochgebildete
und wohlerzogene Leute. Sie tauschen gern ihre Ansichten
über Literatur aus; sie loben Bulgarin, Puschkin und Gretsch
und äußern sich voll Verachtung und geistreicher Anzüglich-
keit über A. A. Orlow. Sie lassen nicht eine einzige öffentliche Vorlesung aus, selbst wenn sie sich mit Buchhaltung oder
gar mit Forstwirtschaft befaßt. Im Theater werden Sie stets
einen von ihnen antreffen, ganz egal, welches Stück auf dem
Programm steht, es sei denn, man spielt irgendwelche »Filatkas«, die ihren wählerischen Geschmack aufs äußerste beleidigen. Das Theater ist ihr zweites Zuhause, was sie für die

Direktion sehr nützlich macht. Besonders mögen sie Stücke mit schönen Versen, auch haben sie große Freude daran, die Schauspieler laut vor den Vorhang zu rufen. Viele von ihnen unterrichten in staatlichen Lehranstalten oder bereiten Schüler zum Eintritt in eine solche Anstalt vor und bringen es schließlich zu einem Kabriolett mit zwei Pferden. Worauf sich ihr Wirkungskreis weiter ausdehnt. Am Ende schaffen sie es sogar, eine Kaufmannstochter zu heiraten, die Klavier spielen kann, hunderttausend oder so etwa in bar und einen Haufen bärtiger Verwandter besitzt. Freilich wird ihnen diese Ehre nicht eher zuteil, als bis sie sich mindestens bis zum Range eines Obersten emporgedient haben. Alle russischen Rauschebärte nämlich wünschen sich, auch wenn sie noch ein bißchen nach Kohl duften, ihre Töchter keinesfalls mit etwas anderem verehelicht zu sehen als einem General oder zumindest einem Obersten. Das also sind die wichtigsten Kennzeichen dieser Art von jungen Männern.

Oberleutnant Pirogow allerdings verfügte über eine Menge von Talenten, die nur ihm eigen waren. So deklamierte er hervorragend Verse aus »Dmitrij Donskoj« oder »Verstand schafft Leiden« und beherrschte die besondere Kunst, den Rauch aus der Pfeife in Form von Ringen auszustoßen, und zwar derart geschickt, daß er gelegentlich etwa zehn aneinanderreihte. Er verstand es auch, auf sehr unterhaltsame Weise jenen Witz zu erzählen, der sich darum dreht, daß eine Kanone etwas anderes ist als ein Einhorn. Im übrigen ist es gar nicht so leicht, alle Talente aufzuzählen, mit denen das Schicksal Pirogow gesegnet hatte. Gern plauderte er über eine Schauspielerin oder eine Tänzerin, aber keineswegs in so pikanter Weise, wie sich über diesen Gegenstand ein junger Fähnrich ausläßt. Mit seinem Dienstgrad, den er erst unlängst erhalten hatte, war er sehr zufrieden, und wenn er auch gelegentlich, auf dem Diwan liegend, ausrief: »Oh! eitel ist alles, alles ist eitel! Oberleutnant, was ist das schon?«, so schmeichelte ihm doch insgeheim die neue Würde beträchtlich; im Gespräch versuchte er häufig, so ganz beiläufig darauf anzu-

spielen; und als ihm einmal auf der Straße ein Schreiber
begegnete, der es ihm an der nötigen Höflichkeit fehlen zu
lassen schien, hielt er ihn unverzüglich an und bedeutete ihm
in wenigen, aber scharfen Worten, daß vor ihm nicht irgendein Offizier, sondern ein Oberleutnant stehe. Er bemühte
sich zudem, dies um so wohlgesetzter und beredter darzu-
legen, als gerade zwei Damen vorübergingen, die gar nicht so
übel waren. Überhaupt zeigte Pirogow eine Leidenschaft für
alles Schöne, und so spornte er denn auch den Maler Piskarjow an; übrigens kam das womöglich daher, daß er seine
männliche Physiognomie zu gern im Bilde festgehalten gesehen hätte. Doch genug von den Eigenschaften Pirogows! Der
Mensch ist ein so seltsames Wesen, daß man unmöglich auf
einmal alle seine Vorzüge aufzählen kann, und je genauer man
ihn sich ansieht, um so mehr neue Eigenschaften treten hervor, und man würde nie fertig, wollte man sie alle beschreiben.

Pirogow blieb der Unbekannten also weiter auf den Fersen
und richtete dabei hin und wieder eine Frage an sie, die sie
schroff und kurz angebunden mit einigen undefinierbaren
Lauten beantwortete. Sie passierten das Kasaner Tor in der
Meschtschanskaja-Straße, der Straße der Tabak- und Kramläden, deutscher Handwerker und finnischer Nymphen. Die
Blondine beschleunigte nun ihren Schritt und huschte durch
das Tor eines recht schmutzigen Hauses, Pirogow ihr nach.
Sie eilte die enge, dunkle Treppe hinauf und verschwand
durch eine Tür, durch die auch Pirogow ungeniert eintrat.
Nun fand er sich in einem großen Zimmer mit dunklen Wänden und einer rauchgeschwärzten Decke. Auf dem Tisch ein
Haufen eiserner Schrauben, Schlosserwerkzeug, einige blit-
zende Kaffeekannen und Leuchter; der Fußboden war über-
sät mit Kupfer- und Eisenspänen. Pirogow hatte sofort
erkannt, daß es die Wohnung eines Handwerkers war. Die
Unbekannte schlüpfte durch eine Seitentür. Er überlegte
einen Augenblick, entschloß sich dann aber, russischem
Grundsatz getreu, weiter vorzurücken. Er betrat ein Zim-

mer, das dem vorigen in keiner Weise glich. Hier herrschten
Sauberkeit und Ordnung, was klar bewies, daß der Hausherr
Deutscher war. Dem verdutzten Pirogow bot sich ein äußerst
seltsamer Anblick.

Vor ihm saß Schiller – nicht jener Schiller, der den »Wil-
helm Tell« und die »Geschichte des Dreißigjährigen Krieges«
geschrieben hat, sondern vielmehr der bekannte Schiller,
Klempnermeister in der Meschtschanskaja-Straße. Neben
Schiller stand Hoffmann – nicht der Schriftsteller Hoffmann,
sondern der recht tüchtige Schuster von der Offizerskaja-
Straße, der beste Freund Schillers. Schiller war betrunken; er
saß auf einem Stuhl, schwang große Reden und stampfte dazu
mit einem Fuß auf den Boden. Darüber allein hätte Pirogow
sich nicht gewundert; was ihn in Erstaunen versetzte, war die
ungewöhnliche, seltsame Haltung der beiden Herren. Schiller saß da, die fleischige Nase nach oben gereckt und den
Kopf nach hinten gebeugt. Hoffmann hielt ihn mit zwei Fingern an dieser Nase gepackt und fuhr mit der Klinge seines
Schustermessers bedrohlich nah über ihr hin und her. Die
beiden Herren sprachen deutsch, weshalb Oberleutnant
Pirogow, der auf deutsch nicht mehr sagen konnte als »Guten
Morgen«, von der ganzen Geschichte nicht das geringste
begriff. Schillers Ausführungen bestanden übrigens in fol-
gendem:

»Ich will meine Nase nicht, ich brauche sie nicht!« verkündete er, mit den Armen herumfuchtelnd. »Drei Pfund Tabak
gehen im Monat allein für meine Nase drauf. Ich beziehe ihn
in einem miserablen russischen Laden, weil ein deutscher russischen Tabak nicht führt, und ich bezahle in diesem miserablen russischen Laden vierzig Kopeken pro Pfund; macht
einen Rubel zwanzig Kopeken; zwölf mal ein Rubel zwanzig
Kopeken macht vierzehn Rubel und vierzig Kopeken. Hast
du das verstanden, Freund Hoffmann? Für eine einzige Nase
vierzehn Rubel und vierzig Kopeken! Und an Feiertagen
schnupfe ich Rapé, weil ich an Feiertagen diesen miserablen
russischen Tabak nicht schnupfen mag. Im Jahr schnupfe ich

zwei Pfund Rapé, für zwei Rubel das Pfund. Sechs Rubel und noch einmal vierzehn macht zwanzig Rubel und vierzig Kopeken nur für Tabak. Das ist doch Räuberei! Ich frage dich, Freund Hoffmann, habe ich nicht recht?« Hoffmann, der gleichfalls betrunken war, stimmte zu. »Zwanzig Rubel und vierzig Kopeken! ich bin Schwabe; in Deutschland habe ich meinen König. Ich will keine Nase! Schneid mir die Nase ab! Weg damit!«

Und ohne das unerwartete Auftauchen Pirogows hätte Hoffmann zweifellos um nichts und wieder nichts Schillers Nase abgeschnitten; denn er hatte sein Messer bereits in eine Stellung gebracht, als schicke er sich an, eine Schuhsohle zuzuschneiden.

Schiller fand es sehr ärgerlich, daß er von einer unbekannten Person, die keiner eingeladen hatte, zu einem so unpassenden Moment plötzlich gestört wurde. Obwohl benebelt von Bier und Wein, fühlte er doch, daß es ein wenig unschicklich war, einem unbeteiligten Zeugen diesen Anblick zu bieten und sich so aufzuführen. Pirogow hatte sich unterdes leicht verbeugt und sagte mit dem ihm eigenen Charme:

»Sie werden entschuldigen . . .«

»Hau ab!« antwortete Schiller tranig.

Oberleutnant Pirogow war verblüfft. So behandelt zu werden war ihm völlig neu. Das leise Lächeln, das auf seinem Gesicht gelegen hatte, verschwand augenblicks. Mit dem Gefühl gekränkter Würde sagte er:

»Ich muß mich doch sehr wundern, mein Herr . . . Sie haben vermutlich nicht bemerkt . . . ich bin Offizier . . .«

»Was heißt schon Offizier! Ich bin ein Deutscher, ein Schwabe! Kann auch Offizier sein« (hierbei schlug Schiller mit der Faust auf den Tisch:) »anderthalb Jahre – Junker; zwei Jahre – Oberleutnant; kann morgen Offizier sein. Aber dienen will ich nicht. Mit den Offizieren mach ich das: ffft!« – mit diesen Worten hielt Schiller die Handfläche vor den Mund und blies drauf.

Oberleutnant Pirogow war nun klar, daß ihm nichts anderes übrig blieb, als zu retirieren. Jedoch empfand er die Behandlung, die seinem Rang so gar nicht angemessen war, als recht unangenehm. Im Hinuntergehen blieb er mehrmals stehen, als sei er drauf und dran, sich etwas einfallen zu lassen, um Schiller für seine Frechheit einen Denkzettel zu verpassen. Er kam jedoch zu dem Schluß, daß man Schiller verzeihen könne, weil er voll war wie eine Haubitze; außerdem schwebte ihm die hübsche Blondine vor Augen, und so beschloß er denn, das Vorgefallene zu vergessen. Am folgenden Tage erschien Oberleutnant Pirogow am frühen Morgen in der Klempnerwerkstatt des Meisters. Im Vorzimmer empfing ihn die hübsche Blondine und fragte ihn in recht strengem Tone, der aber gut zu ihrem Gesichtchen paßte:

»Was steht zu Diensten?«

»Sieh da! Guten Tag, meine Liebe! Haben Sie mich nicht erkannt? Kleiner Schalk, Sie! Was für hübsche Äugelchen!« Mit diesen Worten machte Pirogow Anstalten, in fescher Weise mit dem Finger ihr Kinn anzuheben.

Aber die Blondine stieß einen leisen Entsetzensschrei aus und fragte mit der gleichen Strenge wie zuvor:

»Was wollen Sie?«

»Sie sehen, mehr will ich nicht«, sagte Oberleutnant Pirogow, wobei er gewinnend lächelte und etwas näher kam; doch als er bemerkte, daß die ängstliche Blondine durch die Tür entschlüpfen wollte, fügte er hinzu: »Ich möchte Sporen bestellen, meine Teuerste. Können Sie mir Sporen anfertigen? Obwohl man, um Sie zu lieben, Sporen überhaupt nicht braucht, sondern eher schon ein Zaumzeug. Was für reizende Händchen!«

Oberleutnant Pirogow war immer äußerst liebenswürdig bei derartigen Feststellungen.

»Ich hole jetzt mal meinen Mann«, rief die Deutsche und ging hinaus. Pirogow mußte einige Minuten warten, dann erschien Schiller, mit verschlafenen Augen, kaum recht nüchtern geworden nach der Sause vom Vortag. Er warf einen

Blick auf den Offizier und erinnerte sich, wenn auch recht
dunkel, der Ereignisse vom Tage zuvor. Was sich da eigentlich zugetragen hatte, war ihm alles andere als klar; ihm
schwante lediglich, daß er irgendeine Dummheit gemacht
hatte, weshalb ihm die Begrüßung des Offiziers recht förm-
lich-streng geriet.

»Unter fünfzehn Rubel kann ich bei Sporen nicht gehen«,
erklärte er in der Absicht, Pirogow abzuschrecken, da es ihm
als rechtschaffenem Deutschen sehr peinlich war, einem
Menschen gegenüberzustehen, der ihn in einer unziemlichen
Situation erlebt hatte. Schiller trank am liebsten ohne Zeugen,
nur mit zwei oder drei Freunden, und er ließ in dieser Zeit
nicht einmal seine Gesellen an sich heran.

»Warum sind die denn so teuer?« sagte Pirogow höflich.

»Deutsche Wertarbeit«, verkündete Schiller gleichmütig
und strich sich über das Kinn. »Ein Russe würde sie für zwei
Rubel liefern.«

»Gut also, um Ihnen zu beweisen, daß Sie mir sympathisch
sind und ich mit Ihnen bekannt werden möchte, werde ich die
fünfzehn Rubel bezahlen.«

Schiller überlegte eine Weile: als ehrlicher Deutscher
schämte er sich ein bißchen. Er hätte Pirogow gern dazu
veranlaßt, seine Bestellung zurückzuziehen, und erklärte
daher, daß er nicht vor Ablauf von zwei Wochen liefern
könne. Der Oberleutnant aber erklärte sich ohne alle
Umschweife völlig einverstanden.

Nun wurde der Deutsche nachdenklich und überlegte, wie
er es wohl anstellen müsse, damit seine Arbeit wirklich fünfzehn Rubel wert sei. Da betrat die Blondine die Werkstatt
und begann auf dem Tisch mit den Kaffeekannen herumzu-
kramen. Der Oberleutnant nutzte Schillers Denkpause, trat
an sie heran und drückte ihr den bis zur Schulter entblößten
Arm. Dies paßte Schiller aber ganz und gar nicht.

»Frau!« schrie er.

»Was wollen Sie denn?« fragte die Blondine.

»Gehen Sie in die Küche!«

Die Blondine verschwand.

»Also in zwei Wochen?« sagte Pirogow.

»Gut, in zwei Wochen«, antwortete nachdenklich Schiller, »ich habe gerade jetzt sehr viel zu tun.«

»Auf Wiedersehen! Ich komme mal wieder vorbei.«

»Auf Wiedersehen«, antwortete Schiller und machte hinter ihm die Tür zu.

Oberleutnant Pirogow beschloß, in seinen Bemühungen nicht nachzulassen, obwohl die Deutsche offenbar Widerstand leistete. Wieso es möglich war, daß man sich ihm widersetzte, konnte er gar nicht begreifen, um so mehr, als seine Liebenswürdigkeit und sein glänzender Rang ihn ja doch berechtigten, in wohlwollender Weise beachtet zu werden. Man muß nun freilich wissen, daß Schillers Frau, so lieb sie auch sein mochte, äußerst dumm war. Übrigens verleiht Dummheit einer hübschen Frau einen besonderen Reiz. Jedenfalls habe ich eine ganze Reihe von Ehemännern kennengelernt, die über die Dummheit ihrer Gattinnen entzückt waren und darin alle Anzeichen einer kindlichen Unschuld erblickten. Schönheit vermag Wunder zu wirken. Alle geistigen Mängel werden bei einer schönen Frau nicht abschrekken, sondern im Gegenteil besonders anziehend wirken; sogar das Laster atmet bei ihnen Liebreiz; ist der aber einmal dahin, so muß die Frau zwanzigmal klüger sein als ein Mann, um, wenn schon nicht Liebe, so wenigstens Achtung zu erwecken. Übrigens war Schillers Frau bei all ihrer Dummheit stets pflichtbewußt und treu, und deshalb hatte es Pirogow ziemlich schwer, bei seinem kühnen Unternehmen voranzukommen; aber Hindernisse zu überwinden macht nun einmal Spaß, und die Blondine wurde für ihn von Tag zu Tag interessanter. Er erkundigte sich ziemlich häufig nach den Sporen, so daß es Schiller schon langsam über wurde. Er gab sich also alle Mühe, die Arbeit rasch zu beenden; und schließlich waren die Sporen fertig.

»Oh, eine ausgezeichnete Arbeit!« rief Oberleutnant Pirogow aus, als er die Sporen erblickte. »Herrgott nochmal, das ist ja vorzüglich gemacht! Solche Sporen hat nicht mal unser General.«

Schillers Seele schwamm in Selbstzufriedenheit. Er blickte recht fröhlich aus den Augen und war mit Pirogow vollständig ausgesöhnt. Dieser russische Offizier ist ein kluger Mensch, dachte er.

»Könnten Sie wohl auch einen Beschlag anfertigen, zum Beispiel am Dolch oder einem anderen Gegenstand?«

»Aber selbstverständlich könnte ich das«, sagte Schiller lächelnd.

»Dann fertigen Sie mir bitte einen Beschlag für den Dolch an. Ich bringe ihn her; ich besitze einen sehr schönen türkischen Dolch, hätte aber gern einen anderen Beschlag.«

Schiller hatte das Gefühl, als sei eine Bombe neben ihm eingeschlagen. Seine Stirn legte sich in Unmutsfalten.

Da haben wir den Salat! dachte er und verfluchte sich im stillen, weil er sich diesen Auftrag selbst aufgehalst hatte. Abzulehnen hielt er für unehrenhaft, zumal der russische Offizier seine Arbeit gelobt hatte. Nach zögerndem Kopfschütteln erklärte er sein Einverständnis; der Kuß aber, den Pirogow im Hinausgehen dreist der hübschen Blondine mitten auf die Lippen drückte, machte ihn vollends ratlos.

Ich glaube, es ist nicht überflüssig, wenn ich den Leser ein bißchen näher mit Schiller bekanntmache. Schiller war der typische Deutsche, im vollen Sinne dieses Wortes. Schon mit zwanzig Jahren, also in jener glücklichen Zeit, da der Russe ins Blaue hineinlebt, hatte Schiller seinen Lebens- und Tagesablauf festgelegt, von dem er nun unter keinen Umständen mehr abwich. Er hatte sich vorgenommen, um sieben Uhr aufzustehen, um zwei zu essen, in allem genau und pünktlich zu sein und sich an jedem Sonntag zu betrinken. Er hatte beschlossen, im Laufe von zehn Jahren ein Kapital von 50000 zusammenzusparen, und dieser Beschluß war so verbindlich und unerschütterlich wie das Schicksal; denn eher wird es ein Beamter versäumen, bei seinem Vorgesetzten in die Pförtnerloge zu schauen, als daß ein Deutscher es fertigbrächte, von einem einmal gefaßten Beschluß abzugehen. Seine Ausgaben erhöhte er unter keinen Umständen, und wenn der Kartoffelpreis zu sehr anstieg, dann legte er auch nicht eine Kopeke dafür zu, sondern verminderte lediglich seinen Konsum, und wenn er gelegentlich nicht ganz satt wurde, so machte es nichts: er hatte sich daran gewöhnt. Seine Pingeligkeit ging so weit, daß er sich festgelegt hatte, seine Frau im Laufe von vierundzwanzig Stunden nicht mehr als zweimal zu küssen, und um nicht der Versuchung nach einem zusätzlichen Kuß zu erliegen, gab er niemals mehr als ein Löffelchen Pfeffer in seine Suppe; übrigens wurde am Sonntag diese Regel nicht so streng eingehalten, weil Schiller dann zwei Flaschen Bier und eine Flasche Kümmel trank, über den er jedoch regelmäßig schimpfte. Er trank ganz anders als ein Engländer, der gleich nach dem Essen die Tür verschließt und sich in stiller Zurückgezogenheit vollaufen läßt. Er als Deutscher war dagegen mit dem Herzen dabei, wenn er trank, entweder mit dem Schuster Hoffmann oder dem Tischler Kunz, gleichfalls ein Deutscher und ein gewaltiger Zecher. So also war der Charakter des edlen Schiller beschaffen, der schließlich in eine außerordentlich schwierige Lage geriet. Obwohl Phlegmatiker und Deutscher, fühlte er als Folge der Handlungsweise Pirogows etwas wie Eifersucht in sich aufsteigen. Er zerbrach sich den Kopf, wie er diesen russischen Offizier wohl loswerden könnte, fand aber keine Lösung. Zu dieser Zeit saß Pirogow pfeiferauchend im Kreise seiner Kameraden – es ist nun mal der Wille der Vorsehung, daß überall da, wo Offiziere sich einfinden, auch Pfeifen vorhanden sind –, er saß also pfeiferauchend im Kreise seiner Kameraden und machte mit gewinnendem Lächeln vielsagende Andeutungen über eine Affäre mit einer hübschen Deutschen, mit der er angeblich schon auf bestem Fuße stand, die zu gewinnen er in Wahrheit aber die Hoffnung schon fast aufgegeben hatte.

Eines Tages erging er sich in der Meschtschanskaja, um das Haus in Augenschein zu nehmen, an dem Schillers Firmenschild mit Kaffekannen und Samowaren prangte. Zu sei-

ner größten Freude erblickte er das Köpfchen der Blondine,
die sich aus dem Fenster lehnte und die Passanten betrachtete.
Er machte halt, winkte ihr zu und rief: »Guten Morgen!«,
worauf die Blondine ihm zunickte wie einem Bekannten.

»Sagen Sie bitte, ist Ihr Mann zu Hause?«

»Der ist zu Hause«, erwiderte die Blondine.

»Und wann ist er nicht zu Hause?«

»Sonntags«, antwortete die einfältige Blondine.

Ausgezeichnet, dachte Pirogow, das muß man ausnutzen.

Und am nächsten Sonntag erschien er wie ein Blitz aus
heiterem Himmel bei der Blondine. Schiller war wirklich
nicht zu Hause. Die hübsche Hausfrau bekam's mit der
Angst; doch Pirogow ging dieses Mal recht behutsam vor,
gab sich sehr höflich und wußte durch einige Verbeugungen
den ganzen Reiz seiner biegsamen, straffen Figur ins rechte
Licht zu rücken. Er scherzte sehr charmant und höflich, doch
die einfältige Deutsche antwortete stets nur mit einsilbigen
Wörtern. Nachdem er alles versucht hatte und schließlich
einsehen mußte, daß er bei ihr so nicht landen konnte, schlug
er ihr vor, ein Tänzchen zu wagen. Die Deutsche stimmte
sofort zu; denn alle deutschen Frauen tanzen gern. Hierauf
hatte Pirogow große Hoffnungen gesetzt: erstens bereitete
ihr das sicher Vergnügen, zweitens bot es ihm eine Gelegenheit, seine Turnüre und Gewandtheit zu zeigen, drittens
konnte er der hübschen Deutschen beim Tanze näher kommen als sonst, sie umarmen und damit den Grundstein für
alles Folgende legen; mit einem Wort, er rechnete mit einem
vollen Erfolg. Er begann mit einer Gavotte, da er wußte, daß
man die deutschen Damen nur ganz allmählich in Schwung
bringt. Die hübsche Deutsche trat in die Mitte des Zimmers
und hob ihr entzückendes Füßchen leicht an. Diese Stellung
begeisterte Pirogow derart, daß er auf sie zustürzte, um sie zu
küssen. Die Deutsche begann zu schreien und erhöhte damit
in den Augen Pirogows nur noch ihren Reiz; er überschüttete
sie mit Küssen. Doch plötzlich öffnete sich die Tür, und
herein schritten Schiller, Hoffmann und der Tischler Kunz.

Die ehrenwerten Handwerker waren allesamt voll bis zum Rand.

Aber ich will es dem Leser überlassen, sich den Unwillen und Zorn Schillers vorzustellen.

»Du Flegel!« schrie er aufs äußerste entrüstet, »wie kannst du es wagen, meine Frau zu küssen? Du bist ein Schuft, aber kein russischer Offizier. Hol's der Teufel, Freund Hoffmann, ich bin ein Deutscher und kein russisches Schwein!«

Hoffmann stimmte ihm darin völlig zu.

»Denkst wohl, ich habe die Absicht, Hörner zu tragen! Pack ihn am Kragen, Freund Hoffmann! Bei mir nicht!« fuhr er fort und fuchtelte dabei wild mit den Armen, wobei sein Gesicht die Farbe seiner roten Weste annahm. »Acht Jahre lebe ich jetzt in Petersburg, ich habe meine Mutter in Schwaben wohnen und meinen Onkel in Nürnberg; ich bin ein Deutscher und kein Hornochs! Zieh ihm die Klamotten aus, Freund Hoffmann! Halt ihm Arme und Beine fest, Kamerad Kunz!«

Und die Deutschen packten Pirogow an Armen und Beinen.

Vergeblich versuchte er sich loszumachen; unter allen Petersburger Deutschen gehörten diese drei Handwerker zu den stärksten, und sie verfuhren mit ihm so grob und unhöflich, daß, wie ich gestehen muß, mir einfach die Worte fehlen, um diesen traurigen Vorgang zu schildern.

Fest steht, daß Schiller am nächsten Tag ein heftiges Fieber befiel, und daß er zitterte wie Espenlaub, da er jeden Augenblick mit dem Erscheinen der Polizei rechnete, daß er weiß Gott was dafür gegeben hätte, wenn sich die Ereignisse des Vortages als Traum herausgestellt hätten. Doch was geschehen ist, das ist geschehen; da kann man nichts mehr machen.

Nichts aber läßt sich vergleichen mit der Wut und dem Zorn Pirogows. Der bloße Gedanke an eine solche scheußliche Beleidigung versetzte ihn in Raserei. Sibirien und Auspeitschen betrachtete er noch als die geringsten Strafen für Schiller. Er jagte nach Hause, um sich umzuziehen, schnurstracks zum General zu gehen und ihm die freche Gewalttat der deutschen Handwerker in den krassesten Farben zu schildern. Auch eine schriftliche Eingabe an den Generalstab gedachte er unverzüglich einzureichen. Sollte dieser jedoch eine zu milde Strafe verhängen, so wollte sich Pirogow unmittelbar an den Staatsrat, wenn nicht gar den Herrscher selbst wenden.

Doch all diese Vorhaben fanden ein seltsames Ende: Unterwegs kehrte er in einer Konditorei ein, aß zwei Stück Blätterkuchen, las ein wenig in der »Nordischen Biene« und verließ das Lokal bereits in einer weniger zornigen Verfassung. Hinzu kam, daß der angenehm kühle Abend ihn veranlaßte, sich ein wenig auf dem Newskij-Prospekt zu ergehen; gegen neun Uhr hatte er sich beruhigt und fand, daß es nicht angebracht sei, den General am Sonntag zu stören, zumal er ohne Zweifel nicht zu Hause sein würde; und so begab sich Pirogow zu einem leitenden Mitarbeiter des Kontrollkollegiums, wo eine Abendgesellschaft stattfand und eine sehr angenehme Runde von Beamten und Offizieren zusammenkommen würde. Hier verbrachte er den Rest des Tages recht vergnügt und zeichnete sich bei der Mazurka derart aus, daß er nicht nur die Damen, sondern auch die Kavaliere in Entzücken versetzte.

Es geht schon seltsam zu in der Welt!, dachte ich, als ich vorgestern den Newskij-Prospekt entlangspazierte und mir dabei diese beiden Vorgänge ins Gedächtnis zurückrief. Wie seltsam, wie unbegreiflich treibt doch das Schicksal mit uns sein Spiel! Bekommen wir jemals das, wonach wir verlangen? Erreichen wir je das Ziel, das wir, scheint's, mit allen Kräften anstreben? Alles kommt immer ganz anders. Dem einen hat das Schicksal schmucke Pferde geschenkt, und es läßt ihn völlig kalt, wenn er mit ihnen ausfährt; er bemerkt ihre Schönheit nicht einmal. Ein anderer dagegen, ein leidenschaftlicher Pferdenarr, geht brav zu Fuß und begnügt sich damit, mit der Zunge zu schnalzen, wenn man einen Traber an ihm vorüberführt. Der eine hat einen vorzüglichen Koch, doch leider auch einen so kleinen Mund, daß er nie mehr als zwei Bissen auf einmal hineinschieben kann; der andere dagegen nennt einen Mund sein eigen, groß und breit wie der Durchgang am Generalstab, doch muß er sich, leider Gottes, mit irgendeinem deutschen Gericht aus Kartoffeln begnügen. Wie seltsam doch das Schicksal mit uns spielt!

Viel seltsamer noch sind freilich die Vorgänge, die sich am Newskij-Prospekt ereignen. Oh, glaubt diesem Newskij-Prospekt nicht! Ich hülle mich jedesmal fester in meinen Mantel, wenn ich dort entlanggehe, und versuche, niemanden und nichts näher anzuschauen. Alles Täuschung, alles nur Traum, alles nicht das, was es zu sein vorgibt! Sie meinen vielleicht, dieser Herr dort, der in einem hervorragend geschnittenen Rock spazierengeht, sei sehr reich? Nichts dergleichen: er besteht nur aus diesem Rock. Sie vermuten wohl, daß diese beiden Dicken, die vor einer im Bau befindlichen Kirche haltgemacht haben, über deren Architektur debattieren? Keineswegs, sie reden von den beiden Krähen, die sich da so eigenartig einander gegenüber niedergelassen haben. Sie glauben wohl, jener aufgeregt mit den Armen fuchtelnde Herr erzähle gerade, wie seine Frau einem ihm völlig unbekannten Offizier aus dem Fenster ein Kügelchen zugeworfen hat? Aber ganz und gar nicht – er spricht über La Fayette. Sie glauben vielleicht, daß diese Damen dort ... Aber den Damen sollten Sie am allerwenigsten glauben. Und gucken Sie nicht soviel in die Schaufenster: der Tand, der dort ausliegt, ist hübsch, riecht aber nach einem schrecklich großen Haufen von Assignatenrubeln. Und dann bewahre der Herr Sie davor, den Damen unter den Hut zu schauen! Und wenn der Mantel einer Schönen von ferne auch noch so verlockend daherweht – ich bin nicht neugierig, um nichts in der Welt. Und halten Sie sich, um Gottes Willen, möglichst fern von den Laternen! Gehen Sie so rasch Sie können vorbei! Sie können noch von Glück reden, wenn eine Laterne nichts Schlimmeres anrichtet, als Ihnen Ihren schicken Rock mit stinkendem Öl zu bespritzen. Aber nicht nur eine Laterne kann

Ihnen eins auswischen! Lug und Trug überall. Dieser Newskij-Prospekt lügt rund um die Uhr, aber am dreistesten dann,
wenn sich die Nacht wie ein dicker Flor über alles breitet und das Weiß und Hellgelb der Häuserwände heraustreten
läßt, wenn die ganze Stadt sich in Lärm und Geflimmer auflöst, wenn ganze Myriaden von Kutschen die Brücken herab-
fahren, die Vorreiter gellende Schreie ausstoßen und sich aus
ihren Sätteln heben, und wenn ein Dämon in Person die Lampen anzündet zu dem einzigen Zweck, alles in einem falschen
Licht erscheinen zu lassen.

# Aufzeichnungen eines Wahnsinnigen

Heute hatte ich ein ungewöhnliches Abenteuer. Ich war ziemlich spät aufgestanden, und als Mawra mit meinen geputzten Stiefeln hereinkam, habe ich sie gefragt, wie spät es ist. Als ich erfuhr, daß es schon weit nach zehn Uhr war, habe ich mich rasch angezogen. Ich muß gestehen, daß ich überhaupt nicht zum Amt gegangen wäre, hätte ich gewußt, was für eine saure Miene unser Abteilungsleiter machen würde. Schon seit einiger Zeit bekomme ich von ihm dauernd zu hören: »Sag mal, mein Lieber, in deinem Kopf herrscht wohl ein einziges Tohuwabohu? Du wirtschaftest manchmal hier herum wie von einer Tarantel gestochen, bringst einen Vorgang so durcheinander, daß sich nicht einmal der Teufel mehr auskennt, setzt plötzlich einen Kleinbuchstaben in die Überschrift und führst weder Datum noch Registriernummer an.« Unverschämter Kerl! Wahrscheinlich ist er neidisch auf mich, weil ich immer im Arbeitszimmer des Direktors die Federn für seine Exzellenz beschneide. Kurz und gut, ich wäre überhaupt nicht ins Amt gegangen, hätte ich nicht gehofft, den Kassierer zu treffen und bei diesem Itzig wenigstens einen kleinen Gehaltsvorschuß lockerzumachen. Das ist vielleicht eine Kreatur! Daß der dir Geld einen Monat im voraus hinblättert – i bewahre, eher bricht der Jüngste Tag an. Da kannst du betteln, bis du schwarz wirst, und wenn du noch so sehr in Not bist – er rückt nichts raus, dieser grauhaarige Teufel. Und daheim läßt er sich von der eigenen Köchin ohrfeigen. Das weiß jeder. Einen Vorteil sehe ich bei der Tätigkeit in einem Amt nicht. Da sind keine Hilfsquellen anzuzapfen. In einer Gouvernementsverwaltung, bei Gericht oder in der Finanzverwaltung sieht das ganz anders aus: Das sitzt einer brav bescheiden in seiner Ecke und schreibt was. Der Frack dreckig und speckig, eine Visage zum Ausspucken – aber schau sich einer an, was für ein Häuschen er sich für den Sommer auf dem Lande mietet! Mit einer vergoldeten Porzellantasse brauchst du ihm gar nicht unter die Augen zu treten: »So was«, wird er dir sagen, »ist ein Geschenk für den Arzt.« Bei ihm darf's ein Paar Traber sein, eine Kutsche oder ein Bibermantel für 300. Lieb schaut er drein, wenn er so zartfühlend säuselt: »Würden Sie mir wohl bitte Ihr Messerchen leihen, damit ich mein Federkielchen beschneiden kann« – und dann staubt er den Bittsteller ab, daß dem nur noch das Hemd bleibt. Freilich, bei uns geht's dafür im Dienst vornehm zu, überall herrscht Sauberkeit, wie man sie in einer Gouvernementsverwaltung nie im Leben zu sehen bekäme: Mahagonischreibtische, und alle Vorgesetzten siezen einen. Ehrlich: Wär's bei uns nicht so vornehm im Amt, ich wäre längst nicht mehr da.

Ich zog den alten Mantel an und nahm meinen Regenschirm, denn es goß in Strömen. Auf der Straße kein Mensch, allenfalls ein paar alte Weiber, die ihre Rockschöße über den Kopf gezogen hatten, russische Kaufleute unterm Regenschirm und ein paar Kuriere – das war alles, was ich zu sehen bekam. Vom besseren Publikum begegnete mir lediglich ein Kollege. Ich traf ihn an einer Straßenkreuzung. Als ich ihn sah, sagte ich mir gleich: He, mein Freund, auf dem Weg ins Amt bist du nicht, du steigst der da nach, die's da vorn so eilig hat, und schaust ihr auf die Beinchen. Rechte Schwerenöter sind wir Beamte! Bei Gott, da ist uns kein Offizier über: Es braucht bloß eine im schicken Hütchen daherzukommen, gleich heißt's drauf und dran! Wie mir das gerade so durch den Kopf ging, sah ich eine Kutsche bei dem Laden anhalten, an dem ich eben vorüberging. Ich hab sie gleich erkannt: es war der Wagen unseres Direktors. Aber der hat ja nichts in dem Geschäft verloren, dachte ich, es wird wohl seine Tochter sein. Ich drückte mich an die Hauswand. Der Lakai öffnete den Wagenschlag, und sie flatterte heraus wie ein Vögelchen. Und wie sie da so nach rechts und nach links schaute, wie mein Blick ihre Brauen, ihre Augen erhaschte ... o mein

Gott! Ich war verloren, ich war total verloren. Warum fuhr sie nur bei diesem Regenwetter aus? Da soll noch einer sagen, daß die Frauen nicht verrückt sind nach all diesem Flitterkram. Sie hatte mich nicht erkannt, und ich meinerseits hielt mich möglichst fest eingemummt, denn mein Mantel war recht verschmutzt und außerdem altmodisch. Heute trägt man Mäntel mit Schalkragen, während ich einen mit zwei kurzen übereinanderliegenden Kragen trug; und das Tuch war außerdem nicht gekrimpt. Ihr Hündchen, das nicht schnell genug durch die Ladentür hatte schlüpfen können, war auf der Straße geblieben. Ich kenne dieses Hündchen. Es heißt Maggy. Es war kaum eine Minute vergangen, da hörte ich ein feines Stimmchen: »Grüß dich, Maggy!« Nanu, denk ich. Wer spricht denn da? Ich drehte mich um und erblickte zwei Damen, die unter einem Regenschirm daherkamen: eine alte und eine ganz junge; und sie waren schon an mir vorüber, als ich neben mir wieder eine Stimme vernahm: »Das war nicht schön von dir, Maggy!« Teufel noch eins, was war das! Da sah ich, daß Maggy und ein Hündchen, das den Damen folgte, einander beschnüffelten. Oho, sagte ich zu mir, du bist doch nicht etwa betrunken? Das kommt bei dir doch wirklich selten vor. »Nein, Fidèle, du irrst dich« – ich konnte mit eigenen Augen sehen, daß Maggy diese Worte sprach, »ich war, wau! wau! ich war, wau, wau, wau! sehr krank.« Sieh mal einer an, mein Hündchen! Ich muß schon sagen, ich war sehr erstaunt, als ich es sprechen hörte wie ein Mensch; später freilich, als ich mir die Sache so recht durch den Kopf gehen ließ, wunderte ich mich schon nicht mehr; denn in der Tat hatte sich in der Welt schon eine Menge ähnlicher Vorfälle ereignet. In England soll ein Fisch aus dem Wasser herausgeschaut und zwei Wörter in einer so seltsamen Sprache gesagt haben, daß schon drei Jahre Wissenschaftler damit befaßt sind herauszufinden, in welcher eigentlich, und bis heute noch zu keinem Resultat kommen konnten. Ich habe auch in der Zeitung von zwei Kühen gelesen, die in einen Laden kamen und ein Pfund Tee haben wollten. Noch mehr war ich freilich erstaunt, das muß ich zugeben, als Maggy sagte: »Ich habe dir geschrieben, Fidèle; Polkan muß versäumt haben, dir meinen Brief zu bringen!« Da will ich doch nie im Leben mehr ein Gehalt bekommen, wenn mir je zu Ohren gekommen wäre, daß ein Hund schreiben kann. Richtig schreiben kann nur ein Adliger. Nun ja, freilich, es gibt auch Kaufleute und Handlungsgehilfen, es gibt sogar Leibeigene, die manchmal schreiben; aber ihr Schreiben ist doch meist rein mechanisch: ohne Punkt und Komma, ohne Stil.

Ich war wirklich erstaunt. Ich muß bekennen, daß ich seit einiger Zeit manchmal Dinge höre und sehe, die vor mir noch niemand gesehen oder gehört hat. Ich will doch mal, sagte ich zu mir, diesem Hündchen folgen und herausfinden, was es mit ihm für eine Bewandtnis hat und was es so denkt.

Ich spannte meinen Schirm auf und folgte den beiden Damen. Sie gingen durch die Gorochowaja, bogen dann in die Meschtschanskaja ein, von dort in die Stoljarnaja und kamen schließlich zur Kukuschkin-Brücke. Vor einem großen Haus blieben sie stehen. Dieses Haus kenne ich, sagte ich zu mir. Es ist das Swerkowsche Haus. Das ist vielleicht ein Kasten! Was da nicht alles wohnt: Köchinnen und Zugereiste in Mengen! Und erst die Leute von unserer Profession – wie Sand am Meer, einer hockt auf dem anderen. Ein Freund von mir wohnt dort; er bläst ausgezeichnet auf der Trompete. Die Damen stiegen zum vierten Stock hinauf. Sehr gut, dachte ich, ich gehe jetzt nicht hinterher, merke mir aber, wo es ist, und werde nicht versäumen, es mir bei der ersten sich bietenden Gelegenheit zunutze zu machen.

4. Oktober

Heute ist Mittwoch, und deshalb mußte ich ins Arbeitszimmer unseres Chefs. Ich war absichtlich etwas eher gekommen, hatte mich hingesetzt und alle Federn zurechtgeschnitten. Unser Direktor muß ein sehr kluger Mann sein. An den Wänden seines Arbeitszimmers stehen überall Schränke mit

Büchern. Ich habe einige Titel gelesen: lauter Gelehrsamkeit,
eine solche Gelehrsamkeit, daß unsereiner da nicht mit-
kommt: alles entweder auf französisch oder auf deutsch. Und
blickt man ihm erst ins Gesicht – puh! diese Würde und
Wichtigkeit, die sein Auge ausstrahlt! Noch nie hörte ich ihn
ein einziges überflüssiges Wort sagen. Allenfalls fragt er,
wenn man ihm die Papiere vorlegt: »Was ist draußen für
Wetter?« – »Es ist feucht, Euer Exzellenz!« Nein, unsereiner
kann sich mit ihm nicht vergleichen! Ein Staatsmann! Ich
bemerke jedoch, daß er mich besonders mag. Wenn doch
auch sein Töchterchen ... pfui, was für ein schurkischer
Gedanke! ... Still, schon gut, ich schweige! Ich habe die
»Ptscholka« gelesen. Was sind doch die Franzosen für ein
dummes Volk! Was wollen sie eigentlich? Ich würde ihnen
allen, durch die Bank, eine tüchtige Tracht Prügel verabfolgen, bei Gott! Ich habe da auch eine sehr nette Beschreibung
von einem Ball gelesen, die ein Gutsbesitzer aus der Gegend
von Kursk geschrieben hat. Die Gutsbesitzer aus der Gegend
von Kursk schreiben gut. Dann habe ich gemerkt, daß es
bereits halb eins war und der Unsere noch immer nicht sein
Schlafzimmer verlassen hatte. Um halb zwei aber ereignete
sich dann ein Vorfall, den keine Feder zu beschreiben
imstande ist. Die Tür ging auf, ich nahm an, der Direktor
kommt, sprang auf, die Papiere in der Hand; doch nein – sie
war's, sie höchstpersönlich! Und wie sie angezogen war – oh,
mein Gott! Sie trug ein schwanenweißes Kleid: nein, so was
Prächtiges! Und dann erst ihr Blick: die Sonne, wirklich und
wahrhaftig die Sonne! Sie neigte leicht den Kopf und sagte:
»Papa war noch nicht hier?« Himmel, was für eine Stimme!
Wie ein Kanarienvogel, wahrhaftig, wie ein Kanarienvogel!
Euer Exzellenz, wollte ich sagen, lassen Sie es mich bitte nicht
mit dem Leben bezahlen, aber wenn's denn schon sein muß,
dann vollstrecken Sie das Urteil mit Ihrem eigenen, mit Ihrem
Generalstochterhändchen. Aber zum Teufel – die Zunge
wollte mir irgendwie nicht gehorchen, und so brachte ich nur
heraus: »Nein, noch nicht.« Sie schaute mich an, dann die

Bücher und ließ ihr Taschentuch fallen. Ich stürzte darauf zu, hast du was kannst du, rutschte auf dem verfluchten Parkett aus und hätte mir um ein Haar die Nase blutig geschlagen, konnte mich aber gerade noch fangen und hob das Tuch auf. O ihr Heiligen, was für ein Tuch! Zartester Batist – Ambra, die reinste Ambra! Es duftete geradezu nach General. Sie dankte mir mit einem Lächeln, so fein, daß sich ihre Honiglippen kaum bewegten, und verließ den Raum. Ich saß noch eine ganze Stunde da, dann erschien ein Lakai: »Gehen Sie nach Hause, Axentij Iwanowitsch, der Herr ist bereits weggefahren.« Ich kann diese Lakaien nicht verknusen: dauernd lümmeln sie im Vorzimmer herum, und einem auch nur zuzunicken ist ihnen schon zuviel der Mühe. Damit noch nicht genug: einmal hatte doch eine von diesen Bestien den Einfall, mir von seinem Tabak anzubieten, ohne sich dabei von seinem Platz zu erheben. Ja, weißt du blöder Stiefelknecht überhaupt, daß ich Beamter bin und adliger Herkunft? Ich nahm also meinen Hut, zog mir den Mantel selber an – denn diese Herren würden ihn unsereinem ja nie reichen – und ging hinaus. Zu Hause lag ich die meiste Zeit auf dem Bett. Dann schrieb ich mir ein paar sehr hübsche Verse ab:

> »Eine Stunde ohne dich sein,
> Scheint mir länger als ein Jahr,
> Ganz verhaßt wird mir das Dasein,
> Möcht's beenden, traun fürwahr.«

Muß wohl von Puschkin sein. Abends bin ich dann, fest eingehüllt in meinen Mantel, vor das Haus Ihrer Exzellenz gegangen und habe lange gewartet, ob sie nicht herauskommt und in die Kutsche steigt, damit ich sie noch einmal sehen könnte – aber nein, sie fuhr nicht aus.

6. November

Der Abteilungsleiter macht mich rasend. Wie ich aufs Amt komme, ruft er mich zu sich und fragt: »Na, mein Lieber, nun sag mir doch mal, was hast du da angestellt?« »Ich? Gar nichts«, antworte ich. »Na denk doch mal richtig nach! Du bist doch bereits über vierzig – da wird's doch Zeit, daß du zu Verstand kommst. Was hast du dir eigentlich vorgestellt? Bildest du dir etwa ein, ich wüßte nichts von deinen Eskapaden? Der Tochter des Direktors steigst du nach! Also weißt du – schau dich doch mal an, mach dir klar, wer du eigentlich bist! Eine Null bist du, weiter nichts! Keine Kopeke hast du in der Tasche. Schau mal in den Spiegel, schau dir mal dein Gesicht an! Wie du nur auf so was verfallen kannst!« Zum Teufel auch – bloß weil sein Gesicht aussieht wie ein bauchiges Arzneiglas, weil er auf dem Kopf ein Büschel Haare hat, zu einem Schopf zusammengebunden, weil er seinen Schädel mit einer ominösen Pomade behandelt und dummdreist in die Luft reckt, meint der wohl, ihm und nur ihm sei alles erlaubt! Mir ist ja klar, mir ist völlig klar, warum er sich über mich ärgert. Neidisch ist er; hat wohl die Zeichen des Wohlwollens bemerkt, mit denen man mich bedacht hat. Ich pfeife auf ihn! Hofrat – was ist das schon! Protzt mit einer goldenen Uhrkette, läßt sich Stiefel für dreißig Rubel machen – soll ihn doch der Teufel holen! Bin ich vielleicht der Sohn eines Rasnotschinzen, eines Schneiders oder eines Unteroffiziers? Ich bin Adliger. Empordienen kann ich mich auch. Ich bin erst zweiundvierzig – ein Alter, in dem die Karriere erst so richtig anfängt. Wart's nur ab, Freundchen! Auch ich werde mal Oberst sein und vielleicht, so Gott will, sogar noch etwas mehr. Mein öffentliches Ansehen wird noch mal besser sein als deins. Wie kommst du eigentlich dazu, dir einzubilden, daß es außer dir keine anderen anständigen Menschen gibt? Ich brauche mir bloß auch einen modischen Frack von Rutsch anzuziehen, mir eine Krawatte umzubinden, wie du sie trägst – dann kannst du mir doch das Wasser nicht mehr reichen. Mein Pech ist nur: Ich hab kein Geld.

8. November

Ich war im Theater. Man spielte den russischen Tölpel Filatka. Habe mich köstlich amüsiert, außerdem gab's noch ein Vaudeville mit lustigen Couplets auf die Fiskalbeamten, vor allem auf einen Kollegienregistrator; recht freimütig geschrieben, so daß ich mich schon gewundert habe, wie die Zensur so was passieren läßt, und von den Kaufleuten hieß es da, sie betrögen das Volk und ihre Sprößlinge führten ein liederliches Leben und versuchten, in den Adelsstand zu kommen. Ganz spaßig war auch ein Couplet auf die Journalisten: daß es ihnen Vergnügen bereitet, alles herunterzumachen und daß der Autor das Publikum bittet, ihn gegen sie in Schutz zu nehmen. Lustige Stücke schreiben heutzutage die Autoren. Ich gehe gerne ins Theater. Wann immer sich ein überzähliger Groschen in der Tasche findet, muß ich einfach hin. Ganz im Gegensatz zu so manchem meiner Kollegen; da gibt's dir vielleicht blöde Hammel. Nicht ums Verrecken geht so einer ins Theater, der Stoffel. Da muß man ihm das Billet schon schenken. Eine Schauspielerin hat sehr schön gesungen. Ich mußte da gleich denken an jene ... halt, nicht so dreist! Schon gut, schon gut ... ich schweige.

9. November

Um acht begab ich mich aufs Amt. Der Abteilungsleiter tat so, als habe er mein Erscheinen überhaupt nicht bemerkt. Ich meinerseits tat so, als wäre zwischen uns nichts gewesen. Habe Papiere durchgesehen und verglichen. Um vier Uhr war ich wieder weg. Kam an der Wohnung des Direktors vorbei, aber niemand war zu sehen. Nach dem Essen lag ich die meiste Zeit auf dem Bett.

11. November

Habe heute wieder im Arbeitszimmer unseres Direktors gesessen und dreiundzwanzig Federn für ihn zugeschnitten, und für sie, ei, ei ... für Ihre Exzellenz noch einmal vier. Er hat es sehr gern, wenn möglichst viele Federkiele bereitstehen. Hu, muß das ein Kopf sein! Er sagt nichts, aber im Kopf, denk ich mir so, da wird geprüft und erwogen. Möchte zu gern wissen, woran er so vor allem denkt, was in diesem Kopf alles ausgeheckt wird. Ich würde ja zu gern das Leben dieser feinen Leute mehr aus der Nähe sehen, alle diese Finten, diese Hofintrigen, wie sie wirklich sind, was sie so tun in ihrem eigenen Kreis – das würde ich wohl zu gern wissen! Schon öfters habe ich mir vorgenommen, mit Seiner Exzellenz ein Gespräch anzufangen, aber, hol's der Teufel, die Zunge gehorcht mir einfach nicht: ich sage dann nur, daß es kalt ist oder warm draußen, mehr bringt man einfach nicht über die Lippen. Zu gern würde ich mich mal in dem Empfangszimmer umschauen, in das man manchmal einen Blick durch die offene Tür werfen kann, und auch in dem Zimmer, das dahinterliegt. Eine Einrichtung, sagenhaft! Was für Spiegel – und dann das Porzellan! Auch die Räume, in denen sie sich aufhält, Ihre Exzellenz, würde ich nur allzu gern einmal anschauen. Zum Beispiel das Boudoir: All die kleinen Döschen und Flacons, die dort herumstehen, und die Blumen, die man nicht mal anzuhauchen wagt; und sicher liegt dort ein Kleid von ihr, lässig hingeworfen, mehr Luft als Stoff. Einmal einen Blick tun in ihr Schlafzimmer ... da werden erst wunderbare Dinge zu sehen sein, denke ich mir, das muß ein Paradies dort sein, wie es selbst im Himmel keines gibt. Einmal einen Blick werfen auf das Schemelchen, auf das sie morgens beim Aufstehen ihr Füßchen setzt, wenn sie ihr schneeweißes Strümpfchen darüberstreift ... Ei! Ei! Ei! Schon gut, schon gut ... Ich schweige ...

Heute kam mir nun aber eine Idee – wie eine Erleuchtung: Ich erinnerte mich an das Gespräch der beiden Hündchen,

das ich am Newskij-Prospekt mitgehört hatte. Also gut,
dachte ich, ich werde mir jetzt Klarheit verschaffen. Ich muß
die Briefe in die Hand bekommen, welche diese beiden Köter
einander geschrieben haben. Da wird sicher einiges drinste-
hen. Ich gebe zu, daß ich sogar einmal Maggy zu mir rief und
sagte: »Hör mal zu, Maggy, wir beide sind jetzt allein; ich
kann auch die Tür schließen, wenn du willst, so daß niemand
etwas sieht – erzähle mir nun alles, was du über das Fräulein
weißt, wie sie so ist. Ich schwöre dir, daß ich es niemandem
sagen werde.« Aber das schlaue Biest zog nur den Schwanz
ein, schrumpfte zur halben Größe zusammen und spazierte
zur Tür hinaus, als ob es überhaupt nichts gehört hätte. Ich
habe ja schon lange den Verdacht, daß Hunde bedeutend
klüger sind als Menschen; ich war sogar überzeugt, daß ein
Hund reden kann, es bloß nicht will, aus Eigensinn. So ein
Hund ist nämlich ein Schlauberger: er bemerkt alles, jeden
Schritt, den der Mensch tut. Also morgen gehe ich in das
Swerkowsche Haus, koste es was es wolle, und frage Fidèle
aus, und außerdem werde ich ihr, wenn sich eine günstige
Gelegenheit ergibt, alle Briefe abnehmen, die Maggy an sie
geschrieben hat.

12. November

Bin um zwei Uhr mittags aufgebrochen, um Fidèle zu treffen
und unbedingt auszufragen. Ich kann den Kohlgeruch, der
aus allen Kramläden der Meschtschanskaja dringt, nicht aus-
stehen; und dann stinkt es auch noch aus allen Torwegen so
entsetzlich! Ich habe mir also die Nase zugehalten und die
Beine in die Hand genommen. Außerdem verpesten die elen-
den Handwerker die Gegend derart mit Ruß und Rauch aus
ihren Werkstätten, daß es einem vornehmen Mann einfach
unmöglich ist, hier zu promenieren.
Ich stieg die Treppe bis zum fünften Stock hinauf und läutete.
Ein Mädchen kam heraus, ganz passabel anzuschauen, mit
kleinen Sommersprossen. Ich erkannte sie gleich. Es war die-

selbe, welche die alte Dame begleitet hatte. Sie errötete leicht, und mir war sofort klar: du hältst nach einem Freier Ausschau, mein Täubchen. »Was wünschen Sie?« fragte sie. »Ich muß Ihr Hündchen sprechen.« Das Mädchen war dumm! Ich erkannte sofort, daß sie dumm war! In diesem Augenblick kam das Hündchen bellend herbeigelaufen; ich wollte es mir greifen, aber das Miststück bleckte doch gleich die Zähne und schnappte nach meiner Nase. Jedoch erblickte ich in der Ecke sein Körbchen. Das war's, was ich brauchte! Ich ging hin, durchwühlte das Stroh, mit dem das Holzkästchen ausgelegt war, und zog zu meiner größten Freude einen Packen kleiner Papierblätter hervor. Als das Hundevieh das sah, biß es mich erst einmal in die Wade. Als es dann aber erkannte, daß ich die Papiere an mich genommen hatte, begann es zu winseln und mir schönzutun, aber ich sagte: »Nein, meine Beste, leb wohl!« und stürzte davon. Das Mädchen war äußerst erschrocken – ich glaube, sie hielt mich für verrückt. Zu Hause angekommen, wollte ich mich sofort an die Arbeit machen und die Briefe näher untersuchen, denn bei Kerzenlicht sehe ich ein wenig schlecht. Aber Mawra war auf die Idee gekommen, den Boden aufzuwaschen. Diese albernen Finninnen, bekommen ihren Reinlichkeitsfimmel immer zur Unzeit. Ich unternahm also einen Spaziergang und dachte über die ganze Sache nach. Jetzt würde ich endlich alles erfahren und herausfinden, was da eigentlich vorgeht, welche Motive und Absichten dahinterstecken. Diese Briefe werden mir alles offenbaren. Die Hunde sind ein kluges Volk, sie kennen sich in den politischen Verhältnissen aus, und sicher werde ich in den Briefen finden, was ich suche: eine Beschreibung der Person dieses großen Mannes und seiner Taten. Finden werde ich auch etwas über sie, die . . . schon gut, ich schweige! Gegen Abend kam ich nach Hause. Lag danach die meiste Zeit auf dem Bett.

13. November

So, nun wollen wir mal sehen: Der Brief ist recht leserlich geschrieben. Natürlich hat die Handschrift etwas Hündisches. Lesen wir also:

> »Liebe Fidèle, ich kann mich noch immer nicht an Deinen kleinbürgerlichen Namen gewöhnen. Konnten sie Dir wirklich keinen besseren geben? Fidèle, Rosa – wie fade das klingt! Doch lassen wir das. Ich bin sehr froh, daß wir den Einfall hatten, einander zu schreiben.«

Orthographisch ist der Brief ganz in Ordnung. Die Interpunktion ist einwandfrei, und auch bei ähnlich klingenden Vokalen macht die Schreiberin keinen Fehler. Was man zum Beispiel von unserem Abteilungsleiter nicht behaupten kann, obwohl er immer damit prahlt, irgendwo an einer Universität studiert zu haben. Doch sehen wir weiter:

> »Mir scheint, es gehört zu den vornehmsten Gütern auf dieser Erde, mit einem anderen Wesen in einen Austausch der Gedanken, Gefühle und Impressionen einzutreten.«

Hm. Dieser Gedanke stammt aus einem Buch, das aus dem Deutschen übersetzt wurde. An den Titel kann ich mich nicht erinnern.

> »Ich spreche aus Erfahrung, wenn ich auch auf der Welt nicht weit herumgekommen bin, nicht weiter als bis zu unserem Haustor. Fließt mein Leben nicht in reiner Freude dahin? Mein Fräulein, das der Papa Sophie nennt, liebt mich heiß und innig.«

Ei, Ei! . . . Schon gut, schon gut, ich schweige.

> »Auch Papa streichelt mich oft. Ich trinke Tee und Kaffee mit Sahne. Ach, ma chère, ich muß Dir gestehen, daß ich den großen abgenagten Knochen, die in der Küche unser Polkan frißt, überhaupt keinen Geschmack abgewinnen kann. Gut sind nur die Knochen vom Wild, und auch nur

dann, wenn noch niemand das Mark aus ihnen gesogen hat.
Mehrere Soßen miteinander zu mischen ergibt etwas Köst-
liches, freilich nur dann, wenn keine Kapern und kein
Grünzeug dran sind; am schlimmsten aber finde ich die
Gewohnheit, den Hunden Brotkügelchen zu geben. Irgend so ein Herr bei Tisch, der mit seinen Händen weiß
Gott was nicht alles angefaßt hat, beginnt mit diesen selben
Händen Kügelchen aus Brot zu kneten, ruft dich herbei
und schiebt dir eines davon zwischen die Zähne. Abzulehnen wäre unhöflich, so ißt man es also; angewidert zwar,
aber man schluckt's . . .«

Was soll denn das, zum Kuckuck! So ein Unsinn! Als ob es
keinen besseren Gegenstand gäbe, über den man schreiben
kann. Schauen wir die nächste Seite an. Vielleicht ist da etwas
mehr Substanz.

»Ich bin gern bereit, Dich über alles zu informieren, was
bei uns vorfällt. Ich habe Dir ja schon das eine oder andere
über unseren eigentlichen Herrn geschrieben, den Sophie
Papa nennt. Das ist ein sehr merkwürdiger Mensch.«

Aha! Jetzt kommt's! Ich hab's ja gewußt: sie haben für alles
den richtigen politischen Blick. Nun wollen wir mal sehen,
was Papa für einer ist:

». . . ein sehr merkwürdiger Mensch. Meistens schweigt er.
Er spricht sehr selten; vor einer Woche allerdings redete er
ständig mit sich selbst: Bekomm ich ihn nun, oder bekomm ich ihn nicht? Nimmt ein Blatt Papier in die eine
Hand, die andere ballt er leer zur Faust und sagt: Bekomm
ich ihn nun, oder bekomm ich ihn nicht? Einmal hat er sich
sogar an mich mit der Frage gewandt: Was meinst du,
Maggy? Bekomm ich ihn, oder bekomm ich ihn nicht? Ich
verstand nicht das geringste, schnüffelte an seinem Stiefel
und entfernte mich. Später, ma chère, eine Woche danach,
erschien Papa in freudigster Stimmung. Den ganzen Vormittag kamen zu ihm Herren in Uniform und beglück-

wünschten ihn zu irgend etwas. Bei Tisch war er so heiter, wie ich ihn noch nie gesehen habe, erzählte Witze, hob mich nach dem Essen hoch bis an seinen Hals und sagte: Schau dir das mal an, Maggy, was ist das wohl? Ich erblickte irgendein Bändchen. Ich habe dran geschnuppert, aber absolut kein besonderes Aroma festgestellt; schließlich habe ich ganz sacht daran geleckt: irgendwie salzig.«

Hm! Ich hab ganz den Eindruck, daß dieses Hündchen schon ein bißchen zu sehr ... muß sich vorsehen, daß es keine Tracht bezieht! Sieh mal an! Er ist also ehrgeizig! Das wollen wir zur Kenntnis nehmen.

»So leb wohl, ma chère, ich muß jetzt fort« ... na, und so weiter ... und so weiter ... Ich werde den Brief morgen beenden. Hallo, guten Tag! Bin jetzt wieder für Dich zur Stelle. Heute war mein Fräulein Sophie ...«

Ah! Laß sehen, was es über Sophie zu sagen gibt. Verdammt, schon wieder unehrerbietig! ... Schon gut, schon gut ... Wir wollen weitersehen.

»... war mein Fräulein Sophie furchtbar aufgeregt, sie wollte zu einem Ball, und ich freute mich darauf, ihre Abwesenheit zu nutzen und Dir zu schreiben. Auf Bälle zu fahren ist für meine Sophie das Schönste, obwohl sie beim Ankleiden fast jedesmal ziemlich ärgerlich wird. Ich kann überhaupt nicht verstehen, ma chère, was an einem Ball so vergnüglich sein soll. Sophie kommt dann jedesmal um sechs Uhr morgens nach Hause, und es fällt mir nicht schwer zu erraten, daß man der Armen dort nichts zu essen gegeben hat – so blaß und elend sieht sie aus. Ehrlich gesagt, ich könnte so nicht leben. Wenn man mir nicht Soße mit Rebhuhn oder ein gebratenes Hühnerflügelchen vorsetzte, so ... so garantierte ich für nichts ... Auch Soße mit Brei ist gut. Mit Mohrrüben aber, Kohlrüben oder Artischocken kann man mich jagen ...«

Ein äußerst unausgeglichener Stil. Man merkt gleich, daß dies kein Mensch geschrieben hat. Fängt ganz manierlich an und endet mit Hundekram. Sehen wir uns doch ein anderes Briefchen an! Das hier ist etwas lang. Hm! Das Datum fehlt auch.

»Ach, meine Liebe! Wie sehr sich doch der nahende Frühling bemerkbar macht. Mein Herz pocht, als erwarte es etwas. In meinen Ohren ist ein solches Sausen und Brausen, daß ich häufig mit erhobener Pfote einige Zeit dastehe und auf Geräusche hinter der Tür horche. Ich will Dir was verraten – ich habe eine ganze Reihe von Verehrern. Ich sehe sie mir öfters an, wenn ich so auf dem Fensterbrett sitze. Ach, wenn Du wüßtest, was das manchmal für Scheusale sind. So ein Hofhund zum Beispiel, plump, dumm wie Bohnenstroh – die Dämlichkeit steht ihm im Gesicht geschrieben – kommt wichtigtuerisch die Straße lang und bildet sich ein, sonstwer zu sein, und meint wohl, man könne sich nicht an ihm sattsehen. Da kann ich mich aber beherrschen. Bei mir nicht. Nicht die geringste Beachtung habe ich ihm geschenkt, so als ob ich ihn überhaupt nicht gesehen hätte. Manchmal bleibt eine furchterregende Dogge unter meinem Fenster stehen! Wenn sie sich auf ihre Hinterpfoten erhöbe, was sie wahrscheinlich gar nicht kann – dieser Rabauke wäre um einen ganzen Kopf größer als der Papa meiner Sophie, der auch nicht gerade klein und außerdem noch dick ist. Dieser Tölpel muß ein ausnehmend freches Subjekt sein. Ich habe ihn leicht angeknurrt, was auf ihn aber kaum Eindruck machte. Nicht mal die Stirn gerunzelt hat er! Streckt seine Zunge heraus, läßt seine riesigen Ohren hängen und blickt zu meinem Fenster hinauf, dieser Lümmel! Wenn Du aber denkst, ma chère, mein Herz bliebe bei allen Versuchungen ungerührt – o nein ... den Kavalier hättest Du sehen müssen, der dauernd über den Zaun des Nachbargrundstücks geklettert kommt! Er heißt Trésor. Ach, ma chère, was hat er doch für ein herzallerliebstes Schnäuzchen!«

Pfui Teufel eins! ... So ein Gelaber! ... Wie kann man nur
seine Briefe mit solchen Dummheiten füllen! Man gebe mir
einen Menschen! Einen Menschen will ich sehen; meine Seele
verlangt nach einer Nahrung, die sie sättigen und erquicken
kann; und statt dessen solche Belanglosigkeiten! ... Über-
schlagen wir eine Seite, vielleicht wird's dann besser:

»... Sophie saß an einem Tischchen und nähte etwas. Ich
blickte zum Fenster hinaus, denn ich schaue mir gern die
Passanten an. Plötzlich kam der Lakai herein und meldete:
›Herr Teplow.‹ ›Ich lasse bitten‹, rief Sophie, stürzte auf
mich zu und drückte mich an sich ... ›Ach, Maggy, Maggy! Wenn du wüßtest, wer das ist: Er ist brünett, ein Kammerjunker, und Augen hat er! Schwarze Augen, sie leuchten wie Feuer!‹ – und Sophie eilte in ihr Zimmer. Kurz
darauf trat der junge Kammerjunker ein, er trug einen
schwarzen Backenbart, trat an den Spiegel, richtete sich die
Frisur und betrachtete das Zimmer. Ich knurrte leise und
setzte mich an meinen angestammten Platz. Bald erschien
auch Sophie wieder und quittierte seinen Kratzfuß gutge-
launt mit einem leichten Neigen des Kopfes; ich meinerseits, als hätte ich nichts bemerkt, schaute weiter aus dem
Fenster; dabei hielt ich aber doch den Kopf ein wenig
schräg und versuchte zu erlauschen, worüber sie sprachen.
Dummheiten bekam ich da vielleicht zu hören; ich kann
Dir sagen, ma chère! Zunächst ging es darum, daß eine
Dame beim Tanz statt einer bestimmten Figur eine andere
ausgeführt hatte; dann war davon die Rede, daß ein gewisser Bobow in seinem Jabot stark an einen Storch erinnerte
und beinahe hingefallen wäre; daß eine gewisse Lidina sich
einbildet, sie habe blaue Augen, dabei habe sie grüne – und
dergleichen mehr. Wenn man da, dachte ich mir, den Kammerjunker mit Trésor vergleicht! Himmel! Was für ein Unterschied! Erstens ist da das breite Gesicht des Kammerjunkers, das völlig glatt ist, mit einem Backenbart drum
herum, der so aussieht, als habe er sich ein schwarzes Tuch
umgelegt; während Trésors Schnäuzchen ganz schmal ist

und er auf der Stirn einen weißen Fleck hat. Trésors Taille ist mit der des Kammerjunkers gleich überhaupt nicht zu vergleichen. Aber seine Augen erst, seine Bewegungen und seine Manieren – völlig anders. Oh, welch ein Unterschied! Ich kann überhaupt nicht begreifen, ma chère, was sie an ihrem Teplow gefunden hat, weshalb sie von ihm so hingerissen ist! ...«

Ich hab auch ganz den Eindruck, daß hier etwas nicht stimmt. Kaum zu glauben, daß der Kammerjunker sie so bezaubert haben soll. Sehen wir weiter:

»Mir scheint: wenn ihr dieser Kammerjunker gefällt, dann wird ihr bald auch jener Beamte gefallen, der immer in Papas Arbeitszimmer sitzt. Ach, ma chère, wenn du wüßtest, was das für ein Monstrum ist! Eine Schildkröte im Sack! Haargenau ...«

Was ist denn das für ein Beamter? ...

»Sein Familienname ist äußerst kurios. Er sitzt dauernd nur da und schneidet Federn zu. Die Haare auf seinem Kopf sehen ganz so aus wie Heu. Papa schickt ihn dauernd anstatt des Dieners auf Botengänge.«

Mir scheint, diese Töle zielt auf mich. Wo hätte ich denn Haare wie Heu?

»Sobald sie ihn sieht, kann sich Sophie das Lachen nicht verkneifen.«

Das ist gelogen, du verdammtes Hundevieh! So eine Schnodderschnauze! Ich weiß genau, das ist nur der Neid. Als ob ich nicht wüßte, wer da dahintersteckt. Das sind die Machenschaften unseres Abteilungsleiters. Dieser Mensch hat mir in seinem Haß bittere Feindschaft geschworen – und nun schadet er mir, wo er kann, auf Schritt und Tritt schadet er mir. Aber wir wollen uns noch einen Brief vornehmen. Vielleicht, daß sich alles da von selbst aufklärt.

»Ma chère Fidèle, entschuldige bitte, daß ich so lange nicht geschrieben habe. Ich lebte in einem wahren Rausch. Wie wahr, was da ein Schriftsteller behauptet hat: Die Liebe ist ein zweites Leben. Außerdem gehen jetzt in unserem Hause große Veränderungen vor sich. Der Kammerjunker ist jetzt täglich hier. Sophie ist bis zum Wahnsinn in ihn verliebt. Papa ist sehr vergnügt. Ich habe sogar von unserem Grigorij, der die Böden fegt und fast pausenlos mit sich selber redet, gehört, daß bald Hochzeit sein soll; weil Papa Sophie unbedingt mit einem General, einem Kammerjunker oder einem aktiven Oberst verheiratet sehen möchte . . .«

Hol's der Teufel. Ich kann einfach nicht weiterlesen . . . Dauernd dieser Kammerjunker oder dieser General! Alles Gute und Schöne auf Erden bekommen entweder die Kammerjunker oder die Generäle. Kaum hast du einen bescheidenen Schatz entdeckt, kaum willst du die Hand danach ausstrecken – schon kommt ein Kammerjunker oder ein General und reißt ihn dir aus den Händen. Hol sie doch der Teufel! Am liebsten wäre ich selber General: nicht, um ihre Hand und dergleichen zu erhalten, nein! General möchte ich sein, um zu erleben, wie sie um einen herumscharwenzeln, wie sie ihre höfischen Intrigen spinnen, ihre Machenschaften ins Werk setzen – nur um ihnen dann zu sagen, daß ich auf sie beide pfeife. Hol's der Teufel, ärgerlich das Ganze! Ich riß die Briefe dieses dummen Hundeviehs in Fetzen.

3. Dezember

Das kann einfach nicht wahr sein. Lüge! Diese Hochzeit darf nicht stattfinden! Kammerjunker! Was ist das schon? Das ist ein bloßer Titel; so was sieht man nicht, so was kann man nicht anfassen. Kammerjunker werden heißt noch lange nicht, daß einem auf der Stirn ein drittes Auge wächst. Seine Nase ist schließlich auch nicht aus Gold, sondern genauso wie meine und wie bei jedem anderen auch; er kann mit ihr riechen, aber nicht essen, niesen, aber nicht husten. Ich habe schon häufig darüber nachgedacht, woher all diese Unterschiede eigentlich kommen. Wieso bin ich Titularrat? Wo steht geschrieben, daß ich Titularrat sein muß? Kann es nicht sein, daß ich Graf bin oder ein General, daß es nur den Anschein hat, als wäre ich Titularrat? Ich weiß vielleicht selbst gar nicht, wer ich bin. Die Geschichte hat ja Beispiele genug: Da ist irgendein ganz einfacher Mann, nicht mal ein Adliger, nur ein gewöhnlicher Kleinbürger oder sogar ein Bauer – und plötzlich stellt sich dann heraus, daß er eigentlich ein hoher Würdenträger ist, und manchmal sogar der Herrscher selbst. Wenn sich so etwas bei einem Muschik herausstellt, wieso dann nicht bei einem Adligen? Wie, wenn ich plötzlich in Generalsuniform auftrete: auf der rechten Schulter eine Epaulette, auf der linken auch eine Epaulette, ein blaues Band über der Schulter – was für ein Liedchen würdest du dann anstimmen, meine Schöne? Und was würde der Herr Papa sagen, unser Herr Direktor? Oh, das ist ein Ehrgeizling, wie er im Buche steht! Ein Freimaurer ist er, ganz bestimmt ein Freimaurer, und da kann er noch so sehr den Dummen spielen, ich habe gleich herausgefunden, daß er ein Freimaurer ist: wenn er einem die Hand gibt, hält er einem immer nur zwei Finger hin. Kann es etwa nicht passieren, daß ich von einem Augenblick auf den anderen zum Generalgouverneur ernannt werde, oder zum Intendanten, oder zu sonst etwas? Ich möchte bloß wissen, wieso ich Titularrat bin. Warum gerade Titularrat?

5. Dezember

Heute habe ich den ganzen Vormittag Zeitung gelesen. Seltsame Dinge gehen in Spanien vor. Ich konnte mir gar keinen rechten Vers drauf machen. Es heißt, der Thron sei verwaist und die Stände befänden sich bezüglich eines Nachfolgers in einer schwierigen Lage, aus diesem Grunde sei es zu Unruhen gekommen. Das kommt mir reichlich seltsam vor. Wieso kann ein Thron verwaist sein? Es heißt, irgendeine Donna

soll den Thron besteigen. Aber eine Donna kann doch nicht
einen Thron besteigen. Das geht doch nicht an. Auf einem
Thron muß ein König sitzen. Angeblich soll kein König da
sein – aber das gibt es doch nicht, daß kein König da ist. Ein
Staat kann doch nicht ohne König sein. Sicher ist ein König
da, nur hält der sich wohl an einem unbekannten Ort auf.
Möglicherweise befindet er sich im Lande selbst, nur daß
familiäre Gründe oder Gefahren seitens eines anderen Staates
wie etwa Frankreichs oder einer anderen Macht ihn veranlaßt
haben, sich verborgen zu halten, oder es gibt andere Gründe
dafür.

8. Dezember

Ich war schon drauf und dran, aufs Amt zu gehen, doch
haben verschiedene Gründe und Erwägungen mich davon
abgehalten. Die spanische Angelegenheit will mir nicht aus
dem Kopf. Kann es denn angehen, daß eine Donna Königin
wird? Das wird man nicht zulassen. Erstens wird es England
nicht zulassen. Und dann handelt es sich hier schließlich um
politische Vorgänge, die ganz Europa betreffen: den Kaiser
von Österreich, unseren Herrscher … Ich muß gestehen,
daß mich diese Vorgänge so traurig gestimmt, so sehr
erschüttert haben, daß ich den ganzen Tag völlig unfähig war,
irgend etwas zu tun. Mawra meinte, ich sei bei Tisch außerordentlich zerstreut gewesen. Sie hat recht: ich habe wohl in
meiner Zerstreutheit zwei Teller auf den Fußboden geworden, wo sie kaputtgingen. Nach dem Essen war ich auf der
Rodelbahn. Neue Erkenntnisse hat das aber nicht gebracht.
Lag dann die meiste Zeit auf dem Bett und dachte über die
spanischen Angelegenheiten nach.

43. April 2000

Heute ist der Tag meines größten Triumphes. In Spanien gibt
es einen König. Er hat sich gefunden. Dieser König bin ich.
Heute erst habe ich es erfahren. Ich muß bekennen: die

Erleuchtung kam über mich wie ein Blitz. Ich bin außerstande zu verstehen, wie ich denken konnte, wie ich mir einbilden konnte, Titularrat zu sein. Wie konnte ich nur auf diese hirnverbrannte Idee kommen? Nur gut, daß damals niemand darauf verfallen ist, mich in ein Irrenhaus einzusperren. Jetzt liegt alles klar vor mir. Alles überblicke ich jetzt, wie wenn es auf meiner flachen Hand liegt. Früher aber sah ich alles wie im Nebel; ich kann nicht begreifen, wieso. Es kommt wohl daher, daß die Leute meinen, das menschliche Gehirn befände sich im Kopf; keineswegs: in Wahrheit trägt es der Wind vom Kaspischen Meer her. Zuerst habe ich Mawra erklärt, wer ich bin. Als sie erfuhr, daß der spanische König vor ihr steht, schlug sie die Hände über dem Kopf zusammen und wäre vor Schreck beinahe gestorben. Das dumme Frauenzimmer hat noch nie einen spanischen König gesehen. Ich habe allerdings versucht, sie zu beruhigen und in huldreichen Worten meiner Wohlgeneigtheit zu versichern; auch habe ich ihr bedeutet, daß ich ihr keineswegs zürne, weil sie mir manchmal die Stiefel schlecht geputzt hat. Es ist ja schließlich einfaches Volk. Über erhabene Gegenstände kann man mit ihm nicht reden. Sie hat deshalb solche Angst bekommen, weil sie überzeugt war, alle Könige in Spanien wären wie Philipp II. Ich habe ihr aber auseinandergesetzt, daß zwischen mir und Philipp keinerlei Ähnlichkeit bestehe und daß ich nicht einen einzigen Kapuziner in meiner Nähe hätte ... Aufs Amt bin ich nicht gegangen. Soll sie alle der Teufel holen! Auf euch falle ich jetzt nicht mehr herein, meine Freunde; eure widerwärtigen Akten werde ich nicht mehr abschreiben!

### 86. Martober. Zwischen Tag und Nacht.

Heute erschien unser Exekutor mit der Aufforderung, mich ins Amt zu verfügen, wo ich bereits seit mehr als drei Wochen meine Pflichten nicht erfüllt hätte. Zum Spaß bin ich mal hingegangen. Der Abteilungsleiter hat sich eingebildet, ich

würde mich vor ihm verbeugen und entschuldigen, aber ich
sah ihn nur gleichmütig an, weder allzu zornig noch allzu
gnädig, und setzte mich auf meinen Platz, als hätte ich niemanden bemerkt. Ich warf einen Blick auf das ganze Kanzli-
stenpack und dachte mir: Wenn ihr wüßtet, wer da unter euch
sitzt ... Herr, mein Gott! Das gäbe einen Tumult; und selbst
der Abteilungsleiter würde sich tief vor mir verneigen, wie er
das jetzt bei dem Direktor macht. Man legte mir irgendwelche Akten vor, aus denen ich Auszüge machen sollte. Aber
ich habe sie nicht einmal angetippt. Einige Minuten später
geriet alles in helle Aufregung. Es hieß, der Direktor komme.
Viele Beamte eilten ihm um die Wette entgegen, um sich ihm
dienstwillig zu präsentieren. Ich aber rührte mich nicht von
der Stelle. Als er durch unsere Abteilung schritt, hatte jeder
seinen Frack ordentlich zugeknöpft, ich tat nichts dergleichen! Was ist schon ein Direktor! Vor ihm aufstehen – nie
und nimmer! Was für ein Direktor ist er schon? Ein Stöpsel,
aber kein Direktor. Ein ganz gewöhnlicher Stöpsel, ein ordi-
närer Stöpsel, mehr doch nicht. So was, womit man Flaschen
zukorkt. Am komischsten wurde es dann, als man mir
Papiere zur Unterschrift vorlegte. Die haben sich eingebildet,
daß ich meine Unterschrift auf das Blatt ganz unten hinsetze:
Tischvorsteher Soundso. Das hätte gerade noch gefehlt! Ich
unterschrieb natürlich an der Stelle, die sofort ins Auge fällt,
dort, wo üblicherweise der Amtschef unterschreibt: »Ferdinand der Achte«. Ein ehrfürchtiges Schweigen trat ein. Das
war ein Anblick! Ich aber winkte nur lässig mit der Hand und
sagte: »Bitte keine Unterwürfigkeitsbezeugungen!« – und
schritt hinaus. Ich begab mich geradewegs in die Wohnung
des Direktors. Der war nicht zu Hause. Der Lakai wollte
mich nicht vorlassen, aber ich habe ihn scharf zurechtgewie-
sen, und er ließ die Hände sinken. Ich nahm meinen Weg
geradewegs in ihr Ankleidezimmer. Sie saß vor dem Spiegel,
sprang auf und wich vor mir zurück. Ich verkündete ihr aber
nicht, daß ich der spanische König bin. Ich sagte ihr lediglich,
daß ein Glück auf sie warte, wie sie es sich vorzustellen außer-

stande sei, und daß wir zueinanderfinden würden, allen Ränken unserer Widersacher zum Trotz. Mehr wollte ich nicht sagen und verließ den Raum. Oh, was für ein tückisches Geschöpf ist doch das Weib! Erst jetzt habe ich voll und ganz begriffen, was eine Frau eigentlich ist. Niemand hat bisher entdeckt, in wen sie verliebt ist: ich habe dies als erster herausgefunden: das Weib ist in den Teufel verliebt. Wirklich und wahrhaftig, kein Scherz! Die Ärzte schreiben nur Dummheiten, wenn sie dies und das behaupten – aber sie liebt nur den Teufel. Sehen Sie da: aus ihrer Loge im ersten Rang richtet sie auf irgend jemand ihre Lorgnette. Sie denken wohl, sie fixiere jenen Dicken mit Ordensstern? Keineswegs. Sie richtet ihr Auge auf den Teufel, der hinter dessen Rücken steht. Da: jetzt hat er sich bei dem Dicken im Frack versteckt. Und jetzt winkt er ihr mit dem Finger! Und sie wird ihn heiraten. Ganz bestimmt. Alle diese beamteten Väter dort, diese Leute, die da herumwieseln, sich bei Hofe einschmeicheln, die sich als Patrioten und was weiß ich noch gerieren – was wollen sie denn, diese Patrioten: eine Leibrente, eine Leibrente! Für Geld würden sie die eigene Mutter, den eigenen Vater, selbst den Herrgott verkaufen, diese Ehrgeizlinge, diese Christusverkäufer! Ehrsucht ist das, nichts als Ehrsucht, und die kommt daher, daß sich unter der Zunge ein kleines Bläschen befindet, mit einem Würmchen darin, nicht größer als ein Stecknadelkopf, und das alles ist das Werk eines bestimmten Barbiers, der in der Gorochowaja wohnt. Ich kann mich nicht erinnern, wie er heißt; aber man weiß aus sicherer Quelle, daß er gemeinsame Sache mit einer Hebamme macht und den Islam auf der ganzen Welt verbreiten will, weshalb, wie es heißt, in Frankreich sich bereits der größere Teil des Volkes zu Mohammed bekennt.

Ohne Datum. Der Tag hatte kein Datum.

Ging inkognito am Newskij-Prospekt spazieren. Unser Herr und Kaiser fuhr vorüber. Jedermann nahm die Kopfbedeckung ab, ich desgleichen; ließ mir dabei jedoch nicht anmerken, daß ich der spanische König bin. Ich hielt es für taktlos, mich hier vor allem Volke zu erkennen zu geben; denn ich muß mich ja zuerst bei Hofe vorstellen. Davon hält mich nur der Umstand zurück, daß ich bisher noch nicht über ein königliches Gewand verfüge. Wenn ich doch wenigstens einen Ornat bekommen könnte. Ich wollte bereits einen in Auftrag geben, aber diese Schneider sind ja alle ausgemachte Esel, außerdem lassen sie zur Zeit Gewerbe Gewerbe sein und pflastern infolge irgendeiner Schnapsidee plötzlich fast alle die Straße. Ich beschloß also, den Ornat aus meiner neuen Uniform zu machen, die ich erst zweimal angehabt habe. Damit ihn mir diese Schurken aber nicht verderben, will ich ihn eigenhändig nähen, hinter verschlossenen Türen, damit es niemand sieht. Ich habe sie mit der Schere zunächst ganz auseinandergeschnitten, denn die Fasson muß ja dann völlig anders sein.

> Welcher Tag es war, weiß ich nicht mehr.
> Einen Monat gab es auch nicht.
> Weiß der Teufel, was es eigentlich gab.

Der Ornat ist fertiggenäht. Mawra schrie laut auf, als ich ihn angelegt hatte. Ich habe jedoch bisher noch nicht den Beschluß gefaßt, mich bei Hofe vorzustellen. Die Deputation aus Spanien ist noch nicht eingetroffen. Ohne Deputierte wäre es nicht schicklich. Ohne sie käme meine Würde nicht zur Geltung. Ich erwarte die Deputation stündlich.

Am Ersten

Ich wundere mich sehr über die Langsamkeit, mit der die Deputierten anreisen. Welche Gründe könnten sie aufhalten? Etwa Frankreich? Ja, das ist ein Staat, der mir am allerwenigsten gewogen ist. Bin zur Post gegangen, um mich zu erkundigen, ob die spanischen Deputierten immer noch nicht eingetroffen sind. Aber der Postmeister ist äußerst dumm, er hat keine Ahnung: »Nein«, sagt er, »spanische Deputierte haben wir hier nicht, aber wenn Sie einen Brief schreiben möchten, so sind wir gern bereit, ihn entsprechend der Gebührenordnung zu befördern.« Hol's der Teufel! Was soll mir ein Brief? Ein Brief ist Unsinn. Briefe schreiben die Apotheker . . .

Madrid, 30. Februarius

Jetzt bin ich also in Spanien, und das ging so schnell, daß ich noch gar nicht wieder richtig zu mir gekommen bin. Heute früh erschienen die spanischen Deputierten bei mir, und ich bestieg gemeinsam mit ihnen eine Kutsche. Die ungewöhnliche Geschwindigkeit kam mir etwas seltsam vor. Wir fuhren so rasch, daß wir bereits nach einer halben Stunde die spanische Grenze erreicht hatten. Übrigens führen heutzutage mit Eisenplatten belegte Straßen durch ganz Europa; aber auch die Dampfer fahren überaus schnell. Spanien ist ein eigenartiges Land: als wir in das erste Zimmer kamen, erblickte ich da eine Menge Leute mit kahlgeschorenen Köpfen. Ich erriet natürlich, daß es sich entweder um Granden oder um Soldaten handeln mußte, denn die lassen sich ja die Köpfe rasieren. Äußerst seltsam kam mir auch das Benehmen des Staatskanzlers vor, der mich am Arm geleitete; er stieß mich in ein kleines Zimmer und sagte: »Hier setzt du dich hin, und wenn du dich noch einmal als König Ferdinand bezeichnest, dann werde ich dir die Lust dazu mit dem Knüppel austreiben.« Da ich jedoch wußte, daß es sich hier um nichts anderes als eine Prüfung handelte, weigerte ich mich, dieser Weisung zu folgen – worauf der Kanzler mir zweimal mit einem Stock so schmerzhaft auf den Rücken schlug, daß ich beinahe einen Schrei ausgestoßen hätte. Ich hielt jedoch an mich, da mir einfiel, daß es sich dabei um einen ritterlichen Brauch beim Antritt eines hohen Amtes handelte; in Spanien werden solche Bräuche nämlich noch bis zum heutigen Tage geübt. Sobald man mich allein gelassen hatte, beschloß ich, mich den Staatsgeschäften zu widmen. Ich entdeckte, daß China und Spanien ein und dasselbe sind und man in ihnen nur aufgrund mangelhafter Bildung zwei verschiedene Staaten sieht. Ich rate jedem, einmal das Wort »Spanien« auf ein Blatt Papier zu schreiben – man wird sehen, daß »China« dabei herauskommt. Was mich aber außerordentlich betrüblich stimmt, ist ein Ereignis, das morgen stattfinden wird. Morgen um sieben Uhr findet ein seltsames Naturschauspiel statt: Die Erde wird auf den Mond auflaufen. Darüber schreibt auch der berühmte englische Chemiker Wellington. Ich muß gestehen, daß ich heftige innere Unruhe empfand, als ich mir bewußt machte, wie überaus empfindlich und fragil der Mond ist. Gewöhnlich wird der Mond ja in Hamburg hergestellt, und zwar erbärmlich schlecht. Mich verwundert, daß England dem keine Aufmerksamkeit widmet. Denn die Anfertigung liegt in den Händen eines lahmen Böttchers, und offensichtlich hat dieser Dummkopf nicht die geringste Ahnung vom Mond. Er verwendet dazu ein geteertes Seil und eine bestimmte Menge von Baumöl; daher kommt es, daß auf der ganzen Erde ein so fürchterlicher Gestank herrscht, daß man sich die Nase zuhalten muß. Und deshalb ist auch der Mond selbst eine so fragile Kugel, daß Menschen dort nicht leben können, sondern lediglich Nasen. So kommt es, daß wir unsere Nasen nicht sehen können, denn sie befinden sich ja auf dem Mond. Und als ich mir vorstellte, daß unsere Erde ja eine schwere Masse darstellt und beim Auflaufen unsere Nasen zu Mehl zerstäuben kann, befiel mich eine derartige Unruhe, daß ich Schuhe und Strümpfe anzog und in den Saal des Staatsrats eilte, wo ich der Polizei den Befehl zu erteilen

gedachte, das Auflaufen der Erde auf den Mond zu verhin-
dern. Die geschorenen Granden, deren ich im Saal des Staatsrates eine große Anzahl versammelt fand, waren sehr kluge
Leute, und als ich ausrief: »Meine Herren, retten wir den
Mond, denn die Erde ist im Begriff, auf ihn aufzulaufen«,
stürzten sie alle augenblicks davon, um meinen königlichen
Wunsch zu erfüllen, und viele kletterten an der Wand hoch,
um den Mond herunterzuholen; in diesem Augenblick trat
jedoch der Großkanzler ein. Alle liefen davon, als sie ihn
erblickten. Ich, der König, blieb allein zurück. Der Kanzler
jedoch, zu meiner Überraschung, schlug mich mit dem Stock
und trieb mich in mein Zimmer zurück. Eine solche Macht
haben in Spanien die Volksbräuche!

Im Januar desselben Jahres,
der diesmal auf den Februar folgt.

Ich kann immer noch nicht recht begreifen, was dieses Spanien für ein Land ist. Die Volksbräuche und die Hofetikette
sind äußerst ungewöhnlich. Ich begreife nichts, ich begreife
entschieden überhaupt nichts. Heute hat man mir den Kopf
geschoren, obwohl ich aus Leibeskräften schrie, daß ich nicht
die Absicht habe, Mönch zu werden. Was danach geschah, als
man mir kaltes Wasser auf den Kopf träufeln ließ, ist meinem
Gedächtnis entschwunden. Solche Höllenqualen habe ich
noch nie zuvor erlitten. Ich war drauf und dran, rasend zu
werden, und man hatte Mühe, mich festzuhalten. Ich kann
den Sinn dieses seltsamen Brauches einfach nicht begreifen.
Ein dummer Brauch, ein sinnloser Brauch! Die Unvernunft
der Könige, die ihn bis heute nicht abgeschafft haben, ist mir
einfach unfaßbar. Wenn ich nach dem Augenschein urteile,
so muß ich mich fragen, ob ich nicht in die Hände der Inquisition gefallen bin und der Mann, den ich für den Kanzler hielt,
niemand anders ist als der Großinquisitor. Nur kann ich nicht
verstehen, wieso der König der Inquisition verfallen kann.
Allerdings – es könnte das Werk Frankreichs und insbeson-

dere Polignacs sein. Oh, diese Kanaille Polignac! Er hat
geschworen, mir bis an mein Ende zu schaden. Und nun hetzt
und hetzt er mich; aber ich weiß, mein Bester, daß der Engländer dich am Gängelbande führt. Der Engländer ist ein
großer Politiker. Überall treibt er sein Unwesen. Die ganze
Welt weiß es – wenn England schnupft, dann niest Frankreich.

### Der Fünfundzwanzigste

Heute kam der Großinquisitor in mein Zimmer, doch da ich
seine Schritte schon von ferne hörte, habe ich mich unter dem
Stuhl versteckt. Als er mich nicht sah, begann er nach mir zu
rufen. Zuerst schrie er: »Poprischtschin!« – ich schwieg.
Dann: »Axentij Iwanow! Titularrat! Edelmann!« Ich gab keinen Laut von mir. »Ferdinand der Achte, König von Spanien!« Ich wollte schon den Kopf vorstrecken, besann mich
aber: Nein, Verehrter, du legst mich nicht rein! Dich kenne
ich: du willst mir nur wieder kaltes Wasser auf den Kopf
gießen. Er hatte mich jedoch erblickt und jagte mich mit dem
Stock unter dem Stuhl hervor. Die Schläge mit diesem Stock
tun verteufelt weh. Übrigens wurde ich dafür durch meine
heutige Entdeckung reichlich entschädigt: ich habe herausgefunden, daß jeder Hahn ein Spanien hat, das sich unter seinen
Federn befindet. Der Großinquisitor jedoch ging zornig
davon und drohte mir mit irgendeiner Strafe. Ich nahm
jedoch von seiner ohnmächtigen Wut keinerlei Notiz, da ich
wußte, daß er wie eine Maschine handelt, als bloßes Werk-
zeug des Engländers.

### Da 34 tum, Jahr, 349. Februar

Nein, das halte ich nicht mehr aus! Oh, mein Gott! Was tun
sie mit mir! Sie gießen mir kaltes Wasser über den Kopf! Sie
beachten mich nicht, sie sehen mich nicht an, sie hören nicht
auf mich. Was habe ich ihnen getan? Warum quälen sie mich?

Was wollen sie von mir Armem? Was kann ich ihnen geben?
Ich habe nichts. Es geht über meine Kraft, alle ihre Quäle-
reien auszuhalten, mein Kopf brennt, und alles dreht sich vor
mir. Rettet mich! Holt mich hier weg! Gebt mir eine Troika
windschneller Pferde! Steig auf den Bock, mein Kutscher,
kling, mein Glöckchen, schwingt euch empor, ihr Rösser,
und entführt mich von dieser Welt! Weiter! Immer weiter,
damit man nichts mehr sieht, gar nichts. Vor mir brodelt der
Himmel; ein Sternlein leuchtet von fern; der Wald jagt mit
seinen dunklen Bäumen und dem Mond vorüber; bläulicher
Nebel breitet sich unter meinen Füßen; im Nebel klingt eine
Saite; auf der einen Seite das Meer, auf der anderen Italien;
und dort werden russische Bauernhütten sichtbar. Ist das
nicht mein Haus, das da in der Ferne bläulich aufschimmert?
Sitzt da nicht meine Mutter am Fenster? Mütterchen, rette
deinen armen Sohn! Laß ein Tränchen auf sein krankes Köpfchen fallen! Sieh nur, wie sie ihn quälen! Drücke dein armes
Waisenkind an die Brust! Es gibt keinen Platz für ihn auf
dieser Erde! Sie hetzen ihn! Mütterchen! Erbarme dich deines
kranken Kindes! . . .

Und wissen Sie auch, daß der Beg von Algier eine Beule
direkt unter der Nase hat?

# Das Porträt

*Erster Teil*

Nirgendwo sonst pflegten so viele Leute stehenzubleiben wie vor der kleinen Bilderhandlung am Schtschukin Dwor. Der Laden bot nämlich ein Sammelsurium der verschiedenartigsten Kuriositäten: Die Bilder waren zum größten Teil in Öl gemalt und mit einem dunkelgrünen Firnis überzogen; das Gold der protzigen Rahmen bot sich dar als ein schmutziges Gelb. Eine Winterlandschaft mit weißen Bäumen, eine über und über rote Abendstimmung, die eher an eine Feuersbrunst denken ließ, ein flämischer Bauer mit einer Pfeife und einem verrenkten Arm, der mehr einem Truthahn mit Manschetten als einem Menschen glich – das waren die üblichen Sujets. Dazu muß man sich noch einige Stiche denken: ein Porträt des Prinzen Chosrew-Mirsa mit Lammfellmütze sowie die Bildnisse einiger Generäle im Dreispitz, mit schiefen Nasen. Außerdem sind an den Türen solcher Budiken gewöhnlich Banderolen angebracht, die auf großen Blättern jene naiven Holzschnitte präsentieren, die von der natürlichen künstlerischen Begabung des russischen Menschen zeugen. Auf einem sah man die Zarentochter Miliktrissa Kirbitjewna, auf einem anderen die Stadt Jerusalem, deren Häusern und Kirchen die rote Farbe so großzügig zugeteilt worden war, daß noch ein Teil der Umgebung sowie zwei betende russische Bauern in Fausthandschuhen davon abbekommen hatten. Käufer finden sich für diese Kunstwerke gewöhnlich kaum, dafür um so mehr Betrachter. Ein verlotterter Lakai mag wohl gähnend davor stehenbleiben, den Henkelmann mit dem Essen in der Hand, das er aus einer Gastwirtschaft für seinen Herrn geholt hat, der sich zweifellos an der Suppe den Mund nicht verbrennen wird. Oder ein Soldat im Mantel mag davor Posten beziehen, so ein Ritter des Trödelmarktes mit zwei Taschenmessern, die er gerne verkaufen möchte; vielleicht noch eine

Händlerin aus Ochta mit einem Karton voller Schuhe. Jeder findet seinen Spaß hier, und jeder auf seine Weise: Die Bauern zeigen gewöhnlich mit dem Finger auf die Bilder; die Kavaliere sehen sie sich mit ernstem Gesicht an; halbwüchsige angehende Diener und Lehrlinge wollen sich vor Lachen schier ausschütten und ziehen einander mit den Karikaturen auf; alte Lakaien in ihren Friesmänteln gaffen nur, um zu gaffen; und die Händlerinnen, junge russische Weiber, folgen einfach ihrem Instinkt, der sie stets dorthin eilen läßt, wo es etwas zu hören und zu sehen gibt.

Auch der junge Maler Tschartkow, der gerade des Wegs kam, blieb unwillkürlich vor dem Laden stehen. Der alte Militärmantel, den er trug, und die alles andere als stutzerhafte Kleidung machten deutlich, daß er zu jenen Menschen gehörte, die sich mit Selbstverleugnung ihrer Arbeit hingeben und keine Zeit haben, sich um ihr Äußeres zu kümmern, wie es für junge Leute sonst stets von so unbegreiflicher Wichtigkeit ist. Er blieb vor dem Geschäft stehen und machte sich erst einmal im stillen über diese scheußlichen Bilder lustig. Doch dann wurde er plötzlich nachdenklich: Er fragte sich, wem diese Werke eigentlich nützten. Daß sich das russische Volk nicht sattsehen konnte an einem *Jeruslan Lasarewitsch*, an einem *Freßsack* und einem *Saufaus*, an *Foma* und *Jerjoma*, schien ihm nicht weiter verwunderlich: was die Bilder darstellten, war anspruchslos einfach und dem Volke verständlich; doch wo waren die Käufer dieser schreiend bunten, schmuddeligen Ölschinken? Wer brauchte diese flämischen Bauern, diese roten und blauen Landschaften, die ein anspruchsvolleres Niveau der Kunst vortäuschen, in Wahrheit aber nur Ausdruck des Abstiegs sind? Das waren offenbar nicht die Arbeiten eines kindlichen Autodidakten, denn dann wären in ihnen Schwung und Leidenschaftlichkeit zum Ausdruck gekommen – auch wenn ein solcher Maler offenbar kein Gespür für die Disproportionen im Ganzen besitzt. Was man hier aber wahrnahm, war bloßer Stumpfsinn, war saft- und kraftlose Unbegabtheit, die das Recht für sich in

Anspruch genommen hatte, sich unter den Künsten nieder-
zulassen, während ihr Platz unter niederen Handwerken
gewesen wäre. Immerhin war diese Talentlosigkeit ihrer wahren Berufung treu geblieben und hatte in die Kunst ihre
Handwerkelei eingebracht. Immer dieselben Farben, immer
die gleiche Malweise und immer die nämliche eingelernte
Routine und zur Gewohnheit gewordene Machart, die eher
einem grob gefertigten Automaten als einem Menschen
anstand! ... Lange verharrte er vor diesen Sudeleien und
dachte am Ende schon gar nicht mehr über sie nach, während
der Ladenbesitzer, ein graues Männchen im Friesmantel und
mit einem Stoppelbart, der seit dem letzten Sonntag kein
Messer gesehen hatte, schon einige Zeit auf ihn einredete,
Angebote machte und von Preisen schwätzte, ohne überhaupt erfragt zu haben, was dem Kunden gefalle und ob er
etwas zu kaufen gedächte.

»Diese Bauern dort und die Landschaft kosten fünfundzwanzig. Das ist aber auch Malerei! Eine Augenweide; von
der Gemäldebörse gerade erst hereingekommen; der Firnis ist
noch nicht ganz trocken. Oder hier die Winterlandschaft,
nehmen Sie die! Fünfzehn Rubel! Soviel ist allein der Rahmen
wert. Das ist ein Winter!« Der Händler tippte mit dem Finger
leicht gegen die Leinwand; vermutlich wollte er damit die
Qualität dieses Kunstwerks beweisen. »Soll ich Ihnen die
Sachen einschlagen und bringen lassen? Wo belieben Sie zu
wohnen? He, Junge, bring doch mal etwas Bindfaden her.«

»Halt, halt, mein Lieber, nicht so eilig«, sagte der Künstler, der aus seiner Gedankenverlorenheit aufschreckte, als er
merkte, daß der wendige Händler ernsthaft daranging, die
beiden Bilder einzupacken. Es war ihm ein wenig peinlich,
gar nichts zu kaufen, nachdem er so lange in dem Laden
gestanden hatte, und daher sagte er:

»Einen Moment, ich werde mal nachsehen, ob ich nicht etwas
finde, das mir gefällt.« Er bückte sich und begann in einem
ungeordneten Haufen von schadhaften, verstaubten alten
Bildern zu kramen, die auf dem Boden standen und offenbar

für recht wertlos erachtet wurden. Es handelte sich um altmodische Familienbilder, um Porträts von Leuten, deren Nachfahren man wohl auf der ganzen weiten Welt vergeblich gesucht hätte, völlig undefinierbare Bilder mit Löchern in der Leinwand und Rahmen, von denen das Gold abgeblättert war – kurz: um lauter alten Trödel. Dennoch machte sich der Maler daran, alles anzuschauen, wobei er im stillen dachte: Vielleicht findet sich ja irgend etwas. Mehr als einmal hatte er davon erzählen hören, daß man bei den Verkäufern billiger Holzschnitte unter lauter Plunder auf Gemälde großer Meister gestoßen war.

Als der Ladenbesitzer sah, womit Tschartkow sich da zu schaffen machte, verließ ihn seine Geschäftigkeit; er nahm seine übliche Haltung wieder ein und setzte seine gewohnte wichtigtuerische Miene auf, bezog wieder an der Tür Posten und forderte die Passanten auf näherzutreten, indem er mit der einen Hand auf seinen Laden wies: »Treten Sie näher, mein Herr, was sagen Sie zu solchen Bildern! Treten Sie ein, treten Sie ein: sie sind ganz frisch von der Börse hereingekommen.«

Nachdem er eine Zeitlang weidlich sein Angebot ausgeschrien hatte – meist erfolglos – und nachdem er mit dem Trödler von gegenüber, der gleichfalls vor der Tür seines Lädchens stand, einen ausgiebigen Meinungsaustausch gepflogen hatte, erinnerte er sich seines Kunden im Laden, kehrte den Leuten den Rücken und ging wieder hinein. »Nun, mein Herr, haben Sie etwas Passendes gefunden?«

Der Künstler stand bereits seit längerem unbeweglich vor einem Porträt in einem großen, einst prächtigen Rahmen, der freilich nur noch Spuren seiner früheren Vergoldung aufwies.

Das Gemälde zeigte einen alten Mann mit ausgezehrtem, bronzefarbigem Gesicht und stark hervortretenden Backenknochen; seine Züge schienen in einem Augenblick krampfhafter Anspannung festgehalten zu sein und zeugten von einer Energie, die nicht auf nördliche Gefilde hindeutete: der heißblütige Süden hatte ihnen seinen Stempel aufgedrückt.

Ein weites asiatisches Gewand hüllte ihn ein. So lädiert und verstaubt das Porträt auch sein mochte – sobald Tschartkow das Gesicht gesäubert hatte, erkannte er die Hand eines großen Künstlers. Das Porträt schien nicht vollendet; aber die Kraft der Pinselführung war beeindruckend. Am erstaunlichsten waren die Augen: Es hatte den Anschein, als habe der Künstler sein ganzes malerisches Vermögen, seine ganze Sorgfalt auf diese Stelle konzentriert. Sie blickten den Betrachter einfach nur an, aber mit solcher Intensität, daß das Porträt selbst zu verschwinden schien: durch ihre eigenartig berührende Lebendigkeit zerstörten sie die Harmonie des Werkes. Als Tschartkow mit dem Porträt zur Tür trat, wurde der Blick der Augen noch intensiver. Beinahe denselben Eindruck machten sie auch auf andere Leute. Eine Frau, die hinter ihm stand, rief plötzlich: »Er blickt einen an, er blickt einen an!« und trat ein Stück zurück. Tschartkow hatte ein irgendwie unangenehmes Gefühl, wieso eigentlich, wußte er selbst nicht, und stellte das Porträt wieder auf den Boden.

»Nun? Nehmen Sie doch das Bild!« sagte der Ladenbesitzer.

»Was soll es denn kosten?« fragte der Maler.

»Was soll man schon dafür verlangen? Sagen wir fünfundsiebzig Kopeken!«

»Nein.«

»Na wieviel wollen Sie denn zahlen?«

»Einen Zwanziger«, sagte der Künstler und schickte sich an zu gehen.

»Aber hören Sie mal, das ist doch kein Angebot! Für einen Zwanziger bekommen Sie ja nicht mal so einen Rahmen. Ich sehe schon, Sie wollen morgen wiederkommen, habe ich recht? Aber mein Herr, mein Herr, so kommen Sie doch zurück! Legen Sie wenigstens noch einen Groschen zu! Na gut! Nehmen Sie es, nehmen Sie es, geben Sie mir die zwanzig. Weil es heute mein erstes Geschäft ist, weil Sie der erste Kunde sind, wirklich.«

Dabei machte er eine Bewegung mit der Hand, als wolle er sagen: »Also meinetwegen, weg mit Schaden!«

Auf diese Weise hatte Tschartkow völlig unerwartet das alte Porträt erworben; dabei fragte er sich: »Warum habe ich es eigentlich gekauft? Was will ich eigentlich damit?« Aber nun war nichts mehr zu machen. Er zog einen Zwanziger aus der Tasche, gab ihn dem Ladenbesitzer, nahm das Gemälde unter den Arm und zog damit los. Unterwegs fiel ihm ein, daß der Zwanziger, mit dem er bezahlt hatte, sein letzter war. Unversehens verdüsterten sich seine Gedanken; er ärgerte sich, und ein Gefühl der Gleichgültigkeit und Leere bemächtigte sich seiner. »Hol's der Teufel! Das Leben ist ekelhaft«, stieß er mit dem Gefühl des Russen hervor, dessen Angelegenheiten nicht zum besten stehen. Und wie aufgezogen ging er schnellen Schritts dahin, völlig teilnahmslos gegenüber seiner Umgebung. Noch breitete sich die Abendröte über den halben Himmel aus, noch übergoß sie die ihr zugewandten Seiten der Häuser mit ihrem warmen Licht; doch gleichzeitig gewann das kalte bläuliche Leuchten des Mondes an Kraft. Die Häuser und die Beine der Passanten warfen leichte, fast durchsichtige Schatten. Der Maler war drauf und dran, sich der Betrachtung des Himmels hinzugeben, der von einem feinen, transparenten, unbestimmten Licht überhaucht war; und nahezu gleichzeitig entfuhren seinen Lippen die Worte: »Wie schön – dieser zarte Ton!« und der Ausruf: »Fatal! Hol's der Teufel!« Und das Porträt zurechtrückend, das ihm ständig unter dem Arm hervorzurutschen drohte, legte er einen Schritt zu.

Schweißgebadet und zum Umsinken müde erreichte er schließlich sein Haus in der Fünfzehnten Linie auf der Wassiljewskij-Insel. Schwer atmend schleppte er sich die Treppe hinauf, die schlüpfrig war von verschüttetem Abwaschwasser und dekoriert mit Katzen- und Hundedreck. Er klopfte an die Tür – nichts rührte sich: sein Diener war nicht zu Hause. Er lehnte sich ans Fenster und schickte sich an, geduldig zu warten. Schließlich hörte er unten die Schritte jenes Burschen im blauen Hemd, der bei ihm Faktotum, Modell und Farbenanrührer in einer Person war und zudem noch den Fußboden fegte, um ihn jedesmal sogleich wieder mit seinen Stiefeln zu verdrecken. Der Bursche hieß Nikita und trieb sich die ganze Zeit, da sein Herr nicht zu Hause war, auf der Straße herum. Nikita mühte sich lange, den Schlüssel ins Schloß zu bekommen, das infolge der Finsternis nicht zu sehen war. Schließlich stand die Tür offen. Tschartkow betrat seine Diele, in der es unerträglich kalt war, wie das so zu sein pflegt bei Künstlern, die dies allerdings nicht bemerken. Ohne sich von Nikita aus dem Mantel helfen zu lassen, betrat er seine Werkstatt, einen großen, niedrigen, quadratischen Raum mit vereisten Fenstern, der mit allerlei Malergerümpel ausstaffiert war: Teile von Gipsarmen, leinwandbespannte Rahmen, angefangene und liegengelassene Skizzen, über Stühle gebreitete Draperien. Er war todmüde, warf den Mantel ab, stellte das mitgebrachte Porträt gedankenverloren zwischen zwei kleinere Bilder und ließ sich auf den schmalen Diwan fallen, von dem man nicht behaupten konnte, er sei lederbezogen gewesen, weil sich die Reihe der Kupfernägel, die das Leder einstmals an seinem Platze hielten, seit langem schon emanzipiert hatte, genauso wie das Leder, das nun frei darüber lag, was Nikita nutzte, indem er dreckige Strümpfe und Hemden sowie überhaupt alle schmutzige Wäsche darunter stopfte. Nachdem Tschartkow eine Weile dagesessen und sich erholt hatte, soweit man das auf einem so schmalen Diwan überhaupt kann, befahl er, eine Kerze zu bringen.

»Keine Kerze da«, sagte Nikita.

»Wieso nicht?«

»Weil auch gestern schon keine da war«, sagte Nikita.

Der Maler erinnerte sich, daß er in der Tat auch am Tage zuvor schon ohne Kerze hatte auskommen müssen, und so beruhigte er sich und verstummte. Er ließ sich auskleiden und zog seinen stark abgetragenen Schlafrock an.

»Übrigens – der Hauswirt war da«, sagte Nikita.

»Sicherlich wollte er Geld? Ich kann es mir schon denken«, erwiderte der Maler und winkte ab.

»Aber er ist nicht allein gekommen«, sagte Nikita.

»Wer war denn bei ihm?«

»Ich weiß nicht, wer das war . . . Ich glaube, ein Reviervorsteher . . .«

»Aber was wollte denn der Reviervorsteher hier?«

»Weiß ich nicht; er meinte, weil die Miete nicht bezahlt wird.«

»Na, und was nun weiter?«

»Das weiß ich auch nicht; er hat gesagt: wenn er nicht zahlen will, dann, sagt er, muß er ausziehen; sie wollen morgen alle beide wiederkommen.«

»Laß sie kommen«, versetzte mit traurigem Gleichmut Tschartkow, und eine trübselige Stimmung ergriff endgültig von ihm Besitz.

Der junge Tschartkow war ein Künstler mit einem Talent, das zu großen Hoffnungen berechtigte. Hier und da ließ seine Malkunst bereits gute Beobachtungsgabe erkennen, Vorstellungskraft und das leidenschaftliche Bemühen, möglichst nahe an die Natur heranzukommen. »Paß auf, mein Freund«, hatte sein Professor mehr als einmal zu ihm gesagt, »Talent hast du; es wäre eine Sünde, wenn du es ruinierst. Aber du bist ungeduldig. Irgendein Detail reizt dich plötzlich, du bist ganz besessen davon – und schon gibts nichts anderes mehr für dich; alles übrige ist dann ein Dreck, ist dir egal, du willst es nicht sehen. Paß nur auf, daß aus dir nicht ein Modemaler wird. Die Farben kommen bei dir jetzt schon ein bißchen zu grell heraus. Die Zeichnung ist nicht präzise genug, zuweilen einfach schwach; das hat keine Linie. Du versuchst dich an modischen Lichteffekten, haschst nach allem, was sofort ins Auge springt. Nimm dich in acht, du verfällst noch mal in die englische Manier. Paß ja auf: du läßt dich bereits von der großen Welt anlocken; manchmal sehe ich schon an deinem Hals einen stutzerhaften Schal, auf deinem Kopf einen Hut mit Glanzseide . . . Es ist sicher sehr verlockend, für gutes

Geld modische Bildchen zu malen und die Herrschaften abzukonterfeien. Aber mit so etwas ruiniert man sein Talent, statt es zu entwickeln. Gedulde dich also! Überlege dir jede Arbeit genau, Protzerei laß sein – sollen andere Geld scheffeln, du kommst auch noch zu deinem Recht.«

Der Professor hatte teilweise durchaus recht. Zuweilen kam unseren Maler wirklich die Lust an, flott zu leben und den Dandy zu spielen – kurz, sein jugendliches Alter ins rechte Licht zu rücken. Doch hatte er sich dabei stets in der Gewalt. Von Zeit zu Zeit konnte es passieren, daß er alles umher vergaß und nach dem Pinsel griff; legte er ihn dann wieder aus der Hand, so war ihm zumute, als würde er aus einem schönen Traum gerissen. Sein künstlerischer Geschmack entwickelte sich zusehends. Noch ermaß er nicht die ganze Tiefe eines Raffael, doch faszinierte ihn bereits die flinke, schwungvolle Malweise Guidos, verweilte er vor den Porträts Tizians, begeisterte er sich für die Holländer. Noch verschwand vor seinen Augen der nachgedunkelte Schleier, der die alten Bilder überzog, nicht völlig. Doch das eine oder andere daran hatte er sehr wohl erkannt – wenn er auch im stillen seinem Professor nicht darin beipflichten mochte, daß die alten Meister für uns letztlich unerreichbar bleiben würden. Ihm schien es eher so, daß das neunzehnte Jahrhundert sie in manchem überflügelte, daß die Nachahmung der Natur heutzutage klarer, lebendiger, genauer sei; kurz: er dachte hier so, wie die Jugend nun mal denkt, kaum daß sie auch nur ein wenig in eine Sache eingedrungen und sich dessen im Innersten voll Stolz bewußt ist. Manchmal machte es ihn ärgerlich, wenn er sah, daß da aus dem Ausland ein Maler angereist kam, ein Franzose oder ein Deutscher, der zuweilen seiner Berufung nach gar kein richtiger Maler war, aber dank seiner unoriginellen, lediglich angelernten Malweise, einer flotten Pinselführung und leuchtender Farben allgemeines Aufsehen erregte und im Handumdrehen ein hübsches Sümmchen erwarb. Dergleichen kam ihm dann nicht in den Sinn, wenn er, ganz in seine Arbeit vertieft, Essen und Trinken und die ganze Welt vergaß, sondern in solchen Augenblicken, da sich der Mangel gebieterisch meldete, da er kein Geld hatte, um Pinsel und Farben zu kaufen, und wenn der aufdringliche Hauswirt an die zehnmal am Tage erschien, um das Mietgeld für die Wohnung einzufordern. Dann malte er sich in seiner hungergeplagten Phantasie das beneidenswerte Los eines reichen Malers aus; dann tauchte sogar ein Gedanke auf, der in einem russischen Kopf gar nicht so selten ist: den ganzen Bettel hinzuschmeißen und nun erst recht tüchtig einen draufzumachen.

»Ja, ja! Gedulde dich! Gedulde dich nur«, stieß er ärgerlich hervor. »Aber alle Geduld hat einmal ein Ende. Gedulde dich! Und womit soll ich morgen mein Mittagessen bezahlen? Kein Mensch leiht mir was. Und wenn ich alle meine Bilder und Zeichnungen verkaufen wollte, bekäme ich für alles zusammen gerade zwanzig Kopeken. Natürlich sind sie nützlich, das spüre ich: Bei jeder Arbeit habe ich mir etwas gedacht, und bei jeder habe ich etwas gelernt. Und was habe ich jetzt davon? Skizzen, Versuche, immer wieder Skizzen und Versuche – und ein Ende ist nicht abzusehen. Und wer kauft so was, wo ich keinen Namen habe? Wer braucht schon Zeichnungen nach der Antike aus der Klasse für Aktmalerei oder meine unvollendete ›Liebe der Psyche‹ oder das Interieur meines Zimmers oder das Porträt meines Nikita, obwohl es bestimmt besser ist als die Bilder irgendeines Modemalers? Wirklich – wozu quäle ich mich eigentlich, warum plage ich mich ab wie ein Schüler über der Fibel, wenn ich ebenso gut Furore machen könnte wie andere und so dastehen wie sie, die Taschen voller Geld.«

Kaum hatte der Maler diese Worte ausgesprochen, da überfiel ihn ein Zittern, und er erblaßte: Aus einem der Bilder, die da gegen die Wand gelehnt standen, blickte ihn ein krampfhaft verzerrtes Gesicht an. Zwei furchtbare Augen waren starr auf ihn gerichtet, als wollten sie ihn verschlingen; von den Lippen konnte er den grimmigen Befehl zu schweigen ablesen. In Panik versetzt, wollte er aufschreien und nach Nikita rufen, der im Vorzimmer bereits wieder in Schlaf gesunken war und dröhnend nach alter Reckenweise schnarchte; doch besann er sich rasch und lachte auf. Das Angstgefühl verschwand im Nu. Es war das Porträt, das er gekauft und schon völlig vergessen hatte. Das Licht des Mondes, das sein Zimmer erhellte, fiel auch auf das Bild und verlieh ihm eine eigenartige Lebendigkeit. In der Absicht, es sich näher anzuschauen, ging er daran, es zu reinigen. Er feuchtete ein Schwämmchen mit Wasser an, fuhr damit mehrmals darüberhin und wusch so fast den ganzen Staub und den verkrusteten Schmutz ab, der sich darauf angesammelt hatte; darauf hängte er es an die Wand, stellte sich davor und konnte nun erst so richtig die ungewöhnliche Arbeit bestaunen: Das ganze Gesicht war wie lebendig, und die Augen sahen ihn auf eine derartige Weise an, daß er am Ende zusammenfuhr, zurücktrat und erstaunt murmelte: »Es schaut einen richtig an, es schaut mit menschlichen Augen!« Plötzlich kam ihm eine Geschichte in den Sinn, die er vor längerer Zeit von seinem Professor gehört hatte; es ging um ein Porträt des berühmten Leonardo da Vinci, an dem der große Meister jahrelang gearbeitet hatte und das er dennoch als unvollendet betrachtete, und das, nach den Worten Vasaris, trotzdem von aller Welt als das vollkommenste, unübertreffliche Kunstwerk angesehen wurde. Absolut unübertrefflich an ihm waren aber die Augen, worüber die Zeitgenossen nicht genug staunen konnten; sogar die allerkleinsten, kaum sichtbaren Äderchen waren nicht fortgelassen, sondern auf die Leinwand übertragen worden.

Mit diesem Porträt hier vor seinen Augen hatte es aber eine irgendwie seltsame Bewandtnis. Das war schon keine Kunst mehr: da war etwas, das die Harmonie des Porträts selbst zerstörte. Das waren lebende, das waren menschliche Augen! Man hätte meinen können, sie seien aus einem lebenden Körper herausgeschnitten und hier eingesetzt worden. Von der Beglückung, die sich der Seele beim Anblick eines Kunstwerkes bemächtigt, wie schrecklich auch immer sein Sujet sein mag, war hier nichts zu spüren. Dieses Werk hier rief ein quälendes Gefühl hervor, es machte einen krank. »Was hat das zu bedeuten?« fragte sich der Maler ganz unwillkürlich, »letzten Endes ist es doch Natur, es ist lebendige Natur; woher nur dieses seltsam-unangenehme Gefühl? Liegt es etwa an der sklavisch genauen Nachahmung der Natur, daß es auf uns wirkt wie ein gellender, disharmonischer Schrei? Ist das der Fehler? Oder ist es vielmehr so: Sobald wir irgendein Objekt ohne innere Anteilnahme betrachten, ohne daß unser Gefühl angesprochen wird und unsere Sympathie mitspielt, offenbart es sich unweigerlich allein in seiner gräßlichen Gegenständlichkeit, nicht überstrahlt von einem unfaßbaren, geheimnisvoll alles durchdringenden Gedanken. Es ist jene Gegenständlichkeit, mit der wir konfrontiert werden, sobald wir in dem Wunsche, das Schöne eines Menschen zu erfassen, zum Seziermesser greifen und sein Inneres bloßlegen und zerteilen – und dabei nur das abschreckend Häßliche an ihm zu sehen bekommen. Warum nur wirkt die einfache, niedere Natur bei dem einen Maler gleichsam verklärt und auf einen Betrachter überhaupt nicht abstoßend? Im Gegenteil sogar: Man fühlt sich erquickt, und es ist, als ob alles um einen her sich nun ruhiger und harmonischer bewegte. Und warum erscheint dieselbe Natur bei einem anderen Maler gemein, schmutzig, wo er doch ebenso naturgetreu gemalt hat? Etwas fehlt hier eben, es fehlt jener verklärende Zug. Es ist grad so wie bei der Natur selbst: So herrlich sie unserem Auge auch immer erscheinen mag, es fehlt etwas, solange die Sonne nicht am Himmel steht.«

Er trat noch einmal vor das Porträt, um sich die eigenartigen Augen anzusehen, und bemerkte voll Schrecken, daß sie ihren Blick genau auf ihn gerichtet hielten. Das war nun keine Kopie der Natur mehr – das war jene seltsame Lebendigkeit, die das Antlitz eines Toten erhellen mag, der soeben aus dem Grabe auferstanden ist. War es nun das Licht des Mondes, das Trugbilder hervorruft, das alles verfremdet und anders erscheinen läßt als am prosaischen Tag, oder was sonst der

Grund sein mochte: Jedenfalls machte es ihm plötzlich angst, er wußte nicht wieso, allein in seinem Zimmer zu sitzen. Langsam trat er von dem Bild zurück, drehte sich um und bemühte sich, nicht mehr hinzusehen; doch sein Auge konnte sich nicht davon lösen und schielte wie unter einem Zwang immer wieder zu ihm hinüber. Schließlich schreckte er sogar davor zurück, im Zimmer umherzugehen; er hatte das Gefühl, jemand vollziehe seine Bewegungen nach und gehe hinter ihm her, weshalb er sich dauernd ängstlich umwandte. Ein Feigling war er nie gewesen; aber er besaß ein sehr feines Vorstellungsvermögen und leicht reizbare Nerven. Die Furcht jedoch, die ihn an diesem Abend unversehens gepackt hatte, wußte er sich selbst nicht zu deuten. Er setzte sich in eine Ecke, doch auch hier konnte er sich des Eindrucks nicht erwehren, gleich werde ihm jemand über die Schulter und ins Gesicht schauen. Selbst das Schnarchen Nikitas, das aus dem Vorzimmer vernehmbar war, vermochte seine Furcht nicht zu verdrängen. Schließlich stand er auf, ängstlich, die Augen niedergeschlagen, begab sich hinter den Wandschirm und legte sich ins Bett. Durch die Spalten des Paravents sah er sein im Mondschein liegendes Zimmer und an der Wand gegenüber das Porträt. Die Augen starrten ihn noch furchterregender, noch bedeutungsschwerer an; es hatte ganz den Anschein, als wollten sie nichts anderes ins Visier nehmen als einzig und allein ihn. Das Gefühl der Beklemmung wurde schließlich so unerträglich, daß er entschlossen aufstand, sein Bettlaken ergriff, langsam auf das Porträt zuging und es verhüllte. Danach legte er sich, ein wenig ruhiger geworden, wieder nieder und begann, über die Armseligkeit und das erbärmliche Los eines Künstlers nachzudenken, über den dornigen Weg, den so einer auf dieser Welt vor sich hat. Seine Augen blickten dabei aber ganz unwillkürlich durch einen Spalt des Paravents auf das verhüllte Bild. Das Mondlicht verstärkte das Weiß des Lakens noch, und ihm kam es so vor, als durchbohre der Blick der schrecklichen Augen nach und nach sogar das Leinen. Schreckerfüllt starrte er immer ange

strengter dorthin, als wolle er sich überzeugen, daß dies alles
nur Einbildung sei. Doch dann auf einmal . . . Wirklich . . .
Jetzt sieht er es, er sieht es ganz klar: Das Laken ist verschwunden . . . Das Bildnis ist wieder unverhüllt und richtet
seinen Blick, ohne der Umgebung Beachtung zu schenken,
genau auf ihn. Dieser Blick bohrt sich in sein Inneres . . .
Eiseskälte dringt ihm ins Herz. Und da: der Alte bewegt sich
und faßt auf einmal mit beiden Händen nach dem Rahmen; er
stemmt sich mit den Armen hoch, schiebt beide Beine durch
und springt ins Zimmer . . .

Durch den Spalt des Paravents sah man nun nur noch den
leeren Rahmen. Von den Wänden hallte das Geräusch stampf-
fender Schritte wider, die dem Wandschirm langsam immer
näher kamen. Das Herz des armen Malers klopfte immer
stärker. Vor Angst den Atem anhaltend, wartete er: Jeden
Augenblick mußte der Alte hinter dem Schirm auftauchen.
Und da trat er auch schon hervor, mit seinem bronzefarbenen
Gesicht, und richtete seine großen Augen mit durchdringen-
dem Blick auf ihn. Tschartkow strengte alle Kräfte an, um zu
schreien, spürte jedoch, daß ihm die Stimme versagte; er versuchte krampfhaft, sich zu regen, eine Bewegung zu machen,
doch seine Glieder verweigerten ihm den Gehorsam. Mit
weitgeöffnetem Mund und stockendem Atem starrte er das
hochgewachsene, in eine weite asiatische Kutte gehüllte
Phantom an und fragte sich, was es wohl tun werde. Der Alte
ließ sich am Fußende des Bettes nieder und zog etwas aus den
Falten seines weiten Gewandes. Es war ein Sack. Der Alte
band ihn auf, faßte ihn bei den beiden unteren Enden und
schüttete ihn aus: Mit dumpfem Ton polterten auf den Fußboden schwere Rollen, die wie kleine Säulen aussahen; eine
jede war eingewickelt in blaues Papier, auf dem zu lesen
stand: »Tausend Dukaten«. Der Alte ließ seine langen, knochigen Arme aus den weiten Ärmeln gleiten und begann die
Rollen aufzuwickeln. Gold blitzte auf. Wie beklommen sich
der Maler auch fühlen mochte, wie sehr ihm auch die Angst
die Besinnung zu rauben drohte – er starrte doch unverwandt

auf das Gold und schaute regungslos zu, wie die knochigen
Hände es auswickelten, wie es dabei blitzte, die Goldstücke
bald hell, bald dumpf klingend aneinanderschlugen – und
dann wieder eingewickelt wurden. Auf einmal bemerkte er,
daß eines dieser Säulchen etwas vom großen Haufen wegge-
rollt und unter seinem Bett direkt am Kopfteil zu liegen
gekommen war. Mit krampfhafter Gier griff er danach, voll
Angst, der Alte könnte die Augen heben und es bemerken.
Doch der schien ganz in sein Tun vertieft. Er sammelte alle
Rollen wieder ein, legte sie in den Sack zurück und verschwand hinter dem Wandschirm, ohne noch einen Blick auf
Tschartkow zu werfen. Dessen Herz schlug heftig, als er
hörte, wie sich die schlurrenden Schritte durchs Zimmer entfernten. Er schloß die Hand noch fester um seine Beute, vor
Angst am ganzen Körper zitternd. Dann hörte er plötzlich,
daß die Schritte sich neuerlich dem Wandschirm näherten –
offenbar hatte der Alte bemerkt, daß ihm eine Rolle fehlte.
Und schon erschien das Gesicht wieder vor ihm. Seine Finger
krampften sich fest um den Schatz, und in seiner Verzweiflung strengte er alle Kräfte an, seiner Bewegungsunfähigkeit
Herr zu werden. Er schrie auf – und erwachte.

Tschartkow war in kalten Schweiß gebadet; sein Herz
schlug so heftig, wie es heftiger nicht hätte schlagen können;
seine Brust fühlte sich so zusammengeschnürt, als wolle ihr
sogleich der letzte Hauch entfliehen. War das nun ein Traum?
fragte er sich und faßte sich mit beiden Händen an den Kopf.
Aber die Erscheinung war so schrecklich lebendig gewesen,
daß man das kaum für einen Traum halten konnte. Er sah,
nun schon hellwach, wie der Alte in den Rahmen stieg, sah
sogar die Schöße seines weiten Gewandes wehen, und seine
Hand fühlte ganz deutlich, daß sie soeben noch etwas Schwe-
res zwischen den Fingern gehalten hatte. Das Mondlicht
erhellte das Zimmer und ließ aus den dunklen Ecken bald eine
Leinwand, bald eine Gipshand hervortreten, dort die Stoff-
drapierung auf einem Stuhl, hier seine Hosen und die unge-
putzten Stiefel. Erst jetzt wurde ihm bewußt, daß er gar nicht

in seinem Bett lag, sondern unmittelbar vor dem Porträt stand. Unbegreiflich, wie er dahingelangt war! Noch mehr aber verwunderte ihn, daß das Porträt völlig unverhüllt und das Laken verschwunden war. Regungslos vor Schreck betrachtete er es und bemerkte, daß die so lebendigen menschlichen Augen ihn unverwandt anstarrten. Kalter Schweiß trat ihm aufs Gesicht; er versuchte, einen Schritt rückwärts zu machen, spürte aber, daß seine Füße wie angewurzelt waren: Und nun sieht er es ganz deutlich: Das ist kein Traum: Die Züge des Alten bewegen sich, seine Lippen wölben sich vor, so als schickten sie sich an, ihn auszusaugen. Mit einem Schrei der Verzweiflung sprang er zurück – und erwachte.

War das nun etwa auch wieder ein Traum? Sein Herz klopfte zum Zerspringen, seine Hände tasteten seine nächste Umgebung ab. Ja, er liegt auf seinem Bett, in eben der Stellung, in der er eingeschlafen war. Vor ihm der Wandschirm; das Licht des Mondes erfüllt das Zimmer. Durch eine Ritze fällt sein Blick auf das Porträt, das von dem Laken ordentlich verhüllt ist, so, wie er das eigenhändig zuvor getan hatte. Dann war das also auch wieder ein Traum gewesen! Doch die zur Faust geballte Hand spürte immer noch, daß da etwas in ihr gelegen hatte. Sein Herzschlag war so heftig, daß man es schon mit der Angst bekommen konnte, das beklemmende Gefühl in der Brust unerträglich. Er starrte durch den Spalt und richtete seine Augen fest auf das Laken. Und plötzlich sieht er ganz klar, daß es sich nach der Seite bewegt, als seien Hände darunter am Werke, die es abzuwerfen suchen. »Herr im Himmel, o mein Gott, was ist das!« schrie er, bekreuzigte sich voller Verzweiflung – und erwachte.

Also wieder ein Traum! Er sprang aus dem Bett, verstört, seiner Sinne kaum mächtig und außerstande, sich klarzumachen, was mit ihm vorging: War es ein Alpdrücken gewesen, quälte ihn der Hausgeist, handelte es sich um eine Fieberphantasie oder einen Wachtraum? In dem Bemühen, seiner seelischen Erregung irgendwie Herr zu werden und sein Blut

wieder ruhiger fließen zu lassen, das in seinen Adern kochte
und seinen Pulsschlag hochpeitschte, trat er ans Fenster und
öffnete die Lüftungsklappe. Ein kalter Wind wehte herein
und brachte ihn zu sich. Das Mondlicht breitete sich noch
immer über die Dächer und die hellen Wände der Häuser,
obwohl einige Wölkchen am Himmel aufzuziehen begann-
gen. Alles war still: Dann und wann vernahm das Ohr aus der
Ferne das Knarren einer Droschke, deren Kutscher irgendwo
in einer versteckten Seitengasse in Erwartung eines verspäte-
ten Fahrgastes eine Mütze voll Schlaf nahm, zu einem Nik-
kerchen verleitet von seiner trägen Mähre. Tschartkow
blickte lange hinaus, den Kopf durch die Lüftungsklappe
geschoben. Schon tauchten am Himmel die ersten Anzeichen
der nahenden Morgenröte auf. Nach einiger Zeit spürte er,
wie ihn allmählich der Schlaf überkam; er schlug die Lüftungsklappe zu, trat vom Fenster zurück, legte sich zu Bett
und war im Nu in einen tiefen, bleiernen Schlaf gesunken.
   Er erwachte recht spät und in der unerquicklichen Verfassung eines Menschen, der bei starkem Ofendunst geschlafen
hat: sein Kopf schmerzte heftig. Im Zimmer herrschte trübes
Licht; eine unangenehme Feuchtigkeit lag in der Luft und
drang durch die Ritzen der Fenster, die mit fertigen Bildern
oder grundierten Leinwänden verstellt waren. Griesgrämig
und mißmutig wie ein nasser Hahn setzte er sich auf seinen
zerschlissenen Diwan, ohne recht zu wissen, was beginnen,
was tun. Schließlich fiel ihm der ganze Traum wieder ein, der,
je mehr er sich erinnerte, um so bedrückender, um so lebens-
wahrer vor seinem geistigen Auge wieder erstand, so daß er
schließlich zu zweifeln begann, ob es wirklich ein Traum,
eine einfache Halluzination gewesen war, oder ob hier nicht
vielmehr etwas anderes vorlag: daß er mit seinen eigenen
Augen *gesehen* hatte. Er riß das Laken von dem Bild herunter
und sah sich dieses unheimliche Porträt bei Tageslicht an. In
der Tat waren die Augen verblüffend lebensecht, doch vermochte er an ihnen nichts besonders Schreckliches zu entdek-
ken; nur daß sie ein eigenartig unangenehmes Gefühl auslö

sten. Trotz alledem konnte er sich aber nicht vollends davon
überzeugen, daß es sich um einen Traum gehandelt hatte.
Ihm kam es vielmehr so vor, als habe sein Traum ein ganz
bestimmtes schreckliches Stück Wirklichkeit enthalten.
Irgend etwas im Blick und Gesichtsausdruck des Alten schien
zu signalisieren, daß er in dieser Nacht leiblich hier im Zimmer gewesen war; Tschartkows Hand spürte noch etwas von
einem schweren Gegenstand, der in ihr geruht hatte, so als sei
der ihm gerade eben erst entrissen worden. Hätte er die Rolle
nur fester gehalten, so dünkte ihm jetzt – sie läge ihm wohl
auch jetzt noch, nach dem Erwachen, in der Hand.

Mein Gott, hätte ich doch nur einen Teil dieses Geldes!
dachte er, seufzte tief und sah vor seinem geistigen Auge, wie
aus dem Sack jene Rollen mit der betörenden Aufschrift
»Tausend Dukaten« herauspurzelten. Die Geldrollen wurden ausgewickelt, Gold blitzte, sie wurden wieder eingewik-
kelt, und er saß da und starrte bewegungslos und außerstande, einen Gedanken zu fassen, ins Leere, unfähig, sich
von dieser Vorstellung loszureißen, wie ein Kind, das vor
einer Süßspeise sitzt und zusehen muß, wie andere sie auf-
essen, während ihm das Wasser im Munde zusammenläuft.

Ein Klopfen an der Tür rief ihn schließlich unsanft in die
Wirklichkeit zurück. Der Hauswirt trat ein in Begleitung des
Reviervorstehers, dessen Erscheinen bekanntlich für die kleinen Leute noch unangenehmer ist als für die Reichen das
Gesicht eines Bittstellers. Der Besitzer des kleinen Hauses, in
dem Tschartkow wohnte, gehörte zu jenem Menschentyp, zu
dem die Hausbesitzer irgendwo in der Fünfzehnten Linie auf
der Wassiljewskij-Insel, auf der Petersburger Seite oder auch
in einer abgelegenen Ecke von Kolomna nun einmal gehören:
Das ist eine Art von Mensch, wie man ihrer nicht wenige im
heiligen Rußland findet, deren Charakter ebenso schwer zu
definieren ist wie die Farbe ihres abgetragenen Gehrocks. In
seinen jungen Jahren war er Hauptmann gewesen und ein
großer Schreihals, hatte dann im Zivildienst Verwendung
gefunden, war ein Meister darin, anderen eine Tracht Prügel

zu verabfolgen, war mit allen Wassern gewaschen, ein Stutzer sowohl wie ein Dummkopf zugleich. Im Alter nun waren alle diese ausgeprägten Eigenarten zu einer trüben Unbestimmtheit verschmolzen. Jetzt war er verwitwet, lebte im Ruhestand, gab sich nicht mehr als Stutzer, prahlte nicht mehr, zettelte keine Händel mehr an, trank mit Vorliebe nur noch Tee und machte dazu sein Schwätzchen über belanglose Themen. Er ging in seinem Zimmer auf und ab und richtete hin und wieder den Stummel seines Talglichts; pünktlich zum Monatsende suchte er seine Mieter auf, um sein Geld zu holen; hin und wieder trat er mit dem Schlüssel in der Hand auf die Straße hinaus und sah nach dem Dach seines Hauses; mehrmals am Tage jagte er den Hausknecht aus der Hundehütte, wo der sich versteckt hatte, um zu schlafen; kurz: es war ein Mensch im Ruhestand, dem nach einem flotten Leben und so mancher Fahrt in der ratternden Postkutsche nur noch seine trivialen Angewohnheiten geblieben waren.

»Bitte sehen Sie selbst, Waruch Kusmitsch«, sagte der Hauswirt die Arme ausbreitend zum Reviervorsteher, »er zahlt die Miete nicht, er zahlt einfach nicht.«

»Wie soll ich denn, wenn ich kein Geld habe? Gedulden Sie sich nur, ich werde schon zahlen.«

»Ich kann aber nicht warten, mein Bester«, sagte der Hauswirt zornig und schwenkte den Schlüssel, den er in der Hand hielt, »bei mir wohnt zum Beispiel Herr Potogonkin, ein Oberstleutnant, sieben Jahre schon wohnt er hier; und Anna Petrowna Buchmisterowa hat sogar den Schuppen und den Pferdestall mit zwei Boxen bei mir gemietet, sie hat drei Leute Personal – solche Mieter habe ich! Damit Sie es nur wissen: Keine Miete bezahlen, das gibt's bei mir nicht. Wollen Sie also gütigst auf der Stelle bezahlen – und dann ziehen Sie aus.«

»Ja, wenn Sie gemietet haben, dann müssen Sie auch zahlen«, sagte der Reviervorsteher, schüttelte kurz den Kopf und steckte einen Finger hinter die Knopfleiste seiner Uniform.

»Ja und wovon soll ich bezahlen? Das ist doch die Frage. Im Augenblick besitze ich nicht einen Groschen.«

»In diesem Falle befriedigen Sie doch die Forderungen Iwan Iwanowitschs mit den Erzeugnissen Ihres Berufs«, sagte der Reviervorsteher. »Vielleicht ist er damit einverstanden, Bilder in Zahlung zu nehmen.«

«O nein, mein Verehrtester, für Bilder bedanke ich mich. Ich wollte ja nichts sagen, wenn es Bilder wären, die was Honoriges darstellen, so daß man sie an die Wand hängen kann – etwa einen General mit Ordensstern oder das Porträt des Fürsten Kutusow, aber er malt ja immer und ewig nur diesen Muschik, den Bauern im Hemd, seinen Diener, der ihm die Farbe anrührt. So einen Schweinekerl auch noch zu malen! Die Hucke werde ich ihm vollhauen: Der hat mir doch glatt alle Nägel aus den Türriegeln gezogen, dieser Gauner. Schauen Sie sich bloß an, was dieser Mensch hier malt: sein Zimmer malt er! Ich ließe es mir ja noch gefallen, wenn er es wenigstens in einem ordentlichen Zustand dargestellt hätte, aufgeräumt, aber er malt es mit allem Kehricht und Abfall, der hier so rumliegt. Sehen Sie sich das an, wie er mir das Zimmer versaut, schauen Sie sich das bitte mit eigenen Augen an! Dabei habe ich Mieter, die schon sieben Jahre bei mir wohnen, Obersten, Anna Petrowna Buchmisterowa ... Nein, eins sage ich Ihnen: Es gibt keinen schlimmeren Mieter als so einen Maler. Haust wie ein Schwein im Koben, der Herr bewahre einen davor.«

Und all das mußte der arme Tschartkow geduldig anhören. Der Reviervorsteher beschäftigte sich derweil damit, die Bilder und Skizzen zu betrachten, womit er bewies, daß seine Seele bei weitem aufgeschlossener war als die des Hauswirts und sogar für künstlerische Eindrücke empfänglich.

»Oho«, sagte er und deutete mit dem Finger auf eine Leinwand, auf der eine nackte Frau zu sehen war, »das ist ein Sujet, das ... ja, neckisch! Und wieso hat der hier etwas Schwarzes unter der Nase? Ist wohl vom Schnupftabak?«

»Ein Schatten«, antwortete trocken Tschartkow, ohne ihn eines Blickes zu würdigen.

»Den könnte man doch aber auch woanders hinmalen, unter der Nase ist doch eine zu auffällige Stelle«, sagte der Reviervorsteher, »und wen stellt dieses Porträt dar?« fuhr er fort und trat vor das Bildnis des alten Mannes, »der sieht aber wirklich zum Fürchten aus. War er wirklich so unheimlich? Mein Gott, wie der einen anschaut! Das ist ja ein richtiger Gromoboi. Wer hat sich denn da malen lassen?«

»Ich hab das Bild bei –« sagte Tschartkow, vollendete den Satz aber nicht, denn man hörte plötzlich ein Knacken. Der Reviervorsteher hatte wohl mit seinen kräftigen Polizistenpratzen den Rahmen des Porträts etwas zu heftig angepackt; jedenfalls brachen die Seitenstege nach innen durch, und einer fiel herunter. Mit ihm polterte eine Rolle auf den Boden, eingewickelt in blaues Papier. Tschartkow sprang die Aufschrift »Tausend Dukaten« in die Augen. Wie von Sinnen stürzte er auf die Rolle los, um sie aufzuheben, packte sie und hielt sie krampfhaft fest in der Hand, die von dem Gewicht nach unten gezogen wurde.

»War das nicht Geld, was da klirrte?« fragte der Reviervorsteher, der etwas fallen gehört hatte, aber dank der blitzschnellen Bewegung, mit der Tschartkow auf die Rolle losstürzte, über die Ursache des Geräuschs im unklaren war.

»Was geht es Sie eigentlich an, ob ich etwas besitze oder nicht?«

»Das geht mich insofern etwas an, als Sie heute Ihrem Hauswirt die Miete zu bezahlen haben; Sie haben also Geld, aber Sie wollen nicht bezahlen, so liegt doch die Sache.«

»Also gut denn, ich werde noch heute bezahlen.«

»So? Und warum wollten Sie vorhin nicht bezahlen, und warum bereiten Sie dem Hauswirt Ungelegenheiten, und warum bemühen Sie noch dazu die Polizei?«

»Weil ich dieses Geld eigentlich nicht anrühren wollte. Aber ich werde ihm heute abend noch alles bezahlen, was ich schuldig bin, und morgen ziehe ich dann aus, denn ich habe keine Lust, bei so einem Hauswirt länger zu wohnen.«

»Also, Iwan Iwanowitsch, er wird bezahlen«, sagte der

Reviervorsteher, an den Hauswirt gewandt. »Aber sollten Sie nicht ordnungsgemäß zu Ihrem Recht kommen heute abend, dann, Herr Maler, tut es mir leid.«

Mit diesen Worten setzte er seinen Dreispitz auf und trat hinaus in den Flur; der Hauswirt folgte ihm mit gesenktem Kopf – offenbar nachdenklich geworden.

»Gott sei Dank, die wären wir los«, sagte Tschartkow, als er die Flurtür ins Schloß fallen hörte.

Er warf einen Blick in den Flur, schickte Nikita mit irgendeinem Auftrag weg, um ganz allein zu sein, schloß hinter ihm die Wohnungstür, ging zurück in sein Zimmer und machte sich mit heftigem Herzklopfen daran, die Rolle auszuwickeln. Sie enthielt funkelnagelneue Dukaten, gleißend wie Feuer. Seiner Sinne kaum mächtig, saß er über diesem Haufen Gold und fragte sich immer wieder, ob das nicht alles ein Traum sei. Die Rolle enthielt genau tausend Dukaten, und von außen sah sie genauso aus, wie er sie im Traum erblickt hatte. Einige Minuten verbrachte er damit, die Münzen durch die Finger gleiten zu lassen und zu betrachten, und noch immer konnte er es nicht fassen. Durch seinen Kopf schossen sämtliche Geschichten von Schätzen, von Schatullen mit Geheimfächern, die ferne Ahnen ihren ruinierten Nachkommen hinterlassen hatten, fest davon überzeugt, daß deren Verschwendungssucht sie dermaleinst in eine üble Lage bringen werde. Er dachte so: Hat sich da vielleicht wieder mal ein Großpapa ausgedacht, seinem Enkel ein Geschenk zu hinterlassen, und es im Rahmen des Familienporträts versteckt? Bestens vertraut mit den Phantastereien der Romanliteratur, begann er sogar darüber nachzudenken, ob es da nicht eine geheimnisvolle Verbindung zu seinem eigenen Schicksal gebe: Hing vielleicht die Existenz des Porträts mit ihm ganz persönlich zusammen, war der Erwerb des Bildes möglicherweise ein Werk der Vorsehung? Neugierig machte er sich daran, den Bilderrahmen näher zu untersuchen. In die eine Seite war eine Rille hineingestemmt und so geschickt und unauffällig mit einem Brettchen verdeckt worden, daß die

Ruhe der Dukaten bis zum Ende aller Zeiten von niemandem gestört worden wäre, hatte nicht der Reviervorsteher mit seiner Pranke einen Rahmenbruch verursacht. Das Porträt betrachtend, konnte er nur wieder aufs neue staunen über die außerordentliche Kunstfertigkeit, mit der die Augen gemalt waren: Sie kamen ihm jetzt gar nicht mehr so schrecklich vor, und dennoch lösten sie immer wieder ein Gefühl des Unbehagens bei ihm aus, dessen er sich nicht erwehren konnte. Also, sagte er zu sich selbst, wessen Großpapa du auch immer bist, ich lasse dich dafür verglasen und in einen Goldrahmen fassen. Er wühlte mit der Hand in dem Haufen von Goldstükken, der vor ihm lag, und bei dieser Berührung schlug ihm das Herz höher. Was soll ich mit ihnen machen? dachte er, seine Augen fest auf die Dukaten gerichtet. Nun bin ich für mindestens drei Jahre versorgt, kann mich in mein Zimmer einschließen und arbeiten. Geld für Farben habe ich nun, für Mittagessen und Tee, für Unterhalt und Wohnung; auch stören wird mich jetzt niemand mehr, keiner mir auf die Nerven fallen; ich kaufe mir eine erstklassige Gliederpuppe, bestelle mir einen kleinen Gipstorso, mache mir Abgüsse von ein Paar Füßchen, stelle hier eine Venus auf und kaufe mir Stiche nach den berühmtesten Bildern. Und wenn ich drei Jahre so in aller Stille gearbeitet habe, ohne mich zu beeilen, ohne an den Verkauf zu denken, dann steche ich sie alle aus und werde womöglich ein berühmter Maler.

Diese Überlegungen diktierten ihm Vernunft und gesunder Menschenverstand; doch während er das Gold so vor sich liegen sah, meldete sich, immer lauter und vernehmbarer werdend, in seinem Inneren eine zweite Stimme: Die Jugend, der Ungestüm seiner zweiundzwanzig Jahre soufflierte ihm etwas anderes. Jetzt endlich war es ihm möglich geworden, alles zu bekommen, wonach er bisher mit scheelen Augen geblickt hatte, woran er sich nur aus der Ferne ergötzen durfte, wonach ihm das Wasser im Munde zusammengelaufen war. Hach, wie ihm das Herz schlug, wenn er nur daran dachte! Einen modischen Frack anziehen, nach dem langen

Fasten wieder einmal nach Herzenslust schmausen, eine nette Wohnung mieten, ins Theater gehen, in eine Konditorei usw. – auf der Stelle, jetzt gleich! Er raffte sein Geld zusammen und war schon draußen auf der Straße.

Sein erster Weg führte ihn zum Schneider, wo er sich von Kopf bis Fuß neu einkleiden ließ, und mit kindlicher Freude betrachtete er sich dabei immerfort von allen Seiten im Spiegel. Er kaufte Parfüm, Pomaden, mietete ohne zu handeln die erste beste Komfortwohnung auf dem Newskij-Prospekt, die mit Spiegeln ausgestattet war und Fenster hatte mit mannsgroßen Scheiben aus einem Stück. Beiläufig kaufte er in einem Geschäft eine teure Lorgnette, erstand en passant eine Unmenge verschiedenster Krawatten, weit mehr, als er brauchte, ließ sich beim Friseur die Locken drehen und anschließend zweimal ohne jeden Grund in einer Kutsche durch die Stadt fahren, schlug sich in einer Konditorei den Bauch hemmungslos voll Konfekt und begab sich dann in ein französisches Restaurant, über das bisher ebenso unbestimmte Nachrichten an sein Ohr gedrungen waren wie über das Kaiserreich China. Hier dinierte er mit geschwellter Brust, fixierte die anderen Gäste mit hochmütigem Blick und sah dauernd in den Spiegel, um seine gekräuselten Locken zu richten. Auch genehmigte er sich eine Flasche Champagner, ein Getränk, das er bisher nur dem Namen nach kannte. Es stieg ihm ein wenig zu Kopf, und so trat er belebt und frohgemut auf die Straße: Was kostet die Welt? – so sagt man ja wohl. Er stolzierte den Bürgersteig entlang und fixierte die Leute durch seine Lorgnette. Auf einer Brücke traf er seinen ehemaligen Professor, würdigte ihn aber keines Blickes, so als ob er ihn überhaupt nicht bemerkt hätte. Der verblüffte Herr rührte sich noch eine ganze Zeit lang starr vor Überraschung nicht von der Stelle – sein Gesicht ein einziges Fragezeichen.

Noch am selben Abend wurden seine Siebensachen in die Prachtwohnung gebracht: die Staffelei, die Leinwände, die Bilder. Was einigermaßen ansehnlich war, stellte er gut sichtbar auf, alles andere warf er in die Ecke. Ständig in die Spiegel blickend, wandelte er durch seine komfortablen Räume. In seiner Seele keimte der unabweisbare Wunsch auf, den Ruhm sofort beim Schopf zu packen und sich der Welt zu präsentieren. Schon wähnte er die Ausrufe zu hören: »Dieser Tschartkow, dieser Tschartkow! Haben Sie das Bild von Tschartkow gesehen? Diese Pinselführung, wie flott! Was für ein starkes Talent ist doch dieser Tschartkow!« Ganz verzückt wandelte er im Zimmer umher, während seine Phantasie ihn in unbekannte Fernen davontrug. Am Tage darauf nahm er zehn Dukaten, begab sich zum Herausgeber einer vielgelesenen Zeitung und bat ihn um großherzige Unterstützung: Der Journalist zeigte sich sehr entgegenkommend, nannte ihn vom Fleck weg »Verehrtester«, drückte ihm beide Hände, fragte ihn aus über Vornamen, Vatersnamen, Adresse – und tags darauf erschien in seiner Zeitung, gleich nach der Anzeige über die Erfindung einer neuen Art von Talglichtern, ein Artikel mit folgender Überschrift: »Tschartkow – ein Künstler mit außergewöhnlichen Talenten«.

»Wir beeilen uns, die gebildeten Bürger unserer Hauptstadt mit der Nachricht von einer Entdeckung zu erfreuen, die in jeder Hinsicht als beglückend bezeichnet werden darf. Alle sind sich wohl darüber einig, daß es unter uns zahlreiche eindrucksvolle Physiognomien und bildschöne Menschen gibt, doch mangelte es bisher an der Möglichkeit, sie auf die wunderwirkende Leinwand zu bannen, um sie so der Nachwelt zu überliefern. Dieser Mangel ist nun behoben: Es hat sich ein Künstler gefunden, der alles Erforderliche in sich vereinigt. Nun darf die Schöne gewiß sein, daß sie in ihrer ganzen Grazie erfaßt wird, in ihrer ätherischen, leichten, bezaubernden, köstlichen Schönheit, vergleichbar den Schmetterlingen, die von Frühlingsblüte zu Frühlingsblüte flattern. Der ehrwürdige Familienvater kann sich im Kreise der Seinen erblicken. Der Kaufmann, der Krieger, der Bürger, der Staatsmann – jeder wird mit neuem Eifer seine Tätigkeit fortsetzen. Kommen Sie rasch, eilen Sie herbei, nach einer Mußestunde, nach einem Spaziergang, nach der Visite bei einem Freund, bei einer Cousine, nach einem Besuch in einem Luxusgeschäft – eilen Sie herbei, woher Sie auch kommen! Das prächtige Atelier (Newskij-Prospekt Nr. soundso) steht voller Porträts von seiner Hand, eines van Dyck oder Tizian würdig. Man weiß nicht, worüber man mehr staunen soll: über die treue Wiedergabe des Originals oder die ungewöhnliche Leuchtkraft und Frische der Farben. Bravo, verehrter Künstler! Sie haben ein Glückslos gezogen! Vivat, Andrej Petrowitsch!« (Der Journalist liebte den familiären Ton, wie man sieht.) »Mehren Sie Ihren Ruhm und den unseren. Wir wissen Sie zu schätzen. Großer Zulauf und damit auch Geld (mögen auch einige Journalistenkollegen darob die Nase rümpfen) werden Ihr Lohn sein.«

Der Maler las diese Anzeige mit heimlichem Vergnügen; sein Gesicht strahlte. Daß über ihn geschrieben wurde, war neu für ihn; so las er denn die Zeilen immer wieder. Der Vergleich mit van Dyck und Tizian schmeichelte ihm sehr. Auch der Satz »Vivat, Andrej Petrowitsch!« gefiel ihm über die Maßen; sich schwarz auf weiß bei Vor- und Vatersnamen genannt zu sehen, war eine Ehre, die ihm bisher völlig unbekannt geblieben war. Mit schnellen Schritten ging er im Zimmer auf und ab, fuhr sich durch die Haare, setzte sich in einen Sessel, sprang wieder auf und nahm auf dem Diwan Platz. Dabei stellte er sich immerfort vor, wie er seine Besucher männlichen und weiblichen Geschlechts empfangen würde; er trat vor eine Leinwand und fuhr mit dem Pinsel schwungvoll durch die Luft, wobei er sich bemühte, der Bewegung seiner Hand Grazie zu geben. Tags drauf klingelte es an seiner Tür; er eilte hinaus und öffnete. Eine Dame trat ein, der ein Lakai in pelzgefüttertem Livreemantel voranschritt; an ihrer Seite ein junges, kaum achtzehn Jahre altes Mädchen, ihre Tochter.

»Sie sind Monsieur Tschartkow?« fragte die Dame.
Der Künstler verneigte sich.

»Über Sie wird viel geschrieben; Ihre Porträts, heißt es,
sind unübertrefflich.« Nach diesen Worten führte die Dame
ihre Lorgnette ans Auge und ging schnellen Schrittes die
Wände entlang, an denen absolut nichts zu sehen war. »Aber
wo sind denn Ihre Porträts?«

»Sie sind nicht hier«, erwiderte der Künstler ein wenig
verlegen, »ich bin gerade erst in diese Wohnung umgezogen,
und sie sind noch unterwegs . . . sie sind noch nicht angekommen.«

»Sie waren in Italien?« fragte die Dame und richtete ihre
Lorgnette auf ihn, da sie nichts anderes entdecken konnte, auf
das sie sie hätte richten können.

»Nein, ich war noch nicht dort, ich hatte es vor . . . Übrigens habe ich es jetzt vorerst aufgeschoben . . . Darf ich Ihnen
einen Stuhl anbieten, Sie sind vielleicht müde? . . .«

»Danke, nein, ich habe lange in der Kutsche gesessen. Ah,
hier sehe ich ja einige Arbeiten von Ihnen«, sagte die Dame,
eilte zur gegenüberliegenden Wand und richtete ihre Lorgnette auf die auf dem Boden stehenden Entwürfe, Skizzen,
Perspektiven und Porträts. »C'est charmant! Lise, Lise,
venez ici! Hier ist ein Zimmer in der Manier Teniers', schau
mal: diese Unordnung, dieses Durcheinander, ein Tisch, auf
ihm eine Büste, ein Arm, eine Palette; und hier der Staub,
schau mal, wie der Staub gezeichnet ist! C'est charmant! Und
hier, auf dieser Leinwand: die Frau, die ihr Gesicht wäscht –
quelle jolie figure! Ach, ein Bäuerlein! Lise, Lise, ein Bäuerlein im russischen Hemd! Schau nur: ein Bäuerlein! Sie befassen sich also nicht nur mit Porträts?«

»Oh, das ist nichts von Belang . . . Nur so zum Spaß . . .
Studien . . .«

»Sagen Sie bitte, was halten Sie von den heutigen Porträt-
malern? Solche wie Tizian gibt's doch nicht mehr, habe ich
recht? Die Kraft seines Kolorits – das gibt es einfach nicht
mehr, und es gibt auch nicht mehr . . . Wie schade, daß ich

mich Ihnen nicht auf russisch verständlich machen kann« (die
Dame liebte die Malerei und hatte mit der Lorgnette in der
Hand alle Galerien in Italien durchstreift). »Aber Monsieur
Nul . . . Das ist ein Maler! Eine ganz ungewöhnliche Pinsel-
führung! Ich finde sogar, in seinen Gesichtern liegt mehr
Ausdruck als in denen Tizians. Kennen Sie vielleicht Mon-
sieur Nul?«

»Wer ist dieser Nul?« fragte der Künstler.

»Monsieur Nul! Ach, was für ein Talent! Er hat sie gemalt,
als sie gerade zwölf war. Sie müssen uns unbedingt einmal
besuchen. Lise, zeig ihm doch dein Album! Sie müssen nämlich wissen, daß wir in der Absicht gekommen sind, sie malen
zu lassen und damit sofort zu beginnen.«

»Sehr gern, ich bin bereit.«

Im Nu hatte er die Staffelei mit einer vorbereiteten Leinwand herangerückt. Er nahm die Palette in die Hand und
richtete seine Augen auf das blasse Gesichtchen der Tochter.
Wäre er ein Kenner der menschlichen Natur gewesen, so
hätte er hier sogleich die ersten Anzeichen kindischer Leidenschaft für Bälle erkannt, die Anzeichen von Langeweile und
des Lamentos über die ach so lange Zeit, die bis zum Diner
und danach vergeht, Anzeichen des Wunsches, sich im neuen
Kleid auf der Promenade zu präsentieren, sowie die deutli-
chen Spuren lustlos betriebener Künste, welche die Mutter
ihr zwecks Bereicherung von Seele und Gefühl aufzwang.
Doch Tschartkow sah an diesem hübschen Lärvchen nur das,
was ihn als Maler reizte: eine nahezu porzellanartige Transpa-
renz des Gewebes, ein bezauberndes, leichtes Schmachten,
einen schlanken, weißen Hals und eine aristokratische Zart-
heit der Figur. Im Geiste nahm er seinen Triumph schon
vorweg; er würde die Gewandtheit und die Perfektion seiner
Pinselführung beweisen, die er bisher lediglich an den harten
Zügen grobschlächtiger Modelle, an formstrengen Antiken
oder Kopien irgendwelcher klassischer Meister hatte erpro-
ben können. Dieses zarte Gesichtchen hier würde bestens
herauskommen; er sah es bereits vor sich.

»Wissen Sie«, sagte die Dame, und ihr Gesicht bekam einen fast rührenden Ausdruck, »ich hatte es ja gern . . . sie hat jetzt ein Kleid an; ich möchte eigentlich, offen gesagt, nicht, daß sie in dem Kleid gemalt wird, an das wir uns schon so gewöhnt haben; ich hätte es lieber, wenn sie ganz einfach gekleidet wäre und im Schatten von Bäumen dasäße, den Blick auf Felder gerichtet und in der Ferne eine Herde oder einen Hain . . . Es sollte nicht so aussehen, als sei sie im Begriffe, auf einen Ball zu fahren oder auf eine schicke Abendgesellschaft. Unsere Bälle, offen gesagt, lassen die Seele ersticken, sie töten auch das letzte bißchen Gefühl ab . . . Schlicht soll es werden, möglichst schlicht.«

O weh! Mutter wie Tochter stand es ins Gesicht geschrieben, daß beide ihrer Lust zu tanzen mit leidenschaftlicher Hingabe gefrönt hatten: ihr Teint ließ einen an Wachsfiguren denken.

Tschartkow machte sich ans Werk. Er setzte sein Modell zurecht und überlegte kurz, wie er an seine Aufgabe herangehen sollte. Mit ein paar schwungvollen Bewegungen des Pinsels durch die Luft fixierte er im Geiste die Hauptpunkte. Hierauf kniff er kurz die Augen zusammen, trat zurück, warf aus der Distanz einen Blick über das Ganze – und binnen einer Stunde hatte er das Werk in seinen Umrissen komponiert. Soweit zufrieden, machte er sich an die Ausführung; die Arbeit nahm ihn ganz gefangen. Schon hatte er alles um sich her vergessen, sogar, daß er sich in Gesellschaft aristokratischer Damen befand. Nach und nach traten die lässigen Umgangsformen des Künstlers wieder hervor: Er gab allerlei Laute von sich und begleitete seine Handbewegungen durch Gesumm und Gebrumm – wie das halt so üblich ist, sobald ein Maler sich mit ganzer Seele seinem Werk hingibt. Ohne sich irgendwelchen Zwang aufzuerlegen, ließ er immer wieder, auf den bloßen Wink seines Pinsels hin, sein Modell den Kopf heben, bis es schließlich immer unruhiger wurde und Zeichen von totaler Ermüdung gab.

»Genug, fürs erstemal ist es genug«, sagte die Dame,

»Nur noch ein wenig«, protestierte der in seine Arbeit ver-
tiefte Maler.

»Nein, es ist Zeit! Lise, drei Stunden«, sagte die Mutter,
warf einen Blick auf die kleine Uhr, die an einer goldenen
Kette an ihrem Gürtel hing und schrie auf: »Mein Gott, wie
spät!«

»Nur noch einen Augenblick«, flehte Tschartkow im naiv-
bittenden Ton eines Kindes.

Aber die Dame war offenbar nicht bereit, seinen künstlerischen Bedürfnissen weiter Rechnung zu tragen, und versprach lediglich, man werde beim nächsten Mal zu einer län-
geren Sitzung zur Verfügung stehen.

Das ist denn doch ärgerlich, dachte Tschartkow, meine
Hand ist gerade recht in Schwung gekommen. Und er erinnerte sich, daß niemand ihn in seiner Werkstatt auf der Wassiljewskij-Insel bei der Arbeit unterbrochen oder geheißen
hatte, vorzeitig Schluß zu machen. Nikita saß stets ohne sich
zu rühren an seinem Platz – mal mich, solange du Lust hast;
hin und wieder schlief er sogar in der ihm befohlenen Pose
ein. Unzufrieden legte Tschartkow Pinsel und Palette auf
einen Stuhl und blieb mißmutig gestimmt vor der Leinwand
stehen. Dann fiel ihm das Kompliment wieder ein, das die
Dame der Gesellschaft ihm gemacht hatte, und weckte ihn
aus seiner Geistesabwesenheit auf. Er stürzte rasch zur Tür,
um seine Besucherinnen hinauszubegleiten; auf der Treppe
wurde er eingeladen, gelegentlich vorzusprechen und in der
nächsten Woche zum Mittagessen zu kommen. Mit vergnügter Miene kehrte er in sein Zimmer zurück, völlig bezaubert
von der aristokratischen Dame. Bisher hatte er in solchen
Geschöpfen unerreichbare Wesen gesehen, nur dazu geboren, um in prächtigen Kaleschen mit livrierten Lakaien und
stattlichen Kutschern dahinzujagen und dem in seinem billi-
gen, armseligen Mantel dahertrottenden Fußgänger kaum
mehr als einen gleichmütigen Blick zu schenken. Und nun auf
einmal war eines dieser Geschöpfe in sein Zimmer getreten; er
malt ein Porträt, ist zum Essen in ein aristokratisches Haus

eingeladen. Er fühlte sich rundum zufrieden wie nie zuvor; ja, er war wie berauscht und belohnte sich selbst mit einem ausgezeichneten Mittagessen und einem Theaterbesuch am Abend. Danach ließ er sich noch einmal ohne Grund und Ziel in der Kutsche durch die Stadt fahren.

An seine eigentliche, gewöhnliche Arbeit verschwendete er in diesen Tagen nicht einen einzigen Gedanken. Er bereitete sich nur voll gespannter Erwartung auf den Augenblick vor, da die Türglocke läuten würde. Und dann war es soweit: Die aristokratische Dame erschien wieder mit ihrer bläßlichen Tochter. Er bot ihnen einen Stuhl an, rückte schwungvoll und bereits mit einem Anflug von mondänem Gehabe die Staffelei mit der Leinwand heran und machte sich ans Malen. Es kam ihm sehr zustatten, daß die Sonne schien und helles Licht herrschte. Er entdeckte an seinem ätherischen Modell so manches, das – recht erfaßt und auf die Leinwand gebannt – dem Porträt beträchtliche künstlerische Qualität verleihen konnte; ihm wurde klar, daß er etwas Besonderes zustande bringen könnte, sofern er alle Details in jener Vollendung festhielt, in der sie ihm die Natur gerade präsentierte. Sein Herz begann sogar ein wenig zu klopfen, als er spürte, daß sich hier etwas sichtbar machen ließ, was vor ihm überhaupt noch niemand wahrgenommen hatte. Sein Tun nahm ihn ganz gefangen, er versenkte sich völlig in seine Arbeit und vergaß wiederum die aristokratische Herkunft seines Modells. Mit angehaltenem Atem beobachtete er, wie die zarten Züge und der fast durchsichtige Körper des siebzehnjährigen Mädchens allmählich auf seinem Bild hervortraten. Jede Nuance fing er ein, ein leichtes Gelb, ein kaum wahrnehmbares Blau unter den Augen, und schon war er drauf und dran, sogar einen kleinen Pickel zu übertragen, der auf der Stirn zum Vorschein gekommen war – als er plötzlich über sich die Stimme der Mutter hörte.

»Aber warum denn das? Das ist doch nicht nötig«, sagte die Dame. »Und dann haben Sie . . . da, an einigen Stellen . . .

dieses leichte Gelb . . . und sehen Sie hier . . . Das sieht ja ganz
so aus wie kleine dunkle Flecken.«

Der Maler begann zu erklären, daß gerade diese kleinen
Tupfen und das zarte Gelb das Farbenspiel hervorbrächten,
daß gerade sie die ansprechende leichte Tönung des Gesichts
bewirkten. Man hielt ihm aber entgegen, daß sie keinerlei
Töne hervorriefen und auch kein Farbenspiel; und daß ihm
das nur so vorkomme.

»Aber gestatten Sie, wenigstens hier an einer Stelle ein ganz
leichtes Gelb hinzutupfen«, sagte der Maler in seiner Naivi-
tät. Aber das erlaubte man ihm nicht. Ihm wurde bedeutet,
daß Lise gerade heute ein wenig indisponiert und in ihrem
Gesicht sonst nicht die geringste Spur von Gelb zu finden sei,
ja daß es gerade durch die besondere Frische seiner Farbe
auffalle. Traurig machte er sich daran, wieder zu löschen, was
sein Pinsel auf der Leinwand hervorgezaubert hatte. So ver-
schwanden manche kaum bemerkbaren Züge und mit ihnen
auch zu einem gewissen Teil die Ähnlichkeit mit dem Original. Gelangweilt gab er dem Bild nun jenes nichtssagende
Kolorit, das man zustande bringt, ohne hinzuschauen, und
das selbst nach der Natur gemalte Gesichter zu kalten, ideali-
sierten Larven werden läßt, wie sie einen von Schülerentwür-
fen anstarren. Doch die Dame war sehr befriedigt, daß die
Farbgebung nun jedes ärgerlichen Details entbehrte. Sie
brachte lediglich ihre Verwunderung darüber zum Ausdruck,
daß die Arbeit sich so lange hinzog, und fügte hinzu, sie habe
gehört, er könne in zwei Sitzungen ein Gemälde fertigstellen.
Der Maler wußte hierauf nichts zu antworten. Die Damen
erhoben sich und schickten sich an zu gehen. Er legte den
Pinsel hin, begleitete sie zur Tür und kehrte dann in mißmuti-
ger Stimmung zu seinem Gemälde zurück, wo er längere Zeit
unbeweglich verharrte. Er blickte es uninteressiert an; durch
seinen Kopf aber geisterten unterdes jene fließenden weiblichen Züge, jene Farbnuancen und leichten Töne, die sein
Pinsel erst auf die Leinwand gebannt, dann aber mitleidslos
wieder eliminiert hatte. Noch ganz von ihnen erfüllt, stellte er

das Porträt beiseite und suchte wieder jenes Köpfchen der Psyche hervor, das er vor längerer Zeit auf einem Stück Leinwand skizziert, aber dann nicht weiter ausgeführt hatte. Es handelte sich um ein gewandt gemaltes, aber völlig idealisiertes, kaltes Gesichtchen, das nur aus den Grundzügen bestand und noch keine lebendige Körperlichkeit angenommen hatte. Um nicht müßig herumzusitzen, nahm er es sich wieder vor – und bereicherte es durch all jene Details, die er am Gesicht seiner aristokratischen Besucherin hatte ausmachen können. Die Züge, Nuancen und Farbtöne, die er dort zunächst eingefangen hatte, fanden auf diese Weise nun hier ihren Platz, in jener reinen Form, in der sie dann erscheinen, wenn der Künstler zunächst die Natur mit den Augen in sich aufnimmt und sich dann wieder von ihr abwendet, um ein ihr ebenbürtiges Werk zu schaffen. Die Psyche gewann an Leben, und die bisher kaum sichtbar gewordene Idee kleidete sich langsam aber sicher in einen sichtbaren Körper. Wie von selbst übertrug sich der Gesichtstyp eines jungen Fräuleins aus der Gesellschaft auf die Psyche, und diese gewann dadurch einen ganz spezifischen Ausdruck, der nun sehr wohl dazu berechtigte, von einem wahrhaft originellen Werk zu sprechen. Im einzelnen wie im ganzen verarbeitete der Künstler offensichtlich alle Details, die ihm das Original dargeboten hatte, und er verlor sich bald völlig an seine neue Aufgabe. Mehrere Tage lang war er nur damit beschäftigt. Und als die uns bereits bekannten Damen wiederkamen, überraschten sie ihn bei eben dieser Arbeit. Er fand nicht mal mehr die Zeit, das Bild von der Staffelei herunterzunehmen. Die Damen stießen einen Schrei des freudigen Erstaunens aus und klatschten in die Hände.

»Lise, Lise! Ach, wie gut getroffen! Superbe, superbe! Was für ein guter Einfall, sie in ein griechisches Kostüm zu kleiden. Nein, welche Überraschung!«

Der Künstler wußte nicht, wie er die Damen von ihrem so angenehmen Irrtum befreien sollte. Peinlich berührt, sagte er leise mit gesenktem Kopf:

»Das ist eine Psyche.«

»Als Psyche? C'est charmant!« meinte die Mutter lächelnd, und auch die Tochter lächelte. »Nicht wahr, Lise, so als Psyche paßt es doch am besten zu dir? Quelle idée délicieuse! Was für eine wundervolle Arbeit! Eines Correggio würdig. Ich muß bekennen, daß ich zwar einiges über Sie gelesen und von Ihnen gehört habe, aber nicht wußte, was für ein Talent Sie haben. Sie müssen unbedingt auch mich malen.«

Offenbar wollte sich die Dame gleichfalls als Psyche dargestellt sehen.

Was soll ich nur mit ihnen machen? dachte der Maler. Aber wenn sie es unbedingt so wollen – soll die Psyche doch darstellen, was ihnen beliebt; laut aber sagte er:

»Bemühen Sie sich bitte hier herüber und nehmen Sie noch ein bißchen Platz, ich will noch letzte Hand anlegen.«

»Oh, ich fürchte, Sie könnten es nur . . . Sie ist ihr auch jetzt schon sehr ähnlich.«

Dem Künstler war natürlich klar, daß hier wieder Besorgnisse wegen des Gelbtons laut wurden, und so beruhigte er sie, indem er erklärte, er wolle lediglich dem Augenausdruck noch ein wenig mehr Glanz geben. In Wahrheit hatte er ein schlechtes Gewissen und wollte seinem Werk nur etwas mehr Ähnlichkeit mit dem Original verleihen, damit ihm niemand den Vorwurf skrupelloser Unverfrorenheit machen könnte. Und wirklich traten die Züge des blassen Mädchens schließlich etwas deutlicher aus dem Antlitz der Psyche hervor.

»Genug!« sagte die Mutter, die schon zu fürchten begann, daß die Ähnlichkeit am Ende zu groß werden würde.

Der Maler wurde reichlich belohnt: mit einem Lächeln, mit Geld, einem Kompliment, einem warmen Händedruck und der Einladung, öfters zum Essen zu kommen; kurz, er empfing eine Unmenge schmeichelhafter Belohnungen.

Das Porträt erregte Aufsehen in der Stadt. Die Dame zeigte es ihren Freundinnen, die alle voll Bewunderung waren für das hohe Können des Malers, dem es gelungen war, die Ähnlichkeit mit dem Original nicht nur zu bewahren, sondern

dessen Schönheit noch zu steigern. Letzteres verkündete man
natürlich nicht, ohne einen leichten Anflug von Neid im Gesicht zu zeigen. Von einem Tag auf den anderen wurde der
Künstler nun mit Aufträgen geradezu überhäuft. Man hätte
meinen können, daß die ganze Stadt von ihm gemalt werden
wollte. Alle Augenblicke läutete es bei ihm an der Tür. Einer-
seits konnte dies nur gut sein, verhalf es ihm doch durch die
große Zahl der unterschiedlichsten Gesichter zu einer Fülle
an praktischer Erfahrung. Leider jedoch waren das alles
Leute, mit denen man schwer zurechtkam, die es eilig hatten,
beschäftigt waren oder zur feinen Gesellschaft gehörten und
damit noch beschäftigter waren als jeder andere und folglich
äußerst ungeduldig. Alle verlangten nur, das Porträt müsse
schön werden und schnell fertig sein. Dem Maler war klar,
daß es völlig sinnlos war, Vollendung anstreben zu wollen,
daß diese vielmehr durch eine gewandte und flinke Pinselführung ersetzt werden mußte. Es galt, nur das große Ganze im
Blick zu haben, den generellen Ausdruck zu erfassen und sich
nicht mit der detaillierten Ausführung von Feinheiten abzugeben; kurz: es war völlig unmöglich, die Natur in allen Einzelheiten getreulich wiederzugeben. Wir müssen hinzufügen,
daß fast alle Auftraggeber noch eine ganze Reihe Sonderwün-
sche verschiedener Art äußerten. Einige Damen verlangten,
der Maler solle sein Hauptaugenmerk beim Porträtieren auf
Seele und Charakter richten und das übrige unter Umständen
überhaupt vernachlässigen, alle Ecken runden und sämtliche
Mängel zumindest kaschieren, wenn nicht überhaupt weglas-
sen. Er müsse es mit einem Wort so machen, daß der Betrachter sich an dem Antlitz gar nicht sattsehen könne, am besten
aber sich über beide Ohren verlieben würde. Weshalb sie
dann, wenn sie dem Maler saßen, manchmal eine solche
Miene aufsetzten, daß der Künstler darüber nur staunen
konnte: Die eine versuchte ihrem Gesicht den Ausdruck der
Melancholie zu verleihen, eine andere den der Verträumtheit,
eine dritte bemühte sich, koste es was es wolle ihren Mund
klein erscheinen zu lassen, und zog ihn daher derart zusam-

men, daß er schließlich nur noch einen Punkt darstellte, nicht
größer als ein Stecknadelkopf. Und trotz allem verlangte man
von ihm Ähnlichkeit und ungezwungene Natürlichkeit. Die
Männer waren in nichts besser als die Damen. Der eine
wünschte, sich in einer Kraft und Energie ausstrahlenden
Wendung des Kopfes gemalt zu sehen; ein anderer mit verzückt nach oben gerichteten Augen; ein Oberleutnant der
Garde verlangte kategorisch, Mars müsse aus seinen Augen
blicken; ein hoher ziviler Würdenträger war darauf bedacht,
daß sein Gesicht Aufrichtigkeit und Edelmut zum Ausdruck
bringe und wollte seine Hand auf einem Buch ruhen lassen,
auf dem klar und deutlich zu lesen sein müsse: »Ich bin stets
für Recht und Wahrheit eingetreten.«

Anfangs trieben dem Künstler derartige Forderungen den
Schweiß auf die Stirn: Das alles sollte er sich nun vorstellen
und die Umsetzung überdenken – dabei stand ihm nur wenig
Zeit zur Verfügung. Schließlich aber hatte er begriffen, worauf es ankam, und er ließ sich nicht im geringsten mehr aus
der Fassung bringen. Zwei, drei Worte genügten bereits, und
er hatte erfaßt, wie der Betreffende dargestellt zu werden
wünschte. Wollte jemand wie Mars aussehen, so bekam er ein
martialisches Gesicht; wer Byron gleichen wollte, den stellte
er mit leicht gedrehtem Körper in Byron-Pose dar; ob nun
eine Dame eine Corinne, eine Undine oder eine Aspasia zu
sein wünschte – er ging mit größter Bereitwilligkeit auf alles
ein und fügte von sich aus jeweils noch einen reichlichen
Schuß Anmut hinzu, die bekanntlich nirgendwo schadet;
außerdem verzeiht man dann dem Maler in der Regel jeden
Verstoß gegen die Ähnlichkeit. Bald war es soweit, daß er
sich selbst über seine wunderbare Geschwindigkeit und
gewandte Malweise wunderte. Und die Porträtierten, das
versteht sich ja von selbst, waren begeistert und erklärten ihn
zum Genie.

Tschartkow war ein Modemaler geworden – in jeder Beziehung. Er fuhr zu Diners, begleitete Damen in die Galerien
und sogar zu öffentlichen Belustigungen, er kleidete sich wie

ein Stutzer und verkündete jedem, der es hören wollte, daß der Künstler zur Gesellschaft gehören müsse, und es sei an der Zeit, daß seinesgleichen ihr Niveau höben: Die Maler zögen sich an wie die Schuster, sie hätten keine Lebensart, hielten sich nicht an den feinen Umgangston und seien ohne jede Bildung. Bei sich zu Hause, in seiner Werkstatt, führte er ein strenges Regime der Ordnung und Sauberkeit ein, stellte zwei prächtige Lakaien ein, legte sich extravagant auftretende Schüler zu, zog sich dauernd um und erschien jedesmal in einem anderen Morgenrock; er ließ sich Locken brennen, war ständig darauf bedacht, die Art und Weise des Empfangs seiner Gäste weiter zu verfeinern, und arbeitete mit allen Mitteln daran, sein Äußeres gefälliger erscheinen zu lassen, um so einen angenehmen Eindruck auf die Damen zu machen; kurz: es war bald unmöglich, in ihm überhaupt noch jenen bescheidenen Künstler zu erkennen, der vor gar nicht so langer Zeit unauffällig in seiner Klause auf der Wassiljewskij-Insel gearbeitet hatte.

Über die Künstler wie über die Kunst pflegte er sich jetzt sehr kraß zu äußern: Er behauptete, daß man den Malern früherer Zeiten viel zu viel Wert beimesse, daß alle Maler vor Raffael nicht Personen gemalt hätten, sondern Heringe; daß der Gedanke, aus ihren Werken spreche etwas Heiliges, nur in der Phantasie der Betrachter existiere; daß selbst Raffael keineswegs nur Hervorragendes gemalt habe und bei so manchem seiner Werke die hohe Wertschätzung nur auf der Überlieferung beruhe; daß Michelangelo nur ein Angeber gewesen sei, dem lediglich daran gelegen habe, sich mit seiner Kenntnis der menschlichen Anatomie zu brüsten, daß von Grazie bei ihm auch nicht die Spur sei und echter Glanz, ein kräftiger Pinselstrich und Kolorit erst bei den Malern dieses Jahrhunderts zu finden seien. Hier kam er dann natürlich, ganz beiläufig, auf sich selbst zu sprechen.

»Ich vermag nicht zu begreifen«, sagte er dann wohl, »warum andere so ausdauernd und angestrengt über ihrer Arbeit sitzen. Ein Mann, der sich monatelang mit einem Bild

abplagt, ist meiner Meinung nach ein Arbeitssklave, aber kein
Künstler. Ich kann einfach nicht glauben, daß er Talent
besitzt. Ein Genie schafft rasch und kühn. Sehen Sie zum
Beispiel hier dieses Porträt«, pflegte er an seine Besucher
gewandt zu sagen, »ich habe es in zwei Tagen gemalt, dieses
Köpfchen hier in einem Tag, diese Sache hier innerhalb weniger Stunden und das hier in einer reichlichen Stunde. Nein,
wirklich, ich muß es gestehen, ich kann jemanden, der mühsam Strich an Strich fügt, nicht als einen Künstler betrachten;
so was ist Handwerk, aber keine Kunst.«

So produzierte er sich vor seinen Besuchern, und die staun-
ten über die Kraft und die Gewandtheit seiner Pinselführung,
stießen sogar leise Ausrufe der Verwunderung aus, wenn sie
hörten, in welch kurzer Zeit seine Arbeiten ausgeführt worden waren, um anschließend einander zu bestätigen: »Das ist
ein Talent, ein wahres Talent! Haben Sie bemerkt, wie er
spricht, wie sein Auge leuchtet! Il y a quelque chose d'extraordinaire dans toute sa figure!«

Es schmeichelte dem Maler, wenn er von solchen Äußerungen über sich hörte. Wenn in den Zeitschriften sein Ruhm
in gedruckter Form verbreitet wurde, freute er sich wie ein
Kind, obwohl er diese Lobhudeleien selbst für Geld gekauft
hatte. Er trug einen solchen Zeitungsausschnitt überall mit
sich herum, pflegte ihn, scheinbar absichtslos, seinen Bekannten und Freunden zu zeigen und hatte seine naiv-ein-
fache Freude daran. Sein Ruhm wuchs, die Aufträge mehr-
ten sich. Schon begannen ihn die immer gleichen Porträts
und Personen anzuöden, deren Posen und Haltungen er inzwischen aus dem Effeff beherrschte. Schon malte er sie
ohne große Lust, versuchte lediglich noch, den Kopf einigermaßen ansprechend zu gestalten, und überließ den Rest der
Arbeit den Schülern. Früher hatte er immer versucht, die
Haltung wenigstens ein bißchen zu variieren, durch den
kraftvollen Strich und einen besonderen Effekt zu verblüffen.
Jetzt war ihm auch das schon langweilig geworden. Sein Verstand war es längst müde, etwas Neues zu erfinden, sich

etwas einfallen zu lassen. Dazu fehlte es ihm sowohl an gedanklichem Vermögen als auch an Zeit. Seine auf Zerstreuungen gerichtete Lebensweise, seine Verpflichtungen in der Gesellschaft, wo er bemüht war, die Rolle eines Mannes von Welt zu spielen, hoben ihn weit ab von der Arbeit und vom Nachdenken. Seine Malweise verlor jeden Schwung, jede Originalität; kaum merklich fortschreitend schrumpfte sein technisches Reservoir ein, bis er nur noch bestimmte, längst abgenutzte Mittel einsetzte. Die ewig gleichen, aufgedonnerten, ausdruckslosen, gewissermaßen zugeknöpften Gesichter von Beamten, Offizieren und Zivilisten verlangten seiner Kunst wenig ab: Sein Pinsel hatte verlernt, prächtige Draperien auf die Leinwand zu zaubern; ungestüme Bewegungen, Leidenschaften fanden keinen Ausdruck mehr. Von spannungsreichen, wohlmotivierten Kompositionen bei Gruppenbildern konnte gleich gar nicht mehr die Rede sein. Er sah nur noch eine Uniform, ein Korsett, einen Frack – Äußerlichkeiten, die einen Künstler nicht anrühren können und seine Phantasie abtöten. Selbst von den gängigsten Vorzügen war in seinen Werken nichts mehr zu erkennen, obgleich sie nach wie vor hoch gepriesen wurden; wirkliche Kenner und Künstler freilich zuckten nur mit den Schultern, wenn sie seine jüngsten Arbeiten betrachteten. Und so mancher, der Tschartkow von früher her kannte, konnte einfach nicht verstehen, wieso ein Talent sich verflüchtigen konnte, das doch ganz am Anfang so deutlich zu erkennen gewesen war; und vergeblich versuchten sie zu begreifen, wieso bei einem Menschen, dessen Kräfte sich gerade erst voll entfalten, die Begabung so einfach erlöschen kann.

Doch derartige Äußerungen drangen nicht an das Ohr des von seinem Ruhm berauschten Malers. Er kam allmählich in die Jahre, nahm an Leibesumfang zu und ging sichtlich in die Breite. Schon konnte er in den Zeitungen und Zeitschriften Apostrophierungen lesen wie »unser verehrter Andrej Petrowitsch« oder »unser hochverdienter Andrej Petrowitsch ...«. Man trug ihm bereits Ehrenämter an, lud ihn ein,

an Examina teilzunehmen, in Komitees mitzuarbeiten. Und
wie es in einem würdigen Lebensalter so üblich ist, begann er
bereits dezidiert für Raffael und die alten Meister Partei zu
ergreifen – nicht etwa, weil er nun von ihrem künstlerischen
Rang überzeugt gewesen wäre, sondern um ihre Namen boshaft gegen junge Künstler auszuspielen. Schon fing er an – wie
das so zu sein pflegt, wenn man in die Jahre kommt –, den
jungen Leuten ohne Ausnahme Sittenlosigkeit und falsche
Denkweise vorzuwerfen. Schon neigte er der Überzeugung
zu, alle Vorgänge auf Erden seien im Grunde unkompliziert,
Inspiration gebe es nicht, und alles müsse sich dem strengen
System einer genauen, für alle gleichen Ordnung einfügen.
Kurz: Auf seiner Lebensbahn war er in die Jahre eingetreten,
da jeglicher geistige Schwung im Menschen zu verkümmern
beginnt, da die Seele nicht mehr so aufnahmefähig ist für den
kräftigen Geigenton, das Herz von ihm nicht mehr angerührt
und zum heftigen Mitschwingen gebracht wird, da die Berührung mit dem Schönen nicht mehr jugendliche Kräfte auflodern läßt, sondern die ausgebrannten Sinne aufnahmefähig
werden für den Klang des Goldes, in dessen verlockende
Musik sie sich immer aufmerksamer hineinhören, um sich
von ihr allmählich, ohne es selbst recht zu spüren, völlig
einlullen zu lassen. Wer den Ruhm gestohlen, nicht aber sich
verdient hat, kann von ihm keinen Genuß erwarten. Nur den,
der seiner würdig ist, läßt er beständig erschauern. Tschartkows Sehnsucht jedenfalls war mit allen Sinnen ausschließlich
aufs Gold gerichtet. Gold wurde zu seiner Leidenschaft, seinem Ideal, seinem Genuß, seinem Ziel, Gegenstand seiner
Furcht. Die Geldscheinpäckchen in seinen Truhen nahmen
an Zahl immer mehr zu, und wie ein jeder, dem diese schreckliche Gabe zum Schicksal wurde, begann auch er langweilig
zu werden und an allem sein Interesse zu verlieren, außer am
Gold, wandelte auch er sich ohne Not zum Geizhals und
hemmungslosen Raffer, war auch er drauf und dran, zu einem
jener seltsamen Wesen zu werden, deren es in unserer ge-

fühlskalten Welt nicht wenige gibt, auf die ein Mensch, in dem das Leben pulsiert, ein Mensch mit Herz, nur mit Entsetzen blicken kann, muß er doch in ihnen wandelnde Sarkophage sehen, mit einem Leichnam dort, wo sonst das Herz seinen Platz hat. Doch dann geschah etwas, was ihn tief erschütterte und sein ermattetes Ich zu neuem Leben erweckte.

Eines Tages fand er auf seinem Tisch ein Schreiben der Akademie der Künste, in dem diese ihr ehrenwertes Mitglied um sein Urteil über ein neues Werk bat, das ein russischer Maler aus Italien geschickt hatte, wo er sein Können vervollkommnete. Dieser Künstler gehörte zu seinen früheren Kollegen. Von frühester Jugend an hatte er die Leidenschaft für die Kunst in sich gefühlt und sich ihr mit der flammenden Seele eines rastlos Schaffenden völlig hingegeben. Er hatte sich von seinen Freunden und Verwandten zurückgezogen, auf liebe Gewohnheiten verzichtet und war dorthin geeilt, wo unter dem schönsten Himmel die Heimstatt der Künste gedeiht – in jenes wundervolle Rom, bei dessen bloßer Erwähnung das feurige Künstlerherz laut und heftig schlägt. Dort hatte er sich wie ein Einsiedler in seine Arbeit vergraben und sich bei seinem Tun durch nichts ablenken lassen. Es war ihm gleichgültig, ob man sich über seinen Charakter die Mäuler zerriß, über seine Unfähigkeit, Beziehungen zu Menschen aufzubauen und zu pflegen, über seine Mißachtung gesellschaftlicher Umgangsformen, über den Verruf, in den er die Maler durch seine ärmliche Kleidung ohne jeden Schick brachte. Ob sich seine Kollegen über ihn ärgerten oder nicht – ihm war es egal. Er setzte sich über alles hinweg, opferte alles der Kunst. Unermüdlich besuchte er Galerien, ganze Stunden verbrachte er vor den Werken großer Meister, suchte er ihre bewundernswerte Malweise zu erfassen und ihr auf den Grund zu kommen. Keine Arbeit beendete er, ohne sie mehrmals an diesen großen Lehrern zu messen, ohne bei ihren Werken einen stummen und doch für ihn so beredten Rat einzuholen. Er ließ sich nicht auf lärmende Unterhaltungen

und Streitgespräche ein; er ergriff weder für die Puristen noch
gegen sie Partei. Ohne Vorurteil zollte er jedem Künstler
nach Gebühr Anerkennung, machte sich aber aus allem nur
das zu eigen, was schön daran war, und erkannte am Ende
allein den göttlichen Raffael als seinen Lehrer an. So wie ein
großer Dichter, nachdem er zahlreiche Werke aller Art gelesen hat, die voll Anmut sind und reich an großartigen, schönen Stellen, schließlich als Handbuch nur Homers »Ilias« auf
seinem Tisch liegen hat, da ihm klar geworden ist, daß sie
bereits alles enthält, was man nur wünschen mag, daß es
nichts gibt, was nicht bereits hier seine erschöpfende künstlerische Wiedergabe in großer formaler Vollendung gefunden
hätte. Auf diese Weise, in dieser Schule erwarb er sich seine
Vorstellung von einem erhabenen Werk, orientierte sich sein
Denken auf ausdrucksstarke Schönheit, fand seine Malweise
zu begnadeter Anmut.

Als Tschartkow den Saal betrat, fand er bereits zahlreiche
Besucher um das Bild versammelt. Es herrschte tiefstes
Schweigen, wie man das selten erlebt, wenn Kunstliebhaber
in Massen beisammen sind. Er beeilte sich, die gewichtige
Miene eines Kenners aufzusetzen, und trat an das Bild heran;
o Gott, was mußte er sehen!

Rein, makellos, schön wie eine Braut präsentierte sich ihm
das Werk des Malers. Bescheiden, göttlich, unschuldig und
schlicht wie ein Genius überragte es alles. Die himmlischen
Gestalten, verwundert über die vielen auf sie gerichteten
Blicke, schienen schamhaft ihre schönen Wimpern zu senken. Die Kunstkenner konnten sich eines Gefühls der stau-
nenden Verwunderung angesichts dieser neuen, nie dagewe-
senen Malweise nicht erwehren. Verschmolzen schien hier all
das, was er bei Raffael gelernt hatte – zu erkennen an der
Noblesse der Posen –, mit der Frucht seiner Correggio-Stu-
dien: absolute Vollkommenheit der Pinselführung. Gebiete-
rischer als alles andere jedoch trat die Gestaltungskraft hervor, die in der Seele des Künstlers selbst ihre Quelle hatte.
Noch das letzte Detail in dem Gemälde war davon durch-

drungen; Gesetzmäßigkeit und innere Kraft zeigten sich
allenthalben. Sichtbar gemacht waren durchweg jene fließend
runden Linien, die sich in der Natur unter der Oberfläche
verbergen und die allein das Auge eines schöpferischen
Künstlers wahrzunehmen vermag, während beim bloßen
Kopisten alles eckig herauskommt. Man sah, daß der Maler
zuerst alles, was er der Außenwelt entnahm, in sein Inneres
versenkte, von wo er es dann, in seiner Seele gebadet, hinaus-
schickte wie einen feierlichen, harmonischen Gesang. Und
selbst den nicht Eingeweihten wurde klar, was für ein unermeßlicher Abgrund zwischen einem Kunstwerk und einer
bloßen Nachahmung der Natur liegt. Kaum zu beschreiben
war die ungewöhnliche Stille, die sich aller bemächtigt hatte,
die auf das Gemälde starrten – kein Rascheln, kein Laut; und
das Bild schien mit jedem Augenblick an Erhabenheit noch zu
gewinnen, immer leuchtender und wunderbarer hob es sich
von der Umgebung ab und wurde schließlich zu einem wahren Erlebnis, das man der himmlischen Erleuchtung des
Malers verdankte, ein Erlebnis, zu dem das ganze bisherige
Leben des Menschen sich lediglich wie eine Vorbereitung
ausnahm. Die das Bild umstehenden Besucher hatten Tränen
in den Augen. Welchem Stil einer auch immer huldigen, wie
provokativ oder irrig auch sonst sein Geschmacksurteil sein
mochte – hier schien er sich mit allen anderen zu einer stummen Hymne auf ein göttliches Kunstwerk vereinigt zu haben.
Regungslos, mit offenem Mund stand Tschartkow vor dem
Bild; und erst als die Besucher und Kenner allmählich die
Sprache wiederfanden, die künstlerischen Qualitäten des
Werkes zu diskutieren begannen und schließlich auch ihn um
seine Meinung baten – erst da kam er wieder zu sich. Er wollte
seine gewohnte gleichmütige Miene aufsetzen, wollte das
übliche abschätzige Urteil eines Malers abgeben, dessen Seele
längst hart und kalt geworden ist, etwa so: »Freilich, Talent
kann man dem Maler wohl nicht absprechen; etwas ist dran;
irgend etwas wollte er zum Ausdruck bringen, das sieht man;
aber was schließlich das Wichtigste betrifft . . .« Und dem

hätten dann natürlich einige anerkennende Bemerkungen von der Art folgen sollen, die keinem Maler wohl bekommen. So wollte er sich äußern, aber die Worte blieben ihm im Halse stecken; seine Antwort waren – Tränen, und völlig aufgelöst stürzte er schluchzend aus dem Saal.

Wie vor den Kopf geschlagen stand er dann wohl eine volle Minute regungslos in seinem protzigen Atelier. Dieser eine Augenblick vorhin hatte ihn zutiefst aufgewühlt; mit seiner philiströsen Ruhe war es vorbei; als wäre seine Jugend zurückgekehrt, als wäre der schon erloschene Funke seines Talents von neuem aufgeflammt. Es fiel ihm wie Schuppen von den Augen. Oh, mein Gott! So bedenkenlos die besten Jahre seiner Jugend zu vergeuden; den Funken zu ersticken, der womöglich in seiner Brust geglommen hatte und inzwischen – wer weiß – zu einer schönen, leuchtenden Flamme aufgelodert wäre, die vielleicht auch Staunen und Tränen der Dankbarkeit ausgelöst hätte! Dies alles zu vereiteln, es gnadenlos zunichte zu machen! Alle Spannkraft, aller Schwung, die ihm einst eigen gewesen waren, schienen in diesem Augenblick mit einem Schlage in seiner Seele wiederbelebt. Er packte den Pinsel und trat vor eine Leinwand. Der Schweiß angestrengter Bemühung trat ihm auf die Stirn; nur ein Wunsch, nur ein Gedanke brannte jetzt in ihm: er wollte einen gefallenen Engel malen. Diese Idee entsprach am ehesten seinem Seelenzustand. Aber, o weh! Seine Gestalten, seine Posen, seine Ensembles, seine Gedanken – alles wirkte gekünstelt und zusammenhanglos. Seine Pinselführung wie seine Phantasie hatten sich schon zu sehr auf eine bestimmte Schablone festgelegt, und der flügellahme Versuch, die selbstgezogenen Grenzen zu überschreiten, die selbstauferlegten Fesseln abzuwerfen, mußte einfach fehlschlagen, war von vornherein zum Scheitern verurteilt. Er für sein Teil hatte ja die lange, ermüdende Stufenleiter verschmäht, auf der man schrittweise zur Erkenntnis gelangt und sich die ersten grundlegenden Gesetze als Basis künftiger Größe erarbeitet. Mißmut befiel ihn. Er ließ seine jüngsten Werke aus dem

Atelier entfernen, all diese leblosen modischen Bildchen, diese Porträts von Husaren, Damen und Staatsräten. Er schloß sich in seinem Zimmer ein, befahl, niemanden vorzulassen, und versenkte sich ganz in seine Arbeit. Wie ein geduldiger junger Mann, wie ein Schüler saß er über ihr. Doch wie erbarmungslos unzulänglich war alles, was sein Pinsel hervorbrachte! Bei jedem Schritt ließ ihn die Unkenntnis der elementarsten Regeln innehalten; der simple, inhaltslose Automatismus seiner gewohnten Arbeitsweise hatte seinen früheren Schwung erlahmen lassen und stand nun wie eine unüberwindliche Barriere seiner Phantasie im Wege. Unwillkürlich verfiel sein Pinsel der eingelernten Gestaltungsweise, die Hände falteten sich, wie sie das immer getan hatten, dem Kopf vermochte er keine neuartige Drehung mehr zu geben, selbst die Gewandfalten wirkten klischeehaft und wollten sich einfach einer für ihn unüblichen Körperhaltung nicht anpassen lassen. Und er fühlte das, er fühlte es und sah es selbst!

Hatte ich wirklich einmal Talent? fragte er sich schließlich, habe ich mich da nicht getäuscht? Mit solchen Gedanken trat er vor seine alten Arbeiten, die er seinerzeit so reinen Herzens geschaffen hatte, so ohne jeden Seitenblick auf den Markt, als er noch drüben hauste in seiner armseligen, einsamen Klause auf der Wassiljewskij-Insel, fern von den Menschen, als er weder Luxus kannte noch Allüren. Er trat vor sie hin und sah sie sich sorgfältig an. Dabei kam ihm sein ganzes armseliges Leben von damals in Erinnerung. »Ja«, murmelte er verzweifelt, »ich hatte Talent. Anzeichen dafür, Spuren davon sieht man ja allenthalben . . .«

Plötzlich hielt er inne und begann am ganzen Körper zu beben: Sein Blick war einem Augenpaar begegnet, das ihn unverwandt anstarrte. Es gehörte zu jenem ungewöhnlichen Bildnis, das er einst auf dem Schtschukin Dwor gekauft hatte. Die ganze Zeit war es nicht sichtbar gewesen, verstellt von anderen Gemälden und ihm völlig aus dem Gedächtnis geschwunden. Jetzt aber, da man all die modischen Porträts, die Schinken, mit denen seine Werkstatt vollgestopft gewesen war, fortgeschafft hatte, kam es wie mit einer geheimen Absicht wieder zum Vorschein, zusammen mit den Bildern aus seiner Jugendzeit. Wie ihm so die ganze eigenartige Geschichte jetzt wieder in den Sinn kam und ihm einfiel, daß dieses seltsame Porträt in gewisser Weise die Ursache seiner Verwandlung gewesen und der Schatz, in dessen Besitz er auf so wunderbare Weise gelangt war, in ihm all die eitle Geschäftigkeit geweckt hatte, die sein Talent zugrunde richten sollte – er hätte vor Wut rasend werden können. Er befahl, das verhaßte Porträt auf der Stelle fortzuschaffen. Aber seine seelische Erregung legte sich deshalb keineswegs: Sein Inneres war bis auf den Grund seiner Seele erschüttert, und er lernte nun jene schreckliche Qual kennen, die man gelegentlich – als betrübliche Ausnahme – beobachten kann, wenn ein schwaches Talent sich mit aller Kraft bemüht, etwas zustande zu bringen, das seine Grenzen und Möglichkeiten übersteigt, und dabei scheitert; jene Qual, mit der ein Jüngling Großes schließlich hervorzubringen vermag, die jedoch bei dem, welcher die seinen Träumen gesetzten Grenzen einmal überschritten hat, zu einem fruchtlosen Sehnen wird; jene schreckliche Qual, die den Menschen zu fürchterlichen Verbrechen fähig werden läßt.

Ein entsetzlicher Neid kam in ihm hoch, Neid bis zur Raserei. Die Galle wollte ihm überlaufen, sobald er ein Kunstwerk erblickte, das den Stempel des Talentes trug. Er knirschte mit den Zähnen und verschlang es mit dem Blick eines Basilisken. In seiner Seele keimte der teuflischste Plan auf, den je ein Mensch ersann, und mit rasender Leidenschaft stürzte er sich in seine Ausführung. Er machte sich daran, alle überragenden Gemälde aufzukaufen, die die Kunst je hervorgebracht hatte. Sobald er für teures Geld zum Besitzer eines solchen Bildes geworden war, trug er es behutsam in sein Zimmer, um sich dann mit der Wut eines Tigers darüber herzumachen; er zerriß es, zerfetzte es, zerschnitt es und trampelte mit den Füßen unter lautem Gelächter lustvoll auf den Stücken herum. Die gewaltigen Mittel, die er gehortet hatte, erlaubten es ihm, diese teuflische Lust ausgiebig zu befriedigen. Er band seine Geldsäcke auf, öffnete seine Truhen. Nie hatte je ein Monstrum an Unwissenheit so viele herrliche Werke zerstört, wie diesem wütenden Rächer zum Opfer fielen. Bei allen Auktionen, auf denen er sich zeigte, mußte jeder andere von vornherein seine Hoffnung fahrenlassen, ein Kunstwerk zu erwerben. Als habe ein erzürnter Himmel diese furchtbare Geißel eigens zu dem Zweck in die Welt gesandt, alle Harmonie aus ihr zu tilgen. Diese schreckliche Leidenschaft zeichnete seine Züge auf abstoßende Weise: Die beständige Wut verlieh seinem Gesicht einen galligen Ausdruck. Widerwille und Weltverneinung malten sich in seinen Zügen. Man hätte meinen können, er sei eine Inkarnation jenes furchtbaren Dämons, den Puschkin auf so unübertreffliche Weise gestaltet hat. Nichts als hämische Worte und pausenlose Schmähungen kam mehr über seine Lippen. Wenn er wie eine Harpyie auf der Straße erschien, beeilten sich sogar seine Bekannten, kaum daß sie ihn von ferne wahrgenommen hatten, einen großen Bogen um ihn zu machen. Eine Begegnung mit ihm, sagten sie, reiche aus, um einem den Rest des Tages zu vergällen.

Zum Glück für die Welt und die Kunst war ein derart hektisches und gewalttätiges Leben nicht lange durchzuhalten: Seine Manie war in ihren Ausmaßen allzu abnormal und überstieg seine schwachen Kräfte bei weitem. Immer häufiger traten Anfälle von Raserei und Geistesverwirrtheit auf, und am Ende mündete das alles in eine entsetzliche Krankheit ein. Heftigstes Fieber, verbunden mit galoppierender Schwindsucht, befiel ihn so schlimm, daß er binnen drei Tagen nur noch der Schatten seiner selbst war. Hinzu traten alle Anzeichen von hoffnungslosem Wahnsinn. Zuweilen waren mehrere Männer kaum imstande, ihn zu bändigen. Manchmal wähnte er die längst vergessen geglaubten lebendigen Augen des ungewöhnlichen Porträts zu sehen, und dann wurde sein Wüten fürchterlich. Alle Leute, die sein Bett umstanden, kamen ihm wie schreckenerregende Porträts vor. Sie verdoppelten, vervierfachten sich in seinen Augen; die Wände schienen ihm vollgehängt mit Porträts, von denen ihn unbewegliche, lebendige Augen anstarrten. Selbst an der Decke waren sie befestigt und jagten ihm Angst ein, ja sogar auf dem Fußboden lagen sie; das Zimmer dehnte sich, verlängerte sich bis ins Unendliche, um mehr Platz für all diese unbeweglichen Augen zu schaffen. Der Arzt, der seine Behandlung übernommen und schon einiges von der seltsamen Geschichte seines Patienten gehört hatte, war mit allen Mitteln bemüht, den geheimen Zusammenhang zwischen den Wahngebilden und bestimmten Ereignissen seines Lebens herauszufinden – ohne Erfolg. Der Kranke begriff nichts und empfand nichts außer seiner Pein und brachte nur entsetzliches Stöhnen und unverständliche Worte hervor. Schließlich riß sein Lebensfaden mit einem letzten lautlosen, aber qualvollen Anfall ab. Sein Leichnam bot einen erschreckenden Anblick. Von seinen immensen Reichtümern fand sich keine Spur mehr; doch als man die Fetzen jener Meisterwerke erblickte, deren Wert in die Millionen ging, da wußte man, welchen irrsinnigen Gebrauch er von seinem Geld gemacht hatte.

## Zweiter Teil

Zahlreiche Kutschen, Droschken und Kaleschen standen vor dem Eingang eines Hauses, in dem der Nachlaß eines jener reichen Kunstliebhaber unter den Hammer kam, die ihr Leben genüßlich im Kreise von Zephyren und Liebesgöttern verträumt haben, eines jener Zeitgenossen, die – ohne daß sie es darauf angelegt hätten – in den Ruf geraten sind, ein Mäzen zu sein, und die diesem Ruf dann guten Glaubens jene Millionen opfern, die von ihren tüchtigen Vätern angehäuft, ja häufig sogar von ihnen selbst erarbeitet wurden. Solche Mäzene gibt es bekanntlich heute nicht mehr, unser neunzehntes Jahrhundert hat sich längst die langweilige Physiognomie eines Bankiers zugelegt, der sich seiner Millionen lediglich in Gestalt von Zahlen erfreut, die er schwarz auf weiß vor sich sieht. Den langgestreckten Saal füllte ein höchst bunt gemischter Haufen von Besuchern, die herbeigeflattert waren wie die Raubvögel zu einem unbestatteten Leichnam. Eine ganze Flottille russischer Kaufleute aus dem Gostinyj Dwor, ja sogar vom Trödelmarkt war hier vor Anker gegangen, sämtlich in blauen deutschen Gehröcken. Ihr Auftreten war hier irgendwie fester, ihr Gesichtsausdruck ungezwungener, nicht gekennzeichnet von jener süßlichen Dienstfertigkeit, die beim russischen Kaufmann so ins Auge fällt, sobald er in seinem Laden einem Kunden gegenübersteht. Hier taten sie sich keinerlei Zwang an, obwohl in dem Saale sich auch zahlreiche Aristokraten befanden, vor denen sie sich an anderem Orte so tief zu verbeugen pflegten, als wollten sie den Staub aufwischen, den sie mit ihren eigenen Stiefeln hereingetragen hatten. Hier waren sie völlig gelöst, befühlten ungeniert Bücher und Bilder, um die Qualität der Ware zu prüfen, und überboten kühn den Preis, den die gräflichen Kenner genannt hatten. Hier fanden sich auch etliche jener unvermeidlichen Auktionsbesucher, die sich ein solches Erlebnis zum täglichen Frühstücksersatz erkoren haben; Kenner aus den Reihen der Aristokratie, die es für ihre Pflicht ansehen, keine Gelegenheit auszulassen, ihre Sammlung zu erweitern, und die zwischen zwölf und ein Uhr ohnehin nichts anderes mit sich anzufangen wissen; schließlich jene edlen Herren, deren Kleider schäbig und deren Taschen leer sind, und die sich ohne jede Nützlichkeitserwägung Tag für Tag einfinden, lediglich um festzustellen, wie es ausgeht, wer bereit ist, tief in die Tasche zu greifen, und wer nicht, wer wen überbietet und wem was schließlich zugeschlagen wird. Völlig ungeordnet standen zahlreiche Bilder herum; dazwischen Möbel und Bücher mit den Monogrammen der früheren Besitzer, die aber möglicherweise überhaupt nicht die löbliche Neugier besessen hatten, einen Blick hineinzuwerfen. Chinesische Vasen, marmorne Tischplatten, neue und alte Möbel mit

geschwungenen Linien, mit Greifen, Sphinxen und Löwen-
pranken, mit und ohne Vergoldung, Kronleuchter, Zuglam-
pen – alles bunt durcheinander und keineswegs schön geord-
net wie in den Läden. Das alles bot sich den Blicken dar als ein
Chaos der Künste. Überhaupt haben wir beim Anblick einer
Auktion stets ein unheimliches Gefühl: Das alles kommt
einem vor wie eine Leichenfeier. Der Saal, in dem sie stattfin-
det, hat immer etwas Düsteres. Die mit Möbeln und Bildern
vollgestellten Fenster lassen nur wenig Licht herein, Schweigen malt sich in den Gesichtern, der Auktionator spricht mit
Grabesstimme, läßt seinen kleinen Hammer niederfallen und
hält jenen armen Kunstobjekten das Totenamt, die durch gar
seltsame Zufälle hier zusammengekommen sind. Das alles
verstärkt wohl noch unser eigenartig beklommenes Gefühl.

Die Auktion war offenbar in vollem Gange. Etliche biedere
Männer standen eng beisammen und bemühten sich um die
Wette, irgend etwas zu ersteigern. Von allen Seiten ertönte es:
»Ein Rubel, ein Rubel, ein Rubel«, so rasch, daß der Auktionator gar nicht die Zeit fand, den gebotenen Preis zu wieder-
holen, der inzwischen bereits auf das Vierfache des festge-
setzten Wertes angestiegen war. Es ging um ein Bild, das die
Menge umstand, ein Porträt, das jeden in seinen Bann ziehen
mußte, der nur die geringste Ahnung von Malerei besaß. Das
überragende Können des Künstlers war offensichtlich. Wie es
aussah, war das Porträt schon einige Male restauriert und
aufgearbeitet worden. Es stellte einen Asiaten in einem weiten Umhang dar, mit dunkelbraunem Gesicht von unge-
wohntem, eigenartigem Ausdruck; was die Umstehenden
aber besonders beeindruckte, das waren die ungewöhnlich
lebensechten Augen. Je länger man sie anschaute, um so tiefer
schienen sie einem ins Innere zu sehen. Diese seltsame
Erscheinung und die Frage, mit welchem Trick der Künstler sie zustande gebracht hatte, beschäftigte fast alle Betrachter. Viele Interessenten waren bereits zurückgetreten, weil
der Preis unglaublich in die Höhe getrieben worden war.
Nur zwei Aristokraten, bekannte Liebhaber der Malerei,

wollten auf keinen Preis auf eine solche Erwerbung verzichten. Sie gerieten immer mehr in Rage und hatten wahrscheinlich den Preis bis ins Unendliche hochgetrieben, hätte sich
nicht plötzlich einer der Beobachter dieser Szene zu Wort
gemeldet:

»Gestatten Sie mir bitte, für einige Zeit Ihren Streit zu
unterbrechen. Möglicherweise habe ich nämlich mehr als
jeder andere ein Recht auf dieses Porträt.«

Diese Worte lenkten sogleich die allgemeine Aufmerksamkeit auf den Sprecher. Es war ein schlanker Mann, etwa Mitte
dreißig, mit langen schwarzen Locken. Sein anziehendes
Gesicht, das heitere Sorglosigkeit ausstrahlte, ließ auf ein
Innenleben schließen, dem all die ruinösen Ausschweifungen
der feinen Welt unbekannt sind; seine Kleidung wollte nicht
modisch sein: alles an ihm verriet den Künstler. Und es war
auch einer, der Maler B., vielen der Anwesenden persönlich
bekannt.

»So sonderbar Ihnen auch meine Worte erscheinen
mögen«, fuhr er fort, als er die allgemeine Aufmerksamkeit
bemerkte, die sich ihm zugewandt hatte, »aber wenn Sie sich
bereitfinden, eine kleine Geschichte anzuhören, dann werden
Sie vielleicht erkennen, daß ich ein Recht hatte, so zu sprechen. Alles deutet darauf hin, daß dies eben jenes Porträt ist,
nach dem ich suche.«

Eine nur zu verständliche Neugier begann sich auf allen
Gesichtern zu malen, und sogar der Auktionator unterbrach
seine Beschäftigung und schickte sich an zuzuhören – mit
offenem Mund, das Hämmerchen in der erhobenen Hand.
Zu Beginn der Erzählung hielten viele ihre Blicke unwillkürlich auf das Porträt gerichtet; je spannender sie dann aber
wurde, um so gebannter schauten sie auf den Maler.

»Sie kennen gewiß jenen Stadtteil, der Kolomna heißt«,
begann er. »Dort ist alles anders als in den übrigen Petersburger Stadtteilen; das ist da weder Hauptstadt noch Provinz;
betritt man die Straßen von Kolomna, so hat man unweigerlich das Gefühl, als verlasse einen augenblicklich jede Jugend

liche Sehnsucht, jeder Drang der Leidenschaft. Hier schaut die Zukunft nicht herein, hier herrscht Windstille, Abschied vom tätigen Dasein, hier findet sich alles, was sich aus dem bewegten Leben der Hauptstadt zurückgezogen hat. Hierher übersiedeln pensionierte Beamte, Witwen, Leute, denen es an Geld mangelt, die aber auf Bekannte im Senat zählen und sich deshalb entschlossen haben, hier den Rest ihres Lebens zu verbringen; ausgediente Köchinnen, die sich nun den lieben langen Tag auf den Märkten herumtreiben, im Kramladen mit dem Besitzer tratschen und sich täglich mit Kaffee für fünf und mit Zucker für vier Kopeken eindecken. Und dann gibt's hier noch einen Haufen Leute, die man mit einem einzigen Wort charakterisieren kann: ›aschgrau‹, das heißt Leute, deren Kleidung, Gesichter, Haare und Augen irgendwie trist, eben ›aschgrau‹ erscheinen, wie ein Tag, an dem es weder stürmt noch die Sonne am Himmel steht – ein Wetter halt, weder Fisch noch Fleisch: Alles ist diesig, die Dinge haben kein klares Profil mehr. Zu dieser Art von Leuten kann man die in Pension geschickten Theaterdiener zählen, die Titularräte im Ruhestand, die abgedankten Zöglinge des Mars mit ausgestochenem Auge und verunstalteter Mundpartie. Diese Leute sind völlig teilnahmslos, sie laufen umher, ohne etwas richtig anzuschauen, sie schweigen, ohne an etwas zu denken. Habseligkeiten befinden sich in ihren Zimmern kaum; gelegentlich nicht mehr als eine Flasche reinen russischen Wodkas, von dem sie sich den ganzen Tag lang in regelmäßigen Abständen ein Gläschen genehmigen, ohne daß er ihnen merkbar zu Kopfe stiege, wie das dank des ansehnlichen Quantums zu geschehen pflegt, das sich ein junger deutscher Handwerker gewöhnlich am Sonntag hinter die Binde gießt, so ein Hans Dampf von der Meschtschanskaja-Straße, der nach Mitternacht den ganzen Bürgersteig für sich allein beansprucht.

Schrecklich einsam ist das Leben in Kolomna: Nur selten zeigt sich mal eine Kutsche, sieht man einmal von dem Gefährt ab, welches die Schauspieler benutzen, das polternd, rumpelnd und knarrend gelegentlich die überall herrschende Stille unterbricht. Hier geht jedermann zu Fuß; der Droschkenkutscher fährt nicht selten ohne Fahrgast, mit einer Fuhre Heu für sein zottiges Pferdchen. Eine Unterkunft bekommt man schon für fünf Rubel im Monat, sogar mit Morgenkaffee. Die Aristokratie in diesem Stadtteil bilden die Witwen, die ihre Pension verzehren; ihr Lebenswandel ist einwandfrei, sie fegen häufig ihr Zimmer, schwatzen mit den Freundinnen über die gestiegenen Preise bei Rindfleisch und Kohl; nicht selten gibt's da eine noch junge Tochter, still und zurückhaltend, mitunter recht hübsch, dazu einen widerlichen Köter und eine Wanduhr mit traurig tickendem Pendel. Die nächste soziale Schicht stellen die Schauspieler, denen es ihre Gage nicht gestattet, aus Kolomna wegzuziehen, ein freies Völkchen, das – wie alle Künstler – dem Vergnügen lebt. Sie sitzen im Schlafrock herum, reparieren eine Pistole, basteln aus Pappe allerlei Dinge, die sich im Haushalt verwenden lassen, spielen Dame oder Karten mit einem Freund, der zu Besuch gekommen ist, und verbringen auf diese Weise den Vormittag. Abends tun sie so ziemlich dasselbe, nur daß sie sich dazu hin und wieder einen Punsch genehmigen. Auf die Aristokratie und die Wichtigtuer von Kolomna folgt als nächste Schicht ein schwer definierbares Volk, Krethi und Plethi. Diese Leute lassen sich genauso wenig einordnen, wie man die zahllosen Insekten berechnen kann, die in abgestandenem Essig aufzutauchen pflegen. Alte Weiblein, die beten; alte Weiblein, die saufen; alte Weiblein, die sowohl beten wie auch saufen; die Lumpen und alte Wäsche wie Ameisen von der Kalinkin-Brücke zum Trödelmarkt schleppen, um sie dort für fünfzehn Kopeken zu verkaufen; kurz gesagt also jener unglückliche Bodensatz der menschlichen Gesellschaft, dessen Lage zu verbessern keiner der wohlmeinenden politischen Ökonomen bisher ein Mittel gefunden hat.

Ich habe Ihnen diese Leute geschildert, damit Sie verstehen, daß sie nicht selten gezwungen sind, kurzfristig eine finanzielle Überbrückungshilfe zu finden, ein Darlehen auf zunehmen; im Hinblick darauf lassen sich in diesem Milieu Wucherer eines besonderen Typs nieder, die gegen Pfand und hohe Zinsen minimale Summen ausleihen. Diese kleinen Wucherer sind gewöhnlich wesentlich mitleidsloser als alle großen, weil sie ihr Gewerbe inmitten der Armut und der offen zur Schau gestellten Lumpen betreiben, welche der vermögende Pfandleiher nie zu sehen bekommt, da er es nur mit Leuten zu tun hat, die bei ihm mit der Kutsche vorfahren. Und so erstirbt denn in ihrer Seele nur gar zu früh jedes Gefühl für Menschlichkeit.

Unter den beschriebenen Wucherern gab es einen ... Aber es wäre vielleicht ganz gut, wenn ich Ihnen sagte, daß die Begebenheit, von der ich erzählen möchte, im vorigen Jahrhundert stattgefunden hat, in der Regierungszeit der verstorbenen Kaiserin Katharina II. Ihnen ist damit bewußt, daß das Erscheinungsbild Kolomnas wie das Leben dort wesentlich anders aussahen. Also denn: Es gab unter den Wucherern einen, der sich schon vor längerer Zeit in diesem Stadtteil niedergelassen hatte und ein in jeder Hinsicht ungewöhnliches Geschöpf war. Er trug einen weiten asiatischen Umhang; sein dunkler Teint ließ auf südliche Herkunft schließen, doch niemand konnte genau sagen, welcher Nation er angehörte, ob er nun ein Inder, ein Grieche oder ein Perser war. Sein hoher, das Normalmaß übersteigender Wuchs, sein braungebranntes, ausgemergeltes Gesicht mit seiner undefinierbar furchterregenden Tönung, die großen, ungewöhnlich feurigen Augen und die dichten buschigen Brauen hoben ihn deutlich und scharf von all den aschgrauen Einwohnern der Hauptstadt ab. Selbst seine Behausung ähnelte in nichts den übrigen kleinen Holzhäusern. Es war ein Steinbau, wie sie einst in großer Zahl von genuesischen Kaufleuten gebaut wurden – mit unregelmäßig angeordneten Fenstern verschiedener Größe, mit eisernen Fensterläden und Riegeln. Dieser Wucherer unterschied sich von anderen seiner Art auch schon dadurch, daß er jede beliebige Summe bereithielt und jedem aushelfen konnte, der bettelarmen

Greisin wie dem verschwenderisch lebenden Würdenträger
bei Hofe. Bei seinem Hause fuhren häufig die glänzendsten
Equipagen vor, aus deren Fenstern manchmal luxuriös
gekleidete vornehme Damen herausschauten. Natürlich verbreitete sich bald das Gerücht, seine eisernen Truhen seien
randvoll gefüllt mit Unmengen von Geld, Geschmeide, Brillanten und Pfandstücken aller Art; dabei sei er aber keineswegs von solcher Habgier besessen wie die anderen Wucherer. Er lieh sein Geld bereitwillig aus und räumte scheinbar
recht günstige Zahlungstermine ein; doch sorgte er regelmäßig dafür, daß die Zinsen dank einer etwas eigenartigen
Berechnungsweise auf eine unwahrscheinliche Höhe kletterten. So jedenfalls wollte es das Gerücht wissen. Was aber am
eigenartigsten war und so manchen stutzig machte, war das
seltsame Schicksal all derer, die von ihm Geld erhielten: alle
nahmen sie ein unglückliches Ende. Ob das nun bloß die
allgemeine Volksmeinung so wissen wollte, ob es törichtes,
abergläubisches Gerede war oder absichtsvoll ausgestreute
üble Nachrede – das hat man nie in Erfahrung gebracht. Aber
etliche Vorfälle, die sich binnen kurzer Frist vor aller Augen
abspielten, waren denn doch bemerkenswert und gaben sehr
zu denken.

Ein junger Mann aus bestem Hause, Angehöriger der Aristokratie jener Jahre, erregte allgemeine Aufmerksamkeit
dadurch, daß er sich schon in früher Jugend im Staatsdienst
auszeichnete. Er war ein glühender Verehrer alles Wahren
und Erhabenen, ein Förderer all dessen, was die Kunst und
der menschliche Geist hervorgebracht haben, ein Mann, der
den künftigen Mäzen in sich ahnen ließ. Bald wurde er auch
gebührend von der Monarchin selbst ausgezeichnet, die ihm
ein wichtiges Amt anvertraute, das völlig seinen eigenen
Wünschen entsprach, einen Posten, auf dem er viel für die
Wissenschaft und überhaupt für das Gute tun konnte. Der
junge Würdenträger umgab sich mit Künstlern, Poeten, Wis-
senschaftlern. Allen wollte er seine helfende Hand leihen,
überall neue Anstöße geben. Auf eigene Kosten ließ er eine

Menge nützlicher Bücher drucken, vergab zahllose Aufträge, stiftete Förderpreise, gab dafür eine Menge Geld aus und geriet so schließlich in finanzielle Bedrängnis. Vorangetrieben von seinen hochherzigen Bestrebungen, wollte er sein Werk jedoch nicht im Stich lassen, suchte deshalb überall Geld zu leihen und wandte sich schließlich an den bewußten Wucherer. Er nahm bei ihm ein bedeutendes Darlehen auf – und war binnen kürzester Zeit wie umgewandelt. Jetzt verfolgte er den Geist und knebelte das Talent, wo immer sie sich zu entfalten anschickten. In allen Werken entdeckte er schädliche Stellen, aus jedem Wort hörte er einen zweifelhaften Sinn heraus. Zu allem Unglück brach damals die französische Revolution aus und lieferte ihm den Vorwand für Gemeinheiten aller Art. Allenthalben entdeckte er nun einen revolutionären Hintersinn, überall glaubte er Anspielungen wahrzunehmen. Er wurde derart mißtrauisch, daß er am Ende gar sich selbst beargwöhnte; er fabrizierte fürchterliche, verleumderische Anzeigen und stürzte gar manchen ins Unglück.

Es versteht sich von selbst, daß die Kunde von solchen Taten schließlich auch den Thron erreichen mußte. Die großherzige Monarchin erschrak. Von Edelsinn erfüllt, Zierde aller gekrönten Häupter, fand sie Worte, die uns zwar nicht bis ins einzelne genau überliefert werden konnten, deren tiefer Sinn sich aber den Herzen vieler Menschen eingeprägt hat. Die Herrscherin bemerkte, nicht die Monarchien seien es, wo edle, erhabene Seelenregungen unterdrückt würden, nicht dort verachte und verfolge man die Schöpfungen des Geistes, der Poesie und der Künste; vielmehr seien allein die Monarchen in der Regel deren Beschützer gewesen; unter ihrem großmütigen Schutz konnten sich ein Shakespeare, ein Molière entfalten, während für einen Dante kein Platz in seinem republikanischen Vaterland gewesen sei; das wahre Genie trete hervor zu Zeiten des Glanzes der Herrscher und der Stärke ihrer Staaten, nicht aber in Perioden abstoßenden politischen Sittenverfalls und des republikanischen Terrors, welcher der Welt bisher keinen einzigen Dichter geschenkt habe. Poeten und Maler müsse man auszeichnen, denn was sie der Seele einpflanzten, seien allein Ruhe und Harmonie, nicht aber Unfrieden und Widerstreit. Gelehrte, Dichter und alle anderen Schöpfer von Kunstwerken seien Perlen und Brillanten in einer kaiserlichen Krone: durch sie erstrahle die Epoche eines großen Herrschers noch schöner, erhalte sie zusätzlichen Glanz. Kurz: In dem Augenblick, da die Kaiserin diese Worte aussprach, war sie von göttlicher Schönheit. Ich erinnere mich, daß ältere Leute Tränen in den Augen hatten, wenn sie davon erzählten.

Alle nahmen an dem Vorfall Anteil. Zur Ehre unseres Nationalstolzes muß festgehalten werden, daß in russischen Herzen stets die schöne innere Bereitschaft lebendig ist, die Seite des Unterdrückten zu ergreifen. Der Würdenträger, der das allgemeine Vertrauen mißbraucht hatte, wurde seines Postens enthoben und exemplarisch bestraft. Am schlimmsten war für ihn freilich die Strafe, die im Gesicht seiner Landsleute geschrieben stand: entschiedene und völlige Verachtung. Es fehlen einem die Worte zu schildern, wie seine eitle Seele darunter litt; gedemütigter Stolz, enttäuschter Ehrgeiz, zusammengebrochene Hoffnungen – alles kam zusammen, und nach einer Serie schrecklicher Anfälle von Wahnsinn und Raserei fand sein Leben ein abruptes Ende.

Ein zweiter aufsehenerregender Fall vollzog sich gleichfalls vor aller Augen: Unter den Schönen, an denen damals in unserer nördlichen Hauptstadt kein Mangel herrschte, gab es eine, die entschieden den ersten Platz unter ihresgleichen einnahm. Sie erschien wie eine wunderbare Verschmelzung unserer nördlichen Schönheit mit dem Reiz des Südens, ein Brillant, wie er auf Erden selten vorkommt. Mein Vater versicherte mir, er habe niemals in seinem Leben etwas Ähnliches gesehen. Alles schien bei ihr zusammenzukommen: Reichtum, Geist und Seelenanmut. Bewerber gab es die Menge, unter ihnen an herausragender Stelle den Fürsten R., den edelsten und anziehendsten von allen jungen Leuten. Schön

von Angesicht und von ritterlichem Geist geprägt, verkör-
perte er das hohe Ideal der Romane und der Frauen – ein
Grandison in allen Beziehungen. Fürst R. war leidenschaftlich verliebt bis zum Wahnsinn; eine ebenso flammende Liebe
wurde ihm entgegengebracht. Den Verwandten erschien
jedoch die Partie zu ungleich. Die Stammgüter des Fürsten
gehörten ihm schon längst nicht mehr, die Familie war in
Ungnade gefallen, und es war allgemein bekannt, daß es um
seine wirtschaftlichen Verhältnisse nicht zum besten stand.
Plötzlich verläßt der Fürst für einige Zeit die Hauptstadt,
angeblich, um seine finanziellen Angelegenheiten zu ordnen,
und kehrt bald darauf in unermeßlichem Pomp und Gepränge
zurück. Bombastische Bälle und Festivitäten machen auch
den Hof auf ihn aufmerksam. Der Vater der Schönen gibt
seinen Widerstand auf, und in der Stadt findet eine höchst
interessante Hochzeit statt. Wie es zu dieser Wende gekommen war, woher die unerhörten Reichtümer des Bräutigams
stammten, wußte niemand mit Sicherheit zu sagen; hinter
vorgehaltener Hand allerdings erzählte man sich, er sei dem
rätselhaften Wucherer gegenüber irgendwelche ominösen
Verpflichtungen eingegangen und habe bei ihm ein Darlehen
erhalten. Wie dem auch sei, die Hochzeit wurde jedenfalls
zum Tagesgespräch in der ganzen Stadt. Bräutigam wie Braut
waren der Gegenstand allgemeinen Neides. Alle wußten von
ihrer heißen, beständigen Liebe, von der langen, quälenden
Wartezeit, die beide so geduldig ertragen hatten, von ihren
überragenden Charaktereigenschaften. Leidenschaftliche
Frauen malten sich die paradiesischen Wonnen aus, welche
die Jungverheirateten auskosten würden. Aber alles kam ganz
anders. Binnen eines Jahres war mit dem Ehemann eine
schreckliche Veränderung vor sich gegangen. Sein einst so
edler und schöner Charakter war vom Gift mißtrauischer
Eifersucht, Unduldsamkeit und ewiger Launen wie zerfres-
sen. Er war zum Tyrannen seiner Gattin geworden, die er
quälte und – was niemand je für möglich gehalten hätte – auf
unmenschliche Weise behandelte; es kam sogar zu Schlägen.

Binnen eines Jahres war aber auch diese Frau nicht mehr wiederzuerkennen, jene einst glanzvolle Erscheinung, die eine große Zahl ergebener Verehrer zu ihren Füßen gesehen hatte. Außerstande, dieses schwere Los weiter zu tragen, sprach schließlich sie als erste von Scheidung. Der bloße Gedanke daran löste bei ihrem Mann einen Tobsuchtsanfall aus. In der ersten Aufwallung seiner Wut drang er in ihr Zimmer ein, das Messer in der Hand, und hätte sie ohne Zweifel erstochen, hätte man sich nicht auf ihn gestürzt und ihn zurückgehalten. In seinem rasenden Zorn und seiner Verzweiflung richtete er das Messer nun gegen sich selbst und beendete sein Leben unter fürchterlichen Qualen.

Außer diesen beiden Vorfällen, die sich vor den Augen der Öffentlichkeit abspielten, soll es in den niederen Schichten noch viele ähnliche gegeben haben, die fast immer ein schreckliches Ende nahmen. Hier war ein rechtschaffener, nüchterner Mensch zum Trinker geworden; dort hatte ein Kaufmannsgehilfe seinen Herrn bestohlen; oder ein Droschkenkutscher, der jahrelang seine Arbeit ordentlich verrichtet hatte, brachte plötzlich wegen eines Groschens einen Fahrgast um. Natürlich mußten solche Vorfälle, die manchmal beim Erzählen noch tüchtig ausgeschmückt wurden, die biederen Bewohner von Kolomna in Angst und Schrecken versetzen. Niemand zweifelte daran, daß der bewußte Mann mit dem Teufel gemeinsame Sache machte. Es hieß, der Wucherer offeriere Konditionen, die einem die Haare zu Berge stehen ließen und die keiner der Unglücklichen seinen Leidensgefährten zu nennen wagte; seine Geldmünzen – sagte man – besäßen die Eigenschaft, den Menschen zu versengen, sie fingen von ganz alleine an zu glühen und trügen irgendwelche seltsamen Zeichen . . . Kurz, es gab eine Fülle der unsinnigsten Gerüchte. Es war nun bezeichnend, daß die gesamte Bevölkerung von Kolomna, diese ganze kleine Welt der armen alten Frauchen, Subalternbeamten und unbekannten Schauspieler, kurz, alle diese Leute ohne Rang und Namen, die wir vorhin beschrieben haben, darin übereinstimmten,

daß sie lieber endlos die äußerste Not ertragen wollten, als
sich an den schrecklichen Wucherer zu wenden. Man fand
sogar einige an Hunger gestorbene alte Frauen, die lieber
ihren Körper hatten zugrunde gehen lassen, als die Seele zu
verderben. Wer ihm auf der Straße begegnete, wurde von
unabweisbarer Furcht gepackt. Die Passanten wichen ihm
vorsichtig aus und sahen der in der Ferne verschwindenden
ungewöhnlich großen Gestalt noch lange hinterher. Allein
seine äußere Erscheinung war so ungewöhnlich, daß jedermann nicht umhinkonnte, in ihm ein Wesen zu sehen, das
etwas Übernatürliches hatte. Seine markanten Züge waren so
tief eingeschnitten, wie dies bei einem Menschen nicht vorkommt, dazu der leuchtende Bronzeton seines Gesichts,
die ungewöhnlich dichten buschigen Brauen, der unerträg-
liche Blick der schrecklichen Augen, ja sogar noch der Falten-
wurf seines weiten asiatischen Gewandes – alles schien deutlich davon zu zeugen, daß gegen die Leidenschaften, die in
diesem Körper kochten, die Leidenschaften anderer Menschen einfach verblassen mußten. Mein Vater blieb regelmäßig wie angewurzelt stehen, sobald er ihm begegnete, und
jedesmal brach es aus ihm hervor: ›Der Teufel, der Teufel in
Person!‹ Doch ich muß Sie nun erst einmal mit meinem Vater
bekanntmachen, der übrigens die eigentliche Zentralfigur
dieser Geschichte ist.

   Mein Vater war ein in vieler Hinsicht bemerkenswerter
Mensch. Er war ein Maler, wie es wenige gibt, eines von jenen
Wundern, wie sie nur aus Rußlands jugendfrischem Schoße
ans Licht treten, ein Autodidakt, der seine Schaffensprinzi-
pien und -gesetze in seinem Inneren gefunden hatte, ohne die
Hilfe von Lehrern und Schulen, beseelt allein von dem leidenschaftlichen Verlangen nach Vervollkommnung, und der –
aus Gründen, die ihm wohl selbst verborgen blieben – nur
den Weg verfolgte, den seine Seele ihm wies. Er gehörte zu
jenen von den Zeitgenossen nicht selten mit dem kränkenden
Titel eines ›Sonntagsmalers‹ bedachten Naturtalenten, die
herbe Kritik und eigener Mißerfolg nicht entmutigen, son-

dern anspornen, die immer wieder neue Kräfte mobilisieren, zumal sie innerlich längst von jenen Werken abgerückt sind, die ihnen jene so wenig schmeichelhafte Bezeichnung eingetragen hatten. Sein scharfer Instinkt besaß ein Gespür für den einem jeden Dinge innewohnenden Gedanken. Er erfaßte, ohne darüber belehrt zu werden, die wahre Bedeutung des Begriffs ›historisch‹ bei einem Sujet der Malerei; ihm war klar, warum man ein einfaches Köpfchen, ein einfaches Porträt von Raffael, Leonardo da Vinci, Tizian oder Correggio als ›historisch‹ charakterisieren kann, und warum manch riesige Leinwand mit geschichtlichem Sujet doch nur ein Tableau de genre ist – dem Anspruch des Malers zum Trotz, einen Beitrag zur Historienmalerei geleistet zu haben. Aus innerstem Gefühl und eigener Überzeugung wandte er sich der Darstellung christlicher Gegenstände zu, der letzten und höchsten Stufe des Erhabenen. Er besaß weder Ehrgeiz noch jene Überempfindlichkeit, welche die Wesensart so vieler Künstler bestimmt. Er hatte einen festen Charakter, war offen und ehrlich, zuweilen sogar grob, unter seiner ein wenig rauhen Schale verbarg sich ein gewisser Stolz; über die Menschen äußerte er sich ebenso nachsichtig wie schroff. ›Wozu mich nach ihnen richten‹, pflegte er zu sagen, ›ich arbeite ja schließlich nicht für sie. Meine Bilder sind nicht für den Salon bestimmt – in der Kirche wird man sie aufstellen. Wer mich versteht, wird mir danken, wer mich nicht versteht, dennoch zu Gott beten. Einem Angehörigen der besseren Gesellschaft soll man nicht vorwerfen, er habe keinen Sinn für Malerei; dafür versteht er etwas von Karten, kennt sich bei guten Weinen und Pferden aus – was braucht ein solcher Herr sonst noch zu wissen? Am Ende kommt er noch auf die Idee, selbst herumzudilettieren und dann kluge Reden zu führen – der Himmel bewahre uns! Jedem das Seine; soll doch jedermann sich mit dem befassen, wovon er was versteht. Mir ist es viel lieber, jemand sagt geradeheraus, daß er nicht mitreden kann, als daß er so tut, als verstünde er etwas von einer Sache, von der er in Wahrheit keine

Ahnung hat und alles nur heruntermacht und durch die Gosse zieht.‹

Er arbeitete für ein geringes Entgelt, das heißt für einen Lohn, der gerade ausreichte, seine Familie zu unterhalten und die materiellen Voraussetzungen für seine Arbeit zu sichern. Im übrigen verweigerte er niemandem seine Unterstützung und bot einem notleidenden Künstler bereitwillig seine hilfreiche Hand. Er hing dem schlichten, frommen Glauben seiner Vorväter an, und das war vermutlich der Grund, warum auf den Gesichtern, die er malte, wie von selbst jener erhabene Ausdruck erschien, den auch überragende Begabungen nicht zustande brachten. Schließlich errang er dank der Beständigkeit seiner Arbeit und der Unbeirrbarkeit, mit der er seinen Weg ging, sogar die Achtung jener Leute, die ihn als ›Sonntagsmaler‹ und ›hausgemachten Autodidakten‹ abqualifiziert hatten. Ständig erhielt er Aufträge von der Kirche, und die Arbeit riß bei ihm nie ab. Eines seiner Gemälde beschäftigte ihn besonders intensiv. Ich erinnere mich nicht, um was für ein Sujet es sich eigentlich handelte, ich weiß nur folgendes: Es ging darum, auf dem Bild den Geist der Finsternis darzustellen. Lange dachte er darüber nach, welche Gestalt dafür zu wählen sei; das Gesicht sollte alles zum Ausdruck bringen, was den Menschen bedrückt und quält. Bei diesen Überlegungen tauchte vor seinem geistigen Auge hin und wieder das Erscheinungsbild jenes geheimnisvollen Wucherers auf, und plötzlich kam ihm die Idee: Das wäre das richtige Modell für meinen Teufel. Stellen Sie sich nun sein Erstaunen vor, als er eines Tages, während er in seinem Atelier arbeitete, ein Klopfen an der Tür vernahm und darauf der schreckliche Wucherer bei ihm eintrat. Mein Vater konnte sich eines Schauders nicht erwehren, der von innen her seinen ganzen Körper erfaßte.

›Du bist Maler?‹ fragte der Besucher ohne lange Vorrede.

›Allerdings‹, antwortete mein Vater verwundert und wartete, was weiter geschehen würde.

›Sehr gut. Male mich! Mein Ende ist vielleicht nahe. Ich

habe keine Kinder, aber spurlos dahinzugehen widerstrebt
mir. Ich will weiterleben. Kannst du ein Porträt malen, das
den Eindruck erweckt, ich lebte?‹

Mein Vater dachte: Das kommt mir ja wie gerufen – er
bietet sich von selbst als Modell für meinen Teufel an. Er sagte
also zu. Sie einigten sich über Termin und Preis, und bereits
am nächsten Tage fand sich mein Vater mit Palette und Pinsel
bei dem Wucherer ein. Der von einem hohen Zaun umgebene
Hof, die Hunde, die eisernen Türen und Riegel, die Bogen-
fenster, die Truhen, die mit seltsamen Teppichen bedeckt
waren, und schließlich der ungewöhnliche Hausherr selbst,
der unbeweglich vor ihm saß – alles das erschien meinem
Vater sehr befremdlich. Die Fenster waren wie mit Vorbedacht so verstellt und verbaut, daß sie nur von oben Licht
gaben. Hol's der Teufel, sein Gesicht ist jetzt gerade richtig
beleuchtet, dachte mein Vater und machte sich eifrig ans
Werk, als befürchte er, es könne mit der günstigen Beleuchtung plötzlich vorbei sein. Welche Kraft! wiederholte er im
stillen. Wenn ich ihn nur halb so gut hinbekomme, wie er
jetzt dasitzt, dann sticht er mir alle meine Heiligen und Engel
aus; die müßten vor ihm erblassen. Welch teuflische Kraft!
Der steigt mir glatt aus dem Rahmen, wenn ich nur einigermaßen getreu nach der Natur male. Was für ungewöhnliche
Züge! ging es ihm immer wieder durch den Kopf. Er verdop-
pelte seinen Eifer. Und bald konnte er einige dieser Gesichtszüge auf der Leinwand in Erscheinung treten sehen. Aber je
mehr er sich mit ihnen befaßte, um so beklemmender wurde
ihm zumute. Er empfand eine seltsame Unruhe, ohne zu verstehen, wieso. Trotzdem war er fest entschlossen, mit skru-
pulöser Genauigkeit auch das versteckteste Moment, jede
feinste Ausdrucksnuance herauszuholen und festzuhalten.
Zunächst nahm er sich die Augen vor. Aus ihnen sprach eine
derartige Kraft, daß es ganz unmöglich schien, sie mit aller
Genauigkeit naturgetreu wiederzugeben. Dennoch blieb er
bei seinem Vorsatz, koste es was es wolle, auch die letzte, die
feinste Nuance in ihnen aufzuspüren, hinter ihr Geheimnis

zu kommen . . . Doch kaum hatte er begonnen, sich mit ihnen auseinanderzusetzen, das Wesentliche an ihnen herauszuarbeiten, als in ihm eine so seltsame Aversion aufstieg, ein so unerklärlicher Druck sich auf seine Seele legte, daß er den Pinsel beiseite warf und erst nach einiger Zeit wieder imstande war, die Arbeit fortzusetzen. Schließlich konnte er es nicht mehr aushalten; er fühlte, wie der Blick dieser Augen sich in seine Seele bohrte und eine unerklärliche Unruhe auslöste. Am nächsten und erst recht am dritten Tage war es noch schlimmer. Angst ergriff ihn. Er warf den Pinsel hin und erklärte rundheraus, daß er sich außerstande sehe, weiter zu arbeiten. Sie hätten sehen müssen, welche Veränderung bei diesen Worten mit dem seltsamen Wucherer vor sich ging. Er warf sich meinem Vater zu Füßen und flehte ihn an, das Porträt doch zu vollenden, wobei er versicherte, sein Schicksal hänge davon ab, sein Dasein in dieser Welt; viel von seiner Wesensart habe der Maler bereits erfaßt, und sollte das Abbild bis ins letzte naturgetreu geraten, so werde sich sein Leben dank überirdischer Kraft in dem Porträt erhalten und er selbst daher nicht gänzlich sterben; er müsse einfach auch weiterhin in der Welt präsent sein. Entsetzen erfaßte meinen Vater bei diesen Worten: Sie kamen ihm so sonderbar und unheimlich vor, daß er Pinsel und Palette liegenließ und Hals über Kopf aus dem Zimmer stürzte.

Den ganzen Tag und auch die folgende Nacht ließ ihm die Erinnerung an das Gehörte und Erlebte keine Ruhe. Am Morgen schickte ihm der Wucherer das Porträt durch jene Frau, die als einziges menschliches Wesen in seinen Diensten stand. Sie teilte dem Maler mit, ihr Herr wolle das Bild nicht haben, er bezahle nichts dafür und gebe es zurück. Am Abend desselben Tages erfuhr mein Vater, daß der Wucherer gestorben sei und daß man bereits Vorbereitungen treffe, ihn nach den Riten seiner Religion zu bestatten. Das alles kam ihm äußerst seltsam vor.

Von diesem Tage an begannen bei ihm merkbare Veränderungen zutage zu treten: Er wurde unruhig, verfiel in einen

Zustand wachsender Erregung, deren Ursache ihm verborgen blieb, und einige Zeit später tat er etwas, was niemand bei ihm für möglich gehalten hätte. Seit einiger Zeit erregten die Werke eines seiner Schüler bei einem kleinen Kreis von Kennern und Liebhabern wachsende Aufmerksamkeit. Mein Vater hatte immer ein Talent in ihm gesehen und ihm daher sein besonderes Wohlwollen geschenkt. Plötzlich begann er ihn zu beneiden. Das allgemeine Interesse, das der junge Mann fand, und die beifälligen Meinungsäußerungen wurden meinem Vater unerträglich. Und um seinen Ärger voll zu machen, kam ihm eines Tages zu Ohren, daß man seinem Schüler das Angebot gemacht hatte, für einen prächtigen Kirchenneubau ein Bild zu malen. Das brachte ihn vollends in Harnisch. Nein, ich werde nicht zulassen, daß dieser Milchbart die Oberhand gewinnt, dachte er. Die Alten abzuhalftern, das könnte dir so passen, mein Lieber! Ich bin ja, Gott sei Dank, noch bei Kräften. Wollen mal sehen, wer hier wen kaltstellt! Und der geradsinnige, grundehrliche Mann setzte, was er bisher immer verabscheut hatte, ein Ränke- und Intrigenspiel in Gang, das schließlich dazu führte, daß für das Bild ein Wettbewerb ausgeschrieben wurde und andere Maler sich mit ihren Arbeiten beteiligen konnten. Nachdem er dies erreicht hatte, schloß er sich in sein Zimmer ein und nahm mit Feuereifer den Pinsel in die Hand: all seine Kräfte, seine ganze Persönlichkeit gedachte er in die Waagschale zu werfen. Und wirklich: Sein Gemälde wurde eines der besten. Niemand zweifelte daran, daß er den Sieg davontragen würde. Die Bilder wurden ausgestellt, und gegen das seine fielen alle anderen ab – es war wie Tag und Nacht. Bis plötzlich ein Kommissionsmitglied, wenn ich nicht irre, ein Geistlicher, eine Bemerkung machte, die alle überraschte. ›Das Bild dieses Malers verrät zweifellos viel Talent‹, sagte er, ›aber seinen Gesichtern fehlt die Heiligkeit; mehr noch: aus den Augen spricht etwas Dämonisches, so als habe ein böser Geist ihm die Hand geführt.‹ Alle sahen sich daraufhin das Gemälde noch einmal an und konnten nicht umhin, die

Wahrheit dieser Worte anzuerkennen. Mein Vater stürzte zu
seinem Bild, als wolle er sich selbst überzeugen, ob diese
beleidigenden Worte berechtigt seien – und erkannte voller
Entsetzen, daß er fast allen Gestalten die Augen des Wucherers gegeben hatte. Sie strahlten einen dämonischen Vernich-
tungswillen aus, der ihn schaudern machte. Das Bild wurde
abgelehnt, und zu seinem unbeschreiblichen Ärger mußte er
hören, daß seinem Schüler der erste Preis zugesprochen
wurde. Die Wut, mit der er zu Hause ankam, läßt sich kaum
schildern. Viel hätte nicht gefehlt, und er hätte meine Mutter
verprügelt; er jagte die Kinder davon, zerbrach Pinsel und
Staffelei, riß das Porträt des Wucherers von der Wand,
befahl, ein Messer zu holen und den Kamin anzuheizen, und
schickte sich an, sein Werk in Stücke zu zerschneiden und zu
verbrennen. In diesem Augenblick überraschte ihn sein
Freund, ein Maler wie er, ein fröhlicher Bursche, stets zufrieden mit sich selbst, ohne höhere Ambitionen, der frohgemut
jede künstlerische Arbeit übernahm, die man ihm anbot, sich
aber noch weit vergnügter an ein Mittagessen oder an ein
kleines Festmahl machte. Ins Zimmer tretend rief er aus:

›Was tust du da, was willst du da verbrennen?‹ Er trat an
das Porträt heran. ›Aber ich bitte dich! Das ist eines deiner
besten Werke. Das ist doch der Wucherer, der unlängst
gestorben ist; geradezu vollendet! Du hast ihn präzise getroffen, haargenau. Nie haben jemals Augen so lebendig geblickt
wie diese hier.‹

›Und ich will jetzt mal sehen, wie sie im Feuer dreinblik-
ken‹, erwiderte mein Vater und machte Anstalten, das Bild in
den Kamin zu werfen.

›Halt ein, um Gottes willen!‹ rief der Freund und hielt
meinen Vater zurück. ›Wenn du ihn nicht mehr ansehen
kannst, dann gib ihn lieber mir.‹

Mein Vater versuchte erst, auf seinem Willen zu beharren,
doch dann gab er nach, und sein lebenslustiger Kollege zog
mit dem Bild ab, höchst zufrieden mit seiner Erwerbung.

Kaum hatte er das Zimmer verlassen, da fühlte mein Vater

sich schon ruhiger. Als sei mit dem Verschwinden des Bildes eine Last von seiner Seele gefallen. Jetzt wunderte er sich selbst über seine Anwandlungen von Bosheit, über seinen Neid und die offenkundigen Charakterveränderungen bei sich. Er überdachte seine Handlungsweise und wurde tieftraurig. Bekümmert seufzte er:

Es ist schon so: der Herr hat mich bestraft, ich habe es verdient, daß man mein Bild so heftig kritisiert hat. Es war ja meine Absicht, meinem Christenbruder schweren Schaden zuzufügen. Der Dämon des Neides hat mir den Pinsel geführt, und dieses teuflische Gefühl mußte sich einfach auf dem Bild zeigen.

Sogleich begab er sich zu seinem ehemaligen Schüler, schloß ihn fest in seine Arme und bat ihn um Verzeihung. Auch bemühte er sich jetzt, seine Schuld vergessen zu machen, so gut er konnte. Er arbeitete nun wieder so ruhig und friedlich wie zuvor; aber an seinem Gesicht konnte man öfters tiefe Nachdenklichkeit ablesen. Er betete öfter als früher, versank häufiger in tiefes Schweigen, und seine Urteile über die Menschen milderten sich; sein bisher so schroffes Wesen wurde weicher. Bald aber erschütterte ein Vorfall ihn noch mehr. Er hatte schon längere Zeit jenen Kollegen nicht gesehen, der ihm das Porträt abgebettelt hatte. Eines Tages war er gerade im Begriff, ihm einen Besuch zu machen, als jener ganz unerwartet ins Zimmer trat. Nach wenigen Worten und einigen Fragen von beiden Seiten sagte er:

›Übrigens, mein Bester, daß du das Porträt verbrennen wolltest, war gar nicht so falsch. Hol's der Teufel, es ist was Seltsames dran ... Ich glaube zwar nicht an Hexen, aber mach, was du willst: in ihm steckt der Teufel ...‹

›Wie kommst du darauf?‹ fragte mein Vater.

›Ganz einfach: seit ich es bei mir aufgehängt hatte, fühlte ich mich deprimiert und nervös ... als ob ich am liebsten jemanden umbringen würde. Mein Lebtag habe ich nicht gewußt, was Schlaflosigkeit ist, jetzt aber schlief ich entweder überhaupt nicht, oder ich hatte derartige Alpträume ... Und

ich könnte dir nicht mal sagen, ob es wirklich Alpträume
waren oder vielleicht ganz was anderes. Du hast das Gefühl,
der Hausgeist würgt dich, und andauernd geistert dieser verfluchte Alte herum. Mit einem Wort, ich weiß nicht, wie ich
dir meinen Zustand schildern soll. Jedenfalls habe ich so
etwas noch nie erlebt. Die ganze Zeit bin ich wie ein Verrück-
ter herumgelaufen: dauernd diese Angstzustände und das
Gefühl, irgend etwas Unangenehmes kommt auf dich zu! Mir
war so, als könnte ich niemandem ein fröhliches und offenes
Wort sagen; als ob dauernd ein Spion neben mir sitzt. Aber
nachdem ich nun das Porträt meinem Neffen gegeben habe,
der mich darum bat, ist mir mit einemmal zumute, als ob sie
mir einen Stein von den Schultern genommen hätten: Meine
Fröhlichkeit ist zurückgekehrt, wie du siehst. Einen schönen
Teufel hast du da fabriziert!‹

Mein Vater hatte diesem Bericht mit ungeteilter Aufmerksamkeit gelauscht. Dann fragte er:

›Das Porträt befindet sich also jetzt bei deinem Neffen?‹

›Wo denkst du hin! Er hat’s nicht ausgehalten‹, entgegnete
der fröhliche Geselle, ›die Seele des Wucherers muß wohl in
das Porträt übergesiedelt sein: Er steigt aus dem Rahmen,
wandelt im Zimmer herum; und was der Neffe mir erzählt,
übersteigt einfach meinen Verstand. Ich würde ihn ja für verrückt halten, wenn ich dergleichen nicht selbst erlebt hätte.
Er hat das Bild einem Sammler überlassen, aber auch der hat
es mit ihm nicht ausgehalten, es weiterverkauft und sich so
vom Hals geschafft.‹

Diese Worte machten auf meinen Vater einen tiefen Eindruck. Er verfiel ins Grübeln, wurde hypochondrisch und
kam am Ende zu der festen Überzeugung, sein Pinsel habe
dem Teufel als Waffe gedient, ein Teil der Lebensenergie des
Wucherers sei in der Tat irgendwie in das Porträt eingegangen
und bringe die Leute um ihren Seelenfrieden: Er flöße teuflische Wünsche ein, bringe einen Maler von seinem Wege ab,
rufe die schlimmen Qualen des Neides hervor und anderes
mehr. Drei Unglücksfälle, die bald darauf eintraten – der

unerwartete Tod seiner Frau, der Tochter und eines Söhn-
chens –, sah mein Vater als Strafe des Himmels an und faßte
den unumstößlichen Entschluß, der Welt zu entsagen. Ich
war gerade neun geworden, da brachte er mich in der Akademie der Künste unter, rechnete mit seinen Schuldnern ab, zog
sich in ein einsames Kloster zurück, wo er bald darauf als
Mönch eingekleidet wurde. Hier setzte er die ganze Bruderschaft durch die Strenge seiner Lebensweise und die unermüdliche Befolgung aller Klosterregeln in Erstaunen. Als der
Prior erfuhr, daß er ein befähigter Künstler war, verlangte er
von ihm, er solle ein großes Heiligenbild für die Kirche
malen. Doch der demütige Klosterbruder erklärte klipp und
klar, er sei unwürdig, den Pinsel in die Hand zu nehmen;
dieser Pinsel sei entweiht, und er müsse durch große Mühen
und viele Opfer zuerst einmal seine Seele läutern, ehe er würdig werde, ein solches Werk in Angriff zu nehmen. Man
wollte keinen Zwang ausüben. Er seinerseits verschärfte für
sich die Regeln des klösterlichen Lebens, so sehr er konnte.
Schließlich genügte ihm auch das nicht mehr, und um sein
Leben noch härter zu machen, zog er sich mit dem Segen des
Priors in die Wildnis zurück, um völlig allein zu sein. Hier
baute er sich aus Baumzweigen eine Zelle, nährte sich nur
noch von rohen Wurzeln, schleppte Steine von einem Platz
zum anderen oder stand, unablässig betend, mit zum Himmel
erhobenen Händen von Sonnenaufgang bis Sonnenuntergang
auf ein und derselben Stelle. Kurz: er trachtete offensichtlich
danach, alle nur möglichen Grade des Duldens und jener
unbegreiflichen Selbstverleugnung zu erreichen, für die man
Beispiele nur in den Viten der Heiligen finden kann. Auf diese
Weise kasteite er über eine lange Zeit, mehrere Jahre hindurch, seinen Leib und stärkte ihn dabei durch die lebens-
spendende Kraft seines Gebetes.

    Dann erschien er eines Tages im Kloster und verkündete
dem Prior mit fester Stimme: ›Jetzt bin ich bereit. Wenn es
Gott gefällt, werde ich mein Werk vollenden.‹ Das von ihm
gewählte Sujet war die Geburt Christi. Ein ganzes Jahr saß er

daran, verließ seine Zelle nie, ernährte sich spärlich mit roher Kost und betete unablässig. Nach Ablauf eines Jahres war das Bild fertig. Ein Wunderwerk der Malerei, fürwahr! Man muß wissen, daß weder die Brüder noch der Prior viel von Malerei verstanden, doch waren alle tief beeindruckt von der ungewöhnlichen Heiligkeit, die alle Figuren ausstrahlten. Der Ausdruck göttlicher Demut und Sanftheit im Anblick der über ihr Kind gebeugten unbefleckten Mutter, die tiefe Weisheit, die aus den Augen des göttlichen Kindes sprach, die gleichsam ahnungsvoll in die Zukunft blickten, das feierliche Schweigen der von dem göttlichen Wunder erschütterten Könige, die sich vor ihm niedergeworfen hatten, und schließlich die heilige, unbeschreibliche Stille, die von dem Bild ausging – das alles bot sich dem Auge dar in einem so hohen Grad an Harmonie und überwältigender Schönheit, daß der Eindruck geradezu magisch war. Die ganze Bruderschaft sank vor dem neuen Bild auf die Knie, und der gerührte Prior erklärte: ›Nein, menschliches Können allein kann ein solches Bild nicht schaffen: Eine heilige, eine allerhöchste Macht hat hier den Pinsel geführt und der Segen des Himmels auf deiner Arbeit geruht.‹

Zu dieser Zeit beendete ich gerade meine Ausbildung an der Akademie und erhielt eine Goldmedaille, was die erfreuliche Aussicht auf eine Reise nach Italien bedeutete, den schönsten Traum für einen zwanzigjährigen Künstler. Ich hatte nur noch von meinem Vater Abschied zu nehmen, den ich zwölf Jahre lang nicht gesehen hatte. Ich muß gestehen, daß sogar sein Bild schon lange aus meinem Gedächtnis geschwunden war. Ich hatte schon einiges gehört von der asketischen Heiligkeit seines Lebens und mich seelisch darauf eingestellt, einen erschöpften, vom unablässigen Fasten und Wachen ausgezehrten Eremiten voll abweisender Härte vorzufinden, dem nichts auf der Welt mehr etwas gilt außer seiner Zelle und seinem Gebet. Wie sehr war ich daher erstaunt, als mir ein schöner, fast göttlich erscheinender Greis entgegentrat! Keinerlei Spuren von Erschöpfung waren an seinem Gesicht abzulesen, es strahlte vielmehr himmlische Heiterkeit aus. Sein schneeweißer Bart und das feine, fast flaumleichte Kopfhaar, von gleicher Silberfarbe, flossen malerisch auf seine Brust und die Falten seiner schwarzen Kutte herab bis zu dem Strick, mit dem dies ärmliche Mönchsgewand umgürtet war; am meisten aber war ich überrascht, aus seinem Munde Äußerungen über die Kunst zu vernehmen, welche ich, wie ich gestehe, noch lange in meiner Seele bewahren werde, und ich kann nur aufrichtig wünschen, daß jeder meiner Künstlerkollegen das gleiche tut.

›Ich habe dich erwartet, mein Sohn‹, sagte er, als ich vor ihn hintrat, um seinen Segen zu empfangen. ›Der Weg ist klar, den von heute an dein Leben nehmen wird. Dieser Weg ist rein, laß dich nicht von ihm abbringen. Du besitzt Talent; Talent ist die kostbarste Gabe Gottes – mach es nicht zuschanden. Erforsche, studiere alles, was du siehst, mache alles deinem Pinsel untertan, doch achte stets darauf, daß du die Idee aufspürst, die allem innewohnt; vor allem aber bemühe dich darum, in das tiefe Geheimnis der Schöpfung einzudringen. Selig der Erwählte, dem dies gelungen ist. Für ihn gibt es in der Natur keinen niedrigen Gegenstand. Der wahrhaft schöpferische Maler ist im Kleinsten so groß wie im Erhabenen; das Verachtete verliert bei ihm seine Verächtlichkeit, denn die schöne Seele eines schaffenden Künstlers durchdringt unsichtbar das Werk und verleiht selbst dem Verächtlichen einen erhabenen Ausdruck, eben weil es das reinigende Feuer seiner Seele passiert hat. In der Kunst findet der Mensch einen Hinweis auf das Göttliche, auf das himmlische Paradies, und deshalb allein steht sie über allem anderen. Und ebenso hoch, wie die feierliche Ruhe über der Unrast der Welt steht, die Schöpfung über der Zerstörung, ein Engel allein dank der reinen Unschuld seiner lichten Seele über all den unzählbaren Kampfesscharen Satans und seinen stolzen Leidenschaften – ebenso hoch erhebt sich über alles auf Erden die erhabene Schöpfung der Kunst. Bring ihr alles zum Opfer und liebe sie mit aller Leidenschaft! Nicht mit jener Leidenschaft, welche irdisches Begehren atmet, sondern mit einer stillen, himmlischen Leidenschaft; ohne sie ist der Mensch außerstande, sich über das Irdische zu erheben und die herrliche Botschaft zu verkünden, die der Seele Frieden gibt. Denn um dieses Seelenfriedens und der Versöhnung aller willen steigt ein erhabenes Kunstwerk herab auf die Erde. Nicht die Neigung zum Aufbegehren vermag es in die Seele zu senken, sondern das Verlangen, durch das hellklingende Gebet unablässig zu Gott zu streben. Doch es gibt Augenblicke, dunkle Augenblicke . . .‹

Er hielt inne, und ich bemerkte, daß sein leuchtendes Antlitz sich plötzlich verdüsterte, so als sei darauf der Schatten einer flüchtigen Wolke gefallen.

›Es gibt da ein bestimmtes Ereignis in meinem Leben‹, sagte er. ›Bis heute vermag ich nicht zu begreifen, was es eigentlich mit dem seltsamen Modell für eine Bewandtnis hatte, nach dem ich damals ein Bild gemalt habe. Es muß wohl eine Art Teufelserscheinung gewesen sein. Ich weiß, daß die Welt die Existenz des Teufels verneint, und daher will ich nicht von ihm reden. Ich sage nur, daß ich das Bild mit Widerwillen gemalt habe, daß ich zu dieser Zeit keinerlei Liebe für meine Arbeit empfand. Ich wollte mich zwingen, jedes Gefühl in mir unterdrücken und nur getreu nach der Natur arbeiten, auch wenn ich mit dem Herzen nicht dabei war. Es wurde kein Kunstwerk, und deshalb befiel jeden, der es ansah, ein Gefühl der Unrast, weckte es Mißgunst in ihm – nicht jene Gefühle also, die in der Seele eines wahren Künstlers wohnen; denn ein echter Künstler gibt der Seele Frieden, selbst dann, wenn er etwas Erregendes zum Gegenstand genommen hat. Man hat mir erzählt, dieses Porträt gehe von Hand zu Hand und verbreite quälende Ruhelosigkeit. Bei Malern würden Neidgefühle geweckt, finsterer Haß käme auf gegen den Freund und Bruder, böse Begier, den anderen zu verfolgen und zu tyrannisieren. Möge der Allerhöchste dich vor solchen Leidenschaften bewahren! Es gibt nichts Schrecklicheres. Lieber selber die ganze Bitternis aller denkbaren Heimsuchungen auskosten, als jemandem anderen auch nur das geringste Leid zuzufugen. Erhalte dir die Reinheit deiner Seele. Wer zum Gefäß einer künstlerischen Begabung wurde, der muß mehr als andere darauf achten, seine Seele rein zu halten. Einem anderen wird viel verziehen, ihm jedoch nicht. Wenn jemand sein Haus in hellem Festtagsgewand verläßt und durch die Räder eines vorüberfahrenden Wagens mit Kot bespritzt wird – so genügt bereits ein einziger Fleck, und die Leute werden ihn umringen, mit dem Finger auf ihn zeigen und ihn einen Schmutzfinken heißen, während dieselben Leute die vielen Flecken auf den Alltagskleidern der anderen Passanten überhaupt nicht zur Kenntnis nehmen. Denn an der Alltagskleidung fallen Flecken nicht auf!‹

Er segnete und umarmte mich. Niemals mehr in meinem Leben war ich so feierlich bewegt. Von Ehrfurcht mehr als von Sohnesliebe erfüllt, sank ich an seine Brust und küßte ihn auf das wallende silberne Haar. Tränen blitzten in seinen Augen.

›Erfülle mir eine einzige Bitte, mein Sohn‹, sagte er im Augenblick des Abschiedes zu mir. ›Es kann sein, daß dir einmal irgendwo jenes Porträt vor die Augen kommt, von dem ich dir erzählt habe. Du erkennst es sofort an den ungewöhnlichen Augen und ihrem übernatürlichen Ausdruck. – Vernichte es, koste es was es wolle . . .‹

Urteilen Sie selbst! Mußte ich ihm nicht schwören, diese Bitte zu erfüllen? Fünfzehn Jahre sind seitdem vergangen, und nie ist mir etwas zu Gesicht gekommen, auf das auch nur annähernd die Beschreibung gepaßt hätte, die mein Vater mir gegeben hat. Und nun plötzlich hier, auf dieser Auktion . . .«

Der Künstler sprach seinen Satz nicht zu Ende, richtete den Blick auf die Wand, um noch einmal das Porträt in Augenschein zu nehmen. Dieselbe Bewegung vollführte im gleichen Augenblick auch die ganze Masse seiner Zuhörer und suchte mit den Augen das ungewöhnliche Porträt. Jedoch zu ihrer größten Verblüffung befand es sich nicht mehr an seinem

Platz. Ein Murmeln, ein Raunen durchlief die Menge, bis
jemand klar und deutlich bemerkte: »Gestohlen!« Irgend
jemand hatte sich offenbar den Umstand zunutze gemacht,
daß die Aufmerksamkeit der Zuhörer ganz auf den Erzähler
gerichtet war, und das Bild entwendet. Und noch lange waren
sich die Anwesenden nicht darüber im klaren, ob sie diese
ungewöhnlichen Augen wirklich erblickt hatten, oder ob es
nur ein Spuk gewesen war, der ihre vom ausgiebigen Betrachten alter Bilder ermüdeten Augen für einen Moment genarrt
hatte.

# Die Nase

## I

Am 25. März ereignete sich in Petersburg ein ungewöhnlich seltsamer Vorfall. Der Barbier Iwan Jakowlewitsch, wohnhaft am Wosnessenskij-Prospekt (sein Familienname ist nicht erhalten, und sogar sein Ladenschild, das einen Herrn mit eingeseifter Wange zeigt und die Aufschrift trägt »Hier wird auch zur Ader gelassen«, gibt keine nähere Auskunft), der Barbier Iwan Jakowlewitsch erwachte ziemlich früh am Morgen und verspürte den Duft heißen Brotes. Er richtete sich ein wenig im Bett auf und sah, wie seine Gattin, eine respektable Dame, die den Kaffee über alles liebte, gerade ein paar frischgebackene Laibe aus dem Ofen zog.

»Heute werde ich keinen Kaffee trinken, Praskowja Ossipowna«, verkündete Iwan Jakowlewitsch. »Statt dessen möchte ich heißes Brot mit Zwiebeln.«

(Das heißt: eigentlich hätte Iwan Jakowlewitsch nur zu gern sowohl das eine wie auch das andere zu sich genommen; er wußte jedoch, daß es völlig sinnlos war, zwei Dinge auf einmal zu fordern, denn Praskowja Ossipowna hatte für solche Kapricen überhaupt kein Verständnis.) Soll der Dummkopf doch sein Brot haben; um so besser für mich, dachte die Gattin, habe ich eine Portion Kaffee mehr. Und sie warf einen Laib auf den Tisch.

Anstandshalber zog Iwan Jakowlewitsch seinen Frack über das Hemd; darauf nahm er am Tisch Platz, schüttete ein Häufchen Salz auf, machte sich zwei Zwiebeln zurecht, griff nach dem Messer und schickte sich mit gewichtiger Miene an, das Brot anzuschneiden. Er schnitt es mittendurch, betrachtete prüfend das Innere und erblickte zu seiner Überraschung etwas Weißes. Iwan Jakowlewitsch polkte vorsichtig mit dem Messer daran herum und griff mit den Fingern nach. Irgendwas Festes . . . dachte er. Was ist das nur?

Er bohrte mit den Fingern tiefer und zog – eine Nase heraus!... Die Hände sanken ihm herab; er rieb sich die Augen und faßte nochmals hin: Eine Nase, ohne Zweifel! Und noch dazu eine, die ihm bekannt vorkam. Schrecken malte sich auf seinem Gesicht. Doch dieses Entsetzen war nichts im Vergleich zu der Empörung, die in seiner Gattin aufkochte.

»Du Unmensch! Wem hast du denn da die Nase abgesäbelt?« brüllte sie zornbebend. »Halunke! Saufbold! Ich bring dich vor den Kadi, höchstpersönlich! So ein Gauner! Von drei Seiten hab ich schon gehört, daß du beim Rasieren so an der Nase zerrst, daß sie beinahe abreißt.«

Doch Iwan Jakowlewitsch war sowieso mehr tot als lebendig. Er hatte gleich erkannt, daß diese Nase niemandem anderem gehörte als dem Kollegienassessor Kowaljow, den er regelmäßig am Mittwoch und Sonntag rasierte.

»Hör auf, Praskowja Ossipowna! Ich wickele sie in ein Läppchen und lege sie in die Ecke; wir lassen sie da ein bißchen liegen, später trage ich sie dann hinaus.«

»Nichts da! In meinem Zimmer liegt mir keine abgeschnittene Nase herum!... Du taube Nuß, du! Das Rasiermesser über den Riemen ziehen, das kann er gerade noch, aber seine Pflichten zu erfüllen, wie es sich gehört – damit wird's bald ganz aus sein, du Hallodri, du Flasche! Soll ich etwa für dich bei der Polizei den Kopf hinhalten?... Ich könnte dich... du Dreckskerl, du Klotz, dämlicher! Raus mit dir! Bloß raus! Schaff sie weg, egal wohin! Hauptsache, sie ist mir aus den Augen!«

Iwan Jakowlewitsch stand da wie vom Donner gerührt. Er dachte krampfhaft nach und wußte nicht, was er von dem Ganzen halten sollte.

»Weiß der Teufel, wie das passiert ist«, brachte er schließlich heraus und kratzte sich hinter dem Ohr. »War ich nun betrunken gestern abend, als ich heimkam, oder nicht? Kann mich überhaupt nicht erinnern. Das ist ja vielleicht ein Ding! So was gibt's ja gar nicht! Brot ist schließlich was Gebackenes, und eine Nase – ist doch was ganz anderes. Das verstehe, wer will ...!«

Iwan Jakowlewitsch verstummte. Bei dem Gedanken, die Polizei könnte bei ihm die Nase finden und ihn unter Anklage stellen, drohten ihm die Sinne zu schwinden. Vor seinem geistigen Auge sah er bereits einen roten Kragen, schön hübsch mit Silber bestickt, und einen Degen ... und schon erbebte er am ganzen Körper. Schließlich griff er nach seiner Unterwäsche und den Stiefeln, zog sich den ganzen Plunder an, wickelte die Nase in ein Läppchen und trat, von den nachdrücklichen Mahnungen Praskowja Ossipownas begleitet, hinaus auf die Straße.

Er gedachte die Nase irgendwo zu verstecken, etwa unter einem Prellstein am Tor, oder sie wie zufällig an einer Straßenecke fallenzulassen und sich durch die Quergasse davonzumachen. Aber zu seinem Pech begegnete ihm dauernd irgendein Bekannter, der ihn ansprach und fragte: »Wo gehst du hin?« oder: »Wen willst du denn schon so früh rasieren?« Und so fand Iwan Jakowlewitsch einfach keinen geeigneten Moment für sein Vorhaben. Und dann hatte er schließlich eine Gelegenheit abgepaßt und das Päckchen fallenlassen – prompt zeigte von weitem ein Wachmann mit seiner Hellebarde darauf und forderte: »Heb das auf! Du hast da was fallenlassen!« So mußte Iwan Jakowlewitsch die Nase wieder aufheben und in die Tasche stecken. Verzweiflung packte ihn, zumal immer mehr Leute auf der Straße erschienen, denn die Geschäfte und Läden machten nach und nach auf.

Er entschloß sich, zur Isaaks-Brücke zu gehen: vielleicht konnte er sie in die Newa werfen ... Aber ich habe ein schlechtes Gewissen, weil ich bisher überhaupt nichts über Iwan Jakowlewitsch gesagt habe, einen in vieler Hinsicht ehrenwerten Mann.

Iwan Jakowlewitsch war, wie jeder ordentliche russische Handwerker, ein schrecklicher Saufaus. Und obwohl er jeden Tag anderer Leute Kinn schabte, war sein eigenes ewig unrasiert. Iwan Jakowlewitschs Frack (einen Gehrock trug er nie) war scheckig; das heißt, auf schwarzer Grundfarbe prangten braun-gelbe und graue Flecken; der Kragen war speckig, und statt der drei Knöpfe sah man nur noch die Fäden. Iwan Jakowlewitsch war ein großer Zyniker: wenn der Kollegienassessor Kowaljow während des Rasierens wieder einmal konstatierte: »Deine Hände stinken aber auch ewig, Iwan Jakowlewitsch!«, antwortete der Barbier mit einer Frage: »Wonach sollen sie schon stinken?« »Das weiß ich nicht, mein Bester, sie stinken eben«, sagte dann der Kollegienassessor, und Iwan Jakowlewitsch nahm eine Prise und revanchierte sich, indem er ihn nicht nur auf der Backe und unter der Nase, sondern auch noch hinter den Ohren und unter dem Kinn einseifte – mit einem Wort: wo es ihm gerade beliebte.

Dieser ehrenwerte Bürger befand sich nun bereits auf der Isaaks-Brücke. Zunächst blickte er sich um; dann beugte er sich über das Geländer, als ob er unter die Brücke schauen und feststellen wollte, ob dort viele Fische schwimmen; darauf schleuderte er klammheimlich die in einen Lappen gewikkelte Nase ins Wasser. Nun war ihm zumute, als seien ihm zehn Pud auf einmal von den Schultern gefallen; Iwan Jakowlewitsch lächelte sogar. Und anstatt den Beamten das Kinn schaben zu gehen, lenkte er seine Schritte zu einem Etablissement, dessen Aushängeschild »Speisen und Tee« verhieß, um sich ein Glas Punsch geben zu lassen – als er plötzlich am Ende der Brücke die edle Erscheinung des Reviervorstehers erblickte, mit ausladendem Backenbart, Dreispitz und Degen. Er erstarrte vor Schreck; der Polizeibeamte indessen winkte ihn mit dem Finger heran und sagte:

»Komm doch mal her, mein Bester!«

Iwan Jakowlewitsch wußte natürlich, was sich gehört, weshalb er seine Mütze bereits abgenommen hatte. Er trat näher und sagte:

»Wünsche beste Gesundheit, Euer Wohlgeboren!«

»Nein, nein, mein Gutester, nichts von Wohlgeboren; sag

mir lieber mal, was du da gemacht hast, als du auf der Brücke standest?«

»Bei Gott, mein Herr, ich war auf dem Weg zum Rasieren und hab nur mal so geschaut wie schnell das Wasser fließt.«

»Ist ja nicht wahr, du lügst! So kommst du mir nicht davon. Antworte gefälligst!«

»Ich bin bereit, Euer Gnaden zweimal, ja sogar dreimal in der Woche zu rasieren, ganz bestimmt!« antwortete Iwan Jakowlewitsch.

»Komm mir nicht so, mein Freund! Ich habe drei Friseure, die mich rasieren und sich das noch zur großen Ehre anrechnen. Also nun mal raus mit der Sprache, was hast du dort gemacht?«

Iwan Jakowlewitsch wurde bleich . . . Doch an dieser Stelle überzieht dicker Nebel das weitere Geschehen, und was dann passierte, ist völlig unbekannt.

## II

Der Kollegienassessor Kowaljow erwachte ziemlich früh am Morgen und machte mit den Lippen: »Brrr . . .« Das machte er beim Erwachen immer, ohne daß er hätte erklären können, warum. Kowaljow reckte sich und ließ sich den kleinen Spiegel reichen, der auf dem Tisch stand. Er wollte nach dem Pickel sehen, der am Abend zuvor plötzlich auf seiner Nase aufgetaucht war; doch zu seiner größten Überraschung stellte er fest, daß dort, wo seine Nase sein mußte, jetzt nur eine vollständig glatte Stelle war! Kowaljow fuhr der Schreck in alle Glieder, er befahl Wasser zu bringen und rieb sich mit dem Handtuch die Augen blank: Tatsächlich, die Nase war weg! Er tastete die Stelle ab, um zu prüfen, ob er nicht etwa schlafe. Aber offenbar schlief er nicht. Der Kollegienassessor sprang aus dem Bett, schüttelte sich – die Nase war weg! . . . Er ließ sich sofort seine Kleider bringen und eilte schnurstracks zum Oberpolizeimeister.

Inzwischen sollten wir einiges über Kowaljow mitteilen, damit der Leser sich ein Bild machen kann, welcher Art dieser Kollegienassessor war. Kollegienassessoren, die diesen Titel mit Hilfe von Bildungszeugnissen erworben haben, kann man auf keinen Fall mit jenen vergleichen, die es durch ihren Dienst im Kaukasus soweit gebracht haben. Es handelt sich hier um zwei völlig verschiedene Arten. Wissenschaftlich gebildete Kollegienassessoren ... Aber Rußland ist ein so seltsames Land, daß alle Kollegienassessoren, von Riga bis nach Kamtschatka, unweigerlich alles auf sich beziehen, was man über einen von ihnen sagt. Das gilt auch für alle anderen Titel und Ränge. Kowaljow war ein kaukasischer Kollegienassessor. Erst zwei Jahre trug er diesen Titel und konnte ihn daher auch nicht eine Minute vergessen; und um sich noch mehr Vornehmheit und Gewicht zu geben, nannte er sich niemals Kollegienassessor, sondern stets Major. »Paß mal auf, mein Schatz«, sagte er gewöhnlich, wenn er auf der Straße eine Frau traf, die Vorhemden verkaufte, »komm zu mir ins Haus, ich wohne in der Sadowaja; du brauchst nur zu fragen: ›Wohnt hier der Major Kowaljow?‹ Jeder wird es dir zeigen.« Begegnete er aber einem hübschen Lärvchen, dann erteilte er zusätzlich noch einen diskreten Auftrag und fügte hinzu: »Frag nur nach der Wohnung des Majors Kowaljow, mein Herzchen.« So wollen wir denn also auch den Kollegienassessor von nun an nur noch Major nennen.

Major Kowaljow hatte die Gewohnheit, jeden Tag auf dem Newskij-Prospekt zu promenieren. Der Kragen seines Vorhemdes war stets blendend rein und gut gestärkt. Sein Bakkenbart gehörte zu jener Sorte, wie man sie heutzutage noch bei den Landvermessern draußen in den Gouvernements und Kreisen zu sehen bekommt, bei Architekten und Regimentsärzten, bei Leuten, die verschiedene polizeiliche Funktionen zu erfüllen haben, sowie überhaupt bei Männern, welche volle, rote Wangen ihr eigen nennen und vorzüglich Boston spielen: Diese Backenbärte ziehen sich auf der Mitte der Wange geradewegs bis zur Nase. Major Kowaljow trug eine

Menge Petschafte aus Karneol, in die Wappen geschnitten
waren oder Wörter wie: Mittwoch, Donnerstag, Montag und
dergleichen. Major Kowaljow war nicht ohne bestimmte
Absicht nach Petersburg gekommen: Er suchte eine seinem
Rang gemäße Stelle; als Vizegouverneur etwa oder, falls daraus nichts werden sollte, als Exekutor in einer respektablen
Regierungsbehörde. Major Kowaljow war auch nicht abge-
neigt zu heiraten, aber nur dann, wenn die Braut ein Kapital
von 200 000 in die Ehe einbringen würde. Nun kann sich der
Leser wohl eine Vorstellung davon machen, in welcher Lage
sich der Major befand, als er statt einer ganz hübschen und
nicht zu großen Nase eine idiotische Stelle erblickte, eben
und glatt.

Zu seinem Unglück zeigte sich auf der Straße auch nicht
eine einzige Droschke, und er mußte zu Fuß gehen, in seinen Mantel gehüllt, und ein Tuch so vor das Gesicht haltend, als habe er Nasenbluten. Hab ich mir das nicht doch
alles bloß eingebildet; schließlich kann doch eine Nase nicht
so mir nichts dir nichts verschwinden, dachte er und betrat
eine Konditorei, nur um sich in einem Spiegel betrachten zu
können. Zu seinem Glück war er der einzige Gast; die Lehrlinge fegten die Räume und stellten die Stühle zurecht; einige
trugen gerade mit verschlafenen Augen Tabletts mit heißen
Piroggen herein; auf den Tischen und Stühlen lagen die
Zeitungen vom Vortage, braun, fleckig vom vergossenen
Kaffee. »Na, Gott sei Dank, es ist niemand hier«, murmelte
er, »jetzt kann man sich in Ruhe betrachten.« Zaghaft trat er
vor einen Spiegel und schaute hinein. »Verdammt nochmal,
so ein Mist!« stieß er hervor und spuckte aus. »Wenn da
wenigstens etwas anderes wäre anstelle der Nase, aber so gar
nichts . . .!«

Er biß sich ärgerlich auf die Lippen, verließ die Konditorei
und beschloß, ganz gegen seine Gewohnheit, niemanden
anzuschauen und niemandem zuzulächeln. Plötzlich blieb er
wie angewurzelt vor einem Hauseingang stehen; seinen
Augen bot sich ein unerklärlicher Anblick: An der Auffahrt

hatte eine Kutsche Halt gemacht; der Schlag wurde geöffnet; ein Herr in Uniform sprang leicht gebeugt heraus und eilte die Treppe hinauf. Wie groß aber war Kowaljows Erstaunen und sein Entsetzen dazu, als er seine eigene Nase in ihm erkannte. Bei dieser absonderlichen Szene schien in seinen Augen alles kopf zu stehen; die Beine drohten ihm zu versagen, zitternd, wie im Fieber, beschloß er dennoch, koste es was es wolle, die Rückkehr dieser Erscheinung zu ihrem Wagen abzuwarten. Zwei Minuten später kam dieser Herr, der seine Nase war, wirklich wieder heraus. Er trug einen goldbestickten Uniformrock mit hohem Stehkragen und Beinkleider aus Sämischleder; dazu einen Degen an der Seite. Der mit Federn geschmückte Hut ließ darauf schließen, daß er im Range eines Staatsrates stand. Ganz offensichtlich fuhr er aus, um Visiten zu machen. Er blickte nach rechts und nach links, rief dem Kutscher zu: »Fahr vor!«, stieg ein, und der Wagen rollte davon.

Der arme Kowaljow war nahe daran, den Verstand zu verlieren. Er wußte nicht, was er von diesem seltsamen Vorgang halten sollte. Denn wie war es möglich, daß eine Nase, die noch am Tage zuvor ihren Platz in seinem Gesicht gehabt hatte und weder fahren noch gehen konnte, nun in einer Uniform steckte? Er lief hinter der Kutsche her, die zum Glück nicht weit fuhr und vor der Kasaner Kathedrale anhielt.

Er eilte hinein, wobei er sich durch eine Schar alter Bettlerinnen drängte, deren Gesichter bis auf zwei Sehschlitze verhüllt waren – ein Anblick, über den er sich früher immer köstlich amüsiert hatte. Nur wenige Kirchenbesucher befanden sich im Gotteshaus; sie standen alle nahe beim Eingang. Kowaljow war derart durcheinander, daß er völlig außerstande war zu beten. Seine Augen hielten in allen Ecken nach dem bewußten Herrn Ausschau. Schließlich erblickte er ihn: Er stand ein wenig abseits. Die Nase hielt ihr Gesicht völlig verborgen im großen Stehkragen und betete mit einem Ausdruck größter Frömmigkeit.

Wie soll ich mich ihr nähern? dachte Kowaljow. Die Uniform, der Hut, das ganze Drum und Dran völlig klar: das ist ein Staatsrat. Weiß der Teufel, was man da macht!

Er versuchte, in ihrer Nähe durch Hüsteln auf sich aufmerksam zu machen, aber die Nase gab ihre Andachtshaltung auch nicht für einen Augenblick auf und fuhr fort, sich vor den Ikonen zu verneigen.

»Mein Herr . . .«, sagte Kowaljow, nachdem er sich ein Herz gefaßt hatte, »mein Herr . . .«

»Was steht zu Diensten?« antwortete die Nase, indem sie sich umwandte.

»Es kommt mir sehr eigenartig vor, mein Herr . . . aber mir scheint . . . Sie müßten Ihren Platz kennen. Aber wo finde ich Sie . . . rein zufällig? In der Kirche! Sie müssen doch zugeben . . .«

»Entschuldigen Sie, aber ich habe keine Ahnung, wovon Sie da eigentlich reden . . . Bitte drücken Sie sich etwas klarer aus.«

Wie soll ich ihr das erklären? dachte Kowaljow, riß sich zusammen und begann:

»Natürlich, ich . . . übrigens bin ich Major. Es gehört sich doch wohl nicht, ohne Nase herumzulaufen, dem werden Sie doch zustimmen! Eine Marktfrau vielleicht, die auf der Woskressenskij-Brücke geschälte Apfelsinen verkauft, mag ja ohne Nase dasitzen; aber ich, wo ich doch Aussicht auf eine Stelle . . . Und außerdem verkehre ich in zahlreichen Häusern und kenne eine Menge Damen: die Frau Staatsrat Tschechtarjowa zum Beispiel und auch andere . . . Sagen Sie selbst . . . Ich weiß wirklich nicht, mein Herr.« (Hier zuckte Kowaljow mit den Schultern.) »Entschuldigen Sie schon . . . Wenn man die Sache nach dem Pflicht- und Ehrenkodex betrachtet . . . Sie werden selber begreifen . . .«

»Ich begreife überhaupt nichts«, antwortete die Nase. »Erklären Sie sich bitte deutlicher!«

»Mein Herr . . .«, sagte Kowaljow im Bewußtsein seiner persönlichen Würde, »ich weiß nicht, wie ich Ihre Worte

verstehen soll . . . Die Sache liegt doch offenbar völlig klar . . .
Oder wollen Sie etwa . . . Sie sind doch meine eigene Nase!«

Die Nase schaute den Major an, und ihre Augenbrauen
zogen sich unwillig ein wenig zusammen.

»Sie irren, mein Herr. Ich bin, wer ich bin. Und darüber
hinaus können zwischen uns überhaupt keine engen Beziehungen bestehen. Nach den Knöpfen Ihrer Uniform zu urteilen, dürften Sie in einem anderen Ressort Dienst tun.«

Nach diesen Worten wandte sich die Nase ab und versenkte sich wieder ins Gebet.

Kowaljow war wie vom Donner gerührt. Er wußte weder,
was er tun, geschweige denn, was er denken sollte. Just in
diesem Augenblick vernahm er das angenehme Geräusch
raschelnder Damenkleider. Eine ältere Dame trat heran, ganz
in Spitzen, begleitet von einer Zartgliedrigen in hellem Kleid,
das ihre gertenschlanke Taille auf das reizendste modellierte,
mit einem strohgelben Hut, luftig-leicht wie ein Spritz-
kuchen. Hinter ihnen postierte sich ein hochgewachsener
Heiduck mit einem ausladenden Backenbart und einem ganzen Dutzend von Kragen übereinander und öffnete seine
Tabaksdose.

Kowaljow schob sich näher heran, zupfte das Batistkrägel-
chen seines Vorhemdes heraus, ordnete seine an einem goldenen Kettchen hängenden Petschafte, lächelte nach allen Seiten
und wandte seine Aufmerksamkeit jener leichtfüßigen Dame
zu, die sich gerade wie ein Frühlingsblümchen vorneigte und
ihr weißes Händchen mit seinen fast durchsichtigen Fingern
an die Stirn führte. Das Lächeln auf dem Gesicht Kowaljows
wurde noch breiter, als er unter ihrem Hütchen ein rund-
liches, schneeweißes Kinn und einen Teil der Wange ausmachte, auf welcher der Schimmer der ersten Frühlingsrose
lag. Doch plötzlich prallte er zurück, als hätte er sich verbrannt. Ihm war eingefallen, daß anstelle der Nase bei ihm ein
Nichts war, und Tränen traten ihm in die Augen. Er wandte
sich um, fest entschlossen, dem Herrn in Uniform auf den
Kopf zuzusagen, daß er den Staatsrat bloß spiele, daß er ein

Gauner und Schuft sei und nichts anderes als seine eigene Nase ... Aber die war bereits verschwunden, davongeeilt, wahrscheinlich auf dem Wege zu einer neuen Visite.

Kowaljow befiel Verzweiflung. Er kehrte zum Eingang zurück, blieb einen Augenblick unter den Kolonnaden stehen und hielt sorgfältig nach allen Seiten Ausschau, ob nicht irgendwo die Nase zu sehen war. Er erinnerte sich genau, daß sie einen Hut mit Federn und eine goldgestickte Uniform trug; aber weder hatte er das Aussehen des Mantels wahrgenommen, noch die Farbe der Kutsche oder der Pferde; ja, er erinnerte sich nicht einmal, ob ein Lakai hinten gestanden und welche Livree der getragen hatte. Hinzu kam, daß so viele Wagen hin und her rollten und mit derartiger Geschwindigkeit, daß es gar nicht leicht war, genau zu beobachten; doch selbst wenn ihm einer verdächtig vorgekommen wäre, so hätte er ihn ja unmöglich anhalten können. Es war ein schöner, sonniger Tag. Der Newskij-Prospekt wimmelte von Menschen; ganze Blumenkaskaden von Damen ergossen sich über das Trottoir, von der Polizei- bis zur Anitschkow-Brücke. Hier kommt gerade ein Bekannter von ihm, ein Hofrat, den er als Oberstleutnant anzureden pflegt, besonders dann, wenn andere dabei sind. Und dort taucht Jarygin auf, Tischvorsteher beim Senat, ein besonders guter Freund von ihm, der jedesmal prompt seinen Stich verlor, wenn er beim Boston bis auf acht ging. Und dort winkt ihm ein anderer Major, der seinen Assessortitel auch im Kaukasus erworben hat, und bedeutet ihm, er möge zu ihm hinüberkommen ...

»Ach, der Teufel soll euch alle holen!« sagte Kowaljow. »He, Kutscher, fahr mich auf dem schnellsten Wege zum Oberpolizeimeister!«

Kowaljow nahm in der Droschke Platz und rief dem Kutscher in einem fort zu: »Los, los, schneller, schneller!«

»Ist der Oberpolizeimeister zu sprechen?« schrie er, kaum daß er den Vorraum betreten hatte.

»Leider nein«, antwortete der Türsteher, »er ist gerade eben fortgefahren.«

»Da haben wir es!«

»Es ist noch gar nicht lange her, daß er abgefahren ist«, setzte der Türsteher hinzu. »Eine Minute früher hätten Sie kommen müssen, dann hätten Sie ihn wahrscheinlich noch zu Hause angetroffen.«

Kowaljow, das Tuch noch immer vor dem Gesicht, stieg wieder in die Droschke und brüllte mit verzweifelter Stimme:

»Los, fahr zu!«

»Wohin denn?« fragte der Kutscher.

»Immer geradeaus, los!«

»Was heißt geradeaus? Die Straße gabelt sich doch. Soll ich nun nach rechts oder nach links?«

Diese Frage brachte Kowaljow wieder zu sich und zwang ihn, seine Gedanken zu ordnen. In seiner Situation hätte es nahegelegen, sich an die Polizeiverwaltung der Stadt zu wenden. Nicht weil der Fall eindeutig Sache der Polizei war, sondern weil diese Behörde erheblich rascher handeln konnte als andere Dienststellen. Dagegen wäre es ganz unsinnig gewesen, Genugtuung bei der Leitung jenes Amtes zu suchen, in dem die Nase angeblich tätig war; denn deren Antworten hatten bereits erkennen lassen, daß einem solchen Wesen nichts heilig war und daß es wieder ebenso lügen würde, wie es das getan hatte, als es behauptete, ihn nie gesehen zu haben. So wollte sich Kowaljow also bereits zur Polizeiverwaltung fahren lassen, als ihm der Gedanke durch den Kopf schoß, daß dieser Betrüger und Spitzbube, der sich schon bei ihrem ersten Zusammentreffen so unverschämt benommen hatte, womöglich den zeitlichen Vorsprung, den er hatte, nutzen würde, um sich aus der Stadt davonzumachen – und dann würde alles Suchen vergebens sein oder sich, was Gott verhüten möge, über einen ganzen Monat hinziehen. Schließlich schien ihm der Himmel selbst eine Erleuchtung einzugeben. Er beschloß, sich unverzüglich an die Annoncenabteilung einer Zeitung zu wenden, um noch rechtzeitig ein Inserat mit einer detaillierten Beschreibung aller Kennzeichen aufzugeben, damit jedermann, der dem Gesuchten etwa begegnete, diesen auf der Stelle an Kowaljow ausliefern oder zumindest Mitteilung von seinem Aufenthaltsort machen könne. Diesem Entschluß ließ er die Tat folgen und befahl dem Kutscher, zur Annoncenabteilung zu fahren. Auf dem ganzen Wege knuffte er den Kutscher mit der Faust in den Rücken und trieb ihn an mit den Worten: »Schneller, du Schuft! Schneller, du Gauner!« »Nicht doch, Herr!« rief der Kutscher, schüttelte den Kopf und hieb mit dem Zügel auf sein Pferd ein, dessen Fellhaare so lang waren wie bei einem Bologneserhündchen. Schließlich hielt die Droschke an, und Kowaljow stürzte atemlos in das kleine Empfangszimmer, wo ein grauhaariger Angestellter in einem alten Frack und mit Brille hinter einem Tisch saß und, die Feder zwischen die Zähne geklemmt, das eingezahlte Kupfergeld zählte.

»Wer nimmt hier die Inserate an?« brüllte Kowaljow. »Ach ja – guten Tag!«

»Meine Verehrung«, sagte der grauhaarige Mann, hob kurz den Blick und ließ ihn dann wieder auf die Geldhäufchen sinken.

»Ich möchte etwas einrücken lassen . . .«

»Moment mal! Bitte sich ein wenig zu gedulden«, versetzte der Angestellte, während er mit der Rechten eine Zahl auf ein Blatt Papier schrieb und mit den Fingern der Linken zwei Holzkugeln auf dem Rechenbrett verschob.

Ein Lakai mit betreßtem Rock und einem Habitus, der deutlich erkennen ließ, daß er in einem aristokratischen Hause diente, stand neben dem Tisch, einen Zettel in der Hand, und fühlte sich offenbar bemüßigt, zu zeigen, was für ein weltläufiger Herr er doch war:

»Glauben Sie mir, mein Verehrtester: das Hündchen ist keine achtzig Kopeken wert, das heißt, ich würde nicht einmal den fünften Teil dafür geben; aber die Gräfin liebt es nun mal; weiß Gott, sie liebt es so sehr, daß sie dem Finder hundert Rubel verspricht! Ein Gentleman, so wie Sie und ich, kann da nur konstatieren, daß die Geschmäcker nun mal recht verschieden sind: Als Hundeliebhaber sollte man ja wohl einen Vorstehhund halten oder einen Pudel; fünfhundert dürften einem da nicht zuviel sein, auch tausend – dann hätte man wenigstens einen wirklich guten Hund.«

Der ehrenwerte Angestellte hörte dem mit einem wichtigtuerischen Gesicht zu, während er überschlug, wie viele Buchstaben auf dem ihm vorgelegten Zettel standen. Zu seiner Rechten und zu seiner Linken warteten zahlreiche alte Frauen, Handlungsgehilfen und Hausknechte mit Zetteln in den Händen. Auf einem von ihnen bot man einen nichttrinkenden Kutscher an, auf dem zweiten eine kaum benutzte Kalesche, die im Jahre 1814 aus Paris mitgebracht worden war; offeriert wurden weiter: eine neunzehnjährige Magd, die Erfahrung im Wäschewaschen habe, aber auch zu anderen Arbeiten tauge; eine Droschke in gutem Zustand, der lediglich eine Feder fehle; ein junger, temperamentvoller Apfelschimmel, siebzehn Jahre alt; frischer, aus London bezogener Rüben- und Radieschensamen und ein Sommerhaus mit allem, was dazugehört, so zwei Pferdeboxen und ein Platz, auf dem man einen prächtigen Birken- oder Tannenhain anlegen könne. Personen, die abgetragene Schuhsohlen zu erwerben wünschten, wurden aufgefordert, täglich zwischen acht und drei Uhr nachmittags bei der Aufkäuferin vorzusprechen. Das Zimmer, in dem sich diese ganze Gesellschaft versammelt hatte, war klein und die Luft zum Schneiden dick; aber Kollegienassessor Kowaljow konnte die dicke Luft gar nicht wahrnehmen, weil er sich mit einem Tuch bedeckt hielt und zudem seine Nase sich Gott weiß wo herumtrieb.

»Mein Herr ... Gestatten Sie bitte eine Frage ... Es ist sehr wichtig«, sagte er schließlich voller Ungeduld.

»Gleich, gleich! Zwei Rubel dreiundvierzig Kopeken! Sofort! Ein Rubel vierundsechzig Kopeken!« sagte der grauhaarige Herr und warf den alten Frauen und Hofknechten ihre Zettel ins Gesicht. »Was wünschen Sie?« fragte er schließlich, zu Kowaljow gewandt.

»Ich bitte Sie . . .«, sagte Kowaljow, »man hat mich reinge-
legt, oder mir einen ganz üblen Streich gespielt; im Moment
weiß ich das noch nicht genau. Ich bitte Sie lediglich einzu-
rücken, daß derjenige, der mir diesen Schuft herbeischafft,
eine angemessene Belohnung erhält.«

»Nun, darf ich zunächst einmal um Ihren Familiennamen
bitten?«

»Aber nein, wozu denn den Familiennamen? Den kann ich
nicht nennen. Ich habe viele Bekannte: die Frau Staatsrat
Tschechtarjowa, sowie Palageja Grigorjewna Podtotschina,
die Gattin eines Stabsoffiziers . . . Wenn die das erfahren,
Gott behüte! Sie können ganz einfach schreiben: Kollegienassessor, oder, noch besser, eine Person, die im Majorsrang
steht.«

»Und der Entlaufene hat zu Ihrem Gesinde gehört?«

»Wieso zum Gesinde? Wenn's weiter nichts wäre! Was
weg ist, das ist die Nase . . .«

»Wie bitte? Nase – das ist ja ein seltsamer Familienname!
Und hat Sie dieser Herr . . . Nase . . . um eine große Summe
bestohlen?«

»Herr Nase . . . Sie haben mich nicht ganz verstanden!
Meine Nase, meine eigene Nase ist verschwunden, und ich
weiß nicht wohin. Der Teufel muß mir einen Streich gespielt
haben!«

»Ja wieso denn verschwunden? Das ist mir zu hoch, wie
soll ich das verstehen?«

»Wieso? Das kann ich Ihnen auch nicht sagen; auf jeden
Fall fährt sie jetzt in der Stadt umher und nennt sich Staatsrat.
Und daher bitte ich Sie bekanntzumachen: Wer sie einfängt,
soll sie mir auf schnellstem Wege zustellen. Urteilen Sie
selbst! Wie soll ich denn weiterleben ohne einen so sichtbaren
Körperteil. Das ist ja schließlich nicht der kleine Zeh; wenn
ich Stiefel anhabe, bemerkt es niemand, wenn er etwa fehlt.
Jeden Donnerstag besuche ich die Frau Staatsrat Tschechtarjowa; Frau Podtotschina, Palageja Grigorjewna, die Gattin
des Stabsoffiziers, sowie ihre schr hübsche Tochter gehören

ebenfalls zu meinen guten Bekannten; sagen Sie selbst, wie soll ich denn jetzt . . . Es ist doch absolut unmöglich, daß ich mich so bei ihnen blicken lasse.«

Der Angestellte dachte nach, was seine fest zusammengepreßten Lippen verrieten.

»Nein, eine solche Mitteilung kann ich nicht in die Zeitung setzen«, sagte er schließlich nach langem Schweigen.

»Ja wieso denn? Warum denn nicht?«

»Weil die Zeitung ihren guten Ruf einbüßen könnte. Darum. Wenn jeder annoncieren wollte, daß ihm die Nase davongelaufen ist, dann . . . Ohnehin behauptet man, es würden dauernd Ungereimtheiten und falsche Gerüchte gedruckt.«

»Aber was ist denn bei meinem Fall ungereimt? Davon kann doch offenbar gar nicht die Rede sein.«

»Das kommt Ihnen nur so vor. In der vergangenen Woche hatten wir zum Beispiel folgenden Fall: Da kommt ein Beamter, so wie Sie jetzt hier, bringt einen Zettel, die Rechnung macht zwei Rubel dreiundsiebzig Kopeken, und die ganze Annonce bestand darin, daß ein schwarzer Pudel entlaufen war. Scheinbar nichts Besonderes? Und was stellt sich nachher heraus? Einen Eklat gab's: Mit dem Pudel war nämlich der Kassenverwalter gemeint, ich weiß nicht mehr von welchem Amt.«

»Aber ich gebe doch keine Annonce über einen Pudel auf, sondern über meine eigene Nase, das heißt: beinahe über mich selbst.«

»Nein, eine solche Annonce kann ich unter keinen Umständen einrücken.«

»Aber wo mir doch wirklich meine Nase abhanden gekommen ist!«

»Für abhanden gekommene Nasen ist der Arzt zuständig. Es soll ja Leute geben, die Ihnen jede beliebige Nase annähen. Übrigens habe ich schon bemerkt, daß Sie ein heiteres Naturell besitzen und die Leute gern zum Lachen bringen.«

»Ich schwöre Ihnen bei allem, was mir heilig ist! Also bitte, wenn es denn nicht anders geht, dann werde ich es Ihnen eben zeigen.«

»Aber warum echauffieren Sie sich denn?« fuhr der Angestellte fort und nahm eine Prise. »Im übrigen, wenn es Ihnen nicht zuviel Mühe bereitet, so würde ich schon gern einmal einen Blick darauf werfen«, fügte er mit dem Ausdruck der Neugier hinzu.

Der Kollegienassessor nahm das Tuch von seinem Gesicht.

»In der Tat, sehr seltsam!« sagte der Angestellte, »die Stelle ist völlig glatt, wie ein frischgebackener Eierkuchen. Wirklich, unwahrscheinlich glatt!«

»Nun also, werden Sie sich jetzt immer noch weigern? Sie sehen ja selbst, daß man unbedingt die Annonce aufgeben muß. Ich wäre Ihnen außerordentlich dankbar, und es freut mich sehr, daß dieser Vorfall mir das Vergnügen Ihrer Bekanntschaft verschafft hat . . .«

Wie man sieht, wollte der Major es jetzt auf die krumme Tour versuchen.

»Drucken könnte man es natürlich schon«, sagte der Angestellte, »ich verspreche mir davon nur keinerlei Vorteil für Sie. Wenn Ihnen aber soviel daran liegt, so überlassen Sie die Geschichte doch einem Mann mit gewandter Feder; der kann das dann als ein seltenes Naturphänomen beschreiben und seinen Artikel in der ›Nordischen Biene‹ drucken lassen« (hier nahm er neuerlich eine Prise), »zu Nutz und Frommen der Jugend« (hierbei wischte er sich die Nase ab) »oder einfach so, zur Befriedigung der öffentlichen Neugierde.«

Der Kollegienassessor gab alle Hoffnung auf. Er ließ den Kopf sinken. Da fiel sein Blick auf den unteren Teil der Zeitung, auf die Theateranzeigen. Schon wollte auf seinen Zügen ein Lächeln aufleuchten angesichts des Namens einer Schauspielerin, einer recht hübschen, schon fuhr seine Hand in die Tasche auf der Suche nach einem Fünfrubelschein – denn Kowaljow war der Ansicht, daß Stabsoffiziere unbedingt auf einen Sperrsitz gehören –, da machte der Gedanke an die Nase wieder alle Vorfreude zunichte.

Auch dem Angestellten schien die schwierige Lage Kowaljows nahezugehen. Um ihm den Kummer ein wenig zu mildern, glaubte er sich verpflichtet, ein paar Worte des Mitgefühls zu äußern.

»Mir tut es wirklich schrecklich leid, daß Ihnen eine solche Geschichte passiert ist. Wollen Sie nicht vielleicht eine Prise nehmen? Das vertreibt Kopfschmerzen und traurige Stimmung; sogar bei Hämorrhoiden wirkt es wohltuend.«

Mit diesen Worten hielt der Angestellte Kowaljow seine Tabatiere hin, wobei er geschickt den Deckel so drehte, daß Kowaljow die Abbildung einer Dame mit Hütchen sehen konnte.

Diese unbedachte Handlung brachte Kowaljow um den letzten Rest seiner Geduld.

»Ich begreife nicht, wie Sie mit so was Ihren Scherz treiben können«, sagte er zornig, »sehen Sie etwa nicht, daß mir gerade das Organ fehlt, mit dem ich schnupfen könnte? Der Teufel soll Ihren Tabak holen! Ich kann jetzt einfach keinen Tabak sehen, nicht nur Ihren miesen Berjosiner – sogar Rapé könnten Sie mir anbieten . . .«

Mit diesen Worten verließ er schwer verärgert die Annoncenabteilung und begab sich zum Bezirksaufseher, der Zukker über alles liebte. In seinem Haus war die ganze Diele, die zugleich als Speisezimmer diente, mit Zuckerhüten vollgestellt, die ihm aus purer Freundschaft die Kaufleute gebracht hatten. Die Köchin zog dem Bezirksaufseher gerade seine Dienststiefel aus; der Degen und alle anderen soldatischen Utensilien hingen bereits friedlich in den Ecken, und den furchterregenden Dreispitz hatte sich bereits sein dreijähriges Söhnchen vorgenommen; und auch der Hausherr selbst sah nun nach einem kampferfüllten Tagewerk frohgemut den Genüssen friedlicher Muße entgegen.

Just als er sich reckte und streckte und zufrieden krächzend verkündete: »Äch – jetzt werde ich mich erstmal für zwei Stündchen hinlegen!« – just in diesem Moment trat Kowaljow bei ihm ein. Verständlich also, daß sein Auftritt höchst

ungelegen kam; und selbst wenn er ihm Tuch oder ein Pfund
Tee mitgebracht hätte, so bin ich mir keineswegs sicher, ob er
viel freundlicher empfangen worden wäre. Der Bezirksaufseher war ein großer Förderer der Künste und Liebhaber aller
Produkte des Gewerbefleißes – aber die staatlichen Assignatenrubel zog er allem anderen vor. »Das ist eine Sache«,
pflegte er zu sagen, »über die nichts geht, gar nichts: sie frißt
kein Brot, braucht wenig Platz, läßt sich in der Tasche leicht
unterbringen, und läßt man sie fallen, so geht sie nicht entzwei.«

Der Bezirksaufseher empfing Kowaljow sehr reserviert
und erklärte, nach dem Mittagessen sei nicht die rechte Zeit,
Untersuchungen einzuleiten, daß es die Natur selbst so einge-
richtet habe, daß man nach dem Essen ein wenig ruhen müsse
(woraus der Kollegienassessor entnehmen konnte, daß die
Worte der antiken Weisen dem Bezirksaufseher durchaus
nicht unbekannt waren), daß man einem anständigen Menschen die Nase nicht abreißt und daß es auf der weiten Welt
eine Menge Majore gebe, die nicht einmal ordentliche Unter-
hosen besäßen und sich in allerhand zweifelhaften Etablisse-
ments herumtrieben.

Wie man sieht, nahm der Bezirksaufseher kein Blatt vor
den Mund. Hier müssen wir bemerken, daß Kowaljow überaus empfindlich war. Er konnte alles verzeihen, was man
etwa gegen ihn persönlich sagte, auf keinen Fall aber, wenn es
sich gegen seinen Rang oder Stand richtete. Er war sogar der
Meinung, daß man bei Theaterstücken alles durchlassen
könne, was die Oberoffiziere betraf, daß aber Ausfälle gegen
die Stabsoffiziere auf keinen Fall zu dulden wären. Der Emp-
fang durch den Bezirksaufseher hatte ihn so sehr aus der Fassung gebracht, daß er nur den Kopf schütteln konnte, die
Arme ein wenig ausbreitete und mit würdevoller Miene
erklärte: »Ich muß gestehen, daß ich nach derart beleidigenden Worten Ihrerseits nichts mehr zu sagen habe . . .« Damit
ging er hinaus.

Als er nach Hause kam, spürte er kaum noch seine Beine.
Es dämmerte bereits. Nach all seinen erfolglosen Bemühungen erschien ihm nun seine Wohnung traurig, ja geradezu
widerwärtig. Als er das Vorzimmer betrat, erblickte er seinen
Lakaien Iwan, der rücklings auf dem speckigen Ledersofa lag,
an die Decke spuckte und dabei recht geschickt immer ein
und dieselbe Stelle traf. Ein solcher Gleichmut bei einem
Menschen machte ihn rasend. Er klatschte ihm seinen Hut auf
die Stirn und sagte: »Du Schweinekerl, nichts wie Dummheiten hast du im Sinn!«

Iwan fuhr mit einem Satz von seinem Lager hoch und
stürzte auf ihn zu, um ihm aus dem Mantel zu helfen.

In seinem Zimmer warf sich der Major müde und traurig in
einen Sessel und brachte nach einigen Seufzern hervor:

»O mein Gott! Mein Gott! Womit habe ich das verdient?
Hätte ich die Arme verloren oder die Beine – das wäre immer
noch besser; ohne Ohren sähe man zwar häßlich aus, aber es
wäre doch noch erträglicher; aber ohne Nase ist der Mensch
weiß der Teufel was: kein richtiger Vogel, kein richtiger Bürger, einfach zum Aus-dem-Fenster-Schmeißen! Hätte man
sie mir im Kriege abgesäbelt oder in einem Duell, oder wenn
ich selbst daran schuld wäre; aber so: einfach weg, um nichts
und wieder nichts, ohne Sinn und Verstand! . . . Nein, und
nochmals nein, das kann einfach nicht sein«, fügte er nach
einigem Nachdenken hinzu. »Das ist doch ganz unwahrscheinlich, daß die Nase verschwindet; in jeder Beziehung
völlig unwahrscheinlich. Entweder ich träume, oder es ist
irgendein Trugbild, das mich narrt. Vielleicht habe ich
irgendwie versehentlich statt Wasser den Wodka ausgetrun-
ken, mit dem ich mir nach dem Rasieren das Kinn abreibe.
Iwan, dieser Dummkopf, hat ihn vermutlich nicht wegge-
räumt, und ich habe dann wahrscheinlich danach gegriffen.«

Um sich zu überzeugen, daß er wirklich nicht betrunken
war, zwickte der Major sich selbst so heftig, daß er aufschrie.
Dieser Schmerz machte ihm vollends klar, daß er hellwach
war. Verstohlen näherte er sich dem Spiegel und hielt dabei

die Augen fest zugedrückt, weil er hoffte, es werde sich vielleicht doch herausstellen, daß die Nase noch an ihrem alten Platz war; doch dann – entsetzt fuhr er zurück und rief:

»Was für ein widerwärtiger Anblick!«

Es war in der Tat unbegreiflich. Wenn da ein Knopf verlorengegangen wäre, ein silberner Löffel, die Uhr oder dergleichen; weg mit Schaden! Aber dies hier . . . und das ihm! Und dazu noch in der eigenen Wohnung! . . . Nachdem Major Kowaljow alle Umstände in Betracht gezogen hatte, gelangte er zu dem Schluß, daß die Schuld höchstwahrscheinlich bei niemand anderem zu suchen sei als bei der Stabsoffiziersgattin Podtotschina, die ihn zu gern mit ihrer Tochter verheiratet gesehen hätte. Der machte er zwar gern den Hof, wich einer endgültigen Entscheidung jedoch aus. Nachdem aber die Stabsoffiziersgattin ihm einmal klipp und klar bedeutet hatte, daß sie ihre Tochter an ihn verheiraten wolle, war er allmählich sparsamer mit seinen Komplimenten geworden und hatte verlauten lassen, daß er noch zu jung sei und noch etwa fünf Jahre, bis zu seinem Zweiundvierzigsten, dienen müsse. Und vermutlich wollte Frau Podtotschina sich nun an ihm rächen und ihn zugrunde richten. Zu welchem Zweck sie sicher irgendwelche Hexenweiber engagiert hatte. Denn zu der Annahme, die Nase sei ihm abgeschnitten worden, gab es nun wirklich nicht den geringsten Grund. Niemand kam zu ihm ins Zimmer; der Barbier Iwan Jakowlewitsch rasierte ihn immer schon am Mittwoch, und im Verlaufe des ganzen Mittwochs und sogar des Donnerstags war die Nase heil gewesen – das wußte er, daran erinnerte er sich ganz genau; außerdem hätte er ja auch den Schmerz empfinden müssen, und zweifellos wäre die Wunde nicht so rasch zugeheilt und eine Stelle entstanden, glatt wie ein Eierkuchen.

Verschiedene Pläne gingen ihm durch den Kopf: Sollte er vielleicht die Stabsoffiziersgattin formell vor Gericht laden lassen, oder persönlich bei ihr vorsprechen und ihr die Tat nachweisen? Seine Grübeleien wurden unterbrochen, als plötzlich das Licht, das durch alle Ritzen der Tür herein-

drang, ihn wissen ließ, daß Iwan im Vorzimmer bereits die
Kerze angezündet hatte. Bald darauf erschien auch Iwan
selbst, die Kerze vor sich hertragend und so das ganze Zimmer erhellend. Das erste, was Kowaljow tat, war, nach seinem Tuch zu greifen und jene Stelle abzudecken, an der am
Tage zuvor noch die Nase gesessen hatte, damit dieser
Dummkopf nicht vor Erstaunen Mund und Nase aufrisse,
wenn er an seinem Herren etwas derart Kurioses bemerkte.

Iwan war noch nicht wieder in seinem Verschlag verschwunden, da ließ sich im Vorzimmer eine unbekannte
Stimme mit den Worten vernehmen:

»Wohnt hier der Kollegienassessor Kowaljow?«

»Treten Sie näher. Major Kowaljow ist anwesend«, sagte
Kowaljow, der eilig aufgesprungen war und die Tür geöffnet
hatte.

Ein Polizeibeamter trat ein, ein wohlansehnlicher Mann,
mit rundlichen Wangen und mit einem Backenbart, der
weder zu dunkel war noch zu hell; es war der nämliche, der
zu Beginn der Geschichte am Ende der Isaaks-Brücke gestanden hatte.

»Belieben Sie nicht, Ihre Nase zu vermissen?«

»In der Tat!«

»Sie hat sich jetzt gefunden.«

»Was sagen Sie da?« schrie Major Kowaljow. Die Freude
verschlug ihm die Sprache. Er starrte den vor ihm stehenden
Reviervorsteher an, auf dessen vollen Lippen und runden
Wangen das flackernde Kerzenlicht spielte. »Wie kam das
denn?«

»Durch einen seltsamen Zufall: Man hat sie erwischt, als sie
bereits im Begriff war abzureisen. Sie hatte bereits in der
Diligence Platz genommen und wollte nach Riga. Der Paß
war bereits vor längerer Zeit ausgestellt und trug den Namen
eines bestimmten Beamten. Seltsamerweise habe ich sie
zunächst selbst für einen Herren gehalten. Doch zu meinem
Glück hatte ich meine Brille dabei, und so sah ich denn auf
den ersten Blick, daß es die Nase war. Ich bin nämlich kurzsichtig, und wenn Sie unmittelbar vor mir stehen, dann sehe

ich zwar, daß Sie ein Gesicht haben, vermag aber weder Nase noch Bart noch sonst etwas zu unterscheiden. Meine Schwiegermutter, also die Mutter meiner Frau, sieht ebenfalls nichts.«

Kowaljow war aus dem Häuschen.

»Wo ist sie? Wo? Ich muß sofort hin!«

»Nur keine Aufregung. Ich weiß ja, daß Sie sie dringend brauchen, und habe sie daher gleich mitgebracht. Und seltsam: Der Hauptbeteiligte in dieser Affäre ist ein Gauner von Barbier von der Wosnessenskij-Straße; er sitzt gerade auf der Polizeiwache. Ich hatte ihn schon lange im Verdacht, daß er säuft und stiehlt, und wirklich hat er gerade erst vorgestern in einem Laden ein Dutzend Knöpfe mitgehen heißen. Ihre Nase ist übrigens völlig unversehrt.«

Mit diesen Worten griff der Reviervorsteher in seine Tasche und zog die in ein Stück Papier eingewickelte Nase hervor.

»Das ist sie, das ist sie!« schrie Kowaljow. »Ohne Zweifel, sie ist es! Ich möchte Sie bitten, heute ein Täßchen Tee mit mir zu trinken.«

»Es wäre mir ein Vergnügen, doch leider kann ich nicht: Ich muß gleich von hier aus ins Zuchthaus fahren ... Übrigens haben die Preise der Lebensmittel stark angezogen ... Bei mir im Hause lebt auch meine Schwiegermutter, also die Mutter meiner Frau – und die Kinder; das älteste berechtigt zu den schönsten Hoffnungen: ein sehr gescheites Jungchen, doch leider fehlen mir die Mittel für eine gute Erziehung ...«

Kowaljow verstand, griff nach einem Zehnrubelschein und schob dem Beamten das Geld in die Hand; der schlug die Hacken zusammen und verschwand. Kurz darauf hörte Kowaljow schon seine Stimme auf der Straße, wo er einem dummen Muschik, der mit seinem Wagen auf den Boulevard geraten war, eine handfeste Verwarnung erteilte.

Nach dem Abgang des Reviervorstehers befand sich Kowaljow einige Minuten lang in einer nicht genau zu definierenden Seelenverfassung; erst nach einiger Zeit kehrte bei ihm die Fähigkeit zu sehen und zu fühlen zurück: so sehr hatte ihn die unerwartete Freude betäubt. Vorsichtig nahm er die wiedergefundene Nase in die hohlen Hände und betrachtete sie noch einmal sorgfältig.

»Sie ist es wahrhaftig, sie ist es!« sagte der Major. »Hier ist ja auch der Pickel auf der linken Seite, der gestern zum Vorschein gekommen ist.«

Der Major hätte vor Freude beinahe laut aufgelacht. Doch nichts auf Erden währt lange, und so ist auch die Freude im zweiten Augenblick nicht mehr so intensiv wie im ersten; im dritten dann wird sie noch schwächer, und schließlich verschmilzt sie unmerklich mit dem normalen Seelenzustand, so wie ein Kreis im Wasser, der durch einen Steinwurf hervorgerufen wurde, schließlich mit der glatten Oberfläche verschmilzt. Kowaljow begann nachzudenken – bis ihm ein Licht aufging: die Sache war ja noch keineswegs erledigt. Die Nase war wohl gefunden, aber nun galt es sie zu befestigen, sie wieder an ihren Platz zu setzen.

»Und wenn sie sich nun nicht befestigen läßt?«

Diese Frage, die der Major sich selbst gestellt hatte, ließ ihn erbleichen.

Mit dem Gefühl unaussprechlichen Schreckens stürzte er zum Tisch und rückte den Spiegel zurecht, um die Nase ja nicht irgendwie schief anzubringen. Seine Hände zitterten. Vorsichtig und behutsam plazierte er die Nase an ihrer früheren Stelle. O Schreck! Die Nase blieb nicht haften! ... Er hielt sie an den Mund, erwärmte sie ein wenig mit seinem Atem und führte sie dann von neuem zu jener glatten Stelle, die zwischen seinen beiden Wangen lag; doch die Nase wollte einfach nicht haften.

»Na los, los doch! Halt schon fest, du blödes Stück!« redete er ihr gut zu. Aber die Nase war wie aus Holz und fiel immer wieder auf den Tisch, mit einem sonderbaren Laut, so als sei es ein Stöpsel. Das Gesicht des Majors verzerrte sich. Sollte sie wirklich nicht wieder anwachsen? fragte er sich in

Panik. Doch sooft er sie auch an ihre angestammte Stelle hielt
– alles nur verlorene Liebesmüh.

Er rief nach Iwan und schickte ihn zum Arzt, der im selben
Haus die beste Wohnung in der Beletage innehatte. Der Doktor war ein stattlicher Mann, besaß einen prächtigen pech-
schwarzen Backenbart, eine muntere, gesunde Gattin, aß
jeden Morgen frische Äpfel und hielt seinen Mund fantastisch
sauber, indem er allmorgendlich fast eine Dreiviertelstunde
auf seine Pflege verwendete und dabei die Zähne mit fünf
verschiedenen Bürsten polierte. Der Doktor erschien augenblicklich. Nachdem er sich zunächst erkundigt hatte, wie
lange der Unfall schon zurücklag, faßte er den Major Kowaljow unter dem Kinn und versetzte ihm mit dem Daumen
einen Stüber an der Stelle, wo früher die Nase gesessen hatte,
so daß der Major seinen Schädel so heftig zurückwarf, daß er
mit dem Hinterkopf an die Wand prallte. Der Medikus verkündete, das habe nichts zu bedeuten, riet ihm aber doch, ein
wenig von der Wand abzurücken, hieß ihn dann den Kopf
zunächst nach rechts neigen, befühlte die Stelle, wo die Nase
gesessen hatte, und sagte: »Hm!« Dann ließ er ihn den Kopf
nach links neigen und sagte: »Hm!«, und zum Abschluß versetzte er ihm einen weiteren Stüber mit dem Daumen, so daß
der Major Kowaljow den Kopf zurückwarf wie ein Pferd,
dem man ins Maul schauen will. Nach diesem Experiment
schüttelte der Medikus sein Haupt und verkündete:

»Nein, unmöglich. Es ist besser, Sie bleiben so, wie Sie
sind, es könnte sonst nur schlimmer werden. Natürlich läßt
sie sich befestigen; ich wäre sofort dazu bereit; aber ich versichere Ihnen, es würde dadurch nur schlechter für Sie.«

»Na Sie sind ja gut! Wie soll ich denn ohne Nase herumlau-
fen?« sagte Kowaljow. »Schlimmer als jetzt kann es nicht
sein. Das ist doch einfach zum Auswachsen! Wo soll ich mich
denn mit so einem Schandmal zeigen? Ich habe einige gute
Bekannte; gerade heute habe ich Abendeinladungen in zwei
verschiedene Häuser. Ich kenne eine Menge Leute: Die Frau
Staatsrat Tschechtarjowa, Frau Podtotschina, die Gattin

eines Stabsoffiziers . . . obgleich: nach dem, was sie mir angetan hat, möchte ich nur noch über die Polizei mit ihr verkeh-
ren. Ich bitte Sie dringend«, fuhr Kowaljow mit flehender
Stimme fort, »sehen Sie wirklich keine Möglichkeit? Machen
Sie sie nur irgendwie fest; wenn es dann auch nicht schön
aussieht, wenn sie nur wenigstens festhält; ich könnte sie ja
sogar in gefährlichen Augenblicken ein bißchen mit der Hand
abstützen. Übrigens tanze ich nicht, das heißt, ich kann sie
auch nicht durch irgendeine unbedachte Bewegung in Gefahr
bringen. Und was meine Erkenntlichkeit für Ihre Visiten
betrifft, so dürfen Sie versichert sein, daß ich alles tun werde,
was mir meine Mittel . . .«

»Ob Sie's mir nun glauben oder nicht«, sagte der Doktor
mit wohltemperierter, außerordentlich freundlicher, ja geradezu magnetisierender Stimme, »aber ich heile nie aus
Gewinnstreben. Dies widerspricht meinen Prinzipien und
meiner Kunst. Natürlich nehme ich für meine Visiten Geld,
doch lediglich zu dem Zweck, meine Patienten nicht durch
eine Ablehnung zu kränken. Selbstverständlich wäre ich
bereit, Ihre Nase zu befestigen, aber ich versichere Ihnen bei
meiner Ehre, wenn Sie schon meinem bloßen Worte nicht
glauben wollen, daß es dann für Sie nur noch bedeutend
schlimmer wäre. Überlassen Sie lieber alles der Natur.
Waschen Sie die Stelle möglichst oft mit kaltem Wasser ab,
und ich versichere Ihnen, daß Sie auch ohne Nase ebenso
gesund sein werden, als wenn Sie sie noch hätten. Und die
Nase empfehle ich Ihnen in ein Glas mit Spiritus zu legen,
oder besser noch je zwei Eßlöffel starken Wodkas und leicht
angewärmten Essigs hinzuzufügen – Sie können dann ein
hübsches Sümmchen dafür verlangen. Ich bin sogar selbst
bereit, sie Ihnen abzunehmen, sofern Sie nicht einen zu
hohen Preis fordern.«

»Nein, nein! Ich verkaufe sie um keinen Preis!« schrie der
verzweifelte Major Kowaljow, »soll sie lieber zum Teufel
gehen!«

»Ganz wie's beliebt«, sagte der Doktor und verabschiedete

sich mit einer leichten Verbeugung, »ich wollte Ihnen nur gefällig sein ... Da kann man halt nichts machen! Jedenfalls habe ich mir Mühe gegeben, wie Sie ja gesehen haben.«

Mit diesen Worten verließ der Doktor in würdevoller Haltung das Zimmer. Kowaljow, völlig benommen, wie er war, hatte nicht einmal das Gesicht des Arztes recht wahrgenommen, sondern nur die aus den Ärmeln seines schwarzen Fracks herausragenden Manschetten des schneeweißen, blendend sauberen Hemdes gesehen.

Am Tage darauf beschloß er, noch bevor er seine Klage einreichte, an die Stabsoffiziersgattin zu schreiben und anzufragen, ob sie nicht bereit sei, ihm kampflos zurückzugeben, was ihm gehörte. Der Brief hatte folgenden Wortlaut:

»Sehr verehrte gnädige Frau Alexandra Grigorjewna!

Ich sehe mich außerstande, Ihre seltsame Handlungsweise zu begreifen. Sie dürfen dessen gewiß sein, daß Sie bei einem solchen Vorgehen nicht das geringste erreichen und mich nicht dazu bringen werden, Ihre Tochter zu heiraten. Sie dürfen mir glauben, daß die Geschichte mit meiner Nase mir bis ins letzte bekannt ist, so wie ich auch sehr wohl weiß, daß Sie beide dabei die Hauptbeteiligten sind, niemand sonst. Die urplötzliche Entfernung der Nase von ihrem Platz, ihre Flucht und ihre Maskierung, ihr Auftreten erst als Beamter und dann schließlich in eigener Gestalt ist nichts anderes als das Resultat teuflischer Künste, die auf Ihr Konto gehen oder von Leuten betrieben werden, die einer ähnlich edlen Beschäftigung nachgehen wie Sie. Ich für meinen Teil halte es für meine Pflicht, Ihnen folgendes anzukündigen: Falls die besagte Nase nicht noch heute wieder an ihrem Platz ist, sehe ich mich genötigt, den Schutz und Schirm der Gesetze anzurufen.

Im übrigen habe ich die Ehre, Sie meiner Hochachtung zu versichern und zu verbleiben

Ihr ergebener Diener
Platon Kowaljow «

»Sehr geehrter Herr Platon Kusmitsch!

Ihr Schreiben hat mich äußerst verwundert. Ich muß Ihnen ganz offen gestehen, daß ich so etwas nicht erwartet hätte, vor allem, was Ihre ungerechten Vorwürfe betrifft. Ich teile Ihnen mit, daß ich den Beamten, den Sie erwähnen, niemals in meinem Hause empfangen habe, weder maskiert noch unmaskiert. Verkehrt hat bei mir allerdings Filipp Iwanowitsch Potantschikow. Dieser respektable Herr, der nicht trinkt und hochgebildet ist, hat zwar um die Hand meiner Tochter angehalten, ich habe ihm aber keinerlei wie immer geartete Hoffnungen gemacht. Sie erwähnen da noch eine Nase. Sollten Sie damit meinen, ich hätte Ihnen eine solche drehen, also eine formale Absage erteilen wollen, so kann ich mich nur wundern, daß gerade Sie dergleichen sagen, da ich doch, wie Ihnen wohlbekannt ist, ganz gegenteiliger Meinung war. Und wenn Sie jetzt auf legitime Weise um meine Tochter anhalten, so bin ich sofort bereit, Sie zufriedenzustellen, denn dies ist stets der Gegenstand meines sehnlichsten Wunsches gewesen. Dies auch weiterhin erhoffend, verbleibe ich

stets Ihnen zu Diensten
Ihre Alexandra Podtotschina.«

Nein, dachte Kowaljow, nachdem er diesen Brief gelesen hatte. Sie ist bestimmt unschuldig. Es kann nicht sein! Der Brief ist so geschrieben, wie dies ein Mensch, der eines Verbrechens schuldig ist, nie getan hätte. Der Kollegienassessor war in solchen Dingen erfahren, denn bereits im Kaukasus hatte man ihn mehrfach mit Untersuchungen beauftragt. »Aber wie um alles in der Welt ist es denn dann passiert? Das soll nun einer begreifen!« murmelte er schließlich und ließ die Arme sinken.

Inzwischen hatte sich das Gerücht von diesem exorbitanten Vorfall in der ganzen Hauptstadt verbreitet und, wie das so geht, nicht ohne gewisse Ausschmückungen. Zu jener Zeit waren die Geister nämlich besonders aufgeschlossen für das

Außergewöhnliche: Vor kurzem erst hatten Versuche mit der Wirkung des Magnetismus das Publikum stark beschäftigt. Und die Geschichte mit den tanzenden Stühlen in der Konju-schennaja-Straße war allen noch frisch in Erinnerung. Weshalb man sich überhaupt nicht zu wundern braucht, daß die Leute davon zu reden begannen, die Nase des Kollegienassessors Kowaljow gehe täglich pünktlich um drei Uhr auf dem Newskij-Prospekt spazieren. Jeden Tag strömten daher viele Neugierige herbei. Es brauchte nur jemand zu behaupten, daß die Nase sich gerade im Geschäft von Junker aufhalte, prompt lief bei Junker eine solche Menge zusammen, entstand ein derartiges Gedränge, daß ein Eingreifen der Polizei notwendig wurde. Ein Geschäftemacher von durchaus achtbarer Erscheinung und mit Backenbart, der bisher am Theatereingang verschiedene halbvertrocknete Konditorwaren feilgeboten hatte, ließ jetzt eigens solide hölzerne Bänke anfertigen, auf denen Posten zu beziehen er die Neugierigen einlud und dafür pro Kopf achtzig Kopeken forderte. Ein Oberst, der sich ums Vaterland verdient gemacht hatte, verließ einzig im Hinblick auf diese Gelegenheit sein Haus früh am Morgen und arbeitete sich mit beträchtlicher Mühe durch die Menge; doch zu seinem großen Mißvergnügen erblickte er im Schaufenster des Ladens anstatt der Nase lediglich ein gewöhnliches wollenes Unterhemd und eine Lithographie, auf der ein Mädchen zu sehen war, das seinen Strumpf richtete, sowie ein Stutzer mit Aufschlägen an der Weste und einem kleinen Bärtchen, der die Schöne hinter einem Baum hervor beobachtete – ein Bildchen, das bereits seit Jahrzehnten immer an derselben Stelle hing. Im Weggehen sagte er ärgerlich: »Wie kann man nur die Leute durch derart dumme und unglaubwürdige Gerüchte in Unruhe versetzen?«

Einige Zeit später verbreitete sich das Gerücht, die Nase des Majors Kowaljow gehe gar nicht auf dem Newskij-Prospekt spazieren, sondern im Taurischen Garten, und das schon seit geraumer Zeit; bereits Chosrew-Mirsa habe sich, als er dort wohnte, über dieses seltsame Spiel der Natur sehr gewundert. Einige Studenten der Chirurgischen Akademie begaben sich dorthin. Eine würdige Dame von Stand schrieb sogar einen Brief an den Aufseher des Gartens und bat ihn, dieses seltene Phänomen ihren Kindern zu zeigen, wenn möglich mit den nötigen pädagogischen Erläuterungen zu Nutz und Frommen der heranwachsenden Jugend.

Über alle diese Vorfälle freuten sich besonders die Herren von Welt, jene unerläßlichen Gäste aller Abendgesellschaften, die so gern die Damen zum Lachen bringen und deren Fundus zu jener Zeit weitgehend erschöpft war. Ein kleiner Teil der angesehenen und wohlmeinenden Gesellschaft war äußerst unzufrieden. Ein Herr äußerte sich unwillig, er könne nicht verstehen, wie man in der heutigen aufgeklärten Zeit ungereimte Phantastereien verbreiten könne, und er wundere sich, daß die Regierung dem keine Beachtung schenke. Wie man sieht, gehörte dieser Herr zu jenen Leuten, die es am liebsten sähen, wenn die Regierung sich in alles, selbst in ihre alltäglichen Auseinandersetzungen mit der Gattin einmischte. Hierauf . . . Aber an dieser Stelle senkt sich wieder Nebel auf das Geschehen herab, und was weiter geschah, ist absolut unbekannt.

III

Es gibt paradoxe Vorfälle in der Welt. Dinge geschehen, die alles andere als glaubwürdig sind: Plötzlich befindet sich dieselbe Nase, die eben noch als Staatsrat in der Stadt umhergefahren ist und soviel Aufregung verursacht hat, wieder an ihrem alten angestammten Platz, das heißt zwischen den beiden Wangen des Majors Kowaljow – so als sei nichts geschehen. Ebendies ereignete sich bereits am 7. April. Er erwachte und warf zufällig einen Blick in den Spiegel – und was sieht er: Die Nase ist da! Er faßt mit der Hand hin – ohne Zweifel, die Nase ist da! »Oho!« sagte Kowaljow und hätte in seiner Freude am liebsten barfuß einen Trepak quer durch das Zim-

mer vom Stapel gelassen, wäre er nicht durch das Erscheinen
Iwans daran gehindert worden. Er ließ sich sofort Waschwasser bringen, wusch sich und blickte ein weiteres Mal in den
Spiegel: Die Nase war da! Er trocknete sich mit dem Handtuch ab und versicherte sich bei einem neuerlichen Blick in
den Spiegel, daß in der Tat die Nase da war!

»Iwan, schau doch mal nach, ich glaube, ich habe hier auf
der Nase einen Pickel«, sagte er und dachte: Schlimm wär's
ja, wenn Iwan jetzt sagt: Nein, Herr, hier ist weder ein Pickel
noch die Nase!

Aber Iwan verkündete:

»Da ist nichts, kein Pickel: die Nase ist sauber!«

Großartig, hol's der Teufel! dachte der Major und
schnalzte mit den Fingern. In diesem Augenblick schaute der
Barbier Iwan Jakowlewitsch zur Tür herein, jedoch so
furchtsam wie eine Katze, die gerade wegen eines Stücks
gemausten Specks eine Tracht Prügel bezogen hat.

»Als erstes will ich wissen: Hast du saubere Hände?« rief
ihm schon von weitem Kowaljow zu.

»Jawohl.«

»Du lügst!«

»Nein, bei Gott, meine Hände sind sauber, mein Herr.«

»Na gut, aber nimm dich in acht!«

Kowaljow nahm Platz. Iwan Jakowlewitsch band ihm eine
Serviette um und verwandelte im Nu mit Hilfe seines Pinsels
den ganzen Bart und einen Teil der Wange in Creme, wie sie
bei den Namenstagsfeiern der Kaufleute gereicht wird.

Na, da schau her! dachte Iwan Jakowlewitsch mit einem
Blick auf die Nase, dann drehte er den Kopf zur Seite und
musterte sie im Profil. Da ist sie also! Sieh mal einer an,
wahrhaftig, wer hätte das gedacht, fuhr er im Geiste fort und
schaute sich die Nase lange an. Schließlich faßte er ganz
leicht, mit äußerster Behutsamkeit, mit zwei Fingern die
Nase an der Spitze an, um sie anzuheben. Das gehörte zur
Arbeitsmethode Iwan Jakowlewitschs.

»Nu, nu, nu, paß auf!« schrie Kowaljow.

Iwan Jakowlewitsch ließ die Arme sinken, er erstarrte und war völlig verwirrt, schlimmer als je zuvor. Schließlich begann er vorsichtig mit dem Rasiermesser Kowaljow unter dem Kinn zu kitzeln; und obwohl es unbequem für ihn war und recht schwierig, zu rasieren, ohne den zum Riechen bestimmten Körperteil fest in der Hand zu halten, brachte er es schließlich doch fertig – indem er seinen rauhen Daumen auf der Wange und dem Unterkiefer abstützte –, alle Schwierigkeiten zu überwinden und sein Werk zu vollenden.

Als die Arbeit getan war, zog sich Kowaljow eilig an, nahm sich eine Droschke und fuhr geradewegs in eine Konditorei. Bereits am Eingang schrie er laut: »He, Pikkolo, eine Tasse Schokolade!« und eilte zum Spiegel: Die Nase war da! Er machte fröhlich kehrt und musterte mit spöttischem Blick, das Auge ein wenig zukneifend, zwei Offiziere, von denen der eine eine Nase sein eigen nannte, die nicht größer war als ein Westenknopf. Hierauf begab er sich in die Kanzlei jenes Departements, bei dem er sich um den Posten eines Vizegouverneurs beworben hatte, respektive – für den Fall des Mißerfolgs – um die Position eines Exekutors. Während er die Vorhalle passierte, warf er einen Blick in den Spiegel: Die Nase war an ihrem Platz! Dann fuhr er zu einem anderen Kollegienassessor oder Major, der ein großer Spötter vor dem Herrn war und dem er nicht selten seine spitzen Bemerkungen mit Worten zu quittieren pflegte wie: »Na, na, nun hör aber auf, ich kenne dich. Du läßt an keinem ein gutes Haar!« Unterwegs überlegte er: Wenn auch der Major nicht vor Lachen platzt, sobald er mich sieht, dann ist das ein sicheres Zeichen dafür, daß alles an der richtigen Stelle sitzt. Aber der Kollegienassessor verzog keine Miene. Ausgezeichnet, ausgezeichnet, hol's der Teufel! dachte Kowaljow. Auf der Straße traf er dann Frau Podtotschina, die Gattin des Stabsoffiziers, zusammen mit ihrer Tochter; er verbeugte sich und wurde mit freudigen Ausrufen begrüßt: Offensichtlich war also alles in Ordnung, und er hatte keinerlei Schaden davongetragen. Er unterhielt sich ziemlich lange mit ihnen, holte mit Vorbedacht seine Tabatiere heraus und versorgte vor ihren Augen seine Nase durch beide Zugange in aller Gemächlichkeit, wobei er dachte: Na, ihr Weibervolk, ihr Hühner, da seht ihr es! Und ich heirate die Tochter doch nicht. Einfach so, par amour, Sie gestatten schon! Und Major Kowaljow spazierte von nun an umher, als ob nichts gewesen wäre, auf dem Newskij-Prospekt, in den Theatern und überall sonst. Und auch seine Nase saß, als ob nichts geschehen wäre, in seinem Gesicht und ließ sich nicht einmal anmerken, daß sie einmal fremdgegangen war. Und man erlebte den Major Kowaljow nach dieser Zeit immer in bester Laune; lächelnd stieg er sämtlichen hübschen Damen nach und blieb sogar eines Tages vor einem kleinen Laden im Gostinyj Dwor stehen, wo er ein Ordensband kaufte, man weiß nicht zu welchem Zweck, denn er war gar nicht Ritter irgendeines Ordens.

Dies also ist die Geschichte, die sich in der nördlichen Hauptstadt unseres weiten Reiches zugetragen hat! Erst jetzt, da wir alles recht überschauen können, erkennen wir, daß in ihr vieles sehr unwahrscheinlich ist. Einmal ganz abgesehen davon, daß es schon recht seltsam ist, wenn sich auf übernatürliche Weise eine Nase von ihrem Platz entfernt und an verschiedenen Stellen als Staatsrat wieder auftaucht – wieso konnte Kowaljow nicht kapieren, daß es nicht angeht, die Geschichte mit der Nase über eine Annoncenabteilung bekanntzumachen? Ich meine das nicht in dem Sinne, daß mir eine solche Annonce zu teuer erschiene. Das ist Unsinn; ich gehöre nämlich bei Gott nicht zu den geizigen Leuten. Aber sowas ziemt sich einfach nicht, ist unpraktisch und der falsche Weg! Und dann: Wie kam die Nase in das frische Brot, und wie konnte Iwan Jakowlewitsch selbst . . . Nein, das kann ich wirklich nicht begreifen, ich kann es absolut nicht begreifen! Aber am seltsamsten, am allerwenigsten begreifbar ist, daß es überhaupt Autoren gibt, die nach einem solchen Sujet greifen können. Hier muß ich gestehen, daß dies nun völlig unfaßbar ist, das wäre ja so, als ob . . . Nein, nein, ich verstehe es einfach nicht. Erstens hat das Vaterland keinerlei Nutzen davon; und zweitens ... Aber auch zweitens sehe ich hier keinerlei Nutzen. Ich weiß einfach nicht, was das alles ...

Und obwohl man bei alldem natürlich vielleicht einräumen könnte, sowohl das eine wie auch das andere, ein drittes oder sogar ... Aber wo gäbe es denn keine Ungereimtheiten? ... Und dennoch: Wenn man es recht bedenkt, dann ist vielleicht doch an alldem etwas dran. Mag man sagen, was man will, aber dergleichen Dinge kommen vor – selten zwar, aber sie kommen vor.

# Der Mantel

Im Departement für . . . doch halt, wir wollen es lieber nicht nennen. Nichts kann man nämlich leichter in Harnisch bringen als irgendein Departement, ein Regiment oder eine Kanzlei, mit einem Wort: die Angehörigen irgendeines Standes, der dem Staate dient. Heutzutage glaubt jedermann, in seiner Person beleidige man gleich die ganze Innung. Wie man hört, ging vor gar nicht langer Zeit das Ersuchen eines Hauptmanns ein, Polizeioberer in einer Stadt, deren Namen ich vergessen habe, der klipp und klar bewies, daß das ganze staatliche Ordnungswesen seinem Zusammenbruch entgegengehe und die geheiligte Amtsbezeichnung »Polizeihauptmann« keinerlei Respekt mehr genieße. Zum Belege hatte er ein voluminöses romantisches Werk beigelegt, in dem alle zehn Seiten ein Polizeioberer wie er auftaucht – an einigen Stellen sogar in völlig betrunkenem Zustand. Weshalb wir denn zur Vermeidung jeglicher Unannehmlichkeiten das Departement, um das es hier geht, lieber als ein gewisses Departement bezeichnen wollen.

In einem gewissen Departement also arbeitete ein Beamter. Man kann nicht sagen, daß dieser Beamte besonders bemerkenswert gewesen wäre. Er war klein gewachsen, ein wenig pockennarbig, ein wenig rothaarig und sogar ein wenig kurzsichtig; er hatte eine kleine Stirnglatze, seine Wangen durchzogen Falten, und sein Gesicht hatte jene Farbe, die man als hämorrhoidal bezeichnet . . . Was kann man da machen! Schuld hat das Petersburger Klima. Was nun seinen Rang betrifft (denn bei uns muß man zuallererst darüber Klarheit schaffen), so war er das, was man einen ewigen Titularrat nennt, ein Wesen also, über das bekanntlich diverse Schriftsteller, welche die löbliche Gewohnheit haben, sich Leute vorzunehmen, die sich ihrer Haut nicht wehren können, reichlich hergezogen sind und sich auf seine Kosten amüsiert haben. Der Beamte hieß Baschmatschkin. Nun sieht man

ja auf den ersten Blick, daß dieser Name einmal von
»Baschmak«, also »Schuh«, abgeleitet worden ist; aber wann,
zu welcher Zeit und auf welche Art und Weise diese Ablei-
tung entstanden ist – darüber ist absolut nichts bekannt. Der
Vater sowohl wie der Großvater und sogar der Schwager samt
sämtlichen Baschmatschkins gingen nämlich in Stiefeln, die
sie nur einmal im Jahr frisch besohlen ließen. Mit Vor- und
Vatersnamen hieß er Akakij Akakijewitsch. Das mag dem
Leser etwas seltsam und gesucht erscheinen. Ich kann jedoch
versichern, daß hier überhaupt nichts gesucht wurde, sondern daß sich ganz von selbst Umstände ergaben, die eine
andere Namensgebung absolut unmöglich machten. Und das
kam so: Akakij Akakijewitsch wurde in der Nacht zum
23. März geboren, wenn mich mein Erinnerungsvermögen
nicht im Stich läßt. Seine verstorbene Mutter, Beamtengattin
und eine sehr gute Frau, wollte wie üblich einen Taufnamen
für das Kind auswählen. Das Mütterchen lag noch im Bett,
gegenüber der Tür, und zu ihrer Rechten standen der Tauf-
pate Iwan Iwanowitsch Jeroschkin, ein hervorragender
Mann, der als Tischvorsteher im Senat diente, und die Tauf-
patin Arina Semjonowna Belobrjuschkowa, Gattin des
Reviervorstehers, eine mit seltenen Tugenden gesegnete
Frau. Man offerierte der Wöchnerin drei Vornamen zur Aus-
wahl: Mokkij, Sossij oder Chosdasat, den Märtyrer. Herrjeh,
das sind mir vielleicht Namen, dachte die Mutter seligen
Angedenkens. Um ihr gefällig zu sein, schlug man den Kalender an einer anderen Stelle auf; hier fanden sich wieder drei
Namen: Trifilij, Dula und Warachassij. »Das ist ja eine Strafe
Gottes«, sagte das Mütterchen, »was für Namen! Wahrhaftig, so was habe ich noch nie gehört. Zum Beispiel Waradat
oder Waruch – das hätte ich mir noch gefallen lassen; aber
Trifilij und Warachassij!« Man schlug noch eine Seite um,
und nun stieß man auf Pawsikachij und Wachtissij. »Nun, ich
sehe schon«, sagte das Mütterchen, »es ist ihm wohl so
bestimmt. Wenn es denn nicht anders sein soll, so mag er
heißen wie sein Vater. Der hieß Akakij, soll der Sohn also

auch Akakij heißen.« Auf diese Art kam es zu Akakij Akakijewitsch. Das Kind wurde getauft, wobei es weinte und Gri-
massen schnitt, als ahnte es, daß es einmal Titularrat werden
würde. So hat sich das damals alles abgespielt. Wir haben es
nur berichtet, damit der Leser sich selbst ein Bild machen
kann: was da geschah, war einfach unvermeidlich, und dem
Kind einen anderen Namen zu geben absolut unmöglich.

Wann und zu welcher Zeit er in das Departement eingetreten war und wer ihn angestellt hatte, daran konnte sich niemand mehr erinnern. Wie häufig die Direktoren und andere
Vorgesetzte auch wechseln mochten – ihn sah man stets an ein
und demselben Platz, in derselben Haltung und auf demselben Posten, nach wie vor als beamteten Schreiber, so daß man
später denken mochte, er sei offenbar bereits fix und fertig als
Beamter auf die Welt gekommen – in Uniform und mit Stirnglatze. Im Departement erwies man ihm keinerlei Achtung.
Kein Pförtner erhob sich vom Platz, wenn er vorüberging, ja
man würdigte ihn nicht mal eines Blickes – so als ob durch die
Eingangshalle eine gewöhnliche Fliege summe. Die Vorgesetzten behandelten ihn mit despotischer Kälte. Irgendein
Assistent des Tischvorstehers erschien und schob ihm einfach einen Packen Papier unter die Nase, ohne auch nur zu
sagen: »Bitte schreiben Sie das ab« oder: »Hier ist ein interessanter, hübscher Vorgang«, oder sonst irgend etwas Ange-
nehmes, wie es in hochanständigen Ämtern der Brauch ist. Er
aber nahm entgegen, was man ihm hinschob, hatte nur Augen
für das Papier und sah gar nicht, wer ihm den Vorgang
gebracht hatte und ob er überhaupt ein Recht dazu besaß. Er
nahm den Akt entgegen und machte sich sofort ans Abschreiben. Die jungen Beamten zogen ihn auf, trieben ihren Spott
mit ihm, soweit ihr Kanzlistenwitz dazu ausreichte, und
erzählten sich in seiner Gegenwart allerlei erfundene
Geschichten über ihn. So behaupteten sie, seine Wirtin, ein
siebzigjähriges Weiblein, verprügele ihn; dann fragten sie,
wann denn die Hochzeit sei, oder sie schütteten ihm Papier-
schnitzel über den Kopf und verkündeten, es schneie. Akakij

Akakijewitsch sagte zu alledem kein einziges Wort, so als sei überhaupt niemand da; ja, es hatte nicht einmal Einfluß auf seine Arbeit: bei all diesen Belästigungen unterlief ihm nicht ein einziger Schreibfehler. Nur wenn man es mit den Späßen zu toll trieb, wenn man ihn am Arm stieß, ihn bei der Arbeit behinderte, dann sagte er wohl: »Laßt mich doch in Frieden, warum beleidigt ihr mich?« Und in diesen Worten und der Stimme, mit der sie ausgesprochen wurden, schwang etwas ganz Eigenartiges mit. Ein Mitleid heischender Ton klang da an, so daß ein junger Mann, der erst vor kurzem seinen Dienst angetreten und dem Beispiel der anderen folgend seinen Scherz mit ihm getrieben hatte, plötzlich innehielt, als hätten ihm die Worte einen Stich versetzt. Von diesem Augenblick an hatte sich für ihn gewissermaßen alles von Grund auf geändert und erschien nun in einem anderen Licht. Eine übernatürliche Macht hatte ihn von seinen Arbeitskollegen fortgestoßen, mit denen er in der Überzeugung Bekanntschaft geschlossen hatte, es mit anständigen Leuten von Welt zu tun zu haben. Und noch lange danach, in Augenblicken fröhlichster Stimmung, sah er plötzlich den kleinwüchsigen Beamten mit Stirnglatze vor sich und hörte ihn seine zu Herzen gehenden Worte aussprechen: »Laßt mich doch in Frieden, warum beleidigt ihr mich?« – und in diesen bewegenden Worten klangen andere mit: »Ich bin dein Bruder.« In solchen Augenblicken schlug der arme junge Mann die Hände vors Gesicht; und gar oft in seinem ferneren Leben begann er zu zittern, wenn er sah, wieviel Unmenschlichkeit im Menschen steckt, wieviel brutale Rohheit sich mit verfeinerter, gebildeter Lebensart und guten Manieren kaschiert – selbst, o mein Gott! bei einem Menschen, der aller Welt als edelmütig und aufrichtig gilt ...

Man hätte schwerlich irgendwo einen Menschen finden können, der so sehr in seinen Amtspflichten aufging. Von Eifer hier zu sprechen, träfe die Sache nicht – er diente mit Liebe. Wenn er beim Abschreiben war, tat sich vor ihm eine eigene, schöne, bunte Welt auf. Seine Gesichtszüge bekamen einen genießerischen Ausdruck. Er hatte seine Favoriten unter den Buchstaben, und wenn er zu ihnen kam, geriet er ganz aus dem Häuschen: er lächelte fröhlich, zwinkerte mit den Augen und half mit den Lippen nach, so daß man in seinem Gesicht gewissermaßen jeden Buchstaben mitlesen konnte, den seine Feder hinmalte. Hätte man seinen Diensteifer gebührend durch eine entsprechende Beförderung belohnt, so wäre er womöglich zu seinem Erstaunen zum Staatsrat aufgestiegen; doch so brachte er es – wie sich seine geistreichen Kollegen auszudrücken beliebten – lediglich zur Spange im Knopfloch und zu Hämorrhoiden im Arschloch.

Übrigens kann man nicht sagen, daß man ihm niemals auch nur die geringste Beachtung geschenkt hätte. Ein Direktor, der ein guter Mensch war und ihn für seine treuen Dienste auszeichnen wollte, erteilte den Auftrag, ihm etwas Wichtigeres als den üblichen Abschreibkram aufzutragen. Er sollte über einen bereits abgeschlossenen Vorgang einen Rapport für eine andere Behörde fertigen. Die Aufgabe bestand lediglich darin, die Überschrift zu ändern und einige Zeitwörter aus der ersten in die dritte Person zu setzen. Das bereitete ihm jedoch derartige Mühe, daß er bald schweißgebadet dasaß, sich die Stirn wischte und schließlich erklärte: »Ach bitte, geben Sie mir doch lieber etwas abzuschreiben.«

Von nun an ließ man ihn nur noch abschreiben, ein für allemal. Und es schien, als existiere nichts anderes mehr für ihn als diese Tätigkeit. An seine Kleidung verschwendete er keinen Gedanken, seine Uniform war nicht grün, sondern hatte einen mehlig-rötlichen Ton. Sein Kragen war so schmal, daß der Hals, obwohl kurz, ungewöhnlich lang daraus hervorzuragen schien – wie bei jenen mit dem Köpfchen wakkelnden Katzen aus Gips, die gewisse russische Hausierer fremder Nationalität zu Dutzenden auf dem Kopf herumtragen. Außerdem blieb ständig irgendwas an seiner Uniform haften: mal war es ein bißchen Heu, dann irgendein Fädchen; zudem beherrschte er die seltene Kunst, auf der Straße just in dem Augenblick unter einem Fenster aufzutauchen, wenn

dort gerade irgendwelcher Unrat hinausbefördert wurde –
weshalb er ständig Schalen von Wasser- oder Zuckermelonen
oder ähnlichen Abfall auf seinem Hute spazierentrug. Noch
nie in seinem Leben hat es ihn auch nur im geringsten interessiert, was sich da Tag für Tag auf der Straße tat, was doch ein
Beamter seines Alters bekanntlich nie aus dem Auge verliert,
wobei er seinen scharfen Blick zu einer derartigen Höchstlei-
stung zu steigern versteht, daß ihm nicht einmal entgeht,
wenn bei einem Passanten auf der anderen Straßenseite der
Hosensteg gerissen ist – was dann stets ein hämisches Lächeln
hervorzurufen pflegt.

   Aber Akakij Akakijewitsch sah immer nur seine makel-
losen, in gleichmäßiger Handschrift hingemalten Zeichen vor
sich, selbst wenn er etwas anderes im Blickfeld hatte. Und
erst wenn sich ihm etwa, wie aus heiterem Himmel, plötzlich
ein Pferdemaul auf die Schulter schob und ein wahrer Windstoß aus den Nüstern seine Wange traf – dann erst nahm er
überhaupt wahr, daß er sich nicht mitten in einer Zeile, sondern vielmehr mitten auf der Straße befand. Kam er nach
Hause, so setzte er sich sogleich an seinen Tisch, löffelte in
aller Eile seine Kohlsuppe und aß sein Stück Fleisch mit Zwiebeln, ohne auf den Geschmack zu achten; das alles schlang er
samt der Fliegen und der anderen Zutaten herunter, die Gott
der Herr ihm in der jeweiligen Jahreszeit bescherte. Sobald er
bemerkte, daß der Magen sich gefüllt hatte, stand er auf,
kramte sein Tintenfläschchen hervor und machte sich daran,
die Papiere abzuschreiben, die er mit nach Hause genommen
hatte. Lag einmal nichts Dringendes vor, so fertigte er sich zu
seinem eigenen Vergnügen eine Kopie an, besonders dann,
wenn der Vorgang dadurch bemerkenswert war, daß er sich
durch einen schönen Stil auszeichnete, oder wenn der Adres-
sat eine noch unbekannte oder bedeutende Persönlichkeit
war.

   Selbst zu jener Stunde, da der graue Petersburger Himmel
vollständig dunkel wird und die gesamte Beamtenwelt je nach
Gehaltsstufe und persönlichem Geschmack bis zum wohli-

gen Gefühl der Sättigung gegessen hat, wenn alle müde sind
vom amtlichen Federgekratze, vom Hin- und Hergerenne,
von der Erledigung all der eigenen und fremden unabdingba-
ren Angelegenheiten sowie von alldem, welchem sich der
unermüdliche Mensch eher freiwillig als gezwungenermaßen
unterzieht – wenn die Beamten sich beeilen, ihre Freizeit dem
Vergnügen zu weihen: der besonders Agile stürzt ins Theater; ein zweiter begibt sich auf die Straße, um sich dem ver-
gleichenden Studium bestimmter Hütchen zu widmen; ein
dritter schickt sich an, den Abend den Komplimenten an ein
süßes Mädel zu weihen, den Stern eines kleinen Kreises von
Beamten; ein vierter – und das geschieht besonders oft – sucht
einfach seinen Freund in der dritten oder zweiten Etage auf,
der in zwei kleinen Zimmern mit Diele oder Küche wohnt
und bemüht ist, seiner Behausung mit einer Kleinigkeit ein
bißchen modischen Pfiff zu geben, mit einer Tischlampe etwa
oder durch irgend etwas anderes, das ihm manches Opfer
abverlangt hat, den Verzicht auf die eine oder andere Mahlzeit oder ein Vergnügen außer Hause – mit einem Wort,
selbst zu der Zeit, da alle Beamten Zerstreuung suchen, in den
winzigen Wohnungen ihrer Freunde Räuberwhist spielen,
ihren Tee trinken und billigsten Zwieback dazu knabbern,
aus langen türkischen Pfeifen paffen, beim Kartengeben
irgendwelchen Tratsch erzählen, der aus den höchsten
Gesellschaftskreisen zu ihnen gedrungen ist – dergleichen zu
unterlassen, bringt der Russe nie und nimmer fertig –, oder,
wenn sich überhaupt kein Gesprächsstoff ergibt, ihre Zuflucht zu der uralten Anekdote vom Kommandanten nehmen, dem jemand meldete, man habe dem Roß des Falconetschen Denkmals den Schwanz abgeschlagen – mit einem
Wort, selbst zu der Zeit, da jedermann danach trachtete, sich
zu zerstreuen, gab Akakij Akakijewitsch sich nicht der
geringsten Vergnügung hin. Niemand hätte behaupten können, er habe ihn jemals auf irgendeiner Abendunterhaltung
angetroffen. Wenn er sich sattgeschrieben hatte, legte er sich
schlafen, wobei der Gedanke an den folgenden Tag ihn in

freudiger Erwartung lächeln ließ: Was würde wohl der liebe Gott ihm morgen abzuschreiben bescheren?

So verlief das friedliche Leben eines Menschen, der es fertigbrachte, mit einem Jahresgehalt von vierhundert Rubeln vollauf zufrieden zu sein, und er hätte auf diese Weise wohl ein hohes Alter erreicht, gäbe es da nicht gar manche Unbill und vielerlei Katastrophen, die nicht nur auf dem Lebenspfad eines Titularrats lauern, sondern sogar auf dem von Geheimen Räten, von Wirklichen Räten, von Hofräten und überhaupt von jeglicher Art von Räten – ja die nicht einmal solche Leute verschonen, die überhaupt keinen Rat erteilen noch von jemandem einen annehmen.

Es gibt in Petersburg einen gar mächtigen Feind all derer, die vierhundert Rubel oder so im Jahre beziehen. Dieser Feind ist niemand anders als unser nördlicher Frost, wenngleich übrigens behauptet wird, er sei sehr gesund. Um neun Uhr morgens, also just zu der Zeit, da die Straßen voll sind von Leuten, die ins Amt streben, macht er sich daran, wahllos nach allen Seiten derartig heftig zu beißen und zu pieken, daß die armen Beamten absolut nicht wissen, wo sie mit ihren Nasen hinsollen. Und während selbst den Besserverdienenden dann vor Kälte die Stirn schmerzt und die Augen tröpfen, sind die armen Titularräte manchmal regelrecht schutzlos. Ihr einziges Heil besteht darin, in das armselige Mäntelchen gehüllt möglichst rasch die fünf, sechs Straßen zu durcheilen und danach in der Loge des Portiers sich die Füße gehörig warm zu stampfen, bis auf diese Weise alle unterwegs eingefrorenen Fähigkeiten und Talente aufgetaut und wieder funktionstüchtig geworden sind.

Akakij Akakijewitsch hatte seit einiger Zeit das Gefühl, daß die Kälte ihm besonders rauh und hart im Rücken und an den Schultern zusetze, obwohl er doch den Weg ins Amt so schnell wie möglich hinter sich brachte. Schließlich begann er sich zu fragen, ob nicht mit seinem Mantel irgend etwas nicht in Ordnung sei. Er nahm ihn sich zu Hause gründlich vor und entdeckte, daß er an zwei, drei Stellen, nämlich am Rücken und an den Schultern, einer Art Fliegengaze glich: der Stoff war so abgetragen, daß der Wind durchblies, und das Futter völlig zerschlissen. Nun muß man wissen, daß die Kollegen auch Akakij Akakijewitschs Mantel bereits zur Zielscheibe ihrer Spötteleien gemacht hatten, mehr noch: sogar die edle Bezeichnung »Mantel« verweigerten sie ihm und nannten ihn nur noch »Kapotte«. In der Tat hatte er eine etwas seltsame Fasson: der Kragen war von Jahr zu Jahr kleiner geworden, da er ständig Stoff zum Ausbessern anderer Stellen hergeben mußte. Die unterlegten Partien zeugten nicht gerade von großer Schneiderkunst: sie beulten sich und sahen unschön aus. Nach Prüfung des Schadens entschied Akakij Akakijewitsch, daß sein Mantel zu Petrowitsch müsse, einem Schneider, der nahebei im dritten Stock eines Mietshauses wohnte und nur über die Hintertreppe zu erreichen war. Trotz seiner Einäugigkeit und seines mit Pockennarben übersäten Gesichts befaßte er sich ziemlich erfolgreich mit dem Ausbessern der Hosen und Fräcke von Beamten und allerlei anderen Leuten – sofern er, versteht sich, in nüchternem Zustand war und nicht gerade etwas anderes im Kopfe hatte. Von diesem Schneider müßte man natürlich nicht viel Aufhebens machen, aber nachdem es einmal üblich geworden ist, in einer Erzählung jede Figur in erschöpfender Weise zu charakterisieren, bleibt uns nichts anderes übrig, als dementsprechend zu verfahren. Also her mit dem Petrowitsch! Ursprünglich hieß er einfach Grigorij und war der Leibeigene eines Gutsherrn; Petrowitsch begann er sich erst zu nennen, nachdem er die Freilassungsurkunde erhalten hatte und an jedem Feiertag tüchtig zu bechern begann, zuerst nur an den hohen, bald aber wahllos an sämtlichen kirchlichen Feiertagen, die er im Kalender mit einem Kreuzchen gekennzeichnet fand. In dieser Hinsicht hielt er am Brauch der Altvorderen fest, und wenn seine Frau murrte, nannte er sie weltlich gesonnen und eine Deutsche. Und da wir nun schon einmal ein erstes Wörtchen über seine Frau fallen gelassen haben, müssen wir wohl auch noch zwei weitere über sie verlieren; freilich, viel ist über sie leider nicht bekannt, eigentlich nicht mehr, als daß Petrowitsch eine Frau hatte, die eine Haube trug und nicht ein Tuch um den Kopf; bemerkenswerter Schönheit konnte sie sich wohl nicht rühmen; jedenfalls zog sie auf der Straße nur die Aufmerksamkeit von Gardesoldaten auf sich, und sobald die einen kurzen Blick unter ihre Haube geworfen hatten, zuckten sie mit dem Schnurrbart und gaben einen undefinierbaren Laut von sich.

Während Akakij Akakijewitsch die Treppe hinaufstieg, auf der man zu Petrowitsch gelangte – um der Wahrheit die Ehre zu geben: sie war von oben bis unten pitschnaß von Waschwasser und verbreitete jenen Alkoholduft, der in die Augen beißt und bekanntlich von den Hintertreppen Petersburger Häuser nicht wegzudenken ist –, während also Akakij Akakijewitsch diese Treppe hinaufstieg, dachte er schon darüber nach, wieviel Petrowitsch wohl von ihm verlangen werde, und beschloß im stillen, nicht mehr als zwei Rubel zu geben. Die Tür stand offen, da die Hausfrau Fisch briet und dabei die Küche mit soviel Qualm füllte, daß man nicht einmal mehr die Schaben ausmachen konnte. Akakij Akakijewitsch passierte die Küche, ohne von der Hausfrau bemerkt zu werden, und gelangte in die Stube, wo er Petrowitsch erblickte, der auf einem großen Tisch aus rohem Holz saß und die Beine untergeschlagen hatte wie ein türkischer Pascha. Die Füße waren nackt, wie dies bei Schneidern üblich ist, die an ihrer Arbeit sitzen. Was aber vor allem ins Auge fiel, war eine große Zehe, die Akakij Akakijewitsch bereits bestens bekannt war, mit einem verkrüppelten Nagel, dick und fest wie der Panzer einer Schildkröte. An Petrowitschs Hals hingen Fäden von Nähseide und Garn, und auf den Knien lag irgendein Stoffetzen. Schon etwa drei Minuten versuchte Petrowitsch, einen Faden durch das Nadelöhr zu bringen, traf aber ständig daneben und war daher wütend auf die Dunkelheit und sogar auf den Faden: »Das Biest will doch nicht«, brummte er. »Mach mich nicht rasend, du Miststück!« Akakij Akakijewitsch war es gar nicht recht, daß er gerade zu einer Zeit gekommen war, da Petrowitsch wütend war. Einen Auftrag erteilte er dem Schneider lieber dann, wenn der schon einen kleinen in der Krone hatte, also, wie seine Frau es ausdrückte, »im Fusel schwamm, der einäugige Teufel«. In diesem Zustand war Petrowitsch nämlich recht entgegenkommend und mit dem Gebotenen einverstanden, ja er verbeugte sich sogar noch jedesmal und bedankte sich. Danach erschien dann freilich stets seine Frau und jammerte, daß ihr Mann betrunken gewesen sei und daher zuwenig genommen habe; aber man brauchte dann nur ein Zehnkopekenstück zuzulegen, und die Sache war geritzt. Jetzt aber war Petrowitsch offenbar nüchtern und daher hart und unerbittlich und sicher imstande, einen wer weiß wie hohen Preis zu fordern. Akakij Akakijewitsch roch den Braten und wollte schon, wie es so schön heißt, das Feld räumen, aber es war bereits zu spät. Petrowitsch richtete blinzelnd den Blick seines einzigen Auges so eindringlich auf ihn, daß Akakij Akakijewitsch unwillkürlich sagte:

»Grüß dich, Petrowitsch!«

»Guten Tag, mein Herr«, antwortete der Schneider und schielte mit seinem Auge auf Akakij Akakijewitschs Hände, um zu erkennen, was für eine Beute der ihm bringe.

»Ich komme nämlich zu dir, Petrowitsch, ja . . . eben . . .«

Man muß nämlich wissen, daß Akakij Akakijewitsch sich vornehmlich in Präpositionen und Adverbien auszudrücken pflegte oder gar solche Partikel benutzte, die absolut nichts aussagten. Handelte es sich aber um einen besonders schwierigen Kasus, dann hatte er die Gewohnheit, den Satz überhaupt nicht zu beenden. Er begann dann etwa seine Rede mit den Worten: »Dies ist, in der Tat, völlig . . . ja . . . eben« – und dann kam nichts mehr, und er hatte den Rest vergessen und meinte wohl auch, es sei alles gesagt.

»Was bringen Sie denn da?« fragte Petrowitsch und ließ vor seinem einzigen Auge die ganze Uniform seines Kunden Revue passieren – angefangen beim Kragen bis zu den Ärmeln, sodann die Rückenpartie, die Schöße und Knopflöcher – was alles er bestens kannte, da es ja sein Werk war.

So ist es üblich bei den Schneidern: das ist immer das erste,
was sie tun, wenn ein Kunde sie aufsucht.

»Ich komme nämlich, Petrowitsch . . . ja . . . eben . . . dieser Mantel hier, das Tuch . . . siehst du? Überall . . . ich
meine, an anderen Stellen ist es noch ganz fest, ein bißchen
angestaubt, als ob es schon etwas älter wäre, aber eigentlich
noch wie neu; nur hier, an dieser einen Stelle, ist es ein bißchen . . . ja . . . eben . . . hier am Rücken, und dann noch an
der einen Schulter . . . leicht durchgescheuert, und hier an der
anderen Schulter . . . ein wenig – siehst du, und das ist schon
alles. Nicht viel Arbeit . . .«

Petrowitsch nahm die Kapotte und breitete sie erstmal auf
dem Tisch aus. Er betrachtete sie lange, schüttelte sein Haupt
und langte zum Fenster nach einer runden Tabatiere, die das
Porträt eines Generals zierte. Welches Generals, war freilich
nicht auszumachen, weil die Stelle, an der sich das Gesicht
befand, mit dem Finger eingedrückt und dann mit einem vier-
eckigen Stückchen Papier überklebt worden war. Petrowitsch nahm eine Prise, spreizte die Kapotte mit den Händen
auseinander, hielt sie gegen das Licht und schüttelte ein weiteres Mal sein Haupt. Hierauf drehte er das Futter nach
außen, schüttelte ein drittes Mal sein Haupt, griff wieder nach
dem Deckel mit dem zugeklebten Generalsantlitz, schob sich
eine Prise in die Nase, schloß die Dose, steckte sie weg und
erklärte schließlich:

»Nein, da gibt's nichts mehr auszubessern: Die Garderobe
ist total unbrauchbar!«

Bei Akakij Akakijewitsch begann bei diesen Worten das
Herz wie wild zu klopfen.

»Aber wieso denn, Petrowitsch?« sagte er fast flehend, mit
der Stimme eines kleinen Kindes, »es ist doch nur hier an den
Schultern etwas durchgescheuert, es wird sich schon irgendein Stückchen Stoff bei dir . . .«

»Freilich, ein Stückchen Stoff ließe sich schon finden, so
ein Stückchen findet sich immer«, erklärte Petrowitsch, »aber
es läßt sich nicht mehr aufnähen: das ist hier alles brüchig,

wenn man mit der Nadel bloß hinkommt, stößt man schon durch.«

»Na wenn schon, nähst du eben einen kleinen Flicken auf.«

»Ja worauf denn? Hier ist nichts. Das hält nie und nimmer. Das Ding ist einfach viel zu lange getragen worden. Von dem Stoff ist nur noch der Name übrig. Ein kleiner Windstoß – schon fliegt er auseinander.«

»Da mußt du eben ein bißchen was unterlegen, daß es wieder hält . . . ja . . . eben . . . das muß doch gehen! . . .«

»Nein«, verkündete Petrowitsch entschieden, »da ist nichts mehr zu machen, das Stück ist total hinüber. Am besten, Sie machen sich ein paar Fußlappen draus, wenn's im Winter kalt wird, die Socken wärmen ja doch nicht. Die haben sich ja eh nur die Deutschen ausgedacht, um mehr Geld machen zu können« (Petrowitsch nahm gern jede Gelegenheit wahr, um den Deutschen eins auszuwischen); »was aber den Mantel angeht, so ist es völlig klar, daß Sie sich einen neuen machen lassen müssen.«

Bei dem Worte »neu« wurde es Akakij Akakijewitsch schwarz vor den Augen, und alles, was im Zimmer war, begann sich um ihn zu drehen. Klar und deutlich erkannte er lediglich den General mit dem zugeklebten Gesicht auf dem Deckel von Petrowitschs Tabaksdose.

»Aber wieso denn einen neuen?« sagte er mit einer Stimme, als ob er das alles nur träume. »Ich hab dazu doch gar nicht das Geld.«

»Allerdings, einen neuen«, erklärte Petrowitsch mit brutaler Gelassenheit.

»Ja, also wenn es einen neuen . . . ja . . . eben . . ., was würde er denn dann . . . ?«

»Sie meinen, was er kosten würde?«

»Ja.«

»So etwa hundertfünfzig oder etwas darüber müßte man schon anlegen«, sagte Petrowitsch, worauf er wichtigtuerisch die Lippen zusammenpreßte. Er war ein Freund starker Effekte, und es bereitete ihm Vergnügen, jemanden unversehens zu erschrecken und dann mit schrägem Blick festzustellen, was für ein dummes Gesicht sein Opfer nach solchen Worten machte.

»Hundertfünfzig Rubel für einen Mantel!« schrie der arme Akakij Akakijewitsch, und vielleicht war es überhaupt das erstemal seit seiner Geburt, daß er schrie, denn im Grunde zeichnete er sich durch eine leise Stimme aus.

»Aber sicher, mein Herr«, sagte Petrowitsch, »und es kommt auch noch darauf an, was für ein Mantel es sein soll. Mit Marderkragen nämlich oder mit einer seidengefütterten Kapuze können es ohne weiteres auch zweihundert werden.«

»Lieber Petrowitsch«, sagte Akakij Akakijewitsch mit flehender Stimme, ohne die Worte des Schneiders samt all ihrer Effekte recht wahrzunehmen oder auch nur den Versuch dazu zu machen, »bessere ihn doch bitte nur irgendwie aus, damit ich ihn noch ein Weilchen tragen kann.«

»Unmöglich! Das wäre vertane Arbeit und hinausgeschmissenes Geld!« sagte Petrowitsch – und Akakij Akakijewitsch verließ nach solchen Worten völlig zerschmettert die Szene.

Nach diesem Abgang ließ Petrowitsch die Arbeit noch längere Zeit ruhen. Er stand da, die Lippen bedeutsam zusammengepreßt, und war sehr mit sich zufrieden, daß er sich nichts vergeben und an der Schneiderkunst keinen Verrat geübt hatte.

Akakij Akakijewitsch betrat die Straße wie im Traum. »Das ist ja eine schöne Geschichte«, murmelte er, »ja . . . eben . . ., daß es so kommen würde, hätte ich wahrhaftig nicht gedacht.« Und nach längerem Schweigen fügte er hinzu: »Also wirklich! Nein, so was, daß es so kommt, das hätte ich nun wirklich nicht gedacht.« Worauf wieder ein längeres Schweigen folgte, bis er hervorstieß: »Also so was! . . . eigentlich . . . mußte ja so kommen . . . ja . . . eben . . . aber andererseits . . . das ist ja vielleicht ein Ding!«

Nach dieser Feststellung ging er nicht etwa nach Hause,

sondern lenkte seine Schritte in die entgegengesetzte Richtung, ohne dies überhaupt zu bemerken. Unterwegs stieß ihn ein rußgeschwärzter Schornsteinfeger an und machte ihm die Schulter schwarz, und vom Dach eines Neubaus leerte sich eine Kelle Kalk über ihn. Er bemerkte nichts von alledem, und erst, als er mit einem Wachmann zusammenstieß, der seine Hellebarde neben sich stehen hatte und Tabak aus seinem Schnupftabakshorn auf seine schwielige Faust schüttete – erst da kam er ein wenig zu sich. Und dies auch nur deshalb, weil der Ordnungshüter vernehmen ließ: »He, du Trottel, paß auf, wo du hinrennst! Reicht dir das Trottwa vielleicht nicht?« Diese Worte veranlaßten ihn, um sich zu blicken. Er machte kehrt und ging nach Hause.

Hier erst machte er sich daran, Ordnung in seine Gedanken zu bringen. Seine Lage sah er nun völlig klar, wie sie war. Und statt weiter ohne Sinn und Verstand vor sich hin zu brabbeln, begann er vernünftig, offen und ehrlich mit sich zu reden, wie mit einem klugen Freund, mit dem man auch die privatesten Herzensangelegenheiten besprechen kann. »Im Augenblick ist wohl mit Petrowitsch nicht zu reden«, sagte sich Akakij Akakijewitsch: »er hat wohl . . . seine Frau wird ihn ein bißchen verprügelt haben. Ich werde besser am Sonntag früh zu ihm gehen – da ist er nach seiner Samstagssause noch nicht recht ausgeschlafen – er wird mich mit seinem einen Auge anschielen, große Lust auf ein Gläschen gegen den Katzenjammer verspüren, und da seine Alte kein Geld herausrücken wird . . . werde ich ihm zehn Kopeken in die Hand drücken. Dann wird er mit sich reden lassen und den Mantel dann . . . ja . . . eben . . .«

So überlegte Akakij Akakijewitsch, faßte Mut und wartete den nächsten Sonntag ab. Sobald er von ferne sah, daß Petrowitschs Frau das Haus verließ, begab er sich eilends zu ihm. Tatsächlich schielte Petrowitsch nach seinem feucht-fröhlichen Samstag besonders stark, ließ den Kopf hängen und war völlig unausgeschlafen. Dennoch: kaum hatte er mitbekommen, worum es ging, da fuhr er auch schon wie von der

Tarantel gestochen auf. »Unmöglich«, sagte er, »belieben Sie bitte sich einen neuen zu bestellen.« Daraufhin schob ihm Akakij Akakijewitsch den Zehner hin. »Verbindlichsten Dank, mein Herr, ich werde mich ein wenig auf Ihre Gesundheit stärken«, sagte Petrowitsch, »was aber Ihren Mantel angeht – den können Sie vergessen, der hat endgültig ausgedient. Aber ich werde Ihnen einen neuen nähen, ein Prachtstück, garantiert!«

Akakij Akakijewitsch fing zwar noch einmal vom Ausbessern an, aber Petrowitsch ließ ihn nicht ausreden und erklärte: »Ich mache Ihnen auf jeden Fall einen neuen, das ist so sicher wie nur etwas, und ich werde mein Bestes tun. Man könnte ihn sogar nach der neuesten Mode machen: den Kragen mit Schließen in Form von Tierklauen, aus Neusilber.«

Nun war es Akakij Akakijewitsch endgültig klar, daß er um einen neuen Mantel nicht herumkommen würde – und er verlor jeden Mut. Wie denn, bitteschön, sollte er das schaffen? Von welchem Geld sollte er das bezahlen? Natürlich konnte man mit einer Gratifikation zum bevorstehenden Feiertag rechnen, aber dieses Geld war ja längst verplant. Er brauchte ein paar neue Hosen, dem Schuster war er noch Geld schuldig für das Anbringen neuer Kappen an seinen alten Stiefeln, bei der Weißnäherin mußte er drei Hemden und zwei Wäschestücke jener Art bestellen, die in gedruckter Form zu bezeichnen sich nicht schickt; mit einem Wort: die gesamte Summe würde restlos draufgehen. Und selbst wenn der Direktor so großzügig sein sollte, an Stelle der vierzig Rubel Gratifikation deren fünfundvierzig oder gar fünfzig zu bewilligen, so bliebe dennoch für sein Mantelkapital fast nichts übrig, ein Tropfen auf den heißen Stein.

Nun wußte er zwar sehr wohl, daß Petrowitsch manchmal seine Macke hatte und geradezu unverschämte Preise forderte, so daß selbst seine Frau dann nicht an sich halten konnte und herausplatzte: »Ja bist du denn von allen guten Geistern verlassen, du Blödian! Mal arbeitet er für ein Butterbrot, und jetzt reitet ihn der Teufel, und er will mehr heraus-

schlagen, als er selber wert ist. « Und natürlich wußte er auch,
daß Petrowitsch am Ende auch mit achtzig Rubeln zufrieden
sein würde; doch woher sollte er diese achtzig Rubel nehmen? Die Hälfte ließ sich ja vielleicht noch finden, konnte
man irgendwo auftreiben; vielleicht sogar ein bißchen mehr;
doch woher die andere Hälfte nehmen? . . . Zuerst aber muß
der Leser einmal erfahren, woher die erste Hälfte kommen
sollte. Akakij Akakijewitsch hatte die Gewohnheit, für jeden
ausgegebenen Rubel einen Zehner in ein kleines, verschließ-
bares Kästchen zu stecken, in dessen Deckel ein Schlitz zum
Einwerfen der Münzen eingeschnitten war. Jeweils nach
Ablauf eines halben Jahres unterzog er seine Münzsammlung
einer Revision und wechselte das Kleingeld in Silber um. So
verfuhr er schon seit langer Zeit und hatte auf diese Weise im
Verlaufe einiger Jahre eine Summe von mehr als vierzig
Rubeln erspart. Die erste Hälfte lag also bereit; aber woher
die zweite nehmen? Woher die anderen vierzig Rubel nehmen? Akakij Akakijewitsch überlegte lange hin und her und
kam schließlich zu dem Resultat, daß er seine täglichen Ausgaben mindestens ein Jahr lang einschränken müsse. Das
hieß: auf seinen abendlichen Tee zu verzichten, im Dunkeln
keine Kerze anzuzünden und, falls es nötig sein sollte, noch
etwas zu arbeiten, ins Zimmer seiner Wirtin hinüberzugehen
und bei deren Kerzenlicht zu arbeiten; auf der Straße nicht zu
fest aufzutreten, Steine und Platten äußerst vorsichtig und
möglichst nur auf Zehenspitzen zu berühren, um so die Soh-
len nicht vorzeitig abzuwetzen; auf die Schonung seiner Leib-
wäsche bedacht zu sein und sie daher möglichst selten zur
Wäsche zu geben sowie sich beim Heimkommen sofort nackt
auszuziehen und in seinen Schlafrock aus Baumwolle zu
schlüpfen, der schon so bejahrt war, daß selbst die Zeit Mitleid mit ihm hatte. Offen gestanden: es fiel ihm anfangs etwas
schwer, sich an derartige Einschränkungen zu gewöhnen,
aber dann stellte er sich darauf ein und kam damit ganz gut
zurecht; er lernte sogar, abends zu fasten und sich an geistiger
Nahrung zu laben, indem er seine Gedanken ganz auf jene

Idee gerichtet hielt, die ihn ohnehin ständig erfüllte: die Idee vom zukünftigen Mantel.

Von nun an gewann seine ganze Existenz gewissermaßen an Gehalt und Fülle, so als ob er geheiratet hätte, als ob ein anderer Mensch ständig um ihn wäre, als ob er nicht mehr alleine hauste, weil eine angenehme Gefährtin sich bereitgefunden hatte, den Lebensweg mit ihm hinfort gemeinsam zu gehen. Diese Gefährtin war niemand anders als – jener Mantel, dick wattiert, mit festem, unverwüstlichem Futter. Er wurde lebhafter, sein Charakter gewann an Festigkeit – wie bei einem Menschen, der für sein Leben ein Ziel gesucht und gefunden hat. Zweifel und Unentschlossenheit, Unsicherheit und Unbestimmtheit – das alles war aus seinem Gesicht und aus seinem Benehmen wie von selbst verschwunden. Mitunter leuchtete in seinen Augen ein Feuer auf, und sein Hirn brachte die dreistesten und kühnsten Ideen hervor: Wie wär's, wenn ich den Mantelkragen doch mit Marderfell belegen ließe?

Derartige Gedanken begannen sogar seine Konzentration zu beeinträchtigen. So hätte er doch einmal beim Abschreiben beinahe einen Fehler gemacht! Worauf er ein fast lautes »Uch!« ausstieß und sich bekreuzigte.

Wenigstens einmal im Monat sprach er bei Petrowitsch vor, um über den Mantel zu reden und sich zu erkundigen, wo man am besten den Stoff besorge, welche Farbe er haben solle, was er kosten könne; und jedesmal kehrte er nicht frei von Sorge, aber doch zufrieden heim. Und dabei dachte er: einmal wird die Zeit kommen, wo das alles gekauft und der Mantel fertig ist. Sie kam sogar schneller als vermutet. Wider alles Erwarten gewährte der Direktor Akakij Akakijewitsch nicht vierzig oder fünfundvierzig, sondern ganze sechzig Rubel; ob er nun ahnte, daß Akakij Akakijewitsch dringend einen Mantel brauchte, oder ob das purer Zufall war – jedenfalls hatte er hierdurch unversehens zwanzig Rubel mehr als erwartet. Dieser Umstand beschleunigte die Angelegenheit erheblich. Noch weitere zwei bis drei Monate ein bißchen gehungert, und schon hatte Akakij Akakijewitsch etwa achtzig Rubel beisammen. Sein Herz, üblicherweise sehr ruhig, begann heftig zu pochen. Gleich am folgenden Tage zog er mit Petrowitsch los, um seine Einkäufe zu machen. Sie erstanden einen sehr guten Stoff, was nicht verwunderlich ist, hatten sie sich doch schon ein halbes Jahr in Gedanken damit beschäftigt, und es hatte kaum einen Monat gegeben, in dem sie nicht in den Geschäften aufgetaucht wären, um sich nach den Preisen zu erkundigen und zu kalkulieren. Weshalb denn auch Petrowitsch feststellte, daß es besseres Tuch nicht gebe. Als Futterstoff wählten sie Kaliko, aber einen von solcher Güte und Festigkeit, daß er nach Petrowitschs Worten besser war als Seide und zudem auch noch mehr Glanz hatte und hübscher aussah. Marderfelle kauften sie nicht, weil sie doch etwas zu teuer waren; statt dessen erstanden sie Katzenfell, das beste, das sich im Laden fand und das man von ferne durchaus für Marder halten konnte.

Petrowitsch plagte sich mit dem Mantel ganze zwei Wochen ab, weil es soviel zu steppen gab; sonst wäre er früher fertig geworden. Als Arbeitslohn nahm Petrowitsch zwölf Rubel – billiger konnte er es wirklich nicht machen: alles war durchweg mit Seide genäht, mit feinen Doppelstichen, und am Schluß hatte Petrowitsch alle Nähte durch die Zähne gezogen, um einzelne Unebenheiten hier oder da zu glätten. Es war am ... schwer zu sagen, an welchem Tage es eigentlich war, aber sicherlich war es der feierlichste Tag im Leben Akakij Akakijewitschs, als Petrowitsch ihm den fertigen Mantel brachte. Das geschah am frühen Morgen, kurz bevor es Zeit war, ins Amt zu gehen. Eine gelegenere Zeit hätte er dafür gar nicht finden können, denn es setzte bereits ein ziemlich grimmiger Frost ein, und es sah ganz so aus, als würde es noch kälter werden. Petrowitschs Auftritt mit dem Mantel ging ganz so vor sich, wie sich dies für einen guten Schneider gehört. Auf seinem Gesicht lag ein solcher Ausdruck von Wichtigkeit, wie ihn Akakij Akakijewitsch noch niemals an ihm wahrgenommen hatte. Offenbar war er sich vollkommen dessen bewußt, daß er ein großes Werk vollbracht hatte und in diesem Moment in seiner Person den Abgrund ahnen ließ, der einfache Schneider, die lediglich Flicken aufsetzen und Ausbesserungen vornehmen, von jenen unterscheidet, die etwa Neues nähen. Er wickelte den Mantel aus einem riesigen Tuch, in das er ihn für den Transport eingeschlagen hatte; es war gerade eben erst von der Wäscherin zurückgekommen; er legte es nun zusammen und verstaute es zur weiteren Verwendung in seiner Tasche. Nachdem er also den Mantel ans Tageslicht gebracht hatte, schaute er ihn voll Stolz an und warf ihn mit beiden Händen mit gewandtem Schwung Akakij Akakijewitsch auf die Schultern. Darauf zog er ihn von hinten mit einer Hand nach unten und strich ihn glatt. Als nächstes drapierte er ihn halb offen um den Träger. Nun wollte Akakij Akakijewitsch, als Mann mit einiger Lebenserfahrung, auch noch den Sitz der Ärmel probieren. Petrowitsch half ihm beim Hineinschlüpfen, und es ergab sich, daß auch die Ärmel tipptopp waren. Mit einem Wort, es stellte sich heraus, daß der Mantel tadellos war und bestens paßte.

Petrowitsch versäumte bei dieser Gelegenheit nicht zu betonen, daß er nur deshalb so billig sei, weil er in einer kleinen Straße wohne, kein Firmenschild am Hause habe und außerdem Akakij Akakijewitsch schon so lange kenne; am Newskij-Prospekt hätten sie ihm allein als Macherlohn fünfundsiebzig Rubel abgenommen. Akakij Akakijewitsch wollte sich mit Petrowitsch darüber nicht streiten, außerdem fürchtete er all die großen Summen, mit denen Petrowitsch um sich zu werfen liebte. So bezahlte er denn, bedankte sich und begab sich sofort im neuen Mantel ins Amt. Petrowitsch begleitete ihn auf die Straße, blieb stehen und schaute noch lange aus der Ferne seinem Mantel nach; dann schlug er eigens einen Bogen durch eine krumme Seitengasse, die ihn wieder auf die Straße führte, um so seinen Mantel noch einmal aus anderer Perspektive sehen zu können, nämlich von vorn. Unterdessen schritt Akakij Akakijewitsch feiertäglich ge-

stimmt dahin. Er kostete das Gefühl, einen neuen Mantel auf
den Schultern zu spüren, in jedem einzelnen Augenblick aus,
und mitunter lächelte er sogar vor innerem Vergnügen. In der
Tat hatte die Sache zwei Vorteile: einmals war's warm und
zum anderen schön.

Er nahm den Weg überhaupt nicht wahr – und schon war er
im Amt angelangt; in der Eingangshalle nahm er den Mantel
ab, besah ihn sich von allen Seiten und empfahl ihn der besonderen Aufmerksamkeit des Pförtners. Niemand weiß, wie es
kam, aber das ganze Departement erfuhr augenblicklich
davon, daß Akakij Akakijewitsch einen neuen Mantel sein
eigen nannte und daß die Kapotte ausgedient hatte.

Alle stürzten in die Vorhalle, um sich den neuen Mantel
Akakij Akakijewitschs anzusehen. Man gratulierte ihm und
behandelte ihn besonders höflich, worauf er anfangs nur
lächelte, bis er es dann aber als peinlich empfand. Als sie nun
alle zu ihm kamen und davon anfingen, daß man das neue
Stück begießen und er zumindest doch alle abends bewirten
müsse, wurde Akakij Akakijewitsch völlig konfus, wußte
nicht, wie er sich verhalten, noch, was er sagen sollte und wie
er sich aus der Sache herauswinden könnte. Das ging so weit,
daß er nach einigen Minuten mit hochrotem Kopf ganz naiv
zu beteuern begann, es handele sich gar nicht um einen neuen
Mantel, sondern es sei ein bereits getragener. Ein Ende
machte dem schließlich ein Kollege – er war sogar Assistent
des Tischvorstehers und wollte wahrscheinlich beweisen, daß
er nicht hochmütig sei und sogar mit den Untergebenen
freundschaftlichen Umgang pflege –, indem er erklärte:
»Also gut, ich werde an Stelle von Akakij Akakijewitsch eine
Gesellschaft geben und bitte heute abend zum Tee zu mir;
außerdem habe ich gerade Namenstag.«

Die Beamten beglückwünschten natürlich sogleich den
Assistenten und akzeptierten seinen Vorschlag mit Freuden.
Akakij Akakijewitsch versuchte sich dem zu entziehen, aber
man machte ihm klar, daß dies unhöflich sei und daß er sich
schämen solle. Abzusagen ging also nicht. Übrigens war ihm

dann der Gedanke doch ganz angenehm, daß sich ihm so eine
Gelegenheit bieten würde, auch noch abends seinen neuen
Mantel spazierenzuführen.

Dieser ganze Tag war für Akakij Akakijewitsch so etwas
wie ein hohes Fest. Er kehrte in der glücklichsten Seelenverfassung heim, legte den Mantel ab und hängte ihn sorgfältig
an die Wand, wobei er noch einmal voller Wohlgefallen Stoff
und Futter musterte. Hierauf holte er zum Vergleich seine
alte Kapotte heraus, die völlig auseinanderzufallen drohte. Er
schaute sie an und konnte sich des Lachens nicht erwehren:
das war nun wirklich ein gewaltiger Unterschied! Und noch
lange danach, beim Essen, sobald er an den Zustand dachte,
in dem sich seine Kapotte befand, lächelte er. So verzehrte er
sein Essen frohgestimmt und setzte sich danach nicht an die
Arbeit, sah keinerlei Papier an, sondern streckte sich genüßlich auf dem Bett aus, bis es dunkel wurde. Nun zog er sich
ohne weitere Zeit zu verlieren an, legte seinen Mantel um die
Schultern und trat hinaus auf die Straße.

Leider können wir nicht mitteilen, wo genau der einla-
dende Beamte wohnte: unser Gedächtnis beginnt stark nachzulassen, und das ganze Petersburg mit all seinen Straßen und
Häusern hat sich im Kopf schon derart zusammengeschoben,
daß es recht schwer fällt, etwas ganz Bestimmtes deutlich und
klar daraus hervorzuholen. Aber wie auch immer – sicher ist
zumindest, daß dieser Beamte im besten Stadtteil wohnte, das
heißt also ziemlich weit von Akakij Akakijewitsch entfernt.
Zunächst mußte dieser einige menschenleere Straßen mit
spärlicher Beleuchtung passieren, doch je näher er der Wohnung des Beamten kam, um so dichter bewohnt, um so beleb-
ter und besser beleuchtet war die Gegend. Der Strom der
Fußgänger schwoll an; es begegneten ihm schön gekleidete
Damen und Männer mit Biberkragen. Die Zahl der bäuerli-
chen Schlitten mit ihren hölzernen Gitterwänden, die mit
vergoldeten Nägeln geziert waren, nahm ab; dafür erblickte
man nun Mietkutscher mit himbeerroten Samtmützen auf
lackierten Schlitten mit Bärendecken. Karossen mit herausge-

putzten Kutschböcken jagten vorüber, unter deren Rädern
der Schnee knirschte. Akakij Akakijewitsch nahm das alles
wahr, als sähe er es zum erstenmal. Schon einige Jahre lang
war er abends nicht mehr auf die Straße gegangen. Neugierig
blieb er vor dem hellerleuchteten Schaufenster eines Geschäf-
tes stehen, um ein Bild zu betrachten, auf dem eine wunderschöne Frau einen Schuh fortgeschleudert hatte und ihr völlig
unbekleidetes Bein zeigte, das gar nicht übel aussah; hinter
ihrem Rücken schaute aus der Tür ins Nebenzimmer ein
Mann mit Koteletten und einem schmucken Spitzbart herein.
Akakij Akakijewitsch schüttelte den Kopf, lächelte und ging
seines Weges. Warum lächelte er? Vielleicht deshalb, weil
ihm da etwas ganz Unbekanntes begegnet war, etwas, für das
jeder Mann ein unbestimmtes Gefühl in sich trägt; oder
dachte er wie so viele andere Beamten: »Nein aber auch, diese
Franzosen! Was sagt man da! Wenn die nach so was Lust
haben, dann ist das aber auch . . . ja . . . eben!!!« Aber vielleicht dachte er auch ganz etwas anderes – man kann einem
Menschen ja nicht in die Seele kriechen und feststellen, an was
er denkt.

Schließlich kam er bei dem Hause an, wo der Abteilungs-
assistent wohnte. Der Gastgeber lebte auf großem Fuße: im
Treppenhaus brannte eine Laterne, die Wohnung selbst
befand sich im ersten Stock. In der Diele erblickte Akakij
Akakijewitsch eine ganze Reihe von Galoschen auf dem Fußboden. Dazwischen stand, mitten im Zimmer, ein summen-
der Samowar, der kleine Dampfwölkchen ausstieß. Die
Wände hingen voller Mäntel und Umhänge, von denen einige
sogar Biberkragen und Samtaufschläge hatten. Von drinnen
hörte man undeutliches Lärmen und Sprechen, das plötzlich
klar und laut wurde, als die Tür aufging und ein Lakai mit
einem Tablett heraustrat, auf dem leere Gläser, ein Sahne-
kännchen und ein Körbchen mit Zwieback standen. Offenbar
saßen die Beamten schon geraume Zeit beisammen und hatten
ihr erstes Glas Tee bereits getrunken. Nachdem Akakij Akakijewitsch seinen Mantel eigenhändig aufgehängt hatte, betrat

er das Zimmer. Vor seinen Augen flimmerte es: Kerzen, Beamte, Pfeifen, Kartentische, und sein Ohr wurde umbrandet vom munteren Geplauder und dem Geräusch des Stühlerückens. Er blieb unsicher mitten im Zimmer stehen und suchte sich krampfhaft darüber klarzuwerden, was er nun tun solle. Aber man hatte ihn bereits bemerkt, hieß ihn lautstark willkommen, und sogleich begaben sich alle in die Diele, um noch einmal seinen Mantel in Augenschein zu nehmen. Akakij Akakijewitsch geriet zwar ein bißchen in Verwirrung, doch da er ein gutmütiger Mensch war, mußte er sich einfach freuen, als er sah, wie alle seinen Mantel lobten. Rasch aber verlor man natürlich an ihm und seinem Mantel jegliches Interesse und versammelte sich, wie üblich, um die Whisttische. Für Akakij Akakijewitsch war das alles eigenartig und fremd: der Lärm, die Gespräche, die vielen Menschen. Er wußte einfach nicht, wie er sich hier verhalten und wo er seine Hände lassen sollte, seine Beine und überhaupt den ganzen Körper; schließlich nahm er bei den Spielenden Platz, schaute auf die Karten, blickte dem einen oder dem anderen ins Gesicht und begann nach kurzer Zeit zu gähnen. Er fühlte sich gelangweilt, zumal die Stunde, in der er üblicherweise schlafen ging, längst gekommen war. Er wollte sich vom Gastgeber verabschieden, doch ließ man ihn nicht gehen und bedrängte ihn mit der Offerte, unbedingt ein Glas Champagner auf die Neuerwerbung zu leeren.

Eine Stunde später reichte man ein Abendessen, das aus einer Vinaigrette, kaltem Kalbfleisch, Pasteten, Konditor-Gebäck und Champagner bestand. Man zwang Akakij Akakijewitsch, zwei Gläser zu leeren, wonach er das Gefühl hatte, daß es im Zimmer irgendwie fröhlicher geworden sei, wobei er freilich nicht vergaß, daß es bereits zwölf war und somit höchste Zeit, nach Hause zu gehen. Damit der Hausherr nicht auf die Idee komme, ihn zurückzuhalten, verließ er das Zimmer heimlich, suchte in der Diele seinen Mantel, der auf dem Boden lag, wie er nicht ohne Bedauern feststellte, schüttelte ihn aus, las einige Federchen von ihm ab, zog ihn an, stieg die Treppe hinunter und trat auf die Straße.

Draußen war es immer noch hell: Einige Kramlädchen, diese ständig empfangsbereiten Clubs des Gesindes und der einfachen Leute, hatten noch geöffnet; andere hatten zwar geschlossen, verrieten aber durch einen langen Lichtstreif, der durch den Türspalt leuchtete, daß da noch Gäste waren, vermutlich Stubenmädchen und Diener, die sich unterhielten und Klatsch austauschten – während ihre Herrschaften keine Ahnung hatten, wo sich das Personal befand. Akakij Akakijewitsch schritt frohgestimmt dahin; beinahe wäre er sogar, unerfindlich warum, einer Dame nachgelaufen, die urplötzlich an ihm vorbeischoß und an der jeder Körperteil von unwahrscheinlicher Beweglichkeit war. Er hielt jedoch gleich wieder inne, nahm seine gemächliche Gangart wieder auf und wunderte sich selbst darüber, wie er plötzlich mir nichts dir nichts in Trab verfallen konnte. Bald kam er wieder in jene menschenleeren Straßen, wo es selbst tagsüber gar nicht so fröhlich zugeht, geschweige denn erst zur Abendzeit. Jetzt aber waren sie noch unbelebter und vereinsamter. Die Laternen wurden spärlicher – offenbar sparte man hier an Öl; Holzhäuser und Bretterwände säumten nun seinen Weg, nirgends eine Seele; nur der glitzernde Schnee verlieh den Straßen etwas Glanz, während die armseligen niedrigen Häuschen mit ihren geschlossenen Fensterläden eine traurigdunkle Kulisse bildeten. Er kam schließlich an eine Stelle, wo die Straße plötzlich einen schier endlosen Platz durchschnitt, dessen Abschluß kaum sichtbare Häuser bildeten. Hier fühlte man sich wie in einer schrecklichen Einöde.

In der Ferne, wie am Ende der Welt, schimmerte Licht in einem gottverlassen dastehenden Häuschen. Akakij Akakijewitschs Fröhlichkeit nahm merklich ab. Er betrat den Platz, von einer unbestimmten Furcht erfüllt, als ob sein Herz etwas Schlimmes ahne. Er blickte zurück, schaute nach allen Seiten: Einsamkeit wie mitten auf dem Meer. Besser gar nicht umsehen, dachte er und ging mit geschlossenen Augen weiter. Als er sie wieder aufmachte, um festzustellen, ob denn der Platz nicht bald zu Ende sei, erblickte er plötzlich unmittelbar vor sich einige Leute mit Schnurrbart, die er aber weder genau erkennen noch unterscheiden konnte. Ihm wurde schwarz vor den Augen, und in seiner Brust begann es zu hämmern. »Da ist ja mein Mantel!« verkündete einer von ihnen mit Donnerstimme und packte ihn beim Kragen. Schon wollte Akakij Akakijewitsch »Zu Hilfe!« rufen, als ein zweiter ihm eine Faust unter die Nase hielt, die kaum kleiner war als der Kopf eines Staatsbeamten, wobei er drohte: »Wehe, du schreist!« Akakij Akakijewitsch spürte nur, daß man ihm den Mantel auszog und ihm einen Stoß mit dem Knie versetzte; dann stürzte er kopfüber in den Schnee – und fühlte nichts mehr. Nach einiger Zeit kam er wieder zu sich und stand auf. Niemand war mehr da. Er spürte noch die Kälte des Bodens in seinen Gliedern und mußte feststellen, daß sein Mantel weg war. Nun begann er zu schreien, aber seine Stimme schien sich zu weigern, bis zum Ende des Platzes zu dringen. Voller Verzweiflung lief er los, immerfort schreiend, und überquerte den Platz, gerade auf ein Schilderhäuschen los, wo ein Wachmann stand, der sich auf seine Hellebarde stützte. Offenbar interessiert beobachtete er, wie da ein Mensch schreiend quer über den Platz auf ihn zurannte, und er hätte gern gewußt, was zum Teufel das bedeuten sollte. Als Akakij Akakijewitsch bei dem Wachmann angelangt war, sprudelte er atemlos und lautstark seine Anklagen hervor: er schlafe, achte auf nichts und bemerke nicht einmal, wie ein Mensch ausgeraubt wird.

Der Wachmann erwiderte, er habe nichts gesehen, außer daß ihn mitten auf dem Platz zwei Unbekannte angehalten hätten; er habe gedacht, das seien Freunde von ihm; und anstatt hier sinnlos herumzuschimpfen, solle er lieber am nächsten Morgen zum Reviervorsteher gehen, der dann schon ermitteln werde, wer den Mantel geraubt hat.

Akakij Akakijewitsch kam völlig aufgelöst zu Hause an: seine Haare, deren er noch einige an den Schläfen und am

Hinterkopf aufzuweisen hatte, waren völlig zerzaust; von oben bis unten war er voller Schnee. Seine alte Wirtin vernahm ein furchteinflößendes Gehämmer an der Tür, sprang eilends aus dem Bett und lief aufmachen, nur an einem Fuß beschuht und das Hemd züchtig vor der Brust zusammenhaltend. Als sie dann Akakij Akakijewitsch in dem beschriebenen Zustand in der geöffneten Tür vor sich stehen sah, wich sie zurück. Er erzählte ihr, was geschehen war, worauf sie die Hände zusammenschlug und verkündete, er müsse sofort zum Bezirksaufseher gehen, denn der Reviervorsteher werde ihm sonstwas erzählen, ihm bloße Versprechungen machen und die Sache nur auf die lange Bank schieben; es sei also besser, gleich zum Bezirksaufseher zu gehen, den sie außerdem persönlich kenne, da die Finnin Anna, die früher bei ihr als Köchin gedient habe, jetzt als Kinderfrau beim Bezirksaufseher im Dienst stehe; auch ihn selbst sehe sie oft, wenn er an ihrem Hause vorbeifahre; er komme auch jeden Sonntag zum Beten in die Kirche und blicke die Leute dabei fröhlich an; er sei also offensichtlich ein guter Mensch. Nachdem Akakij Akakijewitsch diese wohlgemeinten Ratschläge vernommen hatte, zog er sich traurig in sein Zimmer zurück, und wie er dort die Nacht verbrachte, das möge sich ausmalen, wer dazu imstande ist, sich auch nur ein bißchen in die Lage eines anderen zu versetzen.

Am nächsten Morgen begab er sich in aller Frühe zum Bezirksaufseher; man sagte ihm, er schlafe noch. Um zehn war er wieder da – und bekam die gleiche Auskunft. Als er um elf vorsprach, sagte man ihm, der Herr sei nicht im Hause. Akakij Akakijewitsch kam zur Mittagszeit – da weigerten sich die Schreiber im Vorzimmer energisch, ihn zu melden, und wollten unbedingt wissen, in welcher Angelegenheit er komme, warum es so dränge und was überhaupt vorgefallen sei. So daß Akakij Akakijewitsch sich schließlich dazu durchrang, wenigstens einmal im Leben Charakterfestigkeit zu zeigen, und kategorisch erklärte, er wünsche den Bezirksaufseher persönlich zu sprechen, sie hatten kein

Recht, ihm den Zugang zu verwehren, er komme in dienst-
licher Angelegenheit aus dem Departement für . . . und sie
würden schon sehen, was passierte, wenn er sich über sie
beschwerte. Dagegen wagten die Schreiber nichts einzuwen-
den, und einer von ihnen ging hinein, um den Bezirksaufseher herauszubitten. Dieser nahm den Bericht vom Mantelraub außerordentlich sonderbar auf. Anstatt sein Augenmerk
auf den Hauptpunkt der Angelegenheit zu richten, begann er,
Akakij Akakijewitsch auszufragen: warum er so spät nach
Hause gegangen sei, ob er sich etwa auf dem Wege in ein
verrufenes Etablissement befunden oder dort aufgehalten
habe – so daß am Ende Akakij Akakijewitsch völlig verwirrt
herauskam und selbst nicht wußte, ob die Angelegenheit mit
seinem Mantel nun ihren gehörigen Gang nehmen würde
oder nicht. Den ganzen Tag über blieb er seiner Dienststelle
fern (es war das einzige Mal in seinem Leben). Am folgenden
Tage erschien er wieder – totenbleich und in seiner alten
Kapotte, die inzwischen noch armseliger aussah. Der Bericht
vom Mantelraub rührte viele seiner Kollegen, doch fanden
sich auch einige, die auch jetzt die Gelegenheit nicht vorübergehen ließen, sich über Akakij Akakijewitsch lustig zu
machen. Man beschloß sogleich, für ihn zu sammeln, aber es
kam nur eine lächerlich geringe Summe zusammen, weil die
Beamten gerade viel ausgegeben hatten, indem sie Geld für
ein Porträt des Direktors und ein bestimmtes Buch gezeichnet hatten – auf Vorschlag des Abteilungsleiters, der ein
Freund des Autors war. Die Summe war also unbedeutend.
Irgendein mitfühlender Mensch versuchte, Akakij Akakijewitsch wenigstens mit einem guten Rat zu helfen, indem er
riet, nicht zum Reviervorsteher zu gehen. Es könne zwar
durchaus sein, daß der irgendwie den Mantel ausfindig
machen würde, allein schon, um von seinem Vorgesetzten
belobigt zu werden, daß aber der Mantel dennoch sehr wohl
bei der Polizei verwahrt bleiben könne, wenn es nämlich
Akakij Akakijewitsch nicht gelänge, gültig zu beweisen, daß
er der Besitzer sei. Es sei daher viel besser, er wende sich an

eine *bedeutende Persönlichkeit*, denn so eine *bedeutende Persönlichkeit* könne an die Zuständigen schreiben oder sich sonstwie mit ihnen in Verbindung setzen und so dafür sorgen, daß die Sache erfolgreich abgewickelt werde. Was konnte Akakij Akakijewitsch also anderes tun, als den Entschluß zu fassen, jene *bedeutende Persönlichkeit* aufzusuchen. Wer diese *bedeutende Persönlichkeit* war und welches Amt sie innehatte, das ist bis heute unbekannt geblieben. Man muß nämlich wissen, daß *eine bestimmte bedeutende Persönlichkeit* erst kurz zuvor zu dieser bedeutenden Persönlichkeit geworden war, das heißt also vorher eine unbedeutende war. Übrigens galt ihre Position auch jetzt noch nicht als bedeutend im Vergleich zu anderen, die wesentlich bedeutender waren. Aber es findet sich ja immer ein bestimmter Kreis von Menschen, für die bereits etwas bedeutend ist, was in den Augen anderer als unbedeutend erscheint. Übrigens bemühte er sich, seine Bedeutung noch durch verschiedene andere Mittel zu unterstreichen. So hatte er zum Beispiel die Neuerung eingeführt, daß die Subalternbeamten ihn bereits auf der Treppe begrüßen mußten, sobald er ins Amt kam; auch durfte niemand zu ihm kommen, ohne daß ein strenges Reglement beachtet wurde: der Kollegienregistrator hatte dem Gouvernementssekretär vorzutragen, der Gouvernementssekretär dem Titularrat bzw. irgendeinem anderen zuständigen Rat, und erst danach durfte man ihn mit der Angelegenheit befassen. Im Heiligen Rußland ist nun mal die Sucht nachzuahmen ansteckend; jeder äfft seinen Vorgesetzten nach und sucht es ihm gleichzutun. Man erzählt sich sogar, daß ein gewisser Titularrat, als man ihn zum Leiter einer kleinen eigenen Kanzlei ernannt hatte, sich sogleich ein besonderes Zimmer herrichten ließ, das er »Sprechzimmer« nannte und vor dem er Kanzleidiener mit rotem Kragen und Tressen postierte, die die Klinken zu bedienen und die Tür vor jedem Besucher zu öffnen hatten, obgleich in dem »Sprechzimmer« mit Mühe und Not ein gewöhnlicher Schreibtisch Platz hatte.

Die Manieren und Gewohnheiten der *bedeutenden Persönlichkeit* waren gediegen und imponierend, wenn auch nicht
gerade abwechslungsreich. Sein System beruhte vor allem auf
Strenge. »Strenge, Strenge und nochmals Strenge«, pflegte er
zu sagen, und beim letzten Wort blickte er die Person, mit der
er gerade sprach, gewöhnlich höchst bedeutungsvoll an.
Allerdings hatte er dazu gar keinen Grund, denn das Dutzend
Beamte, das den gesamten Verwaltungsapparat seiner Kanzlei darstellte, wandelte auch ohnedies in der Furcht des
Herrn; sobald sie ihn nur von ferne erblickten, ließen sie
sofort ihre Arbeit liegen, nahmen stramme Haltung an und
verharrten in ihr so lange, bis ihr Vorgesetzter das Zimmer
wieder verlassen hatte. Seine üblichen Gespräche mit Untergebenen waren ein beredter Ausdruck seines Prinzips der
Strenge. Sie bestanden seinerseits fast ausschließlich aus folgenden drei Sätzen: »Wie können Sie es wagen? Wissen Sie,
mit wem Sie reden? Begreifen Sie, wer vor Ihnen steht?«
Übrigens war er ein seelenguter Mensch, freundlich und
gefällig seinen Kollegen gegenüber, nur daß der Generalsrang
ihm völlig den Kopf verdreht hatte. Die Ernennung hatte ihn
konfus gemacht und aus dem Geleise geworfen, so daß er
nicht mehr recht wußte, wie er sich verhalten sollte. Wenn er
mit seinesgleichen zu tun hatte, so war er ganz der alte, ein
sehr umgänglicher Mensch und auf manchen Gebieten durchaus beschlagen; sobald er aber in die Gesellschaft von Personen geriet, die auch nur um einen Rang unter ihm standen,
war er wie ausgewechselt: er schwieg nur und machte einen
bemitleidenswerten Eindruck, schon weil er selber spürte,
daß er seine Zeit erheblich angenehmer verbringen könnte.
Seine Augen verrieten dann zuweilen den starken Wunsch,
sich an einem anregenden Gespräch zu beteiligen oder sich
mit interessanten Leuten zu unterhalten – aber stets hielt ihn
die Befürchtung zurück, er könne sich etwas vergeben, Ver-
traulichkeit ermuntern und dadurch seine Autorität beeinträchtigen. Die Folge solcher Überlegungen war, daß er sein
Schweigen beharrlich beibehielt, nur hin und wieder einige

einsilbige Laute von sich gab und auf diese Weise den Ruf eines ungemein langweiligen Menschen erwarb.

Bei dieser *bedeutenden Persönlichkeit* erschien unser Akakij Akakijewitsch, und zwar zu einer äußerst ungünstigen Zeit – höchst ungünstig für ihn, aber durchaus nicht für die *bedeutende Persönlichkeit*. Diese befand sich in ihrem Arbeitszimmer und unterhielt sich überaus vergnügt mit einem alten Bekannten und Jugendfreund, der vor kurzem angekommen war, und den er seit Jahren nicht gesehen hatte. In eben dieser Situation meldete man ihm einen gewissen Baschmatschkin. Kurz angebunden fragte er: »Wer ist das?« Die Antwort war: »Irgendein Beamter.« »Ach so! Kann warten, habe jetzt keine Zeit«, sagte der bedeutende Mann. Hier wäre zu bemerken, daß der bedeutende Mann schlicht und einfach log: er hatte sehr wohl Zeit, in dem Gespräch mit seinem Freund war bereits alles gesagt, so daß schon etliche längere Pausen des Schweigens eingetreten waren, in denen die Herren einander nur hin und wieder einen Klaps auf den Schenkel gaben mit den Worten »Ja, ja, so ist es, Iwan Abramowitsch!« »Sie sagen es, Stepan Warlamowitsch!« Dennoch ließ er den Beamten warten, nur um seinem Freund, der schon längst nicht mehr im Dienst stand und daheim auf dem Lande lebte, zu zeigen, wie lange bei ihm die Beamten im Vorzimmer zu warten hatten. Nachdem man genug geredet und genug geschwiegen und dabei in sehr bequemen Sesseln mit verstellbarer Rückenlehne sitzend ein kleines Zigarrchen geschmaucht hatte, tat er schließlich so, als erinnere er sich, und sagte zum Sekretär, der gerade mit einem Akt erschienen war und in der Tür stand: »Richtig, da ist ja wohl noch dieser Beamte draußen; sagen Sie ihm, er könne jetzt eintreten.« Als er Akakij Akakijewitsch mit seiner Demutsmiene und in seiner alten Uniform erblickte, wandte er sich ihm abrupt zu und sagte: »Was kann ich für Sie tun?« – mit jener zackigen und festen Stimme, die er eigens daheim in seinem Zimmer allein vor dem Spiegel eine Woche vor der Ernennung zum General und der Berufung auf den jetzigen Posten einstudiert hatte. Akakij Akakijewitsch, der ohnehin schon seit geraumer Zeit die gebührende Befangenheit verspürte, geriet in rechte Verwirrung, und noch häufiger als sonst sein »ja ... eben« gebrauchend, setzte er, so gut er es vermochte, das heißt seine Zungenfertigkeit es zuließ, auseinander, daß er einen ganz neuen Mantel gehabt habe, auf unmenschliche Weise beraubt worden sei und sich nun an ihn wende mit der Bitte, er möge doch an den Herrn Oberpolizeimeister oder wen immer schreiben und den Mantel herbeischaffen helfen. Der General erachtete dieses Benehmen aus unerfindlichem Grund als zu familiär.

»Hören Sie, mein Herr«, fuhr er in zackigem Tone fort, »kennen Sie nicht die Vorschriften? Wie kommen Sie überhaupt hierher? Haben Sie schon mal was vom Dienstweg gehört? Sie hätten gefälligst zuerst eine Eingabe bei der Kanzlei einreichen müssen; sie wäre von dort zum Tischvorsteher, dann zum Abteilungsleiter gegangen, hierauf hätte sie der Sekretär erhalten, und der Sekretär hätte sie dann mir zugeleitet ...«

»Aber, Eure Exzellenz«, sagte Akakij Akakijewitsch, der sich bemühte, das bißchen Geistesgegenwart, über das er verfügte, beisammenzuhalten, und der dabei fühlte, daß er entsetzlich schwitzte, »ich habe Eure Exzellenz doch nur deshalb zu bemühen gewagt, weil die Sekretäre, ja ... eben ... ein so unzuverlässiges Volk sind ...«

»Was? Was? Was haben Sie gesagt?« tönte die bedeutende Persönlichkeit. »Wo haben Sie diese Gesinnung aufgelesen? Woher kommen bei Ihnen diese Gedanken? Was für ein Geist der Rebellion gegen die Vorgesetzten und Höhergestellten greift da unter den jungen Leuten um sich!«

Die bedeutende Persönlichkeit hatte wohl nicht bemerkt, daß Akakij Akakijewitsch die fünfzig bereits hinter sich hatte. Wenn man ihn daher schon als jungen Mann bezeichnen wollte, so konnte das doch nur relativ gemeint sein, d. h. im Verhältnis zu jemandem, der bereits siebzig ist.

»Wissen Sie überhaupt, mit wem Sie sprechen? Begreifen

Sie überhaupt, wer vor Ihnen steht? Begreifen Sie das, begreifen Sie das? Ich frage Sie.«

Dabei stampfte er mit dem Fuße auf und gab seiner Stimme einen derart metallischen Ton, daß auch jedem anderen angst und bange geworden wäre – erst recht unserem Akakij Akakijewitsch. Der erstarrte, wankte, zitterte am ganzen Körper und drohte umzusinken. Wären nicht die Bürodiener herbeigeeilt, um ihn aufzufangen, so wäre er längelang hingefallen. Man trug ihn wie leblos hinaus. Die bedeutende Persönlichkeit aber, zufrieden damit, daß ihre Wirkung jede Erwartung übertroffen hatte, und berauscht von dem Gedanken, daß ihr bloßes Wort imstande war, einen Menschen seiner Sinne zu berauben, schielte zu ihrem Gast hinüber, um zu sehen, was für ein Gesicht der wohl mache, und sie merkte nicht ohne Wohlgefallen, daß ihr Freund sich unbehaglich fühlte und gleichfalls von Angst beschlichen wurde.

Wie er die Treppe heruntergekommen, wie er auf die Straße gelangt war – an dergleichen konnte sich Akakij Akakijewitsch später nicht mehr erinnern. Er spürte weder Arme noch Beine. In seinem ganzen Leben war er noch niemals von einem General derartig heruntergeputzt worden, und noch dazu von einem fremden. Mit weitaufgerissenem Mund ging er durch einen Schneesturm, der durch die Straßen pfiff, und kam mehrfach vom Bürgersteig ab; wie in Petersburg üblich, fiel ihn der Wind von allen vier Seiten zugleich an, blies er aus allen Querstraßen zugleich. Und im Nu hatte er seine Angina weg. Nach Hause gekommen, brachte er kein einziges Wort mehr hervor; sein Hals war dick angeschwollen, und so legte er sich ins Bett. So schlimm können die Folgen einer gehörigen Abkanzlung sein!

Am nächsten Tag trat heftiges Fieber auf. Und dank der großzügigen Unterstützung seitens des Petersburger Klimas machte die Krankheit raschere Fortschritte, als zu erwarten gewesen wäre, und als der Doktor erschien und seinen Puls fühlte, da fiel ihm nichts anderes ein, als lediglich heiße Umschläge zu verordnen, und dies auch nur, damit der

Kranke nicht ohne die wohltätige Hilfe der Medizin bleibe; im übrigen aber prophezeite er ihm den unausweichlichen Garaus binnen sechsunddreißig Stunden. Hierauf wandte er sich an die Zimmerwirtin und sagte: »Und Sie, meine Liebe, verlieren bitte keine Zeit und bestellen ihm gleich einen Fichtensarg, denn ein Eichensarg wird für ihn wohl zu teuer sein.« Ob Akakij Akakijewitsch diese für ihn schicksalhaften Worte vernahm oder nicht, und wenn er sie vernahm, ob sie dann auf ihn eine erschütternde Wirkung ausübten, ob er sein armseliges Leben bedauerte – das alles ist unbekannt, befand er sich doch die ganze Zeit über im Delirium.

Traumgesichte suchten ihn in rascher Folge heim, eines immer seltsamer als das andere. Bald sah er sich bei Petrowitsch einen Mantel bestellen, in den Fallen für Diebe eingebaut waren, die er dabei die ganze Zeit unter dem Bett versteckt wähnte, so daß er alle Augenblicke nach der Wirtin rief und sie bat, doch wenigstens den einen herauszuziehen, der frecherweise unter seine Decke geschlüpft war; dann wieder fragte er, warum denn die alte Kapotte da hänge, wo er doch einen neuen Mantel habe; bald schien ihm, er stehe vor dem General, bekomme eine gehörige Standpauke und erkläre daraufhin: »Bitte um Entschuldigung, Eure Exzellenz!« – dann wieder stieß er sogar höchst lästerliche Flüche aus, gebrauchte dabei die schlimmsten Wörter, so daß die alte Zimmerwirtin sich sogar bekreuzigte, hatte sie doch noch niemals aus seinem Munde dergleichen vernommen; außerdem folgten diese Wörter auch noch unmittelbar auf sein »Eure Exzellenz«. Hierauf begann er völlig unsinniges Zeug zu phantasieren, so daß man nichts mehr verstand; klar war nur, daß diese zusammenhanglosen Worte und Gedanken immer um denselben Mantel kreisten. Und schließlich hauchte der arme Akakij Akakijewitsch seine Seele aus.

Weder sein Zimmer noch seine Habe wurden versiegelt, weil es erstens keine Erben gab und zweitens nur eine sehr unbedeutende Hinterlassenschaft da war, nämlich: ein Bündel Gänsefedern, ein Packen weißen Kanzleipapiers, drei

Paar Socken, zwei oder drei abgerissene Hosenknöpfe und die dem Leser bereits bekannte Kapotte. Wem das zugefallen ist, weiß Gott allein; und ich muß gestehen, daß es selbst den Erzähler dieser Geschichte nicht interessiert hat. Akakij Akakijewitsch wurde abgeholt und begraben. Und Petersburg existierte weiter ohne Akakij Akakijewitsch, als ob er nie dagewesen wäre. Verschwunden und ausgelöscht war ein Wesen, das niemand verteidigt hatte, das niemandem teuer gewesen war, für das sich niemand interessiert hatte, nicht einmal die Naturforscher, die doch nicht einmal eine gewöhnliche Fliege unbeachtet lassen, die sie aufspießen und durchs Mikroskop betrachten; ein Wesen, das die Kanzlistenspäße geduldig hingenommen hatte und ins Grab gesunken war, ohne eine außergewöhnliche Tat zu vollbringen, in dessen Dasein aber wenigstens, wenn auch erst kurz vor dem Tode, ein freundlicher Gast in Gestalt eines Mantels erschienen war und für einen kurzen Augenblick ein armseliges Leben erhellt hatte – worauf dann freilich ein Unheil hereingebrochen war, das über seine Kräfte ging – nicht anders als bei den Zaren und den Großen dieser Welt ...

Einige Tage nach seinem Tode erschien in seiner Wohnung ein aus dem Amt entsandter Bürodiener mit dem Befehl, unverzüglich zum Dienst zu erscheinen, der Vorgesetzte verlange es; der Bürodiener mußte allerdings unverrichteter Dinge wieder umkehren und meldete, daß Akakij Akakijewitsch überhaupt nicht mehr zum Dienst kommen könne, und als man ihn fragte »Wieso?«, erklärte er: »Ja weil er tot ist, bereits vor vier Tagen wurde er beerdigt.« Auf diese Weise erfuhr das Departement für ... vom Tod des Akakij Akakijewitsch, und bereits am folgenden Tage saß auf seinem Platze ein neuer Beamter, der viel größer war, der die Buchstaben nicht mehr so schön gerade hinmalte, sondern vielmehr geneigt und um etliches schiefer.

Wer aber hätte geglaubt, daß hier noch nicht Schluß ist mit der Geschichte von Akakij Akakijewitsch, daß es ihm vielmehr beschieden war, noch einige Tage nach seinem Tode recht lärmend weiterzuleben, gewissermaßen als Belohnung dafür, daß sein Leben so gar keine Beachtung gefunden hatte? Doch so geschah es nun einmal, und unsere bescheidene Geschichte nimmt jetzt ganz unerwartet eine Wendung ins Phantastische.

Plötzlich begann in Petersburg ein Gerücht die Runde zu machen, an der Kalinkin-Brücke und in ihrem weiteren Umkreis zeige sich des Nachts ein Toter in Beamtengestalt, der nach einem gestohlenen Mantel suche und mit dieser Begründung allen Leuten, ohne Rücksicht auf Rang und Stand, die Mäntel ausziehe: Mäntel mit Katzen- oder Biberfutter, wattierte Mäntel, Waschbär-, Fuchs- und Bärenpelze, mit einem Wort: jede Art von Tierfell oder Tierhaut, die der Mensch für geeignet befunden hat, seine eigene Blöße zu bedecken. Einer der Beamten aus dem Amt sah den Toten mit eigenen Augen und erkannte in ihm sogleich Akakij Akakijewitsch; das flößte ihm aber einen derartigen Schrecken ein, daß er wie von den Furien gejagt davonstürzte und daher nicht allzugenau hinsehen konnte; so sah er denn nur, daß der andere ihm von ferne mit dem Finger drohte. Von allen Seiten liefen nun ständig Klagen ein, daß die Rücken und Schultern der Räte, und zwar nicht nur der Titular-, sondern sogar der Geheimen Staatsräte, der totalen Verkühlung unterworfen würden infolge nächtlicher Mantelentwendung. Die Polizei verfügte, der Tote sei zu fangen, koste es was es wolle, tot oder lebendig, und zur Abschreckung anderer einer strengen Bestrafung zu unterziehen – und beinahe hätte man damit auch Erfolg gehabt. Der Wachmann eines Abschnitts der Kirjuschkin-Gasse hatte den Toten nämlich bereits in flagranti erwischt und fest am Kragen gepackt, als dieser einem verabschiedeten Musiker, der seinerzeit die Flöte gespielt hatte, einen Friesmantel ausziehen wollte. Hatte ihn also am Kragen gepackt und rief laut zwei Kameraden zu Hilfe, denen er auftrug, ihn festzuhalten, während er selbst für einen Augenblick in seinen Stiefel griff, um dort eine Schnupftabakdose hervorzuziehen in der Absicht, seiner bereits sechsmal erfrorenen Nase eine kleine Erfrischung zuzuführen. Aber wahrscheinlich war der Tabak von solcher Güte, daß selbst Tote sie nicht ertragen können. Kaum hatte der Wachmann mit einem Finger sein rechtes Nasenloch zugehalten und eine halbe Prise in das linke eingezogen, als der Tote auch schon so heftig nieste, daß er alle drei blendete. Während sie die Fäuste an die Augen hoben, um sie auszuwischen, verschwand der Tote so spurlos, daß sie nicht einmal mehr wußten, ob er überhaupt in ihren Händen gewesen war. Seit der Zeit hatten die Wachleute eine solche Angst vor Toten, daß sie nicht einmal mehr die Lebendigen zu greifen wagten, sondern ihnen nur von ferne zuriefen: »He du, schau, daß du weiterkommst!« Der Tote in Beamtengestalt begann sich sogar auf der anderen Seite der Kalinkin-Brücke zu zeigen, wobei er Leuten, die nicht besonders tapfer waren, keinen geringen Schrecken einjagte.

Nun haben wir allerdings *die bedeutende Persönlichkeit* völlig aus dem Auge verloren, die, recht betrachtet, wohl die eigentliche Ursache der phantastischen Wendung gewesen ist, die unsere im übrigen völlig wahrheitsgetreue Geschichte genommen hat. Zunächst verlangt es das Gebot der Gerechtigkeit festzustellen, daß *die bedeutende Persönlichkeit* bald nach dem Abgang des armen, völlig vernichteten Akakij Akakijewitsch so etwas wie Mitleid zu fühlen begann. Mitgefühl war ihm durchaus nicht fremd; sein Herz war vieler guter Rührungen fähig, obwohl seine dienstliche Position ihn öfters daran hinderte, es nach außen sehen zu lassen. Sobald sein auf Besuch gekommener Freund das Arbeitszimmer verlassen hatte, begann er sich über den armen Akakij Akakijewitsch Gedanken zu machen. Und seit dem Tag sah er den blassen Akakij Akakijewitsch fast jeden Tag vor sich, wie er unter der Abreibung zusammengebrochen war. Der Gedanke an ihn beunruhigte ihn so sehr, daß er sich nach einer Woche entschloß, sogar einen Beamten zu ihm zu senden, der sich erkundigen sollte, wie's denn um ihn stehe und ob er ihm nicht doch irgendwie helfen könne; und als man ihm meldete, daß Akakij Akakijewitsch von heute auf morgen an Fieber gestorben sei, da war er wie vom Donner gerührt, spürte Gewissensbisse und war einen ganzen Tag mißgestimmt. In der Absicht, sich ein wenig zu zerstreuen und die unangenehmen Gedanken loszuwerden, begab er sich gegen Abend zu einem seiner Freunde, bei dem er Leute aus der besseren Gesellschaft vorfand, und was am allerschönsten war: sie alle hatten etwa den gleichen Rang, so daß er sich überhaupt keinen Zwang auferlegen mußte. Dies hatte auf seinen Seelenzustand eine wunderbare Wirkung. Er ging aus sich heraus, gab sich im Gespräch herzlich und liebenswürdig – mit einem Wort, er verbrachte den Abend auf sehr angenehme Weise. Zum Essen trank er zwei Glas Champagner – ein Mittel, das bekanntlich in bezug auf die Fröhlichkeit eine hervorragende Wirkung ausübt. Der Champagner regte ihn zu verschiedenen kühnen Streichen an; so entschloß er sich zum Beispiel, noch nicht nach Hause zu fahren, sondern Karolina Iwanowna aufzusuchen, eine Dame offenbar deutscher Herkunft, die er gut kannte und mit der ihn freundschaftliche Gefühle verbanden. Ich beeile mich festzuhalten, daß die bedeutende Persönlichkeit ein nicht mehr ganz junger Mann war, ein guter Ehemann und hochgeschätzter Familienvater. Zwei Söhne, von denen der eine bereits in der Kanzlei diente, und eine anmutige sechzehnjährige Tochter mit einem hübschen Himmelfahrtsnäschen erschienen jeden Tag bei ihm, um ihm mit den Worten »Bonjour, Papa!« die Hand zu küssen. Seine Gattin, jugendlich frisch und gutaussehend, reichte ihm jedesmal zuerst ihre Hand zum Kusse und drehte sie dann herum, um ihm die seine zu küssen. Dennoch befand es die bedeutende Persönlichkeit – die übrigens an den häuslichen Zärtlichkeiten völlig ihr Genüge fand – als angemessen, in einem anderen Stadtteil freundschaftliche Beziehungen zu einer Dame zu unterhalten. Diese Freundin war keineswegs hübscher und jünger als seine Gattin; aber dergleichen Ungereimtheiten gibt es nun mal auf Erden, und es steht uns nicht zu, darüber ein Urteil abzugeben. Die bedeutende Persönlichkeit begab sich also die Treppe hinab, setzte sich in ihren Schlitten und befahl dem Kutscher: »Zu Karolina Iwanowna«, während sie selbst, wohlig in ihren warmen Mantel gehüllt, in jener angenehmen Lage verblieb, wie sie für Russen am schönsten ist – das heißt, wenn man selbst an nichts denkt, sondern die Gedanken ganz von alleine einem in den Kopf kommen, einer immer angenehmer als der andere, und einen der Mühe entheben, nach ihnen zu jagen oder zu suchen. Mit Vergnügen ließ sie all die heiteren Augenblicke des Abends flüchtig vor sich Revue passieren, erinnerte sich all der Worte, die den intimen Kreis zum Lachen gebracht hatten; viele davon wiederholte sie sogar halblaut und fand sie immer noch so lustig wie zuvor, und so war es gar nicht verwunderlich, daß sie fröhlich vor sich hin schmunzelte. Von Zeit zu Zeit störte sie freilich der Wind, der weiß der Himmel woher und warum plötzlich aufkam und ihr in Böen ins Gesicht fuhr und sie mit Schneeflocken überschüttete, ihr den Mantelkragen wie ein Segel blähte oder plötzlich mit unnatürlicher Kraft um den Kopf schlug und sie auf diese Art und Weise dazu zwang, sich ständig damit abzumühen, freizukommen. Plötzlich spürte die bedeutende Persönlichkeit, daß sie irgendwer ganz fest beim Kragen packte. Sie wandte sich um und bemerkte einen kleinwüchsigen Menschen in einer alten abgetragenen Uniform, in dem sie nicht ohne Schrecken Akakij Akakijewitsch erkannte. Das Gesicht des Beamten war bleich wie der Schnee und sah wie das eines Toten aus. Aber der Schrecken der bedeutenden Persönlichkeit überstieg alle Grenzen, als sie sah, daß der Mund des Toten sich grinsend verzog und, schrecklichen Grabeshauch ausstoßend, folgende Worte von sich gab: »Ha! Habe ich dich endlich! Endlich habe ich dich . . . ja . . . eben . . . Hab dich am Kragen! Deinen Mantel brauche ich! Um meinen hast du dich nicht gekümmert, hast mich fertiggemacht – jetzt gib mal deinen her!« Die arme *bedeutende Persönlichkeit* wäre um ein Haar gestorben. So charakterfest und willensstark sie in der Kanzlei und überhaupt im Umgang mit Untergebenen auch war, und obwohl jedermann, der bloß ihre imposante Figur und Miene sah, ausrief: »Donnerwetter, was für ein Charakter!« – so spürte sie doch in diesem Augenblick wie so viele andere auch, die nach außen wie Recken ausschauen, eine derartige Angst, daß sie nicht ohne Grund einen Anfall fürchtete. Eilig warf sie von sich aus den Mantel von den Schultern und schrie dem Kutscher mit entstellter Stimme zu: »Fahr zu, so schnell du kannst, nach Hause!« Als der Kutscher diese Stimme hörte, die er üblicherweise in entscheidenden Augenblicken vernahm und die gewöhnlich noch durch etwas wesentlich Wirkungsvolleres unterstützt wurde, zog er für alle Fälle den Kopf zwischen die Schultern, schwang die Peitsche und jagte dahin wie ein Pfeil. Nach kaum mehr als sechs Minuten befand sich die bedeutende Persönlichkeit bereits vor der Auffahrt ihres Hauses. Blaß, verstört und ohne Mantel war sie nach Hause gefahren anstatt zu Karolina Iwanowna. Sie schleppte sich in ihr Zimmer und verbrachte die Nacht höchst unruhig, so daß am nächsten Morgen beim Tee die Tochter geradeheraus sagte: »Du siehst heute so blaß aus, Papa.« Papa aber schwieg und verlor kein Wort darüber, was ihm passiert und wo er gewesen war, noch wo er eigentlich hatte hinfahren wollen. Dieser Vorfall hatte auf ihn eine starke Wirkung. Viel seltener als bisher sagte er zu seinen Untergebenen: »Wie können Sie es wagen, begreifen Sie, wer vor Ihnen steht?« Und wenn er dergleichen doch einmal gebrauchte, so nicht eher, als bis er sich angehört hatte, worum es eigentlich ging. Bemerkenswerter ist freilich noch, daß sich seit dieser Zeit der Tote in Beamtengestalt nicht mehr zeigte: offenbar paßte ihm der Generalsmantel gut; zumindest hörte man niemals mehr von einem Fall, daß jemand der Mantel ausgezogen worden wäre. Übrigens wollten viele emsige und besorgte Leute sich keineswegs beruhigen und sprachen nach wie vor davon, daß in fernen Stadtteilen noch immer der Tote in Beamtengestalt sein Unwesen treibe. Und wirklich: Ein Wachmann in Kolomna sah mit eigenen Augen, wie hinter einem Hause hervor ein Gespenst auftauchte. Da er aber von Natur ein wenig schwächlich war – weshalb einmal ein ganz gewöhnliches, etwas größeres Ferkel, das plötzlich aus einem Wohnhaus herausgeschossen kam, ihn umgerissen hatte, worauf sich schallendes Gelächter bei den umstehenden Kutschern erhob, denen er seinerseits für ihr Gespött je zehn Kopeken für Tabak abgeknöpft hatte –, also da er nicht der Stärksten einer war, traute er sich nicht, das Gespenst zu stellen, sondern folgte ihm nur in der Dunkelheit, bis es plötzlich stehenblieb, sich umwandte und fragte: »Ist was?« und dabei eine Faust von derartigem Format vorwies, wie man sie bei einem Lebenden nicht findet. Der Wachmann sagte nur: »Nein, nichts« – und kehrte sogleich um. Das Gespenst war übrigens auch sehr viel größer, es trug einen gewaltigen Schnurrbart, lenkte seine Schritte offenbar in Richtung auf die Obuchow-Brücke und verschwand auf Nimmerwiedersehen in der nächtlichen Finsternis.

# Anmerkungen

## Jahrmarkt in Sorotschinzy

5,1 *Sorotschinzy:* Gogols Geburtsort.

5,10 *Kleinrußland:* Ukraine.

8,1 *Psjol:* linker Nebenfluß des Dnjepr.

19,36 *einen Blauen:* Geldschein im Wert von fünf Rubeln.

32,30 f. *noch am Montag aufgebrochen:* Der Montag galt als »schwarzer Tag« – vgl. russische Sprichwörter wie »Am Montag, Mittwoch und Freitag fang nichts Neues an«, »Montag ist ein schwarzer Tag, da fängt man nichts an, beginnt keine Reise«. Auch nach deutschem Volksglauben ist es nicht ratsam, am Montag eine Reise anzutreten: man läuft Gefahr, sein Ziel zu spät zu erreichen; es kann einem aber auch ein Unglück widerfahren.

## Gutsbesitzer aus alter Zeit

44,16 f. *Freiwilligen Kavallerie:* im 18. Jh. eine Hilfstruppe des Kosakenheeres. Sie unterstand dem Hetman und wurde von ihm besoldet. Die Bewaffnung bestand aus Säbel, kurzem Gewehr und Lederpeitsche, dem sog. Kantschuk.

46,4 *Peter III.:* 1728–62, russischer Zar von Januar bis Juli 1762; gestürzt von seiner Gattin Katharina II. (reg. 1762–96).

46,5 f. *Herzogin von Lavallière:* Louise Françoise de la Baume le Blanc (1644–1710), Geliebte Ludwigs XIV.

64,13 *Kutja:* Gericht aus Graupen oder Reis, mit Honig und Rosinen, das bei Totenfeiern gereicht wird.

70,35 f. *Stabskapitän:* Offizier der 9. Rangklasse (vgl. Anm. zu 130,5 f.).

## Der Wij

72,1 *Wij:* Der Wij ist eine kolossale Schöpfung der Phantasie des einfachen Volkes. Bei den Kleinrussen heißt so der Herr der Gnome, dessen Augenlider bis auf den Boden reichen. Die ganze Geschichte ist eine Volksüberlieferung. Ich wollte sie nicht verändern und erzähle sie fast genauso so einfach, wie ich sie gehört habe. [Anm. Gogols.]

**72,2 f.** *des Geistlichen Seminars:* Ausbildungsstätte für zukünftige orthodoxe Priester, aber auch für weltliche Schüler. Sie wurde 1631 als »Geistliche Akademie« von dem Kiewer Metropoliten P. S. Mohyla (1596–1647) nach dem Vorbild polnischer Jesuitenkollegien ins Leben gerufen und gewann – bis zur Gründung der Universität Charkow (1804) – als höchste Bildungsstätte große Bedeutung für das geistige Leben in der Ukraine und in Rußland.

**72,3 f.** *des Bratskij-Klosters:* Dieses Kloster liegt in der Nähe der Akademie.

**72,5** *Bursianern:* Bursianer: die in der Burse, einem Pensionat, wohnenden Schüler; als »Burse« wurde aber auch häufig das geistliche Seminar bezeichnet.

**72,5 f.** *Grammatiker, Rhetoren, Philosophen und Theologen:* So hießen die Schüler nach ihren Klassen. Man begann als »Grammatiker« und schloß die Ausbildung als »Theologe« ab.

**73,22** *Auditoren:* Schüler, die ihre jüngeren Kameraden bei der Anfertigung der Hausaufgaben beaufsichtigten und unterstützten.

**74,29** *Wertep:* alten ukrainisches Puppentheater, bei dem in einem ›zweigeschossigen‹, überdachten Kasten zwei aus Holz oder Lappen gefertigte Puppen an einer Stange vom Spieler durch je einen schmalen Bodenschlitz vor und zurück bewegt werden.

**74,32** *Kiewer Glockenturm:* Der auf dem Gelände des Höhlenklosters stehende Turm, 1745 erbaut, ist 92 m hoch.

**77,4** *Trepak:* ukrainischer Nationaltanz.

**79,4** *Pud:* altes russisches Gewicht: 16,3 kg.

**82,12** *Dukaten:* etwa zehn Rubel.

**86,22** *Sotniks:* Sotnik: Hundertschaftsführer im alten Kosakenheer; etwa im Rang eines Hauptmanns stehend.

**107,16** *Ikonostas:* die mit Heiligenbildern (Ikonen) geschmückte Altarwand in der orthodoxen Kirche.

**116,14** *Kantschuks:* Riemenpeitschen.

**118,29** *Arschin:* altes russisches Längenmaß: 71,12 cm.

**119,7** *Halbstofflasche:* Stof: altes russisches Hohlmaß: 1,23 l.

## Der Newskij-Prospekt

**124,32** *Peski:* Stadtteil von Petersburg (›Sandviertel‹).

**124,32 f.** *Moskowskaja Sastawa:* Schlagbaum an der Stadtgrenze Richtung Moskau.

**128,1** *Departements:* Als Departement wurde eine höchste Verwaltungsdienststelle bezeichnet, die mit den Kompetenzen eines Ministeriums ausgestattet war. Es gab ein Postdepartement (1830–65) und ein Apanagendepartement (zur Verwaltung der Immobilien des kaiserlichen Hauses). Die gleiche Bezeichnung wurde auch für einzelne Abteilungen des Senats, des Staatsrates oder anderer leitender Einrichtungen verwandt. So arbeitete Gogol 1829 im Departement für Staatsunternehmen und öffentliche Gebäude, das dem Innenministerium unterstand.

128,10 *Velinpapier:* weißes, festes Papier von bester Qualität.

129,5 f. *Spitze der Admiralität:* Sie ziert den 1735 vollendeten, 70 m hohen Turm des Petersburger Admiralitätsgebäudes.

130,5 f. *Titular-, Hof- und sonstigen Räte:* Die von Zar Peter dem Großen (1689–1725) – möglicherweise auf Anraten des Philosophen Leibniz – am 24. Januar 1722 eingeführte Rangtabelle umfaßte vierzehn »Ränge« oder »Klassen«: vom Kollegienregistrator (14) bis zum Kanzler (1), vom Kornett und Fähnrich (12) bis zum Generalfeldmarschall (1), vom Unterleutnant zur See (10) bis zum Generaladmiral (1) und vom Zeremonienmeister (5) bis zum Oberkammerherrn (2). Die zivilen und militärischen Rangstufen waren also aneinander angepaßt: ein Wirklicher Geheimrat stand auf der gleichen Stufe wie ein General. Alle trugen Uniform. Außerhalb der Rangtabelle verblieben Schreiber, Kopisten und ähnliche schlechtbezahlte Staatsdiener. Mit dem Eintritt in die Rangtabellen-Hierarchie war – sofern der betreffende Bürger nichtadliger Herkunft war – der persönliche Adel verbunden. Der Übertritt in den erblichen Adel erfolgte zu Gogols Zeit mit dem Aufstieg in die 8. Rangklasse (Kollegienassessor/Hauptmann/Major). – Die Rangklassen der hier genannten Räte: Titularrat: 9; Hofrat: 7; Gouvernementssekretär: 12; Kollegiensekretär: 10; Kollegienregistrator: 14.

131,4 *Wachmann:* Zur Zeit Gogols (1835) hatte Petersburg 445 000 Einwohner. Chef der hauptstädtischen Polizeit war ein Oberpolizeimeister. Ihm unterstand neben verschiedenen kleineren Sicherheitskräften, der Feuerwehr mit 1137 Mann und den 17 Ärzten der städtischen Medizinalbehörde die eigentliche Polizeiverwaltung (*uprawa blagotschinija*) mit 13 Bezirksaufsehern (*tschastnoj pristaw*) und 56 Reviervorstehern (*kwartalnyj nadsiratel*), die jeder einen Assistenten (*pomoschtschnik*) hatten. An wichtigen Plätzen, etwa Straßenkreuzungen, war ein Wachmann (*budotschnik*) in einem schwarz und weiß gestreiften Schilderhaus postiert. An der Stadtgrenze versah meist ein Invalide, ein ausgemusterter Soldat, den Kontrolldienst am Schlagbaum (*sastawa*).

132,4 *Peruginos Bianca:* Gemeint ist das Fresco »Die Anbetung der Heiligen Drei Könige« von Pietro di Cristoforo Vannucci, gen. Perugino (1445–1523), das sich in der Città della Pieve befindet. Perugino war Lehrer Raffaels.

143,18 *Geheimrat:* Beamter der 4. Rangklasse.

143,25 f. *Kammerjunker:* Ehrentitel bei Hofe für junge Adlige im Zivildienst.

144,36 *Kammerherr:* Hofamt der 4. Rangklasse.

146,36 *Wirklicher Staatsrat:* Beamter der 4. Rangklasse.

153,35 *Ochta:* am östlichen Rand Petersburgs, auf der Wyborger Seite gelegenes Viertel mit einem Armenfriedhof.

154,10 *Kriegsinvalide:* ausgedienter Soldat, der von den lokalen Behörden zu verschiedenen Wach- und anderen Diensten verwendet wurde, darunter auch als Fackelträger bei Beerdigungen.

155,2 *Staatsrat:* Beamter der 5. Rangklasse.

155,28 *Bulgarin:* F. W. Bulgarin (1789–1859), russischer Schriftsteller und Journalist. Er gab die Zeitschriften *Sewernaja ptschela* (›Die nordische Biene‹), kurz *Ptscholka* genannt, und *Syn otetschestwa* (›Sohn des Vaterlandes‹) heraus. Seine Prosaschriften waren bei anspruchslosen Lesern in den dreißiger Jahren sehr populär. Politisch konservativ, stand er auch den literarischen Fortschrittsbemühungen eines Puschkin und Gogol ablehnend gegenüber.
*Gretsch:* N. I. Gretsch (1787–1867), Schriftsteller, Journalist und Philologe; Mitarbeiter Bulgarins bei den genannten Zeitschriften.

155,30 *Orlow:* A. A. Orlow (1791–1840), Verfasser populärer Sittenromane für den einfachen Lesergeschmack.

155,34 f. »*Filatkas*«: Anspielung auf das Vaudeville *Filatka und Miroschka als Rivalen oder Vier Bräutigame für eine Braut* (1831) von P. G. Grigorjew d. J. (gest. 1854), Schauspieler am Petersburger Alexandra-Theater (dem heutigen Puschkin-Theater).

156,20 »*Dmitrij Donskoj*«: historische Tragödie von W. A. Oserow (1769–1816).

156,20 f. »*Verstand schafft Leiden*«: noch heute gespielte Komödie von A. S. Gribojedow (1795–1829).

158,35 *Rapé:* teure Tabaksorte.

165,24 *Turnüre:* geschmeidige Beweglichkeit.

167,6 *Staatsrat:* höchstes gesetzeberatendes Organ zwischen 1810 und 1917.

167,17 *Kontrollkollegiums:* in der ersten Hälfte des 19. Jh.s eine Behörde, die für Rechenschaftslegung und Statistik in Rußland zuständig war.

168,4 *Durchgang am Generalstab:* der große Bogen im Generalstabsgebäude am Schloßplatz.

168,23 f. *La Fayette:* Marie Joseph Mortier, Marquis de L. (1757–1834), französischer General und Politiker; nahm am amerikanischen Unabhängigkeitskrieg teil, spielte auch in der Französischen Revolution eine bedeutende Rolle. Im Jahre 1830 unterstützte er Louis Philippe.

168,28 *Assignatenrubeln:* russisches Papiergeld zwischen 1769 und 1834.

### Aufzeichnungen eines Wahnsinnigen

174,13 *»Ptscholka«:* vgl. Anm. zu 155,28.

175,26 *Muß wohl von Puschkin sein:* Von Puschkin stammen die Verse nicht, sondern von dem heute vergessenen Dichter N. P. Nikolew (1758–1815).

176,20 f. *eines Rasnotschinzen:* Angehöriger der (gebildeten) Mittelschicht nichtadliger Herkunft. Hierzu konnten etwa Schriftsteller, Journalisten, Geistliche gehören. Vom (unfreien) Volk – zur Zeit Gogols etwa 90 % der russischen Bevölkerung – unterschied sie ihr Status als freie Bürger sowie die Möglichkeit, Zugang zu den geistigen Informationsmitteln zu erhalten, vom Adel – etwa 5 % der Bevölkerung – das Fehlen sozialer Privilegien.

176,29 *Rutsch:* Name eines damals bekannten Petersburger Modeschneiders.

177,3 *Filatka:* vgl. Anm. zu 155,34 ff.

177,5 *Kollegienregistrator:* Beamter der 14., der untersten Rangklasse (vgl. Anm. zu 130,5 f.).

188,2 *Titularrat:* Beamter der 9. Rangklasse.

188,18 *Freimaurer:* Angehöriger einer im wesentlichen westlich orientierten, aufklärerisch gesinnten geistigen Bewegung, die sich auch in Rußland in Geheimgesellschaften organisiert hatte. Um 1780 gab es etwa hundert Logen mit 2 500 Mitgliedern. Unter Katharina II. nach der Französischen Revolution verboten, unter Paul I. (reg. 1796–1801) außer Verfolgung gestellt, unter Alexander I. (reg. 1801–25) zunächst zugelassen, dann (1822) verboten. Obwohl prinzipiell loyal gegenüber der jeweiligen Staatsmacht, wurden und werden die Freimaurer ihrer Ideale – Menschlichkeit,

Toleranz, Freiheit, Wahrhaftigkeit – wegen vielfach als subversiv und systemgefährdend angesehen.

188,24 *zum Intendanten:* Aufseher, Verwalter.

188,28 f. *Seltsame Dinge gehen in Spanien vor:* Poprischtschins Wahnvorstellungen haben einen realen Hintergrund. Am 29. September 1833 starb der spanische König Ferdinand VII. Thronerbin war seine dreijährige Tochter Isabella (II.). Der Bruder des Verstorbenen, Don Carlos, weigerte sich, die unter Berufung auf alte Gesetze von Ferdinand festgelegte weibliche Thronfolge (Pragmatische Sanktion) anzuerkennen, und ein Bürgerkrieg (der Erste Karlistenkrieg 1834–40) war die Folge. Er endete mit dem Sieg der Parteigänger Isabellas, die bis 1868 regierte.

189,27 *Rodelbahn:* Eine öffentliche Rodelbahn befand sich nahe der Admiralität.

190,23 *Philipp II.:* spanischer König 1556–98. Er war das Haupt der katholischen Reaktion in Europa und galt als besonders grausam.

197,1 *Polignacs:* Jules Auguste Armand Marie, Fürst von Polignac (1780–1847), französischer Politiker, Premierminister Karls X., der durch die Julirevolution 1830 gestürzt wurde.

## Das Porträt

199,4 *Schtschukin Dwor:* Markt in Petersburg.

199,15 *Chosrew-Mirsa:* persischer Prinz, der Rußland im Jahr 1829 besuchte. Die diplomatische Mission stand im Zusammenhang mit der Ermordung des russischen Botschafters in Teheran, des bekannten Dramatikers A. S. Gribojedow (1795–1829). Der Prinz wohnte im Taurischen Palast.

199,21 *Miliktrissa Kirbitjewna:* Figur aus dem russischen Märchen vom »Königssohn Bowa«.

200,1 *Ochta:* Vorort von Petersburg.

200,22 f. *Jeruslan Lasarewitsch / Foma und Jerjoma:* Figuren aus russischen Märchen, gern dargestellt in den volkstümlichen Holzschnitten, den *lubki*.

206,5 f. *Reviervorsteher:* vgl. Anm. zu 131,4.

206,33 *die englische Manier:* vermutlich eine Anspielung auf die zu dieser Zeit beliebten Porträts des englischen Malers George Dawe, den Alexander I. nach Rußland eingeladen hatte, damit er die Helden des Vaterländischen Krieges von 1812 für die ›Kriegsgalerie‹ im Winterpalais porträtiere.

207,16 *Guidos:* Gemeint ist Guido Reni (1575–1642), ein italienischer Maler.

208,23 *Psyche:* in der antiken Mythologie ein schönes Mädchen, in das sich der Gott Amor verliebt.

209,20 *ein Porträt des berühmten Leonardo da Vinci:* Gemeint ist die »Mona Lisa«.

209,22 *Vasaris:* Giorgio Vasari (1511–74), italienischer Maler, Architekt und Kunstwissenschaftler. Sein dreibändiges Werk *Vite de' più eccelenti pittori, scultori ed architetti italiani* (›Lebensbeschreibung der berühmtesten italienischen Maler, Bildhauer und Architekten‹) stellt eine der wichtigsten Quellen der Kunstgeschichte dar.

216,29 *Petersburger Seite:* nördliches Viertel der Hauptstadt.

216,30 *Kolomna:* westliches Stadtviertel in Petersburg, wo vorwiegend ärmere Leute wohnten.

218,9 *Kutusow:* Der russische Feldherr M. I. Kutusow (1745–1813) befehligte das russische Heer im Krieg gegen Napoleon 1812.

219,7 *Gromoboi:* Gestalt aus der Ballade »Die zwölf schlafenden Jungfrauen« (1811) von W. A. Schukowskij (1783–1852); Gromoboi verkauft seine Seele dem Teufel.

225,22 f. *C'est charmant! Lise, Lise, venez ici!:* (frz.) Das ist entzückend! Lise, Lise, komm doch mal her!

225,23 *Teniers':* David Teniers d. J. (1610–90), flämischer Maler; schuf vorwiegend Bilder der Genremalerei.

225,28 *quelle jolie figure!:* (frz.) was für ein hübsches Gesicht!

231,31 *Superbe:* (frz.) Prachtvoll.

232,4 *Quelle idée délicieuse!:* (frz.) Was für ein bezaubernder Einfall!

232,5 *Correggio:* eigtl. Antonio Allegri (1489–1534), italienischer Maler.

234,24 *Corinne:* Titelfigur eines Romans von Germaine de Staël (1766–1817).
*Undine:* Titelfigur eines Poems von W. A. Schukowskij; das Sujet stammt von Friedrich de la Motte-Fouqué (1777–1843).
*Aspasia:* berühmte griechische Hetäre, Gattin des Perikles (5. Jh. v. Chr.); sie galt als besonders schön und klug.

236,17 f. *Il y a quelque chose d'extraordinaire dans toute sa figure!:* (frz.) Seine äußere Erscheinung hat etwas ganz Außergewöhnliches!

239,10 f. *ein russischer Maler:* Angespielt wird auf Gogols Freund, den bedeutenden Maler A. A. Iwanow (1806–58), dessen bekanntes Gemälde »Christus zeigt sich dem Volk« in der Moskauer Tretjakow-Galerie zu sehen ist.

244,28 *eines Basilisken:* Basilisk: phantastisches Mischwesen zwischen Drachen und Hahn mit todbringendem Blick.

245,15 *Dämons:* Gemeint ist Puschkins Poem »Der Dämon« (1824).

245,18 *Harpyie:* geflügeltes Fabelwesen, das sich durch besondere Grausamkeit auszeichnet; Unheilsdämon.

247,6 *Gostinyj Dwor:* riesige Kaufhalle in Petersburg, in der zahlreiche Einzelgeschäfte ihren Stand hatten.

254,32 f. *für einen Dante kein Platz ... gewesen sei:* Dante Alighieri (1265–1321) wurde im Jahre 1302 aus seiner Heimatstadt Florenz verbannt.

256,3 *Grandison:* tugendhafter Held aus dem Roman *The History of Sir Charles Grandison* (1753/54) von Samuel Richardson (1689 bis 1761).

259,12 *Tableau de genre:* (frz.) Genrebild.

## Die Nase

273,1 *Nase:* Das Wort ist im Russischen männlich (*nos*), was für die Übersetzung einige nicht ganz zu überwindende Schwierigkeiten schafft. Im Original mißversteht der Angestellte im Annoncenbüro (Kap. II) den Namen des Vermißten als *Nossow*, was wie ein Familienname klingt.

274,14 *Kollegienassessor:* Beamter der 8. Rangklasse (vgl. Anm. zu 130,5 f.).

277,33 *Oberpolizeimeister:* vgl. Anm. zu 131,4.

278,12 f. *kaukasischer Kollegienassessor:* Um Staatsdiener in das noch immer von nationalen Widerstandsbewegungen in Unruhe gehaltene Kaukasusgebiet zu bekommen, gab es hier leichtere Beförderungsmöglichkeiten.

279,6 *Exekutor:* Verwaltungsleiter einer Kanzlei, zuständig vor allem auch für Finanzbelange.

280,14 *Staatsrates:* Beamter der 5. Rangklasse.

282,19 *Heiduck:* Diener, der bei Ausfahrten hinten auf der Kutsche aufsaß.

283,23 *Tischvorsteher:* Leiter einer Abteilung in der Verwaltung, meist in der 7. Rangklasse stehend.

287,11 *Stabsoffiziers:* Bezeichnung für die Ränge vom Major bis zum Oberst.

290,19 *Berjosiner:* billige Tabaksorte.

*Rapé:* teure Tabaksorte.

290,22 *Bezirksaufseher:* vgl. Anm. zu 131,4.

291,5 f. *Assignatenrubel:* russisches Papiergeld zwischen 1769 und 1834.

291,29 *Oberoffiziere:* Bezeichnung für die Ränge vom Fähnrich bis zum Hauptmann.

301,1 f. *Versuche mit der Wirkung des Magnetismus:* Im Jahre 1832 erregte Frau Turtschaninowa beträchtliches Aufsehen durch ihre Heilversuche mit Hilfe des Magnetismus. Sie wurde wegen Scharlatanerie aus der Hauptstadt ausgewiesen.

301,3 *Geschichte mit den tanzenden Stühlen:* Derartige Gerüchte erregten in Petersburg Ende 1833 Aufsehen.

301,10 *Junker:* Modegeschäft in Petersburg.

301,35 *Chosrew-Mirsa:* vgl. Anm. zu 199,15.

302,33 *Trepak:* ukrainischer Nationaltanz.

305,5 *par amour:* (frz.) aus Liebe.

## Der Mantel

307,2 *Departement:* vgl. Anm. zu 128,1.

307,29 *Titularrat:* Beamter der 9. Rangklasse (vgl. Anm. zu 130,5 f.).

308,20 *Tischvorsteher:* vgl. Anm. zu 283,23.

308,24 *Mokkij, Sossij oder Chosdasat:* Bei diesen und den im weiteren genannten Namen handelt es sich um echte Heiligennamen.

309,13 *beamteten Schreiber:* Als Titularrat ist Akakij Akakijewitsch Beamter. Es gab aber auch Staatsdiener, die nicht in der Rangtabelle standen (vgl. Anm. zu 130,5 f.).

313,29 f. *dem Roß des Falconetschen Denkmals:* dem Reiterstandbild Peters des Großen auf dem Senatsplatz, geschaffen von dem französischen Bildhauer Étienne Falconet (1716–91).

321,6 *Wachmann:* vgl. Anm. zu 131,4.

332,33 *Reviervorsteher:* vgl. Anm. zu 131,4.

333,10 *Bezirksaufseher:* vgl. Anm. zu 131,4.

# Nachwort

Im September 1831 erschien in Petersburg ein Band mit vier Erzählungen aus dem ukrainischen Milieu, der reißend Absatz fand und bei der Kritik sehr freundlich aufgenommen wurde: Gogols *Abende auf dem Vorwerk bei Dikanka* (Band 1). Die erste dieser Geschichten hieß *Jahrmarkt in Sorotschinzy*.

Die Ukraine oder Kleinrußland, wie man damals sagte, war Gogols Heimat. Geboren am 20. März (nach unserem Datum der 1. April) 1809 in Bolschije Sorotschinzy im Gouvernement Poltawa (1793 bei der Zweiten Polnischen Teilung an Rußland gefallen), war er auf dem väterlichen Gut Wassiljewka nahe Mirgorod aufgewachsen und in Neschin zur Schule gegangen. Im Elternhaus wurde zwar nicht Ukrainisch gesprochen, wohl aber hatte Gogols Vater in dieser Sprache kleine Theaterstücke verfaßt, die der Sohn natürlich kannte. Zudem war ihm die ukrainische Folklore wohlvertraut. Schon als Schüler hatte er sich dazu Aufzeichnungen gemacht, interessant Erscheinendes notiert: Lieder, Sprichwörter, Rätsel, Kurioses aus dem Alltag, Festbrauchtum, Speisen. Das sollte sich später als nützlich erweisen.

Einige Monate nach Abschluß der Schule übersiedelte Gogol (neunzehnjährig) nach Petersburg, auf der Suche nach einer guten Stellung – sowie nach künstlerischem Ruhm.

In der Hauptstadt findet er sich freilich zunächst auf der Schattenseite des Lebens. Mühsam muß er sich durchschlagen – zeitweilig als mäßig besoldeter Schreiber, ähnlich seinem Akakij Akakijewitsch. Im Jahre 1831 aber wendet sich sein Schicksal zum Guten: er lernt einflußreiche Persönlichkeiten kennen, kann Privatunterricht in besten Häusern erteilen, erhält schließlich eine Stelle als Geschichtslehrer am »Patriotischen Institut«, das unter der Schirmherrschaft der Kaiserin steht und Offizierstöchter heranbildet. Auch die Bekanntschaft mit Alexander Puschkin bringt das Jahr 1831 –

und den Erfolg mit dem ersten Band der *Abende auf dem Vorwerk bei Dikanka*: von heute auf morgen ist Gogol damit in die erste Reihe der Schriftsteller vorgerückt.

Gerade zwei Jahre sind vergangen, seit der unbeachtete Schreiber auf den Gedanken verfallen war, seine Kenntnisse über Kleinrußland zur Aufbesserung seiner schmalen Bezüge literarisch zu verwerten. Volkstümliches war nämlich damals in Mode. Seit Ende der zwanziger Jahre befaßten sich namhafte Autoren Rußlands mit Stoffen aus der russischen Folklore. So arbeitete z. B. Puschkin an seinem Märchenpoem vom *Zaren Saltan* (1831). Auch die ukrainische Volksdichtung wurde zu dieser Zeit literarisch ausgeschöpft, so von O. M. Somow, der unter dem Pseudonym Porfirij Bajskij eine Reihe von Erzählungen veröffentlichte, wie z. B. *Der Haidamak* (1826) oder *Die Nixe* (1829), denen Gogol wohl etliche Motive für sein eigenes Werk entnommen haben dürfte, in denen er zumindest das ukrainische Kolorit, das derb-fröhliche Volkstreiben vorgebildet fand.

Gogol segelte also im Wind der romantisch-folkloristischen Mode – und er hatte Erfolg. Nicht zuletzt, weil er bei seinen ländlichen Szenen weder der schon etwas abgestandenen burlesken Darstellungsweise der Jahrhundertwende noch der etwas jüngeren sentimentalen zu sehr huldigte – aber doch beide Rezepte keineswegs ganz verschmähte: Bei ihm sollte die bäuerliche Welt wohl deftig-derb, aber nicht roh erscheinen, das Vergnügen des Lesers nicht wohlfeil aus der Schadenfreude über das Mißgeschick des Tölpels gekeltert werden, die Stimmung aber auch nicht zu sentimental-gefühlvoll, die bäuerliche Liebe nicht rokokohaft idyllisiert sein – ein ukrainisches Arkadien und doch eine glaubwürdige bäuerliche Welt. Gogols Figuren sind zwar noch immer Typen, wie sie besonders die derbe Volkskomödie und das Puppentheater kannte: der fesche Bursch, das süße Mädel, der gaunerische Zigeuner, der großsprecherische Kosak, die grantige Alte und der biedere Papa, der immer wieder unter dem Pantoffel seiner resoluten Lebensgefährtin hervorzu-

schlupfen weiß. Aber es zeigen sich doch auch Ansätze zur
individuellen Gestaltung. Eine fröhliche, naiv-herzliche,
optimistische Stimmung dominiert. Daß in der Ukraine zu
Gogols Zeit die Leibeigenschaft herrschte, läßt der Autor
nicht erkennen. Als Ärgernis, gar als Ungerechtigkeit hat er
sie freilich zeitlebens nicht empfunden. – Eigenartig wirkt der
Schluß mit den Reflexionen des Autors über die Vergänglich-
keit. Weder zu der Geschichte noch zu dem jugendlichen
Alter des Verfassers will das so recht passen, beweist aber,
daß Gogol sich frühzeitig der Unsicherheit, der Gefährdung
menschlicher Existenz bewußt war.

Für die Handlung hat Gogol Motive aus einer Komödie
seines Vaters *Der Tölpel oder Die von einem Soldaten ausge-
trickste Frau* verwendet. Die Epigraphen stammen aus dieser
sowie einer anderen Komödie W. A. Gogols (*Der Hund als
Schaf*), aus der *Äneis*, einem komischen Poem von I. P. Kotljarewskij, sowie aus der Fabel *Herr und Hund* von P. P.
Hulak-Artemowskij, der Rest aus ukrainischen Volkslie-
dern.

Im März 1835 erschien Gogols Erzählband *Mirgorod* – im
Untertitel ausdrücklich als Fortsetzung der *Abende* bezeichnet. Außer den *Gutsbesitzern aus alter Zeit* und dem *Wij*
enthält er die patriotisch-heroische Kosakensaga *Taras Bulba*
und die Geschichte *Wie sich Iwan Iwanowitsch mit Iwan
Nikiforowitsch zerstritt*.

Seit den *Abenden* waren nur dreieinhalb Jahre vergangen.
Gogol hatte inzwischen eine Fülle von neuen Erfahrungen
gesammelt; er sah auf die Welt mit ernsteren Augen. Die
romantischen Illusionen des Jünglings waren verflogen; viel-
seitige Einblicke in die sozialen Gegensätze in Petersburg
hatten das ihre dazu beigetragen: die 1834 vollendeten Erzählungen *Der Newskij-Prospekt*, *Das Porträt* und die *Aufzeichnungen eines Wahnsinnigen* beweisen es. *Mirgorod* ist weit
›prosaischer‹, als es die vorangegangenen Erzählungen aus
dem ukrainischen Milieu gewesen waren und offenbart, wie

der Kritiker W. G. Belinskij sich ausdrückte, weniger Schwärmerei und lyrische Ausschweifung, dafür aber mehr Tiefe und Wirklichkeitstreue bei der Schilderung des Lebens.

Die *Gutsbesitzer aus alter Zeit*, die Gogol Ende 1832 zu schreiben begonnen hatte, sind ein rührender Abgesang an die gute alte Feudalzeit. Vorgeführt wird der Verfall der patriarchalischen Gutsbesitzerherrlichkeit – aber eher elegisch als boshaft. Dank der eigenartigen Mischung aus Ironie und Wehmut im Erzählton schenken wir den sozial-ökonomischen Implikationen des Geschehens kaum Beachtung. Das Menschliche fesselt uns weit mehr als das Gesellschaftliche, zumal der Autor die freundlich-gütige Abstinenz vom Weltgetriebe bei den lieben Altchen als menschlich sympathisch behandelt – wie ähnlich Gontscharow später den Verzicht seines Oblomow auf die leere Geschäftigkeit der feinen Welt zu einem positiven Charakterzug seines Helden machen sollte. Puschkin bewertete die Erzählung als eine »scherzhaft-rührende Idylle, die einen dazu bringt, unter Tränen des Schmerzes und der Ergriffenheit zu lachen«. Die politisch engagierte Kritik wollte in dem Werk vor allem, ja nahezu ausschließlich den Nachweis der Nutzlosigkeit der feudalen Schicht erkennen. Man übersieht bei einer solchen Deutung, daß Gogol bzw. der Erzähler die alte Welt, die nicht über den Gartenzaun hinwegblickt und nur am leiblichen Wohlergehen interessiert ist, voll Trauer verabschiedet, daß es ihm leid tut um die Menschen, die sich so lieb und herzlich ihrer Gäste annehmen, die so ruhig-friedlich dahinleben und dabei einander so zugewandt sind – eine moderne Philemon-und-Baucis-Idylle! Die nachfeudale Welt mit ihrem hektischen Treiben ist da sicherlich effektiver – menschlicher, gütiger ist sie deshalb noch lange nicht. Die Seitenhiebe auf die ›neue Klasse‹ der skrupellosen Raffer und schamlosen Volksausplünderer zeigt Gogols Haltung nur zu deutlich. Übrigens lassen sich für die lieben Altchen reale Personen als Vorbilder finden: in Gogols Großeltern Afanassij Demjanowitsch und Tatjana Semjonowna. In die Geschichte flossen aber auch Vorfälle ein, die dem Verfasser von Bekannten zugetragen wurden: Die Episode mit der Katze hat ihm z. B. der Schauspieler M. S. Schtschepkin erzählt, dessen Großmutter ihren nahe bevorstehenden Tod durch einen ähnlichen Vorfall angekündigt gesehen hatte.

In der Erzählung *Der Wij* wird das saftig Realistische mit dem Phantastischen anders geknüpft als im *Jahrmarkt*, wo alles Unheimliche auf einen Streich des Zigeuners, auf Täuschung und Selbsttäuschung der Betroffenen zurückgeht und sich am Ende alles in Wohlgefallen auflöst. Hier wird der Widerspruch zwischen Realem und Phantastischem nicht aufgehoben; das Böse ist existent. Den Wij und sein Teufelspack gibt es wirklich. Eine überirdische Macht greift in die reale Alltagswelt ein. Aber warum? Ist das Böse – in Gestalt der Hexe, des Wij und all des Teufelsspuks – von vornherein und prinzipiell darauf aus, dem Guten – dem einfachen Volk etwa – übel mitzuspielen, oder haben wir es vielleicht mit einem Akt der Bestrafung, der Rache zu tun? Und wenn ja: wofür? Ist das todkrank heimkehrende Fräulein wirklich nur von den Schlägen Bruts so zugerichtet worden? Steckt dahinter vielleicht doch etwas anderes? Eine Vergewaltigung gar? Was geschah wirklich zwischen den beiden? Ist die ganze Hexenrittgeschichte vielleicht nur eine Erfindung des Scholaren, dem Erzähler mitgeteilt? Ist das Fräulein überhaupt eine Hexe? Die Gespräche des Gesindes scheinen dies nahezulegen. Aber die einzelnen ›Erlebnisse‹ tragen zu eindeutig den Charakter abergläubischer Selbsttäuschung, als daß wir sie ernst nehmen könnten. Auf nicht ganz eindeutige Weise ist also eine reale Story mit einer phantastisch-irrealen zusammengekoppelt worden. Und die Funktion der letzteren besteht wohl darin, daß hier die Bestrafung eines Schuldigen vollzogen wird, dessen böse Tat sonst ungesühnt bliebe. Um der irdischen Gerechtigkeit zum Sieg zu verhelfen, hebt der Erzähler das Geschehen auf eine andere, irreale Ebene – ein

Verfahren, das wir bei Gogol auch noch an anderer Stelle finden werden. Da die Übeltäter in dieser Welt oft ihre verdiente Strafe nicht erhalten, wird mit den Mitteln der Kunst eine höhere Gerechtigkeit hergestellt, ein moralischer Ausgleich, indem überirdische Mächte zum Eingreifen veranlaßt werden, wie auch im Märchen nicht selten. Gogol behauptet zwar, seine Erzählung basiere auf Volksüberlieferungen, doch ist das zu bezweifeln: eine derartige Geschichte hat sich im Fundus der Folklore nicht finden lassen. Möglicherweise stammt die Figur des Erdgeistes Wij aus einer englischen Ballade. Für die Schilderung des Lebens der Bursianer konnte der Verfasser sich auf den Roman *Der Scholar* (1824) von seinem Landsmann W. T. Nareschnyj stützen. Hier wird der Alltag des geistlichen Seminars in Perejaslawl beschrieben.

Das Thema Petersburg stellt nebst dem der russischen Provinz, wo Gogols Hauptwerk, der Roman *Die toten Seelen*, spielt, das wichtigste in seinem Schaffen dar. In dem dritten Band der noch von ihm selbst besorgten Werkausgabe (1842) hat der Schriftsteller seine sogenannten Petersburger Erzählungen zusammengefaßt (ohne ihnen diesen Sammeltitel zu geben!), von denen drei (*Der Newskij-Prospekt*, *Das Porträt* und die *Aufzeichnungen eines Wahnsinnigen*) erstmals 1835 in dem Sammelband *Arabesken* herausgekommen waren, also etwa zur gleichen Zeit wie der Band *Mirogrod*; *Die Nase* erschien 1836 in Puschkins Zeitschrift *Sowremennik* (›Der Zeitgenosse‹). *Der Mantel*, entstanden zwischen 1839 und 1841, wurde vom Verfasser in seiner Werkausgabe von 1842 publiziert.

Die urbanistische Thematik war zu Gogols Zeit eine Neuentdeckung. Die Beschreibung der großstädtischen Welt in der Sammlung *Paris ou Le livre de cent et un* (›Paris oder das Buch 101‹; 1832) von Jules Janin kannte Gogol sicher; bestimmt auch Janins *L'âne mort et la femme guillotinée* (›Der tote Esel und die guillotinierte Frau‹; 1829) mit dem Motiv der schwärmerischen Liebe eines jungen Mannes zu einer Dirne. Anregungen dürfte Gogol auch bezogen haben aus den *Confessions of an English Opium-Eater* (›Bekenntnisse eines englischen Opiumessers‹; 1821/22) von Thomas de Quincey sowie nicht zuletzt von E. T. A. Hoffmanns *Goldnem Topf* (1814).

Schöpfte er bei seinen ukrainischen Erzählungen mehr aus der Überlieferung, aus Sekundärquellen, aus Berichten anderer, so in den Petersburger Erzählungen wesentlich aus eigenem Erleben, aus eigener Milieukenntnis. Das Thema war wohl vorgegeben von seinem Idol Puschkin, dessen Erzählung *Pique Dame* (1834) wie das Poem *Der eherne Reiter* (1837) in den dreißiger Jahren entstanden. Gogol hatte aber selbst erfahren, was es heißt, ein armer Schreiber zu sein, der mit seinem Gehalt nicht auskommt (November 1829 – März 1831); auch mit Malern hatte er Umgang gepflogen, als er für einige Zeit die Zeichenkurse der Kunstakademie in seiner Freizeit besuchte (Mai/Juni 1830)

Die Erzählung *Der Newskij-Prospekt* fängt den Kontrast von Licht und Schatten, Glanz und Elend einer Stadt ein, die, erst 1703 gegründet, 1712 zur Hauptstadt erklärt, noch immer eine junge, konfliktreiche Metropole war, wo der Triumph der Banalität (Pirogow) über den schönen Traum (Piskarjow) zur Alltagserfahrung Tausender gehörte, wo das Schöne sich nur zu oft als Schein, als Täuschung erwies, das Merkantile das Edle korrumpierte.

Zwei Novellen sind hier in einer Erzählung miteinander verbunden. Im Gegensatz zum *Wij*, wo das Teuflische nach seinen eigenen Gesetzen funktioniert und in das Irdisch-Alltägliche von außen zerstörerisch einbricht, ist hier das Böse die Kehrseite des Guten, das Laster die Fratze der Tugend.

Beide Episoden sind streng parallel gebaut. Beim Oberleutnant spielen sich die Ereignisse in der alltäglichen, der banalen Welt ab, beim Künstler dagegen zumindest teilweise auf der Ebene des Traumes. Piskarjow erleidet einen Schock, als er feststellen muß, daß Schönheit und Tugend nicht zusammengehen müssen. Wie er sich diese Harmonie vorstellt, erfahren wir anhand seiner Träume. Die Erschütterung wird zur Katastrophe, als ihm bewußt wird, daß das Laster nicht Folge des Unglücks ist, nicht Schicksalsschlag, sondern gewollt und die Erlösungssehnsucht ein Hirngespinst. An der Welt und seinen eigenen Idealen verzweifelnd, bringt Piskarjow sich um. Sein Freund Pirogow wird zwar gleichfalls ent-täuscht; sein Ideal erweist sich als dumm und außerdem fatalerweise auch noch verheiratet. Aber nicht das bekümmert und erbost ihn, sondern seine Mißhandlung durch simple Handwerker. Da aber seine Niederlage nicht existenziell ist, kommt er rasch darüber hinweg.

Wenngleich es Gogol sicherlich nicht um Sozialkritik im strengeren Sinne ging, läßt sich doch durchaus der Meinung zustimmen, daß die einleitende Beschreibung der Petersburger Prachtstraße eine Art Sozialtopographie darstelle. Auffällig ist in der Tat, wie Gogol hier die einzelnen sozialen Schichten getrennt voneinander kennzeichnet. Besonders ragt dabei die persiflierende Charakterisierung der »besseren Gesellschaft« heraus, und zwar durch eine Technik des Grotesken, die vor allem das Mittel einer Ersetzung menschlicher Gestalten durch äußere Details verwendet: Backenbärte stehen hier für Männer, Taillen für Damen usw. Auch wenn Gogol im Anschluß dann individuelle Merkmale einzelner Personen aufzeichnet, so setzt er doch einfach Kleidung und Körperteile gleichberechtigt nebeneinander, die beide aber für die ganze Person stehen: Gehrock und Nase, ein Paar hübscher Augen, Näschen und Halstuch usw. Hierdurch soll ganz offensichtlich zum Ausdruck gebracht werden, daß die hier flanierenden Personen mehr durch ihr Äußeres Beachtung finden als durch ihre menschliche Eigenart. Leutnant Pirogow vertritt dann gewissermaßen die mittlere Gesellschaftsschicht, die weniger durch ihr äußeres Erscheinungsbild als vielmehr durch ihr Verhalten charakterisiert wird. Da ist die Rede vom Feiern, vom Flirt mit den Damen, von Unterhaltungen über Literatur, Besuche im Theater usw.

Eine Etage unter dem Leutnant Pirogow stehen die Kleinbürger, vertreten durch die (deutschen) Handwerker, die nicht zuletzt in ihrem Verhältnis zur Arbeit charakterisiert werden. In dem Klempner Schiller personifiziert Gogol zudem seine Vorstellung vom Spießertum, und zwar deutscher Art – mit ihrer mechanisierten Pünktlichkeit und bis zur Absurdität getriebenen Sparsamkeit.

Gogols Sozialkritik spart also die kleinen Leute, die arbeitende Bevölkerung, keineswegs aus. Was beweist, daß er nicht etwa ›das Volk‹ gegen die Oberschicht verteidigt. Aber selbst von einer Idealisierung der Künstlerschaft kann wohl kaum die Rede sein, wie es auch nicht zulässig wäre, aus dem Schicksal Piskarjows das sozialbedingte Leid des Künstlers in einer feudalen Gesellschaft abzuleiten: Piskarjow geht zugrunde, weil er sich von einer Frau eine falsche, idealisierte Vorstellung gemacht hat.

Was nun die Rolle des zarten Geschlechts generell angeht, so ließe sich aus der Erzählung die ›Weisheit‹ Gogols ableiten, daß die Annäherung an die Damenwelt immer eine Gefahr darstellt, ganz egal, welchen Typ der Mann repräsentiert, den des Träumers oder den des Pragmatikers. Ein Fiasko erleiden sie beide. Die hier gar nicht so verklausuliert ausgesprochene Warnung vor der Frau, vor der Verbindung mit einer Frau findet sich so ähnlich auch in anderen Werken des homoerotischen Dichters. Abneigung gegen die Ehe hat er verschiedentlich zum Ausdruck gebracht, so zum Beispiel auch in der Erzählung *Iwan Fjodorowitsch Schponka und seine Tante* im zweiten Band der *Abende auf dem Vorwerk bei Dikanka* (1832); hier lehnt der Held die ihm nahegelegte Heirat mit Entschiedenheit ab. Und in der Komödie *Die Heirat* (1833) versucht sich der Held in letzter Sekunde durch einen Sprung aus dem Fenster vor der drohenden Eheschließung zu retten. Die Frau als die gefährliche Verführerin zum ›Bösen‹ ist bei Gogol die Regel; natürlich wirkende junge Frauen kommen entweder gar nicht vor oder nur als völlig unprofilierte sche-

matische Märchenfiguren (so in seinem Frühwerk). Und
wenn Gogol – wie zum Beispiel in seinem Traktat *Die Frau*
(1831) – das weibliche Geschlecht in himmlische Höhen hebt,
so ist dies kein Widerspruch: entweder ist das weibliche
Wesen für ihn die überirdische, unerreichbare Schönheit an
sich, oder aber es erscheint als die verführerische, ja lebens-
bedrohende Bosheit in Person. Ganz offensichtlich ist, daß
Gogol natürliche Beziehungen zwischen den Geschlechtern
nicht sah und zu einer Dämonisierung der Frau und der
geschlechtlichen Liebe als Form einer Abwehr des Sexuellen
seine Zuflucht nahm.

Ein erhebliches Problem bei der künstlerischen Präsentation
der *Aufzeichnungen eines Wahnsinnigen* ergab sich daraus,
daß Poprischtschin sowohl Held als auch Erzähler ist. Das
Weltbild, das dem Leser vermittelt wird, ist notwendiger-
weise falsch, und zwar mit zunehmender Tendenz. Zugleich
aber muß der Bericht einigermaßen logische Informationen
liefern – wenngleich gebrochen durch die kranke Psyche des
Schreibers. Außerdem mußte Gogol seinem Helden zur
Legitimation der Revolte gegen das Unrecht, das ihm ver-
meintlich widerfährt, eine bestimmte geistige Eigenwelt
geben, ein gewisses Selbstbewußtsein, literarische und sogar
politische Interessen, die sich aber nicht zu sehr von der
›Norm‹ bei solchen Subalternbeamten unterscheiden durften.
An diesen seinen Wertvorstellungen mißt Poprischtschin ja
seine Gegner, seinen beneideten und zugleich verehrten Chef
und dessen Tochter.
    Gogol hatte anfangs die Absicht, die Geschichte eines
wahnsinnigen Musikers zu schreiben – angeregt durch
E. T. A. Hoffmanns *Lebensansichten des Katers Murr* (1819)
und die in den zwanziger Jahren konzipierten (und Gogol
bereits bekannten), vollständig erst 1844 publizierten *Russischen Nächte* von W. F. Odojewskij. Das Thema des Wahnsinns hatte ihn aber bereits bei der Arbeit an seiner unvollendet gebliebenen Komödie *Der Wladimirorden dritter Klasse*

(1834) beschäftigt, deren Held so lange von dieser Auszeichnung träumt, bis er sich einbildet, der lang ersehnte Orden zu sein – und im Irrenhaus landet.

Die Erzählung *Das Porträt* behandelt, ebenso wie der *Newskij-Prospekt*, die Künstlerthematik. Sie gehörte in der europäischen Literatur besonders seit der Romantik zu den beliebtesten und wichtigsten, ging es hier doch um die Frage des Verhältnisses der Kunst zur Realität, um das Verhältnis des Künstlers zur Gesellschaft und den Unterschied zwischen echtem und falschem Kunstwerk. Für die Romantiker und für Gogol war der wahre Künstler ein Genie, Überbringer einer Botschaft aus einer idealen Welt, Mittler zwischen den ewigen himmlischen Idealen und Werten und der realen Alltagswelt des Diesseits. Die künstlerische Mission bestand in der Veredelung der Welt und der Menschen, der Künstler machte das Leben poetischer, war Künder des Guten. Tschartkow verrät diese seine Mission, verfällt dem Drang nach Wohlstand und äußerem irdischen Ansehen – und muß verzweifeln, als er sich eines Tages seines Irrwegs bewußt wird und feststellt, daß ihm der Rückweg in die künstlerische Unschuld versperrt ist. Der zweite Maler, dessen Geschichte uns sein Sohn erzählt, erkennt im letzten Augenblick die Gefahr, die seiner Seele droht, und bricht die Arbeit an dem Porträt ab, d. h. er verweigert dem Bösen den Dienst. Als er dann aber erkennen muß, welch teuflische Gewalt das Porträt, sein Werk, dennoch hat, entschließt er sich, der Welt ganz zu entsagen und mit einer gewaltigen Anstrengung seine Seele in jenen Stand zurückzuversetzen, der es ihm erlaubt, seine künstlerische Mission wieder aufzunehmen. Sein Sohn aber scheint berufen, den Weg des echten Künstlers *in* der Welt zu gehen. – Nach den Aufzeichnungen des Komikers P. A. Karatygin diente Gogol übrigens als Vorbild für die Gestalt des Wucherers ein unter Petersburger Schauspielern wohlbekannter Geldverleiher.

Als Gogol 1841/42 seine Geschichte überarbeitete zu der

uns nun vorliegenden Fassung, hat er den ersten Teil erheblich erweitert, das realistische Element verstärkt, das phantastische abgeschwächt. So erschien ursprünglich das Porträt von allein an der Wand des Künstlers und verschwand am Ende genau wieder so geheimnisvoll. Auch der zweite Teil verlor nun viel von seinem dämonischen Charakter, wurde dafür aber bereichert durch weitere Überlegungen zum Wesen der Kunst und der Aufgabe des Künstlers, Gedanken, wie sie den Schriftsteller gegen Ende der dreißiger Jahre besonders intensiv beschäftigten, als er bereits an den *Toten Seelen* arbeitete.

*Die Nase* hat von allen Erzählungen Gogols den Interpreten die größten Schwierigkeiten bereitet. Das begann bereits mit Belinskij, der mit dem Text nichts anzufangen wußte, ihn abstrus fand und die Sozialkritik zu unpräzise.

Die Erzählung entstand in den Jahren 1833–35, und Gogol schickte das fertige Werk im März 1835 der Zeitschrift *Moskowskij nabljudatel* (›Moskauer Beobachter‹) zu. In dieser Urfassung entpuppte sich das Geschehen am Ende als Traum Kowaljows. Die Redaktion lehnte die Veröffentlichung ab – mit der Begründung, die Geschichte sei trivial und ordinär (*poschlyj*). Ein Jahr später, Anfang 1836, legte Gogol seine Erzählung seinem Freunde Puschkin vor. Inzwischen war aus einer traditionellen Traumgeschichte eine surrealistische Groteske geworden – die erste in der russischen Literatur: Phantastisches und Realistisches sind nun unentwirrbar, es wird nicht logisch, sondern assoziativ verknüpft, Ungeheuerliches als selbstverständlich ausgegeben. Puschkin war begeistert und druckte die Erzählung im dritten Band seines *Sowremennik* (Oktober 1836) ab.

Mit der Zensur hatte es zuvor beträchtliche Schwierigkeiten gegeben; Gogol mußte die Szene in der Kasaner Kathedrale in den Kaufmannshof (Gostinyj Dwor) verlegen, darüber hinaus wurde eine Reihe weiterer Stellen beanstandet; so erweckten die Zuckerhüte, die der Polizeioffizier von den

Kaufleuten erhält, den (nicht ganz unbegründeten) Verdacht, hier solle auf Korruption angespielt werden; auch Hinweise auf den Umgang von Gutsbesitzern mit ihren Leibeigenen waren unerwünscht. Was den Gegenstand der Erzählung betrifft, so ist zunächst darauf zu verweisen, daß genauso wie im Deutschen auch im Russischen die Nase vielfach im sprichwörtlichen Gebrauch sowie in einzelnen Redewendungen für die Person selbst steht. Auch war eine künstlerische Beschäftigung mit diesem Körperteil zu Gogols Zeit gar nicht so außergewöhnlich, wie wir meinen mögen. Das große Vorbild war Laurence Sterne, der in seinem Roman *The Life and Opinions of Tristram Shandy* (›Leben und Ansichten von Tristram Shandy‹; 1759–67) – er war zwischen 1804 und 1807 auch in russischer Übersetzung herausgekommen – eine ganze naseologische Philosophie entwickelt hatte. Auch bei Gogol selbst spielte in verschiedenen Werken die Nase eine auffällige Rolle. Im *Newskij-Prospekt* soll der Schuster Hoffmann dem Klempner Schiller die Nase abschneiden; in den *Aufzeichnungen eines Wahnsinnigen* meint der Held, die Nasen lebten auf dem Mond; in der Geschichte *Wie Iwan Iwanowitsch sich mit Iwan Nikiforowitsch zerstritt* macht sich die Nase des Richters quasi selbständig und schnüffelt an seiner Oberlippe herum.

Hinsichtlich einzelner Details der Erzählung ist es vielleicht nicht uninteressant zu wissen, daß 1821 in russischer Sprache die Studie des Militärarztes C. F. Graefe *Die Rhinoplastik oder die Kunst, den Verlust der Nase organisch zu ersetzen* (Berlin 1818) veröffentlicht worden war, in der u. a. davon berichtet wird, wie es einem italienischen Arzt gelang, eine abgeschnittene Nase, »die in warmes Brot verpackt überbracht wurde«, wieder anzunähen. Zu diesem Werk war auch ein Band mit Illustrationen erschienen.

Der Held der Erzählung ist Kollegienassessor, ein Rang, der bereits das Recht bedeutete, den Adelstitel nicht nur für die Zeit des Dienstes zu führen, sondern ihn auch an die Nachkommen zu vererben. Voraussetzung für die Ernennung zum Kollegienassessor war üblicherweise eine fachliche Prüfung. Kowaljow freilich ist ohne ausgekommen, da er von einer Regelung Gebrauch machen konnte, die in der Mitte der dreißiger Jahre, im Gesetzbuch von 1835, festgelegt war und bestimmte, daß Beamte, die im Kaukasus dienten (wo es einen Mangel an Verwaltungsfunktionären gab), ohne die entsprechende Qualifikationsprüfung in den Rang des Kollegienassessors aufrücken konnten. Ein solcher ›kaukasischer‹ Kollegienassessor ist Kowaljow; Gogol will damit andeuten, daß er nicht zu den besonders qualifizierten gehört. Was ihn nicht daran hindert, nach einem hohen Amt zu streben. Außerdem ist Kowaljow stets darauf bedacht, sein Ansehen in der Öffentlichkeit aufzubessern, z. B. indem er sich als Major bezeichnet. Dies war der Rang, dem auf der zivilen Karriereliste der Kollegienassessor entsprach. Seit 1835 war es den Zivilbeamten allerdings verboten, sich mit dem analogen militärischen Offiziersrang titulieren zu lassen. Ist der (zeitweilige) Verlust der Nase etwa als ein Denkzettel des Schicksals zu verstehen?

Die Deutungsmöglichkeiten für den befremdlichen Vorgang sind damit aber keineswegs ausgeschöpft. Der Verlust der Nase bedeutete nämlich weit mehr als ein persönliches Mißgeschick: Russische Invaliden mußten laut Gesetz in einer ihrer Qualifikation entsprechenden Beamtenstellung untergebracht werden – freilich nur dann, wenn diese Invalidität die Folge einer ehrenvollen Verletzung war, zum Beispiel im Militärdienst. Ein Verlust der Nase ohne ersichtliche Ursache hätte also sehr wohl den Verlust der Position nach sich ziehen können – eine höchst beunruhigende Vorstellung für Kowaljow. Und als er dann auch noch erleben muß, daß seine Nase nicht nur verlorenging und ihn so als Mann und Staatsdiener in eine höchst prekäre Situation gebracht hat, sondern auch noch gesellschaftlich aufsteigt von der achten in die fünfte Rangklasse, d. h. quasi statt seiner avanciert und ihn selbst in die Bedeutungslosigkeit hinabzustoßen droht, da ist seine Verzweiflung verständlicherweise total. Alle diese

Fakten und Bezüge machen klar, daß der *Rang* der eigentliche Dreh- und Angelpunkt, das eigentliche Thema der Erzählung ist.

So aufschlußreich und informativ aber die Betrachtung der gesellschaftlichen Hintergründe dieser Erzählung auch sein mag – ihren eigentlichen Reiz gewinnt sie erst als groteskes Kunstwerk: Daß da ein Teil des Menschen dessen Position einnimmt, dann aber wieder seine naturgegebene Größe hat und vom Polizisten in einem kleinen Päckchen seinem Besitzer ausgehändigt werden kann, daß hier Reales und Irreales einander durchdringen, läßt absurde Situationen entstehen, die natürlich völlig unsinnig sind. Der Autor gibt dabei vor, selbst nicht mehr durchzusehen – was sich als ein Spiel mit dem Leser, ein Spott über die Spießer und Moralisten deuten läßt, für die das Was des Erzählens immer wichtiger war als das Wie. Weitere Deutungsangebote hat das freilich nicht verhindert. Immer wieder wird der Versuch gemacht, die Geschichte logisch in den Griff zu bekommen. Peter Spycher schlug zum Beispiel 1963 vor, sie als eine komische Traumphantasie einer unter einem Impotenzkomplex leidenden Person zu betrachten, die mit Gogol identisch sein könnte. Nach dieser Interpretation sind für den Träumenden im Grunde der Barbier und der Major ein und dieselbe Person oder auch zwei Seiten derselben Person: der eine strebt vergeblich nach sexuellem Erfolg und einem besseren sozialen Status, der andere ist voll Furcht vor sexuellem Versagen.

*Der Mantel* von 1842 darf als künstlerischer Höhepunkt des Petersburger Zyklus betrachtet werden. Nicht ohne Grund ging gerade von dieser Erzählung eine so große Faszination auf die zeitgenössischen realistischen Schriftsteller aus, daß Dostojewskij sagen konnte: »Wir sind alle aus Gogols Mantel geschlüpft.«

Gogol billigt seinem Helden, dem Titularrat Akakij Akakijewitsch (9. Rangstufe), nur 400 Rubel Jahresgehalt zu. Er selber bekam als Kollegienregistrator (14. Rangstufe) immer-

hin 600 – und verbrauchte 1200. Wichtiger erscheint, daß
Akakij Akakijewitsch – im Gegensatz zu Gogol – sich seiner
Arbeit lustvoll hingibt, sich aus Buchstaben eine kleine Welt
intimer Freuden aufgebaut hat, in der er völlig glücklich ist.
Die große Herausforderung seines Lebens kommt mit der
Notwendigkeit, einen neuen Mantel zu finanzieren. Diese
Aufgabe läßt ihn über sich selbst hinauswachsen. Dabei
nimmt der Mantel (das russische Wort, *schinel*, ist weiblich)
bei ihm fast die Stelle einer Lebensgefährtin ein – was ihm
übrigens Dostojewskijs Makar Dewuschkin in dem Brief-
roman *Arme Leute* (1845) zum Vorwurf macht. Wohl ist er
auch nach dieser Neuerwerbung noch lächerlich und mitleid-
erregend. Zugleich aber hat er in den Augen seiner Kollegen
an Wert gewonnen – zumindest vorübergehend; damit
wächst auch sein Selbstbewußtsein ein wenig. Sein Tod ist
nicht nur durch den Verlust des teuren neuen Kleidungs-
stücks verursacht, sondern auch durch den Zusammenbruch
seines Selbstwertgefühls.

In den Erinnerungen P. W. Annenkows findet sich eine
Episode, die uns zeigt, wie Gogol zu seinem Stoff gekommen
ist: »Einmal wurde im Beisein Gogols eine Bürogeschichte
von einem armen Beamten erzählt, der ein leidenschaftlicher
Liebhaber der Vogeljagd war. Durch ungewöhnliche Sparsamkeit und unermüdliche, fleißige Zusatzarbeit hatte er es
zu einer Geldsumme gebracht, die es ihm erlaubte, ein gutes
Lepaschewskij-Gewehr zum Preise von 200 Assignatenrubeln zu erstehen. Als er das erste Mal in seinem kleinen
Boot auf den Finnischen Meerbusen hinausfuhr, um seiner
Jagdlust zu frönen, hatte er sein kostbares Gewehr vor sich
quer über den Bug des Bootchens gelegt. Nun geschah es, daß
er – wie er später selber zugab – für einige Zeit in Gedanken
versank. Als er wieder zu sich kam, mußte er feststellen, daß
sich seine Neuerwerbung nicht mehr an ihrer Stelle befand.
Das Gewehr war wohl von dem dichten Schilf, das er durch-
fahren hatte, herabgestreift worden, und alle Bemühungen,
es wiederzufinden, erwiesen sich als fruchtlos. Der Beamte

ging nach Hause, legte sich zu Bett – und stand nicht mehr auf. Ein heftiges Fieber raffte ihn dahin . . . Alle lachten über diese Geschichte, nur Gogol nicht . . . Die Geschichte gab ihm die Idee zu der wunderbaren Erzählung ›Der Mantel‹ ein.«

# Inhalt

# Nikolai Gogol:
# Die toten Seelen

Gogols 1842 erschienener Roman vom windigen Pawel Tschitschikow, der verstorbene, aber nach der Steuerliste noch als lebend geltende Leibeigene aufkaufen will, um mit diesen »toten Seelen« betrügerische Geschäfte zu machen, ist eine der originellsten Schöpfungen der Weltliteratur. Sprachlich brillant und unvergleichlich komisch, führt er durch eine abgründige Typengalerie aus dem Russland vergangener Zeiten und lässt eine eigenwillig-groteske, »Gogolsche Welt« entstehen.

*Gogols Prosa hat mindestens vier Dimensionen.*
VLADIMIR NABOKOV

WOLFGANG KASACK, 1927–2003, war Professor für Slawistik an der Universität Köln und hat zahlreiche Werke der russischen Literatur übersetzt. 1981 erhielt er den *Johann-Heinrich-Voß-Preis* für Übersetzung. ANGELA MARTINI ist Literaturwissenschaftlerin und lehrt an der Universität Witten/Herdecke.

Reclam Bibliothek

Nikolai Gogol:
Die toten Seelen | Ein Poem
Aus dem Russischen übersetzt von Wolfgang Kasack
Anmerkungen und Nachwort von Angela Martini
598 S. | € 26,90 | ISBN 978-3-15-010687-7